Bo Balderson
Der Mord in Harpsund
Der Fall des Staatsministers

Zu diesem Buch

Wie er als Staatsminister Karriere machen konnte, ist ein Rätsel: Der schwedische Sozialdemokrat und vielfache Familienvater wird immer wieder in Kriminalfälle verwickelt, die er mit ausgesprochen unkonventionellen Untersuchungsmethoden löst. Diesmal sind seine Fähigkeiten auf einer Tagung in Harpsund gefragt, wo der achtzigjährige Fabrikdirektor Adolf von einem seiner zehn Geburtstagsgäste ermordet worden ist ... Als eines Tages im Schrank des Staatsministers eine Leiche auftaucht, nimmt er erneut die Ermittlungen selbst in die Hand. Sein unfreiwilliger Assistent, Studienrat Vilhelm Persson, stellt sich auf das Schlimmste ein – zu Recht ... Zwei spannende Kultkrimis in einem Band, geistreich und voll von schwarzem Humor.

Bo Balderson ist das Pseudonym eines bislang unbekannten Schriftstellers, der sowohl über politisches Insiderwissen verfügt wie auch über literarisches Können. Bis heute rätselt die Krimiwelt über seine Identität – die Vermutungen reichen von Henning Mankell und Olof Palme bis zu Astrid Lindgren. Er besitzt ausgesprochenes Sprachbewußtsein, wunderbar bissigen Humor und eine genaue Kenntnis des politischen Schwedens. Seine insgesamt elf Kriminalromane erreichten dort Rekordauflagen und haben Kultstatus.

Bo Balderson

Der Mord in Harpsund
Der Fall des Staatsministers

Zwei Kriminalromane in einem Band

Aus dem Schwedischen von
Dagmar Mißfeldt

Piper München Zürich

Mehr über unsere Autoren und Bücher:
www.piper.de

Mix
Produktgruppe aus vorbildlich bewirtschafteten
Wäldern und anderen kontrollierten Herkünften
FSC www.fsc.org Zert.-Nr. GFA-COC-001223
© 1996 Forest Stewardship Council

Taschenbuchsonderausgabe
April 2009

Titel der schwedischen Originalausgaben:
»Harpsundsmordet« und »Statsrådets fall«
Published by agreement with Bengt Nordin Agency, Sweden,
and Agentur Literatur, Berlin

Deutsche Erstausgaben:
Typographische Werkstatt & Verlag Stegemann, Radebeul / Dülmen 2002
Umschlag: Büro Hamburg. Anja Grimm, Stefanie Levers
Bildredaktion: Büro Hamburg. Alke Bücking, Sandra Schmidtke
Umschlagfoto: HH / Getty Images
Satz: Typographische Werkstatt & Verlag Stegemann
Papier: Munken Print von Arctic Paper Munkedals AB, Schweden
Druck und Bindung: CPI – Clausen & Bosse, Leck
Printed in Germany ISBN 978-3-492-25375-8

Der Mord in Harpsund

PIPER

Personen

Der Staatsminister	politische Unschuld mit fünfzehn Kindern
Adolf Lindberg	achtzig Jahre alt – auf den Tag genau – Fabrikdirektor
Mommy Lindberg	seine Schwester, früher das Kindermädchen des Staatsministers
Ejnar Lindberg	sein Sohn, Bankdirektor, fett
Olivia Lindberg	Frau seines Sohnes, katzenhaft
General Ygdecrantz	schmächtig, Gutsbesitzer mit dünner Stimme
Botschafter Petersén	sehr adrett, in Dialekten bewanderter Diplomat
Apotheker Karlander	grobknochiger Bridgespieler
Therese Carlsson-Doolck	Kriminalschriftstellerin in sackartigen Kleidern
Lotta	siebzehnjährige Haushaltshilfe
Vilhelm Persson	Kolumnist, Studienrat, Schwager des Staatsministers

Weitere Mitwirkende sind die Staats- und der Außenminister, andere Regierungsmitglieder, Generalsekretär U. Thant, der staatseigene Hund, der Dackel Pelleman, die Katze Missan und – nicht zu vergessen – all die kleinen Kinder des Staatsministers.

Die Tür, die sich mit einem leichten Knarren öffnete.

Die Dunkelheit im Zimmer, die Gardinen, zum Schutz vor dem grellen Licht am Sommermorgen dicht zugezogen.

Die flackernden Flammen der Kerzen, die unsere Schatten – grotesk verzerrt – an die Decke und die Wand warfen.

Die Worte zu Flüstern gedämpft, das Klirren von Porzellan, der Duft von Blumen …

Ich erinnere mich sehr gut an alles.

Und an das Lied, das zaghaft und unsicher begann:

»Hoch soll er leben,
hoch soll er leben,
dreimal hoch …«

Der alte Mann lag in seinem Bett, wie es Geburtstagskinder eben tun. Still und blaß – schließlich war er schon recht betagt.

Etwas zu still und etwas zu blaß?

Das Lied erklang von neuem, lauter, kräftiger jetzt, wie eine Beschwörungsformel.

»Er lebe hoch,
er lebe hoch,
er lebe dreimal hoch!«

Doch der alte Mann in seinem Bett hörte uns nicht und sah uns nicht. Lange hatte er gelebt, genau achtzig Jahre, jetzt jedoch war er tot, und kein Lied der Welt konnte ihn wieder zum Leben erwecken.

Jemand schrie, schrill, unmenschlich, und in dem Schrei schwang die geballte alte, ewige Furcht vor dem Tod, der uns alle erwartet.

Zögernd wurde der Kreis um das einsame Bett geschlossen.

Zehn Menschen, die gerade eben noch – voll Aufrichtigkeit oder Heuchelei oder Gleichgültigkeit – den alten Mann hatten hochleben lassen.

Zehn Menschen.

Unter ihnen ein Mörder.

1

»Hier ist es doch gemütlich!« stellte der Staatsminister fest und öffnete das Hotelfenster, das zu einem gewaltigen Brandgiebel hinausging. Wo der Putz abgebröckelt war, leuchteten die Ziegel rot. Es sah aus, als hätte die Wand ein Ekzem gehabt.

Ich betrachtete den mickerigen Schreibtisch, die Studie eines unbekannten Meisters über das Martyrium des heiligen Sebastian, an die schmutziggraue Tapete geklatscht wie eine zerquetschte Laus, und den Schrank, in dem bei näherer Untersuchung dürre Drahtbügel und der Mief mehrerer Generationen von Hotelgästen hingen. Unter mir knackte das Bett wie ein schwer beladener Möbelwagen, und ich dachte mir, ebensogut hätte der Staatsminister eine Grabkammer gemütlich nennen können.

»Ich habe auch die umliegenden Zimmer reserviert. Und das hier drüber. Sie stehen die ganze Woche leer. Dann bist du nachts ungestört. Es wird vollkommen ruhig sein.«

Ich kam mir noch mehr wie in einer Grabkammer vor. Ich rutschte nervös auf dem Bett hin und her, das mit einem melancholischen Knirschen antwortete.

Der Staatsminister blätterte in seinem Reiseprospekt.

»In den Tagen, die ich in Harpsund bin, kannst du unendlich viele Dinge hier in der Stadt unternehmen. Die Kirche ist aus dem späten 15. Jahrhundert. Das müßte doch etwas für dich sein.«

Es klang, als glaubte er, wir seien ungefähr gleichen Alters.

»Sie hat einige Krypten von historischer Bedeutung«, fuhr

er mit Nachdruck fort. »Und im angrenzenden Parkfriedhof gibt es zwei, nein, drei interessante Gruften!«

Ich seufzte. Mir schien die Gesellschaft eine Tendenz zum Morbiden zu entwickeln. Und noch dazu am Ende eines langen, anstrengenden Tages.

Am Vormittag hatte mich der Staatsminister – der blonde Regierungsvertreter und Vater von fünfzehn Kindern – in die Bastugatan heraufgebracht, anschließend waren wir hinaus zum Eigenheim in Spånga gefahren, wo wichtige Unterlagen liegengeblieben waren. (Früher bewohnte der Staatsminister eine burgartige Villa in Djursholm; die er jedoch kurz nach seiner unerwarteten Beförderung zu räumen gezwungen war. »Ein sozialdemokratischer Staatsminister kann sich einiges erlauben«, hatte der Ministerpräsident bei einem Gespräch unter vier Augen betont. »Ja, wenn ich es recht bedenke, muß ich gestehen, er kann sich im Grunde alles erlauben. Aber in Djursholm wohnen, das geht zu weit. Da ist ganz eindeutig die Grenze. Du darfst umziehen. Nach Spånga vielleicht. Ja, Spånga ist ausgezeichnet. Camilla, Palme, Sträng und Geijer wohnen schon da draußen, du bist also nicht allein. Abends kannst du dann ja immer Schwarzer Peter mit Geijer spielen.«)

Nachdem die Unterlagen gefunden waren und das langwierige wie aufwendige Abschiednehmen von der Gemahlin des Staatsministers – meiner kleinen Schwester – und den zu Hause weilenden Kindern erledigt war, fiel dem Staatsminister ein, daß er in der Staatskanzlei vorbeischauen müsse, um eine Abordnung aus dem nördlichen Norrland zu empfangen, und so verließen wir das Politiker-Ghetto und fuhren gemeinsam zurück in die Innenstadt.

Der Staatsminister parkte den Wagen – ganz bestimmt gegen alle Verkehrsvorschriften – vor der säulenbewehrten Treppe zum Regierungsgebäude und eilte hinauf in sein Kabinett, überließ mich im Auto ständig neuen Überlegungen dessen, wie es einem Menschen mit so seltsamen Begabungen gelungen war, sich so lange in der Regierung zu halten. (Daß seine Berufung darauf beruhte, daß er zu große Galoschen trug, darüber habe ich die geschichtlich interessierte Leserschaft bereits in meiner früheren Arbeit »Der Staatsminister und der Tod« aufklären können.)

Mehrere Versuche, ihn zu entlassen, dürften inzwischen angestrengt worden sein; den letzten hatte man erst kürzlich unternommen – während einer Auslandsreise des Ministerpräsidenten. Ein Kreis führender Rotgardisten war damals zusammengetreten, und man war sich schnell einig gewesen, daß jetzt etwas geschehen mußte. Doch hatte man es für angebracht erachtet – vermutlich um zukünftiger Mythenbildung entgegenzuwirken – zunächst den wahren Wohnsitz des Staatsministers zu klären, eine Frage, die unter seinen Kollegen offenbar Gegenstand vielseitiger Spekulationen gewesen war.

Sie hatten ihn darum, einer nach dem anderen, zu klärenden Gesprächen zu sich gerufen. Aus diesen Unterredungen war der Staatsminister erfrischt und mit klarem Blick hervorgegangen wie ein Kind, das vom morgendlichen Spielen nach Hause zurückkehrte. Die Inquisitoren jedoch waren blaß, verblüfft und mit weit auseinandergehenden Meinungen von dannen gezogen.

Der Industrieminister hatte die Ansicht vertreten, seine alten Bedenken, der Staatsminister sei ein Rechter, hätten sich bestätigt. Der Verteidigungsminister hatte behauptet, er habe eindeutig linksextremistische Neigungen offenbart, während der Bildungsminister rein gar nichts auszusetzen gefunden und auf die Volkspartei getippt hatte. (Ein vierter Minister, der sich im Vorfeld damit gebrüstet hatte, er gedenke schlicht und einfach zu fragen: »Bist du Sozi oder nicht?«, hatte zugeben müssen, daß er im entscheidenden Augenblick nicht den Mumm dazu gehabt hatte. »Ich meine, man fragt doch auch den Bischof nicht, ob er an Gott glaubt!«)

Der Außenminister hatte indessen berichten können, er habe ihm eine Breitseite vor den Bug verpaßt und den Staatsminister frei von der Leber weg gefragt, mit welcher Partei er denn sympathisiere, er jedoch habe die Antwort erhalten: »Ja, was gibt es denn für Parteien?« – »Ich zählte dann«, war der Außenminister fortgefahren, »alle auf, einschließlich der Christdemokratischen Partei und der Allianz für Sittlichkeit und Fortschritt. Als ich damit fertig war, starrte er mich lange an und fragte dann, warum ich die Bauernpartei nicht erwähnt hätte. Er habe, so sagte er, sich doch schon immer der Bauernpartei verbunden gefühlt. Ihm gefiel die Einstellung der Partei zu vielen der kontroversen, aktuellen Fragestellungen und er sympathisiere mit ihrer politischen Ideologie.«

Hier soll eine längere Zeit des Schweigens entstanden sein, während der die Minister sich vermutlich ins Gedächtnis zurückzurufen versuchten, welche politische Ideologie die Bauernpartei vertrat, eine Tätigkeit, die ein gewisses Maß an Konzentration erfordern kann und vorzugsweise unter Schweigen ausgeübt werden sollte. Diese wurde von dem jungen, energischen Staatssekretär unterbrochen, der, außerstande, sich länger zu beherrschen, schrie, ein Sympathisant der Bauernpartei als Innenminister sei untragbar und vor allem ein Bauernparteiler, der praktisch die gesamte Industrie besaß, und daß alles in allem ein Skandal und der reinste Hohn und Spott gegenüber den heiligsten Idealen der Bewegung sei: der allgemeinen Zusatzrente, der Investment-Bank und des Mutterschaftsgeldes, und was würde außerdem der Jugendverband dazu sagen? Der Außenminister hatte in etwas scharfem Ton geantwortet, daß ihn der Jugendverband einen Dreck interessiere und ein Bauernparteiler in der Regierung ganz und gar keinen Skandal bedeute, er selbst habe Zeiten erlebt, da ihr vier davon angehört hätten, wenn auch Hedlund meist nur als passives, korrespondierendes Mitglied fungiert hatte. Darauf hatte der junge, energische Staatssekretär, weiß im Gesicht, entgegnet, daß er, der Außenminister, wohl deshalb so schnell Witterung bekommen habe und nicht nur der Bauernparteiler, sondern »alle alten Knacker« ausgeschaltet werden müßten.

Der Bildungsminister hatte nun eine längere, vermittelnde Rede des Inhalts gehalten, daß man sich trotz allem nicht ohne weiteres eines Staatsministers entledigen könne, den die Führungsspitze der Bewegung rein intuitiv gewählt hatte. Am Ende der Ausführungen jedoch hatte der Staatssekretär nur gesagt: »Oh, verdammt, war es Intuition? Ich habe immer geglaubt, Erlander habe ihn wegen des Geldes genommen.«

Anschließend war man zur Diskussion der Frage übergegangen, wo man den Staatsminister unterbringen solle, sofern man denn den Staatsminister zu bewegen vermochte, sich von seinem Amt zu verabschieden. Der Unterrichtsminister hatte vorgeschlagen, man könne ihn doch jederzeit in irgendeinem Land zum Botschafter machen, in Ceylon zum Beispiel. Doch der Außenminister hatte Protest eingelegt: »Wir können nicht erst tonnenweise Anti-Baby-Pillen hinschicken und dann einen Botschafter mit fünfzehn Kindern. Das wäre keine überzeugende und konsequente Außenpolitik.«

Der Finanzminister, der sich lange in Schweigen gehüllt hatte, griff an dieser Stelle in die Debatte ein und entgegnete, einzig von Bedeutung sei, daß sich dem Staatsminister nicht die Gelegenheit bieten werde, die direkte Führung seines Industrie-Imperiums selbst in die Hand zu nehmen. Das werde nämlich, und das sei seine feste Überzeugung, schnell das günstige Konjunkturbild verändern und sich langfristig genauso negativ auf unsere Wirtschaft auswirken wie eine umfassende Sozialisierung.

Der Industrieminister hatte hier ein Gesicht gemacht, als sei er von einer Nadel gestochen worden.

»Ich muß doch ganz entschieden darauf bestehen«, war der Finanzminister fortgefahren, »daß er auch in Zukunft unter staatlicher Regie beschäftigt bleiben wird, und das am besten in der Regierung, wo wir ihn ständig im Auge behalten können.«

»Wenn wir Camilla nicht hätten, dann könnte er jederzeit Familienminister werden«, hatte der Außenminister entgegnet. »Familie hat er schließlich. Wie viele Kinder hat er eigentlich?«

Der Industrieminister hatte zur Antwort gegeben, er habe bei ihrer letzten Begegnung fünfzehn Kinder gezählt, könne aber nicht beschwören, daß die Zahl noch ganz aktuell sei.

»Ja, mein Gott, und was für eine Familie er hat!« hatte der Bildungsminister ausgerufen. »Es ist nicht in Worte zu fassen. Ich war diese Woche zum Abendessen bei ihm, und alle fünfzehn Kinder saßen mit am Tisch. Na ja, sitzen ist vielleicht etwas zuviel gesagt. Glaubt mir, schon oft habe ich Jugendlichen gegenüber gestanden, aber so etwas habe ich noch nie erlebt. Er hat nicht einmal eine Miene verzogen, als ein langhaariger Bengel nach dem Essen Tarzan gespielt hat und mit dem Kronleuchter durch den Fußboden gebrochen und in den Keller abgestürzt ist. ›Wie dunkel es geworden ist!‹ hat er bloß gesagt.«

»Der Mann muß Nerven wie Drahtseile haben«, hatte der Außenminister gemurmelt.

»Nerven wie Drahtseile!« erklang das Echo des Finanzministers. »Da haben wir doch die Lösung! Wir ernennen ihn zum Justizminister. Da kann er die Polizei und den Staatsschutz leiten. Ansonsten braucht er meistens nur Pornographie zu lesen und Gefangene zu begnadigen. Das ist kein sonderlich zentraler Posten. Er hat übrigens gute Meriten, seit er den Mord in den Schären aufgeklärt hat.«

Und so wurde es gemacht.

Nach ein paar Wochen wurde der Staatsminister mit allen Ehrbezeigungen in sein neues Ministerium eingeführt, begleitet von devoten Fanfaren der eigenen Presse und gedämpften Entsetzensschreien der Zeitungen auf seiten der Opposition. Einer der Pioniere der Bewegung erklärte, er habe keinem glanzvolleren Staatsbegräbnis beigewohnt, seit Branting zur letzten Ruhe geleitet wurde, doch der Ministerpräsident hatte im Fernsehen verkündet: »Gegenwärtig ist er vielleicht nicht so ganz ... so ganz firm in der Justiz; aber warten Sie erst einmal ab, innerhalb von 14 Tagen hat er sich zu einem Justizminister gemausert.«

Der Staatsminister hatte nun wieder neben mir Platz genommen und sich in seinem komplizierten System aus Sicherheitsgurten festgezurrt und etwas gemurmelt wie, daß er offensichtlich am Vortag die Abordnung aus dem nördlichen Norrland hätte empfangen sollen; in der Staatskanzlei habe er jedenfalls lediglich eine Abordnung aus dem südlichen Norrland angetroffen, die seines Glaubens erst in einer Woche hätte ankommen sollen. Ich gab der Hoffnung Ausdruck, daß nun endlich die Reise nach Ädelsta losgehen könne, und der Staatsminister bestätigte auch, daß dem so sei, doch ordnete er sich nahezu unverzüglich in die falsche Spur ein. Ein, zwei Runden sausten wir dann um die zentralen Bezirke der Innenstadt, während ich mir den Kopf zerbrach, wer wohl der rechte Mann sei, um dem Polizeiminister den Führerschein zu entziehen. Bei der dritten Runde begannen die Leute, das riesige Auto zu erkennen, und machten sich gegenseitig auf die Karosse aufmerksam, und beim Gustav Adolfs Torg rief eine Gruppe von krausbärtigen, militanten Linken: »So ist der Kapitalismus ...« Erst an einer roten Ampel gelang es dem Staatsminister, sich zur angepeilten Abflußrinne durchzuschlängeln, und danach flossen wir mit dem anderen Unrat aus der Stadt hinaus.

Der Staatsminister, der sich jetzt vollkommen befreit von lästigen Fahrspuren wähnte, lenkte den Wagen immer wieder seltsam diagonal hinüber auf die andere Fahrbahnseite, und das alles, während er mit ausholenden Gesten über das merkwürdige Leben in der Welt der Politik berichtete. Die Fahrer, denen es glückte, sich an uns vorbeizumanövrieren, waren rot im Gesicht – einige auch weiß – und drohten uns mit der Faust. Doch der Staatsminister winkte ihnen zu und referierte dann über die spontane Freundlichkeit der anderen Verkehrsteilnehmer und das Gentleman-Verhalten auf der Straße, das alle Autofahrer einte.

Es ging auf den späten Nachmittag zu, als wir in Ädelsta eintrudelten, in der sörmländischen Idylle, wo ich Landluft schnuppern sollte, während der Staatsminister und seine Kumpane in nur ein paar lächerlichen Meilen Entfernung anläßlich einer Tagung in Harpsund weilten, auf der sie die Gesellschaft umstrukturierten.

Nun saßen wir also in dem Hotelzimmer, ich seufzend auf dem Bett und der Staatsminister im Fenstersturz die makaberen Sehenswürdigkeiten des Ortes verlesend.

Der Staatsminister vernahm den Seufzer und schaute auf.

»Aber wenn du lieber bei uns in Harpsund sitzen willst, läßt sich das selbstverständlich einrichten. Du könntest als Experte fungieren. Für Schulfragen. Mitunter haben wir beide Flügel voller Experten. Sie bekommen eine Aufwandsentschädigung und haben das Ruderboot zur freien Verfügung.«

Ich streckte mich ein wenig.

»Ja, ich habe immerhin alles in allem mehr als dreißig Jahre Erfahrung als aktiver Lehrer.«

Der Staatsminister sah mich nachdenklich an.

»Erfahrung? Erfahrung ... na ja, das ist zwar nicht schlecht, aber ... ja, du hast nicht zufällig, ähäm, eine ... *Vision* oder so etwas? Von der Schule der Zukunft, frei von jedem hinderlichen Zwang? Das würde sich wirklich besser machen ...«

Ich verneinte, eine Vision hatte ich nicht zu bieten und mir wurde klar, daß die Zukunft mich eingeholt hatte. Ich beschloß, mich an den Friedhof zu halten. Dort konnte ich zwischen den Gruften wandeln wie ein Toter unter Toten. Frei von Visionen, menschlicher Gemeinschaft und Aufwandsentschädigungen.

Im Eßzimmer des Hotels aß ich zu vorgerückter Stunde – apropos tote Gegenstände – etwas gekochten Dorsch naturell; meine Gedärme waren wie gewöhnlich nach einer Autofahrt mit dem Staatsminister so sehr durchgerüttelt, daß ich das Gefühl hatte, selbst wenige Löffel Eisoße seien eine unzulässige Ausschweifung.

Wir kehrten ins Zimmer zurück, wo der Staatsminister in seinen Betrachtungen über die Gräber des Ortes fortfuhr, während ich die Bekanntschaft mit dem heiligen Sebastian erneuerte.

»Ädelsta!« rief der Staatsminister plötzlich aus wie ein zweiter Archimedes in der Badewanne. »Ädelsta! Aber hier wohnt doch Mommy, meine alte Amme. Ich muß sie besuchen. Komm, wir machen uns gleich auf den Weg!«

Ich kann nicht behaupten, alte Ammen – sei es nun die des Staatsministers oder anderer Leute – übten eine größere Anziehungskraft auf mich aus, aber in diesem Augenblick beschlich mich das Gefühl, ich sollte mich an diesem Abend lieber mit dem Waschen von Leichen befassen als im Hotelzimmer zu bleiben.

So standen wir dann wenige Minuten später auf dem Bürgersteig.

Ich hätte wissen müssen, was dabei herauskommen würde.

Der Staatsminister hatte natürlich weder Adresse noch Namen – Mommy konnte schließlich ebensogut der Name einer Katze sein wie der einer Amme –, und ich kann versichern, daß es außerordentlich beklemmend ist, durch eine Kleinstadt zu wandern im Schlepptau des obersten Wächters des Rechtswesens des Landes, der ohne Unterschied die Entgegenkommenden nach seiner alten Amme befragte.

Am Ende, als er sich erinnerte, daß sie Lindberg hieß und mit ihrem Bruder zusammen wohnte, biß ein Passant an. Ein älterer, vornehmer Herr deutete mit anmutigen Bewegungen seines Spazierstockes den Weg, der unserer war.

»Ein großes, gelbes Haus mit weißen Fensterrahmen, Sie können es gar nicht verfehlen«, schloß er, und ich bedankte mich und dachte, daß er da aber den Staatsminister schlecht kannte.

Wir steuerten bezeichnete Richtung an. Ädelsta erwies sich als eine der Kleinstädte, in denen die Storgatan, die Hauptstraße, sich selbst in den Schwanz beißt und die Seitenstraßen in launischen Mustern frei verstreut lagen.

»Sie ist bei uns gewesen, bis ich in die Schule gekommen bin, dann ist sie ausgezogen, um ihrem Bruder den Haushalt zu führen, nachdem er Witwer geworden war«, erzählte der Staatsminister mit ungewohnten Seufzern der Nostalgie – wenn es denn nicht von der Steigung der Straße kam. »Die Hefewecken, die sie samstags immer gebacken hat, ich habe noch den Duft in der Nase! Sie ist ein paar Mal zu Besuch gekommen, und wir haben uns kleine Briefe geschrieben, aber dann fand ich wohl, ich sei zu groß für so etwas, wie Jungen eben so sind. Ich habe wirklich jahrelang nicht mehr an sie gedacht, bis meine alte Tante letztes Weihnachtsfest gesagt hat: ›Wenn du ohnehin in Harpsund bist, dann kannst du doch auch mal Mommy in Ädelsta besuchen.‹ Hier muß es sein!«

Es war tatsächlich ein großes, auffälliges Haus, eher ein Anwesen, und es schien mir des für die Bewohner etwas besorgniserregenden Typs zu sein, der jederzeit von fanatischen

Wahrern des kulturellen Erbes ins Stockholmer Freilichtmuseum Skansen verfrachtet werden konnte. Mansardendach mit altem, geädertem Schiefer; die mit breiten Balken beplankten Wände und gedrechselten Fensterrahmen ergaben eine stattliche Fassade, die durch verschnörkelte Latten verlängert wurde, hinter denen Laubmassen einen schattigen Garten verhießen.

Der Staatsminister steuerte sogleich auf die aus Eichenbohlen gezimmerte Haustür zu, geschnitzt und ehrwürdig wie der Deckel eines Sarges, und ich spürte die übliche Unruhe, die mich befällt, wenn ich ihm auf unangemeldete Visiten in gutbürgerliche Stuben folge, wo er schnell als Störfaktor oder wenigstens als unruhestiftendes Element empfunden werden mußte. (Ich erinnere mich an eine aristokratische Tante, der offensichtlich ein erheblicher Teil der politischen Umwälzungen der letzten Jahrzehnte entgangen war. Sie befaßte sich eingehend mit der Tätigkeit des Staatsministers. »Ich finde, in letzter Zeit liest man in der Zeitung so seltsame Dinge über dich. Und warum sieht man dich so häufig mit diesem Erlander zusammen? Willst du dir nicht endlich einmal eine ordentliche Arbeit suchen? Ja, du mußt mir verzeihen, daß ich es laut ausspreche, aber manchmal kommt es mir so vor, als wärst du in schlechte Gesellschaft geraten und Sozialist geworden. Deinen Eltern hätte es gar nicht gefallen. Nein, es hätte ihnen wirklich ganz und gar nicht gefallen.«)

Doch der Staatsminister, der Sehnsucht nach seiner Mommy hatte, pochte an und hämmerte mit dem Türklopfer, ohne einen Gedanken daran zu verschwenden, daß er einem steuerschweren Grundstückseigentümer und seinen dienstbaren Geistern wie der Gehörnte höchstpersönlich vorkommen konnte.

Die Haustür wurde geöffnet, und eine zierliche Dame stand in stummer Verwunderung auf der Schwelle. Doch dann war alles ein einziges Rufen und Umarmen.

Es war die Dame, die schließlich den Clinch auflöste.

»Aber mein Junge, laß dich richtig anschauen! Wie groß du geworden bist! Und auch so elegant! Mein Junge, du bist immer noch der alte, ich habe dich gleich wiedererkannt, obwohl es bestimmt schon an die dreißig Jahre her sein muß. Ja, ich habe dich natürlich in der Zeitung gesehen, aber das ist ja nie dasselbe. Aber wir wollen doch nicht hier draußen herumstehen!«

Und so verschwanden der Staatsminister und die alte Frau durch die Haustür, die wieder ins Schloß fiel, und ich stand, wo ich war, und kam mir vor wie ein Hautlappen, der nach einer gelungenen Operation überflüssig geworden war.

2

Nach einigen endlosen Sekunden jedoch öffnete sich die Tür abermals, und der Staatsminister zog mich ins Haus.

»Das ist mein Schwager, Studienrat Persson. Er ist Lehrer«, ergänzte er überdeutlich und laut, so wie es jüngere Leute gern in Gegenwart von überlebenden Exemplaren der älteren Generation tun, bei denen man von vornherein davon ausgehen kann, daß sie Gehör und Begriffsvermögen nahezu vollständig eingebüßt haben.

»Wie angenehm, Herr Studienrat Persson, Sie kennenzulernen! Willkommen in meinem Hause und willkommen in Ädelsta darf ich Sie wohl auch heißen!«

Sie war in der Tat eine ganz und gar wunderbare, kleine Dame, diese Mommy.

Dünn und zerbrechlich, bleiche Wangen und silbergraues Haar, so stand sie vor mir wie die Urgroßmutter aus einem Märchen. Die feste Stimme und die funkelnden, blauen Augen vermittelten dem urteilsfähigen Beobachter unmißverständlich, daß Senilität die Kommunikation hier nicht behindern würde. Um den schrumpeligen Hals ruhte ein entzückendes, krauseartiges Gebilde, und auf den knöchellangen Rock fiel die Bluse in einer Wolke aus Rüschchen und Plüschchen.

Eben so weit in meinen Beobachtungen gediehen, wurde ich von einem schwanzwedelnden, dackelähnlichen Tier überfallen, das an mir hochzuklettern versuchte, ohne Zweifel in der Hoffnung, nackte, faltige Gesichtshaut abschlecken zu können.

»Aber Pelleman, daß du dich nicht schämst! Ist ja gut, jetzt aber runter mit dir!«

Mommy hatte eingegriffen und den Hund zur Ordnung gerufen, mußte sich jedoch sogleich eines neuen kläffenden Männchens annehmen.

»Mommy! Ist John gekommen? Aber was macht ihr denn bloß da draußen? Wir haben doch schon die Karten ausgegeben!«

»Oh, oh, mein Bruder Adolf glaubt bestimmt, der Apotheker ist da, der vierte Mann beim Bridge«, seufzte Mommy und scheuchte uns mit der unmißverständlichen Handbewegung eines Kindermädchens auf die verärgerte Altmännerstimme zu, deren Besitzer sich jetzt offenbar selbst aufgemacht hatte, um herauszufinden, was sich in seinem Flur abspielte.

»Aber warum ...?«

Die Ähnlichkeit der Geschwister war unschwer zu erkennen.

Der feingliedrige Körperbau, weiter gekrümmt im eisernen Griff der Jahre, der verschrumpelte, kleine, vogelartige Hals, die feste Stimme – alles verriet den gemeinsamen Ursprung. Jedoch Bruder Adolfs funkelnde Augen hinter dem Zwicker waren nicht blau, sondern pfefferkornbraun und nicht sanft, sondern scharf wie das Gewürz selbst.

»Wie belieben?« fragte er und mir war, als hörte ich jemanden diese Worte zum ersten Mal außerhalb der Theaterbühne sagen.

»Das ist mein Bruder, Fabrikdirektor Adolf Lindberg. Darf ich vorstellen, Studienrat Persson aus Stockholm.«

Der alte Mann starrte mich an, nicht besonders erfreut; er sah eher aus, als frage er sich, ob nun auch die Lehrerschaft angefangen habe, bettelnd von Tür zu Tür zu ziehen.

»Und dies hier ist«, fuhr Mommy mit einer Miene fort, die verriet, daß sie das Beste bis zum Schluß aufgespart hatte, »dies hier ist der Junge, von dem ich schon so viel erzählt habe und aus dem ein großer Staatsminister geworden ist!«

Der scharfe Blick des alten Mannes war bedeutend milder geworden. Er schaute richtig freundlich aus, und ich erkannte, daß er zur Gattung der Kriecher gehörte und daß ich mir ganz unnötig Sorgen gemacht hatte. Vergessen waren offensichtlich sämtliche ein Unternehmen hemmenden Maßnahmen und Steuern und vergessen war das jahrzehntelange Gejammer über die Nivellierung, die Ausplünderung und den Raubbau an den Kräften, die den Wohlstand unserer Gesellschaft garantierten. Begleitet von entzückten Glucksern und allerlei großzügigen Angeboten, schickte er sich an, den Gleichmacher und Aussauger von Staatsminister in die gute Stube zu komplimentieren.

»Wenn der Herr Staatsminister sich hier herein begeben wollen ... Es ist mir eine große Ehre ... Nein, hier entlang, wenn ich bitten darf ... Kann ich Ihnen etwas anbieten? Eine Zigarre vielleicht? Doch bestimmt ein Glas Sherry? Wie belieben? Orangensaft? Mommy, Mommy, wo stehen die Saftflaschen? Aber schnell doch, der Herr Staatsminister möchte unseren Orangensaft probieren! Wenn ich doch nur gewußt hätte ... Nein, in keinster Weise, ich versichere es Ihnen! Wir haben uns nur in kleiner Runde zum Kartenspielen versammelt wie an jedem Samstagabend ... Darf ich Ihnen meinen guten Freund vorstellen, General der Ingenieurstruppen Ygdecrantz – Herr Staatsminister und Leiter des Justizministeriums! Aber die Herren sind sich bestimmt schon bei dem einen oder anderen Kriegsgericht begegnet ... ich meine ... einem Gerichtsprozeß ...«

Der alte Mann zog sich aus der Bredouille, indem er auch mich schnell aufforderte, die generalische, etwas feuchte Hand zu schütteln.

General Ygdecrantz machte nicht den Eindruck eines

Generals – nicht wenn man eine uniformierte, schneidige, wettergegerbte Erscheinung erwartete.

Was ich erblickte, war ein schmächtiger, schmalschultriger Zivilist mit einer Haut so weiß wie die eines Adelsfräuleins aus dem 17. Jahrhundert und einem scheuen Zug um die Augen, der bei einem inspizierten Fähnrich oder einem betrügerischen Buchhalter natürlicher gewesen wäre, der unerwartet dem spitznasigen Wirtschaftsprüfer gegenübersteht. Ich gab ihm die Hand und dachte bei mir, ihm war vermutlich in letzter Zeit eine Laus über die Leber gelaufen.

»Seit ich vor zwei Jahren in Pension gegangen bin, wohne ich das ganze Jahr über auf meinem väterlichen Gut, fünf Meilen südlich von Ädelsta. Ich hoffe, Sie werden Zeit finden, mich dort zu besuchen«, entgegnete der General mit dünner Stimme.

Der Fabrikdirektor trippelte weiter auf einen Herrn in den Fünfzigern zu, der sich von seinem Platz am Spieltisch erhoben hatte.

»Und das hier ist mein besonders guter Freund Botschafter Petersén, vorübergehend auf Heimaturlaub von seinem Posten in Pretoria.«

Wenn schon der General nicht den Anstand gehabt hatte, wie ein Militär auszusehen, dann schaute zumindest der Botschafter aus wie ein Diplomat und benahm sich auch dementsprechend. Mit wohlgesetzten Worten begrüßte er uns; er versicherte, als seien wir alte Schulfreunde, daß wir immer gern gesehene Gäste bei ihm und in seinem Hause seien. Und es wurde verbindlich hierhin gelächelt und sich leicht dorthin verneigt. Ausladende Gesten lenkten die Aufmerksamkeit auf das wogende, kohlrabenschwarze Haar, und die Augenlider waren halb geschlossen wie die einer Katze, die in der Sonne döste, und verbargen mit dem anderen Zubehör kunstvoll, was für ein Mensch und wildes Tier in der Tiefe schlummern mochte.

Nachdem der Gastgeber das obligatorische Vorstellungszeremoniell absolviert hatte, konnte er dem Staatsminister von neuem seine ungeteilte Aufmerksamkeit zukommen lassen.

»Es ist wirklich bedauerlich, daß mein Sohn noch nicht hier ist, ich erwarte ihn erst morgen früh. Er ist sehr beschäftigt, und mein achtzigster Geburtstag ist schließlich erst morgen. Aber der Herr Staatsminister ist ihm sicher schon in Stockholm begegnet, er ist Bankdirektor und seit dem letzten Winter Chef der Provinzbank. Bankdirektor Ejnar Lindberg. Ja, ich dachte es mir! (Der Staatsminister hatte sich geräuspert und geschluckt und wenn man wollte, konnte man das alles positiv auslegen.) Er besitzt einen sehr scharfen Verstand und hat auch außerordentlich schnell Karriere gemacht, der Junge ist kaum fünfundvierzig. Ich weiß noch, wie er schon in der Schule ...«

Der Fabrikdirektor zog an dieser Stelle den Staatsminister zur Seite, einem alternden Löwenmännchen gleich, das sich mit seinem erlesenen Antilopenfilet vom Rudel absondert, und mich überließ man vor dem offenen Kamin mir selbst. Botschafter Petersén, sicherlich seit seinen Tagen als Attaché geübt darin, einsame Gäste aufzuspüren und ihnen zu Hilfe zu eilen, gesellte sich geschmeidig zu mir.

»Sind Sie schon einmal in Swahililand gewesen?« begann er mit einem untrüglichen Gespür dafür, was sich unverzüglich zu einem zentralen Gesprächsthema entwickeln konnte: Botschafter Petersén und seine Verdienste in fernen Ländern. Er nahm sich auch nicht die Zeit, meine ohnehin vorhersehbare Antwort abzuwarten, ehe er fortfuhr.

»Ich war dort Mitte der sechziger Jahre unser Gesandter. Wie Ihnen bekannt sein dürfte, drohte dort zu dem Zeitpunkt ein blutiger Stammeskrieg auszubrechen.«

Ich überlegte, ob es als korrekt betrachtet werden konnte, den kausalen Zusammenhang zwischen diesen beiden Ereignissen in Frage zu stellen, doch noch ehe ich mich zu einer Entscheidung durchgerungen hatte, vertraute er mir an, er sei der einzige Schwede und vermutlich der einzige Nordeuropäer, der fließend Swahili sprach und zudem vier andere der gutturalen Bergdialekte verstand. Ich beglückwünschte ihn, und mit einer unendlich anmutigen Handbewegung führte er einige undiplomatisch widerspenstige Haarsträhnen über dem einen Ohr wieder dem Protokoll zu.

Mommy bot diverse Getränke auf einem Tablett an. Als ich mich hinunterbeugte und nach dem Glas Mineralwasser griff, flüsterte sie: »Wenn mein Bruder Sie fragen sollte, dann sagen Sie, daß die Forstaktien Ihrer Meinung nach bald wieder steigen. Er hat sich in der letzten Zeit darüber Sorgen gemacht. Ja, ich habe meinen Jungen auch darum gebeten. Aber jetzt kommt bestimmt der Apotheker!«

Jemand schlug draußen mit dem Klopfer an die Tür, als gelte es, einen Toten aufzuwecken, was selbst für einen Apotheker zugegebenermaßen ein hochgestecktes Ziel war.

Mommy eilte davon, und schnell drang eine Stimme zu uns herein, auch diese wie klingend Erz.

»Ich muß wirklich um Entschuldigung bitten, daß ich so spät komme! Aber der Doktor hat gerade, als ich losgehen wollte, per Telefon förmlich einen Hagel an Rezepten aufgegeben, mitten in der Sommerhitze scheint sich eine Grippewelle anzubahnen. Förmlich ein Hagel, ich sage es Ihnen. Adolf ist sicher schon ungeduldig? Tja, Beherrschung war noch nie seine Stärke.«

Der hochgewachsene Mann in mittleren Jahren, der Knickerbocker trug, füllte für einen Augenblick den Türrahmen aus und nahm gleichermaßen das ganze Zimmer ein. Der Fabrikdirektor stellte ihn vor als »mein Freund, der Apotheker Karlander«. Ich erinnerte mich, daß der Botschafter als »mein besonders guter Freund« und der pensionierte General als »mein guter Freund« tituliert wurden, und ich dachte mir, daß in diesem Hause Freundschaft mit seltsamer Genauigkeit einer sozialen Stufenleiter folgte. Meine Hand wurde ergriffen und vollkommen von einer muskulösen, haarigen Masse umschlossen, als sei sie eine kleine, wehrlose Pille, die zur Nacht einzunehmen war. Wir unterhielten uns eine Minute, ich erinnere mich jedoch nicht des Inhalts unseres Gesprächs, da meine Gedanken hauptsächlich mit seinen ungewöhnlich spitzen Schneidezähnen beschäftigt waren.

Unter nicht enden wollenden, entschuldigenden Verbeugungen gegen den Staatsminister begann der Gastgeber sodann, seine jetzt vollzählig versammelte Bridge-Runde zusammenzutreiben – der Spieltrieb war offenbar genauso stark entwickelt wie das Bedürfnis, sich mit Titeln zu umgeben. Doch der freigestellte Staatsminister gesellte sich mit glücklicher Miene zu Mommy aufs Sofa. Ich selbst sank in einen weinroten Fauteuil, nachdem ich eine fette Katze fortgescheucht hatte, die sich unter einem gelben, vorwurfsvollen Blick trollte.

In der Bridge-Runde herrschte offensichtlich eiserne Disziplin, da sogar der Botschafter schwieg und allein ein leises Brummeln zu hören war sowie die ein oder andere wohlartikulierte Zurechtweisung des Gastgebers gegenüber dem weniger folgsamen Apotheker. Doch als die erste Partie beendet war, entwickelte der alte Mann abermals einiges an geselliger Aktivität.

»Aber Mommy, meine Liebe, wo hast du nur deinen Kopf, bekommen wir denn heute abend gar keinen Tee? Oh, Entschuldigung, ich habe nicht gesehen, daß der Herr Staatsminister sich mit meiner Schwester unterhält! Nein, kommt nicht in Frage, daß der Herr Staatsminister jetzt geht, ohne Tee. Aber es ist in der Tat bedauerlich, daß der Herr Staatsminister meinen Sohn nicht kennenlernt …«

Die Karten waren von neuem gemischt und verteilt worden, der Fabrikdirektor jedoch sprach über seinen Sohn, den

Bankdirektor, und da mußte offensichtlich die Rücksicht auf das Spiel weichen. Er verbreitete sich über seine Verdienste, hielt sich bei Meilensteinen seiner Karriere auf und schilderte bis ins kleinste Detail Bekanntschaften und Verbindungen innerhalb der tonangebenden Kreise.

Der General war verärgert, das fiel mir sofort auf.

Anfangs schnitt er nur etwas ungeduldige Grimassen vor sich hin und trommelte leicht mit den Fingern auf der Tischplatte, doch bald begann er, Blickkontakt mit seinen Spielkameraden zu suchen. Er starrte sie vielsagend an, verdrehte die Augen und führte sich überhaupt wie ein gelangweilter Schuljunge auf, zur Stille zwar gezwungen, jedoch nicht ganz von einem gestrengen Lehrer unterworfen.

Doch dann schaute der Fabrikdirektor auf, mitten in einer sinnlosen und ausschweifenden Schilderung, wie dem Sohn der Orden des Weißen Löwen dritter Klasse von der Hand des Präsidenten der Republik verliehen wurde. Der General bot gerade dem Botschafter eine seitliche Grimasse dar, die deutlicher als alle Worte sagte: »Mein Gott, wie lange will er sich dabei noch aufhalten?«

Dem alten Mann blieb der Mund offen stehen, er glotzte, bekam die Situation spitz und schoß hoch, blaurot im Gesicht angelaufen und schrie: »Wie belieben? Wie belieben?«

Dann fielen die Wörter, die ich in einen solchen Kreis nicht für möglich gehalten hätte: »Ja, stellt euch vor, ich spreche von ihm! Und das tue ich, weil er ein Thema *ist*, über das man sprechen kann! Er sitzt zufällig nicht in einer Anstalt wie deine Mißgeburt von Sohn!«

Auch der General hatte sich auf die Hinterbeine gestellt. Er beugte sich über den Tisch zum Fabrikdirektor hinüber, und ich sah, wie ihm die Hände zitterten.

Keine Ahnung, was ich für eine Reaktion von ihm erwartete. Ich glaube, ich hätte ihn verstanden und eine Entschuldigung gefunden, ganz gleich, was er getan hätte – dem Alten eine aufs Maul geben, ihm ins Gesicht spucken oder ganz einfach aus dem Zimmer und dem Haus gehen.

Doch er tat nichts dergleichen.

Er stammelte unverständliches Zeug, sank auf den Stuhl zurück, nahm seine Karten wieder zur Hand und schickte mit belegter Stimme einen Appell an die Herzen.

Der Fabrikdirektor setzte sich ebenfalls. Er fröstelte, mahlte mit den Kiefern und brummelte ein wenig vor sich hin, doch schnell war er wieder beim Spiel, und es folgte eine peinlich genaue Schilderung des sich anschließenden Mittagessens in der Botschaft, nachdem der Orden dem Sohn an die Brust geheftet worden war.

Der General schaute stur auf seine Karten hinunter.

»Wie stark es regnet!«

Mommy hatte sich aus dem Sofa erhoben, stand jetzt hinter ihrem Bruder und strich ihm sanft über die Schultern, als wolle sie ihn besänftigen.

Es regnete tatsächlich, es peitschte geradezu gegen die bleiverglasten Sprossenfenster. Ich bereute meine Unvorsichtigkeit bitterlich, an diesem lauen Sommerabend ohne Mantel aus dem Haus gegangen zu sein.

»Jetzt weiß ich aber, was wir machen!«

Der Fabrikdirektor sprang mit erstaunlicher Spannkraft auf und schoß ans Fenster.

»Der Herr Staatsminister übernachtet hier, ja, der Herr Studienrat selbstverständlich auch. Dann müssen Sie nicht in dieses furchtbare Wetter hinausgehen, werden meinen Sohn kennenlernen und können morgen früh bei der Geburtstagsaufwartung dabeisein. Es ist übrigens schon abgemacht, daß der Botschafter und der General hier nächtigen, sie haben einen beträchtlichen Weg zu ihren Gütern und wollen morgen früh um sechs die Gesangseinlage nicht verpassen. Nein, es macht nicht die geringste Mühe, wir haben so viele Gästezimmer da oben bereitstehen. Nicht wahr, Mommy, meine

Liebe, ist Lotta dir nicht heute behilflich gewesen? Ja, das Mädchen war kurz bei mir im Zimmer, hat gezwitschert und Unordnung angerichtet.«

Der alte Mann war zurückgesprungen und packte seine Schwester jetzt zärtlich am Ohr.

»Jetzt setzt du den Tee auf und dann gehe ich das Hotel anrufen und lasse das Gepäck der Herren herüberschicken. Und morgen ißt der Herr Staatsminister hier mit meinem Sohn zu Mittag, hoffe ich. Die Herren werden viel miteinander zu besprechen haben, sie bewegen sich ja beide sozusagen im Zentrum der Macht!«

Mommy jedoch schien nicht richtig zufrieden zu sein. Sie murmelte etwas davon, daß wir es bestimmt sehr viel bequemer in unserem Hotel hätten, doch der alte Mann wiederholte, daß in dem Mauseloch kein Schwein wohnen könne, und ich war geneigt, ihm recht zu geben. Der heilige Sebastian konnte es und womöglich auch der Staatsminister, aber ganz gewiß kein Schwein und ich schon gar nicht.

Und so wurde es gemacht. Kurz nach zehn Uhr entschuldigte ich mich mit der ermüdenden Reise, und Mommy führte mich die knarrende Treppe hinauf in ein nettes Zimmer unter dem Dach mit einer Tapete in großem Blumenmuster und gediegenen, altmodischen Möbeln.

Ich richtete mich für die Nacht ein und der Schlaf kam.

Doch mit dem Schlaf kamen auch die Träume, unerreichbar zwar für die Erinnerung, aber angsteinflößend und böse für den Schlafenden ...

Ich erwachte und dachte, der Regen, der gegen die Fenster trommelte, habe mein Unterbewußtsein gequält und mich schließlich geweckt; es sitzt seit der Kindheit in mir, daß ich mit der Angst aufwache, ich hätte nach dem Spielen bei Tag da draußen etwas vergessen.

Ich schlummerte abermals ein, doch wachte wieder auf

und beschloß aufzustehen, um auf die Toilette zu gehen. Ich ließ das Licht im Flur aus, um die ringsum Schlafenden nicht zu beunruhigen, und die Sommernacht war auch nicht so dunkel, daß ich nicht gefunden hätte, wonach ich suchte. Wo war doch jetzt gleich noch der Waschraum? Bei der Treppe, lag er nicht dort?

Ich machte mich auf, und der Teppich schluckte jedes Geräusch der Schritte.

Doch durch die Dunkelheit drang eine tiefe, gepreßte Stimme an mein Ohr, kaum mehr als ein Flüstern, genauso unverständlich, unbestimmbar wie der Traum gerade eben …

»… es geht nicht anders … drinnen bei dem verdammten alten Knacker … Angst, mehr Angst denn je in meinem Leben … muß jetzt schlafen, morgen ist ein anstrengender Tag …«

Auf dem Rückweg stand ich für einen Augenblick still im Flur, noch immer vom grellen Licht im Waschraum geblendet, noch immer etwas benommen, wie man eben ist, wenn man zu früh aufwacht und alle Müdigkeit einem noch in Körper und Geist steckt.

Jetzt aber waren keine Stimmen mehr zu hören.

Ich stolperte auf den Lichtkegel zu, der sich dort bildete, wo meine Tür auf den Flur hinausging.

Ich schloß die Tür, lag in meinem Bett und horchte hinaus in die Dunkelheit.

Böse Träume, böse Worte …

In was für ein Haus war ich nur geraten?

3

Die Uhr zeigte kurz nach sechs; es regnete nicht mehr, aber am Fußende stand der Staatsminister und schrie, die Torte habe achtzig Kerzen: »Stell dir vor, achtzig Kerzen!«

Ich brummelte etwas davon, es wäre seltsamer gewesen, wenn sie sieben oder siebzig gehabt hätte, rappelte mich hoch und scheuchte den kindlich erregten Schwager aus dem Zimmer. Ich spielte mit dem Gedanken, mir nur den Morgenmantel überzuziehen und mich wieder ins Bett zu legen, nachdem ich die Aufwartung bei meinem achtzigjährigen Gastgeber hinter mich gebracht hätte. Aber ich widerstand der Versuchung. Auf dem Lande oder in dessen Grenzbereichen, wozu man Ädelsta zählen konnte, würde ein derartiger Aufzug bestimmt als nachlässig oder womöglich sogar unanständig angesehen werden.

Auf der Treppe traf ich auf eine unbekannte Dame, die mit hoher Stimme mitteilte, sie sei auf dem Weg zur Toilette. Im selben Atemzug kam ein etwas unvermitteltes: »Therese Carlsson, Schriftstellerin«.

In früheren Zeiten pflegte ich bei meinen spärlichen Begegnungen mit Schriftstellern etwas in der Form zu murmeln wie, daß ich mit Interesse ihre Werke gelesen hätte. Damit habe ich aufgehört. Es werden heutzutage schließlich so viele eigenartige Bücher geschrieben. Was für einen Eindruck würde es machen, wenn ein ältlicher Pädagoge – womöglich noch vor seiner Klasse – behauptete, er habe mit Freude und Interesse von einer Veröffentlichung Kenntnis genommen, die sich bei näherer Betrachtung beispielsweise als Studie über Gruppensex erwies?

Therese Carlsson war eine große, stattliche Frau von bestimmt gut sechzig Jahren. Das Haar hing ihr weiß und schlaff um ein Gesicht, das zu breit war, um es pferdeförmig nennen zu können, aber zu lang, um direkt anziehend zu sein, und wo die Haare endeten, begann etwas von der Form eines Sackes und, soweit ich es auf der dunklen Treppe erkennen konnte, auch von der Farbe eines solchen.

»Ich muß ...«, fuhr sie in ihrer Unterhaltung fort.

Ganz offensichtlich galt ihr Interesse an Toiletten nicht dem Abstrakten, Architektonischen, sondern hatte etwas Zwingendes und Dringendes.

Ich sammelte mich, murmelte: »Studienrat Persson, lassen Sie sich von mir nicht aufhalten!« Und die Frau stieg die Treppe mit langen Schritten und einer kraftvollen, dankbaren Geste weiter empor. Ich selbst ließ mich vom Geländer abwärts führen, während ich darüber nachsann, ob ich mich in meinem Eifer, geschwind zu Hilfe zu eilen, möglicherweise unpassend ausgedrückt hatte.

Unten in der Küche, zwischen blank gescheuerten Kupferkesseln und großzügigen Marmorbänken, fand ich die Gesellschaft, in unterschiedlichste Formen von Festtagsgewändern gehüllt.

Dem Botschafter, hier im Jackett, gelang es, auch in diesem Ambiente und zu dieser frühen Morgenstunde auszusehen wie ein Doyen auf dem Weg zum Neujahrsempfang eines Staatsoberhaupts. Im stillen war ich dankbar für meine Willensstärke, daß ich auf den Morgenmantel verzichtet hatte, und knöpfte die Jacke auf, um alle Welt sehen zu lassen, daß ich Weste trug.

Der beleibte Apotheker, der die Knickerbocker gegen einen dunklen Anzug getauscht hatte, machte in gedämpfter, verschwörerischer Stimme Konversation mit dem schmächtigen General, dem es noch nicht einmal in seiner Paradeuniform glückte, besonders farbenprächtig oder kriegerisch auszusehen.

Mommy stand am Herd und wachte über die Kaffeekanne und murmelte und brummelte, es sei eine Sünde und Schande, daß man einem Achtzigährigen mit Lied und Torte aufwartete, als sei er ein Kleinkind.

Die Person aber, die das Geburtstagstablett richtete und die notwendigen Anweisungen erteilte, war eine auffallende Dame von etwa 35 Jahren. Das rabenschwarze Haar und die leicht olivfarbene Haut verliehen ihr fast das Aussehen einer Inderin. Sie war gut zu hören und zu sehen von dort, wo sie am Tisch in der Zimmermitte stand, leicht über die mit Kerzen übersäte, riesige Torte gebeugt.

»Mein Schwiegervater wird von dieser Torte begeistert sein, da bin ich mir ganz sicher. Wenn ich mich jetzt bloß nicht verzählt habe, daß es auch wirklich achtzig Kerzen sind! Aber ach, wie ist das Tablett schwer! Wer trägt es, es muß jemand Kräftiges sein ... Herr Apotheker Karlander, Sie schaffen es bestimmt. Für die Blumen ist aber kein Platz mehr, die muß Ejnar nehmen. Ja, selbstverständlich trägt der Sohn den Geburtstagsblumenstrauß! Das schafft er gerade noch, das weiß ich!«

Man hätte es als Scherz abtun können, als kleine Neckerei unter Eheleuten, dem war aber nicht so. Es war dem kurzen, gemeinen Lachen anzuhören und an dem vielsagenden, aber nicht sonderlich liebevollen Blick abzulesen, der aus den mandelförmigen Augen hinüber zum Kühlschrank spritzte.

Von dort kam ein Lachen zur Antwort, angestrengt und laut, wie nur ein Junge im Stimmbruch lachen kann, wenn er versucht, etwas männlicher und selbstsicherer zu klingen, als er ist.

Es war zwar kein Junge, der dort stand, aber das Lachen erfüllte vielleicht doch einen Zweck.

Denn an dem Mann, in dem ich den Gatten der ordnenden Hand und den Sohn des Fabrikdirektors Adolf Lindberg zu erkennen glaubte, fand sich ansonsten nicht viel, das auf Virilität und Stärke schließen ließ. Was er vom Vater hatte, das war die Körpergröße, und in der Hinsicht war nicht viel zu holen gewesen. Er selbst hatte durch Fett einen eigenen Beitrag geleistet – dies mit Vorbehalt meiner Unkenntnis dessen gesagt, was die Mutter von diesem Gut mit ins Nest gebracht haben mochte. Denn fett war er, der Sohn des Fabrikdirektors, ordentlich fett, geradezu schlachtreif, tierisch fett, und er hatte so viel Speck an ein so kurzes Skelett gehängt, daß es nicht schön aussah, und das war ihm selbstverständlich bewußt und darum hatte er dieses Lachen, dachte ich mir. Das Gesicht, für sich genommen, war nicht gerade appetitlich. Die Nase zeigte nach oben, und über der Stirn und den Augen zeichnete sich eine zusammengedrückte, entschieden verkniffene Linie ab, die möglicherweise von einem dicken Brillengestell hätte verborgen werden können. Doch auf der Nase saß keine Sehhilfe und über der Stirn verloren sich nur einige schüttere, grau-zottelige Haarsträhnen, gleich getrocknetem Seegras auf einem halbverrottetem, aus dem Wasser ragenden Pfahl.

Ich begrüßte die Anwesenden und begann mit geringer Hoffnung auf baldigen Fortschritt zu versuchen, im Hause meine Stellung als Schwager des inzwischen erwachsenen Kindes zu erkunden, dem Tante Mommy vor längst vergangenen Zeiten gegen Bezahlung einmal einen Klaps auf den Hintern verpaßt hatte. Es gestaltete sich jedoch überraschend einfach, und aus all dem Fett heraus wurde ich von zwei braunen, scharfen Augen – den Augen des Vaters – betrachtet. Wie zwei Rosinen in einer Hefewecke, konnte ich gerade noch denken, ehe seine Frau sich daran machte, uns zur Prozession aufzustellen.

»Aber wo bleibt denn Therese Carlsson?« flüsterte der

General, gewohnt, nicht durch unnötige Lautstärke oder Säbelgerassel vorzeitig die Lage der Truppe im Feld zu verraten. In dem Augenblick hörte man, wie die hochgewachsene Schriftstellerin die Treppe hinuntertrampelte, einem verspäteten Infanterie-Regiment auf dem Weg zum Appellplatz nicht ganz unähnlich. Sie wurde von gezischten Vorwürfen und leisen Verwünschungen empfangen, ins Glied gestellt, ganz nach hinten wie ein Anker, und so zogen wir aus der Küche, durch den Flur und das Wohnzimmer ins Eßzimmer, wo wir vor der großen, dunklen Tür Aufstellung nahmen.

Mir war es schon in der Küche aufgefallen und hier war es noch deutlicher spürbar.

Etwas war nicht so, wie es sein sollte, etwas stimmte hier ganz und gar nicht. Ich erinnerte mich im Lauf der Jahre an so viele morgendliche Aufwartungen, und alle waren begleitet von Gekicher, Scherzen und Vorfreude. Hier fehlte dergleichen, bloß erdrückendes Schweigen und eine Anspannung von Grund auf, die nicht die richtige war.

Lag es an mir, dem Fremdling im Hause, und dem Umfeld, die Mißstimmung aufkommen ließen, dachte ich, oder beruhte alles vielleicht darauf, daß wir alt waren oder keine Kinder dabeihatten? Alter auf dem Weg zu einem finsteren Stelldichein mit dem Greisentum?

Doch etwas anderes und Schlimmeres war die Ursache …

Die Tür wurde mit einem leichten Knarren geöffnet.

Die Dunkelheit.

Das Lied.

Der Schrei.

»Zieh doch jemand die Vorhänge zurück! Macht Licht hier drinnen!«

Sogar der Apotheker war offensichtlich durcheinander, seine Hände waren von einem gewaltigen Tablett gebunden. General Ygdecrantz machte ein paar verzagte Schritte, Mommy aber war schon am Fenster schräg hinter dem Kopfende des Bettes.

Der alte Mann lag auf dem Rücken. Die Decke reichte nur knapp über die Brust, und die Falten des Nachthemdes waren vollkommen regungslos. Die durchscheinend weißen Hände ruhten auf dem Überschlaglaken, nicht gefaltet, jedoch einander zugewandt, als seien sie nahe daran gewesen, sich zu vereinigen. Der Kopf war zur Seite gefallen, und die Augen waren geschlossen. Doch der Mund stand offen, wie erstarrt zu einem Schrei oder geweitet im letzten, krampfhaften Versuch des Körpers, Sauerstoff zu atmen …

Und dann sah ich, daß er sich übergeben haben mußte. Es hing um den Mund, am Kinn etwas Zähflüssiges, Mehlartiges, Blutvermischtes.

Auf dem Nachttisch standen ein Glas Wasser und ein kleines Arzneigläschen. Dort lag ebenfalls ein Buch, doch da dessen Umschlag fehlte und sein Rücken mir nicht zugewandt war, konnte ich den Titel nicht erkennen.

»Ist er … ist er tot?« stieß Frau Lindberg hervor, unerwartet, gellend, und ich dachte, sie mußte es gewesen sein, die eben im Halbdunkel geschrien hatte.

Der Apotheker, der sein Tablett auf dem Fußboden zur Notlandung gebracht hatte, saß auf der Bettkante, und seine Hände tasteten über den dünnen Körper. Die riesige Hand blieb schließlich auf dem Hals des Greises liegen. Ein Druck bloß und er zerbricht die Halswirbel wie ein Streichholz, schoß es mir durch den Kopf.

»Ja, jetzt ist er für immer tot.« Der Apotheker erhob sich langsam. »Und er ist es schon eine ganze Weile. Aber wir müssen einen Arzt bestellen. Ejnar, kannst du einen anrufen …?«

Die in all dem Fett versunkenen Äuglein blitzten zwar auf, er aber rührte sich nicht, antwortete nicht. Er sah unverwandt auf die kleine, dünne Gestalt in dem Bett, die – widersinnig, nahezu grotesk – der Ursprung seines irdischen Lebens war.

Doch dann entfernte sich Mommy mit wenigen, schnellen Schritten vom Fenster und sank neben dem Bett auf die Knie. Sie strich über die Hand ihres alten Bruders, unaufhörlich, wie um ihm die Wärme des Lebens wiederzugeben, und sie weinte still, untröstlich. »Liebster kleiner Adolf«, hörte ich sie flüstern, »liebster kleiner Adolf«. Ihr Kopf ruhte an seinem Arm.

Als sie sich endlich erhob, schwankte sie leicht, schob jedoch die stützende Hand fort, die ihr der Neffe angeboten hatte. Sie drehte sich zu ihm um, und ich sah ihr direkt ins Gesicht. Die Tränen waren nicht fort und auch nicht der Schmerz und der Verlust, die sich dahinter verbargen.

Aber jetzt lag auch Wut darin, Zorn und – für eine flüchtige, böse Sekunde – Haß.

Dann stolperte sie aus der Tür.

Doch sie sollte das Zimmer nicht allein verlassen.

Ihr hinterher lief ein junges Mädchen. Sie mußte hinter uns gestanden haben, vielleicht versteckt zwischen den dunklen Schränken, und jetzt schoß sie hervor wie ein aufgescheuchtes Tier.

Sie hatte einen Pferdeschwanz, trug Jeans, und in der Hand hielt sie einen kleinen Strauß weißer Blumen.

Und wenn ich recht gesehen hatte, dann weinte auch sie.

4

Doktor Tomander, ein sympathischer, grauhaariger Mann, traf nur wenige Minuten später unter liebenswürdigem Räuspern ein, untersuchte seinen Patienten ein letztes Mal und verschwand unter zunehmend nervöserem Räuspern, nachdem er konstatiert hatte, daß es sich hier vermutlich um einen Fall für die Polizei handelte.

»Ist im Verlauf der vergangenen Nacht gestorben, möchte ich vermuten. Seltsam, sehr seltsam, ich habe immer geglaubt, er würde neunzig werden. Sonst immer gesund wie ein Fisch, ährrm, im Wasser. Habe ihn dreißig Jahre lang als Patienten gehabt, habe ihn erst letzten Donnerstag gründlich untersucht. Kern-, ährrm, gesund. Leichter, zarter Körperbau, wunderbarer Blutdruck, prima Herz. Das Arzneiglas? Ja, seit vielen Jahren hat er die Angewohnheit, zur Nacht zwei Kapseln Schlafmittel zu nehmen. Ganz, ährrm, ungefährliche Angewohnheit in seinem Alter. Gewohnheitsmensch von Natur aus. Die Todesursache, ährrm?«

Doktor Tomander hatte sich vorgebeugt und schnupperte oberhalb des verfärbten, fleckigen Halsbündchens.

»Zwiebel, ährrm, es riecht nach Zwiebel ... Hat er gestern Hackbraten oder etwas anderes mit Zwiebel gegessen? Nein, ährrm? Und das hier ist Blut? Nein, er ist bestimmt im Schlaf gestorben, an Erbrochenem erstickt, ganz sicher. Möglich, daß ihm etwas, ährrm, Unbekömmliches verabreicht wurde, etwas, ährrm, sehr Unbekömmliches. Möchte fast Arsen vermuten ...«

Dann hielten Kommissar Svensson und alle seine Mitarbeiter Einzug ins Haus.

Ich selbst hatte mich hinauf aufs Zimmer verzogen, doch der Staatsminister blieb noch unten. Nach einer Stunde kam er indessen hereingestürmt und setzte vor Aufregung glühend zu einem verworrenen Vortrag an.

»Der Gerichtsmediziner sagt auch, es kann eine Arsenvergiftung sein! Aber um sicher zu gehen, müssen sie natürlich die Leiche obduzieren. Sie schneiden ihn auf und untersuchen den Inhalt von Magen und Darm und ...«

Ich hatte ihn mit einer matten Handbewegung um Mäßigung gebeten.

»Sollte es sich tatsächlich um Arsen handeln, dann muß er es gestern abend sehr spät zu sich genommen haben oder vor Mitternacht, und es kann ein Unfall oder Selbstmord oder Mord sein«, fuhr der Staatsminister begeistert fort. »Ich hoffe ... glaube, es ist Mord! Wie sollte es ein Unfall sein? Es gibt keine Spur von Arsen oder eines anderen Giftes im Zimmer des alten Knaben oder in seiner Toilette, das halten wir für bereits erwiesen. Wir arbeiten ... ja, als Justizminister bin ich doch der Polizeichef, das meiste ist Papierkram und Organisation und so etwas Langweiliges, du weißt schon, da ist Feldforschung einmal ganz angen... nützlich. Ich habe übrigens einige Beobachtungen gemacht, die ihrer Meinung nach sehr bemerkenswert sind, haben sie gesagt.«

In Gedanken galt mein Mitleid der einheimischen Polizei. Läuft einem der höchste Chef – und was für ein höchster Chef – zwischen den Beinen herum, ist es verständlich und sehr menschlich, wenn ein junger Polizeianwärter versucht, ihm ein paar freundliche Worte zukommen zu lassen, auch wenn er keine andere Entdeckung gemacht hatte als die, daß die Leiche tot ist.

»Und Selbstmord?« überlegte der Staatsminister laut weiter. »Warum hätte er sich das Leben nehmen sollen? Gestern abend hat er schließlich mit einer solchen Begeisterung von seinem Geburtstag gesprochen und daß sein Sohn kommt und war so unglaublich munter und ausgelassen, finde ich. Nein, es muß Mord sein.«

Ich schüttelte eine Herztablette aus meiner Pillendose und schluckte sie. Der Staatsminister schaute interessiert zu, als hoffe er auf einen neuen spannenden Leichnam.

»Und der Mörder muß sich hier im Haus aufhalten. Fenster und Türen sind abgeschlossen und verriegelt gewesen, und wir haben keine fremden Fußabdrücke im Garten gefunden. Und nach dem Regen müßten welche zu finden sein. Ganz ausgezeichnetes Wetter mit Blick auf die Ermittlung.«

Der Staatsminister schaute anerkennend hinaus auf den leichten Nebel vor dem Fenster.

»Meine Theorie ist, jemand von uns hat gestern abend den Inhalt der Kapseln mit dem Schlafmittel gegen Arsen ausgetauscht.«

Ich ertappte mich dabei, wie ich mich heftig fort aus meinem gemütlichen Zimmer sehnte, zurück ins Hotel und zum heiligen Sebastian.

»Sie sind aus Gelatine, diese Dinger, bestehen aus zwei Hülsen, die ineinander geschoben werden. Zieht man sie auseinander, kommt das Schlafpulver zum Vorschein. Man kann es ganz einfach ausschütten und zum Beispiel statt dessen Arsen hineinfüllen und dann die beiden Hälften wieder zu einer Kapsel zusammenschieben, die genauso aussieht wie vorher. Und dann, spät am gestrigen Abend, hat der alte Knabe wie immer seine zwei Kapseln eingenommen. Doch wenigstens eine davon war mit Arsen gefüllt. Er ist eingeschlummert – das Arsen wirkt bestimmt ganz langsam – und ist dann ein paar Stunden später im Schlaf gestorben, vielleicht an Erbrochenem erstickt.«

»Wer war gestern abend hier?« fuhr der Staatsminister in seinem makaberen Monolog fort. »Von dir und mir abgesehen – haben sie dich übrigens verhört? – und Mommy, dann waren da noch der General, der Botschafter und der Apotheker. Der Apotheker ist gegen elf Uhr nach Hause gegangen, und wir anderen haben uns noch bis halb zwölf unterhalten, als der alte Knabe sich noch immer gesund und gut in Form zurückgezogen hat und wir nach oben auf unsere Zimmer gegangen sind. Im Lauf des Abends kann sich jeder von uns ins Schlafzimmer des Fabrikdirektors geschlichen und eine seiner Kapseln geleert und mit Gift wieder gefüllt haben. Wenn mich mein Gedächtnis nicht ganz täuscht, dann hat jeder von uns gestern abend die Gesellschaft einmal verlassen, wenigstens für einige Minuten. Und mehr dürfte wohl ein einigermaßen geschickter Mensch nicht brauchen. Nach Mitternacht ist aus Stockholm der Sohn mit seiner Frau gekommen, Olivia heißt sie, der Name paßt übrigens gut zu ihrer Haut. Scheint verdächtig, laut Plan hätten sie erst heute zur Aufwartung eintreffen sollen. Waren bestimmt noch drinnen bei dem alten Knaben, nachdem er zu Bett gegangen war. Das Gläschen mit dem Schlafmittel auf dem Nachttisch war ganz neu, war gestern von der Apotheke angefertigt worden, und der alte Knabe hatte es gestern nach dem Mittagessen persönlich abgeholt. Warte mal, das bedeutet doch, daß der Mörder nicht unbedingt gestern *abend* hier im Haus gewesen sein und das Gift gemischt haben muß. Es reicht, wenn er oder sie *irgendwann* im Lauf des gestrigen Tages Zutritt zum Haus und dem Schlafzimmer gehabt hat …«

Der Staatsminister kritzelte etwas mit gewichtiger Miene in sein Notizbuch.

»Nimmst du Arsen für Herz oder Gedärme oder so? Ja, ich frage doch bloß, wir müssen schließlich herausfinden, wem das Gift zur Verfügung gestanden hat.«

Um die Aufmerksamkeit von meiner Person abzulenken, erwähnte ich, daß ich vor der Aufwartung auf der Treppe der

Schriftstellerin Carlsson begegnet sei. Der Staatsminister machte ein interessiertes Gesicht.

»Ach, wirklich, streunt frei umher? Beweist, daß sie sich hier zu Hause fühlt und ungeniert bewegt. Das müssen wir näher untersuchen.«

»Und wer war das Mädchen, das nach Mommy aus dem Schlafzimmer gelaufen ist?« ergänzte ich.

»Lotta. Hilft Mommy während des Sommers im Haushalt. Liebes, kleines Ding – erst siebzehn Jahre alt. Nein, jetzt muß ich gehen! Finde im Lauf des Tages so viel wie möglich heraus, sprich mit den Verdächtigen und überprüfe Umfeld und Stimmung und so! Vernichte aber keine Spuren!«

Damit zog er seiner Wege, um sich mit den anderen Mitgliedern der Harpsundsliga zu vereinigen, und ich wurde einem sanften Verhör durch einen freundlichen Kommissar unterzogen, der keinen Verdacht gegen mich zu hegen schien.

Die nächste Besucherin war Olivia Lindberg, die sich erkundigte, ob ich nicht mit Tante Mommy und ihr unten zu Mittag essen wolle.

»Wir sind nur zu dritt, mein Mann mußte zur Bank und zum Anwalt und hat in der Küche ein paar belegte Brote gegessen.«

Sie schien ein wenig bedrückt, die Augen flackerten ein bißchen in ihren mandelförmigen Höhlungen, und ich fragte mich, wie ihr Mädchenname sein mochte und ob ich sie vielleicht einmal unterrichtet hatte. Schüler bilden sich oft ein, man würde sich noch nach Jahren an ihre dürftigen Leistungen und mehr oder weniger gemeinen Streiche erinnern, einige glauben sogar, man entsinne sich mit Wut und Rachegelüsten ihrer, und die Stimmung ist in solchen Fällen selten ganz ungezwungen. Mal sehen, ob sie fünfunddreißig ist, dann wäre es Ende der fünfziger Jahre gewesen ... Aber nein, diese Augen hätte ich wiedererkannt! Und dieses Zusammenspiel von Geschmeidigkeit und Kraft in den Bewegungen, dachte ich mir, wie ich so die Treppe hinter ihr hinunterging.

Mommy wartete im Eßzimmer.

Die Tränen und die Aufregung des Morgens hatten sich gelegt; sie schien ruhig und gefaßt. Das Gesicht jedoch, dessen Blässe mich schon am Abend zuvor fasziniert hatte, war weiß wie die Spitzenkrause am Hals.

Wir setzten uns zu Tisch.

Wenn der Tod einen alten Menschen ereilt, kommt er häufig wie ein Freund, und nach den richtigen Worten braucht man nicht lange zu suchen. Ein altes, verbrauchtes Herz versagt, und der gequälte Körper und der gepeinigte Geist kommen zur Ruhe – darin gibt es kein Vertun. Doch hat jemand den Tod gerufen, wurde der Greis des Nachts mit Gift von Menschen, die er geliebt hatte, aus einem Leben ohne Qualen, aus einem Zuhause, das sich auf ein Fest vorbereitete, herausgerissen – dann muß man seine Zunge hüten.

Und die Stille war nicht gerade eine Erleichterung.

Olivia Lindberg fragte mich rasch hintereinander, ob ich Bier oder Wasser wünsche, ob ich vielleicht lieber mit Blick auf den Garten sitzen wolle und ob ich Kasseler äße und als ich ihr geantwortet hatte und von neuem Stille eintrat, erzählte sie, sie habe soeben Tante Mommy berichtet, daß sie und ihr Mann rein zufällig schon am gestrigen Abend in Ädelsta eingetroffen seien.

»Es war schließlich abgemacht, daß wir erst heute kommen.«

Sie hatte eine sonore, angenehme Stimme, doch die Worte strömten ihr schnell, fast beschleunigt aus dem Mund.

»Aber wir sind zum Abendessen in Saltsjöbaden eingeladen gewesen und konnten schon gegen elf los, und da haben wir gedacht, tja, eigentlich war es Ejnars Idee, daß wir genausogut gleich herfahren konnten, dann würden wir bei der morgendlichen Aufwartung dabeisein und hier noch den ganzen Tag vor uns haben. Für Ejnar steht ... für uns steht schließlich oben immer ein Zimmer bereit. Ich bin schnell gefahren, tja, ich bin immer so nervös, wenn ich tatenlos neben Ejnar sitzen muß, und außerdem hatte er einige Gläser getrunken, aber wir sind erst nach zwölf hier angekommen, da waren alle schon im Bett. Wir haben mit Ejnars Schlüssel aufgeschlossen und sind auf leisen Sohlen hineingegangen, um Onkel Adolf nicht aufzuwecken, aber er hat im Bett noch gelesen und uns zu sich gerufen. Er hat sich so gefreut, Ejnar zu sehen. In der Gesellschaft war ich dann wie üblich recht überflüssig, deshalb habe ich ihm nur von der Tür aus zugewinkt und ihn begrüßt, anschließend bin ich hinauf und zu Bett gegangen. Ejnar ist auch nicht so lange geblieben, es war schließlich schon spät, und Onkel Adolf hatte einen anstrengenden Tag vor sich ... Er war bestimmt gesund ... Ejnar konnte ja nicht wissen ...«

Hier verstummte sie, als seien ihr alle Wege versperrt.

Im Verlauf der restlichen Mahlzeit bemühte ich mich, belanglose und neutrale Gesprächsthemen zu finden, doch es glückte mir nie, Olivia ins Gespräch einzubeziehen. Und wenn Mommy angelegentlich Fragen direkt an sie richtete, bekam sie kurze, fast einsilbige Antworten.

In dem Augenblick, da ich Messer und Gabel aus der Hand legte – Mommy hatte nur ein paar Kekse gegessen –, schaute Olivia Lindberg auf ihre Uhr und rief aus: »Ich hätte ja Ejnar vor zehn Minuten an der Bank treffen sollen!«

Dann hauchte sie Mommy einen Kuß auf die Wange, schnell, flüchtig, wie ein Mensch mit Bazillenphobie einen unausweichlichen Hund streichelt, und murmelte ein »Verzeih, liebe Tante« und fehlte bei Kaffee und weiterer Geselligkeit.

Als wir dann allein im dunklen, aber gemütlichen Wohnzimmer saßen und Mommy den Kaffee eingeschenkt hatte, war scheinbar etwas von der angespannten und bedrückenden Atmosphäre verflogen, und sie begann, von sich und den ihren zu erzählen, und ich stellte fest, daß es für sie eine Erleichterung war, darüber sprechen zu können.

»Hätten Sie, Herr Persson, vielleicht lieber eine Tasse Tee gehabt? Ja, aber von Kaffee wird man doch etwas munterer. Wie schade, daß Olivia keine Tasse getrunken hat! Ich frage mich, warum sie so ... Ich bin so traurig, wissen Sie, Herr Persson, ich werde so schwer warm mit ihr. Manchmal scheint sie mir so unnahbar und so ... hart. Aber ich komme ihr bestimmt schrecklich alt vor, und das bin ich ja auch, bald fünfundsiebzig. Und wir haben nicht so oft die Gelegenheit, uns etwas näher kennenzulernen. Es ist erst zwei Jahre her, daß sie und Ejnar geheiratet haben. Nein, sie ist ein Stockholmer Mädchen. Sie haben sich kennengelernt, als Ejnar sich ein Bein gebrochen hatte und in das Krankenhaus eingeliefert wurde, in dem Olivia Krankenschwester war. Und wir, Adolf und ich, haben uns so gefreut und ich, daß Ejnar endlich jemanden gefunden hat, den er liebgewinnen konnte. Aber jetzt finden Sie bestimmt, ich bin eine gemeine, alte Frau, wenn Sie mich so reden hören, aber ich kann nicht finden, daß sie die richtige Ehefrau für Ejnar ist. Über das Verhältnis zwischen Eheleuten können sich Außenstehende kein Urteil erlauben, aber sie ist so ironisch und ... ja, manchmal richtig höhnisch ihm gegenüber und verunsichert ihn, und das ist nicht gut, ganz und gar nicht gut. Wissen Sie, Ejnar ist schon immer ein verunsicherter Mensch gewesen, schon seit seiner frühesten Kindheit. Seine Mutter ist gestorben, als er erst fünfzehn Jahre alt war, und Adolf hat so große Ansprüche an ihn gestellt. Immerzu sollte er der Beste und Fleißigste sein. Manchmal denke ich, er ist Bankdirektor geworden, nur um sich selbst und seinem Vater zu beweisen, daß er tatsächlich etwas leisten kann. Doch im Grunde seines Herzens ist er nach wie vor ein unsicherer und recht schwacher Junge, das ist oft ganz deutlich zu spüren. Aber das hat Adolf ja nie eingesehen. Er hat geglaubt, er sei so, wie er nach außen wirkt: sicher, ruhig und geschäftsmäßig. Olivia ist viel stärker, und sie könnte ihm durchaus das Gefühl von Sicherheit und Geborgenheit geben, das er braucht. Aber sie treibt ihn an, will, daß er eine glänzende Figur macht, sich Auszeichnungen erwirbt und Geld verdient. Und gelingt es ihm nicht immer, dann ist sie gemein und nörgelt an ihm herum, wenn andere es hören, und das finde ich so abscheulich.«

Mommy ließ die große, graue Katze auf ihren Schoß springen, wo sie sich zusammenrollte und einschlief.

»Olivia ist stark«, murmelte sie. »Aber heute war sie nicht wie sonst. Aber das ist wohl niemand von uns, nehme ich an ...«

Ich fragte, ob ihr Bruder jener mittellose Handwerkersohn sei, der im Alter von achtzehn Jahren mit einer bescheidenen Produktion von Wäscheklammern begonnen hatte, die er durch Fleiß und Begabung ausgebaut und in einen geradezu industriellen Betrieb verwandelt hatte, der auf seinem Gebiet zum führendsten im Lande gezählt hatte, als er ihn vor zehn Jahren verkaufte.

Es schien ihr alles andere als schwerzufallen, über ihren Bruder zu sprechen; die Augen strahlten vor Stolz und Bewunderung, und in die Stimme legte sie Gefühl und Lebendigkeit. Sie war wieder glücklich, in der Welt der Vergangenheit.

Doch dann holten sie die Ereignisse des Morgens ein und damit die Tränen.

»Ja, es ist dumm von mir, daß ich weine, aber er war der einzige, den ich hatte, und ich hatte ihn so gern. Ich selbst habe ja nie die Gelegenheit gehabt, zu heiraten und Kinder zu bekommen, dazu ist nie Zeit, wenn man sich um anderer Leute Kinder kümmert, und als Adolf nach Ellas Tod Witwer war und ich hierher gekommen bin, um ihm den Haushalt zu führen, da war ich zu alt, um hier noch richtige Freunde zu finden. Und Ejnar und Olivia haben so viel zu tun und wohnen so weit fort. Und andere nahe Verwandte habe ich nicht. Natürlich konnte Adolf zu anderen unfreundlich und ... hart sein, er war schließlich Geschäftsmann, aber zu mir war er immer so lieb und aufmerksam. Nicht, daß ich ihm in tieferem Sinn so viel bedeutet hätte, er hat schließlich seinen geliebten Ejnar gehabt, aber er war es gewohnt, daß ich da war, und es war ihm sehr recht, daß ich mich um die praktischen Dinge kümmerte. Als ich hier eingezogen bin, ja, das ist nun schon dreißig Jahre her, da hat er gesagt, ich solle das Haus hier als mein eigenes Heim betrachten und in allem nach meinem Gutdünken schalten und walten. Und das habe ich während all der Jahre auch getan. Und heute abend hätte ich wie immer als Gastgeberin am Tisch gesessen, ja, damit hat es mein Bruder ganz genau genommen. Nicht, daß wir so oft Abendessen geben würden, Adolf und ich haben einige Bekannte, und wir machen es gern.«

Sie streichelte den glänzend grauen Pelz.

»Aber was sitzt Frauchen hier rum und redet, und du hast dein Futter noch nicht bekommen, meine keine Missan! Und Pelleman, der Ärmste, liegt natürlich in der Küche und wartet vor dem Freßnapf. Ja, ja, es kommt jetzt viel Arbeit auf uns zu. Aber trotz allem ist es ein Trost zu wissen, daß ich alle Hände voll zu tun haben werde, bis ... bis die Beerdigung vorbei ist. Und verzeihen Sie mir, lieber Herr Persson, daß ich so viele Dinge erzählt habe, die Sie bestimmt nicht interessieren, aber es ist eine solche Erleichterung, sich an so einem Tag die Dinge von der Seele reden zu dürfen.«

Sie war aufgestanden und begann die Tassen zusammenzustellen.

»Ja, mein Junge war so lieb und hat sich angeboten, noch ein paar Tage hier zu wohnen, und ich hoffe natürlich, Sie auch. Ejnar und Olivia fahren schon morgen nach Stockholm zurück, er hat so viele Geschäfte zu tätigen, dafür muß man

Verständnis haben, dennoch wird es schwer werden, diese Tage ganz allein hier zu sein. Ich habe natürlich Lotta, das Mädchen, das mir im Haushalt hilft, aber sie ist ja noch ein Kind.«

Mit gemischten Gefühlen versprach ich zu bleiben.

5

Bereits um zwei Uhr stürmte der Staatsminister von Harpsund herein, wo er offenbar ausgiebig herumgesessen und Energie getankt hatte.

»Na«, begann er in herausforderndem Ton, als sei ich ein Rapportpflichtiger auf unterer Beförderungsebene, »ist dir etwas Verdächtiges aufgefallen?«

Es war zwar nicht der Fall, ich inspizierte jedoch schleunigst die Speisekammer und entdeckte etwas kalten Aufschnitt – abgesehen von den Worten, die ich auf meiner nächtlichen Wanderung zur Toilette gehört hatte, war das alles, was ich ihm anzubieten hatte.

»Was hat er ganz genau gesagt?« fragte der Staatsminister und holte Stift und das schwarze Notizbüchlein hervor.

»An den ganz genauen Wortlaut kann ich mich nicht erinnern, aber es ging darum, daß er drinnen bei dem verdammten alten Knacker gewesen war und er Angst hatte und er schlafen mußte, denn dieser Tag würde anstrengend werden.«

Der Staatsminister wirkte von meiner kleinen Erzählung entschieden gefangen genommen.

»Aber dann ist die Sache doch klar! Er war selbstverständlich bei dem alten Knaben im Zimmer gewesen und hat ihm die Arsenkapsel untergeschoben, und dann hatte er Angst vor der Polizei und dem Verhör. Hast du das der Polizei mitgeteilt? Egal, letzten Endes bin schließlich ich die Polizei.«

Er schaute zufrieden aus. »Und wer hat da gesprochen?«

Ich antwortete, daß ich es nicht wisse und auch nicht ausmachen konnte, aus welchem Zimmer die Stimmen zu hören waren.

Der Staatsminister sah für einen Augenblick so aus, als erwäge er, die Polizeimarke zu zücken und außergewöhnliche Maßnahmen zu ergreifen.

»Na, da es dir immerhin gelungen ist, festzustellen, daß es sich um einen Mann handelte, muß es entweder der General oder der Botschafter oder der Bankdirektor gewesen sein.« Er klopfte sich mit dem Stift an die Zähne. »Ist es tatsächlich möglich, daß einer von den dreien laute Selbstgespräche führt? Ich glaube nicht, daß dem Außenministerium oder Generalstab oder der Bankenaufsicht so etwas gefallen würde. Die Sicherheit des Landes und dergleichen, du weißt schon. Sofern es sich nicht um so etwas wie ein verspätetes, lautes Abendgebet gehandelt hat. Du mußt herausfinden, ob einer von den dreien die Angewohnheit hat, abends zu beten.«

»Ich?«

»Ja, als Lehrer bist du es doch wohl gewohnt, fast alles zu fragen. Ich erinnere mich, wie unser Schwedischpauker uns Aufsätze schreiben ließ über ›Meine Meinung über die Religion‹ und ›Meine Meinung über die Liebe‹ und ›Meine Meinung über die Politik‹ ... Ziemlich indiskret, muß ich sagen. ›Meine Meinung über die Politik‹ ... Nicht einmal Erlander würde mich so etwas fragen. Ich finde, ein Mindestmaß an Privatsphäre muß einem schon gestattet sein ...«

Er verlor sich noch tiefer in sein Geschwätz, und ich versuchte, ihn wieder auf den Boden der Tatsachen zurückzubringen, indem ich darauf hinwies, daß die einzigen Personen im Haus, die sich ein Zimmer geteilt hatten, der Bankdirektor und seine Frau waren und ich darum mit aller Wahrscheinlichkeit die beiden gehört hatte.

Der Staatsminister schien mit meiner Kunst, Schlußfolgerungen zu ziehen, nicht unzufrieden zu sein, es gelang ihm jedoch, auf eine Seitenspur umzulenken.

»Warum bist du mitten in der Nacht im Haus herumgelaufen?«

Ich erklärte es ihm.

Er saß eine Weile still da.

»Wie seltsam«, sagte er dann.

»Was ist seltsam?«

»Ja, daß wir ... daß immer jemand von uns beiden auf dem Klo sitzt, wenn in der Nähe gemordet wird. Letztes Mal, auf Lindö, war ich es und jetzt ... du. Paß bloß auf, daß der Kommissar keinen Wind davon kriegt. Ich stehe dann kurz vor der Verhaftung und Absetzung. Eine ganze Woche lang sind die damals hinter mir hergewesen. Willst du, daß ich sage, ich war dabei? Dann hast du ein Alibi. Egal, es wird sich schon klären, du wirst sehen. Jetzt statten wir erst einmal der Anwaltskanzlei Lindencrona, Bitskivargränd 4, einen Besuch ab. Dort werden wir wohl das Motiv finden.«

Die Wolken hatten sich aufgelöst, und die Sonne schien über Ädelsta.

Doch es war mehr vonnöten, um das Städtchen in die Idylle zu verwandeln, von der ich zu Hause in der Bastugatan geträumt hatte. Anfangs vermischte sich Altes mit Neuem auf eine Weise, die nicht reizvoll, sondern womöglich eher als beklemmend bezeichnet werden konnte, und das Gelände war weitaus unwegsamer, als ich oder ein Leidensgenosse es als angenehm hätten empfinden können. Schon nach fünf Minuten bereute ich es zutiefst, daß ich das Angebot des Staatsministers ausgeschlagen hatte, mich im Auto mitzunehmen.

»Was ist das?« fragte der Staatsminister mitten auf einer asphaltierten Geraden und zeigte auf ein Backsteingebäude mit schmutzigen Fenstern und hohen Schornsteinen.

»Eine deiner Fabriken«, antwortete ich, der ich das Zeichen an der Fassade erblickte, wozu man keine großen Geistesgaben zu haben brauchte.

»Was?« erwiderte der Staatsminister. »Pfui Teufel, wie häßlich! Was wird dort hergestellt?«

»Haushaltsgeräte. Willst du nicht einmal vorbeischauen?«

»Nein, mein Lieber, das glaube ich nicht.« Er fröstelte, als sei der Wind plötzlich kalt geworden. »Man muß da dann stundenlang rumlaufen, während einem Produktionszahlen um die Ohren gehauen werden, und die ganze Zeit muß man sich neue, intelligente Fragen ausdenken. Die Kunst, intelligente Fragen zu stellen, besteht darin, schon im voraus die Antwort zu kennen, und ich habe keine Ahnung von ... was sagtest du doch gleich, wird dort hergestellt? ... von Haushaltsgeräten. Und am Ende der Wanderung landet man im Büro, wo der Direktor einem den Investitionsplan vorlegt und Vorschläge zum Verwaltungsbericht und Rat erwartet und Ansichten hören will. Bei unserem letzten Besuch in Göteborg, glaube ich, hat die ganze Führungsriege voller Erwartung dagesessen und mich mit Fragen bombardiert, ob ich der Meinung sei, das Unternehmen solle eine Fondemulsion vornehmen oder ob bei der herrschenden Wirtschaftslage vielleicht eher eine Neuemulsion vorzuziehen sei? Was? Emission? Ja, auch möglich. Mir waren die Begriffe nicht ganz geläufig, ja, ich hatte sie natürlich schon gehört, fand es jedoch etwas peinlich nachzufragen, so daß ich etwas murmelte wie, es sei wahrscheinlich das Beste, alles beides vorzunehmen. Ja, später hat sich dann herausgestellt, daß dies ein nahezu genialer Schachzug gewesen ist, der bei der gesamten rechten Finanzwelt Beifall gefunden hat. Und in der Nationalökonomischen Vereinigung hat mir Jacob zweimal die Hand geschüttelt, und ich habe gefragt, ob ich mich in der Diskussion zu Wort melden solle, was er aber nicht für notwendig gehalten hat. Aber seitdem habe ich keine ruhige Minute mehr. Alle meine Direktoren wollen bei wichtigen Entscheidungen meine Meinung hören, als sei ich so etwas wie ein wirtschaftliches Orakel. In großen Schwärmen kommen sie hergeflogen, sogar aus Japan reisen sie an. Zu Hause erreichen sie mich nicht, denn da hängen immer die Kinder am Telefon, so daß sie jetzt dazu übergegangen sind, mich in der Staatskanzlei aufzusuchen. In der vergangenen Woche sind sich der Ministerpräsident und der LM-Chef in der Lobby begegnet, und der Ministerpräsident soll ausgesehen haben, als habe er den russischen, nein, den amerikanischen Botschafter in seinem Arbeitszimmer vorgefunden. Dann ist er zu mir hereingekommen und hat gesagt, jetzt müsse aber das Herumgelaufe der Direktoren auf den Treppen ein Ende haben. ›Ich lasse es mir ja gefallen‹, erklärte er, ›aber wenn einer von meinen gläubigen Jungs herausfindet, daß bei dir die großen Finanzbosse ein- und ausgehen wie das Kind im Hause, übernehme ich nicht die Verantwortung für die Reaktion darauf. Diese Herren von der Wirtschaft sind routinierte Förderer, und ich brauche meine arbeitsfähigen Leute. Hast du Ingvar Carlsson gesehen, seit er mit geballter Faust auf einen der Herren Bonnier losgegangen ist? Die Konvaleszenz verläuft zufriedenstellend, aber als er gerade wieder zum Dienst gehen wollte, hat er das Verzeichnis über die besserverdienenden Steuerzahler erwischt und festgestellt, daß sein Einkommen höher ist als das von Marc Wallenberg, woraufhin ein Teil – der Diäten der Reichstagsabgeordneten – außerdem als arbeitsfreies Einkommen einzustufen sei, und dann ist er vollkommen zusammengebrochen, hat geweint und geschrien wie ein kleines Kind: Ich will auch! Ich will auch! Doch dann hat er sich zusammengerissen und angefangen, ein neues Kapitel unseres Gleichstellungsprogrammes zu schreiben, die verbale Aggressivität hat er hervorragend im Griff gehabt und ist sofort ruhiger geworden. Und wo überall du deine Papiere verstreust! Als Geijer kürzlich hier war, hat er eine deiner Fusionen auf der Treppe und zwei von deinen verfluchten Unternehmensschließungen in meinem eigenen Wartezimmer gefunden! Er hatte nur Hohn und Spott dafür übrig und gesagt, der Weg in mein Büro sei förmlich mit Struktur-Rationalisierungsmaßnahmen gepflastert. Deshalb wäre ich dankbar, wenn du Wickman die Unternehmensschließungen vornehmen ließest, meine ich, das schafft er problemlos selbst.‹ – Tja«, sagte der Staatsminister, »ich habe ihn wirklich noch nie so aufgebracht gesehen, seitdem sie damals im letzten Winter Hedlund aus dem Eisloch gezogen haben. Also für mich keine Betriebsbesichtigung. Das gibt nur Ärger«, fuhr er fort und ging in seiner sprunghaften Erzählweise zu dem Bericht über, wie er einmal bei einer ihm unterstellten Rechtsbehörde ein gewisses Maß an Inaktivität festgestellt zu haben meinte und sich an diese mit der Anfrage gewandt hatte, ob möglicherweise eine vorübergehende Stagnation im Arbeitsablauf aufgetreten sei und als Antwort erhalten hatte, daß sich die Behörde aus Protest gegen die unzumutbare Arbeitsbelastung seit drei Jahren im Streik befand.

Anwalt Lindencrona, der sich als kleiner, glatzköpfiger Herr mit vorstehenden Augen und schriller Stimme erwies, empfing uns sehr zuvorkommend, obwohl wir unangemeldet kamen. Ein Klient von bäuerlichem Äußeren und offensichtlich in die Klauen der Justiz geraten, so daß Lindencrona sich nicht zu zieren brauchte, wurde in das Wartezimmer expediert und wir aufs Sofa komplimentiert.

Der Anwalt hob an, den Staatsminister wegen eines neuen Gesetzes zu loben, das er an den Mann gebracht hatte, und der Staatsminister erkundigte sich, ob Anwälte wie Verbrecher nicht manchen Punkt zu beanstanden hätten. Doch der Kahlköpfige versicherte, es sei durchweg gut und stellenweise sogar vortrefflich.

Anschließend wurde das schnelle Ableben des Fabrikdirektors erwähnt, und wir schüttelten in einer Minute des Anstandes unsere Köpfe in der Verwunderung über die Hinfälligkeit des Lebens und die Unsicherheit des Daseins, bis der Staatsminister mit einer Miene wie unter seinen Juristenkollegen üblich vorpreschte und nach dem Testament und dem Vermögen des Verstorbenen fragte.

»Ja, ich weiß nicht, ob ich …«

Der Anwalt ordnete ein wenig seine Stifte. Aber dann legte er entschlossen los, als sei er zu der Überzeugung gelangt, es komme einem Provinzanwalt nicht zu, vor seinem Justizminister Geheimnisse zu hegen.

»Einen vollständigen Überblick über die finanziellen Verhältnisse des Fabrikdirektors Lindberg habe ich mir nicht verschafft, doch soviel erlaube ich mir zu sagen, daß es gut, sehr gut darum bestellt ist. Zum einen hat er eine sehr ansehnliche Pension von seiner alten Firma bekommen, zum anderen hat er Aktien in einem Nennwert von rund einer Million Kronen besessen. Das Grundstück wird auf einhundertfünfzigtausend Kronen geschätzt, kann aber beim Verkauf mit Sicherheit das Doppelte einbringen. Auf welche Summe sich seine Bankguthaben belaufen, wage ich nicht zu sagen, ich nehme aber aus guten Gründen an, daß sie nicht unbedeutend sein werden.«

Der Anwalt hatte sich über Wertpapiere und Anlagen verbreitet, als verkoste er einen edlen Wein.

»Ein Testament hingegen liegt nicht vor! Nein, wirklich nicht. Aber Gott weiß, daß ich nichts unversucht gelassen habe, um ihn dazu zu bewegen. Es ist in der Tat merkwürdig, wie leichtsinnig sogar alte, gewiefte Geschäftsmänner in diesen Dingen sind!«

Anwalt Lindencrona legte bei diesen Worten die Hände zusammen wie zu einem Gebet um Geduld und Kraft im Kampf gegen die rohe, juristisch ungebildete Masse.

»Es bedeutet natürlich, daß der Sohn alles erbt?«

»Selbstverständlich. Erst vergangenes Frühjahr habe ich das Thema zur Sprache gebracht, als ich den Herrn Fabrikdirektor anläßlich einer Aktienemission aufgesucht habe. Ich habe ihn darauf hingewiesen – selbstverständlich mit sehr viel Taktgefühl –, daß achtzig Jahre ein hohes Alter seien und ich mich fragte, ob er nicht einige Freunde mit einer Erinnerungsgabe bedenken wolle. Der Zustrom und die Stimmung bei der Beerdigung pflegen sich in der Tat ganz anders zu gestalten, wenn ich den Trauernden unter der Hand dergleichen habe mitteilen können, doch der alte Herr hat gesagt, ja, geschrien, ist wohl der passendere Ausdruck – für sein Alter hat er ein wirklich bewunderswert starkes Organ gehabt –, daß achtzig Jahre nicht der Rede wert seien und der Arzt ihm mitgeteilt habe, daß er mindestens an die neunzig Jahre alt werde. Ich habe jedoch nicht lockergelassen und ihn darauf hingewiesen, daß er wenigstens an seine alte Schwester denken solle, die ihm all die vielen Jahren eine treue Stütze gewesen ist und die kein eigenes Vermögen hat. ›Es ist doch selbstverständlich, daß der Junge Mommy dort wohnen läßt, so lange sie will‹, hat er geantwortet. ›Und mit Geld wird er auch nicht knauserig sein, wenn es notwendig sein sollte, da können Sie ganz sicher sein. Im übrigen hat sie eine Leibrente von dreitausend Kronen bekommen, als ich die Fabrik verkauft habe. Davon und von der Altersrente lebt sie gut und bei mir wohnt sie natürlich mietfrei.‹

Na ja, als ich aufgebrochen bin, habe ich alles Fräulein Lindberg erzählt mit dem Hintergedanken, sie werde ihrem Bruder vielleicht gut zureden. Aber sie ist richtig böse geworden und hat gesagt, ich müsse ihr versprechen, ihn nicht aufzuregen, indem ich abermals solche Dinge zur Sprache bringe. ›Und über mich brauchen Sie sich nicht den Kopf zu zerbrechen, Herrn Lindencrona, ich werde ganz bestimmt vor Adolf dahingehen. Und sollte es anders kommen, dann weiß ich, wo mein Platz ist. In Ädelstas Altersheim.‹ Ich habe protestiert, aber da hat sie mir die Hand auf den Arm gelegt und etwas gesagt, über das ich oft nachgedacht habe, vor allem heute: ›Lieber Herr Lindencrona, ich kenne die Menschen. Glauben Sie mir, mein Bruder liegt noch nicht einmal unter der Erde und da verkauft Ejnar schon das Haus und bringt mich ins Altersheim.‹ Heute Mittag …«

Anwalt Lindencrona ordnete abermals seine Stifte. Bei der Wahl, zu reden oder zu schweigen, verfiel er auf einen schönen Kompromiß und wahrte die anwaltliche Schweigepflicht, indem er die Stimme senkte.

»Heute mittag, ja, erst vor wenigen Stunden, hat mir Herr Bankdirektor Lindberg hier gegenübergesessen. Er war äußerst angespannt, mußte wegen wichtiger Besprechungen am morgigen Tag zurück nach Stockholm. Im Vorfeld wollte er darum so viele geschäftliche Angelegenheiten wie möglich hier in Ädelsta erledigen. Er wollte wissen, wieviel sein Vater hinterlassen habe, und hat eine Aufstellung über Aktiva verlangt und dann gefragt, ob seine Tante Kündigungsschutz genieße. Ich habe ihm erzählt, wie die Dinge stehen, daß sie in diesem Punkt nicht vom Mietgesetz geschützt werde und daß er als Alleinerbe die Verfügungsgewalt über das Grundstück besitze. Und dann, meine Herren, hat er verlangt, ich solle das Haus sofort zum Verkauf anbieten!«

6

»Das ist doch ein starkes Stück!« sagte der Staatsminister. »Kein Wunder, daß er Banker geworden ist – kein totes Kapital, kein unverzinstes Geld! Ich glaube, wir sollten um Audienz ersuchen!«

Wir fanden ihn im Zimmer seines Vaters.

Mit geschäftsmäßigem Lächeln auf dem fetten Schweinsgesicht hievte er sich vom Stuhl und begann seine Abwesenheit bei Tage zu entschuldigen, womit er fortfuhr, bis der Staatsminister ihm versicherte, er verstehe sehr gut, daß der Verkauf des Hauses eine zeitraubende Angelegenheit sei.

»Wie ...? Er wird doch nicht ...!«

Der kleine Unterkiefer klappte ihm herunter und wurde für einen Augenblick nur zu einer weiteren der vielen Fetttaschen am Hals. Und dann das Lachen, das gepreßte, polternde Lachen, das mir schon bei unserer ersten Begegnung in der Küche am Morgen des gleichen Tages aufgefallen war.

»Da ist es dem alten Kauz aber offensichtlich gelungen, die Sache vollkommen mißzuverstehen! Ich habe gedacht, ich hätte mich völlig klar ausgedrückt, daß es mit dem Haus keine Eile habe. Aber morgen muß ich nach Stockholm zurück, und vorher wollte ich einen Überblick haben über meine ... über die Geschäfte meines Vaters. Und natürlich wäre es für Tante Mommy unnötig viel Arbeit, wenn sie allein in einem so riesigen Haus wohnen bliebe. Eine moderne Altenwohnung wäre so allmählich für sie viel bequemer.«

Oder ein Zimmer mit einem anderen Menschen im Altersheim, dachte ich mir, doch der Staatsminister fragte mit einer

Offenherzigkeit, die sich nur Kinder oder Staatsminister erlauben können, ob er jemanden wisse, der seinem Vater nach dem Leben trachtete. Der Bankdirektor versicherte, für ihn sei das alles vollkommen unbegreiflich und er könne sich das Ganze nur so erklären, daß sein Vater aus Versehen Gift geschluckt habe. »Ein Unkrautvertilgungsmittel vielleicht«, fügte er hinzu.

Der Staatsminister aber, der jetzt sein Schreibzeug hervorgeholt hatte, fragte mit fester Stimme, ob er am Vorabend im Zimmer seines Vaters gewesen sei.

»Ja, Vater hat uns zu sich gerufen, meine Frau und mich, als er uns im Flur gehört hat. Obwohl wir uns so leise wie möglich bewegt haben, es war immerhin schon fast halb eins, und wir haben gedacht, er schliefe längst. Er hat im Bett noch gelesen, und ich habe mich für eine Weile auf den Stuhl am Fußende gesetzt. Meine Frau war müde, deshalb hat sie ihn nur von der Tür aus begrüßt und ist dann hoch aufs Zimmer gegangen.«

»Hat er in Ihrer Gegenwart seine Schlafkapseln eingenommen?«

Jetzt sah er verängstigt aus. Aber er antwortete, als würde er einen Text ablesen.

»Ja, das hat er tatsächlich getan. Als wir uns eine Viertelstunde lang unterhalten hatten, hat er die Hand nach dem Gläschen mit den Kapseln ausgestreckt, das neben dem Glas Wasser stand. Aber er hat sie nicht eingenommen, sondern gerufen: ›Pfui Teufel, da ist ein Tier ins Wasser gefallen! Kannst du mir neues holen?‹ Als ich in der Tür war, hat er mir nachgerufen, ein frisches Glas solle ich auch nehmen. Ich bin in die Küche gegangen und habe nach einem neuen Glas gesucht und dann etwas frisches Wasser hineinlaufen lassen und bin damit zurückgegangen. Ich war wohl vielleicht eine Minute lang weg.«

»Und dann hat er das Schlafmittel genommen?«

»Ja, als ich mit dem Glas reingekommen bin, hat er zwei Kapseln in der offenen Hand gehabt, und das Arzneiglas hat mit geschlossenem Deckel auf dem Nachttisch gestanden. Dann hat er sich die Tabletten förmlich in den Mund geworfen – so – und ein paar Schluck Wasser hinterhergetrunken. ›Jetzt kannst du gehen, denn jetzt werde ich schlafen‹, hat er gesagt und die Nachttischlampe ausgeknipst. Und ich habe ihm eine gute Nacht gewünscht ... und das Zimmer verlassen. Ich konnte doch nicht ahnen ...«

»Haben Sie einen der anderen Gäste gesehen?« fragte ich, nur um zu beweisen, daß ich noch lebte.

»Nein, sie waren schon zu Bett gegangen. Bei unserer Ankunft war es in der ganzen unteren Etage dunkel. Aber ... ja, ich habe wirklich etwas ...«

»Gehört?« ergänzte ich schnell, weil ich das Gefühl hatte, das sei meine Spur.

»Ja, als ich drinnen bei meinem Vater gesessen habe, meinte ich zu hören, wie die Treppe leicht geknackt hat, als ob jemand ... auf ihr ginge. Aber dann war es wieder still, und ich habe gedacht, ich hätte mich geirrt. Als ich dann meinem Vater eine gute Nacht gewünscht hatte, habe ich wieder etwas gehört, und da konnte ich mich nicht geirrt haben. Die Tür zu Vaters Toilette oder möglicherweise zum Keller, sie liegen nebeneinander, wurde vorsichtig zugezogen, als ich in den Flur gekommen bin. Ich habe gedacht, es sei einer der Gäste, der ein ... ein natürliches Bedürfnis habe und bin der Sache nicht weiter nachgegangen, sondern ging schlafen.«

»Nun gut«, sagte der Staatsminister und überstimmte meine intelligente Folgefrage nach dem Motto: Ist bestimmt nicht so wichtig. Hier komme ich mit einer wirklich wichtigen Frage: »Konnte Ihr Vater schlecht sehen?«

»Ja, aber er hat immer eine Brille getragen.«

»Auch als er die Kapseln eingenommen hat?«

»Ja, er hat sie erst abgenommen, als er das Licht ausmachen wollte.«

»Kann er Kapseln genommen haben, die dort lose herumgelegen haben, auf dem Nachttisch zum Beispiel?«

»Nein, Vater würde niemals Medizin einnehmen oder etwas anderes, das einfach herumliegt. Er war ein sehr hygienischer Mensch, hat eine kleine Bazillenphobie gehabt. Aus dem Grund übrigens habe ich ihm bei meiner Ankunft nur in der Tür zugewunken und bin mir dann gleich die Hände waschen gegangen, ehe ich ihn richtig begrüßt habe. Doch meine Frau hat sich unterdessen mit ihm unterhalten, sie hat wie immer Handschuhe getragen ...«

Der Bankdirektor verstummte.

»Entschuldigen Sie«, sagte der Staatsminister, »aber war Ihre Frau mit Ihrem Vater allein, als Sie sich die Hände gewaschen haben?«

Der Bankdirektor lachte. Es klang, als habe sich ein Tenor als Weihnachtsmann verkleidet und versuchte, ein zur Maske passendes Lachen ertönen zu lassen.

»Ist das hier ein Polizeiverhör? Ja, ja, sie muß dann wohl mit ihm allein gewesen sein! Aber es können höchstens ein paar Minuten gewesen sein, und ich begreife wirklich nicht, wieso das von Bedeutung sein soll, weder für die Polizei noch für jemand anders. Mir selbst war es ganz und gar entfallen.«

Der Staatsminister steckte sein Notizbuch ein und erklärte, daß jedes Detail, wie unbedeutend es auch sein mochte, sich einmal als außerordentlich wichtig erweisen könnte. Der Bankdirektor jedoch machte ein Gesicht, als müßte er sich übergeben.

Als wir das Eßzimmer betraten, stand das Mädchen, das den Blumenstrauß gehalten hatte, da.

Aber jetzt hielt sie ein Staubtuch in der Hand.

Sie schien ihre ganze Aufmerksamkeit einem Gemälde

nahe der Tür zu widmen und war über unseren Anblick nicht überrascht. Mit dem mißtrauischen Naturell eines Lehrers überlegte ich kurz, ob dies ein Indiz dafür war, daß sie gelauscht hatte, oder für das Gegenteil.

»Guten Tag«, sagte ich darauf, ohne zu einer bestimmten Schlußfolgerung gelangt zu sein.

»Hallo«, entgegnete der Staatsminister, der der Jugend in vielerlei Hinsicht nahestand. »Du bist doch Lotta und hilfst Mommy beim Putzen, nicht wahr?«

»Ja«, antwortete das Mädchen.

Jeans, weiße Bluse, keine Schuhe. Schmales, empfindsames Gesicht. Braune, wachsame Augen.

»Wir haben uns heute morgen gesehen«, erwiderte der Staatsminister, und der Hellhörige nahm am Ende des Satzes ein Fragezeichen wahr. Sie hätte es natürlich trotzdem bestätigen können, denn ich sah, daß es ihr nicht entgangen war. Ihr Mund wurde kurz und spitz.

»Ich habe Blumen gepflückt und war zu spät dran und habe mich zu Ihnen hineingeschlichen, als Sie schon angefangen hatten zu singen. Keine Ahnung, was mit mir los war. Ich habe vorher schon Tote gesehen, ohne das Heulen zu kriegen. Unendlich viele. Aber da drinnen war es irgendwie so schrecklich. Und Mommy war so traurig. Obwohl es für ihn wohl schön war. So zu sterben, ohne zu leiden also. Er war ja schon total alt.«

»Was hast du von ihm gehalten?«

Das Mädchen zuckte die Schultern, als habe man sie gebeten, ihre Gefühle für Gustav Wasa zu beschreiben.

»Er hat rumgeschrien und gemeckert, wenn man beim Putzen aus Versehen seine Sachen verschoben hat. Aber abgestaubt sollte alles sein. Er war so einer, der mit dem Finger hinterherging. So.«

Die Fingerspitze fuhr über den Bilderrahmen und sank herab, grauweiß.

»Bist du gestern auch hier gewesen?«

»Ich helfe Mommy drei, vier Stunden am Tag, seit Juni. Auch voriges Jahr. Die Zugehfrau, die sie sonst immer hat, ist über den Sommer nicht da. Den Rest des Tages arbeite ich oben im Krankenhaus. Das ist bessere Arbeit als dieser Haushaltskram, aber ich konnte dort keine Ganztagsstelle kriegen. Und ich will Geld verdienen. Sonst gehe ich zur Schule. Zur Fachoberschule. Obersekunda.«

»Ist gestern im Laufe des Tages Besuch gekommen?«

»Therese Carlsson hat um drei Uhr an der Tür geklingelt. Aber wir hatten schon Kaffee getrunken und waren oben mit den Gästezimmern beschäftigt, deshalb hat sie in der Küche Tee getrunken. Dann ist sie in den Flur marschiert, hat rumgeschrien und sich in alles Mögliche eingemischt. Wie immer. Sind Sie beide Polizisten?«

»Ja«, antwortete der Staatsminister. »Ich bin bei der Polizei.«

»Auch als Aushilfe für den Sommer?« fragte das Mädchen.

»Wir werden hier die ganze Woche wohnen, so daß wir uns in der nächsten Zeit also noch häufiger sehen werden«, erklärte der Staatsminister drohend.

»Prima!« sagte das Mädchen. »Noch zwei Zimmer mehr zu putzen.«

»Aber wir machen unsere Betten selbst«, verkündete ich.

»Schön«, sagte das Mädchen. »Mit dem Staubwischen werde ich schon fertig.«

Sie schlug das Staubtuch aus, als sei es eine Zirkuspeitsche.

Aber im Gegenlicht des Fensters sah ich, daß ihm nicht das kleinste Staubkörnchen entstieg.

Olivia Lindberg ging im Garten spazieren.

Die geschmeidigen und dennoch etwas trägen Bewegungen und die schrägen, wachsamen Augen verliehen ihr eine gewisse Ähnlichkeit mit einer großen Raubkatze, die gerade auf der Jagd nach kleinen Vögeln war.

»Nur eine Kleinigkeit«, begann der Staatsminister nach kurzem Vorgeplänkel. »Sind Sie gestern abend einmal mit Ihrem Schwiegervater allein gewesen?«

Die Unsicherheit vom Abendessen war verflogen. Sie schien nur verärgert und beging den Fehler, den mit hohen Absätzen bewehrten Fuß auf den Rasen aufzustampfen.

»Nein, habe ich gesagt! Ich hatte nicht die Angewohnheit, bei meinem Schwiegervater auf der Bettkante zu sitzen und um ein Uhr nachts Süßholz zu raspeln, auch nicht gestern Nacht.«

»Aber«, entgegnete der Staatsminister kühn, »Ihr Mann behauptet, als der Herr Fabrikdirektor Sie im Flur gehört und Sie zu sich gerufen hat, da seien Sie zu ihm gegangen, während sich Ihr Mann die Hände gewasch...«

Jetzt fauchte sie auch wie eine Katze. Die Augen hatten sich geweitet und waren gefährlich schwarz geworden.

»Ach ja, das hat er gesagt? Oh, was für ein Saukerl, was für ein Feigling! Na, dann werde ich Ihnen mal erzählen, daß es weniger darum ging, sich die Hände zu waschen, als vielmehr darum, einen zu trinken! Damit ist mein Mann in wenigen Worten beschrieben – ein Kerl, der sich nicht traut, seinem Vater gegenüberzutreten, wenn er keinen Schnaps intus hat! Und vergessen Sie nicht, daß diese vollkommen absurden Lügen *seine* Idee sind! Denn, was glauben Sie eigentlich, hätte ich diese drei, vier Minuten mit meinem Schwiegervater machen können, die ich mit ihm allein war? Und was glaubt mein über alles geliebter Mann, was ich gemacht habe?«

Der Staatsminister antwortete mit einem Kompliment über ihr schönes Kleid, das für einen achtzigsten Geburtstag gewagt gewesen wäre, aber in einem Trauerhaus als dezent bezeichnet werden mußte.

Anschließend gingen wir zum staatlichen Alkoholgeschäft und kauften auf Mommys Wunsch eine Flasche Rotwein, denn der Staatsminister sollte in ihrem Hause nicht zu Mittag essen, ohne daß ihm Wein zum Mahl kredenzt wurde. Und man nippt nun einmal nicht gern am Geburtstagssekt, wenn der Jubilar im Lauf der Nacht für immer das Zeitliche gesegnet hat.

Ich wartete vor der Tür.

Als der Staatsminister mit seiner Tüte wieder herauskam, ließ er die Ohren hängen und mir war klar, daß er wie das gewöhnliche Fußvolk der üblichen Behandlung unterzogen worden war.

»Tjaja«, sagte ich zufrieden. »Im staatlichen Alkoholgeschäft sind wir alle Untertanen.«

»Nein«, widersprach der Staatsminister. »Im staatlichen Alkoholgeschäft sind wir alle Süchtige. Glaub' mir, niemand hat so viel gegen die Ausbreitung des Sozialismus hier im Land getan wie dieser Laden.« Er dachte nach. »In dem Fall sind es das Aftonbladet und Bosse Ringholm zusammen. Hast du übrigens gehört, daß die Abstinenzler in der Partei Wickman als Chef für die Wein- und Schnapszentrale haben wollen? Er ist doch so verdammt gut darin, den Umsatz in seinem Betrieb zu senken. Egal«, fuhr er fort, während wir nach Hause wanderten, »wie findest du denn unseren fetten Bankdirektor? Hältst du ihn für einen Mörder?«

»Tja, er wird ja die ganzen Millionen erben. Aber müssen Bankdirektoren überhaupt noch erben? Und hat er gemordet, dann muß er, soweit ich die Sache durchschaue, buchstäblich vor den Augen seines Vaters eine Giftkapsel ins Arzneiglas getan haben. Wie gelingt einem so etwas, wenn man nicht zufällig gerade ein professioneller Illusionist ist? Aber vielleicht hat er das Arsen in einen anderen Leckerbissen versteckt, den er dem Vater angeboten hat. Aber der Bankdirektor hat doch nie im Bett gegessen. Andererseits scheint dieser nächtliche Monolog über Angst und den alten Knacker, den ich im Flur gehört habe, belastend zu sein, wenn ich denn überhaupt den Bankdirektor gehört habe, versteht sich. Aber trotzdem, seinen eigenen Vater vergiften, kaltblütig ermorden ... Er scheint mir etwas zu schwächlich und ängstlich für eine solche Tat, finde ich.«

»Er macht zweifelsohne einen nervösen Eindruck«, gab der Staatsminister zu. »Es ist nur so schwer zu beurteilen, woran das liegt. Hat er den Vater ermordet, ist die Nervosität nur zu natürlich. Hat er es nicht getan, dann ist es auch nicht weiter verwunderlich, wenn er ein bißchen erschüttert ist – stell dir mal vor, du hättest dich darauf eingestellt, den achtzigsten Geburtstag deines Vaters zu feiern und statt dessen ist das Haus voller Arsen und Polizei ...«

»Und schnüffelnden Staatsministern«, ergänzte ich.

»Nana«, sagte der Staatsminister.

»Beim Mittagessen hat Mommy übrigens gesagt, daß er im Grunde seines Herzens schon immer ein unsicherer und ängstlicher Mensch gewesen ist.«

»Im Grunde seines Herzens, ja. Aber es kann doch für ihn nicht normal sein, mit einem so nervösen Gesicht herumzulaufen. Dann wäre er nie Chef einer Geschäftsbank geworden, noch nicht einmal von auch nur einer der kleineren. Alle Bankdirektoren haben harte, unergründliche Gesichter und eine schroffe, schnippische Redeweise. Wenn ich meine Bankdirektoren treffe, dann komme ich mir immer wie ein Bauerntölpel auf einer Konferenz der Großmafia vor. Da hat seine Frau aber mehr von einem Tiger und einem Bankdirektor. Sie hat mich angefaucht, als sei ich so lästig wie die Bankenaufsicht gewesen.«

»Merkwürdig, daß sie sich offensichtlich einig sind, geheimzuhalten, daß sie ihren Schwiegervater gestern abend unter vier Augen gesehen hat.«

»Unschuldige Leute machen oft die merkwürdigsten

Dinge, um sich von jedem ausgesprochenen oder unausgesprochenen Verdacht zu befreien«, erwiderte der Staatsminister weltgewandt und bürokratisch.

»Aber warum denn nicht, wenn sie ohnehin schon lügen, dann können sie doch auch sagen, sie hätten den alten Mann gleichzeitig verlassen? Dann hätte er auch ein Alibi gehabt – von seiner Frau; wieviel auch immer so ein Alibi wert sein mag ... Wie konnte ich nur so dumm sein! Es gibt einen Zeugen! Gegen Ende des Gespräches mit dem Vater hat doch der Bankdirektor im Schlafzimmer gehört, wie sich jemand die Treppe hinuntergeschlichen hat, und später, daß sich jemand in der Toilette aufgehalten hat. Während der ersten Minuten mit dem Vater waren sie also allein im Erdgeschoß, und niemand kann ihre Angaben über die Geschehnisse widerlegen, doch kurz darauf *ist jemand vom ersten Stock heruntergekommen,* jemand, der leicht bemerkt haben kann, daß der Sohn mit dem Vater allein war, und der der Polizei sehr wohl von seinen Beobachtungen erzählt haben kann ... Es wäre viel zu gefährlich gewesen, das muß der Bankdirektor eingesehen haben, zu versuchen, sich ein vollständiges Alibi zusammenzulügen mit diesem ungesehenen, aber sehenden Zeugen, der da unten herumgeschlichen ist ...«

»Hast du eines von deinen Arzneigläsern bei dir?« fragte der Staatsminister rasch und unvermittelt. »Danke, kannst du einmal kurz die Tüte halten?«

Er schraubte den Deckel ab und schüttete sich ein paar Pillen auf die Handfläche, schob sie aber gleich wieder zurück ins Glas. Der Vorgang wurde bis zu zehn Mal wiederholt. Manchmal fiel eine der Dragees auf den Boden, und ich begann, langsam eine gewisse Unruhe zu verspüren. Etwas sagte mir, daß ich jedes Gramm meiner Medizin noch brauchen würde.

»Nein, es ist vollkommen unmöglich!«

»Was denn?«

»Eine Tablette so im Glas zu plazieren, daß sie als erste herauskommt, wenn man eine nehmen will. Alles hängt davon ab, wie man das Glas handhabt, ob man dabei eine leichte Hand hat oder nicht, aus welcher Richtung man schüttet und so weiter. Schlußfolgerung?«

»Tja, wenn der Mörder eine vergiftete Kapsel zu den anderen in das Glas getan hat, dürfte ihm klar gewesen sein, daß die Chance, daß der Fabrikdirektor sich tatsächlich noch am selben Abend vergiften würde, sehr gering war. Das Glas war neu und enthielt hundert Kapseln. Mit einem Höchstmaß an Glück hätte er bis zu fünfzig Nächte überleben können.«

»Ganz richtig«, entgegnete der Staatsminister, »der Mörder kann es nicht eilig gehabt haben. Es dürfte für ihn ein Schock gewesen sein, daß der Fabrikdirektor in der Nacht zu seinem Geburtstag gestorben ist, vielleicht in der einzigen Nacht, die der Mörder im Haus verbracht hat. Jetzt muß er damit rechnen, daß er unter besonderem Verdacht steht und man seine Aktivitäten genau untersucht.«

»Klingt überzeugend«, murmelte ich. »Ich habe aber trotzdem das Gefühl, daß er genau dann gestorben ist, wann der Mörder es wollte, daß es ihm aus irgendeinem Grund nicht recht war, daß der alte Mann seinen achtzigsten Geburtstag noch erlebt. Und jemand von uns, die wir am Morgen vor der Tür gestanden haben, hat es gewußt und wußte ganz genau, was uns da drinnen erwartete. Es hört sich seltsam an, und ich kann nicht erklären, wie es zugegangen sein soll, aber ...«

Ich stand auf und griff den Staatsminister am Arm.

»Oh, mein Gott, was sind wir doch dumm! Er kann das Gift doch auch ganz anders zu sich genommen haben, so daß der Mörder mit Sicherheit davon ausgehen konnte, daß genau gestern abend der Tod eintreten würde!«

»Du meinst, jemand hat die Kapsel auf den Nachttisch

neben das Glas gelegt? Doch wenn wir dem Sohn Glauben schenken dürfen, dann hätte der alte Knabe niemals Medizin genommen, die nicht direkt aus ihrer schützenden Verpakkung stammte. Wir fragen Mommy ...«

»Begreifst du nicht, daß das Gift vielleicht überhaupt nicht in einer der Kapseln war, sondern im Wasser, mit dem er sie hinuntergespült hat? Arsen ist geschmacksneutral und leicht in Wasser löslich, so weit weiß sogar ich Bescheid. Und damit wissen wir, wer der Mörder ist.«

»Aber dann hätte doch die Polizei Gift im Glas feststellen müssen. Es hat noch auf dem Tisch gestanden und war nur zur Hälfte ausgetrunken.«

»Nein«, widersprach ich, »er hat vielleicht auch daran gedacht. Irgendwann in der Nacht, womöglich kurz bevor ich ihn sagen hörte, er habe Todesangst und er müsse schlafen, hat er sich die Treppe hinunter und ins Zimmer des Vaters geschlichen und das halbleere Glas mit dem vergifteten Wasser vom Nachttisch genommen und gegen ein sauberes mit garantiert giftfreiem Wasser ausgetauscht, dasselbe, das die Polizei heute morgen vorgefunden und untersucht hat.«

7

»Aber«, keifte der Staatsminister, »wenn er in der Küche wirklich Gift ins Glas getan hat, warum erwähnt er dann überhaupt, daß sein Vater ihn gebeten hat, neues Wasser zu holen?«

»Weil er weiß, daß es jemanden gibt, der ihn in der Küche gesehen haben muß.«

»Wer denn?«

»Die Person, die er auf der Treppe gehört hat und die sich dann in der Toilette eingeschlossen hat.«

»Ach, was«, sagte der Staatsminister, »das darfst du nicht überbewerten.«

»So? Warum denn nicht?«

»Egal. Bestimmt nur eine falsche Fährte. Ich bin davon überzeugt, daß er oder sie überhaupt nichts gesehen hat.«

»Wie kannst du dir da so sicher sein?«

»Einige Details in seinem Bericht stellen es für mich ganz klar. Dir sind sie nicht aufgefallen? Nein, es erfordert eine ganze Menge an Wissen und Fähigkeit, Schlußfolgerungen ziehen zu können …«

In der Nacht wachte ich abermals auf.

Was hatte mich geweckt?

Der leichte Nachtwind, der da draußen durch die Bäume strich?

Das Rollo, das in das halb offene Fenster gesogen wurde?

Oder war es etwas anderes, etwas Schreckliches, etwas,

das das Unterbewußtsein als Bedrohung, als Gefahr wahrnahm und registrierte?

Meine wachen Sinne fingen es ein: einen leisen, dumpfen, aber langanhaltenden Laut, als würden schwere Möbel über den Fußboden geschoben.

Das Geräusch schien aus einem Raum direkt unter meinem Zimmer zu kommen.

Was war unter mir?

Das Eßzimmer oder der Flur ... oder das Zimmer, in dem der alte Mann gestorben war?

Ich tastete nach der Klinke, und die Tür öffnete sich.

Das Bett war leer. Der Staatsminister war nicht da.

Rumorte er dort unten, und was hatte er vor?

Die Treppendielen ächzten unter meinen Schritten. Ich fand im Flur den Lichtschalter, doch das Licht ging nicht an. Da oben im Schlafzimmer, da hatte es noch funktioniert ...

Ich konnte nicht viel erkennen. Die niedrigen Sprossenfenster wurden ganz von Gardinen bedeckt. Ich stand im Dunkeln und horchte. Hatte ich mich geirrt? In alten Häusern ist es schließlich nie richtig still, es knackt und knarrt in Wänden, Fußböden und Decken wie in einem Schiffsrumpf auf dem Meer. Doch das Geräusch, das ich gehört hatte, war anders, es – jetzt war es wieder zu hören! Auf der anderen Seite des dunklen Flurs und des Eßzimmers lag das Schlafzimmer und von dort kam es. Warum wurden dort mitten in der Nacht Möbel gerückt?, dachte ich verwirrt, während ich mich im Dunkeln tappend durch das Zimmer bewegte, auf die Tür zu, durch die ein Mörder gegangen und ein Toter getragen worden war.

Ich drückte die Klinke nieder, doch die Tür gab nicht nach.

Ich sah ihn nie, außer als Schatten oder Bewegung in der Dunkelheit.

Aber ich hörte Schritte hinter mir, und ich entsinne mich des Schreckens, als sich mir die Hände in einem tödlichen Würgegriff auf den Mund legten.

»Still, mein Gott! Ja kein Wort!« zischte er und dann konnte ich wieder atmen. »Er hat von innen die Tür verbarrikadiert.«

»Wer?« keuchte ich.

»Keine Ahnung. Aber er ist durchs Fenster eingestiegen, ich habe gehört, wie es aufging. Wir müssen herausfinden, was er da treibt. Ich schleiche hinaus in den Garten und komme genauso rein wie er, durch das Fenster. Warte hier und laß ihn nicht vorbei.«

Der Staatsminister verschwand und ließ mich im finsteren Eßzimmer zurück, darüber nachgrübelnd, wie ich einen vermutlich jungen, schnellen und womöglich bewaffneten Einbrecher daran hindern sollte, den gewünschten Weg in die Freiheit zu nehmen.

Nach einer Minute näherte ich mich von neuem der Tür. Im Zimmer dahinter war es vollkommen still. Ich bückte mich und versuchte, durch das Schlüsselloch zu spähen.

Alles ging so schnell, daß ich nur noch den Arm vors Gesicht halten konnte. Etwas krachte, die Tür wurde gegen mich geschleudert, und jemand oder etwas schoß im Dunkeln vorüber.

Halb betäubt taumelte ich zur Seite, gerade eben so weit, um zu vermeiden, von einem anderen Wesen überrannt zu werden, das durch die infernalische Tür stürmte.

»Wohin ist er?« schrie er, und ich meinte, die Stimme des Staatsministers zu erkennen.

Mißhandelt und fast erwürgt, glaubte ich unterdessen, ich hätte für diese Nacht meine Pflicht und Schuldigkeit getan und sank in einen Sessel, über den ich gestolpert war. Der Staatsminister kläffte wild geworden einige Worte und verschwand in der Dunkelheit. Trotz des kräftigen Angriffs hörte ich keine Möbel fallen. Offensichtlich hatte er im voraus die Örtlichkeiten genau ausbaldowert.

Wenige Minuten später kam das Licht und damit auch der Staatsminister wieder.

»Er ist durch die Haustür entwischt«, murmelte er. »Aber das hier hat er auf der Treppe verloren.«

Er warf etwas auf den Tisch.

Unser Eindringling war in die Nacht verschwunden und alles, was er zurückgelassen hatte, war eine braune Baskenmütze.

»Eine wertvolle Spur«, verkündete der Staatsminister, aber es gelang mir nicht, ihm zu glauben.

»Wer war es?«

»Ich habe ihn nicht erkannt. Als der Mensch da drinnen mich am Fenster gehört hat, hat er mich mit seiner Taschenlampe geblendet und ist auf die Tür zugerannt. Du scheinst ihn ohne mit der Wimper zu zucken vorbeigelassen zu haben.«

»Mir ist die Tür an den Kopf geworfen worden.«

»Du hättest mit dem Pantoffel zuschlagen können.«

Ich antwortet kurz, daß ich es durchaus *nicht* gekonnt hätte, und der Staatsminister ließ das Thema fallen.

»Aber wir müssen nachsehen, was er da drinnen gemacht hat!«

Wir blieben im Türrahmen stehen.

Er war weit gekommen. Die Möbel waren von ihren Plätzen gerückt wie von einer muskulösen, pflichtbewußten Hausfrau mit Staubsauger. Schubladen und Schränke standen offen, und ihr Inhalt war durchwühlt oder lag auf dem Boden verstreut. Nicht einmal das Bett, worin der Tote kürzlich noch geruht hatte, war verschont geblieben; die Bettwäsche bauschte sich in einem wütenden Haufen auf, und die Matratze war ans Kopfende geschleudert worden.

»Ich frage mich, wonach er gesucht hat? Und ob er fündig

geworden ist.« Der Staatsminister trat ans Fenster. »Ja, es gibt keinen Zweifel, daß er hier eingedrungen ist, er hat zwei von den kleinen Scheiben eingeschlagen und die Haken entriegelt.«

»War es ... der Mörder?«

»Vielleicht. Jedenfalls muß es jemand gewesen sein, der sich hier sehr gut auskennt.«

»Du glaubst, er wußte, wie er wieder hinausfindet?«

»Ja, das auch, aber vor allem wegen seiner Manipulation am Licht. Ich war gerade in der Küche; die Sicherungen – sie sind dort angebracht – waren losgeschraubt, *aber nur die fürs Zimmer hier unten.* Und darüber ist keine Zeichnung angebracht, an der abzulesen gewesen wäre, zu welchem Zimmer die Sicherungen gehören.«

»Was um alles in der Welt treibt ihr hier unten? Was ist los? Aber wie sieht es hier aus! War hier ein Einbruch? Wer ...? Nein, es ist doch eine Schande, wie man das Zimmer zugerichtet hat! Und obendrein auch noch Adolfs! Schaut nur, die Kommode und alle Kleider und ...«

Die kleine Dame in ihrem dünnen, rosa Morgenmantel hatte sich im Ur-Instinkt einer Hausfrau hinunter zum nächsten Kleidungsstück gebeugt, um Ordnung in das Chaos zu bringen, doch der Staatsminister hielt sie mit wenigen erklärenden Worten davon ab und sagte, daß sich die Polizei eventuell das Zimmer so anschauen wolle, wie es war, und bat sie, ein Telefongespräch führen zu dürfen.

Mommy seufzte und zog den Morgenmantel fester um sich und trippelte wieder hinaus zu ihrem Bett, nachdem mir gelungen war, sie zu überzeugen, daß sie für uns keinen Tee aufzusetzen brauchte.

Ich sank zurück in den Fauteuil und fragte mich, ob man unbedingt um drei Uhr morgens die Polizei anrufen mußte und ob mein Herz es aushalten und wie mein Darm möglicherweise reagieren würde.

Der Staatsminister kehrte allzuschnell in sein Büchlein kritzelnd zurück.

»Nein, ich habe die Polizei nicht angerufen, es eilt doch nicht. Ich selbst aber habe einige vorbereitende Untersuchungen vorgenommen. Zuerst war ich oben beim Bankdirektor. Er hat auf mein Klopfen nicht reagiert, deshalb bin ich hineingegangen und habe ihn mir angeschaut. Er schien fest zu schlafen, als habe er ein Schlafmittel genommen. Olivia ebenfalls. Dann habe ich den Botschafter angerufen und den Apotheker ...«

»Um diese Uhrzeit?«

»Ja«, antwortete der Staatsminister zufrieden. »Ermittlungsarbeit duldet keinen Aufschub.«

»Und ihr habt dann ein Weilchen über die kleinen Ereignisse des Tages und der Nacht geplaudert?«

»Nein, ich habe nur ein Taxi bestellt.«

»Und damit konnten sie natürlich nicht dienen, die unbeholfenen Schufte?«

»Nein, aber so habe ich herausgefunden, daß sie alle drei eine halbe Stunde nach dem Einbruch bei sich zu Hause waren. Morgen werden wir genau untersuchen, wie lange es dauert, von hier zu ihnen nach Hause zu fahren. Der Botschafter und der General haben fast sofort abgenommen, ja, abnehmen ist vielleicht etwas zuviel gesagt, sie haben gegrunzt und geschnauft wie echte Schweine. Besonders der General schien benebelt, frage mich, ob er trinkt. Aber der Apotheker ist erst beim, laß mich überlegen, achten Klingelzeichen an den Apparat gekommen.«

»Du hast es um drei Uhr nachts achtmal klingeln lassen?«

»Natürlich. Und das Interessante ist, daß er atemlos klang. Als sei er gelaufen. Nein, sie können mich nicht wiedererkannt haben, ich habe ein Taschentuch über die Sprechmuschel gelegt. Ich frage mich nur, wo der General diese Ausdrücke herhat ...«

Der Gedanke, daß es vielleicht der General gewesen sein könnte, der dem Haus nächtens einen Besuch abgestattet hatte, war tatsächlich richtig erfrischend. Ich finde, es ist wohl kaum eine Schande, wenn man von einer militärischen Kapazität, die ihr Leben dem Bezwingen von lästigen Hindernissen im Gelände verschrieben hatte – sei sie auch klein von Wuchs –, zum Weichen genötigt worden war.

Ich lenkte wieder auf eine alte Spur ein.

»Du erinnerst dich doch noch, daß ich herausgefunden habe, daß der Bankdirektor jemanden die Treppe hinunterschleichen und später am Abend an der Toilette gehört hat. Es muß die Gestalt gewesen sein, die heute nacht wieder hier war.«

»Nein«, widersprach der Staatsminister, »das glaube ich nicht.«

»Und warum nicht?«

»Tja, die Person, die gestern hier war, ist leise und vorsichtig umhergeschlichen, hatte eine ganz andere und verfeinertere Technik als der Rabauke von heute. Hat nicht der Bankdirektor gesagt, dieses Schattenwesen sei in die Toilette geschlüpft? Sicher nur einer der Gäste. Also gar nicht weiter wichtig.«

»Im Gegenteil, er kann unglaublich wichtige Beobachtungen gemacht haben.«

»Ein Mann, der auf dem Klo sitzt, kann wohl nichts von Bedeutung sehen. Aber ...«

»Jetzt aber raus mit der Sprache!«

»Was für ein entsetzliches Gezeter«, zischte der Staatsminister. »Ja, wenn du es denn unbedingt wissen willst, ich war es, der auf der Treppe geschlichen ist und auf dem Klo gesessen hat.«

»Du!?«

»Ja.«

»Nein«, sagte ich, »das ist nicht wahr. Es kann nicht wahr sein. Nicht schon wieder!«

»Doch«, widersprach der Staatsminister stur. »Aber dafür gibt es eine ganz natürliche Erklärung, du brauchst dich also gar nicht aufzuregen.«

»Eine ganz natürliche Erklärung?«

»Ja, als ich gestern abend schlafen gegangen war, ist mir eingefallen, daß ich noch ein bißchen Hunger habe. Und dann ist mir eingefallen, daß ich ja wieder bei Mommy bin und daß sie bestimmt irgendwo frische Zimtwecken hat, solche, die sie immer gebacken hat, als ich noch klein war. Deshalb bin ich hinunter in die Küche geschlichen, und im Anrichtezimmer habe ich sie gefunden: eine ganze Dose mit herrlich duftenden Zimtwecken! Als ich mir gerade einen Teller geholt hatte, hörte ich, wie eine Tür aufging, und der alte Knabe rief: ›Nimm auch ein frisches Glas!‹ Und dann ist jemand in die Küche gekommen. Ich wollte nicht mitten in der Nacht mit einem Teller voller Zimtwecken erwischt werden, ich habe mir gedacht, es könnte vielleicht einen seltsamen Eindruck machen, so als sei ich mit dem Essen und der Gastfreundschaft des Hauses nicht zufrieden gewesen, deshalb bin ich in die Mädchenkammer geschlüpft. Dann habe ich gehört, wie jemand etwas abgespült und im Schrank etwas gesucht hat. Als keine Geräusche mehr zu hören waren, bin ich in den Flur geschlichen, um die Treppe zu erreichen, wäre aber fast dem Bankdirektor direkt in die Arme gelaufen, der durch das Wohnzimmer gegangen ist. Ich habe eine Tür aufgemacht und sie hinter mir zugezogen. Und das war dann die Toilette des alten Knaben. Ja, dann habe ich die Wecken gegessen. Zwölf Stück.«

»Aber das ist doch entsetzlich, unglaublich!«

»Ja«, stimmte der Staatsminister mir zu, »ich habe heute auch wirklich ein wenig Magengrimmen.«

»Es ist ja wie ein Alptraum! Der oberste Polizeichef des Landes sitzt auf dem Klo und ißt Wecken, während sein Gastgeber ein paar Zimmer weiter ermordet wird! Genau wie auf Lindö! Klo und Mord! Ich habe geglaubt, du hast inzwischen von solchen Spirenzchen abgelassen. Hast du denn dabei gar nicht an dein hohes Amt gedacht?«

»Nein«, antwortete der Staatsminister. »Ich habe nur gegessen.«

»Bekommst du denn zu Hause keine Wecken?«

»Margareta backt freitags. Aber da habe ich immer so viel zu tun, Besprechungen und so, und wenn ich dann nach Hause komme, sind schon alle weg. Wir sind ja so viele. Ich beeile mich so sehr ich kann, aber immer sind alle schon weg. Ich erinnere mich an ein Mal, da war noch eine übrig, aber die war verbrannt.«

Ich schloß die Augen und versuchte, mir die Überschrift in der Abendpresse vorzustellen, doch die Phantasie verließ mich zum Glück schon bei: »Der Staatsminister ein Weckendieb«.

»Hast du mit dem Kommissar darüber gesprochen?«

»Nein. Ich habe mich nicht getraut.«

»Gott sei Dank!«

»Na,« sagte der Staatsminister, »du hast doch selbst auf dem Klo gehockt.«

»Das war doch etwas ganz anderes!«

»Ach, ja?« erwiderte der Staatsminister.

8

Am frühen Nachmittag des nächsten Tages rief der Staatsminister aus Harpsund an. Er klang wichtig.

»Ich komme in einer halben Stunde. Wir haben bei unserer Ermittlungsarbeit keine Zeit zu verlieren, wir treffen uns vor dem Haus. Aber nimm die Baskenmütze mit. Sie liegt in meiner untersten Kommodenschublade, unter dem Entwurf zur Novellierung des Erbrechts. Geh' aber vorsichtig damit um! Ich habe einen der besten Spurensexperten des Landes dabei, der soll sie sich einmal anschauen.«

Um drei Uhr wartete ich mit der Baskenmütze in der Hand vor der Haustür.

Eine Minute später wälzte sich das Auto auf den Bürgersteig und demolierte einen Laternenpfahl. Der Staatsminister befreite sich aus seinem komplizierten Gurtsystem, strich tröstend über das, was noch vom Kotflügel übrig war, und öffnete vorgebeugt die Fondtür. Ich konnte den Spurenexperten nicht sehen, dachte aber bei mir, er gehöre der fanatischen Gattung an, die einen Boden mit reicheren Vorkommen an Asche und Kies und anderen interessanten Materien bevorzugte.

»Mann, was hast du gekotzt!« sagte der Staatsminister in den Wagenfond, und ich erkannte, daß der Beruf seine Opfer forderte. »Ach, du verträgst Auto fahren nicht? Jetzt bekommst du aber etwas Interessantes zu schnuppern!«

Was für eigenartige, altmodische Arbeitsmethoden, dachte ich, und da stieg er auch schon aus, der Spurenexperte. Ein großer, zottiger Hund von schwer bestimmbarer Rasse. Er sah erschöpft und elend aus, und ich hatte den Eindruck, daß er allein durch die Hand des Staatsministers an seinem Halsband aufrecht gehalten wurde.

»Meine Güte, was ist das denn!?«

»Der staatseigene Hund. Er bewacht Harpsund und Erlander. Ich habe ihn für heute ausgeliehen. Gib mir die Baskenmütze, damit er daran schnuppern kann!«

Das Tier schnüffelte und roch an dem corpus delicti und riß sich dann plötzlich aus seinem Stützverband los.

»Schau an, er hat schon eine Spur gefunden!« rief der Staatsminister begeistert.

Im nächsten Augenblick stand ich an den Bretterzaun gedrückt. Der Experte stemmte zwei vollgekotzte Tatzen an meine Brust, und ich weiß noch, wie der Speichel sich in Fäden um die gelben Hauer und die belegte Zunge zog.

Hinter all dem Grauen war der Staatsminister schemenhaft zu erkennen. Er machte ein indigniertes Gesicht.

»Du hast unsere Spur zerstört!« schrie er. »Warum hast du ihm die Baskenmütze nicht mit einer Zange hingehalten? Jetzt hast du sie mit deinem Geruch kontaminiert und den Hund in die Irre geführt! Du mußt einen sehr starken Geruch, eine sehr intensive Ausdünstung absondern.«

Es klang, als hielte er es für angebracht, daß ich mich bei dem Untier entschuldigte.

Ich bat um Befreiung, und der Staatsminister zerrte die Bestie fort.

»Und was hast du vor mit diesem ... diesem ...?«

»Mit dem staatseigenen Hund? Er soll natürlich noch einmal an der Baskenmütze schnuppern – ist ja gut, mein Hundchen, kümmere dich jetzt einfach nicht um den gräßlichen Geruch des dummen Studienrats –, und dann wird er uns ganz schnell zum Besitzer führen, der sie heute nacht auf der Flucht aus dem Haus verloren hat!«

Ich sagte, ich bezweifle es stark, daß das Tier eine solche

Unterscheidung vorzunehmen vermag. Der Staatsminister aber rieb die Baskenmütze beharrlich an der Schnauze des Tieres, wickelte sich die Leine ums Handgelenk und schon waren wir weg.

Wir gaben eine seltsame Prozession ab.

Ich glaube, Ädelsta hat seit den Geißelerzügen im Mittelalter dergleichen nicht mehr gesehen.

Zuerst kam der staatseigene Hund mit auf den Boden gedrückter, bebender Schnauze. Hinter sich her zog er an der strammen Leine den Staatsminister mit dem Gesichtsausdruck eines selbstzufriedenen Chemielehrers, der ahnt, daß sein Experiment mit dem Lackmuspapier kurz vor dem gewünschten Erfolg steht.

Ich selbst lief einige Schritte hinterher und versuchte auszusehen, als gehörte ich überhaupt nicht dazu, sondern hätte nur gerade in der Nähe rein zufällig etwas zu erledigen.

Hinter mir schlossen die Beschäftigungslosen der Gesellschaft auf: halbwüchsige, spöttisch grinsende Jugendliche, sensationslüsterne Weiber mit Einkaufstüten und alberne, unhygienische, alte Kerle. Ab dem Lilla Torget war der Staatsminister gezwungen, neben einer hohläugigen Megäre herzulaufen, die ihn mit infernalischer Schärfe und unerwartet großer Ausdauer der Tierquälerei bezichtigte und die unterschiedlichen Behörden aufzählte, die sich seiner annehmen würden.

Zwei Häuserblocks hinter dem Rathaus schnupperte sich der staatseigene Hund eine rustikale Treppe hinauf, und der Staatsminister lehnte sich an den Türpfosten und verkündete, daß die Feldforschung zwar ein anstrengendes, dennoch ein notwendiges und fruchtbares Unterfangen sei.

»Bloß schade«, fuhr er fort, »daß die Polizei so bedauernswert unterbesetzt ist. Letztes Mal haben wir siebenhundert neue Stellen bei Sträng beantragt, man hat aber nur zweihundert bewilligt.«

»Na ja«, erwiderte ich atemlos und rachsüchtig, »du bist doch der Justizminister und verantwortlich für die Polizei hier im Land. Ergreif Partei und tritt zurück!«

Der Staatsminister registrierte den bitterbösen ironischen Unterton und starrte mich an.

»Ja«, sagte er, »du wirst es nicht glauben, aber wir Staatsminister zögern, zu Sträng hinaufzugehen und mit der Faust auf den Tisch zu hauen und unter spontanem Protest zurückzutreten, wenn er unsere Haushaltsmittel allzu radikal kürzt. Aber selbstverständlich warten wir mit den Rücktritten, bis wir die Berechtigung auf die volle Staatsministerpension erreicht haben.«

Dann klingelte er an der Tür, ich schloß die Augen und fragte mich, wer uns wohl öffnen mochte und was man sagen würde zu dem Hund und der Baskenmütze und dem Geruch und zu all dem.

Die Schriftstellerin Therese Carlsson stand im Türrahmen.

Nach wie vor war es der staatseigene Hund, der die Initiative ergriff. Der Staatsminister hatte, als er sich am Ende der Jagd angekommen wähnte, die Leine von seinem Handgelenk losgemacht und die Bestie freigelassen. Ohne auch nur die Schnauze zum Gruß zu erheben, knuffte das Tier jetzt die Frau zur Seite und bahnte sich den Weg ins Haus.

Anschließend gab es nur ein einziges Gegurgel, Geknurre und Gekaue. Die Schriftstellerin schien weder erstaunt noch unzufrieden zu sein.

»Schauen Sie doch, sind sie nicht wunderbar! Zwei ausgewachsene Rüden im Kampf um Leben und Tod!«

Sie hatte uns in den großen Flur geschoben, wo sich der staatseigene Hund wie besessen mit einem schäferhundartigen Vierbeiner auf einem Teppich wälzte, der ohne Zweifel ein Buchara aus dem 17. Jahrhundert war.

»Nein, stören Sie sie nicht! Lassen Sie sie ihren Kampf zu Ende bringen!«

Der Staatsminister hielt sich widerstrebend zurück; offenbar fürchtete er, der staatseigene Hund würde auf dem Schlachtfeld zurückbleiben, und sah Komplikationen bei der Erklärung des Todesfalls gegenüber dem Ministerpräsidenten, dem nächsten Angehörigen, auf sich zukommen.

»Er verträgt das Autofahren nicht und ist leidend, seit er als Welpe die Staupe gehabt hat, und der Doktor hat gesagt, er darf sich mit Schäferhunden nicht balgen ...«, setzte er zu einem Plädoyer an, doch da fiel ihm plötzlich die Baskenmütze, der Anlaß und Ursprung allen Ärgers, wieder ein, und ich sah, daß er für einen Augenblick erwog, ob der Einbruch möglicherweise von einem Schäferhund mit Baskenmütze begangen worden sein könnte, aber auch, wie er den Gedanken verwarf. Die Jahre im Ministerium haben seinen Verstand doch bedeutend geschärft.

»Oh, was für ein pflichtvergessener Schuft!« schrie er. »Die Baskenmütze und die Spur interessieren ihn nicht die Bohne, und er pirscht sich an dieses Scheusal von Hund heran. Das war ein Kampf, wie er ihn immer hat haben wollen!«

»Haben Sie etwas von Spur gesagt?« fragte Therese Carlsson. »Ich brauche eine Spur. Ich brauche schon den ganzen Tag eine. Komm rein! So, jetzt ist ja gut! Sherlock! Komm, rein mit dir!«

Mit geübtem Griff trennte sie die beiden Kämpfenden, trieb uns und die Bestie in die inneren Gemächer und gönnte dem staatseigenen Hund den Triumph über den eroberten Flur.

»Gestern habe ich den Klavierstimmer mit vergiftetem Tee ermordet, ja, er ist schnell gestorben und ohne sich quälen zu müssen, hat gar nicht mitbekommen, was los war. Die Leiche habe ich also, aber jetzt brauche ich eine verworrene Spur, damit der Detektiv etwas zu suchen hat. Etwas Originelles, Buntes, Phantasieanregendes. Sie haben etwas von Spur gesagt?«

Die Frau schaute uns herausfordernd an, und mit einem Mal spürte ich, wie müde und abgekämpft ich war. Unaufgefordert ließ ich mich auf ein Sofa fallen. Doch der Staatsminister war noch zu sozialem Verhalten in der Lage.

»Ja, ich sollte den Herrn Studienrat Persson hier vielleicht darüber aufklären, daß Fräulein Carlsson besser unter ihrem Autorennamen Therese Doolck bekannt ist. Unsere ungekrönte Krimikönigin. Du hast bestimmt einige, ähäm, etwas von ihren, ähäm, Werken gelesen.«

Das hatte ich ganz entschieden nicht getan, aber der Name war mir immerhin ein Begriff – wie allen normal Gebildeten. Therese Doolck – die Schriftstellerin, die sich mit Erwürgen, Erstechen und Vergiften ein Vermögen zusammengemordet hatte.

Sie war nicht anders gekleidet als bei der Geburtstagsaufwartung – das sackartige Gewand diente offensichtlich als Arbeits- wie als Festkleid. In meinem erschöpften Zustand fielen mir keine passenden Worte ein; einzig kam mir in den Sinn, daß sie den Körperbau einer idealen Pilzsammlerin besaß: kräftig genug, um sich den Weg durch Gestrüpp und anderes Dickicht zu bahnen, jedoch zugleich leicht vorgebeugt, und bei dem spulförmigen Rumpf mußte es den Zweigen schwerfallen, Halt an ihr zu finden. Mit einer übergestülpten Baskenmütze würde nicht einmal das herabhängende, weiße Haar am Buschwerk hängenbleiben ... Aber man kann natürlich niemandem ins Gesicht sagen, er oder sie sehe aus wie ein Pilzsammler, meine ich; der oder die Betreffende sammelt vielleicht gar keine Pilze und in jedem Fall konnte es bestimmt mißverstanden werden.

Aber die Blutige Therese erwartete keine Komplimente über ihre Kunst, das besorgte sie schon selbst.

»Die Leute glauben, so einen Detektiv-Roman zu schreiben sei eine Kleinigkeit. Ja, das stimmt – wenn man keine Ansprüche an Stil und Inhalt stellt. Weigert man sich aber, sich mit weniger als gediegenen Mordfällen zufriedenzugeben, die mit künstlerischer Finesse ausgeführt sind, dann ist es eine anspruchsvolle Arbeit, zu der nicht viele hierzulande das Zeug haben. Genaugenommen gelingt dies nur mir und Peter Brate. Eigentlich nur mir – seit ihm im Herbst 65 ein Blumentopf auf den Kopf gefallen ist, hat er die Intrigen nicht mehr zusammenbekommen. Ja, er leidet keine Not, er hat sich schließlich darauf verlegt, modernistische Lyrik zu schreiben, bekommt hervorragende Rezensionen, Stipendien und künstlerische Auszeichnungen und Gott weiß, was sonst noch alles. Noch ein Blumentopf und er wird in die Akademie aufgenommen. Nein, was jetzt noch übrig ist, das sind alles Stümper. Nehmen Sie diesen Eckerman!« Sie knallte einen dicken Wälzer auf den Tisch. »Stellen Sie sich vor, mich, eine Frau von 40 000 Bänden, zwingt man, in ein und derselben Anzeige mit diesem ... mit einem Grünschnabel von 10 000 Büchern zu erscheinen! Oh, diese Buchverleger! Ja, ich lese ihn, die Anzeige mit einem Kerl zu teilen ist soviel, wie mit ihm das Bett zu teilen: Man wird in der Tat irgendwann auch neugierig auf die inneren Werte – wird aber immer enttäuscht.«

Sie schritt an ein Bücherregal, das, unterbrochen von einigen Fenstern, die gesamte Längswand bedeckte.

»Hier auf dem mittleren Regal stehen meine Originalausgaben, 36 an der Zahl. Oh Herr, mein Schöpfer, wieviel Arbeit steckt doch darin! Was für eine Plackerei! Da ist es mit den Taschenbüchern doch etwas ganz anderes.«

Vorsichtig zog sie einen dünnen Band heraus, und mit einem Mal bekamen die kräftigen und markanten Gesichtszüge etwas beinahe Mildes.

»Mit ihnen hat man keine Arbeit, keine Sorgen, bloß Freude und Zufriedenheit! Ich pflege sie meine Enkelkinder zu nennen. Ja, sehen Sie doch, wie klein und niedlich sie sind! Oh, ich sehe schon, Sie denken, ich müsse Millionen verdienen und was soll die alte Schachtel mit all dem Geld, und ich kann Ihnen sagen, daß Geld vielleicht nicht glücklich macht, man hat aber etwas mehr Bequemlichkeiten, wenn man unglücklich ist. Herr Persson, Sie sind wohl nicht zufällig Literaturhistoriker? Ich verabscheue Literaturhistoriker. Der ganze Haufen ist komplett verrückt. Als reine Kriminalschriftstellerin bin ich nicht sonderlich attraktiv, aber warten Sie ab, in Scharen werden sie noch angelaufen kommen und sich um mich reißen, wenn sie erst spüren, daß das richtig appetitliche Stadium der Verwesung eingesetzt hat. Und für eine Magisterarbeit tauge ich allemal. Herr Persson, finden Sie, ich mache einen verwesten Eindruck? Aber ich rede zuviel. Die Herren führt sicher ein Anliegen zu mir.«

Der Staatsminister hielt die verfluchte Baskenmütze in die Höhe und fragte, ob sie sie verloren habe.

»Geben Sie her! Ich trage Baskenmützen, versuchen Sie einmal, mein Haar unter einen Hut zu bekommen! Nein, die gehört mir nicht. Da bin ich mir ganz sicher. Wo haben Sie sie gefunden? Ist es eine Spur bei der Ermittlung in einem Mordfall? Lassen Sie mich nachdenken, habe ich eine Baskenmütze als Spur verwendet? In ›Der Tod im Altersheim‹ wurde die Leiterin mit Schnüren erdrosselt und …«

Der Staatsminister fragte schnell, ob sie als Expertin eine Erklärung für das Ableben des Fabrikdirektors Lindberg habe, und Therese Doolck sah alles andere als unzufrieden aus.

»Der Mörder *kann* eine Art Künstler sein. Ich stelle es mir deshalb vor, weil der Alte an seinem achtzigsten Geburtstag gestorben ist. Vielleicht war es auch Zufall und dann ist es wohl ein ganz normaler Giftmord. Aber ich würde sagen, daß der Mörder aus irgendeinem raffinierten Grund wollte, daß er kalt und steif daliegt, wenn wir mit den Blumen und der Torte hereinkommen.«

»Aber was kann es für einen Grund gegeben haben, ihn überhaupt umzubringen?«

»Mein Lieber, er war wohl das ideale Mordopfer! Reich und unbeliebt, sogar bei seinem eigenen Sohn. Ja, Mommy hat ihn natürlich gern gehabt, doch ich nehme an, selbst der Teufel hat ein Frauenzimmer, das sich gern darum kümmert, daß er regelmäßig mit Tee und sauberen Strümpfen versorgt wird.«

»Und warum war er so ... unbeliebt?«

»Ein alter, gemeiner Kerl, der sagt, was ihm gerade in den Sinn kommt, und der ständig mit seinem Wunderkind von Sohn prahlt und der obendrein ... na, ich werde nicht mehr sagen, als ich mit eigenen Augen und Ohren gesehen und gehört habe.«

»Wie gut haben Sie ihn gekannt?«

»Ich habe Mommy kennengelernt, als sie kurz vor dem Krieg aus Stockholm hierhergekommen ist, und dem Alten konnte ich schlecht aus dem Weg gehen, wenn ich sie besucht habe. Ein wunderbarer Mensch, diese Mommy, das können Sie sich gleich in Ihr Notizbuch schreiben. Wenn es einen durch und durch guten Menschen gibt, dann ist sie es. Das muß sogar der Alte begriffen haben, denn er hat sie wirklich wie einen Menschen behandelt. Das ist nicht bei vielen vorgekommen, das kann ich Ihnen versichern. Und ich weiß, wovon ich spreche, denn ich habe sieben Jahre lang als Buchhalterin in seiner Firma gearbeitet, ja, das war in meiner Jugend, bevor ich mit dem Morden angefangen habe. Wie er mit säumigen Lieferanten und zahlungsschwachen Kunden umgegangen ist! Der einzige Mensch, dem gegenüber ich ihn sich anständig benehmen gesehen habe, war der Regierungspräsident, als er zur Einweihung der neuen Maschinenhalle gekommen war. Für feine Leute hatte er eine Schwäche. Ich nehme an, Ihnen, Herr Staatsminister, kriecht man auch in den Hintern? Von wegen Staatsminister – einen Staatsminister habe ich noch nie gehabt. Wie viele sind in der Regierung?«

»Achtzehn«, antwortete der Staatsminister zurückhaltend.

»Viel zu viele«, entschied Therese Carlsson. »Für eine Intrige jedenfalls. Aber es gibt noch einen inneren Zirkel, nicht wahr? Man könnte sich vorstellen, Sie sitzen an einem Abend draußen in Harpsund bei einem Bier zusammen und diskutieren mit dem Finanzminister über Ihre Lieblingsobjekte: Der Landwirtschaftsminister will eine Öre mehr für die Milch, der Verteidigungsminster eine Atombombe, ja, aber nur eine kleine, und so weiter. Aber Sträng sagt zu allem nein. Und am nächsten Morgen wird er tot in seinem Himmelbett aufgefunden. Jemand hat ihm ein Bündel zerknüllter Geldscheine in den Hals gestopft. Aber das geht nicht – ich kenne mich auf dem Gebiet der Politik nicht aus. Und ich schildere niemals ein Milieu, mit dem ich nicht bis ins kleinste Detail vertraut bin. Übrigens töte ich mittlerweile nur noch mit Gift.«

»Wie«, fragte ich vorsichtig, »wie stirbt das Opfer in dem Buch, an dem Sie gerade arbeiten?«

»Durch Gift natürlich. Man tut ihm Zyankali in den Tee. Früher habe ich manchmal mehrere Methoden verwendet, Schlingen und orientalische Dolche und dergleichen, aber jetzt halte ich mich an Gift. Sauber, schnell, intelligent. Jetzt möchte ich Tee trinken. Ich nehme an, die Herren leisten mir Gesellschaft.«

Sie blieb lange fort.

Der Tee war fürchterlich stark. Das Gebräu sah beinahe aus wie Kaffee.

Der Staatsminister, der mehr für Saft und Brause war, nippte immer so zierlich an seiner Tasse wie eine Anwaltsgattin beim Kaffeeklatsch bei Bürgermeisters, ich selbst aber hatte einen kräftigen Zug am Leibe.

Ich schaute auf und stellte fest, daß Therese Carlsson mich eingehend beobachtete. Es überlief mich ein kalter Schauer, und ich dachte, daß sie bestimmt Vorstudien für ihren nächsten Roman betrieb. Sollte ich zum Mörder werden oder ... Aber der Tee, was war mit dem Tee? Schmeckte er nicht seltsam? Es lag nicht allein daran, daß er so entsetzlich stark war, da war noch etwas anderes, etwas Herbes, Bitteres ...

»Stimmt mit dem Tee etwas nicht?«

Sie hatte sich so weit über den Tisch gelehnt, daß ihr Gesicht ganz dicht vor meinem war. Der Mund stand halb offen und die Augen, die Augen ...

»... Ich verwende immer Gift ... Man tut ihm Zyankali in den Tee ... Ich verwende immer Gift ... Man tut ihm Zyankali in den Tee ...«

Zu spät, viel zu spät begriff ich, was in der Tasse gewesen sein mußte.

»Schmeckt er bitter?«

Die undeutliche Stimme kam aus weiter Ferne. Die Mattigkeit überspülte mich in Wellen. »Wirf nicht die Tasse um«, dachte ich, »wirf nicht die Tasse um ...«

Ich versuchte, mich zu erheben, aber das Schwindelgefühl und der Ausbruch von kaltem Schweiß zwangen mich zurück auf meinen Platz.

An mehr erinnere ich mich nicht.

Im Auto war das Schlimmste überstanden.

»Was hatte sie in den Tee getan?« murmelte ich. Der Staatsminister saß mit dem Gesichtsausdruck einer besorgten Krankenschwester neben mir.

»Zyankali. Nein, kein richtiges, nur etwas Pilzextrakt, der ganz ungefährlich ist, wenn ich sie recht verstanden habe, aber der wie Zyankali schmeckt. Sie wollte nur herausfinden, ob ein normaler Mensch merkt, wenn man ihm Zyankali in starken Tee mischt. Sie hat es auch an sich selbst ausprobiert und behauptete, sie hätte nichts Auffälliges festgestellt. Sie war richtig böse auf dich, hat behauptet, du hättest dich zimperlich angestellt, und sie hat gesagt, du hättest ihre Intrige ruiniert.«

»Ach, ich hätte also in aller Ruhe sterben sollen? Ohne Krämpfe oder unmenschliche Schreie?«

»Ja, aber nachdem du dich so schrecklich aufgeführt hast, ja, sie hat sich tatsächlich so ausgedrückt, da muß sie jetzt ein anderes Gift nehmen. Sie hat schon in der Küche mit dem Mischen und Brauen angefangen, als ich dich hinausgeschleppt habe. Wir seien wieder willkommen, hat sie übrigens gerufen, falls wir gerade in der Nähe seien. Sie würde dann ganz rasch ein kleines, leckeres Mittagessen zaubern.«

Zu Hause legte ich mich ins Bett.

Der Staatsminister wollte darüber diskutieren, ob Therese Carlsson möglicherweise die Mörderin sei, doch ich weigerte mich, mich in meinem Zustand mit einer Frage zu befassen, die mir rein theoretischer Natur zu sein schien. Ich riet ihm statt dessen, sie ohne unnötige Verzögerung festnehmen zu lassen, er aber zauderte mit der Erklärung, man dürfe nichts überstürzen, und im übrigen müsse er mit dem staatseigenen Hund zurück nach Harpsund, der über Nacht nicht fortbleiben und sich erkälten durfte.

Und ich war für jeden Protest zu geschwächt.

Meine Kräfte waren seit dem Vorabend auf eine harte Probe gestellt worden.

Ich war so gut wie erwürgt, von einem unbekannten nächtlichen Marodeur halb bewußtlos geschlagen worden, der nach unserem derzeitigen Kenntnisstand genausogut der Mörder sein konnte; ich war von einem wild gewordenen Hund gehetzt und am Ende von einer verrückten Kriminalschriftstellerin vergiftet worden.

Ich hatte das Gefühl, das war für einen einzigen Tag genug, mehr als genug. Ich drehte mich zur Wand um.

9

Am nächsten Tag tauchte der Staatsminister schon vor dem Mittagessen auf und fragte vorsichtig an, ob ich mich zu einem Spaziergang zur Apotheke in der Lage fühle.

Ich gab zur Antwort, daß auch ich gerade vorgehabt hätte, mich dorthin zu begeben, um mir ein Stärkungsmittel zu besorgen.

Der Staatsminister erzählte, er habe die Baskenmütze der Polizei übergeben, die soeben mitgeteilt hatte, daß man nach eingehender technischer und chemischer Untersuchung Spuren von Hundespeichel festgestellt hatte. Der Kommissar, der froh, fast aufgekratzt gewesen war, hielt es nun für sehr wahrscheinlich, daß der Einbrecher einen Hund gehabt habe oder jedenfalls ein solches Tier sehr eng in die Sache verwikkelt war.

»Du hast kein Wort erwähnt von unserem ... von deiner Feldforschung mit der Baskenmütze gestern, oder?«

»Nein. Ich brachte es nicht übers Herz. Er hat sich doch so über den Speichel gefreut. Glaubst du, er wird dem staatseigenen Hund auf die Spur kommen und ihn einsperren?«

Ich antwortete, daß nach meinem Dafürhalten der Köter in irgendeiner Form Immunität genoß und es wahrscheinlicher sei, daß man den Besitzer von Ministerpräsident festnahm. Der Staatsminister fragte weiter, ob er ihn warnen solle, und ich entgegnete, daß er es durchaus tun könne, er aber darauf gefaßt sein müsse, daß man Fragen stellen und Erklärungen verlangen würde.

»Na, heute habe ich den staatseigenen Hund jedenfalls in Harpsund gelassen«, fuhr der Staatsminister fort. »Scheint wirklich nicht in der gewohnten Form zu sein, glaube ich. Und jetzt, da nach ihm auch noch gefahndet wird, ist ein gewisses Maß an Risiko wohl nicht auszuschließen. Der Ministerpräsident fährt morgen zu einer Besprechung nach Sofiero, und es wäre doch ärgerlich, wenn er, ähäm, hier aufgehalten würde, ja, wegen des Speichels. Und die Zeitungen ...«

Ich spürte, wie es mir im Bein zuckte; vermutlich ein nervöser Krampf. Die Nachmittagszeitungen hatten bereits bedeutendes Interesse an den Vorkommnissen in Ädelsta bekundet; der Todesfall wurde durchweg als der »Mord in Harpsund« bezeichnet.

Der Staatsminister fragte mich nach meinem Eindruck von Therese Doolck-Carlsson.

Ich erzählte es ihm, und er stimmte mir zu, daß sie sich in gedruckter Form besser machte, beharrte jedoch auf seiner Behauptung, sie habe einen gewissen originellen Charme. Er erkundigte sich ferner, ob es vorstellbar sei, daß sie so sehr in ihrer Arbeit aufging und vorübergehend nicht zwischen Dichtung und Wahrheit unterscheiden konnte.

Ich erklärte, daß ich dies vornehmlich als ein medizinisches Problem betrachtete und es als Laie aber ganz und gar nicht für unwahrscheinlich hielt, daß sie mittlerweile der grauen Theorie den Rücken gekehrt hatte, um in der Praxis die roten Lebenssäfte zu schlürfen.

»Sie schien alles andere als sehr begeistert von dem alten Knaben gewesen zu sein und hat angedeutet, daß er etwas Schlimmeres angestellt hat als Gemeinheiten von sich zu geben und mit dem Sohn zu prahlen«, überlegte der Staatsminister. »Was kann das nur gewesen sein? Wir werden den Apotheker fragen, er hat schließlich regelmäßig Karten mit ihm gespielt.«

»Aha, du willst den Apotheker verhören? Vergiß nicht, daß ich nicht die Absicht habe, an seinem Ladentisch etwas einzunehmen, weder in fester noch in flüssiger Form. Er ist wahrscheinlich genauso verrückt und mir wird schon angst und bange bei dem bloßen Gedanken, was einem Mann, dem eine ganze Apotheke zur Verfügung steht, alles einfallen könnte, einem aufzutischen. Aber hier muß es wohl sein?«

Der goldene Löwe schaukelte drohend in der Sommerbrise, doch ohne Beinaheunfall traten wir ein, nachdem der Staatsminister es aufgegeben hatte, an der Tür zu ziehen, auf der »Drücken« stand.

Nach Großstadtmanier suchte ich nervös nach dem Apparat mit den Nummernzetteln, erkannte jedoch im nächsten Augenblick, wie unnötig es war. Am Ladentisch drängte sich nur eine alte Frau, und sie wurde von dem einzigen Verkäufer des Geschäfts bedient, von einer stattlichen, in einem weißen Kittel gewandeten Person, in der ich ohne Schwierigkeiten den Apotheker höchst persönlich erkannte. Die alte Frau hatte bereits die Salbe gegen Muskelschmerzen und die Mixtur gegen zähflüssigen, hartnäckigen Schleim in Empfang genommen und wühlte jetzt zwischen den Zahnbürsten und erbat Auskunft, ob sie sich für die harte, mittelharte oder weiche Ausführung entscheiden sollte. Sie machte den Mund entgegenkommend auf, und der Apotheker brummelte etwas, das dahingehend gedeutet werden konnte, er persönlich finde, daß bei diesem Gebiß jede Zahnbürste, sei sie nun hart oder weich, eine unnötige Investition sei und er statt dessen tägliche Spülungen mit dem milden Mundwasser Gurgeloria empfehle.

Er verbeugte sich vor der alten Frau und lächelte etwas entschuldigend.

»Sie hatte nur noch zwei Zähne. Eine Zahnbürste hätte schrecklich weh getan und außerdem den Gaumen und die Frau zur Strecke gebracht. Das Mundwasser muß sie hier in einem Monat für sieben Kronen fünfzig nachkaufen. Innerhalb von vierzehn Tagen übrigens verdoppeln alte Frauen dieses Kalibers immer die Dosis. Ja, hat man eine Apotheke in so einem Nest wie diesem hier, muß der Umsatz mit allen Mitteln angekurbelt werden.«

Das schallende Gelächter klang angenehm, wenn auch nicht schön in Verbindung mit dem massigen, kantigen Gesicht, den buschigen Augenbrauen und dem Haar, das darüber abstand, dicht und hart wie Schweineborsten.

Der Staatsminister leitete das Gespräch auf unnachahmliche Weise von Handbalsam über Intimpuder hin zum toten Fabrikdirektor.

»Sie haben ihn gut gekannt?«

Die riesige Hand wurde zu so etwas wie einem Protest erhoben. »Nein, das konnte man nicht gerade behaupten. Wir haben seit vier, fünf Jahren abwechselnd bei jedem einmal in der Woche Karten gespielt. Nach Ädelsta bin ich 1950 gekommen. Von der Schwanen-Apotheke in Stockholm«, fügte er hinzu, wie zum Beweis, daß er mit einer pharmazeutischen Vergangenheit von größeren Dimensionen aufwarten konnte, als Ädelsta sie zu bieten hatte. »Und beim Spiel hat er Gespräche nicht geschätzt, will sagen anderer Leute Gespräche, so daß sich eine tiefere Freundschaft nicht entwickeln konnte. Aber Mommy ist ein wunderbarer Mensch. Doch als Kundin ist sie nicht der Rede wert, noch weniger als der Alte, der wenigstens noch seine Schlaftabletten gebraucht hat.«

»Wann haben Sie hier zuletzt Karten gespielt?«

»Am Sonntag vor zwei Wochen. Vergangenen Sonntag waren wir draußen beim General. Der Mann war ganz versessen auf seine Spielabende und wollte noch nicht einmal im Sommer eine Pause einlegen.«

»Und wer war mit dabei, letzten Sonntag?« preschte der Staatsminister vor.

»Die üblichen Spieler: der Alte, Mommy, der General, der

Botschafter und ich natürlich. Mommy spielt nicht besonders und ist im Laufe des Abends nur hin und wieder eingesprungen. Aber sie geht gern aus dem Haus und etwas unter Leute. Und was für belegte Brote sie serviert hat, die waren das Beste am ganzen Abend! Ja, der Botschafter ist für gewöhnlich nur im Sommer mit von der Partie, wenn der Bürgermeister im Urlaub ist. Ansonsten wohnt er im Ausland, in Afrika. Der Botschafter, meine ich. Der Bürgermeister wohnt das ganze Jahr hier, außer im Urlaub natürlich. Er hat schließlich seine Arbeit hier.«

Ich stützte mich auf den Ladentisch. Der einfältige Gesichtsausdruck des Staatsministers verleitet die Leute häufig zu etwas umständlichen Erklärungen.

»Man sagt, der Fabrikdirektor sei unbeliebt gewesen. Warum ...?«

»Ja, wenn ich es denn einmal so von einem Toten sagen darf: Er war bösartig, unbeherrscht und achtete beim Fluchen nicht so genau auf seine Worte. Nehmen Sie zum Beispiel die Sache mit dem Sohn des Generals, als er geschrien hat, er sitze in einer Anstalt. Ja, Sie haben es ja mit eigenen Ohren gehört. Der Junge ist vor vielen Jahren in schlechte Gesellschaft geraten, hat keine Mutter mehr, die auf ihn aufgepaßt hätte – der General ist seit vielen Jahren geschieden –, und ist in die Erziehungsanstalt gekommen. Und der Alte hat nicht zum ersten Mal eine Anspielung darauf gemacht.«

»Schlimmeres hat er nicht angestellt?« fragte der Staatsminister, aus dem Reichstag an den Umgangston gewöhnt.

»Schlimmeres?! Das war verdammt unangenehm. Ich weiß selbst sehr gut, wie das ist, wenn der alte Mann zur Verunglimpfung angesetzt hat ...«

Hier brach er ab. Nach den Worten, die zwischen grollendem Donner und zischenden Blitzen changiert hatten, war es unglaublich still.

»Jemand hat angedeutet, er könne bei einer ungesetzlichen Sache die Finger mit im Spiel gehabt haben?«

»Ungesetzliche Sache? Was sollte das gewesen sein? Und warum sollte ich darüber Bescheid wissen?«

Ganz offensichtlich war er jetzt auf der Hut. War ein wunder Punkt getroffen? So wund, daß er durch Ausfälle und Gegenfragen geschützt werden mußte?

»Er ist an Arsen gestorben. Kann sich ein bösartiger Mensch möglicherweise hier in Ihrer Apotheke etwas davon beschafft haben?«

Hätte ich nicht gewußt, daß er zu dumm war, um Angst zu haben, hätte ich seinen Mut bewundert.

Aber keine Hand legte sich auf ihn und keine Stimme wurde erhoben. Hier war der konkrete Gegenbeweis.

»Wie ich schon der Polizei gesagt habe, ist es absolut unmöglich. Absolut unmöglich. Alle giftigen Substanzen bewahre ich vorschriftsmäßig unter Verschluß in meinem Arbeitszimmer auf. Wenn die Herren mir folgen wollen, dann werde ich es Ihnen zeigen.«

Der Schrank war massiv gearbeitet und sah sehr abgeschlossen aus.

»Und den Schlüssel trage ich bei mir«, fuhr der Apotheker in seiner Verteidigungsrede fort. »Hier!« verkündete er dramatisch und schlug sich mit dem imposanten Hieb eines Knochenhauers auf die Hüfte.

Er errötete und nahm etwas überraschend Abstand von dem Triumph, mit dem entscheidenden, stählern glänzenden Beweis vor den Augen der Jury herumzuwedeln. Ich hielt es nicht für ausgeschlossen, daß ihm der Schreck tief bis in jede Muskelfaser gefahren war.

Der Staatsminister erklärte geschwind, er sei vollkommen überzeugt, daß in dieser Apotheke alle Sicherheitsvorschriften skrupellos eingehalten würden, bat telefonieren zu dürfen und verkündete, wir hätten eigentlich nur hereingeschaut, weil der Herr Studienrat ein Stärkungsmittel brauchte.

»Und bring' eine Flasche Rosmarintropfen für mich mit!« rief er hinter uns her.

»Was willst du denn mit Rosmarintropfen?« fragte ich, als wir wieder zu Hause waren. »Nach den Worten des Apothekers werden diese eingenommen, um bei jungen Müttern die Milchproduktion anzuregen. Willst du jetzt etwa auch noch Mutter werden?«

»Nein«, entgegnete der Staatsminister. »Aber mir ist nichts anderes eingefallen, das in einer Apotheke immer nach Bestellung von Hand angerührt wird. Und ich wollte etwas Zeit gewinnen.«

»Wen hast du angerufen?«

»Ich habe gar nicht telefoniert.«

»Sag nicht, du hast wieder Feldforschung betrieben!«

»Doch«, widersprach der Staatsminister zufrieden, kramte eine Streichholzschachtel hervor und schob sie einen spaltbreit auf. Er sah aus wie ein Junge, der verstohlen seine weiße Maus betrachtet.

»Was hast du da?«

»Arsen.«

»Mein Gott, hast du den Schrank aufgebrochen?«

»Nein, natürlich nicht.« Der Staatsminister klang entrüstet. »Er ist schon beschädigt gewesen. Ich habe ihn aufgeschlossen. Der Schlüssel war in dem Jackett, das über dem Schreibtischstuhl hing. Ganz selbstverständlich trägt man bei diesem Wetter und mit so einem Kreuz kein Jackett unter dem weißen Kittel. Das ist mir eingefallen, als er sich dort auf die Brust geschlagen hat, wo seiner Vermutung nach die Tasche mit dem Schlüssel ist. Doch da war es leider schon zu spät. Bestimmt ist er im Sommer auch in Hemdsärmeln zu den Bridge-Abenden gegangen. Es dürfte für den fünften

Mann nicht schwer gewesen sein, den Schlüssel zu mopsen, sich ins Arbeitszimmer zu schleichen und sich aus dem Topf mit dem Arsen zu bedienen. Ich war auch in seiner Privatwohnung, während du dein Stärkungsmittel bekommen hast, und habe bestimmte Untersuchungen durchgeführt. Und sein Schlafzimmer – natürlich bin ich da drin gewesen: Er hatte noch nicht einmal das Bett gemacht, sehr schlampig, muß ich sagen, wenigstens ein Mindestmaß an Rücksicht ist man seinen Gästen doch wohl schuldig ... Wo war ich noch gleich stehengeblieben?«

»Im Schlafzimmer.«

»Danke. Erinnerst du dich, daß der Apotheker, als bei uns der Einbruch war, erst nach dem achten Klingelzeichen ans Telefon gegangen ist? Und daß er außer Atem war? Aber das Telefon steht auf seinem Nachttisch.«

»Vielleicht ist er ans Telefon in der Apotheke gegangen.«

»Das hat eine andere Nummer. Nein, als ich angerufen habe, ist er ganz aus der Puste wohl gerade von einem kleinen Ausflug wieder nach Hause gekommen.«

»Du hast ihn nicht zu der Baskenmütze befragt, oder?«

»Nein, das war nicht nötig. Ich habe auf der Ablage im Flur einen Hut gefunden und da wußte ich, daß die Baskenmütze ihm gehört.«

Ich verzichtete darauf, die Paradoxie offenzulegen.

»Ist er auch der Mörder?«

»Vielleicht. Keine Ahnung.«

»Aber wenn nun der Mörder im Schlafzimmer etwas Bestimmtes gesucht hat, warum hat er es nicht schon in der Mordnacht an sich gebracht? Warum hat er bis zur nächsten Nacht gewartet, als man den Mord entdeckt haben mußte, das Haus unter polizeilicher Beobachtung hätte stehen können und der Schlaf nach allen Vorkommnissen bei jedem, der dort wohnt, leichter sein mußte?«

»Du vergißt, daß der Mörder – wir sehen im Augenblick

einmal von der Möglichkeit ab, daß der Sohn dem alten Knaben Gift ins Glas getan hat – nicht wußte, in welcher Nacht der Fabrikdirektor sterben würde. Es hing ganz davon ab, wann er gerade die Kapsel schluckte, in der das Gift enthalten war. Der Mörder konnte im Schlafzimmer mit dem Suchen nicht eher anfangen, als bis er wußte, daß sein Opfer tatsächlich die ›richtige‹ Kapsel erwischt hatte. Und das konnte er erst an dem Morgen wissen, an dem der Fabrikdirektor nicht mehr aufgewacht ist ...«

Von einem jähen Geistesblitz durchzuckt, stand ich auf.

»Wir haben über die Personen gesprochen, die Gelegenheit gehabt haben, ins Zimmer des Fabrikdirektors zu gehen und seinem Schlafmittel etwas unterzumischen ... Aber hast du daran gedacht, daß es einen Menschen gibt, der ihn ermordet haben kann, ohne je in seinem Zimmer gewesen zu sein? Ein Mensch, der vom Schlafmittel nur eine Kapsel gegen Arsen auszutauschen brauchte, *nachdem er sie hergestellt hatte?* Damit war der Geist aus der Flasche und der Tod aus seiner Hand ...«

10

»Behalte sicherheitshalber die Uhr im Auge!« befahl der Staatsminister, nachdem wir in aller Eile das Mittagessen heruntergeschlungen und im Auto Platz genommen hatten. »Dann werden wir ja sehen, ob der General es geschafft haben kann, innerhalb von dreißig Minuten auf seinem Gutshof zu sein. Es *kann* gut möglich sein, daß der Apotheker des Einbruchs unschuldig ist und daß es der General war, der dich k. o. geschlagen und die Baskenmütze verloren hat. Allerdings spricht alles dafür, daß es der Apotheker war – kannst du dir einen General mit Baskenmütze vorstellen?«

Ich antwortete, daß ich mir nach den Ereignissen der letzten Tage alles Mögliche vorstellen konnte, und fragte, was seine Kollegen davon hielten, daß er sich so selten in Harpsund blicken ließ.

»Ach«, entgegnete der Staatsminister, »das merkt doch keiner. Ich komme am Morgen dort an und verteile meine Dokumente und Experten in einer Ecke, bleibe sitzen und raschele so lange mit meinen Papieren, wie die Luft es gestattet, daß wir uns gegenseitig sehen. Dann verdrücke ich mich. Gegen Mittag schaue ich kurz wieder herein und sage: ›Das ist tatsächlich ein äußerst kompliziertes Problem!‹ Gestern versicherte der Ministerpräsident, er kenne sonst niemand, der eine langwierige und schwer überschaubare Diskussion so kristallklar zusammenfassen könne. Mein Gott, die Handbremse! Mir war doch gleich so, als ob es verbrannt riecht!«

Befreit von diesem Hemmnis, machte das Auto einen Satz auf einen Mann mittleren Alters zu, der sich soeben gesetzeswidrig von einem Bürgersteig zum anderen bewegte. Der Staatsminister erlangte jedoch die Gewalt über den Wagen zurück, und der Passant, der alle gebührende Angst gezeigt hatte, wurde mit generöser Geste vorübergewunken.

»Apropos Hühner«, sagte der Staatsminister kurz darauf und wich etwas flatterndem Gesprenkelten aus, »da habe ich doch neulich den Ministerpräsidenten gefragt, worin eigentlich der Unterschied zwischen einem Sozialdemokraten und einem Sozialisten bestünde – ja, man hört doch diese Bezeichnungen so häufig –, und da hat er den Kopf auf die Seite gelegt, gegackert und von einem Bauernfamilie in Värmland erzählt, die er kennt, und von ihrem Federvieh.

Der Hofbauer Gunnar überläßt die Hühner im großen und ganzen sich selbst, wenn sie frei herumlaufen und auf dem Stallhügel picken. Wenn sie Eier legen, und das tun sie reichlich, denn es sind abgehärtete und genügsame Tierchen, schwups, ist er zur Stelle und nimmt ihnen von zehn Eiern acht weg. Aus zweien dürfen Küken schlüpfen, die dann bald ihrerseits herumlaufen, picken und Eier legen. Vater Gunnar hat alle Hände damit zu tun, die Eier an Verwandte und Bekannte zu verteilen – oder an ›seine Leute‹, wie er immer sagt –, und im Dorf ist er ein ungeheuer beliebter Mann. Sogar die Hühner gackern zärtlich, wenn er vorbeistiefelt, obgleich er in letzter Zeit davon spricht, neun Eier an sich zu nehmen und nur eines übrigzulassen.

Aber sein Sohn Bosse, ein ganz junger Bursche, der wahrscheinlich den Hof im Herbst übernehmen und seinen Vater aufs Altenteil schicken wird, lungert meistens auf der Treppe herum und glotzt mit großen Augen die Hühner an und brummelt: ›Wenn der Hof einmal mir gehört, dann drehe ich den Viechern als erstes den Hals um. Da habe ich einen ganzen Monat lang schönes, weißes Fleisch. Sie können doch nichts weiter als in der Gegend rumlaufen, scharren, fressen und faulenzen. Und dann setze ich mich eine Weile auf die

Stange und wenn ich bloß richtig laut und schrill gackere, wäre es doch gelacht, wenn ich diese Eierchen nicht selbst zustandebrächte.‹

Ja«, schloß der Staatsminister, »ich bin aus seinen Worten nicht richtig schlau geworden – meinte er nun, die Hühner seien die Sozialdemokraten oder die Sozialisten? –, aber mir war es zu dumm, noch einmal nachzufragen.«

Und dann schossen wir wie der Blitz in einem Tempo über die Provinz hinweg, das jenseits aller Vernunft lag. Der Staatsminister aber schrie, diese Geschwindigkeit sei für ein realistisches Zeitnehmen erforderlich und im übrigen habe er noch viele Kilometer in der Stunde von den vorangegangenen gemächlichen Meilen gut. »Schneller als wir jetzt sind, kann der General wohl kaum im Dunkeln gefahren sein!« rief er. »Andererseits kennt er die Strecke, halte nach einer Allee Ausschau! Er wohnt auf einem Gutshof. Was war denn das da?«

Ich antwortete, daß wir, soweit ich es richtig erkennen konnte, eine Vorfahrtsstraße überquert hätten und seltsamerweise ganz unverdientermaßen gerade zwischen zwei heransausenden Lastwagen durchgeschlüpft seien, und der Staatsminister schrie: »Gut, das muß die E 4 gewesen sein, dann sind wir richtig!«

Genau siebenundzwanzigeinhalb grauenvolle Minuten nach dem Start rollten wir vor einem langgestreckten, weißen Gutshauptgebäude aus, das ganz vorschriftsmäßig am Ende einer Alle plaziert war und von einer passenden Anzahl an Seitenflügeln eingerahmt wurde.

»Aha, das ist also General Ygdecrantz' Residenz!« konnte der Staatsminister gerade noch sagen, als sich auch schon ein Flügeltrakt öffnete und einige zerknitterte, schmutzigbraune Wesen über den Hofkies auf uns zu stürmten.

»Während ich die Wirtschaftsgebäude besichtige, machst du dich an die *Untersuchung!*« zischte der Staatsminister, und da erreichte uns auch schon die Vorhut, vermutlich eine Art in die Jahre gekommener Spitz. Eine Sekunde später war die Hauptstreitmacht in Form des Generals zu uns vorgerückt, hochgewachsener als sein Tier, ansonsten jedoch genauso schmutzigbraun und verschrumpelt. Derbes, braunes Schuhwerk, wie es meine Neffen tragen, wenn sie auf lehmigem Grund Fußball spielen, braune Wickelgamaschen mit Sprengseln frischer Gülle, braune Reithose, eine Segeltuchjacke unbestimmter Farbschattierung samt schließlich, ohne größeren Überraschungseffekt, einer braunen Schiebermütze. Zwischen all dem war ein wenig Hals und Gesicht zu erkennen, das uns piepsig willkommen hieß, und diesen Tönen lauschend dachte ich, daß das Gebet der Truppe, geleitet von einer solchen Stimme, wohl kaum den Glaubensfrieden eines Wehrpflichtigen hatte gefährden können, falls der Wind nicht stark in dessen Richtung blies.

»Guten Tag, meine Herren, ich bin gerade mit den Schweinen fertig! Nein, ich verpachte die Landwirtschaft nicht mehr, sondern leite die Arbeiten selbst und beteilige mich an den täglichen Verrichtungen auf dem Hof. Die Anstellung eines Verwalters würde sich in diesen Zeiten nicht rechnen. Aber wir gehen wohl besser ins Haus, meine Haushälterin hat bestimmt etwas Kaffee für uns. Danach können wir uns den Besitz anschauen, sofern Interesse besteht. Nein, nein, Rapp, nicht den Staatsminister ins Bein beißen!«

Die Betonung des Satzes fiel so aus, daß das Verbot beinahe wie eine Mahnung klang, statt dem Staatsminister probehalber dem Studienrat ins Bein zu beißen. Doch der Vierbeiner war offenbar wählerisch, möglicherweise auch mißtrauisch angesichts meines Stocks, denn er flitzte um die Ecke davon und anderen Jagdgründen entgegen.

Der Kaffee wurde mit aller erdenklichen militärischen Effektivität im Salon von einer älteren Frau in Schwarzweiß serviert, die den Staatsminister prächtig zum Erröten brachte, indem sie sich vor ihm verneigte, vermutlich in dem Glauben, er sei ein Landesoberbuchhalter oder eine andere Respektsperson.

Nach dem dritten Kuchenstück begannen wir, uns auf den Fabrikdirektor zu stürzen.

»Natürlich war er ein altes Großmaul«, gab der General schließlich zu, nachdem er sich zuvor mit ein paar nekrologartigen Floskeln vorgepirscht hatte, jedoch vom Staatsminister zu aufrichtigerer Beurteilung gedrängt worden war. »Wir haben uns vor fünf, sechs Jahren in der Freimaurerloge kennengelernt, und ich ließ mich dummerweise in seine Bridge-Runde hineinziehen. Sie wissen, wie so etwas geht: Einer der regulären Mitspieler wird krank, und man denkt sich: ›Egal, einmal ist keinmal!‹ Dann stirbt der Stammspieler, und man sitzt in der Klemme. Aber zu näherer Kontaktaufnahme hat er eher weniger verlockt. Ja, Sie haben es ja mit eigenen Ohren gehört, wie er mich behandelt hat, als wir am letzten Abend Karten gespielt haben, und das, obwohl ich sein Gast war. Ja, Sie finden vielleicht, ich hätte bei einem alten Mann größere Geduld walten müssen, aber ich kann Ihnen versichern, man hat uns keineswegs zum ersten Mal die Geschichte aufgetischt, wie seinem Sohn diese finnische Auszeichnung verliehen wurde. Übrigens habe auch ich sie bekommen – nach dem Winterkrieg. Die militärische Klasse selbstverständlich. Er war nicht im landläufigen Sinne senil, er konnte nur nicht über etwas anderes als über diesen Sohn reden. Er war ein monomanischer Wiederkäuer, daß es nicht auszuhalten war. Sie glauben vielleicht, ich sei wegen seines erfolgreichen Sohnes neidisch auf ihn – mein eigener Junge ist ja im Erziehungsheim oder in der Anstalt, wie Adolf sich ausdrückte. Aber neidisch bin ich nicht, und ich schäme mich in keinster Weise für Stefan, ja, so heißt er. Vielmehr habe ich ein schlechtes Gewissen, und das ist bestimmt schlimmer. Seine Mutter und ich sind schon seit vielen Jahren geschieden, und ich hätte ihm in der Kindheit und Jugend mehr Zeit widmen müssen. Er war allzuviel sich selbst überlassen, ist in schlechte Gesellschaft geraten, hat angefangen, sich Autos zu leihen, und dann kam es, wie es kommen mußte. Glauben Sie aber ja nicht, ich hätte ihn verstoßen. Er ist häufig zu Hause, und ich glaube, er will anfangen, die Landwirtschaft zu erlernen. Er ist wirklich ein guter Junge, und er ist mit einem netten Mädchen zusammen – mit Lotta übrigens, die Mommy in den Sommerferien im Haushalt hilft.«

Er schüttelte den Kopf.

»Nein, ich werde Adolf nicht vermissen, und das wird auch niemand anders tun, könnte ich mir vorstellen. Doch, Mommy natürlich, sie hat ihn von Herzen gern gehabt. Ejnar, der Sohn, ist wohl mehr auf das Geld aus, die Besuche sind seltener geworden, obwohl er nur eine Stunde von Stockholm hierher braucht. Ich erinnere mich, wie ich mich als junger Fähnrich von einem Manöver entfernt habe, nach Dienstschluß selbstverständlich, und fünf Meilen durch die Dunkelheit und teilweise schwer gangbares Gelände geritten bin, um meiner Mutter an ihrem Namenstag einen Strauß Veilchen zu bringen. In der Morgendämmerung war ich wieder zurück im Lager. Ja, sie hat in dem Stuhl gesessen, in dem Sie, Herr Persson, gerade Platz genommen haben.«

Er schaute mich vorwurfsvoll an, als hätte ich ein Sakrileg begangen.

»Jetzt hängt sie dort drüben an der Wand, nein, links von meinem Vater, dem Oberst …«

Der Staatsminister, der ungern über veilchenbekränzte Generalsmütter Konversation hielt, wenn es frische Leichen in Reichweite gab, zog die Zügel an und stellte im Verlauf der nächsten halben Stunde eine Reihe von Fragen über Arsen, Alibi und Baskenmützen, zum Teil in derart impertinentem Ton, daß ein nicht abgesessener, hitzigerer General den Befrager sicher von seinem Pferd hätte niedertrampeln lassen oder zumindest an einem Herzinfarkt gestorben wäre. Und die gesamte unangenehme halbe Stunde ergab lediglich, daß der General sich mit etwas mehr Wachsamkeit und der nötigen mörderischen Veranlagung Arsen aus dem Schrank des Apothekers hätte beschaffen und im Laufe des Abends vor dem Todesfall in die Schlafkapseln des Fabrikdirektors hätte applizieren können.

»Nein, jetzt muß ich mir aber die Wirtschaftsgebäude anschauen!« rief der Staatsminister in dem Moment aus, als der General endlich anfing, etwas Farbe im Gesicht zu bekommen. »Doch Herr Persson ist froh, wenn er hier drinnen warten darf. Seine Knie machen ihm etwas zu schaffen«, fuhr er fort, ohne rot zu werden, und fügte den übrigen Verbrechen des Tages diese faustdicke Lüge hinzu. »Ich sehe, der Herr General hat ein gut gefülltes Bücherregal, darin steht bestimmt eine militärhistorische Arbeit, die dich interessieren wird!«

Nach der letzten konspirativen Grimasse ging er dann mit seinem Gastgeber hinaus zu den anderen Kreaturen und ließ mich allein in einem abgenutzten gustavianischen Sessel zurück.

Natürlich wäre mir nie in den Sinn gekommen, seiner lächerlichen Aufforderung, das Haus durchzuschnüffeln, Folge zu leisten. Aber ich war mir sehr wohl im klaren, was er sich erlaubt hätte, wenn der General unvorsichtig genug gewesen wäre, das Haus seiner Obhut zu überlassen. Er wäre durch die Säle gerauscht, hätte die Wände nach Geheimzimmern abgeklopft, hätte aufgebrochen oder -geschlossen, was das Zeug hielt, hätte Papierkörbe und offene Korrespondenz durchwühlt. Er wäre ins Hofkontor geschlüpft und hätte – sofern er die Fähigkeit dazu gehabt hätte – die Bücher revidiert. Er hätte die schwarzweiße Haushälterin aufgesucht und ausgefragt, was ihr Hausherr des nachts trieb und woher sie es im betreffenden Fall wissen konnte. Er hätte …

Mich fröstelte in der sommerlichen Wärme, als ich erkannte, daß dieser vollkommen skrupellose Mann der Justizminister des Landes war. Konnte ein solches Land überhaupt noch als Rechtsstaat bezeichnet werden? Und was für Menschen würden meine Neffen und Nichten werden? Mütterlicherseits bestand da wohl keine Gefahr, aber was den Vater anbelangte …

Ich trat an eines der hohen Fenster, die auf den Hofplatz hinausgingen. Wie lange mochte es dauern, die Wirtschaftsgebäude inklusive der Schweineställe zu inspizieren? Und wie lange mußte ich hier ausharren unter all den Vorfahren des Generals und schlecht erhaltenen Möbeln?

Das Bücherregal. »Strategische Beleuchtung mehrerer Feldzüge von Friedrich dem Großen und Herzog Carl Wilhelm von Braunschweig«? Nein, dann doch lieber die Haushälterin.

Was war das da für ein Schinken, Rücken mit Goldschnitt? Das Fotoalbum. Und dort … Aber das war ja die Lösung! Das Fotoalbum! Mein Alibi, wenn der Staatsminister im Auto anfangen sollte zu meckern und sich den Bericht meiner Feldforschung ausbat. Der beruhigende Mittelweg zwischen vollständiger Passivität und ungehinderter, verantwortungsloser Schnüffelei. In einem Fotoalbum zu blättern, das offen im Gesellschaftszimmer herumliegt, ist schließlich eine vollkommen legitime Beschäftigung, in keinster Weise ehrverletzend, kann aber genausoviel über einen Menschen aussagen wie hundert private Briefe. Das Fotoalbum anzuschauen ist kurzum die einzige Möglichkeit, im Privatleben eines Menschen herumzuspionieren, die effektiv und anständig zugleich und obendrein bequem ist.

Mit dem Wunder unter den Arm geklemmt, zog ich mich aufs Sofa zurück.

Die erste Uniform. Das Militärleben in Festen mit glitzernden Tressen. Noch mehr und noch breitere Tressen. Eine schöne, junge Frau. Ein niedlicher, kleiner Junge. Das Gut in verschiedenen Stadien des Verfalls. Ausflüge mit Picknickkorb. Gäste auf dem Gutsgelände.

Trotz allem war es nicht so verwunderlich, daß ich sofort den Fabrikdirektor Lindberg wiedererkannte, wie er da auf der großen Treppe stand, breitbeinig und gebieterisch, als sei er der Hausherr selbst. Die kleine, geckenhafte Gestalt war nicht zu verkennen, von den schwarzen Stiefeln bis zur scharfen Bügelfalte im Kragen.

Aber das Gesicht war verschwunden.

Jemand hatte es ausgeschnitten, mit einem scharfen Messer oder einer Rasierklinge, so sorgfältig, daß Schnitt an Schnitt lag.

11

Gleich im Auto offerierte ich dem Staatsminister meine Entdeckung in dem Fotoalbum, und er war überaus beeindruckt. Geheimzimmer, Haushälterinnen und Papierkörbe wurden mit keiner Silbe erwähnt.

»Du bist dir sicher, daß es wirklich der alte Knabe war? Und niemand anders in der ganzen Sammlung war so zugerichtet worden? In der Tat sehr interessant ... Nein, die Inspektionsrunde hat nicht viel gebracht. Die Gebäude und das Inventar sind zwar runtergekommen, aber das Ganze macht einen recht gepflegten Eindruck.«

Er wich einem Igel aus.

»Was hältst du von der Einstellung des Apothekers und des Generals zum Fabrikdirektor?«

»Beide scheinen ihn wenig gemocht zu haben?«

»Sehr gelinde gesagt. Der Apotheker war ziemlich aufgeregt, als das Gespräch auf die scharfe Zunge des alten Mannes gekommen ist, und der General scheint die stillen, ländlichen Abende zu Hause zu rituellen Messermorden an ihm genutzt zu haben.«

»Aber das ist kein so großes Wunder. Der alte Knabe war schließlich ein derber Geselle, denk doch nur einmal daran, wie er den General wegen seines mißratenen Sohnes verhöhnt hat ...«

»Nein, die Abscheu ist vielleicht nicht so schwierig zu erklären. Da ist aber noch etwas anderes, das in der Tat sehr eigenartig ist.«

»Was denn?«

»Daß beide nach wie vor Jahr für Jahr einmal in der Woche Karten mit ihm gespielt haben ...«

Hollywood-Schaukeln entsteigen Menschen für gewöhnlich mit der Grazie eines Elefanten und in unschöner Körperhaltung.

Der Botschafter jedoch vollführte einen formvollendeten, eleganten Absprung und stand ohne eine einzige unzulässige Knitterfalte in der weißen Hose oder einem wurstartigen Knick im Leinensacko mit Schlußsprung im Gras.

Ich dachte, entweder hatte er uns schon von weitem gehört und alles geplant, genauso sorgfältig wie die Eröffnungsrede bei einer sensiblen Handelskonferenz, oder vielleicht war Vorbereitung nicht nötig, weil es zur diplomatischen Routine gehörte und sich von selbst verstand.

Der Staatsminister behauptete, wir seien zufällig gerade in der Nähe gewesen, und da sprudelten wohlgesetzte, leicht nasale Begrüßungsworte hervor, glatt, substanzlos und unausgesetzt wie Schleim aus einer infizierten Nase, bis der Staatsminister auf den richtigen Knopf drückte und sich erkundigte, wie sich die Krise in Swahili entwickelte.

An dieser Stelle brach er ab und verwandelte sich in den geheimnisvollen, verantwortlichen Gesandten, der nur soviel kundtun wollte, daß er in der Presse die ständig wechselnden Phasen der Lage mit großem Interesse verfolgte.

»Aber ich verfüge auch über meine eigenen, einzigartigen Informationskanäle«, ergänzte er nach einer Pause, während derer die Angaben vermutlich geprüft und der Veröffentlichung für möglich oder vielleicht vielmehr der Geheimhaltung für unmöglich befunden wurden. »Mein Radioempfänger und meine Sprachkenntnisse versetzen mich in den Stand, als einziger Schwede alle Radiosendungen auf Swahili zu verfolgen, sogar die in den ausgefallenen Dialekten der nördlichen Provinzen. Sie sehen vermutlich die Antennen auf dem Dach?«

Doch, das Antennensystem hatten wir entdeckt. Es ruhte auf einer durchschnittlichen, rotbackigen, schwedischen Sommerhütte und verlieh dem Häuschen das Aussehen eines prähistorischen Insekts mit gewaltigen, aufragenden Fühlern.

»Aber darf ich Sie auf ein Glas Saft in meine bescheidene, große Hütte einladen?«

Ich werde nie aufhören, mich zu wundern, in welcher Unbequemlichkeit, ja, schlichtweg Kärglichkeit sogar hochstehende Männer im Dienste des Staates glauben, ihre Sommerzeit verbringen zu müssen. Hier zog sich eine unbeschreibliche, gezimmerte Langbank an den Wänden entlang, wie das Sofa in einer Wartehalle, und bot ungefähr den gleichen Komfort für empfindliche Rücken und knochige Hinterteile. Doch die Aussicht auf die Bucht am See war überwältigend.

Ich kippte den Saft hinunter, der eiskalt war, und hatte das Gefühl, mir würden die Gedärme zerrissen.

»Ja, ich lebe hier recht spartanisch«, begann der Botschafter mit einer für seine Zunft ungewöhnlichen Aufrichtigkeit. »Aber wir halten uns hier ja nur einige kurze Sommerwochen auf. Meine Frau besucht gegenwärtig ihre alte Mutter in Schonen. Wir behalten die Hütte, weil sie uns die Möglichkeit bietet, den skandinavischen Hochsommer in einer urwüchsigen Umgebung zu erleben, die reich an Naturschönheiten ist, in einer Gegend, in der ich geboren bin und Jahre meiner Kindheit und Jugend verbracht habe.«

An dieser Stelle legte er eine Pause ein, wie um der Landschaft die Gelegenheit zu geben, sich zu erheben, eine Verbeugung zu machen und sich für die Ehre zu bedanken.

Der Staatsminister aber fragte, ob er den Fabrikdirektor aus jener Zeit kenne.

»Sehr gut.« Der Botschafter nippte verständlicherweise nur an seinem Saft. »Mein Vater war ihm mit dem Startkapital für die Bekleidungsfabrik behilflich, und als Kind und Jugendlicher war er häufig bei uns zu Hause. Er ist erstaunlicherweise bis in sein hohes Lebensalter ganz der alte geblieben. Ich denke da weniger ans Aussehen als vielmehr an den Charakter. Bösartig, prahlerisch, willfährig gegenüber sozial und wirtschaftlich Stärkeren, lautstark zu Untergebenen. Der einzige Unterschied ist vielleicht der, während er früher immer schrie: ›Hol' der Teufel diesen oder jenen!‹, so klingt es jetzt mehr allgemein gehalten: ›Hol' sie alle der Teufel!‹«

»War ihr Vater Teilhaber der Fabrik?«

»Ja, aber nach seinem Tod hat der Herr Fabrikdirektor Lindberg mich ausgezahlt. Er hat die Aktien sehr billig bekommen, ich brauchte das Geld für meine Ausbildung. Schön, daß ich das los bin, habe ich oft gedacht. Obgleich es sich wohl zufriedenstellend entwickelt hat.«

»Und Sie haben all die Jahre den Kontakt zu ihm aufrechterhalten?«

Der Botschafter vollführte eine große und abwehrende Geste.

»Nein, ganz und gar nicht. Daß ich die letzten Sommer mehrere Male in seiner Bridge-Runde eingesprungen bin, ist darauf zurückzuführen, daß mein Freund, General Ygdecrantz, mich darum gebeten hat. Und ich habe es als eine recht beruhigende und effektive Form betrachtet, Kontakt zum provinziell denkenden, schwedischen Kleinstadtmilieu zu halten. Aber wenn ich ganz ehrlich sein soll, muß ich zugeben, daß Adolf mir in der Erinnerung lieber ist als im Leben.«

Der Tonfall war äußerst unbeschwert.

Was rumorte da hinter diesen verärgerten, halbgeschlossenen Lidern, welche Gedanken, Gefühle und Erinnerungen verbargen sich unter der gut gebürsteten, glänzend schwarzen Haarpracht?

Die Stille war offenbar noch etwas undurchdringlicher geworden, als sie von einem Botschafter selbst in einer kleinen Gesellschaft als erträglich empfunden werden konnte, denn er ging dazu über – nachdem dem Fabrikdirektor nun die Runen in Stein gemeißelt worden waren und dieses Thema als erschöpft betrachtet werden konnte –, Erinnerungen aus seiner Zeit als Mitglied in der Kommission zur Drogenbekämpfung der Vereinten Nationen zu erzählen. Er erging sich gerade in einem recht abstoßenden Bericht über die Gewohnheit der Beduinen und anderer Stammesvölker, die Präparate in Hautfalten fetterer Körperregionen einzunähen, als ich urplötzlich vom Darm überwältigt wurde, der nach der Saftspülung in Wut geraten war, und darum bitten mußte, man möge mir den Weg zur Toilette zeigen.

Das stille Örtchen in blaßblauen Sanitätskacheln wies einen überraschend hohen Standard auf.

Dort saß man tatsächlich besser als auf der Langbank.

Über dem Waschbecken – mit fließend kaltem und warmem Wasser – hing ein Schränkchen, dessen Vorderseite aus Spiegelglas bestand, in dem ich schließlich den Sitz von Schlips und Haarresten kontrollierte, ganz korrekt und meiner Gewohnheit gemäß.

Aber dann, die Hand schon auf die Türklinke gelegt, ritt mich der Teufel.

In der Gesellschaft des Staatsministers kontaminiert und geistig vergiftet, ließ ich die Klinke los und öffnete statt dessen das Toilettenschränkchen.

Ich beugte mich vor, tastete und befingerte.

Unschön und obendrein dumm. Denn ein Mörder bewahrt wohl kaum seine Reste an Arsen im Toilettenschränkchen auf?

»Histason. 1 Tabl. 3 x tägl.«

Der Deckel saß ganz locker.

Ich nahm ihn ab und schaute in das Glas und begriff mit einem Schlag, wie alles sich abgespielt haben konnte.

Ich begriff endlich, wie man eine vergiftete Kapsel in ein Glas legen und sicher sein kann oder so gut wie sicher, daß genau diese Kapsel eingenommen wird, wenn der Kranke oder Schlaflose beim nächsten Mal seine Medizin oder sein Schlafmittel schlucken muß.

Und wie entsetzlich einfach es war.

12

Das Haus wirkte menschenleer.

Erst auf dem Rasen entdeckte ich die beiden.

Der Staatsminister lief mit ausgestreckten Armen am Waldsaum entlang und fing Schmetterlinge.

Der Botschafter stand an seiner Schaukel und schaute zu. Die Wangenmuskeln zeigten eine Festigkeit, die mir neu war. Und als er sich zu mir umdrehte, gab es gar keinen Zweifel mehr, daß ihn die diplomatische Beherrschung im Stich ließ.

»Sie kennen den Staatsminister gut?«

Ich gab zu, daß er seit seiner fünfzehn Kinder mein Schwager sei.

Der Botschafter starrte mich an, als überlege er, ob ich die richtige Person war, der man sein zartes Vertrauen schenken durfte.

»Hierzulande ...«, begann er, als stünde er an einem Bankett-Tisch. Dann entschied er sich jedoch offenbar, die Vorsicht über Bord zu werfen und seinen Worten eine direktere und persönlichere Note zu verleihen.

»Die längste Zeit habe ich mir einzureden versucht, daß dieser Mann kein vollkommener Idiot sein kann.«

»Sie meinen, weil er trotzdem Staatsminister geworden ist?«

»Nein, nein, das hat nur wenig zu besagen. Aber er ist doch Ministerialdirektor gewesen. Können Sie sich vorstellen ... können Sie sich vorstellen, daß er mich heute zu nachtschlafender Zeit um drei Uhr angerufen und ein Taxi bestellt hat? Ja, ich habe ihn sofort erkannt, auch wenn er den unbeholfenen Versuch gemacht hat, seine Stimme zu verstellen. Stellen Sie sich vor, um drei Uhr in der Frühe! Ich habe mir gesagt, es muß sich um einen Scherz handeln, doch nach dem, was heute passiert ist ... Ganz unter uns, geben Sie zu, es wäre für die Menschheit besser gewesen, wenn dieser Mann bei der Geburt gestorben wäre.«

Jetzt entschwebte der Schmetterling in ein Gestrüpp, und der Staatsminister kehrte resigniert von seinem Jagdausflug zurück, verabschiedete und bedankte sich und mir blieb es erspart, einige Eingeständnisse von mir zu geben.

Der Botschafter war in der Stunde des Abschieds unterkühlt, aber korrekt.

»Er war verärgert, oder?« fragte ich im Auto.

»Ja, er hat mich überrascht, wie ich den Inhalt seiner Aktentasche durchsucht habe.«

»Nein!«

»Doch. Ich wollte ihn aus dem Zimmer haben, deshalb habe ich um mehr Saft gebeten. ›Mit Eis!‹ rief ich ihm nach, um noch mehr Zeit zu schinden, und dann habe ich losgelegt. Die Aktentasche habe ich fast sofort gefunden, obwohl sie hinter ›Das Leben der Tiere‹ ins Bücherregal gestopft war. Während ich die Papiere durchgesehen habe, ist er mit dem Saft hereingekommen und hat gefragt, was ich zum Teufel da triebe. Ich bin natürlich zusammengezuckt – recht hinterhältig, sich so von hinten an einen heranzuschleichen, muß ich sagen – und habe entgegnet, ich suche nach einem Fotoalbum.«

Ich dachte bei mir, diesem Mann durfte man einfach keine Anregungen geben.

»Und dann hat er geschrien: ›Was für ein verfluchtes Fotoalbum?‹, und ich habe geantwortet, daß für gewöhnlich jeder Mensch eins hat, mit Familienfotos und Gruppenbildern und daß ich mich besonders für Familiengruppen interessiere.

Aber ich weiß nicht, ob er mir geglaubt hat, denn er hat sich auf mich gestürzt, mir die Tasche aus der Hand gerissen und dann war er sehr kurz angebunden. Weißt du was, ich glaube, er ist ein Spion.«

Die Schlußfolgerung des Staatsministers schien mir gewagt, und ich wies darauf hin, die Annahme sei naheliegender, daß er, der Botschafter, glaube, daß er, der Staatsminister, ein Spion sei.

Doch wie andere große Geister auch hörte der Staatsminister in der Stunde der Eingebung nicht auf die Stimme der Logik.

»Es gibt zwei schwerwiegende Indizien«, fuhr er schonungslos fort. »Die Antennen und das Dokument. Die Antennen auf dem Dach und das Dokument in der Aktentasche«, fügte er hinzu, als spräche er mit einem kleinen Kind. »Warum braucht er so gewaltige Antennen, wenn er nur Radiosendungen hört?«

»Südafrika ist sehr weit entfernt«, erklärte ich in dem halbherzigen Versuch, die Flutkatastrophe einzudämmen.

»Nein«, widersprach der Staatsminister, »ich bin überzeugt, daß er Nachrichten *sendet.* Im Schlafzimmer gibt es eine Abseite, aber die Tür dazu war abgeschlossen. Nein, ich habe nicht daran gerüttelt, aber ich habe mich gebückt, meinen Schnürsenkel davor zugebunden und im Gegenlicht gesehen, daß der Schließkolben hineingeschoben war. Bestimmt sendet er von dort seine Nachrichten.«

»Was für Nachrichten?«

»Ich konnte nur wenige Sekunden einen Blick in die Aktentasche werfen, ehe er mich unterbrochen hat. Aber eines der Dokumente habe ich auf jeden Fall erkannt. Zuletzt habe ich es gestern gesehen, in Harpsund. Ein streng geheimer Bericht über die Sicht der Weltprobleme aus der Führungsspitze des schwedischen Außenministeriums.«

Ich erklärte, ich könne mir kaum etwas vorstellen, das

weniger geheim sei als das, bei dem Lärm, den Palme und sein Helfershelfer Nilsson im Außenministerium überall um die Sache machten. Der Staatsminister jedoch hatte sich inzwischen ganz in seine dramatisch historischen Erinnerungen hineingesteigert.

»Der Außenminister hat unterstrichen, als er uns den Bericht ausgehändigt hat, daß das Material in gewissen Bereichen der Natur war, daß wir es nicht mitnehmen durften, sondern in Harpsund lesen und es danach verbrennen mußten. ›Dies, meine Herren‹, hat er am Ende gesagt und die Blätter in der Luft geschüttelt, ›dies ist ein sehr geheimes Dokument, basierend auf äußerst geheimen Berichten von Gewährsmännern, die ich aus Gründen der Sicherheit nicht einmal vor mir selbst enthüllen kann!‹ Genau der Bericht war in der Aktentasche des Botschafters.«

»Er hat ihn bestimmt vom Außenminister bekommen. Unsere Botschafter müssen schließlich auf dem laufenden gehalten werden ...«

»Glaubst du wirklich, daß Gesandten in Staaten vierten Grades Berichte zugeschickt werden, die wir in der Regierung mit bloßen Händen verbrennen und zu Asche mahlen müssen, nachdem wir sie gelesen haben? Zum Beispiel kann ich dir verraten, daß Schweden diesem Bericht zufolge ernsthaft erwägt ...«

»Sei still!« rief ich schnell, denn ich wollte nichts Geheimes wissen, das womöglich verbrannt und zwischen den Händen eines fanatischen Staatssekretär zu Asche gemahlen werden würde.

»Nein«, widersprach der Staatsminister, »er muß sich den Bericht auf illegalem Weg beschafft haben. Vermutlich hat er ihn in Harpsund gestohlen. Oder ihn von jemandem aus der Regierung gekauft. Vielleicht muß ich jetzt den Mordfall abgeben, hier geht es schließlich um die Sicherheit des Landes. Nein, ich schaffe bestimmt beides.«

»Konzentriere dich jetzt auf den Mord«, sagte ich, um ihn von den beunruhigenderen, globaleren Aspekten wegzulotsen.

»Nein«, widersetzte sich der Staatsminister standhaft, »ich bin auch der Chef der Staatspolizei und bin mir meiner Verantwortung bewußt. Übrigens sind vielleicht die beiden Probleme ein und dasselbe. Der Botschafter kann doch sowohl ein Spion als auch ein Mörder sein.«

»Und warum sollte er morden und spionieren?« fragte ich mit dem Gefühl, daß ich kurz davor war, die Kontrolle über die Entwicklung der Dinge zu verlieren.

»Als Botschafter in Afrika herumzusitzen ist bestimmt weder interessant noch gewinnbringend. Spionage würde ihm Spannung, das Gefühl von Wichtigkeit und Geld verschaffen.«

»Und wie paßt der Fabrikdirektor in dieses weltpolitische Ränkespiel? Hatte er vielleicht eine neue, teuflische Wäscheklammer erfunden, die drohte, die Machtbalance zu verändern?«

»Ich gebe zu, ich kann den Zusammenhang nicht klar erkennen«, erklärte der Staatsminister. »Jedenfalls noch nicht. Aber zu spotten ist immer leicht; eigene, gut untermauerte Vorschläge anzubringen oder sachlich konstruktive Kritik zu üben ist immer bedeutend schwieriger.«

»Ja«, gab ich zu, »und es ist wirklich schade, denn wenn die Regierung und ihre Mitglieder sachlich konstruktive Kritik üben würden, könnte man weit, sehr weit kommen. Heckscher kam bis nach Indien.«

Schweigend setzten wir unseren Weg nach Ädelsta fort.

Aber dann fiel mir wieder das Arzneiglas ein, das ich in dem Toilettenschränkchen gefunden hatte, und ich erzählte dem Staatsminister davon.

Er beugte sich konzentriert über das Lenkrad.

»Ja, so ist es natürlich gelaufen! Daß wir darauf nicht gekommen sind! Der Mörder hat gewußt, daß sein Opfer in jener Nacht sterben würde. Am Tag oder am Abend hat er die vergiftete Kapsel zusammen mit einer normalen, unschuldigen oben auf den Wattebausch in das Glas plaziert. Und zur Nacht hat der Fabrikdirektor, nichts Böses ahnend oder auch ohne nur weiter darüber nachzudenken, die Kapseln geschluckt, die ganz oben, allein auf dem sauberen, weißen Wattebausch gelegen haben …«

13

In der Konditorei Hvilan trank ich einen Fünf-Uhr-Tee mit Zwieback, während der Staatsminister Kuchen aß und versuchte, eine Ansichtskarte an die Frau Gemahlin Margareta draußen auf Lindö in die rechte Form zu bringen.

»Was soll ich schreiben?« jammerte er. »Die Hälfte ist noch weiß!«

»Grüße an die Kinder kannst du immer schreiben. Zähle sie einzeln auf. Dann wird sie schon voll.«

Der Staatsminister sah verzweifelt aus.

»Na, dann schreib' eben, du hättest eine Leiche gefunden.«

»Sie sieht es nicht gern, daß ich mich mit Leichen abgebe.« Er kaute auf dem Stift herum. »In der Tat, es ist genauso wie Erlander immer sagt: ›Verdammt schwer heutzutage, etwas zu schreiben – man ist von der Sprache in Regierung und Reichstag beeinflußt!‹ Das Datum habe ich schon und die Jahreszahl: 1969. 1969 ... Das Jahr, in dem sich die alten Führungspersönlichkeiten zurückzogen und neue antraten, bereit, die Welt zu lenken und zu formen: ein Nixon, ein Pompidou, ein Palme ... Äh, schreib einen Gruß mit drauf, ja?«

Unter die einzeilige Versicherung des Staatsministers, ihm gehe es gut, kritzelte ich einige zerstreute Reflexionen über das Wetter, unsere Gastgeberin und Gedärme, alles Dinge, für die sich meines Wissens meine Schwester interessierte. Währenddessen hatte der Staatsminister den Obduktionsbericht einer grünen Plastikhülle entnommen.

Daraus ging hervor, daß der betagte Fabrikdirektor irgendwann zwischen zwei und drei Uhr in der Nacht auf seinem Geburtstag verschieden war. Todesursache: Arsenvergiftung. Die tödliche Dosis mußte dem Körper nach zwölf Uhr, aber vor ein Uhr durch den Mund verabreicht worden sein, das hieß zu einem Zeitpunkt, da der Fabrikdirektor zu Bette gelegen hatte, und diese Dosis war ungefähr so groß, daß sie in eine der Schlafmittelkapseln des Toten Platz gehabt hätte. Auch Reste des Schlafmittels wurden im Körper gefunden, es war aber nicht möglich gewesen, mit einem Mindestmaß an Sicherheit zu entscheiden, ob dieses von einer oder von zwei Kapseln herrührte. Da auch stärkere Dosen Arsen zu keinerlei unmittelbaren Symptomen führten, konnte angenommen werden, daß der alte Mann anschließend im Schlaf und ohne Schmerzen verstorben war. Die Obduktion hatte ebenfalls Dr. Tomanders Angaben bestätigt, daß sich der Fabrikdirektor zu Lebzeiten einer außerordentlich robusten Gesundheit erfreut hatte, vor allem wenn man sein hohes Alter bedachte.

Es waren, laut anliegendem Polizeibericht, keine Anzeichen von äußerer Gewalteinwirkung oder auch nur von Unordnung im Zimmer des Toten festgestellt worden. Der Inhalt des Glases auf dem Nachttisch war sichergestellt worden und wies Wasser ohne fremde Zusatzstoffe auf. Auf dem Glas befanden sich die Fingerabdrücke des Toten und seines Sohnes. Keine »unbefugten« Fingerabdrücke waren in dem Raum entdeckt worden. Ebensowenig konnten dergleichen Fußabdrücke im Garten oder anderswo sichergestellt werden.

Den Vernehmungsprotokollen war zu entnehmen, daß sich von den Gästen am Sonntag abend General Ygdecrantz, Botschafter Petersén, Studienrat Persson und der Staatsminister angelegentlich von der Gesellschaft und aus dem Wohnzimmer entfernt hatten und lange genug fortgeblieben waren, um – wenn sie böse Absichten gehegt hätten – bei ausreichend verbleibender Zeit ins Schlafzimmer des Fabrikdirektors zu gehen und seinem Schlafmittel etwas unterzumischen. (Als Grund für ihre Abwesenheit gaben alle an, sie hätten die Toilette aufgesucht.) Die einzige Ausnahme bildete der Apotheker Karlander, der von seiner Ankunft kurz nach acht bis zu seinem Aufbruch um elf Uhr auf seinem Platz im Wohnzimmer sitzen geblieben war.

Die Polizei war inzwischen – genau wie wir – darauf gekommen, daß die vergiftete Kapsel auch zu einem früheren Tageszeitpunkt im Arzneiglas deponiert worden sein konnte. Der Fabrikdirektor war persönlich nach dem Mittagessen mit dem Rezept von Dr. Tomander in die Apotheke gekommen, und der Apotheker hatte es bei einem netten Plausch innerhalb weniger Minuten angefertigt; letzteres bestätigt durch Zeugenaussage des einzigen Überlebenden der zwei ...

Der alte Mann hatte sich dann nach Hause begeben und sich in seinem Zimmer verschanzt, unter »ausgesprochenen Unmutsbezeigungen«, wie es im Bericht hieß, was von einem Eingeweihten indes leicht mit »Wehklagen und Fluchen« übersetzt werden konnte, während Mommy und Lotta sich putzend durch das Haus gearbeitet und das Geburtstagsmenü des nächsten Tages vorbereitet hatten. Therese Doolck-Carlsson hatte am Nachmittag hereingeschaut, jedoch ihren Tee in der Küche eingenommen. Ansonsten waren keine Besucher vor der abendlichen Bridge-Runde gemeldet worden, die ausfallen zu lassen sich der Greis starrsinnig geweigert hatte. Die Haustüren waren wie gewohnt verschlossen und verriegelt gewesen, sogar während der Stunden, da der Putzwahn seinen absoluten Höhepunkt erreicht hatte. Diverse Boten hatten geklingelt, wurden aber genötigt, ihre Waren in der Küche abzugeben.

»Da hast du die Tatsachen!« verkündete der Staatsminister und ging zur eigenen Analyse über. »Fest steht also, daß der alte Knabe Arsen geschluckt hat, nachdem er sich in sein Zimmer zurückgezogen hat, und dort hat er ja nie etwas gegessen, abgesehen von den unvermeidlichen Schlafmittelkapseln. Wenn wir im Moment einmal davon absehen, daß der Sohn das Gift im Wasser aufgelöst haben kann, muß also jemand eine der Kapseln geleert und mit Arsen gefüllt haben, eine schöne Fummelei. Wann kann das also geschehen sein? Es gibt drei Möglichkeiten. Der Apotheker kann am Morgen bei der Anfertigung des Arzneiglases eine Kapsel präpariert haben. Auch Mommy, Lotta und Therese Doolck-Carlsson können es im Lauf des Tages gemacht haben – der alte Knabe hat wohl in jedem Fall zum Essen sein Zimmer verlassen. Und am Abend hatten somit der General, der Botschafter, der Sohn und die Frau des Sohnes ihre Chance. Und für den Apotheker Gelegenheit Nummer zwei.«

»Nein. Er hat die Runde nie verlassen.«

»Stimmt, verdammt! Aber ist das nicht genauso verdächtig? Dasitzen und den ganzen Abend an sich halten? Fast so, als wollte er sich ein Alibi verschaffen. Muß sich regelrecht gequält haben. Aber vielleicht hat er eine Diplomaten-Blase. Das mußt du herausfinden.«

»Und wie soll ich das anstellen?«

»Wenn du immer nur fragst, wie alles angestellt werden soll, dann kommst du in deiner Karriere nie weiter. Ich habe einmal einen Sekretär gehabt, der war genauso, und mit dem ist es dann schnell abwärts gegangen. Soll jetzt im Reichstag sitzen.«

Ich erwiderte, ich sei ordentlicher Studienrat an der Höheren Kommunalen Mittelschule und hege keine Pläne einer wie auch immer gearteten Karriere, weder aufwärts noch abwärts.

»Was den eigentlichen Handlungsverlauf betrifft«, referierte der Staatsminister, »sehe ich ebenfalls drei Möglichkeiten. Entweder hat der Mörder die vergiftete Kapsel zwischen die anderen in das Glas gelegt. Dann hätte der Fabrikdirektor mit einem Mindestmaß an Glück – oder Pech, je nachdem, aus welchem Blickwinkel man die Sache betrachtete – neunundvierzig Nächte überleben können. Der alte Knabe schien unwissenderweise jede Nacht russisches Roulette gespielt zu haben, wenn er sich aus dem Gläschen bediente, und der Mörder dürfte auf einige spannende Wochen gefaßt gewesen sein. Stell dir nur einmal vor, und dann schlägt man die Morgenzeitung auf! Hat sich der Mörder dieser Methode bedient, kann es für ihn – oder sie – keine größere Rolle gespielt haben, ob der alte Knabe einen Monat früher oder später stirbt. Oder aber, und das ist Möglichkeit Nummer zwei, er hat sich den Trick einfallen lassen, die vergiftete Kapsel, allein oder mit einer echten, oben auf den Wattebausch zu legen. Dann konnte er auf ein schnelles Ergebnis hoffen und wäre mit einer einzigen Nacht Totenwache davongekommen. Oder am Ende ist das Arsen überhaupt nicht in einer Kapsel, sondern im Wasserglas gewesen. Und dann muß der Sohn der Mörder sein.«

»Ich neige eindeutig zur Wattebausch-Theorie.«

»Und warum?«

»Wie schon gesagt, fällt es mir schwer, an einen so eigenartigen Zufall zu glauben, daß der alte Mann schon am ersten Abend aus dem neuen Arzneiglas unter hundert Kapseln ausgerechnet die vergiftete erwischt haben soll. Nein, der Mörder muß seine Arsenkapsel oben auf den Wattebausch gelegt haben.«

»Aber wenn er sie in das Glas zu den anderen getan hat, wäre der Todesfall später eingetreten, seine eigenen Spuren und die seiner Manipulation wären verwischt gewesen und alle Verdächtigungen müßten in weitaus mehr Richtungen gehen ...«

»Genau. Aber das beweist nur, daß der Mörder sehr gute Gründe gehabt haben muß, ihn schnell ins Jenseits zu befördern. Ich glaube, er oder sie, wie du dich immer so pedantisch ausdrückst, wollte nicht, daß der Fabrikdirektor seinen achtzigsten Geburtstag noch erlebt.«

»Und was sollte daran so gefährlich sein?«

»Keine Ahnung. Aber es muß irgendwo, bei irgend jemandem ein überwältigend guter Grund vorliegen, den wir nicht erkennen. Vielleicht hatte der alte Mann an seinem Geburtstag etwas vor, woran er um jeden Preis gehindert werden mußte. Etwas, das lebenswichtige Interessen des Mörders gefährdete, womöglich seine gesamte Existenz. Was kann ein pensionierter Achtzigjähriger sich einfallen lassen? Es muß vielleicht noch nicht einmal etwas Großes und Dramatisches sein ... Ich weiß nicht ... Aber ich bin überzeugt, es ist zum Verzweifeln wichtig, eine Antwort auf diese Frage zu finden.«

»Na«, sagte der Staatsminister ruhig und verschmierte Sahnetorte um seinen Mund, »da wären wir jedenfalls bei der Frage nach dem Motiv. Da kein Testament existiert, erbt der Sohn das gesamte Vermögen. Und für Geld scheint er Verwendung zu haben, weil er es so eilig gehabt hat, das Haus zum Verkauf anzubieten. Aber es gibt vielleicht auch noch einen anderen Grund ...«

»Das Testament!« rief ich. »Vielleicht hat er vorgehabt, an seinem Geburtstag ein Testament zu machen!«

»Ist das nicht ein bißchen melodramatisch? Und beim Anwalt, wie auch immer der gleich noch hieß, klang es so, als habe der alte Knabe geradezu allergisch reagiert bei jeder Erwähnung eines Testaments. In dem Fall würde sich der Verdacht gegen den Sohn natürlich erhärten. Er wäre der einzige, der etwas zu verlieren gehabt hätte, wenn der Vater ein Testament gemacht hätte.«

»Oder konnte er die Absicht gehabt haben, zum Andenken an sich und sein Werk alles einem frommen Zweck zu vermachen?« fuhr ich stur fort.

»Nein, nein, ich glaube, da bist du auf der falschen Fährte. Alle Informationen sprechen dafür, daß der alte Mann seinen fetten Sprößling über alles geliebt hat. Warum ihm dann durch ein Testament oder eine Schenkung etwas wegnehmen? Aber laß uns die Motive der anderen einmal unter die Lupe nehmen. Der General muß den alten Knaben gehaßt haben, weil er aus seinem Foto Konfetti gemacht hat. Aber er hat keine Hemmungen, Karten mit ihm zu spielen. Um am Ende seine Chance zu bekommen? Desgleichen der Apotheker – ablehnend eingestellt, läßt aber nie einen Bridge-Abend ausfallen. Bridge-Spieler sollen zwar leidenschaftlich sein, aber ... Der Botschafter hat offensichtlich in seiner Jugend mit dem Alten zu tun gehabt, doch im Verlauf der späteren Jahre haben sie sich nur wenige Male im Sommer gesehen. Therese Doolck-Carlsson scheint auch lockeren Kontakt zu dem alten Knaben gehabt zu haben. Aber sie kann womöglich verrückt sein ...«

»*Kann verrückt sein?* Mein Lieber, sie *ist* verrückt! Durchgedreht, wahnsinnig, geisteskrank. Geht hin und präpariert meinen Tee mit Zyankali ... Aber bei einer Sache kannst du dir ganz sicher sein. Hat sie in ihrem Wahn einen Mord begangen, dann hat sie es raffiniert eingefädelt. Eine Frau, die vierzig Jahre lang theoretische Studien über dieses Thema betreibt, begeht keinen Schlag-zu-und-flüchte-Mord und wenn sie denn überhaupt am Ende schwach wird und zu praktischen Mittel greift ...«

»Potztausend!« brüllte der Staatsminister, »ich habe das Interessanteste am ganzen Bericht übersehen. Hör jetzt einmal her und laß das Gezeter über deinen verdammten Zyankali-Tee! Du bist ja nicht daran gestorben. Der alte Knabe hat sein Glas mit den hundert Kapseln am Morgen seines Sterbetages von der Apotheke abgeholt. Abends hat er dann wie immer zwei Tabletten eingenommen, davon eine mit eingekapseltem Arsen, aber das ist in diesem Zusammenhang nicht von Bedeutung. Wie viele Kapseln hätten dann also noch in dem Glas sein müssen, als er am nächsten Morgen tot in seinem Bett gelegen hat?«

Ich dachte angestrengt nach. Ich hatte das Gefühl, die Frage sei leicht, und wollte mich nicht blamieren.

»98?«

»Genau. Aber die Polizei hat nur 94 gefunden. Wo sind die übrigen vier geblieben?«

»Kann … kann er möglicherweise eine stärkere Dosis als sonst genommen haben?«

»Nein, die Obduktion hat doch ergeben, daß er höchstens ein oder zwei Kapseln geschluckt hat. Es gibt nur eine Möglichkeit: *Der Mörder muß vier Kapseln herausgenommen haben.* Aber warum?«

»Tja«, antwortete ich, erhob mich und überließ die Rechnung, dem, der mehr Mittel hatte, dafür aufzukommen, »er – oder sie – hatte vielleicht vor weiterzumachen …«

14

Zu Hause wartete Mommy mit dem Tee und den dünnsten Wedgewood-Tassen, und der Staatsminister bewies genug Geistesgegenwart, um über seine Ausschweifungen in der Konditorei zu schweigen.

»Ja, dieses Service hat mir mein Bruder einmal vor langer Zeit aus England mitgebracht. Ich entsinne mich ...«

Sie verlor sich in ihren Erinnerungen, aber als sie die Geschehnisse der Gegenwart tangierte, fragte der Staatsminister mit dem Taktgefühl eines Gerichtsvollziehers, ob sie sich vorstellen könne, daß der Sohn der Mörder ihres Bruders sei.

Wenn die alte Dame böse oder verwundert gewesen sein sollte, dann ließ sie es sich nicht anmerken. Sie streichelte Missan, die wie gewohnt auf ihrem Schoß Platz genommen hatte, und sagte langsam und gleichsam nachsinnend: »Nein ... nein, er kann es nicht getan haben. Er könnte nie einen Menschen töten, am allerwenigsten seinen Vater. Sehen Sie, er hatte Angst vor ihm. Mein Bruder war immer so grenzenlos stolz auf seinen Jungen und seine Erfolge, erst in der Schule und dann im Berufsleben, und er hat alles, buchstäblich alles für ihn hier im Leben bedeutet. Aber er hat ihn mit altmodischer Zucht und Strenge erzogen, und der Respekt steckt ihm noch immer in den Knochen, auch wenn er Bankdirektor ist. Er ist oft zu mir gekommen, wenn es ihm schwerfiel, seinen Vater direkt etwas zu fragen.«

Sie seufzte und streichelte den Dackel ein wenig mechanisch, der mit seiner Schnauze ihren Fußknöchel anstupste, sichtlich über die Aufmerksamkeit beunruhigt, die Missan zuteil wurde.

Der Staatsminister jedoch ließ sich nicht beirren, sondern präsentierte seine Theorie, wie Ejnar Lindberg Arsen in das Glas Wasser getan haben könnte, das er für seinen Vater geholt hatte, und wie er zu einem späteren Zeitpunkt in der Nacht hinuntergeschlichen sein und das Glas ausgetauscht haben könnte.

Jetzt war sie wütend. Nicht so, daß sie ihn unterbrochen hätte, aber ihre Lippen wurden beim Zuhören schmaler.

»Daß du so mißtrauisch sein würdest, mein Junge, und daß du nicht darauf hörst, was ich sage! Aber ich kann dir erzählen, daß in der Nacht, als mein Bruder gestorben ist, weder Ejnar noch jemand anders die Treppe hinuntergeschlichen ist. Ich habe in der Nacht kein Auge zugetan, ich habe wach gelegen und mir Gedanken über den Geburtstag gemacht und ob das Essen reichen würde und wie du weißt, knarrt die Treppe ganz fürchterlich. Wäre jemand hinuntergegangen, wenn auch noch so vorsichtig, dann hätte ich es gehört. Ja, ich habe dich, mein Junge, auch gehört, als du mit den Hefewecken hinaufgeschlichen bist. Ja, ja, du warst es bestimmt, und ich kann zwar nicht durch Wände gucken, aber ich habe genau gemerkt, was alles in der Dose gefehlt hat ...«

»Kommen Sie doch rein!« schrie Lotta. »Ich bürste mir nur die Haare, es ist also überhaupt nichts dabei!«

Das Ärgerliche an der jungen Generation ist, daß sie die Badezimmertüren nicht hinter sich abschließt, es macht das Leben bedeutend unsicherer. Ich blieb draußen an der Tür stehen und kam mir albern vor.

»Wie fies einem die Haare wachsen!«

Sie stöhnte, seufzte und betrachtete sich im Spiegel.

Und bürstete.

Und erzählte.

»Ich will zu Stefan. Zu meinem Freund. Er sitzt im Erziehungsheim, das hat man Ihnen schon gesteckt, oder? War in einer Gang, die Autos ausgeschlachtet hat. Aber mit solchem Kinderkram ist Schluß. Wir werden heiraten. Aber nicht gleich natürlich. Wir haben uns auf einer Demo vor dem US Trade Service kennengelernt, wir sind vom selben Polizisten mißhandelt worden. Ich besuche ihn zweimal in der Woche, mindestens. Er darf sich auch frei bewegen, sie sind also nicht eingesperrt wie Tiere, aber in Ädelsta können wir uns nirgends treffen. Ätzend, was? Raus bis zum Gut von seinem Vater ist es ewig weit, und hierher will er nicht kommen. Er war total sauer auf Onkel Adolf. Habe ich gesagt, daß er ihn von der Polizei hat festnehmen lassen? Durchs Fenster hat er beobachtet, wie er mit seinen Kumpels in einem Merzer vorbeigebraust ist, den sie geklaut hatten. Und bei mir zu Hause können wir uns auch nicht sehen. Papa mag Stefan nicht. Er ist fünfzig und Oberst. Fies, was? Aber bei Stefan ist es noch schlimmer. Sein Vater ist fünfundsechzig und General. Er mag gar nichts, mein Vater also, und Demonstranten *haßt* er. ›Da laufen die Langhaarigen! Holt die Armee!‹ grölt er immer, sobald so was im Fernsehen kommt, vor einer Botschaft oder so. Und dann immer dieses: ›Da lobe ich mir die alten Zeiten, als ein Mann noch ein Mann war und die Rechten in der Wahl für schwedische Atomwaffen und niedrigeres Kindergeld gestimmt haben!‹ So, das muß jetzt aber reichen! Tschüs, bis bald!«

Anschließend, auf dem Weg zum Nachmittagsschläfchen, wurde ich vom Staatsminister abgefangen, der mich ins Schlafzimmer des Fabrikdirektors führte.

»Jetzt beschäftigen wir uns mit dem Einbruch«, verkündete der Staatsminister.

»Ausgezeichnet«, sagte ich und nahm auf einem Spätempire-Stuhl Platz. Den Mann, der mir eine Eichentür an den Kopf geschmettert hatte, wollte ich gern bestraft sehen.

»Er verschaffte sich in der Nacht nach dem Mord durch das Fenster in dieses Zimmer Zutritt, das steht zweifelsfrei fest. Die Frage ist nur, warum?«

Ich schaute mich um. Obwohl die Sonne durch die Sprossenfenster fiel, machte der Raum – auch ohne die Erinnerung – einen entschieden düsteren Eindruck. Die dunklen, schweren Möbel in altertümlichem Walnußholz, die gedämpft braunen, leicht welligen und etwas rissigen Tapeten, der nahezu markweiße, abgenutzte Teppich – alles zeugte davon, daß hier ein Mann mit stark konservativer Einstellung gewohnt hatte, der bei allen Vorschlägen zur Renovierung der letzten fünfzig Jahre mit der Faust auf den Tisch gehauen und geknurrt hatte: »Hier wird nichts verändert! Für meine Zeit ist das gut genug!«

Ich sagte, daß mich das Ganze äußerst unangenehm an den heiligen Sebastian im Hotel erinnere und daß es mir schwerfalle zu glauben, daß jemand den Raum wegen seines Komforts oder seines fröhlichen Interieurs aufgesucht haben konnte.

Der Staatsminister entgegnete, es sei ganz klar, daß der Einbrecher etwas gesucht hatte. Darauf deuteten die verrückten Möbel und die aufgerissenen Schubladen hin. »Was aber hatte er gesucht?« rief er und klatschte mit der Handfläche auf das Bett, als wollte er die Matratze auffordern, Zeugnis abzulegen.

»Welchen Verdacht hat die Polizei?«

»Sie tendieren am ehesten zu einem normalen Einbruch. Aber sie haben das Zimmer natürlich sowohl nach dem Mord als auch nach dem Einbruch in der Nacht darauf genau unter die Lupe genommen. Im Sekretär dort drüben haben sechshundert Kronen in Scheinen, ein Sparbuch und diverse, private Unterlagen gelegen. Es …«

Mommy stand auf der Türschwelle. Die Augen hatten sich vor Wut verfinstert. »Aber was fällt dir ein, mein Junge?

Sitzt hier auf … auf Adolfs Bett? Daß du dich nicht schämst! Augenblicklich hoch mit dir!«

Die Aufforderung war vollkommen überflüssig, da der Staatsminister wie ein hasenfüßiges Kaninchen hochgehopst war, und ich ahnte, daß Mommy ihn nicht nur mit Liebe, sondern auch mit Hiebe erzogen hatte.

»So etwas habe ich noch nie erlebt …« Mommy war am Bett und zog und strich es glatt. »Geht hier rein, um …«

»Fräulein Lindberg, wissen Sie möglicherweise, ob der Herr Fabrikdirektor größere Geldbeträge oder Wertgegenstände hier in seinem Schlafzimmer aufbewahrt hatte?« fragte ich, um unserer Anwesenheit den Anschein von Legalität zu verleihen und dem derangierten Staatsminister weitere Vorwürfe zu ersparen, die vielleicht – wenn die alte Dame sich in alte Zeiten zurückversetzt gefühlt haben sollte – in einen echten Klaps hätten ausarten können.

»Adolf hatte immer etwas Geld und das Sparbuch im Sekretär, in der großen Schublade gleich unter der Klappe. Diese Schublade hat er immer abgeschlossen, und der Schlüssel hing an seinem Schlüsselbund. Aber die Polizei ist schon dabeigewesen und hat alles untersucht. Daß so viel durchwühlt werden muß …«

»Und der Herr Fabrikdirektor kann nicht möglicherweise … irgendwo anders im Zimmer Geld versteckt haben? Ja, wir versuchen, für den Einbruch von gestern nacht eine Erklärung zu finden«, setzte ich mein Ablenkungsmanöver fort.

»Adolf soll etwas versteckt haben …? So ein dummes Zeug habe ich noch nie gehört, ja, Verzeihung, daß ich es sage. Der Sekretär ist aus Walnußholz, eine gediegene Handwerksarbeit aus dem 18. Jahrhundert, und bestimmt genauso sicher wie ein Tresor. Und die Aktien und Obligationen hatte er in seinem Bankschließfach aufbewahrt.«

»Geheimzimmer?« wurde aus einer Ecke gepiepst. »Kann es hier möglicherweise Geheimzimmer geben … unter einer losen Diele oder hinter einer Wand, hinter einem Gemälde oder so?«

Mommy schaute den Staatsminister an, wie nur ein altes Kindermädchen seinen eigenen dummen, geliebten, großen Jungen ansehen kann.

»Hier mache ich seit dreißig Jahren jeden Herbst und Frühling Großputz, und ich kann dir versichern, mein Junge, daß es so etwas wie ... lose Dielen oder ein Loch hinter den Gemälden nicht gibt. Was ist nur heute los mit dir? Bist du jetzt ganz verrückt geworden? Jetzt gehe ich jedenfalls auf den Dachboden und putze, ja, das muß erledigt werden, und jemand anders wird es wohl kaum machen. Falls jemand anruft, dann bin ich um halb sechs wieder unten. Und du unterstehst dich, dich noch einmal auf das ...«

Der Staatsminister vollführte in seiner Ecke versöhnliche Gebärden, und es gelang ihm, wie ein Novize aus einem der frommen, nicht streitsüchtigen Orden auszusehen.

Aber als Mommy an mir vorbei zur Tür trippelte, hörte ich ganz deutlich, wie sie murmelte: »Was für einen Jungen hat man da nur, was für einen Jungen ...«

»Wenn es hier etwas zu holen gibt, dann ist es also im Sekretär«, erklärte der Staatsminister nach einem ziemlich tiefen Stoßseufzer. »Weißt du was? Mommy und die Parteiführung sind die einzigen, vor denen ich ein bißchen Angst habe. Glaubst du, sie ist Sozialdemokratin?«

Ich gab meinem Zweifel in diesem Punkt Ausdruck und daß ich nicht begreifen konnte, inwiefern es von Bedeutung war, solange sie nicht zur Parteispitze gehörte. Aber gesetzt den Fall, verstand ich sehr gut, daß der geballte, autoritäre Druck schwer zu ertragen war.

»Gediegene Handwerksarbeit aus dem 18. Jahrhundert«, murmelte der Staatsminister und näherte sich dem Sekretär. »Dann hat er bestimmt ein Geheimfach. Du als Historiker mußt doch eine Menge wissen, wie ein Möbeltischler im Lauf der Zeit gearbeitet hat. Oder studiert ihr immer noch nur Karl XII.?«

Es war ihm gelungen, die Klappe zu öffnen, und er machte sich daran, die Schubladen aufzuziehen.

»Hier muß es irgendwo eine Feder geben«, murmelte er.

Die Hände tasteten die Seiten und die Rückwand ab.

Ich saß nach wie vor in meinem Spätempire-Stuhl und schaute seltsam gleichgültig zu und dachte mir, daß im Vergleich dazu mein Durchsuchen des Toilettenschränkchens völlig verblaßte. Aber bei seiner Macht und seinem Reichtum brauchte man sich vielleicht nicht so anzustellen und viel Rücksicht zu nehmen, und die Parteiführung war schließlich in Stockholm und Mommy auf dem Dachboden, und die beiden würden sich nie begegnen.

Und mir fielen all die anderen Gelegenheiten ein, da der Staatsminister skandalöse Situationen unter Wahrung seines Amtes, wenn auch unter Einbüßung seiner Ehre, überstanden hatte. Ich dachte an die Rede über die Empfänger von Niedrigeinkommen, an den Toilettenmord auf Lindö und an den Halbschlaf im Reichstag. (Bei einer denkwürdigen Gelegenheit gelang es dem Staatsminister, ausgerechnet im Reichstag in Schlaf zu sinken – bei laufendem Plenum. Das Unglück wollte es, daß die Kammer gerade über das Memorandum der konstituierenden Sitzung betreffs der Verwaltung des Amtes durch den Staatsminister debattierte. Ein konservativer Rechtsgelehrter behauptete gerade mit nasalem Pathos, dem Staatsminister sei in einer Ernennungsangelegenheit ein äußerst schwerwiegender Formfehler unterlaufen und habe etliche Paragraphen des Grundgesetzes mit Füßen getreten, als die Kammer und die Nation – da das Fernsehen die Sitzung übertrug – gewahr wurde, daß der Staatsminister in seiner kleinen Bank eingeschlummert war.

Alle Worte, er habe bloß die Augen der Konzentration wegen geschlossen, waren zum Schweigen verurteilt – es war für alle ganz offensichtlich, daß der Staatsminister das glückliche Stadium erreicht hatte, da sich die Seele erhebt und das Kinn sich absenkt. Ein Staatsminister-Kollege, der ihn hätte anstoßen können, war nicht zur Stelle, und das Fußvolk wagte nur zu hoffen, er möge rechtzeitig zur Einlassung von selbst wach werden. Als die Zeit gekommen war, rief der Reichstagspräsident – ein Mann der Rechten mit niederen Instinkten – ohne auf den seelenlosen Zustand der Regierung zu achten: »Erwiderung von Herrn Staatsminister und Chef des Innenministeriums!«

Als Antwort waren nur asthmatische Schnarcher und schweinsartige Grunzer zu vernehmen.

Als der Staatsminister allmählich zu Leben erwachte, taumelte er hinauf zum Rednerpult und hielt dort eine eigenartige, verworrene Rede, die vom Einfluß des Butterpreises auf die Rekrutierung der Polizei handelte.

Der Skandal war gewaltig und erstreckte sich auf alle Bereiche.

Die Opposition und deren Presse riefen in salbungsvollen Worten von Machtmißbrauch, Diktatur und offener Verhöhnung des Reichstages.

Das Fernsehen sendete die Szene in unaufhörlichen Wiederholungen – in ultrakurzen Abständen konnten der Sache allerdings keine neuen Erkenntnisse abgewonnen werden – und ließ den Film von drei Experten kommentieren, darunter ein Pathologe, der erklärte, der Staatsminister müsse unter Verengungen der Nasennebenhöhlen leiden.

Aus New York berichtete Arne Thorén über die Reaktion der Amerikaner.

Weniger seriöse Wochenblätter erschienen mit riesigen Fotos in unterschiedlichen Stadien des Vorfalls, garniert mit Überschriften wie: »Eine schlummernde Begabung?« und »Der Schlaf des Gerechten« und »Schade, daß es kein Ton-Foto gibt.«

Der Ministerpräsident kehrte mit dem Flugzeug von einer Messe in Schonen zurück, und die Regierung trat in corpore zusammen. Der Zusammenhalt war einzigartig und die Entrüstung allgemein. Der Kreis hatte am Vorabend in Harpsund getagt und über eine Gesellschaft der Gleichheit diskutiert, und die Haltung wurde vom Bildungsminister treffend zusammengefaßt: »Wer, zum Kuckuck, ist in der Lage, sich für hundertfünfzig Jahre alte Grundgesetze zu interessieren, wenn man die ganze Nacht lang bei einer Sitzung die Gesellschaft von morgen geformt hat?« und er versicherte, er finde schon lange, daß diese Debatten um Verantwortung den Beigeschmack von ungebührlicher Einmischung in die inneren Angelegenheiten der Regierung gehabt hätten, und der Ministerpräsident bat einen Sekretär zu notieren, daß die ganze Sache bis zum nächsten Grundgesetz vom Tisch sein mußte.

Man einigte sich schnell darauf, daß ein Staatsminister von Gewicht noch am selben Abend im Fernsehen auftreten und die Angelegenheit ins rechte Licht rücken müsse. Der Bildungsminister erklärte jedoch, daß er durch seine Teilnahme an einer seit langem geplanten, spontanen Demonstration gegen eine Militärdiktatur verhindert sei, und der Außenminister sagte, er könne ebenfalls nicht kommen, da er am Abend einen neuen, sozialistischen Diktator in Stockholms Arbeiterkommune zu empfangen und anzuerkennen habe. Der Handelsminister bot jetzt an, sich freiwillig zur Verfügung zu stellen, und mußte gewaltsam daran gehindert werden. Schließlich nominierte man den Finanzminister. »Du vermittelst so verdammt viel Sicherheit, und wenn die Leute begreifen, daß du nicht mit einer neuen Steuer ankommst, dann verzeihen sie dir alles«, lachte der Ministerpräsident vor sich hin. »Vergiß aber nicht, das Jackett aufzuknöpfen, damit man die Hosenträger und die Volksnähe sieht!«

Die ausschlaggebende Aktion – bei allem Respekt vor den Hosenträgern – sollte doch von dem zeitgleich mobilisierten

Abendblatt gestartet werden. Die Zeitung druckte in ihrer Mitte die schlimmsten Passagen des diskutierten Paragraphengestrüpps ab – sicherheitshalber veröffentlichte man einen Faksimiledruck von einer der Ausgaben aus dem frühen 19. Jahrhundert, in deutscher Frakturschrift und mit Stockflecken und allem Drum und Dran – flankiert auf einer Seite von dem schlafenden Staatsminister und auf der anderen von dem mürrischen Rechtsgelehrten in voller Aktion am Rednerpult. Rundherum band man einen Kranz aus zwölf Fotografien, die alle ein schrecklich schreiendes, kleines Kindergesicht mit weit aufgerissenem Mund zeigten. (Der Staatsminister hatte zu dem Zeitpunkt zwölf Kinder.)

Ganz oben auf der Seite war in Weltkriegsschwarz die Frage und Überschrift plaziert: AUCH DU WÜRDEST WOHL IM REICHSTAG EINSCHLAFEN, WENN DEINE 12 KINDER DIE GANZE NACHT GESCHRIEN HÄTTEN.

Darunter war ein Kupon angebracht, den man abreißen und an die Redaktion schicken sollte, nachdem man ein Kästchen mit ja oder eines mit nein angekreuzt hatte.

Die Resonanz war überwältigend: 213 725 Kupons wurden eingesandt. Davon trugen 213 212 das Kreuz – häufig männlich kraftvoll, gefühlsgeladen – im Ja-Kästchen, eine Majorität, die in der Geschichte der modernen Volksabstimmung nur von der übertroffen wurde, als sich die Norweger 1905 aus der Union mit Dänemark wählten.

Der Kupon war in vielen Fällen begleitet von spontan hingeworfenen Sympathiebekundungen und Ergüssen im Stil wie: »Ich habe nur drei Kinder, schlafe aber seit vielen Jahren – auch im Winter – auf dem Balkon.«

Der Staatsminister, der eine ehrliche, wenn auch naive Menschenseele ist, schrieb an die Zeitung und erzählte, seine Kinder wohnten in einem abgesonderten Teil des Hauses und er werde nachts nie von Geschrei gestört, wurde aber vom Chefredakteur brüsk dazu angehalten, sich nicht in die meinungsbildende Arbeit der freien Presse einzumischen, indem er ungebeten als Zeuge auftrete.

Weit entfernt von einer politischen Katastrophe für den Staatsminister betrachtete man die ganze Affäre mittlerweile als seinen Durchbruch beim Volk.)

Nach ungefähr einer halben Stunde hatte der Staatsminister die Feder gefunden.

Es knackte, als im Inneren des Möbels etwas zurückfiel und etwas sich vorschob.

Das Kuvert war nicht versiegelt, so daß ihm das schlimmste Verbrechen erspart blieb, aber er leerte es.

Der Inhalt landete auf der heruntergelassenen Klappe.

Er beugte sich vor, blätterte und las.

Dann schob er das in den Umschlag zurück, was er ausgeschüttet hatte, steckte ihn in die Tasche und machte sich daran, den Sekretär wieder in seinen ursprünglichen Zustand zu versetzen.

Beim Hinausgehen schlug er sich auf die Jackentasche und verkündete: »Das hier, mein Lieber, das erklärt eine ganze Menge!« Aber die Gleichgültigkeit saß mir in den Knochen, so daß ich mich nicht zu der Frage aufraffen konnte, was eine Menge erklärte.

15

Als die Dämmerung hereinbrach und die Zeit der grauen Katzen gekommen war, sagte der Staatsminister, er gedenke, abermals zur Hütte des Botschafters zu fahren.

»Er muß schließlich sein gesammeltes Material weiterleiten, und damit wartet er bestimmt, bis es dunkel ist. Mit ein bißchen Glück wird er seinen Verbindungsmann aufsuchen – der geheime Bericht ist so lang, daß er ihn unmöglich über Funk senden kann oder will. Du kommst doch mit, oder?«

Gott weiß, daß ich es nicht wollte, aber nachdem ich vergeblich versucht hatte, ihn dazu zu bewegen, von dem ganzen Unternehmen abzulassen, teilte ich ihm mit, daß ich vorhatte, ihm Gesellschaft zu leisten. Ich begriff nämlich nur allzugut, daß dem Grenzen gesetzt werden mußten, was sich ein Staatsminister, vollkommen sich selbst überlassen, in den Kopf gesetzt hatte. Ein älterer Mann, Studienrat und Schwager, seit langen Jahren an schwer erziehbare und unberechenbare Elemente gewöhnt, konnte womöglich, wenn schon nicht alles verhindern, so doch zumindest einige der größten Exzesse abwenden. Deshalb sah ich es als meine Pflicht an, den Staatsminister auch dieses Mal zu begleiten – meine Pflicht gegen ihn, gegen seine Familie und in der gegenwärtigen Situation auch gegen Land und Leute.

Der Staatsminister, viel zu naiv, um den eigentlichen Grund meiner Folgsamkeit zu erfassen, jubelte, zog sich Stiefel und einen unmöglichen, fleckigen Ledermantel an und verstaute uns mit einer kleinen Tasche im Auto, auch die aus braunfleckigem, lederartigem Material. Im Dämmerlicht konnte man sie mit ein bißchen ungesunder Phantasie für das kleine Kind des Mantels halten.

Kurz vor der Gartenpforte des Botschafters wälzte der Staatsminister den Wagen ins Gebüsch. Die Scheinwerfer schaltete er nicht aus, das hatte er schon getan, als wir etliche hundert Meter zuvor die breite Landstraße verlassen hatten.

»Hier stehen wir gut. Er kann uns nicht sehen, aber wir ihn oder zumindest die Hütte. Lehn dich nur etwas vor! Hm, er scheint noch zu Hause zu sein, zumindest im Flur brennt Licht und vor der Haustür. Kann er so gerissen sein, daß er sich mit dem Verbindungsmann in seinen eigenen vier Wänden verabredet hat? Ich dachte, das sei gegen die Regeln. Wenn du hierbleibst, schleiche ich mich an und ... sondiere das Terrain. Gib mir die Tasche, bitte!«

»Nein«, sagte ich mit fester, autoritärer Lehrerstimme. »Die Tasche bleibt hier.«

»Aber ...«

»Die Tasche bleibt hier.«

Als der Mann zögernden Schrittes im Gestrüpp verschwunden war, öffnete ich sie.

Der Inhalt übertraf meine schlimmsten Befürchtungen.

Kuhfüße, eigenartig geschmiedete Schlüssel, Gummiknüppel – für meine Begriffe eine ziemlich vollständige Ausrüstung an Einbruchswerkzeugen. Mit leichtem Schwindelgefühl wurde mir klar, was der Staatsminister hätte anrichten können, wenn man ihm freie Hand und die Tasche gelassen hätte. Und woher hatte er all das, all dieses Diebeswerkzeug? Aber als Chef des Polizeiwesens kommt man schließlich in Kontakt mit allen Kreisen ...

Im Gebüsch krachte es, und der Staatsminister tauchte auf und legte seinen Bericht ab.

»Er ist zu Hause!« Der Ton war anklagend und voller Anspielungen, als sei es ein Verbrechen, einen Abend in seinem eigenen Haus zu verbringen. »Die Jalousien in der großen Hütte sind runtergezogen, aber ganz unten ist ein Spalt, durch den man hindurchschauen kann, wenn man sich auf den Bauch legt. Er sitzt am Tisch und studiert eine Karte. Leider konnte ich nicht erkennen, was für eine. Er ist eine Weile aus dem Zimmer gegangen und da hätte ich wohl hineinkommen können, wenn ich nur meine Tasche dabeigehabt hätte ...«

Ich dankte Gott für meine Standhaftigkeit.

Er saß eine Zeitlang auf dem Trittbrett, schöpfte Atem und schmiedete Pläne, um dann abermals in die Nacht hinauszuschleichen. Als der Mond über die Bäume stieg, war er wieder zurück und verkündete, der Botschafter habe seine Beschäftigung nicht verändert.

Anschließend machte er in kurzen Abständen seine Ausflüge zwischen Auto und Haus, einer pervertierten Nachtwache gleich, die sich bis Mitternacht hinzog, als ich erklärte, daß jetzt die abendliche Fest- und Familienvorstellung beendet sei, jedenfalls für mich.

»Wenn du mich nicht nach Hause fahren willst, dann muß ich wohl zum Botschafter reingehen und ihn bitten, er möge mir ein Taxi rufen.«

»Nein«, schrie der Staatsminister, »nicht ins Haus! Da kannst du kein Taxi rufen. Denk' an die Nacht, in der ich dort angerufen habe ... Er würde glauben, daß ... ja, keine Ahnung, was er glauben würde, aber er würde dich auf der Stelle erschlagen!«

Ein wenig gerührt von seiner Sorge über den Fortbestand meiner Existenz, ließ ich eine letzte Runde zu, von der er zu seiner meuternden Besatzung zurückkehrte wie ein Kolumbus, der in letzter Minute sein Amerika gefunden hatte.

»Er kommt jetzt raus! Als ich an den Spalt getreten bin, hat er am Telefon gestanden, sich dann auf einen Stuhl gestellt und mit einem Lineal auf einem hohen Schrank herumgeschabt und dabei ist die Aktentasche heruntergefallen; er hat eindeutig das Versteck gewechselt. Dann hat er eine Taschenlampe geholt und ... Guck, jetzt schaltet er das Licht über dem Eingang aus!«

Es stimmte tatsächlich.

Obgleich ich nicht genauso euphorisch wie der Staatsminister war, daß ein verspäteter Abendspaziergang als endgültiger Beweis für verbotene Agententätigkeit gelten konnte, war es ohne Zweifel interessant, daß er beim Verlassen der Hütte die Türbeleuchtung löschte.

Dann sprang ein Auto an und Sekunden später glitt ein dunkles, konturloses Etwas an uns vorüber.

»Wir verfolgen ihn!« zischte der Staatsminister, und ich fiel in die Rückenlehne zurück und spürte dunkel, daß jetzt der Teufel los war.

Wohlbehalten auf der Landstraße angekommen, schaltete der Schatten vor uns seine Scheinwerfer ein. Der Staatsminister ergriff allerdings nicht solche bürgerlichen, konventionellen Maßnahmen.

»Das Licht würde uns verraten und ihn warnen«, rückte er mit der Sprache heraus, beugte sich vor und blinzelte, einer halbblinden Greisin nicht unähnlich, die den Namen ihres Lieblingspastors auf der kleingedruckten Predigtliste für den nächsten Sonntag suchte.

»Potztausend, er nimmt die Straße nach Harpsund!« rief er, als das Lichtbündel vor uns nach links abbog – in den Wald. Hier würde sich ein Vorwärtskommen schwieriger gestalten.

So kam es auch.

Auf der breiten Straße noch hatte uns der Mond ein wenig Licht gespendet, hier aber, zwischen dem dichten Geäst, war die Dunkelheit nahezu vollkommen. Als einziges sah man streng genommen nur die Rücklichter und Scheinwerfer am Wagen des Botschafters. Die halbblinde Greisin an meiner Seite war zurückgesunken, als sei sie resigniert und habe Frieden bei dem Gedanken gefunden, daß der Herr ihr den rechten Weg schon weisen werde. Und offenbar befanden wir uns nach wie vor auf dem schmalen Pfad, denn ich spürte, wie wir gegen Pfosten und Vegetation stießen, und hörte, wie Teile sich lockerten und abfielen. In einem Moment eiskalter Gleichgültigkeit gegen mein Schicksal fragte ich den Staatsminister, wie es um seine Versicherung bestellt sei, und er antwortete, daß er seltsamerweise keine Gesellschaft habe finden können, die bereit gewesen wäre, sein Fahrzeug zu versichern. »Und trotzdem habe ich immer nur äußere Schäden«, fügte er hinzu und klang, als sei er der Meinung, das gesamte Gewerbe verdiene sozialisiert zu werden.

Indessen, alles hat einmal ein Ende, und es trat gerade dann ein, da der Staatsminister das Seitenfenster heruntergekurbelt und geschrien hatte: »Wenn es nach Kuhstall riecht, sind wir da!«, als die gesunde Landluft uns auch schon entgegenschlug und sich die Lichtbündel vor uns verabschiedet hatten und mit ihnen die roten Katzenaugen.

Der Staatsminister bremste und befreite sich aus seinen Gurten.

»Wohin, zum Kuckuck, ist er abgehauen? Er ist doch wohl nicht etwa einfach durch die Pforte *gefahren?* Unverschämtheit ...«

Er wurde von der Dunkelheit verschluckt, die ihn jedoch gleich wieder ausspuckte.

»Er ist dabei, auf dem Gelände vor der Pforte zu parken! Beeil' dich jetzt, wir werden ihn auf frischer Tat ertappen, die Aktentasche hat er dabei! Wo ist die Taschenlampe? Teufel auch! Aber hier ist wenigstens das Abschleppseil, falls er Widerstand leistet und gefesselt werden muß. Du kannst doch wohl ein paar gute Knoten? Mein Gott, beinahe hätte ich die Tasche vergessen!«

Aber noch nicht einmal die Tasche konnte mich noch schrecken. Die Fahrt war derart über alle Maßen grauenhaft gewesen, daß ich nur eine intensive, überwältigende Erleichterung empfinden konnte, mit heiler Haut auf dem Kiesweg zu stehen.

In der Verlängerung des Weges, wo der Botschafter und sein Licht verschwunden waren, erahnte ich eine weiße Steinmauer und über dieser waren schemenhaft Horizont und Sterne über hohen, ernsten Bäumen zu erkennen, zu deren Wurzeln, wie ich erkannte, der Wohnsitz ruhte.

Vor uns lag der Harpsundsee schwarz und still.

16

Der Staatsminister zupfte an meinem Mantelärmel und schaute mich an wie ein bewegungshungriger Boxer sein fußlahmes Herrchen und fiel in angestrengten Trab.

Ich hatte nicht gesehen, daß er verborgen zwischen den tiefen Schatten des Hauses auf der Hinterseite stand. Aber als wir durch die Pforte traten, müssen ihm die Nerven durchgegangen sein, denn wir hörten schnelle Schritte über den Kies fliehen.

»Er nimmt den Weg durchs Eingangstor!« flüsterte der Staatsminister heiser. »Wir fangen ihn auf der Terrasse ab!«

Der Gedanke war gut, die Ausführung jedoch war dilettantisch.

Ich nahm einen kräftigen Aufprall, einen halb erstickten Schrei und einige dumpfe Aufschläge wahr.

»Verfluchte Urnen!« kam es aus dem Dunkel.

Ich folgte ihm vorsichtig, machte dort fünf Schritte, wo er nur einen getan hatte, und stand auf dem Rasen, der unbebaut und uneben sich gen See erstreckte.

Rasen und Terrasse waren menschenleer, aber von irgendwoher kam das Geräusch eines rennenden Menschen.

»Er ist auf der anderen Seite der Hecke!« Der Staatsminister war wieder auf den Beinen, fauchend wie ein wütender Schwan. »Will zum Bootssteg!«

Ich hätte es gewiß vorgezogen, den Park und die Anlagen in entspannterer Atmosphäre und in einer anderen und vorteilhafteren Beleuchtung zu besichtigen, die Ortskenntnis des Fremdenführers allerdings war nicht zu beanstanden. Offensichtlich kannte der Staatsminister im Park jeden Baum und Strauch – möglicherweise mit Ausnahme der einen oder anderen Urne.

In mein Keuchen mischte sich plötzlich das Geräusch von spritzendem Wasser und des Schlagens von Holz auf Holz.

»Das Ruderboot!« schrie der Staatsminister. »Er flieht mit dem staatseigenen Ruderboot! Aber hier muß auch ein Paddelboot liegen, und das nehmen wir!«

Unversehrt auf dem Bootssteg angekommen, konnte man nur noch konstatieren, daß er abermals recht gehabt hatte, abgesehen davon, daß das Paddelboot fort war und das Ruderboot noch dalag.

Es war angekettet und abgeschlossen, doch der Staatsminister rief, er habe den Schlüssel, und in dem Augenblick zweifelte ich nicht daran, daß er zum innersten Zirkel der Macht gehörte und mit allen Geheimnissen des Landes vertraut war.

»Sitz gerade im Boot!« befahl er und hieb mit den Rudern aufs Wasser ein. Nässe spritzte auf Hände und Hals, das Boot krängte, und das Ganze begann mich an eine Klassenfahrt zu erinnern, die ich in jungen Jahren zur Insel Visingsö unternommen hatte und die meine letzte gewesen war.

Über dem Wasser war mehr Licht als zwischen den Bäumen im Park, und schräg über dem Heck sah ich weißen Schaum und eine gebeugte Gestalt bei der Arbeit.

»Er paddelt um die Halbinsel«, stellte der Staatsminister fest und legte sich nach einer gekonnten Drehung der Hüfte wieder in die Riemen. »Wahrscheinlich hat er im Freibadehaus eine Verabredung mit seinem Verbindungsmann. Halt mich auf Kurs!«

Ich hielt ihn auf Kurs, und wir umrundeten die Halbinsel.

Doch im Freibadehaus waren weder Botschafter noch Verbindungsmänner, und im Schilf lag das verlassene Paddelboot.

»Lauf den Strand zurück zum Haus!« brüllte der Staatsminister und entschwand zu einem kleineren Bergmassiv.

Ich zögerte, gehorchte aber dem Befehl, als ich bemerkte, daß mein Weg mich ausgetretene Pfade entlangführte. Nach kurzem Fußmarsch begann ich indessen darüber nachzugrübeln, ob Verbindungsmänner möglicherweise scharf auf ihre Verfolger schossen – ich war mir im klaren, daß ich eine gute und verlockende Zielscheibe abgeben mußte, wie ich da mit Wasser und Himmel im Hintergrund entlangging. In meinem erschöpften Zustand schien es mir, als blieben mir nur zwei Möglichkeiten. Ich konnte versuchen, so entkräftet zu wirken, daß der Verbindungsmann es als nicht *lohnenswert erachtete,* das Feuer auf mich zu eröffnen. Oder aber – und das war schwieriger – konnte ich probieren, den Eindruck von Vitalität und Stärke zu erwecken, so daß er nicht *wagen* würde, es zu tun. Zu einem endgültigen Entschluß konnte ich mich allerdings nicht durchringen, sondern mal schleppte ich mich wie ein Wrack dahin, mal schritt ich wie ein Preuße aus. Ich bin fest davon überzeugt, daß in einem wachsamen Verbindungsmann an dem Abend wenn schon keine Angst oder kein Mitleid, so in jedem Fall doch Verwirrung aufgekommen sein mußte.

Als ich die Treppe zum Rasen erklomm, löste sich der Staatsminister von einer Hecke und warf sich mit dem Abschleppseil auf mich – als ich gerade ausschritt wie ein Preuße.

Nachdem er seinen Irrtum erkannt und mich dafür gerügt hatte, zog er mich auf die Terrasse.

Sie war menschenleer.

»Wohin ist er verschwunden?« schnaufte der Staatsminister.

Ich sagte – dummerweise – daß er sich vielleicht ins Haus geschlichen hatte.

Wir suchten die Fassade mit Blicken ab. In allen Fenstern war es dunkel.

»Wir müssen hinterher«, befand der Staatsminister mit Nachdruck. »Ich habe keinen Schlüssel, und wir können auch nicht an die Haustür klopfen, denn damit warnen wir ihn und er verduftet. Er muß auf frischer Tat ertappt werden. Er hat natürlich einen Dietrich gehabt und jetzt hinter sich abgeschlossen und sucht da drinnen nach neuem Material. Was für eine bodenlose Frechheit, ein Regierungsgebäude zu durchwühlen, während die Exzellenzen eine Treppe höher schlafen! Was für ein Glück, daß wenigstens ein Mensch wach ist ...«

Er hatte bereits begonnen, in seiner Tasche zu kramen und etwas hervorgeholt, das aussah wie eine Ahle.

»Hast du schon einmal einen Diamantenschneider gesehen? Man schneidet bei den Haken ein Loch in die Scheibe, steckt dann die Hand hindurch und öffnet das Fenster.« Er näherte sich einem französischen Fenster. »Das hier ist der grüne Salon. Ich weiß nicht mehr genau, wie der Schnitt angesetzt werden muß, aber ... Warte, man braucht auch Klebefolie! Mit der fängt man die Glassplitter ab, damit sie nicht ins Zimmer fallen und einen höllischen Lärm machen.« Er lachte verlegen. »Ja, ich bin zwar nur ein Amateur, aber ich habe mir oben im Ministerium ein paar Unterrichtsstunden vom finnischen Karlsson geben lassen, von dem Sprengstoffattentäter, den ich zu Pfingsten begnadigt habe, und er hat gesagt, ich hätte die Begabung für Größeres. Aber wo, verdammt noch mal, ist die Klebefolie? Heute morgen war sie noch in der Tasche. Hast du sie rausgenommen? Ich muß es dann eben auch ohne hinkriegen. Aber es wird ein fürchterliches Geklirr geben, wenn das Glas runterfällt ...«

Er trat einen Schritt zurück.

»Willst du es vielleicht versuchen? Nein?«

Wir sahen es beide.

Die weiße Tüllgardine, die von der Nachtbrise ergriffen wurde und für eine Sekunde wie ein wirbelnder Schleier aus dem halb geöffneten Fenster über uns in der ersten Etage flatterte.

Doch nur der Staatsminister konnte auf eine so schwachsinnige Idee kommen.

»Eine Leiter!« zischte er. »Wir brauchen eine Leiter. Mach schon, es hängt eine auf der Rückseite des Pförtnerhäuschens!«

Unglücklicherweise hatten ihn seine Ortskenntnisse auch diesmal nicht getrogen.

Da hing eine Holzleiter, lang, dünn und wackelig, und der Staatsminister trug das vordere Ende, und ich ging hinten zwischen den Sprossen, wie in einem bösen Traum gefangen. Aber ich spürte, für einen Traum war er physisch äußerst anstrengend.

Auf der Terrasse übernahm der Staatsminister allein die Leiter, um sie ans Fenster zu stellen. Für ein paar Augenblicke sah es so aus, als würde sie ihn überwältigen, und er tanzte mit ihr im Arm einige makabere, lautlose Stiefelschritte, ehe sie an Ort und Stelle landete.

»Es ist bestimmt Strängs Zimmer. Er ist ein richtiger Frischluftfanatiker. Gib mir mal bitte den Gummiknüppel! Habe ich schon erzählt, wie er in seiner Jugend auf dem Fahrrad mit Agitations-Schriften herumgefahren und nach Kvänum gekommen ist, und von dem Pfarrer mit den fünf heiratsfähigen, gut gebauten Töchtern?«

Er hätte mir vom Gesicht ablesen können, daß ich zum gegenwärtigen Zeitpunkt kein Interesse an derlei Dingen verspürte. Hat man die Aufgabe, eine Leiter festzuhalten, durch die sich der Justizminister des Landes um ein Uhr in einer Sommernacht Zutritt zum offiziellen Landsitz des Ministerpräsidenten verschafft, um spionierende Botschafter mit Gummiknüppeln zu jagen, hat man anderes zu tun, als sich die Geschichte von einem Provinzpfarrer und seinen fünf heiratsfähigen, gut gebauten Töchtern anzuhören.

Da will man nur noch sterben.

»Doch während der Vater die Hochmesse verlesen hat, hat er sich mit ihnen im Pfarrhof eingeschlossen und eine Gewerkschaft gegründet. Und als der Papa von Pfarrer wieder von der Kirche zurückgekommen ist, hat er ihn zum Stellvertreter gemacht. Keine Angst, er schläft immer wie ein Murmeltier. Aber gib mir trotzdem am besten die ganze Tasche. Vielleicht brauche ich einen Kuhfuß zum Aufbrechen, falls sich der Botschafter ins Badezimmer einschließt.«

Die lange Leiter bog sich gewaltig. Schon von Anfang an hatte sie da oben am Fenster gelehnt wie ein Landungssteg mit Hohlkreuz, und das Gewicht des Staatsministers verlieh ihr jetzt die Kontur einer Frau in weit fortgeschrittener Schwangerschaft.

In der Situation und in dem Moment hob ich mit abgestorbenen Armen die Tasche hoch in die Luft; der Staatsminister kniete sich hin und streckte sich danach aus.

»Danke ...«, flüsterte er.

Und dann brach die Leiter mitten entzwei, und der Staatsminister stürzte mit der Tasche und den Füßen voran gegen die Hausfassade und verschwand durch das große Fenster im Erdgeschoß, mit dem gleichen Geräusch und dem gleichen Tempo, als wenn ein nachlässig gehandhabter Betonklumpen das Eis einer Nacht durchschlägt.

Die dünnen Gardinen wurden aus ihren Verankerungen gerissen, und das Licht schlug mir entgegen wie aus einer anderen Welt.

Ich wankte vorwärts, stützte mich auf das Fensterbrett und starrte die Menschen dort drinnen in dem Zimmer an.

Sie starrten zurück, schweigend, versteinert, wie Gestalten in einem Wachsfiguren-Kabinett.

Und ich erkannte sie alle, genauso wie es in einem Panoptikum sein soll.

Am Tisch in der Ecke, den Telefonhörer in der Hand und den Mund eigenartig aufgerissen, saß der Außenminister.

Der Ministerpräsident unter dem Kronleuchter machte einen Riesenschritt.

An den Flügel gelehnt hing der Bildungsminister.

In einem Lehnstuhl dem Außenminister gegenüber saß der Botschafter.

Und auf einem kleinen Teppich gleich unter dem Fenster lag der Staatsminister, zwischen Glasscherben und Holzleisten, bekleidet mit Stiefeln und Ledermantel, noch immer mit der Tasche in der einen und dem Gummiknüppel in der anderen Hand.

Doch dann kam Leben in das Bild.

Der Außenminister erhob sich halb und rief aus dieser hockenden Stellung in den Telefonhörer: »Mr. Secretary General, Mr. Secretary General ...«

Der Bildungsminister prallte gleichsam in die Mitte des Zimmers zurück, wo er mit dem Ministerpräsidenten heftig zusammenstieß und sich mit ihm verfing.

Der Botschafter krallte sich an der Tischkante fest, als sei sie die einzige Stütze in seinem Leben.

Und auf dem kleinen Teppich befreite sich der Staatsminister aus den Gardinen, dem Fensterrahmen und kam auf die Knie, wobei die Tasche aufsprang und sich Kuhfüße, Dietriche und Diamantschneider über den Boden ergossen. Er schaute über die Karlssonsche Mischung hinweg und raffte etwas an sich.

»Die Klebefolie! Ich habe doch gewußt, daß sie irgendwo zum Vorschein kommen würde!«

Dann bahnte er sich den Weg durch die hohe Versammlung, erreichte den Schreibtisch, nahm dem Außenminister den Hörer aus der machtlos herabgefallenen Hand und rief: »Mr. Thant, I presume?«

In dem Augenblick hörte ich aus der Dunkelheit hinter

mir ein unmenschlich langgestrecktes Heulen. Ich hatte diesen Laut vorher schon einmal gehört und wußte, was es zu bedeuten hatte.

Der staatseigene Hund war langsam erwacht und begann, seine Pflicht als Wächter zu erfüllen.

Ich zögerte nicht.

Mit einer letzten, übermäßigen Kraftanstrengung hievte ich mich durch den nackten Fensterrahmen und schloß mich der Gesellschaft an.

Ich landete auf dem kleinen Teppich, der nach dem Fortgang des Staatsministers verwaist war.

Aber dort durfte ich nicht allein ruhen.

Ein zottiges, kehlig gurgelndes Etwas schoß durch das Fenster.

Mit den Tatzen auf meiner Brust brachte der staatseigene Hund zum zweiten Mal innerhalb von 48 Stunden seine speichelglänzenden Hauer meinem Hals gefährlich nahe.

Und er zeigte nicht das geringste Anzeichen eines Wiedererkennens.

Ich tastete über den Boden und spürte, wie sich die Hand um etwas schloß, das sich wie der Gummiknüppel des finnischen Karlsson anfühlte.

Ich erhob ihn und ließ ihn mitten zwischen die feindseligen, leicht hervorstehenden Augen niederfahren.

Dann wurde alles schwarz.

Ich erinnere mich, daß ich in meinem letzten luziden Augenblick hoffte, daß es dem staatseigenen Hund auch so erging.

17

Es war Viertel vor zwei Uhr, als wir nach Ädelsta zurückfuhren – jetzt mit eingeschalteten Scheinwerfern.

»Es war für dich bestimmt nett, den Ministerpräsidenten und den Außenminister kennenzulernen! Und Palme, von dem du schon so viel gehört hast!«

Der Staatsminister sah zufrieden aus, pfiff ein Liedchen vor sich hin, das meiner Erfahrung nach den Fritjof-Andersson-Parademarsch darstellen sollte.

Ich stützte den Kopf in die Hände. Er kam mir wie der eines Fremden vor, und ich wünschte, es wäre auch tatsächlich so gewesen.

»Ich finde, mir ist eine richtig gute Erklärung für die Sache mit der Leiter eingefallen«, fuhr das in Leder gewandete Ungeheuer am Lenkrad fort. »Daß ich bei einem Routine-Kontrollgang entdeckt habe, daß ein Fenster im ersten Stock angelehnt war, und es in meiner Eigenschaft als Chef der Staatspolizei für meine Pflicht erachtet habe, hinaufzuklettern und es zu schließen. Ganz natürlich und ziemlich einfallsreich, muß ich sagen. Außerdem fast die Wahrheit. Aber wie hätte ich denn wissen können, daß U. Thant den Außenminister gestern gebeten hat, einen Vermittler in der Krise in Swahili vorzuschlagen, und daß er dumm genug gewesen ist, sich an den Botschafter zu wenden, der fünf der Swahili-Dialekte fließend spricht? Oder daß er ihm zur Orientierung vor der Aufgabe ein Exemplar der streng geheimen Berichte über die Beurteilung der Weltlage der schwedischen Regierung gegeben hat? Oder daß der Auftrag so brenzlig und eilig war, daß sie mitten in der Nacht zusammentreten mußten und daß der Botschafter Anweisungen erhalten hat, um jeden Preis ihn verfolgende Presseleute abzuschütteln? Geheimdiplomatie! Pfui Teufel! Ich habe gute Arbeit geleistet, finde ich, als ich das Fenster sperrangelweit geöffnet und ihre zweifelhafte Politik aufgedeckt habe. Werde morgen im Abendblatt bestimmt gelobt.«

»Wenn du es wenigstens geöffnet hättest!«

»Aber ich habe U. Thant erklärt, wie ich die Sache sehe.«

»Mein Gott, hast du dich etwa auch noch in die Außenpolitik eingemischt? Das ist das Ende!«

»Das Ende? Mein Lieber, das ist erst der Anfang! Bei der Regierungsumbildung im Herbst werde ich bestimmt Außenminister. Jetzt, da ich das Abendblatt hinter mir habe.«

»Was hat U. Thant gesagt? Er muß den staatseigenen Hund doch gehört haben!«

»Er hat wohl nur geglaubt, es sei der Außenminister gewesen, sein Englisch klingt leicht wie Keuchen.«

»Aber er muß doch den Eindruck gehabt haben, hierzulande seien innere Unruhen ausgebrochen! Bellende Hunde und eingeschlagene Fenster im Wohnsitz des Ministerpräsidenten!«

»Aber nein, das hat er bestimmt nicht gedacht.«

»Und woher willst du das wissen?«

»Ich habe gesagt, es sei Krieg. Ja, ich wollte ›innere Unruhen‹ sagen, aber dann bin ich nicht mehr drauf gekommen, wie das auf englisch heißt. Darum habe ich gesagt, es sei Krieg. ›Krieg‹ weiß ich auf englisch. ›War.‹ Es heißt ›war‹«, wiederholte er mit selbstzufriedener Miene.

»Du hast gesagt, es sei Krieg?«

»Ja.«

»Er wird den Sicherheitsrat einberufen!«

»Ja, so hat es sich tatsächlich auch angehört. Aber sie wollten wegen der Swahili-Krise ohnehin zusammentreten.

Wenn ich ihn recht verstanden habe, gedachte er, dem Rat vorzuschlagen, sofort einen Vermittler für Schweden zu ernennen.«

Ich spürte, wie mich jeder weitere Augenblick in Gesellschaft des Staatsministers mehr schwächte, wie mir die Kräfte schwanden, und ich schrie in Seelenqual.

Er sah mich aus den Augenwinkeln an.

»Aber, mein lieber Vilhelm, du siehst ja vollkommen mitgenommen aus! Ist es wieder der Darm, hast du vielleicht etwas Falsches gegessen? Da drinnen auf dem Teppich machtest du eine Weile einen richtig drahtigen Eindruck. Du hast dem staatseigenen Hund einen Haken direkt in die Schnauze verpaßt, so daß der Ministerpräsident zu Ammoniak greifen und zehn Minuten lang Mund-zu-Mund-Beatmung machen mußte. Er hat gesagt, es sei erstaunlich, wie man sich dazu verleiten lassen konnte, ein historisches Kleinod so zu behandeln, er selbst traut sich ja noch nicht einmal, ihm ein anderes Halsband umzubinden, ohne den Landesarchivar und den Finanzminister um Erlaubnis zu bitten, doch, doch, auch er ist für eine Weile heruntergekommen, hat gesagt, dies sei das Brutalste gewesen, das er zu Gesicht bekommen hat, seit er Fahrrad fahren gelernt hat und ins politische Leben eingetreten ist.«

Ich schloß die Augen und lauschte mit Wohlbehagen, wie das wilde Tier in mir einen jaulenden Lobgesang an seine heidnischen Jagdgötter anstimmte, da es ihm vergönnt gewesen war, wenigstens einen seiner Feinde zur Strecke zu bringen.

Ich hatte einen Traum …

In Gesellschaft des Staatsministers besuchte ich ein Galadiner im Stockholmer Schloß … Unter den Gästen befanden sich – außer den Mitgliedern des Königshauses – die Exzellenzen des Landes und die Reichstagspräsidenten, Mitglieder des obersten Gerichts und der Präsident des Königlichen Kammergerichts, die Herren Ritter des Serafin-Ordens und die Träger des Karl-XII.-Ordens … An alles kann ich mich nicht erinnern, doch der Staatsminister war bereits beim Seezungenfilet zur Hochform aufgelaufen, und die Teile des brasilianischen Silberservices klapperten wie nervöse Kastagnetten auf dem in Damast gehüllten Tisch … Als er dann, beim Kaffee, entlang der weißen Wände ein Rad schlug, sank die Prinzessin ihrer Hofdame an die Brust, und der Hofmarschall hob seinen Stab und rief die Große Wache des Königs …

Es war ein so schrecklicher Traum, daß ich vor Angst schrie und schweißgebadet aufwachte, aber mich erinnerte und begriff, daß im Vergleich zur erlebten Wirklichkeit die Nachtmahre des Traumes zu einem Nichts verpufften …

Der Entsetzliche saß an meinem Bett und schaute mich an, wie ein Obduzent etwas betrachtet, das sich schon bald in eine unwiderstehliche Leiche verwandeln konnte.

»Ist es immer noch der Magen? Du hast gestrampelt und dich wie eine Schlammringerin aufgeführt, die vorübergehend den Kontakt mit der Gegnerin verloren hat. Ich muß sagen, dafür daß du so krank bist, siehst du unglaublich gesund aus. Bloß ein wirklich Gesunder und ein ernsthaft Kranker wären imstande, ein Leben wie deines zu führen. Abends lange auf, nachts unterwegs, im Bund mit Hunden und Einbrechern, den einen Tag vergiftet und k. o. geschlagen, den anderen …«

Er hatte Tee auf einem Tablett gebracht, und dieses Gebräu rettete mir den Verstand. Bei der zweiten Tasse gelang es mir zu fragen, warum er nicht in Harpsund sei, doch da brach alles wieder über mich herein und ich zusammen. Während der Staatsminister die Scherben aufsammelte und den Teppich mit einem Taschentuch trockenwischte, erzählte er, daß an jenem Tag die Konferenzen schnell abgesagt worden seien. Der Bildungsminister war unpäßlich, und neue Fenster mußten eingesetzt werden, und der Außenminister war am frühen Morgen mit dem Hubschrauber ins Außenministerium gebracht worden, wo er pausenlos an Konferenzen teilnehmen mußte.

Ich schlug und biß wie ein lärmgeschädigter Nerz um mich.

»Jetzt begreifst vielleicht auch du in all deiner blinden Verstocktheit, daß der Botschafter unschuldig ist, oder?«

»Mag sein, daß er kein Spion ist. Aber ein Mörder kann er trotzdem sein.«

»Glaubst du tatsächlich, daß U. Thant und der Außenminister als Vermittler in einer ernsten internationalen Krise einen Mann ernennen würden, der auch nur im mindesten ...«

»Mein Lieber, das besagt doch gar nichts! Ich könnte dir erzählen ...«

Doch ich bat ihn, es zu lassen.

Er holte ein kleines Transistorradio aus der Jackentasche.

»... Generalsekretär U. Thant teilte heute mit, er habe den Schweizer Diplomaten du Lauterre zum Vermittler in der Krise in Swahili ernannt. Zugleich erklärte der Generalsekretär, er verfolge mit größter Aufmerksamkeit die Entwicklung der Ereignisse in Schweden, und er rief die schwedische Regierung und das schwedische Volk mit Nachdruck auf, die Kontroversen im Land mit Ruhe und Besonnenheit zu lösen ...«

»Hoffentlich hat Torsten im Außenministerium das Radio an«, sagte der Staatsminister und spazierte mit dem Tablett hinaus, im Takt einer freien und schauderhaften Interpretation des Fritjof-Andersson-Marsches.

18

Meine Hoffnung bestand darin, den Tag in Ruhe verbringen zu dürfen, doch beim Mittagessen tauchte Therese Doolck-Carlsson auf, ließ sich unaufgefordert häuslich nieder und aß – alles während sie beteuerte, sie wolle nichts haben – mein Toastbrot auf und trank von meinem Tafelwasser. Sie hätte auch meine Serviette zum Abschluß ihrer Sinneswandlung benutzt, wenn ich mich nicht darauf gesetzt hätte.

Als Mommy und Lotta in die Küche gegangen waren, fuhr die Schriftstellerin mir mit ihrer großen Nase ins Gesicht, und ich konnte nur noch denken, daß es doch mit dem Teufel zuging, daß sie sich keine Brille zulegte, ehe sich einer der doolck-carlssonschen Monologe über mich ergoß, der zu gleichen Teilen mit Speichel, Ausrufen und Fragen gespickt war.

»Hat die Polizei noch keine Spur? Und was ist mit diesem Staatsminister da, der mit seinem Notizbüchlein herumläuft und so herzzerreißend einfältig aussieht? Hat er keine Mutter, die auf ihn achtgibt? Ist er verheiratet? Ja, es gibt viele Frauen, die einem leid tun können. Olivia hat bei ihrem Bankdirektor auch nichts zu lachen – ist er nicht in der Bank, dann ist er beim Pferderennen, wenn man den Abendzeitungen trauen darf. Aber der Schwiegervater ist gestorben, und man muß mit den Anlässen zur Freude behutsam umgehen. Und auch zur richtigen Zeit. Bald wird man sagen, in den sechziger Jahren gab es einmal eine Zeit, da war es von Vorteil und wirtschaftlich klug zu sterben, nachdem sie die Nachlaßsteuer abgeschafft, aber ehe sie die Erbschaftssteuer erhöht haben. Die Frau des Generals war nicht so dumm, wie sie ausgesehen hat. Ist einfach verduftet, hat den Zeitpunkt abgepaßt, als der Kerl auf Manöver war. Hat sich nicht besonders gelohnt, diesen kleinen Wicht zu heiraten! Ein Offizier sollte groß und wettergegerbt sein, und die Kommandos sollten ihm wie Rauch aus dem Mund strömen. Das einzige, was man von unserem General hört, das ist das Auto. ›Warum haben Sie nicht geheiratet, Fräulein Doolck?‹ fragen die Journalisten. Woher hätte ich denn einen geeigneten Kerl nehmen sollen, wenn ich mit meinen vierzig Jahren noch nicht einmal einen brauchbaren Dosenöffner habe finden können?«

An dieser Stelle kam Mommy herein und rettete mich.

Beim Nachmittagstee traf dann General Ygdecrantz in Wikkelgamaschen und allem Drum und Dran ein, inklusive dem Geruch von frischer Gülle.

Er ergriff Mommys Hände und schüttelte sie, lange und behutsam und gleichsam im Takt zu unhörbaren Kirchenglocken – so wie ein Mann von Welt eben Hände schüttelt, wenn eine Frau trauert.

»Liebe Mommy, ich will nicht stören! Ich war in der Stadt und habe einen Traktor gekauft, ein nur wenig gebrauchtes Modell und zu einem sehr vorteilhaften Preis, und da habe ich mir gedacht, ich schaue einmal herein und frage, ob ich dir irgendwie behilflich sein kann.«

Mommy schien von seiner Fürsorge aufrichtig gerührt zu sein.

»Wie lieb von dir, Patrick! Wir trinken gerade Tee, und es ist genug für einen weiteren Gast da. Nein, es macht überhaupt keine Ungelegenheiten, nett, daß du zu Besuch gekommen bist!«

Obgleich er sich recht heftig zierte, ließ er sich am Ende im Plüschsessel nieder. Dafür, daß er so schmächtig und im bleichen Gesicht so faltig war – was man an Haut oberhalb der Wickelgamaschen sah, könnte nach einer Woche in feuchtwarmen Umschlägen soeben ausgepackt worden sein –, besaß er einen erstaunlichen, obgleich etwas sprunghaften Appetit. Er verleibte sich ansehnliche Mengen von dem ein, was auf dem Kuchenteller lag, und nahm hier einen Bissen und dort, wie eine schwindsüchtige Kuh auf einem Versuchsfeld. Auch seine Konversation war unkonzentriert; sie erstreckte sich über weite Gebiete, schien jedoch vor allem von Traktoren, Feuerversicherungen und verstorbenen Fabrikdirektoren zu handeln. Am Ende stabilisierte sie sich beim Letztgenannten, und ich freute mich zu beobachten, wie sich Mommys mitgenommenen, aschfahlen Gesichtszüge aufhellten, als die Person und das Werk des Bruders gepriesen wurden.

»Ist die Polizei sehr lästig und aufdringlich gewesen?« piepste er plötzlich wie zum unvermittelten Abschluß seiner Leichenpredigt. »Die wühlen doch überall herum, wenn man sie nur läßt. Und sie haben keine Ahnung, wer ... wie ...? Ich habe gehört, hier ist auch eingebrochen worden. Und obendrein auch noch in Adolfs Schlafzimmer! Darf man ... Könnte ich einen Blick hineinwerfen? Aber bleib doch bitte sitzen ... danke, danke! Nein, zieh' nicht für mich die Gardinen zurück! Mir ist, als spüre man Adolfs Gegenwart hier drinnen besonders deutlich! Alles ist auch noch genauso, wie es war, als er noch gelebt hat. Die Luft, die Möbel ... ich frage mich ... Ich hoffe, Mommy, du nimmst es mir nicht übel, daß ich es anspreche, aber ... doch, es ist so, daß ich schon immer Adolfs Sekretär bewundert habe und mir gedacht habe, er würde so hervorragend in mein Schreibzimmer passen, zusammen mit den Stühlen und dem Tisch aus dem 18. Jahrhundert. Ist er nicht schön? Schaut doch nur die Behandlung des Holzes und die Form an!«

Ich schaute mir die Form an. Am ehesten erinnerte das

Stück an einen Leichensarg auf Beinen für einen kräftigen und boshaften Zwerg, bei dem man sicher sein wollte, daß er da blieb, wo man ihn hingelegt hatte.

»Mommy, du hättest wohl nichts dagegen ... Könnte ich ihn nicht kaufen?«

Einige Sekunden starrte sie ihn nur an.

»Aber mein lieber Patrick, ich kann doch nicht anfangen, Adolfs Möbel zu verkaufen! Alles hier im Haus gehört jetzt Ejnar!«

Aber der General schien nicht geneigt, diese klare Aussage als das Ende der Verhandlungen zu betrachten.

»Er würde mir viel bedeuten als ... ja, als ein persönliches Andenken an Adolf. Ich erinnere mich noch so gut all der Male, die wir hier zusammengesessen haben, er an der heruntergelassenen Klappe und ich am Fenster ... Wenn ich zweitausend Kronen bezahle, das ist fast die Hälfte der Summe, die ich für den Traktor hingelegt habe, dann kannst du doch später mit Ejnar handelseinig werden, oder? Ich kann mir kaum vorstellen, daß er ein so schreck..., ein so sperriges Ding in seinem Haus stehen haben will. Tja, wie gesagt, es würde mir soviel bedeuten und nun, da ich den Traktor hier draußen habe ...«

Doch Mommy lehnte jede weitere Diskussion mit der Erklärung ab, daß es nicht recht sei und er sich direkt an Ejnar wenden müsse. Und danach scheuchte sie beinahe den General wieder ins Eßzimmer zurück, wo er etwas unentschlossen herumstand und am Tisch lehnte, bis sich Mommy nicht ohne erheblichen Nachdruck für den Besuch bedankte und sich daranmachte, den Tisch abzudecken.

Wir begleiteten ihn hinaus, der Staatsminister und ich.

In der Tür drehte er sich um, wie um ein letztes Gebot abzugeben. Doch er zuckte dann die Schultern und verschwand ins Sonnenlicht hinaus. Das Unbestimmbare, Zögernde in seinen Augen war fort. Etwas, das sehr starke

Ähnlichkeit mit Verzweiflung und Hoffnungslosigkeit hatte, war an die Stelle getreten.

Eine Viertel Stunde später trampelte der Apotheker ins Haus.

Mommy, die im Anrichtezimmer mit der Auflistung von Glas und Porzellan beschäftigt war, schien diesmal nicht ganz so erfreut über ihren Besucher zu sein, sie unterbrach jedoch ihre Arbeit und bat ihn, im Salon Platz zu nehmen. Er bekam sogar ein Glas Sherry und auf einem Teller einige der wenigen nicht angebissenen Stücke Kuchen, die der General zurückgelassen hatte. Der Kuchen blieb, wo er war, der Sherry jedoch wurde wie Schnaps hinuntergekippt.

Nach geraumer Zeit der Unterhaltung über Wind und Wetter und nachdem Pelleman unter wohltemperiertem Geschwätz mit mächtigen, haarigen Händen gekrault worden war, fragte der Apotheker, ob Hilfe bei ein wenig schwereren oder gröberen Verrichtungen wie beim Umstellen von Möbeln oder Tragen von Kisten erforderlich sei.

Mommy aber bedankte sich und antwortete, sie ordne, sortiere und sondere nur aus und daß es bei allen größeren Veränderungen nur dem Neffen zukomme, neu zu entscheiden.

Der Apotheker räusperte sich, wie um eine Erklärung abzugeben, besann sich jedoch eines anderen und bemäntelte seinen Rückzug, indem er den Dackel mit Kuchen fütterte. Es fielen Krümel und Sabber auf den Teppich, und Mommy sah gar nicht zufrieden aus.

Dann ging er am Ende zum Vorstoß über.

»Ich frage mich, ob Adolf wohl ein Testament hinterlassen haben könnte?«

Mommy, die auf ihre Inventurliste geschielt hatte, schaute auf.

»Nein, hat er nicht. Ejnar sollte ohnehin alles von ihm bekommen, und dazu war nichts Schriftliches nötig.«

»Aber was wird da aus dir, Mommy? Wo sollst du hin, und wovon sollst du leben?«

Er klang aufrichtig bestürzt, und Mommy beugte sich vor und tätschelte ihm die Hand.

»Vielen Dank, daß du dir Gedanken um mich machst! Aber um mich muß sich niemand Sorgen machen, ich habe eine Altersrente, und im Altersheim hat man bestimmt ein Bett für mich, wenn es soweit ist.«

Er drehte die Armbanduhr um das Handgelenk.

»Und er hat kein Wort über den Sekretär verloren?«

Es schien gewissermaßen mehr als nur eine Frage zu sein. Eine tastende, vorbereitende Sondierung des unbekannten Terrains, das sich als gefährlich erweisen könnte ...

»Über den Sekretär im Schlafzimmer? Was sollte er denn ...?«

»Er hat nie erzählt, wie er zu dem Möbelstück gekommen ist?«

»Nein ... doch, er hat ihn bestimmt vor vielen Jahren auf einer Auktion erstanden.«

»Ja.« Der Apotheker wirkte jetzt weniger angespannt. »Ja, das stimmt. Aber du weißt wohl nicht, daß er meiner Mutter gehört hat, die nach Vaters Tod gezwungen war, ihn zu verkaufen, oder? Nein, Adolf wußte auch nicht, woher er stammte, aber als ich es einmal erzählt habe, da hat er gesagt, er werde dafür sorgen, daß er wieder dahin zurückkommt, wohin er gehört, ja, genauso hat er sich ausgedrückt: ›wohin er gehört‹. Da habe ich gedacht, er hätte darüber etwas gesagt oder aufgeschrieben ...«

»Wie schrecklich traurig!« Mommy hatte sich erhoben. »Ich glaube, Adolf hat nichts Schriftliches hinterlassen. Es ist doch ganz selbstverständlich, daß du ihn bekommst, aber dann mußt du Ejnar darum bitten, denn alles hier gehört nun ihm.«

»Dürfte ich ihn mir einmal ansehen?«

»Aber natürlich, komm' nur, dann gehen wir hinein!«

»Schau an, der Schlüssel ist immer noch derselbe!« Er ließ die Klappe aufspringen. »Ich erinnere mich, als sei es erst gestern gewesen, daß Vater abends hier über seinen Rechnungsbüchern gesessen hat, er hat doch ein kleines Geschäft in Snörmakargränd gehabt. Und wenn wir Jungen etwas angestellt hatten, da standen wir immer hier wie an einem Richtertisch ...«

Die Hände glitten die Reihen mit den Schubladen und Fächern entlang. Hier und da hielten sie inne, fühlten, drückten, prüften ...

»So viele Erinnerungen ... Es klingt bestimmt sentimental und lächerlich, aber könnte ich hier einfach ein Weilchen nur sitzen und mich erinnern? Ich sehe ihn bestimmt zum letzten Mal ...«

»Aber mein Lieber, selbstverständlich bekommst du ihn! Bleib' so lange hier sitzen, wie du willst. Aber wenn du mich entschuldigst, dann gehe ich, ich habe mich um meine Aufgaben zu kümmern.«

Wir zogen uns aus dem Zimmer zurück.

Doch der Staatsminister stand in der Tür, scheuchte mich ins Zimmer zurück und schloß die Tür hinter uns.

Der Apotheker blickte übellaunig von der Klappe auf, an der er sich offenbar schon auf seine Andacht vorzubereiten begann. Der Staatsminister schlenderte unterdessen ungeniert im Zimmer umher und bat nach einer Weile den Apotheker, sich einen alten Kupferstich anzusehen, einen von der stark vergilbten Sorte, die einen Feuchtigkeitsfleck dahinter vermuten ließ, der mit dem Bild verdeckt werden sollte.

Mit einem Grunzen ging er hinüber zum Staatsminister.

Dann konnte ich nicht genau sehen, was geschah, doch offensichtlich stolperte der Staatsminister über die Teppichkante und fiel auf den Apotheker, der ins Dunkle hinter einen drehbaren Bücherständer fiel. Er mußte allein sehen, wie er wieder auf die Beine kam, während der Staatsminister zu mir ans Fenster trat und, ein Liedchen vor sich hinpfeifend, begann, den Garten zu betrachten. Nachdem er sich durch ein Potpourri aus dem Fritjof-Andersson-Marsch und dem Alten Schwarzen gearbeitet hatte, vollführte er eine Drehung durch das Zimmer, die ihn zum Klapp-Altar des Apothekers führte.

»Verzeihung«, sagte er, »aber Sie haben meine Baskenmütze weggenommen.«

Der Apotheker schaute auf, eindeutig lachsfarben.

»Baskenmütze? Was für eine Baskenmütze?«

»Die Sie eben hinter dem Bücherschrank gefunden haben und die, wie ich vermute, Sie nun in der Jackentasche verstekken.«

»Aber ... aber das ist meine.«

»Und wie ist die hinter das Bücherregal geraten? Sie sind doch ohne Kopfbedeckung gekommen.«

»Ich ... sie ... jemand muß ...«

»Na, Sie müssen nichts erklären. Holen Sie sie hervor, dann werde ich Ihnen etwas zeigen.«

Wie in Trance holte der hochrote, nun kräftig transpirierende Mann etwas Braunes und Zerknittertes aus der Tasche.

»Schauen Sie sich das Monogramm hier auf dem Schweißband an!« forderte ihn der Staatsminister auf. »Die Baskenmütze gehört mir. Um Ihre kümmert sich die Polizei. Sie haben Sie verloren, als Sie letztes Mal hier eingebrochen sind. In der Nacht, an die Sie sich erinnern werden. Doch zum Dank, daß Sie die Mütze so schnell aufgesetzt haben, werde ich Ihnen zeigen, wie das mit dem Sekretär geht, damit Sie hier nicht den ganzen Tag herumsitzen müssen.«

Er zog eine Schublade heraus, fummelte kurz mit der Hand und drückte zu.

»Hier haben Sie das Geheimfach. Ich habe es gestern entdeckt. Aber die Schuldscheine habe ich schon herausgenommen.«

Der Apotheker schoß hoch und drückte den Staatsminister gegen das Möbelstück. Die gewaltigen Hände waren zu Fäusten geballt, die Kiefer mahlten, und für einige Augenblicke glaubte ich, der Staatsminister würde gleich Sterne sehen. Doch dann schwanden ihm Kraft und Wut, und er fiel zurück auf den Schreibtischstuhl.

»Woher wissen Sie es …?«

»Daß Sie hier eingebrochen sind? Ich habe zu Hause bei Ihnen einen Hut gefunden und an dem habe ich gerochen. Genauso wie ich vorher an der Baskenmütze gerochen habe, die Sie verloren haben. Nein, nein, sie rochen nicht besonders schlecht, so ist es einfach, sehen Sie, Kopfbedeckungen riechen *immer*, und in diesem Fall rochen beide gleich.«

Der Apotheker sah jetzt eher geschockt als wütend aus.

»Genau wie ein Hund«, murmelte er. »Genau wie ein Hund …«

Und ich verstand ihn. Nicht einmal ich hätte ahnen können, daß der Staatsminister solch entsetzliche Angewohnheiten und Fähigkeiten besaß. Auch hier war mir, als machte sich der negative Einfluß des staatseigenen Hundes bemerkbar.

»Den Schuldscheinen zufolge, die der Fabrikdirektor in seinem Geheimfach aufbewahrt hat, schuldeten Sie ihm 32 000 Kronen, plus aufgelaufener Zinsen von drei Jahren.«

Der Apotheker breitete in einer resignierenden Geste die Arme aus.

»Ja, in den letzten Jahren habe ich mehr schlecht als recht die Ratenzahlungen aufbringen können. Hat man in einem solchen Nest eine Apotheke, ist außerdem geschieden und muß Unterhalt für zwei Kinder zahlen, dann kommt man auf keinen grünen Zweig. Das Darlehen habe ich vor zwölf Jahren bekommen, als ich bei meiner Heirat die Apotheke um ein Wohnhaus erweitert habe. Bei der Bank ging es nicht, deshalb habe ich mich an den Alten hier gewandt. Er hat meinen

Vater gekannt und war bei einer Menge Ärger behilflich. Die Zinsen waren ziemlich hoch, zehn Prozent. Doch in den letzten Jahren hat er sie nicht eingefordert.«

»Und warum nicht?«

»Er war zufrieden, wenn man mit ihm Karten gespielt hat. Ja, es war wie ein stillschweigendes Übereinkommen, keine Absprache oder dergleichen. Sobald man auch nur ein Wort erwähnte, man wolle sich vom Spiel zurückziehen, kam er mit Andeutungen darüber, was man noch an Geld schuldig war. Pfui Teufel, was für ein Kerl! Ich begreife nicht, daß es ihm nicht zuwider war, jemandem gegenüberzusitzen, von dem er wußte, daß er nur mitspielte, weil er dazu gezwungen war.«

»Ich nehme an, daß auch der General ihm Geld schuldete?«

»Natürlich. Seine Landwirtschaft geht so verdammt schlecht, daß er immer wieder neue Kredite aufnehmen muß. Er hat viel mehr Schulden als ich. Aber auch er ist bestimmt um die Zinsen herumgekommen. Der Alte hielt es bestimmt für fein, einen General als Spielpartner zu haben – und vielleicht auch einen Apotheker.« Er lachte auf. »Er selbst stammte aus sehr einfachen Verhältnissen. Und eine freiwillige Bridge-Runde zusammen zu bekommen war wohl auf Schwierigkeiten gestoßen, so scheißvornehm und gemein wie er sein konnte. Aber um der Gerechtigkeit die Ehre zu geben, muß man sagen, daß es nicht nur eine Qual war. Mommy ist doch wunderbar und ihre belegten Brote erst, ja, bessere gibt es nicht.«

»Und jetzt, nach seinem Tod, haben Sie also vorgehabt, die Reserven zu beschlagnahmen, oder?«

»Beschlagnahmen?« Unter den buschigen Augenbrauen glommen List und Wachsamkeit. »Das habe ich nie gesagt, und das kann niemand beweisen. Ich habe nur vorgehabt, dafür zu sorgen, daß die Zinsen als bezahlt gekennzeichnet sind. Hol mich der Henker, daß ich mit dem Satansbraten fünf Jahre lang Karten gespielt habe, nur damit dieser fette Sohn kommt und jetzt die Zinsen eintreibt! Lieber ... Kann ich ... steht dem etwas im Wege, daß ich jetzt gehe? Das Mädchen kommt nicht länger allein in der Apotheke zurecht.«

»Lagen in diesem Geheimfach noch andere Reserven als die des Generals und des Apothekers?« erkundigte ich mich, als die schweren Schritte verhallt waren. »Und ich frage mich, ob wir noch mehr Liebhaber des Sekretärs zu erwarten haben.«

»Nein«, antwortete der Staatsminister finster, »mehr gab es nicht. Aber so ist es schon schlimm genug. Ist dir klar, daß wir zwei Verdächtige verloren haben? Denn wer tötet einen Gläubiger, der sich mit Zinsen in Form von Bridge-Abenden mit belegten Broten und Sticheleien zufrieden gibt? Irgend etwas sagt mir, daß der Sohn von Erbe nicht die gleiche Genügsamkeit an den Tag legen wird ...«

19

Am nächsten Tag kamen die Kinder in einem Sonderbus von Lindö.

Karin wurde zehn Jahre alt, und es sollte Geburtstag gefeiert werden.

Der Staatsminister hatte die Sache mehrere Tage lang wiedergekäut. »Das wird bestimmt lustig!« hatte er andauernd verkündet. »Auch für dich, meine ich. Im Sommer hast du ja nicht so viel Kontakt zu Kindern!«

Der Staatsminister ist Opfer der absurden Vorstellung, Lehrer hätten ihre Berufswahl aus Liebe zu Kindern getroffen und würden in den Ferien darunter leiden, sie nicht um sich zu haben.

Ich war seufzend hinausgezogen, um eine Gabel zu kaufen. (Als meine Schwester Margareta und der Staatsminister ihr erstes Kind bekommen hatten, führte ich eine für meinen damaligen Geschmack schöne Tradition ein. Ich schenkte dem Kind einen silbernen Löffel und verkündete, daß ich zu jedem Weihnachtsfest und Geburtstag gedachte, das Geschenk zu wiederholen. Zu diesem Zeitpunkt glaubte ich, daß der Staatsminister nichts anderes als eine normale Familie zu gründen vorhatte und nicht eine Art Internat. Jetzt stellen sich Momente ein, in denen ich glaube, mein gesamtes Vermögen gehe für Besteck dahin. Und Beliebtheit bei den Kindern handele ich mir durch meine Gaben nicht ein. Das einzige, wozu nach Vorstellung eines gesunden Kindes eine Gabel zu verwenden ist – mittlerweile bin ich bei diesem Eßwerkzeug zu der Überzeugung gelangt –, mag sie auch aus

Silber sein, besteht darin, den edlen Spender damit zu stechen. Soweit sind sie zwar noch nicht gediehen, doch die älteren Kinder öffnen nur zögernd das charakteristisch geformte Päckchen. Sie sagen es nicht, aber ich kann es ihnen vom Gesicht ablesen, daß sie denken: »Bloß wieder Onkel Villes blöde Gabel!«)

Schon am Morgen des Geburtstags hatte ich leicht erhöhte Temperatur.

Zum festgesetzten Zeitpunkt hielt der riesige Bus auf dem Lilla Torget, und dreizehn Staatsministerkinder in unterschiedlicher Größe und ihre doppelt so vielen Kameraden quollen heraus.

Hinterdrein folgten Kindermädchen mit bleichen, abgekämpften Gesichtern und den beiden Kleinsten auf dem Arm. Meine Schwester Margareta war planmäßig in Stockholm ausgestiegen, um sich das Haar legen zu lassen, Käse einzukaufen und den unermeßlichen Frieden in der Hauptstadt zu genießen.

Der Staatsminister – auch in diesem Punkt seltsam veranlagt – stieß Freudenschreie aus, und es wurden Minuten lang Umarmungen und Küßchen verteilt.

Eine Abstimmung wurde dann vorgenommen und ergab – neben den Risiken der Demokratie –, daß eine große Majorität befürwortete, den Haferbrei durch ein Milchfrühstück mit Kuchen in der Konditorei »Schmalzgebäck« zu ersetzen.

Es war eine Orgie übelster Sorte.

Die Gesellschaft füllte das ganze Café. Teller auf Teller mit farbenfrohen, überladenen Torten und glasierten Schokoladenkuchen wurden herbeigeschafft und schmolzen so schnell dahin wie Butter in einem heißen Ofen.

Der Staatsminister saß mitten in der lärmenden Verköstigung und rief: »Eßt nur, eßt bis ihr kotzt!«

Ich selbst nahm im Schutz des Zeitungsständers zwei Zwieback und ein Glas Mineralwasser mit Kohlensäure zu mir.

Begleitet von einer schlichten Zeremonie am Ende der Mahlzeit überreichte ich meine Gabel. Der Vorgang wurde nur dadurch gestört, daß ich mich im Kind irrte und das Päckchen Mats in dem Glauben gab, er sei Karin, das richtige Geburtstagskind des Tages. (Ich begann meine Laufbahn als Onkel mit den besten Absichten. Aber als die Kinder in einem anscheinend nicht enden wollenden Strom regelrecht hervorsprudelten, stumpfte ich allmählich ab und verlor den Überblick. – Ich kann mich erinnern, daß ich nach dem siebten Kind die Fähigkeit zur sicheren individuellen Unterscheidung eingebüßt hatte. Und durch die modernen Frisuren bin ich auch in puncto Bestimmung des Geschlechts unsicher geworden.)

Anschließend wechselten wir in das für diesen Tag angemietete Kino Röda Uggla über, wo Filme vorgeführt wurden.

Der Staatsminister persönlich hatte das Programm zusammengestellt, das wohl seinen recht schlichten und wenig entwickelten Geschmack widerspiegelte. Man zeigte Zeichentrickfilme mit Tieren, die mit handfesten Scherzen angereichert waren, amerikanische Stummfilm-Klamotten mit niveauloser und schlüpfriger Komik und Cowboy-Szenen von gediegenem, volkstümlichem Charakter.

Das Programm fand indessen bei der breiten Masse Beifall, und die Filme mußten sämtlich zweimal wiederholt werden, davon einmal rückwärts. Der Staatsminister saß in der ersten Reihe, verputzte Süßigkeiten, gab Kommentare von sich und machte soviel Radau, daß es dem Kino-Hausmeister in den Armen zuckte.

Geplant war, daß die Kinder am Nachmittag hinaus nach Harpsund fahren sollten, um dort Saft zu trinken sowie Tiere und Politiker anzuschauen, doch der Staatsminister hatte unter dem Vorwand, er sei indisponiert, am frühen Morgen telefonisch alles wieder abgeblasen. Unerwartet feige, muß ich sagen – denn im späteren Verlauf des Tages wurde er von zuverlässigen Personen beim Spielen von mehreren Partien Kricket beobachtet.

Der Staatsminister führte statt dessen – in volle und grauenerregende Freizeitmontur gewandet – seine kleinen Gäste zur öffentlichen Badeanstalt, wo die größte und schrillste Attraktion eine fünf Meter hohe Rutschbahn war.

Auf dem Heimweg kaufte der Staatsminister einen Kiosk auf.

Es war keine spontane Transaktion, sondern eine Maßnahme aus rein praktischen Erwägungen. »Wollt ihr Süßigkeiten?« hatte er seiner Schar zugerufen, als sie diese Einrichtung passierten, und Sekunden später drückten sie sich die Nasen an der Fensterscheibe platt, während die Bestellungen auf ihn einhagelten. Zuerst versuchte er, den ältlichen Inhaber dazu zu bewegen, die gewünschten Waren auf laufende Rechnung abzugeben, doch dieser mochte zwar alt, aber nicht einfältig sein und weigerte sich schlichtweg. Und ich hatte für ihn vollstes Verständnis. Es kann nicht die Summe aus den Erfahrungen eines langen Lebens hinter dem Verkaufstresen sein, einem miserabel gekleideten Mann an der Spitze einer halb verwilderten Kinderschar Naschereien auf Kredit auszuhändigen.

Deshalb addierte der Besitzer Cola für Cola und übergab das Gewünschte an den Staatsminister, der bezahlte und unter den Kleinen hinter sich verteilte, die mampften und mampften und bestellten. Alles rief förmlich nach vereinfachter Verteilung. Und der Staatsminister, der im Unterschied zu vielen anderen Millionären immer gut bei Kasse war, schlug vor, den Kiosk zu einem Pauschalpreis zu kaufen.

Der alte Mann klammerte sich an den Tresen, machte eine schnelle Überschlagsrechnung, verdoppelte die Summe und kassierte den Betrag.

Dann ging alles sehr schnell.

Nach zehn Minuten blieben, abgesehen von der fest installierten Einrichtung, nur die Juni-Ausgabe von Bonniers Litterära Magasin übrig – inklusive einem neuen Prosa-Gedicht von Petter Bergman – samt zwei Päckchen Kautabak.

Der Inhaber stand mit gefalteten Händen und glänzenden Augen eines Menschen daneben, der zusieht, wie das Feuer seinen hoch, sehr hoch versicherten, schon lange unrentabel gewordenen Besitz verschlingt.

Die Szene wurde nur vom Staatsminister gestört, der in eine unwürdige Auseinandersetzung mit einem langhaarigen Sohn über den letzten eisgekühlten Saft geraten war. Der Jüngling war schließlich gezwungen, sich handfesten Argumenten zu beugen.

Als wir allmählich in Richtung Ortschaft weiterzogen, sah ich über der Schulter, wie der Alte ein in Druckbuchstaben geschriebenes Schild an die Luke hängte:

ALLES AUSVERKAUFT! FÜR HEUTE GESCHLOSSEN!

Auf dem Marktplatz sagte eine Versammlung geschlossen nein zu einem Mittagessen mit Fleischklößchen im Stora Hotellet.

Zwei Kinder mußten sich schon vor Besteigen des Busses übergeben. Der Tag war ein großer Erfolg.

Obwohl ich mich nicht nennenswert an den Ausschweifungen des Tages beteiligt hatte, stocherte ich im Hotel hauptsächlich im Fisch-Omelett herum. Der Staatsminister aß mit unvermindertem Appetit Wiener Schnitzel mit Salat und stark gesalzenen, braun gebrannten Pommes frites.

Als er erleichtert beim Eis mit Schokoladensoße und den akuten Ernährungsproblemen angekommen war, knuffte er mich in die Seite und nickte zu einem Tisch weiter hinten im Raum hin.

»Erkennst du den da?«

Ein großer, gut gebürsteter, schwarzhaariger Mann mit scharf geschnittenem Profil, die Hand an der Pfeife, lag mehr auf seinem Stuhl, als daß er saß. Als er den Kaffee bestellte, hörte ich, daß er mit fast unnatürlich schleppender Stimme sprach.

»Seine fünfte Kanne Kaffee!« flüsterte der Staatsminister, und Bewunderung schwang in seiner Stimme mit. »Das ist doch der Chef der Staatlichen Mordkommission, Dieter Lijk. Vielleicht löst er gerade jetzt das Rätsel um den Mord! Er geht mit Methode vor. Keine voreiligen Festnahmen, wartet immer, bis sich die Situation durch zumindest ein paar weitere Morde geklärt hat. Und dann bringt er den Mörder dazu, alles zu gestehen, indem er die darin verstrickten Personen aufeinanderhetzt. Einmal sollen sich sämtliche Anwesenden des Mordes für schuldig bekannt haben, außer einem, der bloß körperliche Mißhandlung gestanden hat, worauf der Tod ihn erwartete. Was für ein Mann! Was für ein Intellekt! Was für ein Magen – fünf Kannen Kaffee! Glaubst du ... würde es aufdringlich aussehen, wenn ich ihn um ein Autogramm bäte?«

Ich riet ihm mit den Worten ab, daß sein eigener Magen schließlich auch einiges vertrug – beim Intellekt sah ich keine Veranlassung, Parallelen zu ziehen –, und bat, er möge mich nach Hause bringen.

20

Als ich am nächsten Morgen aus dem Bett stieg, war der Staatsminister schon nach Harpsund abgefahren, um die Gesellschaft umzugestalten, und im Haus herrschte eine gesegnete Stille. Ich beschloß, den Tag mit Lesen zu verbringen, eine Beschäftigung, an die nicht zu denken ist, wenn man den Staatsminister – mit oder ohne Familie – um sich hat. Es versteht sich von selbst, daß es bei einer Umstrukturierung der Gesellschaft von Natur schnell laut zugehen kann; aber muß es denn gleich so *kolossal* laut dabei werden?

Unten im Garten sah es dicht belaubt und sonnig aus. Ich kramte eine Arbeit über Alexander den Großen aus der Reisebibliothek hervor – auch er machte zu seiner Zeit viel von sich hören, doch im stürmischen Verlauf der Jahrhunderte ist das alles erstickt worden, Staub hat sich daraufgelegt, und die Hufschläge sind verhallt. Es gibt Augenblicke, da mir Zweifel kommen, ob der Staatsminister selbst durch einige Jahrtausende zum Verstummen zu bringen wäre.

Der gestreifte Gartenstuhl hatte so einladend ausgesehen, wie er da in der Sonnenglut auf dem Rasen stand, aber wenn man erst einmal bequem darin saß, spürte man doch den Wind. Er kam von Norden, über den Bretterzaun, wirbelte in der Fliederhecke herum, streifte einen Weißdornbusch und traf mich mit unverminderter, eisiger Schwungkraft.

Zitternd zog ich mich auf die Lee-Seite des Hauses zurück. Als ich den Liegestuhl wieder auftakeln wollte, fiel er mir zwischen den Händen zusammen und lag platt wie eine Flunder neben der Feuerleiter. Der Stuhl war eine neumodische, kunstvolle Konstruktion und widersetzte sich eine Viertel Stunde lang allen Anstrengungen.

Vor dem Haus hatte ich gefroren. Hier an der sonnendurchfluteten Lee-Wand lief mir der Schweiß nach nur wenigen Seiten, obwohl ich den Mantel aufgeknöpft hatte.

Bis elf Uhr versuchte ich dann, ein Plätzchen zu finden, wo ich sitzen konnte, ohne zu frieren oder zu schwitzen. Während ich, den Stuhl wie ein riesengroßes, gespreiztes Vogelnest hinter mir her schleifend, im Garten herumlief – ich war nicht davon überzeugt, daß ich ihn wieder auf die Beine bekommen würde, wenn ich ihn wieder zusammenfaltete –, dachte ich, was für eine ausgemachte Hölle das Landleben in Verbindung mit dem Sommer darstellte.

»Herr Persson, was machen Sie da eigentlich? Ist es nicht schrecklich anstrengend, diesen alten Stuhl hinter sich herzuziehen?«

Olivia Lindberg muß mich durch das Fenster gesehen haben.

Ich sagte, wie sich die Sache verhielt, und sie schnappte sich den Stuhl und trug ihn mit starken Armen in ein üppig grünendes Etwas, das die Höhlung zwischen ein paar Fliederbüschen sein konnte.

»Hier drinnen sitze ich immer, wenn ich mich sonne. Genug frische Luft und kein Einblick!«

Ich bedankte mich bei ihr und sank abermals ins Gewebe zurück, das eine angenehme Stütze für den Rücken bot.

»Darf ich mich eine Weile dazusetzen?« fragte sie und hatte sich schon im Gras niedergelassen. »Nein, nein, behalten Sie um Himmels Willen Platz!«

Ich war einige Male symbolisch in der Rumpfmitte eingeknickt, um erkennen zu geben, daß der Geist zwar willig, das Fleisch jedoch schwach war, und die Signale wurden wohltuend schnell verstanden.

»Herr Persson, Sie sind doch Lehrer, oder? Wie sind die

Karriere-Aussichten? Ich erwäge nämlich, im Herbst an der Universität Sprachen zu studieren.«

Ich beäugte sie. Sie schien stark – in jeder Hinsicht. Und da die Kompetenz für den Lehrerberuf in Schulen unserer Zeit nicht so sehr eine Frage des Wissens und der intellektuellen Fähigkeiten ist als vielmehr der physischen Stärke und psychischen Körperkraft, konnte ich keine unmittelbaren Hinderungsgründe für sie erkennen, ihre makaberen Zukunftspläne zu verwirklichen.

»Wegen der Disziplin mache ich mir keine Sorgen«, kam sie mir zuvor und lächelte mit kräftigen, weißen Zähnen. »Als junge Studentin habe ich einige Wochen Vertretung in einer von Stockholms schlimmsten Schulen gemacht, und das war kein Problem. Jungs, die den Mund nicht halten konnten, habe ich am Haarschopf gepackt und hinausbefördert. Doch meistens hat es gereicht, wenn ich sie scharf angesehen habe. Mir hat die Arbeit gefallen, aber als es darauf ankam, wollte ich nicht so viele Jahre wie nötig studieren, deshalb bin ich statt dessen Krankenschwester geworden, das ging schneller. Und dann habe ich geheiratet.«

Sie seufzte nicht, doch etwas am Ton verriet mir, daß sie eine ihrer Meinung nach abfallende Laufbahn beschrieb.

»So, wie es jetzt aussieht, habe ich nicht viel zu tun. Um den Haushalt kümmert sich das Dienstmädchen, und Kinder haben wir nicht. Hin und wieder muß eine neue Bank-Filiale eingeweiht werden und dann die Jahresfeiern und all die Abend- und Mittagessen. Ich habe allerdings noch mit niemandem über diese Pläne gesprochen. Onkel Adolf hätte bloß geschrien, Frauen gehörten ins Haus, er war so altmodisch. Und Ejnar ...«

Sie war auf den Beinen, wie von einer inneren Unruhe getrieben.

»Ich hasse dieses Leben ... Ich will mich nicht als Anhang fühlen, ich will einen eigenen Beruf haben und ihm gewachsen sein. Aber ich bin wohl schon zu alt, um noch Studienbeihilfe zu bekommen …«

Ich schaute zu ihr auf, wie sie da über das Gras glitt wie ein gut gestriegelter Puma. Und dann fragte ich, in welchem Jahr sie geboren worden sei – die etwas weniger brutale Methode, das Alter eines Menschen in Erfahrung zu bringen.

»1935.«

»Die Altersgrenze liegt bei 40 Jahren«, erklärte ich, was ich auch schon früher hätte sagen können, ohne zu fragen, aber ich war schlichtweg schamhaft neugierig gewesen.

Sie schaute auf die Uhr.

»Viertel nach elf! Dann treffe ich mich mit Ejnar. Immer gibt es Uhrzeiten, die andere festgelegt haben, an die man sich halten muß! Aber irgendwann werde ich allein, nur ich allein über mein Leben bestimmen …«

Sie verschwand zwischen den Büschen, und ich kehrte wieder zu Alexander zurück.

»Hallo!« war ein junge Stimme aus dem Grünen zu hören, als ich gerade über den Hellespont zog.

»Hallo!« antwortete ich, da man mit der Jugend die Sprache der Jugend sprechen soll, wenn man es fertig bringt, dabei nicht in Vulgarität zu verfallen.

Lotta sank auf das Gras nieder. Sie trug ihre abgewetzten Jeans mit rotem Flicken auf dem Hintern und einen kükengelben Pullover. Sie war siebzehn und ganz entzückend. Aber dann dachte ich daran, wie es wohl wäre, wenn sie neunundzwanzig ebenso entzückende Freundinnen um sich gehabt und eine Klasse gebildet hätte, und das trieb mir einen kalten Schauer über den Rücken.

»Wie geht es Ihnen so?« fragte das Kind und klang, als interessiere sie die Antwort.

Für einen Augenblick erwog ich, ihr von meinen Leiden zu erzählen – vom Stuhl, der Sonne und dem Wind –, doch ich besann mich. Jugendliche haben so große Ansprüche an

Leiden, zumindest wenn es um die anderer Leute geht. Darum behauptete ich, es gehe mir gut. Sehr gut, fügte ich hinzu, hatte aber sofort das Gefühl, daß es ein Fauxpas war.

Doch Lotta kümmerte es nicht, daß ein altes Instrument etwas falsche Töne von sich gab.

Sie kaute auf einem Grashalm und hatte die Arme um die Knie geschlungen.

»Onkel Adolf war total reich, oder? Mehr als eine Million!? Eine Million ...«, murmelte sie und wickelte sich den Grashalm um den Finger, so daß er fest, fest wie ein Ehering an einem alten, geschwollenen Finger saß. »Wissen Sie, daß man für eine Krone ein Kind vor dem Verhungern retten kann? Als ich klein war und gehört habe, daß bei jedem Atemzug, den man macht, ein Mensch vor Hunger stirbt, da habe ich meinen Atem so lange angehalten, bis ich fast in Ohnmacht gefallen wäre ... Unser Geschichtslehrer hat erzählt, wie es hier in Schweden im 18. Jahrhundert war und wie die Leute am Wegesrand gestorben sind und wie schrecklich es war, daß die Reichen in ihren Kutschen vorbeigefahren sind und nur *geguckt* haben. Aber ich habe gesagt, daß es jetzt doch genauso schrecklich ist, wenn wir vor dem Fernseher sitzen und zugucken, wie in den Entwicklungsländern massenhaft Millionen vor Hunger sterben, und habe gefragt, wieviel er von seinem Gehalt der Entwicklungshilfe spendet. ›Da ist doch wohl trotzdem noch ein kleiner Unterschied, Lotta‹, hat er nur gesagt, aber das finde ich gar nicht. Wir sehen es doch im Fernsehen, und es dauert heutzutage nicht länger, nach Indien zu fahren, als im 18. Jahrhundert nach Stockholm.«

Der Finger war jetzt oberhalb des Grasbandes ganz weiß.

»Ich werde selbst hinfahren und dort arbeiten. Aber natürlich nicht jetzt. Zuerst muß man ja was gelernt haben. Aber nächstes Jahr, wenn ich mit der Schule fertig bin, will ich versuchen, Krankenschwester zu werden, und dann fahre ich los. Wichtig ist, daß man *was tut.* Aber ich muß auch Stefan mitnehmen. Ich finde es eklig, zuzugucken, wie sich fette, alte Leute mit Essen vollstopfen. Wissen Sie, daß wir 140 Millionen im Jahr für Katzen- und Hundefutter ausgeben? Der Fehler ist, daß es die Alten sind, die das Geld haben. Es müßte ein Gesetz geben, daß man mit fünfunddreißig oder vierzig das Geld verleihen darf, an seine Kinder oder so. Wie alt sind Sie? Ungefähr sechzig, oder? Onkel Adolf, der wäre achtzig geworden. Er konnte total fies sein. Und die Vorstellung war schrecklich, daß je länger er lebte und auf seinem Geld hockte, um so mehr Menschen verhungern mußten ... Aber zu Mommy war er total nett, und sie hat ihn geliebt. So ganz richtig, daß sie sich vor einen Zug geworfen hätte, um ihn zu retten. Ich finde es komisch, daß man einen so alten Menschen lieben kann ... Das werde ich nie können. Aber ich werde wohl auch nicht alt. Das Klima ist da unten so hart, sagt Stefan.«

»Mach' das Gras ab!« Ich muß geschrien haben. »Der Finger bekommt kein Blut, er ist blau angelaufen!«

Das Mädchen schaute auf, verwirrt und erschrocken. Sie verfolgte meinen Blick, und ich glaube, daß ihr erst da bewußt wurde, was sie getan hatte und was im Begriff zu geschehen war.

»Oh, es tut weh«, jammerte sie. »Kann ... ist es gefährlich?«

»... und hier sehen Sie den Garten! Pflegeleicht und von allen Seiten vor Einblicken geschützt!«

»Oh, wie schön! Ich habe mir schon immer einen üppigen, dicht belaubten Garten gewünscht!«

Die Stimmen drangen durch das Grün, wie es schien von der Treppe zur Terrasse.

Ich drehte mich um, doch Halswirbel und Stuhlstoff knackten, und ich bekam nur ein etwas verschwommenes Buschgrün ins Sichtfeld.

»Das ist Ejnar Lindberg mit einem Herrn und einer Dame, die ich noch nie gesehen habe!« zischte Lotta, die sich ungeachtet des Fingers und der Schmerzen zu einem besseren Beobachtungsposten herangerobbt hatte.

Mein erster Gedanke war, mich emporzuhieven, hervorzutreten und meine Gegenwart zu offenbaren. Aber der Stuhl war tief, und ein Gespräch, wenn auch ein noch so kurzes, mit dem fetten Bankdirektor war wenig verlockend. Und außerdem, so flüsterte mir ein kleiner Teufel ein, konnte an einer Unterhaltung auf der großen Treppe wohl kaum etwas Geheimnisvolles sein. Und wenn dem doch so wäre, dachte ich verbittert, was war schon eine hinter einem Fliederbusch belauschte Konversation für einen Mann, der kürzlich das Toilettenschränkchen eines Botschafters geöffnet und durchsucht hatte?

»Ja, dann sind wir uns wohl einig?« Eine tiefe, autoritäre Männerstimme unterbrach meine Grübeleien. »Wir bezahlen die halbe Kaufsumme, 125 000 Kronen, sofort und den Rest innerhalb eines Monats. Im Kauf ist sämtliches Inventar inbegriffen, ausgenommen ganz persönliche Gegenstände und Zierrat. Was die Nutzung betrifft, ist uns an einem schnellstmöglichen Einzug sehr gelegen. Mit drei lebhaften Kindern im Hotel zu wohnen ist kein Vergnügen, das wir oder die anderen Gäste unnötig verlängern wollen. Aber die alte Dame hat vielleicht ...«

»Natürlich bestehen keine Hindernisse.« Ejnar Lindbergs Diskant war kaum von dem der Frau zu unterscheiden. »Meine Tante wohnt hier allein und ist froh, wenn sie so schnell wie möglich von hier fortkann. Das Haus ist groß und unbequem, ja, ich meine für einen alleinstehenden, alten Menschen. Sie können einziehen am Tag nach der ... also am Dienstag. Das garantiere ich Ihnen. Können wir dann zu meinem Anwalt fahren und die Papiere unterschreiben, meine Frau dürfte jetzt schon dort sein? Der Weg durch den

Garten ist der kürzeste, glaube ich. All dieser Papierkram ... Ich sage ja immer ...«

Dann dieses gekünstelte, grollende Lachen ...

»Mein Gott, wie gemein!« Lotta rüttelte an der Armlehne, so daß der Stuhl und ich uns schüttelten. »Jetzt hat er das Haus verkauft und will Mommy am Tag nach der Beerdigung aus ihrem Zuhause werfen.«

Ich ging durch den Garten und folgte der Lillgatan hinunter zum Flußpark, wo ich mich zwischen Kleinkindern und Vögeln niederließ. Erst am späten Nachmittag, als dunkle Wolken über den Bäumen aufgezogen waren, machte ich mich auf den Heimweg.

Ein staatsministereigenes Auto war nicht in Sicht. Ich kramte den Schlüssel hervor und ging still durch die Diele.

Und dort, der erste Schritt auf die Treppe war schon getan, hörte ich die Stimme aus dem Wohnzimmer. Von Seelenqual zu unnormaler Höhe gepreßt, von Verzweiflung, losgelösten Schmerzen erfüllt, schrie sie die entsetzlichen, unwahrscheinlichen Worte heraus: »Du hast ihn umgebracht! *Du hast deinen eigenen Vater getötet!*«

Sie mußte ganz dicht an der Tür gestanden haben, und irgendwie machte es den Eindruck, als fiele sie dagegen. Das Gesicht war fahl, weiß, und jede Falte schien tief bis auf den Schädel eingeschnitten. Sie stolperte gleichsam durch die Diele, an mir vorbei und die Treppe hinauf, ohne Gruß, ohne Reaktion.

Doch unten fiel die Tür, die Mommy offengelassen hatte, von unsichtbarer Hand gestoßen, mit dem Krachen einer Steinplatte auf Marmorboden zurück ins Schloß.

»Und du hast dich wirklich nicht verhört?« fragte der Staatsminister zum zweiten Mal. »Ja, leicht kann man sich irren.

Das weiß ich aus eigener Erfahrung, und die Tür war auch zur Diele hin geschlossen, als sie ...«

Ich versicherte, nicht ohne erheblichen Nachdruck, daß selbst wenn ich mich unter Krämpfen gewunden hätte, ich trotzdem nicht taub geworden war und nur ein Tauber sich in dieser Sache irren konnte.

Mißtrauisch schüttelte er den Kopf.

»Ich kann mich nicht entsinnen, daß Mommy je gelogen hätte. ... Hat sie gesagt, Ejnar habe seinen Vater getötet, dann hat er es auch getan. Oder jedenfalls ist *sie* davon überzeugt, daß er es getan hat.«

»Aber erst gestern hat sie uns noch versichert, daß er niemals einen Menschen ermorden könne, am allerwenigsten seinen Vater.«

»Ja, ich denke gerade über ihre Worte nach«, murmelte der Staatsminister. »Aber ich glaube, sie würde es fertigbringen zu lügen oder sonst etwas zu machen, wenn es darum geht, jemanden, den sie liebt, vor großer Gefahr zu beschützen.«

»Aber liebt sie denn Ejnar ...?«

»Vielleicht hat sie in der Mordnacht gehört, wie er die Treppe hinuntergeschlichen ist, um das Glas auf dem Nachttisch seines Vaters auszutauschen, hat uns gestern aber belogen, um ihn vor dem Gefängnis zu bewahren. Doch kürzlich, als sie erfahren hat, daß er das Haus verkauft hat und gedenkt, sie nach der Beerdigung buchstäblich auf die Straße zu setzen, hat sie die Beherrschung verloren und ihm gesagt, sie wisse die Wahrheit.«

»Aber nach den Worten des Anwalts zu urteilen, hat sie doch schon vor dem Todesfall geahnt, was geschehen würde, wenn ihr Bruder vor ihr stürbe: ›Glauben Sie mir, mein Bruder liegt noch nicht einmal unter der Erde und schon bringt Ejnar mich ins Altersheim.‹ So ähnlich, glaube ich, hat er sie zitiert.«

»Vielleicht macht es einen Unterschied, etwas erst nur zu ahnen und dann plötzlich und vielleicht auf brutale Weise Bescheid zu wissen. Oder womöglich hat sie auch die Wahrheit gesagt, so wie sie sich für sie darstellt, gestern genausogut wie heute. Gestern hat sie geglaubt, Ejnar sei unschuldig, aber heute weiß sie, daß er der Schuldige sein muß. An einem Tag kann man viel sehen und verstehen ...«

»Mir gefällt es ganz und gar nicht, daß sie da oben in ihrem Zimmer allein sitzt. Geh du doch zu ihr hinauf und frage sie geradeheraus, was sie weiß. Wenn es jemanden gibt, der für eine solche Aufgabe geeignet ist, dann du. Du bist ihr kleiner Junge, ihr Kind.«

Der Staatsminister erhob sich.

»Ich muß zuerst etwas Luft schnappen.«

Wir gingen in den Garten.

Der Wind hatte nachgelassen, aber die Luft war abendlich kühl, und die Bäume warfen lange Schatten.

Der Staatsminister wanderte auf dem Rasen herum, die Hände in den Hosentaschen, bis er sich einbildete, irgendein seltenes Kraut mit gelben Blüten müsse ausgerottet werden. Er riß und rupfte in immer weiteren Kreisen und verschwand schließlich hinter meinen Fliederbüschen außer Sichtweite.

Und dann ertönte der Ruf, angestrengt, fast ängstlich.

»Vilhelm! Komm her, Vilhelm!«

Es dauerte eine Weile, ehe ich sah, was zu sehen ich gerufen worden war.

Er lag halb vom Gebüsch verdeckt, als habe er versucht, sich zu verkriechen und sich zu verstecken, es aber nicht mehr ganz geschafft hat. Oder als habe jemand in aller Eile und vor Schreck den kleinen Hundekörper fortgeworfen.

Er lag auf der Seite, die Augen waren geschlossen, und man hätte denken können, er schliefe.

Doch als der Staatsminister ihn hochhob, fiel der Kopf zur Seite und nach unten, wie ohne Gelenke, ohne Halt, und der

Kiefer klappte auseinander, und ich sah etwas Schaum an den Zähnen.

Er war tot.

21

Die sofort vorgenommene Obduktion ergab, daß der Hund an einer Arsenvergiftung gestorben war. Auch Reste des Schlafmittels wurden nachgewiesen. Er war, als wir ihn gefunden hatten, vier, fünf Stunden tot gewesen, und bei der Untersuchung des Mageninhalts stellte sich heraus, daß er kurz vor seinem Tod eine beträchtliche Menge Rinderhack gefressen hatte.

Der Staatsminister und ich wanderten auf menschenleeren Straßen um den Lilla Torget. Die Halbstarken lungerten am Kiosk auf dem Stora Torget herum, lehnten sich an ihre Mopeds und Mädchen, und die ältere Herrschaften waren in die Häuser geflüchtet und in die Betten des Altersheims getrieben worden. Die mittleren Generationen besuchten wahrscheinlich die Vorstellung des Filmtheaters oder warteten vor den Fernsehern erfolgreich darauf, daß die Senilität und der Tod sie in den eigenen vier Wänden ereilten.

»Lotta behauptet, sie habe ihn um ein Uhr in den Garten gelassen«, sagte der Staatsminister, »und es war sechs Uhr, als wir ihn gefunden haben. Aber das besagt nicht viel. Jedermann kann zu jeder Zeit im Lauf des Tages auf dem Bürgersteig vorbeigegangen sein und zum Beispiel einen Klumpen Hackfleisch über den Zaun geworfen haben, ins Gebüsch hinein, wo der Hund es dann gewittert hat, als er draußen war.«

»Jedermann? Aber es muß doch wohl derselbe gewesen sein, der den Fabrikdirektor getötet hat, oder? Denk einmal an das Arsen und das Schlafmittel!«

»Stimmt, ich wollte sagen, jedermann von unseren Verdächtigen. Und die scheinen heute alle in der Stadt gewesen zu sein. Der General, um Schweinefutter zu besorgen, und der Botschafter, um Zeitungen zu kaufen. Ganz genauso ... na ja, die Abendzeitungen waren bestimmt noch nicht rausgekommen. Und der Apotheker und Therese wohnen ja immerzu dort.«

»Aber warum, in Gottes Namen, sollte jemand so etwas tun? Wer kann ein Interesse daran haben, einen armen Dakkel umzubringen?«

Der Staatsminister warf ein Steinchen genau gegen einen Lichtmast.

»Natürlich besteht ein Zusammenhang zu dem Mord an dem Fabrikdirektor. Man muß nur herauszufinden, welcher. Wäre der Hund zuerst gestorben, dann wäre die Sache ganz klar, finde ich.«

»Ach, wirklich?«

»Ja, dann könnte man annehmen, der Mörder habe die Probe aufs Exempel gemacht, um herauszufinden, wie das Gift wirkt. Oder aber er wollte ein Tier aus dem Weg räumen, das ihm durch Bellen oder Beißen hätte gefährlich werden können, wenn ihm die Stunde schlägt. Aber warum – und das ist das große Rätsel –, warum hat er den Hund *nach* dem Mord getötet?«

»Vielleicht handelt es sich trotz allem um zwei Täter ...«, gab ich zu bedenken.

»Nein, nein und abermals nein!« schrie der Staatsminister, so daß ein noch immer frei herumlaufender Greis ganz unwillkürlich begann, mit dem Stock um sich zu fuchteln. »Wenn wir uns gesondert auf einen Fabrikdirektormörder und einen Dackelmörder konzentrieren müssen, dann werden wir verrückt! Es muß ein und derselbe Mörder sein! Glaub mir, es gibt eine natürliche Erklärung, eine ganz natürlich Erklärung – aus Sicht des Mörders. Wir brauchen nur in die richtige Richtung zu denken ...«

Zu Hause in der Diele lief uns natürlich der Bankdirektor über den Weg.

Während ich mir den Kopf zerbrach, wie man in passenden Worten sein Beileid zum Ableben eines ererbten Dackels ausspricht, sperrte der Staatsminister seinen breiten Schnabel auf und sagte: »Interessant, daß dieser Köter nun auch ins Gras gebissen hat.«

Der Bankdirektor, der offensichtlich im Begriff war, das Haus zu verlassen, stellte seine kleine, immerhin schweinslederne Tasche ab. Die tiefliegenden Äuglein flatterten unruhig in ihren eingefurchten Falten.

»Interessant? Ja, er hat wohl etwas Falsches gefressen, der Ärmste.«

»Stimmt. Arsen und Schlafmittel. Die gleiche schwerverdauliche Kost, die Ihrem alten Vater vor geraumer Zeit zum Abendessen serviert wurde. Wissen Sie, wie man Hackfleisch herstellt?«

»Nein ... doch ... man dreht das Fleisch durch einen Wolf ... Aber das ist doch wohl eine unerhörte Schlamperei! Verwendet man nicht Arsen als Unkrautvertilgungsmittel?«

»Doch, so ist es. Und Gärtner des alten Schlages nehmen es damit immer sehr genau und besprühen das Unkraut zuerst mit Schlafmittel. Dann müssen sie sich nicht quälen lassen, die zarten Pflänzchen, und dürfen sozusagen im Schlaf sterben.«

»Ha, ha! Herr Staatsminister, Sie machen wohl Witze! Aber die Polizei wird es schon herausfinden. Ich habe jedenfalls ... wie sagt man noch gleich ... ein Alibi. Ich bin kaum eine Sekunde allein gewesen, seit ich heute vormittag nach Hause gekommen bin und ... Wo ist Pelleman ... der Hund, jetzt? Mein Vater hat sehr an ihm gehangen, und ich kann mich noch erinnern, daß er einmal gesagt hat, er solle hier im Garten begraben werden, wenn seine Zeit gekommen ist.«

»Hier im Garten? Ja, Sie machen selbstverständlich, was Sie für richtig halten. Aber ist es nicht etwas ... wie soll ich sagen, unkonventionell? Obendrein bei fremden Menschen mit drei lebhaften Kindern? Da wird wohl nicht viel aus der ewigen Ruhe. Ach ja, da Sie gerade den Hund erwähnen! Wir können ihn vielleicht am Montag abholen, zusammen mit Ihrem alten Vater. Kommen Sie zur Beerdigung?«

»Selbstverständlich. Aber Mommy kümmert sich um alle Angelegenheiten, ich habe so unglaublich viele andere Dinge ... im Moment zu erledigen.«

»Ich weiß.«

»Sie wissen ...?«

»Mir ist natürlich Ihre Tätigkeit in der Bank bekannt.«

Jetzt war die Stirn vollkommen blank.

»Ich frage mich ... wollen Sie, Herr Staatsminister, nicht mit mir zu Mittag essen ... im Stadthotel vielleicht?«

»Danke, aber mein Bedarf für heute ist gedeckt.«

Die Schweinsäuglein irrten zwischen dem Staatsminister und mir hin und her. Ich bildete mir ein, er wollte dem Staatsminister etwas sagen, das zum Verzweifeln wichtig war, daß es ausgesprochen werden mußte, aber nicht in meinem Beisein geschehen konnte. Ich dachte an Mommy und das Haus und blieb stur.

»Würden Sie, Herr Staatsminister, möglicherweise ... ja, ich frage mich ...«

»Was fragen Sie sich?«

»Herr Staatsminister, fahren Sie nicht nach Stockholm? Ich könnte Ihnen in dem Fall eine Mitfahrgelegenheit anbieten, ha, ha! Nein ... ja ... dann auf Wiedersehen. Sie könnten vielleicht meiner Tante einen Gruß bestellen und ihr sagen, ich sei gezwungen, früher als geplant zurück nach Stockholm zu fahren? Danke, danke ...«

Die fette, schweißnasse Hand an der Tasche. Fummeln und zur Tür stolpern.

Eine Autotür wurde zugeschlagen. Aber kein Motor startete.

»Weißt du eigentlich, daß du den Fabrikdirektor als ›alten Vater‹ bezeichnet hast? Und daß du eine Menge anderer, äußerst vulgärer Ausdrücke von dir gegeben hast? Er hat zwar einiges verdient, aber ...«

Der Staatsminister sah nicht im mindesten schuldbewußt aus.

»In allen Krimis sagt man das so. In den Staaten zumindest. Ich habe einen Stapel Hefte ergattert, als wir den Kiosk ausgeplündert haben. Im übrigen habe ich eine bestimmte Absicht verfolgt, als ich mich so überheblich benommen habe. Ich wollte ihn testen, sehen, wieviel er sich gefallen läßt.«

»Und das Ergebnis?«

»Er läßt sich zuviel gefallen. Viel zu viel. Du kannst dir gar nicht vorstellen, wie schneidig Bankdirektoren immer sind. Dieser hier hat Angst, Todesangst. Er hätte mir eine aufs Maul geben müssen. Ich frage mich, warum ...«

»Ein Mörder kann er jedenfalls nicht sein. Dafür hat er viel zu schwache Nerven.«

»Mein Lieber«, sagte der Staatsminister, als er zugleich einen imaginären Drink schwenkte und den ehrgeizigen Versuch unternahm, die rechte Jackett-Tasche auszubeulen, »es sind die ängstlichen Menschen, die zu Mördern werden. Und die Allerängstlichen, Allerfeigsten morden mit Gift ...«

Olivia Lindberg trat auf die Treppe.

Das Kostüm umspannte straff ihre Hüften und Oberschenkel, und das war gut so.

»Ist das Taxi noch nicht da?«

»Nein«, antwortete der Staatsminister.

Die schrägen Augen blitzten ihn an, als sei er der Minister für Kommunikation und habe im Reichstag gerade einen nicht zufriedenstellenden Interpellationsantrag gestellt.

»Aber Ihr Mann wartet bestimmt draußen im Auto auf Sie. Wollen Sie nicht …?«

An dieser Stelle wurde es richtig ernst.

»Seien Sie so freundlich und erwähnen Sie diesen Mann mir gegenüber nicht mehr! Und glauben Sie nicht, ich werde mit diesem Schurken fahren! Ihn habe ich endgültig satt. Ich fahre jetzt nach Stockholm, allein, und reiche bei einem Anwalt die Scheidung ein, ich habe nicht vor, mich in seine selbstverschuldete Katastrophe hineinziehen zu lassen, da können Sie ganz sicher sein! Und wenn ich am Montag wiederkomme, um seinen alten, verrückten Vater zu begraben, dann nur wegen Mommy. Oh, in diesem verdammten Nest bekommt man noch nicht einmal ein Taxi …«

Dann kam zum Glück eines.

22

Zu Abend aßen wir mit Mommy und Lotta im Eßzimmer.

Jetzt waren Laken über Sofas und Schränke gebreitet worden, und wir saßen wie zwischen eingehüllten Leichen.

»Ja, Sie müssen schon entschuldigen«, sagte Mommy, »daß es hier etwas ungemütlich ist. Aber ich will vor der Beerdigung alles erledigt haben. Ich wußte nicht, daß das Haus so bald wieder bewohnt werden würde und daß auch alle Möbel weitergegeben werden ... Ja, Sie halten mich bestimmt für eine alte Närrin, die in dieser Woche Dinge geordnet und geregelt hat, die mich nichts angehen und die andere hätten erledigen sollen. Aber sehen Sie, auch ich habe meinen Stolz, genau wie andere Leute. Ich habe mein ganzes Leben in Häusern und Haushalten gearbeitet, und ich will meinen letzten Arbeitsplatz nicht anders hinterlassen als die anderen. Ja, ich bin vielleicht dumm und altmodisch, aber so ist es jedenfalls für mich. Aber mein Junge, du ißt ja gar nichts! So, hier hast du noch etwas, Kartoffelmus hast du als Kind doch immer so gern gemocht!«

Ihr Schmerz war groß und herzzerreißend, und sie konnte ihn nicht verbergen. Wir bewegten uns zwischen den Gesprächsthemen wie mit nackten Füßen auf steinigem Boden, bemühten uns, das zu sehen und zu umgehen, das sie quälen und martern würde. Lotta war uns eine große Hilfe. Sie sprach, begeistert und begeisternd über ihre zukünftige Arbeit, in einem so unermeßlichen Leid, daß sich daneben selbst großer Kummer klein ausnahm.

»Die liebe Lotta ist mir besonders in diesen letzten Tagen

eine große Stütze gewesen«, erklärte Mommy, als das Mädchen hinaus in die Küche verschwunden war, um die Sahne für den Nachtisch zu schlagen. »Praktisch und flink ist sie und scheut sich nicht, richtig mit anzupacken.« Sie senkte die Stimme. »Aber manchmal wünschte ich, sie würde das Leben etwas weniger ernst nehmen! Sie ist noch so jung, erst siebzehn, und da soll man sich amüsieren und auch glücklich sein und nicht immer an das denken, was in der Welt verkehrt, schwierig und ungerecht ist. Wißt ihr, daß sie einen Tag in der Woche fastet, um ihr Mitgefühl mit all denen auszudrücken, die hungern? ›Das kann niemals gesund sein‹, sage ich dann immer, ›du wächst doch noch und brauchst jeden Tag ordentliches Essen.‹«

Lotta kehrte mit einem in Sahne gehülltem Etwas auf einem Teller wieder zurück.

»Wie gern hätte Pelleman an dem Kotelettknochen da draußen genagt …!«

Sie errötete leicht.

Aber Mommy lachte über ihre Verwirrung und tätschelte ihr die Hand.

»Ja, und wie er geknurrt hätte, wenn wir versucht hätten, ihm den wieder wegzunehmen! Nur dann hat er die Zähne gefletscht – wenn er einen Knochen hatte. Er war so lieb, unser Pelleman, hat mit dem Schwanz gewedelt, sogar wenn der Schornsteinfeger gekommen ist, deshalb war er auch als Wachhund nicht zu gebrauchen. Der einzige, mit dem er nicht auf gutem Fuße stand, das war der General. Oh, was haben wir gelacht, wenn er ihn angekläfft hat! Vielleicht lag es am Stallgeruch, ich weiß es nicht. Wie schön du den Butterkuchen garniert hast, Lotta! Es ist ja eine richtig Torte daraus geworden …«

Dann kümmerte sich Lotta um den Abwasch, während wir im Wohnzimmer Kaffee tranken, und dabei enthob Mommy den Staatsminister einer schweren Aufgabe.

»Herr Persson, Sie fragen sich natürlich, was ich für eine hysterische Alte bin? Ja, mir ist klar, daß Sie die schrecklichen Worte gehört haben müssen, als ich heute zu Ejnar gesagt habe, daß er seinen Vater getötet habe. Und es waren wirklich durch rein gar nichts zu rechtfertigende Worte. Keine Ahnung, was in mich gefahren ist. Aber ich war so müde, und es war so warm, und ich schlafe jetzt nachts so schlecht; da sagt man wohl manchmal Dinge, die man nicht so meint. Und kurz vorher habe ich erfahren, daß ... daß die neuen Besitzer schon am Dienstag hier einziehen. Ja, ich sage nichts dazu, daß Ejnar das Haus verkauft hat, das habe ich schon immer gewußt, daß er das tun würde, und das ist sein gutes Recht. Es ist nur, daß ich geglaubt habe, ich hätte noch ein paar Tage vor mir, zum Aufräumen und um meine wenigen Habseligkeiten zu ordnen ... Nein, macht euch keine Sorgen um mich! Therese ist so lieb gewesen und hat mich gebeten, ich solle so lange bei ihr wohnen, wie ich will ... Aber jetzt wollen wir nicht den ganzen Abend damit verderben, daß wir von einer alten Frau sprechen! Stellen Sie sich einmal vor, als mein Junge noch klein war, da hat er immer ...«

Es war nach elf Uhr, als wir ins Bett kamen.

An der Grenze von Wachen zu Schlafen hörte ich den Schuß.

Er kam aus dem Zimmer zu meiner Rechten, dem Zimmer des Staatsministers.

Und dann noch ein Schuß.

Ich fummelte die Tür auf, und der Flur dahinter war menschenleer. Ich hätte Angst haben müssen, aber ich kann mich nicht erinnern, daß ich welche gehabt hätte.

Seine Tür war nicht abgeschlossen, und ich öffnete sie.

Das Fenster stand offen, und für einen Augenblick wirbelten die Gardinen im Wind hoch wie ein Schleier oder ein Leichentuch um den Staatsminister, der mit dem Rücken zur Tür über dem Schreibtisch lag.

Der Kopf war so weit auf die Tischplatte gefallen, daß die Stirn auf der Schreibunterlage und dem Revolver zu ruhen schien. Ich packte ihn an den Schultern.

23

Er schrie auf und fuhr hoch.

»Verdammt noch mal, was habe ich mich erschreckt! Warum klopfst du nicht an? Genau wie Erlander, kommt einfach reingerauscht! Schnupper mal, wie komisch es riecht!« Er sank auf den Stuhl nieder und senkte sein Gesicht auf den Revolver und schnüffelte wie ein alter Fuchs. »Ich habe ihn neulich mit der doppelten Menge Knallpulver ausprobiert, und es hat wunderbar geknallt! Ich habe ihn Johan am Geburtstag weggenommen. Kinder sollen mit solchen Dingern nicht herumlaufen, jedenfalls nicht in Ortschaften. Sie können damit ja die Leute erschrecken. Kinder haben kein so ausgeprägtes Urteilsvermögen. Ein überempfindlicher, alter Mensch könnte wirklich von dem Knall einen Herzinfarkt kriegen …«

Der überempfindliche, alte Mensch schleppte sich hinaus.

Wenn der Infarkt eintrat – und daß er eintreten würde, davon war ich in dem Augenblick überzeugt –, wollte ich wenigstens in meinem Bett liegen.

Als ich am nächsten Tag nach dem Mittagessen im Flußpark umherschlenderte, um Beinen und Herz die empfohlene Dosis Bewegung zu verschaffen und den Anblick all der Kinder zu genießen, die ich nicht erziehen, und der Enten, die ich nicht füttern mußte, begegnete ich dem Botschafter.

Er sah alles andere als vergnügt aus, schaute mich ungefähr so an, als betrachtete er einen Darmvirus, und ich verstand ihn. Unser letztes Zusammentreffen fand in diesem schrecklichen Haus in dieser schrecklichen Nacht statt, und an solche Begegnungen erinnert man sich weder gern noch mit einem Lachen auf den Lippen und dem Schalk in den Augen – dazu muß man schon Oberstudienrat oder dialektkundiger Botschafter sein.

Er erkundigte sich nach dem Staatsminister – vorsichtig, aber zugleich wißbegierig, so als frage man den Tierpfleger nach dem Käfig des menschenraubenden Gorilla-Männchens. Dann erging er sich in rascher Folge in einer ganzen Reihe von undiplomatischen Äußerungen über den Geisteszustand des Staatsministers und schloß mit den Worten: »Wenn dieser Mann nur ein bißchen intelligenter wäre, dann wäre er ein Halbidiot.« Ich widersprach ihm nicht, das tue ich in solchen Fällen nie. Ich lebte gewiß nicht in dem Glauben, der Staatsminister sei ein Halbidiot, obwohl, manchmal bin ich mir sicher, daß er einer ist, aber wenn ich meine Meinung rechtfertigen soll, weiß ich nie so recht, worauf ich mich berufen soll.

»Ich gehe hier spazieren, weil ich auf die Abendzeitungen warte, auf ›Die Stockholmer Pest‹, wie ich sie immer nenne«, fuhr der Botschafter mit einer Assoziationskette fort, zu deren Verständnis man nicht den Abschluß an einem höheren psychologischen Institut gemacht haben mußte. »Bin gespannt, was sie über den Hund schreiben. Sagen Sie, ist auch er wirklich durch Arsen gestorben? Ach, tatsächlich? Ja, es muß ein Verrückter sein, der hinter den Verbrechen steckt. Daß ein normaler Mensch den Fabrikdirektor umbringen will, kann man zur Not noch verstehen – er war reich und grob in ganz verlockender Verbindung –, aber wer, außer einem Geistesgestörten, kann einen Grund haben, seinen Hund zu töten? Des Menschen bester Freund ist der Hund, das traf in diesem Fall zu. Ja, man hat Ihnen bestimmt erzählt, wer dem Fabrikdirektor den Hund geschenkt hat? Als vor fünf Jahren die Schwester meiner Frau Welpen bekam –

ja, natürlich ihre Hündin –, wußte sie nicht wohin damit und hat mir einen geschickt, ohne darüber nachzudenken, daß ich bei meinem Beruf kaum einen Hund gebrauchen konnte – die Quarantäne-Bestimmungen sind außerordentlich streng. Deshalb habe ich ihn an den Fabrikdirektor weitergegeben, und zuerst hat er natürlich gefaucht, etwas davon geschrien, daß weder er noch Mommy ihm die Brust geben könnten, aber nach ein paar Tagen war er in den armen Teufel ganz vernarrt. Aber wie gesagt, wer kann einen Grund gehabt haben, einen Hund zu töten?«

Er beugte sich zu mir, und für die Bruchteile einer Sekunde hatte ich den Eindruck, ich sähe etwas hinter der formvollendeten Fassade der weichen Haarpracht und den halb geschlossenen Augenlidern – etwas Faszinierendes, vielleicht auch etwas Erschreckendes ...

»Glauben Sie mir, hier läuft ein Wahnsinniger frei herum! Kein harmloser Idiot wie der Staatsminister, sondern ein gefährlicher, unberechenbar Verrückter. Wäre ich an Ihrer Stelle, dann würde ich sofort abreisen. Ich glaube nicht, daß jemand, sei es Mensch oder Tier, noch eine Stunde länger in diesem Haus oder womöglich in der Stadt sicher ist. Mommy können Sie bestimmt nicht überzeugen, aber versuchen Sie, heute den Staatsminister und das Mädchen mitzunehmen. Ich habe Angst, sehen Sie, richtig Angst ... Und ich glaube, es ist Eile geboten.«

Aber es war schon alles vorbei.

Die Frau im Zeitungskiosk hatte angefangen, die Schlagzeilen des Tages aufzuhängen. Die Schlagzeilenplakate flatterten stolz gegen ihre bleichwangigen morgendlichen Kollegen an.

Für einen kurzen, herzzerreißenden Augenblick glaubte ich, Krieg sei ausgebrochen.

Aber dann schmolzen die Buchstaben zu Worten und zu Zeilen zusammen. Zu entscheidenden Worten, Worten ohne

Rückhalt und Fluchtmöglichkeiten und zu absolut kohärenten Worten:

SOHN DES ERMORDETEN VERHAFTET!
BANKDIREKTOR GESTEHT!

24

Hatte man die äußere Schicht abgetragen – was nicht so leicht war, denn die Redakteure hatten nichts unversucht gelassen, persönliche Details, gespickt mit Zwischenmenschlichem und tendenziöser Berichterstattung, ausfindig zu machen –, kam klar und deutlich zum Vorschein, daß Ejnar Lindberg, geschäftsführender Direktor der Provinzbank, am selben Morgen in seinem Haus in Danderyd unter dem dringenden Tatverdacht der groben Unterschlagung verhaftet worden war. Er war sodann zusammengebrochen und hatte ein Geständnis abgelegt. Von Beträgen zwischen einer und fünf Millionen Kronen war die Rede. Das Geld war zur Finanzierung von mißglückten Aktienspekulationen und für hohe Einsätze beim Pferderennen ausgegeben worden.

Die Polizei bestritt, daß ein Verdacht wegen Mordes vorliege.

Der Botschafter hatte beide Blätter vom Tresen an sich gerissen und flog zwischen den Rubriken und Seiten hin und her, fort von der Welt und der kleinlichen Dame, die ihn durch die Verkaufsluke aufforderte, ihr sofort den Preis der geraubten Zeitungen in voller Höhe zu erstatten – was nicht schwer gewesen sein dürfte.

Ich selbst hielt mich abseits und rief in Harpsund an. Ich hatte das Gefühl, daß der Staatsminister bei seiner geliebten Mommy sein sollte, wenn der dickste Skandal in der Geschichte von Ädelsta vor der Tür stand und die mittagsschläfrige Ortschaft wachrüttelte …

Sie hatte schon bei unserer ersten Begegnung am Abend müde ausgesehen. Jetzt, nach einer Woche voller tragischer Ereignisse, schien weniger ihr Körper als vielmehr ihr starker Wille sie aufrecht zu halten. Die kleine Gestalt war vielleicht nicht gebeugt worden, sondern eingeschrumpft, tiefer in die Falten und Spitzen ihres Kleides gesunken.

Wir saßen im Wohnzimmer beisammen, und Lotta war bei uns.

»Ja, meine Lieben, ich weiß seit fast einem Monat davon und habe es schon länger geahnt. Seht ihr, es kommt nicht zum ersten Mal vor, ich bedauere, das sagen zu müssen. Vor fünfzehn Jahren, da war er erst Buchhalter und hatte sich Geld aus der Kasse geliehen. Er ist zu mir gekommen – zu seinem Vater traute er sich nicht –, und ich habe ihm meinen Spargroschen gegeben. Der hatte für das eine Mal gereicht, und er konnte zurückzahlen, was er sich genommen hatte, und es wurde nie entdeckt. Ja, ich habe auch sogar mein Geld zurückbekommen. Es lag an seiner bedauerlichen Schwäche für Spekulationen an der Börse, die ihn dazu getrieben hatte. Und ich kann nicht sagen, daß sein Vater vollkommen unschuldig an den Dingen war, die geschehen sind. Schon als Ejnar noch ein Kind war, hat er mit ihm immer über Geld und Anlagen geredet, und es kann nicht gut sein, kleinen Jungen so etwas beizubringen, und das habe ich ihm auch oft gesagt. Ja, Ejnar hat damals mein Geld bekommen, aber auch einen ordentlichen Rüffel, und er hat geweint und hoch und heilig für die Zukunft Besserung gelobt, so daß ich geglaubt habe, er hat seine Lektion gelernt. Und alles schien danach so gut zu laufen, er hat immer schönere Titel bekommen, und im vorigen Winter ist er zum Direktor der ganzen Bank ernannt worden. Und ich habe gedacht, ich würde es nie zu bereuen brauchen, daß ich ihm geholfen habe, sein Leben in Ordnung zu bringen.

Doch vor einiger Zeit habe ich festgestellt, daß ihn schwere Sorgen quälten; kennt man einen Menschen gut und hat man Augen im Kopf, dann merkt man so etwas schnell. Er war rastlos, nervös, und die Besuche hier zu Hause wurden immer seltener und immer kürzer. Und vor einem Monat hat er aus Stockholm angerufen und so seltsam geklungen und gesagt, er müsse mich sehen. Ich habe natürlich geantwortet, er solle herkommen, aber es war vollkommen unmöglich. Egal wo, aber nicht hier. Also haben wir uns in Thereses Wohnung getroffen. Nein, sie war so rücksichts- und verständnisvoll und hat einen langen Spaziergang gemacht. Und bei ihr hat er von all den entsetzlichen Dingen erzählt. Wie er mit Hilfe eines Strohmannes auf Kredit Forstaktien gekauft hat, wie die Aktien auf weniger als die Hälfte des Wertes gefallen sind, wie der Kredit geplatzt ist, wie er die Bücher der Bank frisiert hat und daß er Geld haben mußte, sofort sehr viel Geld. Um im letzten Versuch wieder zurückzugewinnen, was er verloren hat, hat er mit Pferdewetten angefangen, aber das war vollkommen schiefgelaufen. Ich habe gefragt, wieviel er brauche, und er antwortete: ›Mehr als eine Million.‹ Ich war wie vor den Kopf geschlagen und habe gesagt, er müsse verstehen, daß ich soviel Geld nicht habe, und da hat er dieses fürchterliche Lachen gelacht, das er sich zugelegt hat und gesagt, er verstehe es, wollte aber, daß ich mit seinem Vater sprach und ihn vorbereitete und ihn um Geld bat. Aber das habe ich entschieden abgelehnt. ›Das ist eine Angelegenheit, die nur du allein erledigen kannst, das mußt du verstehen‹, habe ich gesagt. Und dann hat er Worte ausgesprochen, von denen es mir kalt den Rücken hinuntergelaufen ist. ›Wenn Vater nur sterben würde, dann würde vielleicht alles ins reine kommen!‹ Ich bin ihm davongelaufen, ja, auf die Straße hinaus, und ich glaube, ich bin auch den ganzen Weg nach Hause gelaufen. Nein, der Polizei habe ich keine Silbe davon erzählt. Therese nicht und keinem Menschen, außer jetzt euch. Das einzige Wesen, dem ich etwas anvertrauen konnte, das war die alte Missan!«

Die hörte ihren Namen, sprang Mommy auf den Schoß, schmiegte sich an sie und schob schließlich ihren Kopf unter die Spitzen der Halskrause.

Und Mommy beugte sich über sie und weinte, weinte ihre Verzweiflung über ein Schicksal hinaus, das so unbarmherzig das Heim zerstört hatte, in dem sie ihre Aufgabe und ihr Glück gefunden hatte.

Eine Stunde später zwängte sich Therese Doolck-Carlsson den Gartenweg entlang.

Die weißen Strähnen flatterten wie eine schlampige Stola um die kräftigen, sackgeschmückten Schultern, sie atmete schnaufend durch die Nase und war in jeder Hinsicht ganz unangenehm die alte.

»Wie hat sie es aufgenommen? Die arme Mommy, wie hat sie es aufgenommen? Was für ein Schmarotzer, was für ein Schweinehund! Aber ich habe schon oft gedacht, daß es so ein Ende mit ihm nehmen würde!«

Mommy, die sich nach ihrem Ausbruch des Kummers und der Verzweiflung zusammengerissen hatte, tauchte aus den ewigen Verrichtungen in der Küche auf, allein, um in Thereses Umarmung zu verschwinden, Ziel lautstarker Seelenergüsse und hochtrabenden Mitleids, aber auch barscher Vorwürfe für erwiesene Freundlichkeit gegen den Verdammten. Die Schriftstellerin echauffierte sich ausgiebig und ließ die absurde Situation aufkommen, daß Mommy ihre Trösterin beruhigen und sie fast aufs Sofa nötigen mußte, wo sie allmählich einen Zustand erreichte, den man mit etwas gutem Willen und ohne große Ansprüche als relatives geistiges Gleichgewicht bezeichnen konnte.

Mommy jedoch mußte abermals von ihren aufreibenden Begegnungen mit dem Neffen berichten. Als sie damit fertig war, fing der Lumpenhaufen in der Sofaecke von neuem Feuer.

»Oh, war das der Grund, warum er an diesem Tag das Haus für sich allein haben wollte? Aber du hättest mir doch ein Wort davon sagen können, dann hätte ich ihn mir einmal vorgeknöpft. Ich weiß, wie man mit Saukerlen umgeht!«

Sie schlug mit der Faust auf den Tisch, aber Mommy ging Kaffee aufsetzen. Kaum war sie aus der Tür, da beugte sich Therese schon zum Staatsminister und fragte mit tiefer, atemloser Stimme: »Hat er den Dackel wirklich auch mit Arsen umgebracht?«

Sie bekam eine, wie ich fand, unnötig ausführliche Schilderung dessen geboten, was dem Tier widerfahren war, jedoch ganz offensichtlich war keines der Worte an sie verschwendet. Der Blick war wie auf dem Gesicht des Staatsministers festgenagelt und als er bei einer Gelegenheit Anzeichen zeigte, ein anatomisches Detail könne ihm entschlüpfen, pochte die Schriftstellerin auch in diesem Punkt auf klare Auskunft.

»Vierundfünfzig Menschen und einen nicht ausgetragenen Embryo habe ich umgebracht«, murmelte sie. »Aber ein Tier habe ich noch nie getötet. Ich frage mich ...«

Sie erhob sich und trampelte eine Weile in dem Zimmer auf und ab, verschwand dann aber im Eßzimmer außer Sichtweite.

»Liebe Therese, geh nicht in Adolfs Zimmer! Dort ist jetzt alles hergerichtet!«

Es lag nicht die Spur eines Vorwurfs in der Stimme, doch als die Schriftstellerin zusammen mit Mommy wieder auftauchte, war sie rot im Gesicht wie ein kleiner Junge, den man ertappt hatte, wie er bei den Mädchen in die Toilette gespäht hatte ...

»Vergiß nicht, daß du morgen nach der Beerdigung zu mir ziehst!« sagte Therese beim Abschied im Kommandoton zu

Mommy. »Ich habe schon das Gästezimmer eine Treppe höher zurechtgemacht, das mit dem Blick auf den Fluß. Ich bin doch zu dumm! Du willst natürlich am liebsten deine eigenen Möbel mitnehmen. Ich bestelle einen Umzugswagen. Du kannst übrigens den Flur da oben auch möblieren, stell' dir mal vor, wie gut sich Adolfs Sekretär zwischen dem Fenster und der Treppe machen würde!«

Aber Mommy lächelte, wie man über den Einfall eines Kindes lächelt, und sagte, es sei später noch genug Zeit, um alles zu besprechen. Und dann begleitete der Staatsminister die Schriftstellerin an die Tür zum Garten, da sie am nächsten war, und sie trottete zwischen den Büschen davon.

Doch die Tür ließ er für den Sommer offen ...

Mommy machte sich an ihre Arbeit, und ich knarrte hinauf in mein Zimmer, um mich vor dem Essen etwas auszuruhen. Ich streckte mich auf dem Bett aus, machte es mir mit dem Kissen gemütlich und dachte, daß ich bei diesem Lebensrhythmus bestimmt schon im Herbst den vorzeitigen Ruhestand erreicht haben würde ...

»Hoch mit dir! Los jetzt!«

Mir war klar, daß Feuer ausgebrochen sein mußte, und rappelte mich hoch. Jemand warf mir das Jackett über und zog mich in den Flur.

Die Treppe knarrte in der Tat sehr bedrohlich ...

Doch als wir durch die Diele und das Wohnzimmer ins Eßzimmer gingen, hörte ich keine Schritte; wir beide waren ganz offensichtlich auf Strümpfen unterwegs.

»Nein«, murmelte ich, »nicht dahin! Mommy will nicht, daß jemand da hineingeht ...«

Doch der Staatsminister hatte bereits die Tür geöffnet.

Und erst da wurde ich richtig wach.

Der gewaltige Sekretär war von seinem Platz an der Wand abgezogen worden.

Daneben kniete Therese Carlsson.

»Jetzt«, zischte der Staatsminister, als er der Frau in dem Zimmer den Weg versperrte, »jetzt verlange ich eine Erklärung! Warum sind Sie ins Schlafzimmer des Fabrikdirektors eingedrungen, und was haben Sie mit dem Sekretär vor? Und warum laufen Sie seit dem Tod des Fabrikdirektors hier wie eine Hyäne herum, die Aas gewittert hat? Die Wahrheit bitte und keine literarischen Phantasien!«

Die Frau im Stuhl lachte schrill und leicht gackernd.

»Ich fürchte, Sie mit Ihrem vertrockneten Technokratenhirn werden die Wahrheit gerade als das auffassen, was Sie als ein Produkt der literarischen Phantasie bezeichnen. Aber Sie sollen sie selbstverständlich zu hören bekommen! Das Ganze ist sehr einfach. Schon an jenem Morgen, als der Alte gestorben ist, habe ich die Idee gehabt, was es für eine ausgezeichnete Anfangsszene in einem Buch abgeben würde: der unbeliebte und reiche Achtzigjährige, der am Morgen seines Geburtstages tot in seinem Bett gefunden wird! Und seitdem habe ich natürlich versucht, den Fall so genau wie möglich zu verfolgen und zu studieren. Wie Sie hätten wissen können, wenn Sie nicht der wären, der Sie sind, lege ich in meinen Büchern immer außerordentlich viel Wert auf eine genaue und ganz wirklichkeitsgetreue Beschreibung des Milieus. Ich will dem Leser eine absolut realistische Schilderung jedes einzelnen Aspektes liefern. Aus diesem Grund wollte ich mir den Sekretär genauer ansehen. Ich muß selbst die Feder zum Geheimfach in Augenschein nehmen, sie berühren und untersuchen, wie der Mechanismus funktioniert. Und wenn Mommy mich nicht läßt, dann muß ich es eben heimlich machen. Nicht zum ersten Mal verschaffe ich mir auf diese Weise Aufschluß.«

Der Staatsminister erklärte, er sei in diesem Punkt bereit, ihr zu glauben.

»Und«, fuhr er fort, »in einem Jahr liegt also eine Schilderung der tragischen Ereignisse in diesem Haus in allen Buchhandlungen des Landes? Sie zeichnen den Fabrikdirektor, sein Heim und seine Familie so nach, daß ganz Ädelsta alles wiedererkennt?«

»Ich verwende natürlich andere Namen und nehme im übrigen eine Menge für den Zusammenhang unbedeutende, aber verwirrende Änderungen vor. Sie glauben gar nicht, wie blind die Leute für das sind, was man ihnen nicht direkt auf die Nase bindet. Außerdem liest man hier meine Bücher nicht.«

Es klang wie das endgültig vernichtende Urteil über die moralischen und kulturellen Maßstäbe der Einwohner von Ädelsta.

»Aber was ist mit Mommy? Soll sie etwa alles noch einmal durchmachen müssen?«

Die Frau zuckte die Schultern.

»Ich fürchte, eine Künstlerin kann derart extreme Rücksichten nicht nehmen. Würden wir Schriftsteller ständig auf alle schielen, die sich irgendwie unangenehm berührt durch unsere Werke fühlen könnten, dann würden nur sehr wenige Bücher erscheinen.«

»Und wie weit sind Sie mit dem Buch?«

»Wie ich schon erwähnt habe, als Sie zu Besuch waren, arbeite ich immer noch an dem Buch, das im Herbst herauskommt. Aber mitten in all der Plackerei, den Text zu schreiben und ihm den letzten Schliff zu geben, betreibe ich wie gewöhnlich Gehirn-Jogging, indem ich mir den Plot für das nächste Buch zurechtlege. Und das wird in Ädelsta spielen. Das Milieu und die Personen sind fertig – ja, ich fürchte, von Ihnen konnte ich nicht gerade ein sympathisches Porträt entwerfen. Und was die Intrige angeht, sind nur noch Details auszuformulieren.«

»Dann wissen Sie wohl auch, wer der Mörder ist?«

»Natürlich.« Sie beugte sich zum Staatsminister vor, schnüffelte an ihm, atmete ihn gleichsam ein. »Glauben Sie, daß ich, die ich mich seit dreißig Jahren mit der Psychologie des Mordes und des Bösen beschäftige, in dieser Geschichte nicht den Durchblick habe? Natürlich weiß ich, wer der Mörder ist ... Oh, wie sind Sie doch blind, so blind!«

Die kühle, würzig frische Abendluft tat mir gut.

Welchen Duft ein Garten entfalten kann, wenn es im Sommer regnet!

Aber Lotta mußte den Rasen mähen, und diesmal durfte sie nicht das Gras bei der Hecke vergessen. Wenn es nicht schon zu lang war ...

Mir war schwindelig, und ich wäre hingefallen, wenn die Hand nicht am Zaun Halt gefunden hätte.

Es war also wahr ... wahr ... wahr ...

Daß Tiere sich verkriechen, wenn sie spüren, daß der Tod nahe ist.

Aber der Dackel war nur imstande gewesen, halb unter den Busch zu kriechen.

Missan war es nicht gelungen, sich zu verkriechen, auch ihr nicht, weder vor ihrem Mörder noch vor dem Tod. Und sie war auch nicht sehr viel weiter gekommen als ihr Spielkamerad, den Körper angesichts des Todes zu bedecken.

Der helle, fast weiße Bauch leuchtete da unten zwischen den Blättern wie eine Schar Buschwindröschen im Moos.

Die Pfoten waren ausgestreckt, wie an ein unsichtbares Kreuz genagelt.

Ich brauchte sie nicht anzufassen oder mich hinunterzubücken, um zu wissen, daß sie tot war.

25

»Es klingt verrückt, ich weiß«, murmelte er, »aber vielleicht hat der Mörder Angst gehabt, die Tiere hätten ihn irgendwie verraten oder uns zu ihm führen können. Hat der Dackel nicht in der Nacht, als sein Herrchen gestorben ist, vor dem Zimmer des Fabrikdirektors geschlafen? Vielleicht hat er ...«

Wir saßen oben im Flur, und die Dämmerung fiel durch die Fenster.

»Nein«, widersprach ich, »hier ist für einen vernünftigen oder logischen Gedanken kein Platz. Wir haben es mit einem Verrückten zu tun, mit einem unberechenbaren und gefährlichen Verrückten. Ich habe meine Sachen gepackt und ziehe noch heute abend ins Hotel. Und ich möchte dir raten, mitzukommen.«

Doch er schien mich nicht gehört zu haben.

»Vielleicht kann das bloße Wissen, daß es *jemanden* gibt, auch wenn es nur ein Tier ist, das beobachtet hat, wie er mit dem Gift ins Zimmer und ans Bett geschlichen ist, zu Handlungen führen, die wir als Ausdruck von Wahnsinn einstufen müssen? Ein Mensch, der unter unglaublichem psychischem Druck steht ... Wer weiß, wie er in seiner Angst denkt und handelt ... Wer zieht in so einem Fall die Grenze zwischen Wahnsinn und planmäßigem Handeln?«

»Na«, sagte ich, »jetzt ist immerhin Ejnar Lindberg vom Verdacht des Mordes befreit.«

»Warum? Er hat doch gestern abend hier das Haus verlassen und ist heute morgen in Stockholm festgenommen worden. Aber er kann doch gestern das Gift ins Hackfleisch gemischt haben – und wie raffiniert, diesmal das Gift in Fisch zu tun! Und beim Hinausgehen im Dunkeln hat er es irgendwo hingeworfen, wohin am Tag die Sonne nicht scheint.«

Er trat ans Fenster, stand dort etwas eingesunken und schaute in den Garten.

Und dann fielen die Worte, die ich nie mehr vergessen kann, weil sie mich mit so elementarem, uraltem Schrecken, mit so absolutem Grauen erfüllten.

»Vielleicht«, sagte er wie zu sich selbst, »vielleicht sind wir auf dem Holzweg gewesen, von Anfang an ... Wir haben nach jemandem gesucht, der einen Vorteil vom Tod des Fabrikdirektors hat, nach jemandem, der ihn so unsagbar gehaßt hat, um ihm nach dem Leben zu trachten. Aber vielleicht hätten wir statt dessen versuchen sollen, den Menschen zu finden, der *Mommy* haßt, und sie so unbeschreiblich, jenseits aller Vernunft haßt, daß er sich nicht mit weniger zufrieden gibt, als bis er ihr alles genommen hat, das für sie im Leben Inhalt und Glück bedeutet: den Bruder, das Haus, die Tiere. Jetzt ist sie einsam, Vilhelm, vollkommen einsam! Und ist dem so, und jetzt glaube ich es, dann ist dieser Mann wahrhaftig ein Teufel. Nicht unbedingt verrückt, bei aller Versöhnlichkeit, die dennoch das Handeln eines solchen Menschen hat. Aber haßerfüllt, boshaft, teuflisch, so unfaßbar teuflisch ...

Er drehte sich um.

»Ich habe Angst ...«

Die Stimme drang wie ein Flüstern aus der Dämmerung am Fenster an mein Ohr.

»Ich habe Angst, in dieses Gesicht zu blicken ...«

Und dann kam der Montag und mit ihm die Beerdigung, und von neuem und zum letzten Mal versammelten sich im Haus des Fabrikdirektors die Menschen, die seine kleine Welt ausgemacht hatten. Und ich dachte bei mir, daß es bestimmt auch das letzte Mal war, daß sie überhaupt zusammenkamen, diese Leute, die bloß die eine Gemeinsamkeit verband, daß sie von dem Mann angezogen oder an ihn gebunden waren, der am Ende von einem von ihnen getötet worden war und den sie jetzt gemeinsam zu Grabe trugen ...

Der Akt der Beerdigung war schön gewesen. Aber woran ich mich erinnere, wenn ich daran zurückdenke, das sind die fremden Personen. Sie waren uns auf dem Weg zur Kirche gefolgt, sie füllten das kleine Heiligtum, und sie warteten davor auf uns. Am besten erinnere ich mich an ihre Gesichter, ihre Augen: neugierig, lüstern, mitleidig. Und man mußte schließlich Verständnis haben: Ein ermordeter Mann wurde zur letzten Ruhe gebettet, und das letzte Geleit gab ihm auch sein Sohn, der so hoch gestiegen und so tief gefallen war. »Warum hat er es getan? Wo ist das Geld geblieben? Was hätte der Vater gesagt, und wie hätte er heute ausgesehen? Und warum wurde der Alte gerade jetzt aus unserer Mitte gerissen, da wir einmal etwas anderes als Stolz und Hochmut in seinem Gesicht hätten lesen können ...?«

So wie sie sich da in dem alten Haus sachte um den Tisch bewegten, kam mir der Gedanke, daß einer von ihnen ein gefährlicher und rücksichtsloser Mörder sein sollte, wirklichkeitsfremd vor. In ihrem warmen Sonntagsstaat und mit ihren blanken Gesichtern erinnerten sie an Kinder, die sich für eine Prüfung feingemacht hatten. Unschuldig in der Hauptsache, etwas besorgt, sie könnten die letzte Prüfung und die letzte Aufführung nicht bestehen, voller Erwartung auf die Freiheit da draußen und danach.

Aber einer von ihnen hatte die Serie von grausamen und schrecklichen Ereignissen ausgelöst, die soviel aufgerissen hatten, das hätte verborgen bleiben sollen, und die soviel an die Oberfläche gezerrt hatten, das dort in der Tiefe hätte weiter ruhen sollen, und uns alle in diese Situation und zu dieser Versammlung geführt hatten und die trotz allem nicht der Schlußpunkt der Geschichte sein konnten und durften …

Einer von ihnen.

Wer von ihnen?

Der kleine General, der so taktvoll, so besorgt war, er könnte sich am Tisch vordrängeln?

Der Botschafter, der im Frack schön gemeißelt, weltgewandt, selbstsicher, aufmerksam gegenüber seinen Mitgästen, würdevoll gegenüber den Trauernden war?

Der stiernackige Apotheker, der so sehr in seinem steifen, schwarzen Panzer schwitzte und so eifrig an seinem kleinen Arzneifläschchen fingerte, wie um etwas aus dem sicheren Alltag mit in die ungewohnte, seltsame Umgebung hinüberzuretten?

Therese Carlsson, die schwer an ihrer schwarz gewandeten Körperfülle trug wie ein mit Trauerflor behängtes Gardepferd, scharfäugig, äußerst aufmerksam bei allem und jedem, mit dem Gesicht dicht an anderen Gesichtern, als wolle sie jede Veränderung, jede Reaktion ablesen und deuten und, wenn möglich, sich auch einverleiben und die Seele, die Gedanken packen und sie in Besitz nehmen, um sie dann auf den noch weißen Seiten ihres neuen Buches auszubreiten? War sie es?

Ejnar Lindberg, diskret beobachtet von dem fremden Herrn, der ihm auch in der Kirche nicht von der Seite gewichen war, der ihn von Stockholm begleitet hatte und ihn bald wieder zurückbringen sollte; die zentrale Gestalt, der nächste trauernde Angehörige, der nervös Lachende, mit dem Fett, naß vor Schweiß, und dem angeklebten Haar? Konnte er es sein?

Oder Olivia, die ganz geschickt immer jemanden zwischen sich und ihren Mann plazierte, demonstrativ und trotzig lautstark, aber mit fahrigem Blick und gekünsteltem Lachen?

Oder Lotta, in einem Minirock, so schwarz wie er kurz war, leichenblaß unter dem Sonnenbrand, mit den ruhigen, großen, ernsten Augen?

Und zwischen ihnen bewegte sich Mommy, noch einmal die Gastgeberin im Hause des Bruders: dünn, fast ausgemergelt, jenseits des menschlichen Vermögens geprüft, mit dem noch großen Ehrgeiz, daß niemand von dieser letzten Versammlung in dem alten Haus hungrig heimgehen sollte.

Wir brachen kurz vor den anderen auf.

Der Staatsminister mußte zum Abendessen in Stockholm sein, und die Fahrt sollte über Harpsund gehen.

Mommy weinte in der Stunde des Abschieds nicht, aber sie umarmte ihn lange und sagte, er solle vorsichtig fahren und gut auf sich aufpassen. Und er versprach, bald wiederzukommen und erklärte, sie werde es bei Therese ruhig und schön haben und daß sie sich ausruhen und etwas einnehmen solle, damit sie nachts schlafen konnte, und Mommy antwortete, daß alle so lieb zu ihr seien, kürzlich habe sie Tabletten zum Schlafen bekommen, und daß ihr Junge sich ihretwegen keine Sorgen zu machen brauche, sie sei zufrieden und würde es gut haben.

Und damit waren wir draußen und im Auto und auf der Straße weg von Ädelsta.

Das Geheimnis hatten wir nicht gelüftet, des Rätsels Lösung hatten wir nicht gefunden ...

Der Staatsminister drehte sich um und warf einen letzten Blick zurück auf das alte Haus.

Wir sprachen nicht viel. Der Staatsminister fuhr ruhig und ein wenig geistesabwesend und mir war klar, daß er in Gedanken immer noch bei Mommy und Ädelsta war.

Die Aktentaschen wurden in Harpsund geborgen, Gespräche geführt, und dann zeigte der Kühler in Richtung Stockholm.

»Ist es nicht so«, begann der Staatsminister im großen

Wald, »daß man alte Grabfelder finden kann, die unter der Erde und dem Gebüsch verborgen sind, wenn man von der Luft aus danach sucht? Daß man aus großer Höhe Veränderungen in der Vegetation und der Erdoberfläche erkennt, die jemandem nicht auffallen, der unten auf dem Boden geht? Es ist die Höhe, der Abstand, die das bewirken ... Vielleicht verhält es sich mit unserem Rätsel auch so, es gibt eine Kontur, ein Muster, aber wir brauchen Abstand, um es zu entdecken ... Was ist nun das wieder?«

Es war eine Hochzeit. Den kleinen, mit Kies bestreuten Fleck vor den Kirchhofpforten füllten fröhliche, winkende Menschen. Das Brautpaar wollte gerade in der offenen Kutsche Platz nehmen, und als Schutz vor dem Nieselregen spannte über ihnen ein kleiner, fetter Mann einen Regenschirm auf. Er war wirklich sehr klein und sehr fett, und er mußte sich auf die Zehenspitzen stellen, und das sah sehr lustig aus. Doch am meisten schaute ich die Braut an. Ihr Kleid war ein Traum aus Spitzen und Tüll, und sie selbst war gerade so jung und so reizend, wie eine Braut im Sommer auf dem Lande nur sein konnte ...

Aber das Auto hatte viel zu hohes Tempo!

Und es folgte einer Bahn, die uns direkt in die Steinmauer führen mußte.

Ich schrie ihn an.

Aber er starrte ungerührt vor sich hin.

Ich schlug die Hände vors Gesicht und in dem Augenblick spürte ich, wie die Bremsen arbeiteten und die Gurte sich über Brust und Hüfte strafften, und er vollführte eine ungestüme Drehung mit dem Lenkrad, durch die der Wagen auf die rechte Straßenseite geworfen wurde und an den Menschen so nahe vorbeiglitt, daß wir ihre Kleider gestreift haben mußten.

Ich erinnere mich an einen offen Mund und ein vor Schreck aufgerissenes Paar Augen.

»Wie fährst du! Wie fährst du!«

Die Worte waren zwar meine, doch die Stimme war die eines Fremden.

Er saß stocksteif hinter dem Steuer, und das Auto, das wieder auf der richtigen Fahrbahn war, rollte langsam zwischen den Feldern dahin.

»Du hättest uns beide umbringen können!«

Die Angst stieg in Wellen hoch.

Der Wagen kam zum Stillstand, und jetzt drehte er endlich den Kopf um, und ich erkannte an seinem Blick, daß er mich nicht gehört hatte.

»Ich hätte es sehen müssen«, flüstere er. »Ich hätte es sehen müssen ... Es ist doch alles ganz klar. Das Muster, man sieht es ja so deutlich jetzt, von hier oben ...«

»Was faselst du da? Was siehst du?«

Das Auto wurde wieder gestartet und krängte über die Straße. Die Räder rollten vom Asphalt, rutschten im Kies, kamen aber vorwärts.

Wir befanden uns auf dem Rückweg.

Es war zwischen fünf und sechs Uhr am Nachmittag. Vor zwei Stunden hatten wir Ädelsta verlassen und waren 300 Kilometer davon entfernt.

Er murmelte vor sich hin, und seine Worte waren unzusammenhängend, finster, entsetzlich ...

»Wir kommen zu spät. Ich weiß es, wir kommen zu spät ... Ich bin blind gewesen, blind, blind ... Obwohl ich darauf gekommen bin, daß es etwas mit Mommy zu tun haben mußte! Aber ich habe gedacht, der Mörder wollte sie am Leben und leiden lassen. Und keine der verschwundenen Schlafmittelkapseln ist mehr übrig, alle vier sind verwendet worden, für den Hund, für die Katze ... Aber das hat nichts zu bedeuten ... Vielleicht ist noch Zeit. Vielleicht soll es erst heute abend geschehen, wenn es Zeit ist, ins Bett zu gehen ... Oh, Mommy, Mommy! Sie stirbt, Vilhelm, sie stirbt, weil ich so blind gewesen bin ...«

26

Von der Rückfahrt nach Ädelsta habe ich nicht mehr allzuviel in Erinnerung.

Ich entsinne mich des Regens, der in Strömen goß und in solchen Sturzbächen die Windschutzscheibe überflutete, daß die Wischblätter kaum in der Lage waren, für eine leidliche Sicht zu sorgen.

Und ich entsinne mich des Gefühls von ohnmächtiger Wut, von Entsetzen, aber zugleich vitalisierenden Hasses gegen den schattengleichen, bösartigen Menschen, der jetzt auch seine Hand nach Mommy ausstreckte.

Aber von meinen Gedanken weiß ich nur noch wenig.

Endlich bogen wir in die Lillgatan ein.

Im selben Augenblick sah ich, wie die Tür zu Mommys Haus geöffnet wurde und eine Gestalt hinauswankte, fast stürzte.

Durch das überströmte Glas der Windschutzscheibe beobachtet, verlor sie ihre Konturen, zerfloß zu einer unscharfen, verwischten Masse und was nicht im Regen verschwamm, das verbargen die Kleider: die Stiefel, der lange Mantel und die übergezogene Kapuze.

Doch darunter mußte sich Stärke und Kraft befunden haben, da sie trotz des kräftigen Windes, der ihr anfangs ins Gesicht schlug, auf der Treppenkrone zwar zunächst zurückfederte, aber dann mit langen, weit ausholenden Schritten rasch gegen Wind und Regen anlaufen konnte.

Doch der Staatsminister verfolgte sie nicht. Denn für ihn gab es jetzt nur eine Sache, die wichtig war.

Er schien schon ausgestiegen zu sein, noch ehe das Auto zum Halten gekommen war, und lief die Treppe zur Tür hinauf, die immer wieder gegen die Hauswand schlug.

Windfang und Diele waren menschenleer.

Und das Wohnzimmer ...

Nein, jemand weinte da drinnen, hicksend, hysterisch und so laut, daß es durch das Geprassel an Fenstern und Wänden zu hören war.

Aber wo ...?

Auf dem Sofa.

Ich sah einen blauen Rücken mit einem roten Flicken und konnte nur denken: »Nicht sie! Bloß nicht sie!«

Der Staatsminister aber war schon bei ihr und schrie seine Frage heraus: »Wo ist sie?«

Doch er bekam keine Antwort, bloß ein krampfhaftes, gellendes Weinen. Und er hob den kleinen Körper von den Kissen und schüttelte und rüttelte ihn und schrie: »Wo ist sie? Wo ist sie?«

Und dann hob sie die Hand, zeigte nach oben und keuchte durch die Tränen: »Oben ... da oben ... Therese ist losgelaufen ...«

Keine Ahnung, wie ich ihm die Treppe hinauf gefolgt bin, aber wir standen gleichzeitig oder fast gleichzeitig vor Mommys Tür, und der Staatsminister riß sie auf.

Ich glaube, mir war schon auf der Schwelle klar, daß wir zu spät gekommen waren.

Das Rollo war heruntergezogen, aber die Dunkelheit in dem Zimmer war nicht so stark, als daß wir uns nicht hätten sehen und bewegen können.

Sie lag auf dem Bett.

Jemand hatte sie mit einer Decke zugedeckt und sie so weit hochgezogen, daß sich die Fransen mit dem weißen Haar vereinigten.

Sie ruhte auf der Seite, und die Hand war zur Bettkante

und zum Nachttisch ausgestreckt, auf dem das Wasserglas stand …

Jetzt kniete er vor dem Bett, und eine Hand war unter das Plaid geglitten, um den Puls zu suchen. Er holte einen kleinen Spiegel hervor und hielt ihn ihr vor das Gesicht.

Dann sackte er in sich zusammen, und der Kopf lag beim Kissen, und er strich über das fast weiße Haar und flüsterte: »Kleine Mommy, kleine Mommy, ich habe doch versucht, rechtzeitig zu kommen! Aber ich habe es nicht geschafft … Dein dummer, kleiner Junge, der immer zu spät kommt …«

»Ist sie … tot?«

Aber ich kannte die Antwort schon.

Und dann: »Wer hat das getan? Du weißt, wer es getan hat!«

Er hob den Kopf und schaute zu mir hin, die Augen blank vor Tränen, und stieß die unfaßbaren, entsetzlichen Worte aus: »Aber begreifst du denn nicht …? Verstehst du nicht … Sie selbst hat sie doch getötet, alle zusammen. Sie hat ihren Bruder getötet… und Pelleman … und Missan … Und jetzt ist sie ihnen gefolgt …«

27

Der Brief war zwischen Bett und Nachttisch gefallen.

Er war an den Staatsminister gerichtet, und er las ihn laut vor, mit einer Stimme, die ihm mehrmals versagte.

»Mein liebster Junge! Wenn du diese Zeilen liest, bin ich tot. Jedenfalls hoffe ich inständig, daß es so kommt. Ich sitze hier und schreibe diesen Brief spät am Abend und bin so müde und weiß kaum, wie ich schreiben und wo ich anfangen soll. Aber ich muß versuchen, mich kurz zu fassen.

Zuerst, und das ist das Allerwichtigste, will und muß ich gestehen, daß ich meinen Bruder Adolf Lindberg umgebracht habe. Ich habe es allein getan, und niemand hat von meiner Absicht gewußt, und danach habe ich mich niemandem anvertraut.

Wie ich dir bereits erzählt habe, weiß ich seit einem Monat, daß Ejnar in seiner Bank viel Geld veruntreut hat. Und es war an dem Nachmittag bei Therese, als er es mir anvertraute, womit all das Schreckliche seinen Lauf genommen hat.

Als ich von diesem Treffen nach Hause lief, konnte ich nur noch einen klaren Gedanken denken: ›Nie, nie darf Adolf es erfahren!‹

Ejnar bedeutete Adolf so unendlich viel, das war dir bestimmt schon an dem einen Abend aufgefallen, den du ihn kennengelernt hast. Seine Gedanken kreisten ständig um ihn und in Gesellschaft konnte er kaum ein anderes Gesprächsthema finden. Ejnar war sein einziger Sohn und sein einziges Kind, und er war rührend, grenzenlos stolz auf ihn und seine

Erfolge im Leben. Er hatte gute Examina abgelegt, mein Bruder Adolf hatte nur die Volksschule besucht, und Ejnar hatte es zum Chef einer großen Bank gebracht. Er verdiente sehr viel Geld und kannte viele berühmte Leute, und in den Zeitungen war oft sein Foto zu sehen, und all solche Dinge waren für Adolf wichtig und Zeichen wirklichen Erfolgs. In seinem grenzenlosen Vaterstolz erkannte er nie, daß Ejnar in vieler Hinsicht ein schwacher Mensch war. Für ihn war er der vollkommene Sohn, der beste, den ein Vater sich wünschen konnte, und er gab seinem Leben Sinn und Inhalt. Er selbst hatte keine Arbeit mehr und kaum noch echte Freunde. Seine scharfe Zunge schreckte wohl viele ab und diejenigen, die er gehabt hatte, sind tot. Die Bridge-Herren kamen wohl hauptsächlich, um einem alten Menschen eine Freude zu machen. Vielleicht hatten sie sich auch Geld geliehen. Mich hatte er bestimmt sehr gern, aber ich bedeutete ihm nicht viel, war wohl eher jemand, an den er sich gewöhnt hatte und von dem er in rein praktischen Dingen abhängig war. Nein, durch und für Ejnar lebte er in diesen letzten Jahren. Wie hätte ich ihn da wissen lassen können, daß sein Sohn in so grober Weise das große, in ihn gesetzte Vertrauen enttäuscht hatte und ein Betrüger, ein Verbrecher war, der ins Gefängnis gehen mußte? Das hätte ihn nicht umgebracht, sein Herz war stark, sagte der Doktor immer, aber es hätte ihm alle Freude genommen und hätte das, was er vom Leben noch gehabt hätte, zu einer einzigen langen Qual werden lassen.

Aber mir war auch klar, daß Ejnar, als er am Rande der Verzweiflung war und als die Aufdeckung seiner Tat kurz bevorstand, allen Mut zusammennehmen und seinem Vater alles gestehen und um Hilfe betteln würde. Aber was hätte mein Bruder Adolf tun können? Es handelte sich schließlich um eine unglaublich hohe Geldsumme. Er hätte sich zu niemandes Nutzen an den Bettelstab gebracht. Denn soviel Ahnung habe ich von den Gesetzen und der Welt, daß keine

Bank es sich leisten kann, ihrem Direktor einen Prozeß und eine Bestrafung zu ersparen, bloß weil es ihm gelingt, einen Teil dessen, was er sich ergaunert hat, zurückzuzahlen.

Ich hatte den entsetzlichen Tag vor Augen, an dem sich die Nachricht in ganz Ädelsta herumsprechen würde, daß der Sohn des Fabrikdirektors ein Schwindler großen Stils sei, nichts Besseres als ein einfacher Dieb – der Sohn, den er immer als gutes Beispiel hingestellt und mit dem er so geprahlt hatte, daß es sogar seinen Freunden schon zu den Ohren herauskam. Ich hatte all die Schadenfreude vor Augen, all das Gelächter, den Hohn und das falsche Mitleid, das um Adolf aufgesprudelt wäre, ihn beschmutzt, ihn ertränkt hätte. Und die Qual hätte nicht nur *einen* Tag gedauert, sie wäre für immer geblieben. Die ganzen Enthüllungen durch die Ermittlung, der Prozeß, das Urteil – es hätte nie ein Ende genommen. Nicht so lange er lebte, denn in einer kleinen Ortschaft wie Ädelsta vergißt man nicht, wenn Zeitungen vergessen, und hier kann man sich nicht verstecken. Er wäre hier herumgegangen wie die ständige Erinnerung an Ejnars Verbrechen und Schande, man hätte hinter seinem Rücken getuschelt, ihn Fremden und Neuhinzugezogenen mit dem Finger gezeigt. Man hätte über ihn gelacht, ihn belächelt, man hätte ihn bemitleidet und – glaube mir, denn ich kenne die Menschen – man hätte sich hinter vorgehaltener Hand zugeflüstert, er habe das Unglück seines Sohnes durch sein ewiges Gerede von Aktien und Geld verschuldet, und gemeint, er habe bestimmt gewußt, was der Sohn vorgehabt hatte. Adolfs Leben wäre eine einzige Qual, ein Alptraum gewesen.

Aber was konnte ich tun, um ihm diese unsagbare Last zu ersparen? Tags zerbrach ich mir den Kopf und nachts lag ich wach, aber ich konnte keinen Ausweg finden. Und im Grunde meines Herzens wußte ich schließlich, daß es keine Lösung gab. Eine Straftat konnte man nicht ungeschehen machen. Am Ende all dieser Tage und Nächte voller Grübeleien und Seelenpein hatte ich nur noch einen Wunsch – dem Ganzen durch den Tod zu entrinnen. Aber es hätte bedeutet zu fliehen und ihm, der übrigblieb, eine doppelt schwere Bürde aufzuerlegen. Doch der Gedanke an den Tod blieb. Und eines Nachts wußte ich, was ich zu tun hatte.

Ich mußte Adolf sterben lassen dürfen, ehe er von Ejnars Verbrechen erfuhr.

Ich war immer der Meinung, ein Mord aus Barmherzigkeit sei zu rechtfertigen, wenn es keinen anderen Ausweg mehr gibt. Und hält man es für Recht, einen Menschen zu töten, um ihn von einer großen und sinnlosen körperlichen Qual zu befreien, würde man da zögern, wenn man ihn vor endlosen seelischen Qualen retten kann?

Doch hier wie andernorts muß man die Konsequenzen seines Handelns tragen. Tötet man aus Barmherzigkeit einen Menschen, der einem lieb ist, dann muß man auch, das ist meine Überzeugung, bereit sein, ihm zu folgen – sofern man niemanden hat, der abhängig davon ist, daß man am Leben ist. Für mich war dieser Anspruch nicht schwer zu erfüllen. Ich hinterlasse keine Angehörigen und weiß keinen Menschen, der Schaden oder großen Kummer durch meinen Tod erleiden würde.

Aber wie konnte ich Adolf bei dieser Last helfen? Ich wußte nur, daß es schnell und ohne Schmerzen gehen mußte, am besten im Schlaf. Mir fiel ein, daß der Apotheker immer Witzchen über das Arsen in seinem Giftschrank machte, und in der Bibliothek fand ich ein Buch, in dem ich über das Gift las. Und beim nächsten Mal, da wir bei ihm Karten spielten und er wie immer sein Jackett weggehängt hatte, stibitzte ich ihm den Schlüssel aus der Jackentasche und schlich in die Apotheke, wo ich fand, was ich suchte.

Dann leerte ich das Schlafpulver aus einer von Adolfs Kapseln und füllte sie mit Arsen. In eine andere Kapsel preßte ich das poröse Schlafmittel so fest, daß ich in den frei gewordenen Raum den Inhalt der geleerten Kapsel unterbringen konnte. So würde Adolf an seinem letzten Abend genausoviel Schlafmittel wie gewohnt einnehmen, aber in einer Kapsel statt in zwei, und ich war überzeugt, davon würde er genauso schnell wie immer einschlafen, noch ehe das Gift in der anderen Kapsel zu wirken begann. Diese zwei Kapseln und zwei weitere für den eigenen Bedarf nahm ich aus dem Gläschen, das Adolf seit vierzehn Tagen benutzte, und er merkte natürlich nicht, daß ein paar Kapseln fehlten.

Dann zerbrach ich mir den Kopf, wie ich die Kapseln so legen konnte, daß er genau diese beiden nahm, wenn die Zeit gekommen war. Am Ende probierte ich es, indem ich zwei ganz normale Schlafkapseln, die ich kaum sichtbar markiert hatte, oben auf den Wattebausch in das Gläschen legte. Am nächsten Morgen entdeckte ich, daß er gerade diese zwei eingenommen hatte.

Jetzt wußte ich, daß ich für uns beide einen Weg aus dem Leid gefunden hatte. Doch hier begann eine andere, genauso schwere Seelenpein. Wann mußte ich ihm das Gift geben? Wann konnte es nicht mehr länger hinausgeschoben werden?

Durch Ejnar hatte ich begriffen, daß Betrug jederzeit aufgedeckt werden konnte. An jedem beliebigen Tag konnte er deshalb auch kommen, um seinen Vater um Hilfe zu bitten. Ich hatte ihm das Versprechen abgenommen, es nicht eher zu tun, bis er wieder mit mir gesprochen hatte, doch ich begann zu befürchten, er könne das Versprechen nicht halten, würde bei einem Telefongespräch zusammenbrechen oder ihm davon schreiben. Als er am Nachmittag vor dem Geburtstag anrief und sagte, er werde am nächsten Tag in aller Frühe kommen, da wußte ich, daß es soweit war, daß wir uns, Adolf und ich, an diesem Abend für immer trennen sollten. Doch die Angst und Seelenpein hatte so lang angedauert und war so schwer gewesen, daß es mir fast wie eine Erleichterung vorkam, daß jetzt der Zeitpunkt gefunden war. Ejnar versprach, vor dem Abend des Geburtstags kein Wort darüber zu verlieren, länger konnte er dieses Mal nicht in Ädelsta bleiben.

Und kurz nach dem Abendessen, ehe die Bridge-Gäste eintrafen, ging ich in Adolfs Schlafzimmer und legte die beiden Kapseln zuoberst auf den Bausch in seinem Gläschen. Doch zuvor schüttelte ich zwei weitere Kapseln für mich und zwei für Pelleman und Missan in die Hand. Denn mir war klar geworden, daß ich die beiden wehrlosen Tiere nicht allein zurücklassen konnte. Wer sollte sich um sie kümmern, wenn ich nicht mehr war?

Als ich Adolf an dem Abend gute Nacht gesagt hatte und zu mir hinaufgegangen war, wußte ich, daß ich ein schweres Verbrechen begangen hatte, aber ich konnte keine Reue empfinden. Mein geliebter Adolf durfte glücklich sterben, voller Erwartung auf den Geburtstag und stolz auf seinen Sohn, er würde nach einem langen Leben im Schlaf sterben, am Tag bevor das Unglück und das Leid kommen würden, um bei ihm zu bleiben. Nun durfte er *einmal* sterben, hätte er leben dürfen, dann wäre er tausend Tode gestorben und hätte dennoch leben müssen. In dieser Nacht schlief ich nach langer Zeit zum ersten Mal wieder. (Ja, ich belog dich, mein Junge, als ich behauptete, ich hätte wach gelegen und gehört, daß niemand die Treppe hinuntergegangen sei. Das habe ich aber gesagt, damit Ejnar keinen Verdacht schöpfte, was ich getan hatte.) Hätte ich gewußt, daß Ejnar seine Meinung geändert hatte und kurz nachdem ich zu Bett gegangen war hier eintraf, weiß ich nicht, was ich getan hätte. Doch zum Glück hatte er sein Versprechen gehalten, seinem Vater vor dem Geburtstag nichts von der Veruntreuung zu sagen.

Was dann geschehen ist, brauche ich dir nicht zu erzählen. Pelleman tat ich das Gift ins Hackfleisch, das ich in den Garten gelegt hatte. Ich konnte es nicht ertragen, die Tiere hier im Haus sterben zu sehen. Missan habe ich erst heute getötet, ich wollte sie so lange wie möglich bei mir haben.

Aber es gab noch eine Sache, die ich erledigen mußte, ehe ich Adolf folgen durfte. Ich mußte dafür sorgen, die Beerdigung nach seinen Wünschen auszurichten. Das wollte ich weder Ejnar oder jemand anders überlassen. Und ich mußte hier zu Hause alles in Ordnung bringen und unsere Angelegenheiten regeln, auch davor konnte ich nicht einfach weglaufen. Ich glaube, ich kann jetzt sagen, daß alles erledigt ist.

Nun ist es Zeit für mich zu versuchen, etwas zu schlafen, damit ich morgen die Beerdigung und die Menschenansammlung hier überstehe. Und dann kommt die Reihe an mich, einzuschlafen und Frieden zu finden. Die Kapseln habe ich in eine Falte unter den Spitzen meines Kleides eingenäht. Wäre ich von der Polizei oder jemand anders meines Verbrechens überführt worden, hätte ich ausgesagt, was ich hier aufgeschrieben habe. Aber niemand hätte mich daran gehindert, meine Kapseln einzunehmen und Adolf zu folgen.

Ja, mein Junge, es tut mir leid, daß du in all das hineingezogen wurdest. Dafür bitte ich dich um Verzeihung. Aber du sollst wissen, es war ein großer Trost für mich, dich in dieser schweren letzten Woche hier bei mir zu wissen. Alles Gute der Welt wünsche ich dir

Deine dich liebende alte Mommy.«

Lärm und Stimmen unten in der Diele. Schritte auf der Treppe. Therese und der Arzt und die Polizisten, die sich über das Bett beugten. Die Fragen.

Alles schien so unwirklich … so weit fort …

»Als Sie und die anderen gegangen waren, habe ich Mommy geholfen, da unten alles aufzuräumen und in Ordnung zu bringen.«

Lotta hatte sich in eine Sofaecke gekauert. Das hysterische Weinen und der Schrecken hatten nachgelassen, doch sie sah verzweifelt jung und verlassen aus.

»Ich habe doch gesehen, wie schrecklich müde sie war, ganz weiß im Gesicht, deshalb habe ich gesagt, sie soll sich hinlegen, und ich würde schon allein mit dem Abwasch fertig. Sie hat kurz protestiert, aber wohl selbst gemerkt, daß sie nicht mehr konnte, und dann hat sie sich bei mir für die Hilfe bedankt und mir einen Kuß gegeben und gesagt, sie würde jetzt ein bißchen schlafen. Therese wollte um halb sechs kommen und dann mußte sie wieder aufstehen. Ja ... dann ist sie gegangen ... Ich konnte doch nicht wissen ... Und als Therese gekommen ist, da ist sie die Treppe hochgetrampelt, und dann habe ich sie rufen gehört und bin hinauf gerannt und ...«

Die Lippen begannen zu zittern.

»Dann ist sie durch den Regen zum Doktor gelaufen, und ich bin ganz allein hier geblieben und hatte solche Angst und war so traurig und mir ging es schlecht und jemand hat mich geschüttelt und ...«

Sie lächelte wie im Versuch, sich etwas Mut zu machen.

»Aber jetzt geht es mir besser. Ach, du lieber Himmel, ich muß ja in zehn Minuten bei Stefan sein! Kriege ich das Mofa nicht in Gang, glaubt er bestimmt, ich habe Schluß gemacht! Wie sehe ich nur am Kopf aus ...«

Es war dunkel, als wir nach Stockholm fuhren.

Er war still und traurig, und der Regen weinte die Scheiben naß.

»Ich glaube nicht, es wäre besser gewesen, wenn du rechtzeitig dagewesen wärst«, sagte ich. »Sie wollte sterben. Und hätte sie weiterleben müssen ...«

»Ja, ja. Aber verstehst du, ich bin viel zu spät gekommen. Ich hätte schon vor vielen, vielen Jahren kommen müssen ...«

Etwas später: »Aber wie hatte sie Ejnar anschreien können, daß er seinen Vater getötet habe? Ich habe es doch mit eigenen Ohren gehört, und das war keine Verstellung.«

Jetzt kam Leben in die Stimme.

»Denk doch einmal nach! Wochenlang hat sie seinetwegen in Angst gelebt, sie war müde, am Ende, fertig. Sie hatte vielleicht gerade das Gift für Pelleman ausgelegt. Und wer hatte sie von allen getrennt, die sie geliebt hat? Wer hatte sie dazu gezwungen, so zu handeln, wie sie es tat? In dem Augenblick stand Ejnar so selbstverständlich, so logisch vor ihr als derjenige, der Adolf getötet hatte. War es da ein Wunder, daß sie es in einem Augenblick rief, in dem sie die Beherrschung verloren hatte?«

Wir passierten die Kirche und die Steinmauer.

»Wie bist du darauf gekommen, daß es Mommy sein mußte? Was hast du hier an der Kirche gesehen?«

»Ich hatte soviel nachgedacht und alles hin und her gewendet. Und dann plötzlich war mir klar, wie es gewesen sein mußte ... Als ich die Braut sah, diese junge, verliebte Braut und das Brautkleid ...«

»Du meinst ... ›Arsen und Spitzenhäubchen‹?«

»Nein, nein. Aber vielleicht ›Geheimnisvolles Gift‹ ... Therese hat gestern gesagt, sie kenne sich bestens in der Psychologie des Bösen aus und daß ein solches Wissen notwendig war, um das Rätsel um einen Mord zu lösen. Sie hatte bestimmt recht, daß ein böser Wille hinter den meisten Morden steckt. Aber nicht in diesem Fall. Hier fehlte es uns an anderem Wissen, am Wissen über die Psychologie der Liebe ... Ich erinnere mich, du hast erzählt, wie Lotta gesagt hat, Mommy liebe Adolf, so wahrhaftig, daß sie sich vor einen Zug werfen würde, um ihn zu retten ... Hat sie nicht genau das am Ende getan? Geheimnis und Arsen, Liebe und Arsen ...«

*

Der Staatsminister lieferte mich wieder in der Bastugatan ab und fuhr sofort weiter zur Familie nach Lindö.

Ich hatte alle Angebote abgelehnt, ihm Gesellschaft zu leisten.

Der nächste Tag war keineswegs angenehm. Ich las die Schlagzeile in der Zeitung und tigerte danach in der Wohnung auf und ab. Als ich am Westfenster stand und den Hals reckte, konnte ich hoch oben im Himmelsblau die drei goldenen Kronen des Rathauses schemenhaft erkennen.

Der Anblick muntert mich sonst immer auf, aber nicht an dem Tag.

Ich schlich in den Flur und schaute in den Briefkasten, der leer war. Das Mittagessen nahm ich in der Küche zu mir, doch die Wärme trieb mich zurück ins Wohnzimmer, wo ich mich neben dem Telefon niederließ.

Ich fragte mich, wie es dem Staatsminister gehen mochte. Sollte ich ihn vielleicht in Lindö anrufen?

Eins von den lieben Kleinen nahm den Hörer ab.

»Kann ich mit deiner Mama sprechen?«

»Mama ist auf dem Boot.«

»Kann ich dann mit deinem Papa sprechen?«

»Papa ist auf dem Klo.«

Ein kurzer Kampf folgte, und ein anderer Junge übernahm den Hörer; jetzt war es einer aus der Mitte.

»Hallo, Onkel Ville! Willste herkommen? Mach das! Hier isses total toll! Gestern haben wir uns fünf Stunden lang geprügelt, und dann haben wir uns aus dem Bettzeug auf dem Dach eine Höhle gebaut, und jetzt machen wir einen Wettkampf, wer am lautesten schreien kann, und wir sind seit heute morgen dabei, und Mama ist ganz allein auf den See hinausgerudert, und die Köchin zieht aus und packt gerade, und ein Typ aus Papas Regierung, der, der immer im Fernsehen kommt, der war hier, aber er ist nach einer Viertel Stunde wieder abgedüst, er hat Schmerzen im ganzen Körper, hat er gesagt, und wir haben ein neues Brüderchen gekriegt und ...«

Der Hörer in meiner Hand vibrierte. Nein, dachte ich, es ist einfach nicht möglich, biologisch nicht möglich, nicht einmal in dieser Familie ...

»Ein neues Brüderchen?« hörte ich mich sagen. »Aber ... aber du hast doch erst im April ein neues Brüderchen bekommen ... oder war es ein Schwesterchen ... und es dauert immer ... ich meine, der Storch kann doch nicht schon wieder ...«

»Tsssss! Onkel Ville, du meinst wohl, Mama braucht neun Monate, um ein neues Baby zu machen, nachdem Papa sie befruchtet hat. Aber verstehste, diesen Bruder haben wir nicht selbst gemacht, den haben wir adoptiert, und er kommt aus Korea und ist schon total fertig ... Jetzt ist Papa hier!«

»Hallo, du kommst her? Ich kann dich mit dem Hubschrauber abholen, sitze selbst hinter dem Steuerknüppel! Und ich habe ein Mini-U-Boot bekommen, mit dem bin ich heute den ganzen Morgen unterwegs gewesen. Wenn du hier bist, drehen wir in der Gegend ein paar lange Runden. Es ist zwar eigentlich nur für eine Person gedacht, aber wir haben beide Platz, wenn wir ein bißchen zusammenrücken. Man liegt der Länge nach ausgestreckt auf dem Boden und ... Nimm einfach deine Badehose mit, Tauchanzug und Sauerstoffgerät kannst du dir von mir leihen ... Hallo! ... Hallo! ...«

Mir war der Hörer aus der Hand gefallen.

Der Staatsminister bedurfte ganz offensichtlich meines Beistandes und meiner Gesellschaft nicht.

Und ich spürte, daß die Einsamkeit bisweilen schwer zu ertragen war, aber auch, daß es einen Preis gab, den zu zahlen ich nicht bereit war, damit ich dieser Bürde enthoben wurde. Im übrigen, dachte ich, sind alle Menschen einsam. Einige haben bloß viele Leute um sich, so daß es ihnen nie auffällt ...

Ich blätterte mich weiter durch die Zeitung.

DIE OPER GIBT HEUTE ABEND
MASKENBALL

Vielleicht war er noch frei, mein Platz ganz links außen in der ersten Reihe, wo die Streicher nicht in den mächtigen Klängen der Blechbläser untergehen.

Ich nahm den Hörer ab und wählte die Nummer.

Glossar

Petter Bergman	schwedischer Schriftsteller (1934–1986)
Herren Bonnier	einer der Herren Bonnier, schwedische Verlegerfamilie
Camilla Odhnoff	sozialdemokratische Staatsministerin
Ingvar Carlsson	sozialdemokratischer Staatsminister, später Ministerpräsident
Tage Erlander	schwedischer Ministerpräsident von 1946 bis 1969
Lennart Geijer	sozialdemokratischer Staatsminister und Justizminister
Gunnar Heckscher	Parteivorsitzender der Rechten, später schwedischer Botschafter in Indien
Gunnar Hedlund	Parteiführer des Bauernverbandes, später Ministerpräsident
Olof Palme	schwedischer Ministerpräsident von 1969 bis 1976 und von 1982 bis 1986
Bosse Ringholm	sozialdemokratischer Politiker (heute Finanzminister)
Gunnar Sträng	sozialdemokratischer Finanzminister von 1955 bis 1976
U. Thant	Generalsekretär der UN von 1962 bis 1971
Marc Wallenberg	Sprecher der führenden Finanzfamilie Schwedens
Gustav Wasa	schwedischer König von 1523 bis 1560
Krister Wickman	sozialdemokratischer Industrieminister

Der Fall des Staatsministers

Mitwirkende

Staatssekretär Svante Svanberg	Beamter von geringer Körpergröße und mit scharfer Zunge
Svea Svanberg	seine Frau, blonde Walküre mit Tennisschläger
Justizchef Rydlander	hochgewachsener Beamter mit Schuppen
Frau Rydlander	seine Frau, kleine, propere Dame mit einer Vision
Konsul Karl Karling	eleganter Unternehmenschef mit Haushälterin
Ministerialrat Dååbh	Steuerexperte mit Vorliebe für unsere Vorfahren
Disponent Johan Johansson	rundlicher Klosettfabrikant mit Temperament
Anita Johansson	seine Frau, Assistentin von Staatssekretär Svanberg, junge Dame mit wechselnder Haarfarbe

Der Staatsminister

Seine Frau Margareta

Der Erzähler: Vilhelm Persson, Studienrat

1

Ich erwachte und wußte, daß dieser Tag der Anfang aller Schrecknisse war.

In nur wenigen Stunden würde die vollständige Renovierung meiner Wohnung eingeleitet werden.

Ohne Zweifel war eine Renovierung nötig. Die Tapeten waren zerrissen und Muster und Farbe zur Unkenntlichkeit verblichen. Die Fensterrahmen waren spröde, die Kloschüssel hatte einen Sprung, der Herd war eingebrannt, und in den Ecken sah die Decke aus wie ein Berufsboxer um die Augen, der einen sehr erfolgreichen Abend hinter sich hatte.

Viele Jahre hindurch hatte ich den Vermieter dringend gebeten, seinen Verpflichtungen nachzukommen und die Wohnung in einen menschenwürdigen Zustand zu versetzen. Als einzige Antwort erhielt ich die vierteljährliche Benachrichtigung über die obligatorische Mieterhöhung.

Doch dann, zwei Wochen später, hatte er zugeschlagen.

In einem Rundschreiben forderte er die Hausbewohner auf – wir lebten offensichtlich alle in dem gleichen Elend –, zum angegebenen Datum die Wohnungen den Handwerkern zugänglich zu machen. In Fällen, wo der Wohnungsinhaber nicht persönlich anwesend war, würde man sich des Generalschlüssels bedienen.

Nach einem Augenblick des Triumphs packte mich die Wut. Die Reparaturen sollten selbstverständlich ausgeführt werden, jedoch nicht im September, sondern in der Zeit, wenn ich mich im Stadthotel in Strängnäs oder Mariefred aufhalten konnte, vorschlagsweise in der ersten Julihälfte.

Ich tat in einem barschen Brief dem Vermieter meine Meinung kund. Jetzt antwortete er allerdings in einem persönlichen Schreiben, besaß jedoch die Frechheit, darin allein auf meinen vorherigen Brief, datierend vom 15. August, hinzuweisen, in dem ich verlangt hatte, daß umfassende Maßnahmen gegen die zunehmende Verwahrlosung »jetzt, unverzüglich und ohne Aufschub« durchgeführt werden müßten.

Ich wußte genau, was auf mich zukommen würde.

Tage- und womöglich wochenlang würden die Handwerker zu allen Tages- und Nachtzeiten und mit einem unangenehmen Ausdruck von Besitzrecht auf dem Gesicht Zutritt zu meiner Wohnung fordern. Grobes Papier würde man auf dem Boden ausgelegen, die Möbel würden zu einem Klumpen in die Zimmermitte geschleppt, und ihren Platz nähmen Tapetenrollen, Leitern und schmierige Dosen wechselnden, aber stets übelriechenden Inhalts ein.

Ich müßte Farbe, Terpentin und Kleister einatmen.

Ich wäre gezwungen, sogar den hintersten und verborgensten Winkel den Händen der Eindringlinge zu überlassen.

Ich würde zum Logierbesuch werden, einem ungern gesehenen Gast in den Trümmern meines alten Heims.

Natürlich machte ich am Telefon gegenüber meiner kleinen Schwester Margareta, der Frau Staatsminister, meinem Ärger Luft. Und sie erklärte sogleich, daß ich bei ihr in der Villa in Spånga wohnen solle, gemeinsam mit ihr, dem Staatsminister, den sechzehn Kindern und den zwei Hunden.

Die Wahl zwischen übelriechenden Kleisterdosen oder eine Woche lang einen gemütlichen Abend im Kreise der Kinder und Hunde des Staatsministers zu verbringen, fiel mir nicht schwer.

Ich hatte mich unmittelbar, einer Enthusiasmus vergleichbaren Regung folgend, für die Kleisterdosen entschieden.

Doch meine Schwester, die ihren Willen und ihre Stimme durch das tägliche Zusammenleben mit Gatten und Kindern abgehärtet und geschärft hatte, hatte mich schon nach zwei Tagen und vier Telefonaten zum Nachgeben gezwungen. »Du als Lehrer solltest doch an Kinder gewöhnt sein«, hatte sie gemeint. »Und die Hunde beißen nur Leute, die sie nicht mögen.«

Ich seufzte, stand auf und nahm die morgendlichen Verrichtungen in Angriff, alles während ich über die eigenartige Tatsache nachsann, daß sich die gleichen Handgriffe während meiner Dienstzeit in einer halben Stunde erledigen ließen, sich jetzt aber im Lauf meiner Krankschreibung über den ganzen Vormittag hinzogen. Nach dem Mittagessen bei Tee und Zwieback und einem weichgekochten Ei war ich etwas besser aufgelegt und begann das einzupacken, was ich für mein Exil in Spånga brauchte. Mir fiel ein, daß die Briefmarkensammlung mitmußte – dort konnten sich mitten am Tage ein paar ruhige Stunden ergeben, wenn der Staatsminister in der Staatskanzlei und die Kinder in der Schule waren. Zusätzlich zu den Arzneien – denen für den Darm und für das Herz – füllte sich ein ganzer kleiner Koffer. Als Lektüre wählte ich Fritz von Dardels »Erinnerungen« in vier Bänden, unterhaltend, ohne schlüpfrig zu sein, indiskret, ohne ins Klatschhafte zu verfallen – und wenn dem so wäre, trug sich alles immerhin vor langer Zeit zu …

Anschließend ließ ich mich in meinen Sessel nieder und betrachtete die Flecken an der Decke, entdeckte, daß ich sie vermissen würde, und fragte mich, wer zuerst einfallen würde – der Staatminister mit den Kindern und Hunden oder die Handwerker.

Es war der Staatsminister. Groß und zerzaust stand er plötzlich im Flur und rief: »Wie blaß du aussiehst, du brauchst Leben und Bewegung!« und machte sich daran, mittels der Verbindung von Impulsivität und Geistesabwesenheit, die wohl eine Voraussetzung dafür ist, Vater von sechzehn Kindern zu werden, die Flurkommode hinauszubugsieren.

Ich gebot ihm Einhalt und zeigte auf die Koffer.

Die schwarze Staatskarosse stand direkt vor mir, als ich aus der Haustür trat. Für einen kurzen Augenblick hielt ich sie für einen Leichenwagen, und meine Seele durchfuhr gewissermaßen ein Kellerhauch. Daran änderte sich nicht viel, als ich das Gefährt erkannte und mich entsann, zu wie vielen Verabredungen mit dem Tod dieses Fahrzeug mich schon befördert hatte ...

Doch der Troll platzte in der Septembersonne, und der Rücksitz glich einem Schlangennest aus lebenden und lebensfrohen Jungen. Ich sank auf dem Platz neben dem des Fahrers und Staatsministers nieder, der die Koffer hinten verstaut hatte, über mich herfiel wie die Mutter über ein verlorenes Kind, das Plaid unter mir zurechtzupfte, mich anschnallte und mich mit Gurten umwickelte, bis ich mir wie ein Bestandteil des Sitzes vorkam. Ich jammerte ein wenig und sagte, ich hätte es vorgezogen, vom Chauffeur abgeholt zu werden (der mich nicht auf diese Weise festband und während des Dienstes nie Kinder dabeihatte) und erkundigte mich, warum der Staatsminister sich mitten an einem Donnerstagvormittag nicht auf seinem Posten in der Staatskanzlei befand. Er antwortete, Herr Geijer sei wegen einer seiner ewig wiederkehrenden Erörterungen mit den Spitzen der Regierung dort. Ich hatte davon schon vorher reden gehört: Offensichtlich bekommt der Gewerkschaftschef, wenn er bei derlei Besuchen im Korridor auf den Staatsminister trifft, schlechte Laune, wird mürrisch und unzugänglich, und den Staatsminister bittet man aus diesem Grunde, sich in diesen Tagen von diesem hohen Hause fernzuhalten. (Wie ich an anderer Stelle[1] in dieser Schriftenreihe geschildert habe, kam der Staatsminister durch eine Serie fataler Umstände zu seinem Amt, obwohl er durch Erbschaft weite Teile der schwe-

1 Siehe: Bo Balderson: »Der Staatsminister und der Tod«

dischen Industrie besitzt. Seine Regierungskollegen haben gelernt, mit ihm und seiner Vergangenheit vor Augen zu leben und zu arbeiten, Herr Geijer jedoch – obgleich in mancherlei Hinsicht ohne Vorurteile – ist nie über dessen Beförderung hinweggekommen.)

Der mittägliche Verkehr hatte bereits beträchtlich zugenommen, doch die imposante Limousine schoß wie ein Hai unter kleinen Fischen vorwärts – ich vermute, anderen Fahrern geht im Kopf herum, welch enorme Summe ein Zusammenstoß und die Beschädigung eines solchen Vehikels kosten muß, und weichen darum aus und suchen keinen Streit. Wir hätten binnen zwanzig Minuten in Spånga sein können, wenn nicht ein Jüngling vom Rücksitz gerufen hätte, daß Mama Käse von Arvid Nordquist und Wäsche aus der Kanzlei brauchte. (Die Familie hat die seltsame Angewohnheit, dort ihre Wäsche auszutauschen. Wenn es an der Zeit ist, transportiert der Staatsminister den Sack mit dem beschmutzten Leinenzeug aus Spånga und stellt ihn im Flur des Justizministeriums ab, wo ihn die Wäscherei im späteren Verlauf des Tages mitnimmt im Austausch gegen einen Beutel mit jetzt gewaschener und gebügelter Wäsche. Ich erinnere mich, daß der älteste Sohn des Staatsministers einmal auf einen der Säcke den Schriftzug »Justizministerium – abgehende Post« pinselte. Der Fotograf einer Abendzeitung, der zufällig des Weges kam, fing den Staatsminister unter der ungeheuren Last ab, und dieser stand – vollkommen unverdientermaßen und von recht kurzer Dauer – in dem Ruf, der Arbeitssklave der Regierung zu sein.)

Der Käse wurde gekauft, doch im Anschluß an einen kurzen, verworrenen Dialog mit sich selbst verschob der Staatsminister den Wäschewechsel mit Rücksicht auf Herrn Geijers Gefühle auf den nächsten Tag, und wir waren schon an der Staatskanzlei vorübergeflossen, als der Staatsminister abermals von sich hören ließ: »Rydlander! Wir sollten doch auch Justizchef Rydlander mitnehmen!«

Käse und Wäsche interessieren mich nicht, Justizchefs hingegen schon. Der Justizchef ist bekanntlich der höchste Beamte innerhalb eines Staatsministeriums, der Fragen von gesetzgebendem Charakter vorbereitet. Ich erwog selbst einmal, Jura zu studieren, mein Vater jedoch wendete ein, es gebe bereits so viele Juristen, daß man die Erde mit ihnen düngen könnte, und damals hörte man noch auf seine Eltern, und so kam ich dann zu den Geisteswissenschaften und meiner Lehrerlaufbahn. Doch das Interesse für die Jurisprudenz, vor allem für stilistische Probleme der Gesetzesschreibung, hat nie nachgelassen, und ich hatte viele Male den Staatsminister nach seinem Justizchef befragt, doch er hatte nur ein verwirrtes Gesicht gemacht und gemurmelt: »Rydlander? Er ist groß ... und dann hat er auch noch Schuppen gehabt ...«

Als Charakterisierung eines der höchsten Beamten im ganzen Ministerium ist dies unleugbar ein wenig dürftig, und deshalb war ich nun froh, dem Mann persönlich begegnen und mir eine Meinung über ihn bilden zu können.

»Da drüben steht er!« rief der Staatsminister und begann einen Ankerplatz zu suchen.

Er ist tatsächlich groß, der Justizchef Rydlander. Hoch aufgeschossen, gerade gewachsen und breite Schultern. Die imposante Erscheinung eines Beamten in Schwarz vom Hut bis zu den Schuhen. Doch an den Bewegungen war etwas seltsam ... Die Hände flatterten in schnellen, nervösen, ruckartigen Bewegungen zu den Schultern.

»Was hat er?« flüsterte ich. »Was macht er da?«

»Die Schuppen«, antwortete der Staatsminister.

»Die Schuppen?«

»Er glaubt, er hat Schuppen auf dem Kragen und den Schultern und versucht sie abzubürsten ... Hallo, hoffe, Sie mußten nicht warten!«

Ich konnte jetzt das Gesicht des Mannes studieren. Auch das war ein eigenartiges Erlebnis. Soweit ich erkennen konnte, besaß er kein Gesicht im herkömmlichen Sinne. Bloß ein großes, konturloses Feld zwischen Hutkrempe und Kinn. Eine dicke, eulenrunde Brille füllte einen Teil des Leerraums aus, ein kleiner Abschnitt wurde von einem schmalen, nervösen Lächeln in Anspruch genommen. Wir wurden einander vorgestellt; stramm an den Sitz gefesselt, vermochte ich nicht, ihm die Hand zu reichen, sondern lediglich mich leicht zu verneigen. Der Staatsminister riß mit einer einladenden Geste die Tür zum Rücksitz auf. Justizchef Rydlander schaute ins Wageninnere, wich zurück und befeuchtete die Lippen.

»Es ... es scheint mir da drinnen voll zu sein«, stellte er fest und schlug sich auf die Schultern.

»Sie können sich doch ganz dicht ans Fenster klemmen, wenn Sie Johan auf den Schoß nehmen!« rief aus dem Fond derselbe Jüngling, der seinen Vater an den Käse erinnert hatte. »Aber passen Sie auf, daß Sie sich nicht in was Schmieriges setzen. Jemandem da hinten ist eben das Eis heruntergefallen.«

Der Justizchef murmelte etwas, das ich als das Wort »Taxi« interpretierte, doch der Staatsminister versetzte ihm einen freundlichen Klaps auf den Hintern, und mit einem kurzen, nervösen Aufschrei wurde die schwarz gekleidete Gestalt von der Masse verschluckt.

Ich lächelte grimmig in meinen Seilen vor mich hin. Es freut mich immer, wenn die Obrigkeit in unmittelbaren Kontakt mit der modernen, aufgeweckten Jugend kommt, der wir Lehrer täglich aus Erziehungsgründen ausgesetzt sind.

Dann sausten wir nach Spånga, und der Staatsminister warf seinem Mitarbeiter einen arbeitsscheuen Blick über die Schulter zu und fragte, ob es etwas Dringendes zu erledigen gebe und es lange dauern werde. Und Justizchef Rydlander schrie, er habe vor, die Vorschläge zum Gesetz über das Recht der Kommunen vorzuziehen, das Trinkwasser mit Fluor zu versetzen, und der Staatsminister murmelte: »Was die sich so alles einfallen lassen!« Aber der Justizchef kam wieder darauf zurück und entgegnete, das Ministerium arbeite seit zwei Jahren an dieser Frage und daß vom Staatsminister erwartet werde, sich für die Sache stark zu machen und im Verlauf des Nachmittags zu einer Entscheidung zu kommen, und der Staatsminister seufzte und meinte, er werde verrückt, wenn es so sonnig und schön sei, und er habe die Absicht gehabt, mit den Kindern Ball zu spielen.

2

Ich habe in einer früheren Arbeit[1] erwähnt, daß der Staatsminister nach seiner unerwarteten Beförderung gezwungen wurde, seine von den Vätern ererbte Villa in Djursholm zu verlassen und sich in Spånga niederzulassen, einem Vorort Stockholms, der nach Meinung der Parteiführung als proletarisch einzustufen sei. »Ein sozialdemokratischer Staatsminister kann nicht in Djursholm wohnen, wo die Briefkästen vom Svenska Dagbladet und Wochenjournalen trächtig dastehen«, wie der Staatspräsident die Sache bei einem vertraulichen Gespräch mit Erlander formulierte. Er empfahl statt dessen Spånga, bereits die Heimat zahlreicher Koryphäen der Parteiführung.

Nach einer Woche des Suchens hatte der Staatsminister sein neues Domizil in Spånga gefunden, ein Eigenheim älteren Datums, wie man es zuweilen als »geräumige, charmante Villa mit Parkgrundstück, geeignet zur Nutzung als Krankenhaus oder dergl.« annonciert sieht (doch das wahrheitsgemäß vielmehr als »scheunenartiges Gebäude, nur geeignet als Übungsobjekt für die Feuerwehr, mit großem, verwildertem Garten« beschrieben werden müßte). Umgeben von der gesamten Kinderschar, schloß der Staatsminister das Geschäft schnell ab – er wickelt Geschäfte stets schnell ab. Der Verkäufer – ein älterer Mann, gebrochen unter der Last seines Hauses und bis auf die Knochen besteuert – titulierte den

1 Siehe: Bo Balderson: »Der Mord in Harpsund«

Staatsminister als »Inspektor« und vergoß Freudentränen, als die Dokumente unterschrieben vor ihm lagen. »Nie hätte ich gedacht, daß das Amt für Kinder- und Jugendpflege so gut bezahlen würde!« war seine Entgegnung vor der Abfahrt in ein freundlicheres Klima.

Nachdem eine Armee von Handwerkern die sechsundzwanzig Zimmer wieder in einen bewohnbaren Zustand versetzt hatte, zog der Staatsminister mit seinem Hausstand ein (und erklärte in einem allseits beachteten Interview: »Es hat mich eine Million gekostet, aber was soll man machen bei der derzeitigen Lage auf dem Wohnungsmarkt?«). In der unteren Etage waren zwei Räume von den übrigen Wohnlichkeiten abgetrennt, schallisoliert und als Arbeitszimmer eingerichtet worden. Für einen Mann mit familiären Verhältnissen wie denen des Staatsministers ist schließlich ein solches Arrangement eine ganz natürliche Sache und im übrigen notwendig mit Blick darauf, daß er, wie kürzlich gesehen, mitunter Hausverbot an seinem ordentlichen Arbeitsplatz hat. (Diese doppelte Akkreditierung hat sogar übrigens entscheidende Vorteile. Sucht man ihn vergeblich in der Staatskanzlei, wird er auf dem Posten in Spånga vermutet und umgekehrt. Ist er an keinem der beiden Orte anzutreffen – was meines Wissens nach oft der Fall sein muß –, wähnt man ihn auf dem Weg zwischen beiden Stellen. Das Ganze beschert einem Mann mit kräftigem Appetit auf das Leben reichlich Gelegenheit zur Abweichung vom eingefahrenen Arbeitsschema, ohne deshalb gleich allzuviel Anstoß zu erregen – wer kennt denn nicht die Verkehrsverhältnisse in Stockholm? Die engsten Mitarbeiter des Staatsministers müssen selbstverständlich ständig bereit sein, ihrem Herrn zu folgen und die Arbeit in diese verborgenen Räumlichkeiten der Villa zu verlegen. Wenn Großes geschieht, dann geschieht es meistens in Spånga.)

Kaum waren wir an diesem Donnerstag nachmittag dort draußen angekommen – die Karosse hatte sich gerade des

Justizchefs und der Kinder entledigt –, kam eine Person, die meiner Annahme nach ein geschulter Mitarbeiter sein mußte, am anderen Ende des Gartenweges auf uns zu. Um einen Spielkameraden der Kinder konnte es sich keinesfalls handeln, das erkannte ich, dann hätte die Frau Staatsminister eingegriffen.

Diese Person war nämlich eine völlig furchterregende Erscheinung. Vielleicht nicht besonders hochgewachsen, jedoch breit wie ein Scheunentor und mit einem Kopf, der ohne die übliche Verbindung durch Hals und Nacken direkt auf dem Rumpf montiert zu sein schien. Das Gesicht war in Wut erbleicht unter einem Haarschopf, so kurzgeschnitten und grellgelb, daß er an Borsten einer unglücklich gefärbten Fußmatte denken ließ.

»Diese widerliche, kleine Ratte!« schrie er. »Ich drehe ihm den Hals um!«

Der Staatsminister verlangte keine näheren Erklärungen, sondern stellte den Höhlenmenschen als David Dååbh vor, Ministerialrat im Finanzministerium, und ging leidenschaftlich und neben der Jüngsten dazu über, die zu Hause zurückgebliebenen Mitglieder seiner Nachkommenschaft abzuküssen, zu umarmen und einen Klaps zu geben.

»Dieser verfluchte Idiot«, variierte Ministerialrat Dååbh seinen Ausruf und drang durch ein Beet vor zu einem Baum, den er mit Fußtritten bearbeitete. Justizchef Rydlander folgte ihm unter beruhigenden Worten.

»Er scheint aufgeregt«, flüsterte ich.

»Da müßtest du ihn erst mal sehen, wenn er bei der Haushaltsberatung in Fahrt kommt«, antwortete der Staatsminister. »Einer der brutalsten Typen vom Finanzminister. Experte in der Ausarbeitung von Steuertabellen und im Herunterschrauben der Finanzansprüche des Ministeriums. »Der Gorilla» nennt man ihn unter Eingeweihten. Von den Finanzen ausgeliehen, um eine von unseren Regierungsvorlagen zu überprüfen.«

Diese Erklärungen dämpften meine Verwunderung ein wenig. In finsteren Augenblicken hatte ich mir durchaus ausgemalt, der Mann hinter meiner Steuertabelle sähe aus und benehme sich genauso wie dieser Ministerialrat.

Der Staatsminister bahnte sich den Weg zu dem traktierten Baum, löste Justizchef Rydlander als Seelentröster ab und schlug dem Steuermenschen vor, eine kleine Runde mit der Staatskarosse zu drehen und den Wagen dann an der Tankstelle zwecks einer dringend notwendigen Reinigung der Rücksitze abzugeben: erst geradeaus und dann nach rechts auf die Hauptstraße nach Stockholm abbiegen. Und Ministerialrat Dååbh empfand ein großes Bedürfnis nach Luftveränderung, denn er grunzte Beifall, nahm die Schlüssel in Empfang und trampelte durch die Rosen auf Pforte und Auto zu.

»Lassen Sie sich reichlich Zeit!« rief der Staatsminister ihm nach, und damit gingen wir zu dem Haus, das für die nächste Zeit meine Heimstatt werden sollte. Der Weg durch den Garten gabelte sich bald, und wir folgten den Platten geradeaus, die zum Bürotrakt führten. Eine große, lackierte Außentreppe und eine massive Eichentür und wir standen in dem vorderen Arbeitszimmer, in dem eigenen des Staatsministers.

Das Zimmer war geräumig, und da der Staatsminister es mit Erbstücken aus dunkler Eiche möbliert hatte, wirkte es wie ein värmländisches Werkkontor aus der Jahrhundertwende: ein abgenutzter Schreibtisch mit Rolladen (die Abnutzung dürfte auf frühere, gutbürgerlich gebildete Generationen des Geschlechts zurückzuführen sein), ein Sofa im Karl-Johan-Stil, dem schwedischen Empirestil (mit bedeutend frischeren Gebrauchsspuren), einem Paar gewaltiger, geschnitzter Schränke und einer großzügigen Anzahl von Stühlen. Der altmodische, vorsozialdemokratische Charakter wurde allein von der Auslegeware gebrochen.

Der Schreibtisch machte den Eindruck, als hätte eine irregeleitete Putzfrau etliche Papierkörbe darüber ausgeschüttet, woraus ein geschulter Beobachter die Folgerung ziehen konnte, der Staatsminister hätte dort im Lauf des Vormittags gearbeitet. Justizchef Rydlander spürte offenbar ein gesteigertes Bedürfnis nach Ordnung in sich aufkommen, denn er stürzte hin und machte sich daran, die Unterlagen zu Stapeln aufzuschichten.

»Wo hast du Ratten?« fragte ich.

»Ratten?« entgegnete der Staatsminister und riß ein Fenster auf, woraufhin ein gewaltiger Luftzug alles auf dem Schreibtisch in den alten Zustand zurückversetzte.

»Ministerialrat Dååbh hat da draußen etwas von einer schmutzigen, kleinen Ratte erzählt, der er den Hals umdrehen will.«

»Oh, er meint bestimmt Svante Svanberg. Meinen Staatssekretär, weißt du. Sie kriegen sich manchmal in die Wolle. Hast du ihn noch nicht kennengelernt? Ein kleiner, rattenartiger ... ähäm. Er ist bestimmt dort im Zimmer der Mitarbeiter. Ist dabei, letzte Hand an unsere Regierungsvorlage über radikal erweiterten Rechtsbeistand für Minderbemittelte zu legen. Komm mit, dann kannst du ihm ›Guten Tag‹ sagen!«

Und schon rauschte er über die Auslegeware hinweg und riß die Tür zu dem hinteren Arbeitszimmer auf.

Er klopfte nicht an.

Dennoch mußte er besser als alle anderen wissen, zu welchen Unfällen eine solche Unterlassung führen kann. Er selbst wurde schließlich so zum Staatsminister.

Ehe mir interessantere Dinge zu betrachten geboten wurden, konnte ich noch gewahr werden, daß das Arbeitszimmer der Mitarbeiter ungefähr in dem gleichen Stil eingerichtet war wie das des Staatsministers, jedoch mit vier Schreibtischen samt eines Kanapees ausgestattet.

Auf diesem Kanapee – effektvoll im Fond des Raumes plaziert – lag halb, saß halb der gesuchte Staatsekretär, der engste Mitarbeiter des Staatsministers im Ministerium. Ich kannte ihn aus den Zeitungen. Er hatte tatsächlich Ähnlichkeit mit einer Ratte. Ich persönlich würde allerdings behaupten, wenn man denn unbedingt Vergleichsobjekte aus der Tierwelt heranziehen mußte, er ähnele am ehesten einem Vogel. Die kurze, schmächtige Gestalt, die schwarzen, lebhaften Augen, der magere Hals, das Büschel, das vom Schädel abstand – all das ließ an einen empfindlichen und schnellen Vogel denken, der mit einem gut entwickeltem Intellekt ausgestattet war.

Es ist immer wieder ein Erlebnis für einen Studienrat der Gemeinschaftskunde, einem Staatssekretär begegnen zu dürfen – sei er vogelartig oder nicht –, doch das Interessanteste an dem hohen Beamten war zumindest in dieser Situation, daß er auf seinem Kanapee nicht allein ruhte. Hinter ihm auf dem schräggestreiften Überwurf und zum Teil verborgen durch selbigen lag eine junge Dame. Ich erhebe nicht den Anspruch, die Arbeitsformen in der schwedischen Verwaltung in allen Details zu kennen, möchte dennoch die Behauptung wagen, daß keine Person in dem Raum während der vergangenen Minuten damit beschäftigt gewesen war, letzte Hand an ihrer Königlichen Majestät Regierungsvorlage über radikal erweiterten Rechtsbeistand für Minderbemittelte zu legen.

»Ähäm«, sagte der Staatsminister. »Ich wußte nicht …«

Staatssekretär Svanberg hatte begonnen sich zu befreien, ohne besondere Eile an den Tag zu legen. Er schien mehr amüsiert als verlegen.

»Hallo«, sagte er, nachdem er sich in aufrecht sitzende Stellung gebracht hatte. »Schrecklich, wie schnell Sie zurück sind! Hoffe, Sie entschuldigen, daß ich mich auf Ihrem schönen Kanapee ein wenig entspannt habe. Und wer sind Sie?« fuhr er mir zugewandt fort, frei und volksnah.

»Studienrat Persson«, antwortete ich mit Betonung auf den Titel. Die Schwierigkeit unserer Tage besteht nicht darin, mit führenden Politikern bekannt zu werden. Das Problem ist, es zu vermeiden.

Der Staatsminister hüstelte und vollführte eine unbestimmbare Geste zum Kanapee hin.

»Darf ich Staatssekretär Svanberg vorstellen. Und die Dame unter Staatssekretär ... ähäm, die Dame, die ... ähäm ... die Dame ist seine Assistentin, Frau Anita Johansson.«

Die beiden hatten sich mittlerweile vollends voneinander gelöst, und ich konnte Frau Johansson in Gänze betrachten. Sie war es wohl wert, in voller Größe studiert zu werden. Das flammend rote, wenn auch leicht zerknitterte Kleid umschloß einen äußerst gut geformten Körper kleineren Formats, das Haar, eine Ponyfrisur und grellrot, umrahmte ein sonnengebräuntes und stupsnasiges Gesicht, in dem die Augen eine funkelnde Hauptrolle spielten.

Ohne ein Wort strich sie das Kleid glatt, verpaßte ihrem Partner eine schallende Ohrfeige und stöckelte auf bestimmten und laut klappernden Absätzen aus dem Raum.

Seltsamerweise dachte ich in dem Augenblick nur, daß es ein verdammter Geiz des Staatsministers war, nicht auch den Fußboden im Arbeitszimmer der Mitarbeiter mit Teppich auszulegen.

Staatssekretär Svanberg rieb sich die Wange.

Da gab es allerdings nicht allzuviel Wange zu reiben. Dafür, daß er einigermaßen jung an Jahren war, bestimmt nicht mehr als fünfundvierzig, sah er ungewöhnlich abgezehrt und hohlwangig aus. Die Gesichtshaut spannte sich um Knorpel und Knochen wie der Handschuh um die Hand eines Chirurgen. Diesen Kopf in einen Totenschädel zu verwandeln würde der Natur nicht viel Mühe abverlangen, dachte ich bei mir, und nur den Nahestehendsten würde ein Unterschied auffallen.

»Oh, sie hat aber mächtig zugelangt!« murmelte er. »Und das mir, der ich ein wenig die trübe Stimmung vertreiben wollte. Aber so ist das eben mit diesen perfekten Sekretärinnen: gute Arbeitsmoral, alles zu seiner Zeit. Und jeder Mensch kann überreizt reagieren, wenn Sie einfach so hereinplatzen. Sieht man's? Sie haben für uns doch bestimmt keinen Spiegel, oder? Aber Anita hat bestimmt irgendwo einen ...«

Er holte aus einem der Schreibtische eine Handtasche hervor und begann darin zu wühlen. Schließlich fand er, wonach er suchte, und begutachtete kritisch sein Gesicht.

»Wird wohl eine ordentliche Beule geben ... apropos gewalttätige Menschen, jemand sollte sich um Dååbh kümmern. Eine einfache Hirnoperation würde bestimmt ausreichen. In der gegenwärtigen Verfassung ist er doch lebensgefährlich, in den nächsten Tagen erwürgt er jemanden. Ich habe ihn eben gewiß etwas provoziert, wollte mit Anita allein sein, um mich auf einen komplizierten Passus konzentrieren zu können ... ähm ja. Sagte nur etwas davon, daß ich Aktien hätte und setzte einen kleinen Scherz über die Bewegung obendrauf. Und statt zu grunzen und abzuziehen, wie er es sonst immer tut, ging er direkt auf mich los. Und dann stand er da, hat die Hände ausgebreitet und gerungen. Ist Ihnen schon mal aufgefallen, wie unnatürlich lang seine Arme sind? Muß in seiner Kindheit in der Bewegung viel Wasser getragen haben ...«

Der kleine Staatssekretär strich sich über das schwarze, nach hinten gekämmte Haar und drückte mit der Handinnenfläche ein Büschel nach hinten, bestimmt mehr aus Gewohnheit denn in der Hoffnung auf Erfolg.

»Und wie läuft es mit der Pädagogik, Herr Studienrat Nilsson?« fuhr er in seinem Monolog fort. »Man sagt doch, ein guter Lehrer wird nicht älter als 50 Jahre. Aber Sie sehen mir so aus, als hätten Sie das kritische Alter überschritten ...«

An dieser Stelle steckte Justizchef Rydlander den Kopf zur Tür herein – nach dem Anklopfen – und teilte dem Staatsminister mit, daß der Ministerpräsident am Telefon sei, und ich ergriff die willkommene Gelegenheit, um Raum und Staatssekretär zu verlassen.

3

»Es geht mich zwar nichts an«, sagte ich zum Staatsminister, als wir kurz darauf in dem großzügig angelegten Garten flanierten, »aber die Wahl deiner Mitarbeiter kommt mir ein wenig seltsam vor. Ein Gorilla als Ministerialrat, eine Ratte, alternativ ein Vogel, als Staatssekretär, ein Schuppentier als Justizchef ...«

»Halt, stop!« entgegnete der Staatsminister. »Sowohl Staatsminister Svanberg als auch Justizchef Rydlander saßen schon auf ihren Posten, als ich zum Justizminister ernannt wurde. Und für Ministerialrat Dååbh bin ich nicht verantwortlich, er gehört schließlich zum Finanzministerium. Er ist nur zufällig hier. Im übrigen gibt es an den anderen beiden nicht viel auszusetzen. Rydlander ist ein außergewöhnlicher Jurist und Administrator, und Svanberg besitzt einen messerscharfen Verstand. Man darf sich einfach nicht allzusehr an seinem Zynismus und dem allgemeinen Geplapper stören. Uns im Justizministerium, die daran gewöhnt sind, fällt es kaum noch auf. Aber du hast ja gesehen, wie Dååbh es aufgenommen hat. Nein,« fuhr der Staatsminister fort und kickte einen von den Kindern liegengelassenen Fußball aus dem Weg, »Rydlander und Svanberg sind schon jeder für sich in Ordnung. Ein echtes Problem ist, daß die beiden nicht so gut zusammenarbeiten. Svanberg delegiert unaufhörlich eine Menge langweiliger Vorgänge an Rydlander, der freundlich und geduldig ist und im stillen leidet. Ich muß Svanberg auf die eine oder andere Weise loswerden. Entweder wird er Regierungspräsident oder aber ...«

Ich bekam das alternative Schicksal des Staatssekretärs nie zu hören, denn noch ehe der Staatsminister mit seiner Rede geendet hatte, stand er im Gebüsch und bohrte seinen Kopf wie ein Neuntöter hinein.

»Verflucht!« zischte er zwischen den Ästen. »Kommt *er* jetzt etwa hierher? In vollem Ornat und allem Drum und Dran. Dååbh wird ihn auf der Stelle umbringen!«

Etwas an der Wahl seiner Worte, wahrscheinlich der Ausdruck »Ornat«, verleitete mich dazu, ihm ins Buschwerk zu folgen. Mir fiel ein, daß der Bischof höchstpersönlich, in voller Amtstracht und mit Krummstab, auf dem Weg war, um einen unerwarteten Familienzuwachs zu taufen. Wenn ein Bischof von einem Ministerialrat angefallen und womöglich sogar erwürgt wird, so ist das ein Ereignis, das eine Person mit allgemeinem Interesse an Geschichte nicht versäumen durfte.

Was ich zwischen den Tannennadeln erblickte, war für mich eine Erleichterung und Enttäuschung zugleich.

Ein langes, weißes Auto hatte auf dem Asphalt vor der Gartenpforte des Staatsministers Halt gemacht.

Daneben stand schon der livrierte Chauffeur und machte seine Honneurs, während ein Herr in gutgeschneidertem, blaugrauem Anzug und dazu passendem Brillengestell dem Rücksitz entstieg.

»Danke«, sagte er beiläufig. »Bengtsson, Sie können den Wagen nach Djursholm fahren. Ich nehme ein Taxi.«

»Aber ist das nicht der Bergbauchef Karl Karling?« flüsterte ich meinem Schwager in der Hecke zu.

»Klar. Weiß der Teufel, warum er herkommt. Aber beim letzten Mal war es wohl wegen eines Bergwerkes. Dååbh kann ihn nicht ausstehen. Er kann Unternehmer im allgemeinen nicht ausstehen und diesen hier am allerwenigsten nach seinen Äußerungen über die Steuerlast. Glaub mir, er wird ihn erwürgen. Du kümmerst dich um ihn, während ich Dååbh vorbereite.«

»Und was ist mit dir? Daß er dich nicht erwürgt, der du einen ganzen Konzern besitzt?«

»Mein lieber Freund! Ein Ministerialrat kann wahrscheinlich einen Staatssekretär erwürgen. Aber ganz bestimmt keinen Staatsminister. Die Parteidisziplin ist in diesem Punkt sehr strikt. Unterhalte dich mit ihm über Bergwerke, er liebt Bergwerke. Vergiß aber nicht, ihn mit ›Konsul‹ anzusprechen. ›Direktor‹ beleidigt sein Ohr auf so aufsteigerhaft grobe und vulgäre Weise. Er vertritt wohl San Salvador. Und versuch, jung und effektiv auszusehen. Er will junge und effektive Menschen um sich haben. Jetzt verdufte ich!«

Mit einem aufmunternden Zischen verschwand der Staatsminister in Richtung Arbeitszimmer.

Ich trat auf den Gartenweg und konzentrierte mich intensiv darauf, wenn schon nicht jung, so doch zumindest energisch auszusehen.

Konsul Karling selbst gab zweifellos einen imposanten Anblick ab. Groß, schlank, breitschultrig – einer von diesen jugendlichen, sehnigen Unternehmenschefs, die morgens Squash spielen, einen Arbeitstag von fünfzehn Stunden absolvieren und sich abends dem Tennis und nachts der modernen Belletristik widmen. Das Gesicht erinnerte an die Pforte hinter ihm – kräftige, geometrische Muster in Eisen gegossen. Einziges Anzeichen von Schwäche an diesem Mann war die Brille. Aber diese hatte männliche Bügel und war viril rechteckig.

Er beäugte mich kritisch. Die Musterung fiel nicht zu seiner Zufriedenheit aus, das war unschwer zu erkennen. »Ineffektiver, überalterter Buchhaltertyp, geeignetes Rationalisierungsobjekt bei eventueller Fusion«, so in etwa lautete sein stummes Urteil.

»Ich bin Konsul Karling«, sagte er, und ich beneidete ihn um sein Vermögen, auch einer Auskunft den Tonfall eines Befehls zu verleihen.

»Persson«, antwortete ich.

»Ich suche den Staatsminister.«

»Er läßt Ihnen Grüße ausrichten und sagen, daß er im Augenblick mit einem seiner Mitarbeiter beschäftigt ist.«

»Sind Sie Angestellter des Ministeriums?«

Obgleich ich mir der Risiken bewußt war, gab ich zu, daß ich Lehrer war, und Konsul Karling teilte sogleich mit, daß der Unterricht an den Schulen des Landes ineffektiv sei. Er skizzierte *seine* Schule dergestalt, daß man dort Lehrer durch Apparaturen ersetzen und die Schüler zu Menschen heranbilden sollte, die am treffendsten als ausgezeichnet turnende Diplomkaufleute bezeichnet werden konnten. Für schöne Literatur schien es keinen Platz zu geben. Mir war klar, daß ich mich in einem Punkt getäuscht hatte – ganz bestimmt widmete sich Konsul Karling des nächtens nicht der Belletristik.

Bei dem Versuch, Achtung für meine Person und Zeit für die vorbereitende Tätigkeit des Staatsministers zu gewinnen, klärte ich ihn darüber auf, daß ich der Schwager des Hauses sei. Damit hat man unter normalen Umständen seltsamerweise immer auf eine sichere Karte gesetzt. Die Verbindungen zum Staatsminister können noch so entfernt und von noch so zweifelhafter Qualität sein, nie erreichen sie einen Status der Peinlichkeit. Als die Schwägerschaft ausgemolken und der Kontakt hergestellt war, erwog ich, auf die Bergwerke zu sprechen zu kommen.

Konsul Karling wurde gleich sanfter. Er sah mich jetzt beinahe so an, als sei ich eine gutfunktionierende Maschine.

»Ein faszinierender Mann, dieser Staatsminister. Ein Genie möchte ich behaupten. Ja, ich zögere nicht, dieses Wort in den Mund zu nehmen. Unter anderem bin ich auch aus diesem Grunde hier, um mir Rat in einer komplizierten Frage zu holen. Ich erinnere mich, als die Wirtschaft das letzte Mal den Vorzug hatte, von seiner Erfahrung in ökonomischen Fragen und seinen einzigartigen Kenntnissen zu profitieren, was Aspekte der Bergwerksindustrie betrifft ...«

(Mir ist es ebenfalls in Erinnerung. Es muß zwei Jahre zurückliegen. Die Bergwerksgesellschaft stand vor der schicksalsschwersten Entscheidung ihrer Geschichte: Sollte das Unternehmen das Angebot annehmen, eine der größten Nickelgruben der Welt zu erwerben oder nicht? Proben wurden entnommen, Experten wurden gehört und Untersuchungen angestellt, doch das Ergebnis fiel nicht eindeutig aus. Ein Kauf konnte sich als Gewinn erweisen, aber auch als Katastrophe. Da es bei dem Geschäft um Hunderte von Millionen ging und auf Gut und Böse Rückwirkungen auf das Wirtschaftsleben des Landes hätte haben können, beschloß die Regierung, die Entscheidung an den Eigner – den Staatsminister – weiterzugeben.

Dieser wurde einberufen und fand sich tatsächlich zu der Zusammenkunft ein, jedoch mit gepeinigter Miene angesichts der gutmütigen Züge der anderen Anwesenden. Er hatte nur eine dunkle Vorstellung, warum er sich dort befand, ahnte aber, daß es ihm bei all den vielen Ziffern und vielleicht sogar Diagrammen langweilig werden würde. Er meinte, verstanden zu haben, daß es bei der ganzen Sache um ein Bergwerk ging, und über Bergwerke wußte er wenig, außer daß es sich dabei um dunkle und ungemütliche Orte handelte. Er ließ auch aus anderen Gründen den Kopf hängen. Seit einigen Wochen quengelten zu Hause die Kinder (und fünfzehn Kinder – die damals gültige Anzahl – quengeln laut hörbar), daß sie einen Hund haben wollten, einen Cockerspanielwelpen mit langen Schlappohren, doch der Staatsminister, der fürchtete, das Tier könnte das Baby beißen, hatte unter zunehmenden Seelenqualen die Entscheidung in der Frage vertagt. Wichtige Probleme lasteten also auch dort auf ihm, wohin er zur Zusammenkunft eintraf, und nachdem ihm klar geworden war, daß ein mehr als einstündiger Vortrag über Bergwerke zu erwarten war, fühlte er die Kräfte schwinden und ersuchte, auf dem Sofa liegend lauschen zu dürfen.

Dort lagerte er dann in einer Stellung, die zwischen leichtem Dämmerzustand und reinstem Schlafe wechselte, und beschäftigte sich mit dem Hunde-Problem, während der Vizedirektor unzählige Ziffernfolgen heranzog und ein schwindelerregender bergbauwirtschaftlicher Aspekt den anderen ablöste. Nachdem eine Stunde und zwanzig Minuten verstrichen waren, beendete der Direktor seinen Vortrag, und der Staatsminister kam zu Bewußtsein, so wie man in einem Augenblick erwacht, da das dauernd wiederkehrende Nachtprogramm verstummt ist. Er taumelte empor, starrte seine atemlos wartende Regierung mit blickleeren Augen an und sagte: »Ich kaufe es! Natürlich kaufe ich es!«

Und dann zog er los und kaufte das Hündchen mit den langen Schlappohren.

Und die Direktoren zogen los und kauften ihr Bergwerk.)

»... lag halbwegs auf dem Sofa«, war Konsul Karling über den Kiesweg hinweg zu vernehmen. »Man hätte glauben können, er schliefe, so still lag er da, aber in seiner reglosen Konzentration sammelte er all die Fakten, die auf ihn einströmten, absorbierte all das gewaltige Material mit seinem klaren, trainierten Gehirn. Er unterbrach den Redner nie mit einer Frage, bat nie um die Wiederholung einer Ziffer. Doch als der Vortrag beendet war und er alle Fakten aufgesogen und verarbeitet hatte, erhob er sich und tat seine Entscheidung kund: ›Ich kaufe es!‹. Kein Zögern, keine Unentschlossenheit, kein Versuch, die Entscheidung aufzuschieben oder sich der Verantwortung zu entziehen. Keine billige Dramatik, bloß die einfachen Worte: ›Ich kaufe es!‹ Ich brauche wohl nicht daran zu erinnern, daß sich das Geschäft als außerordentlich einträglich erwiesen hat: Das Bergwerk wirft jetzt dreimal so viel ab wie unsere Untersuchungskommission für möglich gehalten hat. Vor diesem Manne, Herr Studienrat Persson, sind wir alle kleine Lichter. Ja, ich versichere Ihnen, als er uns damals anschaute mit seinem leicht verschleierten Blick und sein ›Ich kaufe es!‹ sagte, fühlte ich, wie ein einfacher Soldat sich gefühlt haben mußte, als Napoleons Augen auf ihm ruhten …«

In dem Moment kam zum Glück der Bonaparte der Geschäftswelt und kümmerte sich persönlich um seinen ungebetenen Gast.

Ich ging hinauf aufs Zimmer.

Ich hatte das Briefmarkenalbum ausgepackt.

Die ägyptische Sammlung mußte geordnet werden.

Aber die Unordnung war groß und überwältigend, als habe der Herbst alle gefallenen Blätter der Kastanie gesammelt, eins nach dem anderen … Und das Bild der Sphinx führte meine Gedanken zu den Beamten, denen ich soeben begegnet war: der Ausdruckslosigkeit von Justizchef Rydlander, der steinharten Brutalität von Ministerialrat Dååbh, der Hohläugigkeit von Staatssekretär Svanberg. Ich erkannte, daß sie zu jenen Männern gehörten, die die schwedische Verwaltung trugen und unsere Geschicke lenkten. Und dann noch der Staatsminister …

Ich sank auf das Bett nieder und blätterte mit ungewohnter Unlust in Dardels Memoiren. Eine Seite reichte, und die Buchstaben verloren ihre Konturen, verschwammen, verschwanden …

Ich schlief.

Von den Stimmen wurde ich geweckt.

Ich leistete Widerstand. Doch sie schlugen ein Loch in den

Schlaf, ständig neue Löcher, die die Müdigkeit nicht stopfen konnte. Ich war jetzt wach oder so gut wie.

Sie kamen von unten, von draußen, und sie ergaben keinen Sinn und verrieten keine Identität. Doch der Tonfall war erschreckend: hart, erbittert, aggressiv.

Während ich durch das Zimmer zum Fenster ging, verstummten sie.

Ich schaute hinunter in den Garten.

Dort wuchs zwischen Weg und Wand eine Ansammlung von Eiben. Im Kreis gepflanzt, schlossen sie alle Blicke aus.

Nur diejenigen, die hoch plaziert standen, hätten den kleinen Mann erspähen können, der im Rondell aus dichtgewachsenen, geschnittenen Bäumen kniete.

Er rieb sich die Wange.

Zu früherer Stunde an diesem Nachmittag war ich Zeuge geworden, wie Staatssekretär Svanberg im Arbeitszimmer von seiner Assistentin Frau Johansson geohrfeigt wurde.

Jetzt hatte ihm offenbar jemand eine Neuauflage beschert.

Auf der Toilette saß ein Kind und legte bei offener Tür ein Puzzle und rief: »Hallo, Onkel, haste was zu naschen?« Und auf der Treppe wäre ich beinahe über einen der Hunde gestolpert, bekam aber das Geländer zu fassen und rettete meine Knochen. Zum Glück fielen mir auch die Worte meiner Schwester ein, daß die Tiere nur Personen bissen, die sie nicht mochten – sie sollen angeblich mittels ihres unglaublich gut entwickelten Geruchssinns zwischen Freund und Feind unterscheiden können –, und unterdrückte nach Kräften alle giftigen Gefühle und bösen Gedanken.

Das Eßzimmer war menschenleer, doch im Wohnzimmer stand Ministerialrat Dååbh rauchend vor einem französischen Fenster. Ich hatte mir vorgestellt, er bevorzuge Pfeife; die kräftige, untersetzte Gestalt deutete es gewissermaßen an, die Finger aber umschlossen eine feingliedrige Zigarette. Er hörte mich erst, als der Fuß auf dem Parkett aufsetzte.

»Was?!« sagte er, und es gelang ihm, trotz des frappanten Mangels eines Halses schnell den Kopf in meine Richtung zu drehen. »Wo zum Teufel sind denn alle? Ich warte auf Svanberg«, fuhr er fort. »Haben Sie ihn gesehen? Diesen, kleinen Kerl von einer Ratte?«

Ich antwortete, ohne weiter ins Detail zu gehen, daß ich ihn zuletzt im Garten gesehen hätte. Ministerialrat Dååbh nahm die Nachricht – sofern es überhaupt eine Nachricht war, das grobschlächtige Gesicht gab einem nichtgeschulten Beobachter wenig Aufschluß – mit einem Schnauben auf. Verstohlen maß ich mit Blicken seine Arme, die leicht eingeknickt an der Seite herabhingen. Sie waren in der Tat ungewöhnlich lang. Und diese fliehende Stirn und die Halslosigkeit ... Ein häßlicher Gedanke schoß mir durch den Kopf. Konnte er wirklich ... Nein, es war einfach nicht möglich! Irgendwo wäre es entdeckt worden ... Wenn nicht im Finanzministerium, wo bestimmt allerlei passieren durfte, wenn der fiskalische Eifer da war, dann früher in der Schule bei den jährlichen Lehrerkontrollen ... Und er war schließlich des Sprechens kundig. Insgeheim überprüfte ich, wie es um meine eigenen Arme bestellt war – seltsam, wie lange man leben kann, ohne über so etwas nachzudenken –, und glaubte erheblich normalere Proportionen feststellen zu können.

»Er steckt bestimmt mit dem Bergbaukonsul zusammen. In dessen Gesellschaft dürfte er sich heimisch fühlen. Widerlicher Typ«, murmelte der Ministerialrat, ohne sich präziser auszudrücken. »Widerliche Typen übrigens überall in diesem Haus. Der Staatsminister, Svanberg, Konsul Karling ... Ebensogut könnte man im Direktoriumszimmer der Enskilda Banken sitzen und arbeiten! Der einzige anständige Kerl ist doch Justizchef Rydlander. Doch er verträgt leider Gottes keinen Rauch, so daß man sich für eine Zigarette wie ein Schuljunge davonschleichen muß«, ergänzte er, wie um seine Anwesenheit im Wohnzimmer des Staatsministers zu erklären. »Haben Sie Aktien?«

Ich antwortete sofort mit »Nein«. Ich besitze allerdings drei Anteile an Stockholms Ångslups AB, eine Erbschaft meines Vaters, aber in Kenntnis des Temperaments des Ministerialrats und seiner allgemeinen Einstellung zu Aktien und Aktieneignern erachtete ich es als unnötig, in diesem Punkt eine pedantisch wahrheitsgetreue Antwort zu geben.

Er streckte einen seiner auffälligen Arme aus und zog mich ans Fenster.

»Kennen Sie Leute mit Aktien? Die meisten haben ein derartig intimes Verhältnis zu ihren Papieren, daß sie sie beim Vornamen nennen. ›LM‹ und ›Atlas‹ und ›Gränges‹. Wie Kinder oder Hunde. Und dann haben diese Teufel Glück und sterben, wenn der Kurs seinen Tiefststand erreicht hat, und bringen die Gesellschaft um die Steuereinnahmen. Pfui Teufel!« schrie er auf und knöpfte damit offensichtlich wieder an Staatssekretär Svanberg an. »Daß ein Mensch mit einer Führungsposition in der Bewegung von den Anstrengungen der Arbeiter profitiert, ist geschmacklos, daß er außerdem herumläuft und damit prahlt, macht das Ganze unerträglich. Ihn sollte man hinauswerfen. Aber sie müssen wohl Rücksicht auf den Staatsminister und all seine Konzerne nehmen. Mein Gott, was für ein Dreckstall!«

Nach einigen anderen Äußerungen gleichen Stils öffnete er die Glastür und marschierte in den Garten hinaus.

Ich selbst suchte den Staatsminister.

Beide Arbeitszimmer waren verwaist. Ich machte die Haustür einen Spalt auf, auch der mit Steinplatten ausgelegte Gartenweg zur Pforte lag menschenleer zwischen Reihen von blühendem Phlox da.

Ich machte eine letzte Runde durch die Räume, und nun

stand Konsul Karling an einem der Schreibtische im Arbeitszimmer.

Ich hatte nicht angeklopft – dort war es schließlich eben noch menschenleer gewesen –, und er mußte mich erst sehr spät gehört haben, erst als die Türklinke nach unten gedrückt wurde. Auf der Schwelle zum Zimmer erlebte ich, wie sich sein Gesicht vor meinen Augen verwandelte. Das viril Festgefügte, männlich Regelmäßige löste sich auf, das Kinn verlor an Halt und wurde zu einem von vielen, und der Mund wurde geöffnet und blieb es, wie bei einem sehr alten oder sehr überraschten Menschen. Seine Verwirrung war so offensichtlich und mein eigenes Versäumnis, nicht anzuklopfen, so peinlich, daß ich bloß einige unverständliche Entschuldigungen stammelte, ehe ich mich ins Zimmer des Staatsministers zurückzog.

Erst dort erlangte ich Denk- und Reflektionsvermögen zurück.

Was hatte der Konsul allein im Arbeitszimmer der Mitarbeiter zu suchen? Warum hatte er so schuldbewußt überrumpelt ausgesehen? Und warum hatte er die Hände so gehalten, hinter sich? Was verbarg er da hinter dem Rücken?

4

Kurze Zeit später lief mir in der Eingangshalle Justizchef Rydlander über den Weg, den ich nur flüchtig gesehen hatte, seit wir gemeinsam bei lebendigem Leibe aus dem Auto gestiegen waren. Einen Augenblick lang fragte ich mich, ob er Staatssekretär Svanberg im Garten niedergeschlagen hatte, doch der Mann sah in seinem schwarzen Mantel und seinem Bowler so übertrieben, so außerordentlich korrekt aus, daß ich den Gedanken als absurd abtat.

»Ich darf mich vielleicht von Ihnen verabschieden«, sagte er mit der zurückhaltend heiseren Stimme, die zuweilen als Zeichen einer interessanten Persönlichkeit gilt, die aber fast immer auf eine chronische Infektion der oberen Atemwege zurückzuführen ist. »Der Staatsminister besaß genug Freundlichkeit, mich zu bitten, zum Abendessen zu bleiben, unglücklicherweise jedoch bin ich bereits eingeladen. Sonst ist es immer ein, ähm, ein Erlebnis, gemeinsam mit all den Kindern zu essen ...«

An dieser Stelle war über die plane Fläche der Brillengläser hinweg etwas zu erkennen, das mit ein bißchen Phantasie als ein Ausdruck der Erleichterung interpretiert werden konnte.

Er verbeugte sich und zog von dannen.

Ich schaute ihm nach, wie er zur Gartenpforte ging. Auf halber Strecke nahm er das Fortbürsten der Schuppen wieder auf. Aus der Ferne erinnerte er ein wenig an einen Polizisten in Zivil, der dem Wahnsinn verfallen war und einen imaginären Straßenverkehr dirigierte ...

Er war bestimmt froh, daß ihm das Tohuwabohu am Eßtisch erspart geblieben ist!

Aus dem Innern der Villa war Frau Johansson, die junge Assistentin des Staatssekretärs, aufgetaucht, jene Dame, die sich so überaus eindrucksvoll vom Kanapee erhoben und ihren Chef geohrfeigt hatte.

»Wir essen in einer Viertelstunde, und alle Kinder sind wie immer mit dabei«, erklärte sie. »Nette Kinder. Wenn auch lebhaft.«

Sie lächelte über die Erinnerung und die Zukunft. Aber vielleicht mochte sie Kinder. Es soll ja Leute geben, bei denen es so ist. Ich begutachtete das muntere, von roten Haaren eingerahmte Gesicht, konnte aber weder Wunden noch Schwellungen entdecken. Und solche Verletzungen müßten zu finden sein, wenn sie es war, die im Garten eine neue Runde mit ihrem Arbeitsgeber eingeläutet hätte. Falls es sich nicht um eine schnelle Auseinandersetzung gehandelt hatte – sie schien gut genug durchtrainiert zu sein, um einen Gegner von kleiner Statur mit dem ersten Schlag zu fällen.

»Der Staatsminister? Er sitzt in der Bibliothek. Ich habe ihm Bücher über Japan und die UN herausgesucht.«

Sie lächelte vielsagend und verschwand in den Bürotrakt.

Der Staatsminister saß tatsächlich eine Treppe höher in der Bibliothek. Er erzählte, der Ministerpräsident habe ihn telefonisch beauftragt, den japanischen Premierminister zu empfangen, der am späten Abend auf Stockholms Flugplatz Arlanda erwartet wurde. Der Ministerpräsident hatte betont, er habe seine Repräsentationspflichten auf ein absolutes Minimum reduziert und sei in dieser Woche schon dreimal hinaus zum Flugplatz gefahren: am Montag, um den Führer der vietnamesischen Befreiungsfront abzuholen, am Dienstag, um eine Delegation der angolanischen Befreiungsfront zu empfangen, und am Mittwoch schließlich, um den Anführer der Black-Panther-Bewegung aus den USA willkommen zu heißen.

»Soll doch der Teufel alle Premierminister abholen«, war er fortgefahren. »Der Mann ist noch dazu offensichtlich vollkommen uninteressant, dieser alte, konservative Halunke. Kein militanter Hintergrund, keine revolutionäre Zukunft und ganz bestimmt keine Visionen für die nächsten fünfzig Jahre. Du mußt einspringen! Der Außenminister ist ja in der Sowjetunion, und die anderen feiern in der chinesischen Botschaft Maos Geburtstag. Oder war es der Namenstag? Mach eine Andeutung, du seist eine Art Hilfsministerpräsident, das macht einen besseren Eindruck. Erzähl aber keinen Quatsch! Was du sagen sollst? Tja, du kannst doch immer von der UN berichten, sag, daß wir die UN unterstützen. Die UN! Die Vereinten Nationen, die Weltorganisation! Natürlich sind wir da Mitglied! Oder sag einfach gar nichts, was? Da kommen auch Leute vom Außenministerium, laß die reden. Du kannst denen Sachen erklären, an denen ihr vorbeifahrt ... nein, das kann wie Eigentum aussehen ... wie Ethnozentrismus meine ich. Egal, erzähl von der Familie. Also in Arlanda, heute abend um halb zwölf. Komm bloß nicht zu spät!« Der Ministerpräsident hatte zum Abschluß der Hoffnung Ausdruck verliehen, daß der Staatsminister nicht gedachte, den Wagen eigenhändig zu lenken.

Anschließend machte sich der Staatsminister an seine Japanstudien. Offensichtlich war er von seinem Thema ganz gefangen genommen, denn er brabbelte eine Menge vor sich hin. Als er mir verwirrt verwirrende Auszüge aus der älteren Geschichte des Landes vortrug, unterbrach ich ihn mit dem Recht des Fachmanns und erkundigte mich, was Konsul Karling für ein Anliegen gehabt habe und wie das Treffen zwischen ihm und Ministerialrat Dååbh verlaufen sei.

»Och«, sagte der Staatsminister, »Karling wollte nur, daß

ich mir eine Bilanzrechnung anschaue. Hast du so etwas schon mal gesehen? Auf der einen Seite steht eine Tabelle mit den Aktiva und auf der andern eine mit den Passiva. Ja, das ist ja gar nicht so schwer. Aber verstehst du«, fuhr er fort und klang mit einem Mal besorgt, »das Komische ist, daß sich in meinen Unternehmen die beiden Tabellen immer genau auf die gleiche Summe belaufen. Verstehst du das? Aktiva und Passiva sind gleich groß! Jahr für Jahr! Da rackern die sich ab und arbeiten, und die Direktoren sagen, alles läuft blendend, und dann kommen sie mit so einer Auflistung, die beweist, daß alles genau aufgeht. Wozu zum Teufel sollen sie überhaupt weitermachen? Mein Vater hat immer gesagt, daß ein Unternehmen, das nicht vorwärtskommt, Rückschritte macht. Meine Unternehmen müssen inzwischen im Lauf der Jahre massenhaft Rückschritte gemacht haben. Solange ich mich entsinnen kann. Komisch, daß sie noch existieren. Aber die Direktoren strahlen vor Zufriedenheit, die haben natürlich ihre fetten Gehälter. Ich werde wohl Karlings Lohn um die Hälfte kürzen, dann gibt es nächstes Jahr wenigstens ein paar Hunderttausend Plus. Jetzt wollte er noch ein Unternehmen aufbauen, aber ich habe Nein! gesagt. Wozu soll das gut sein? Die Aktiva steigen natürlich ein wenig. Aber die Passiva wachsen genauso stark an. Bedeutet also bloß, daß man immer auf derselben Stelle tritt, wenn auch auf einem etwas größeren Fleck sozusagen. Nein, ich habe meine Entscheidung nicht begründet, und er hat auch nicht widersprochen. Hat bloß gesagt, er verlasse sich ganz auf meinen ›visionären Blick‹. Aber man braucht wohl kaum einen visionären Blick, um eine Tabelle zu lesen! Wie Karling und Dååbh miteinander auskamen? Och, ganz gut. Dååbh ist gerade mit den Vorbereitungen für eine neue Steuererhöhung beschäftigt und scheint momentan eine ungewöhnlich nachsichtige Haltung gegenüber den Großunternehmern zu haben. Er fluchte natürlich, aber murmelte dann etwas davon, daß Karling in der

›Klasse der Neunzigprozentigen‹ Mitglied werden würde und sagte, daß solche Besprechungen ihn inspirierten und ihm neue Energie verliehen ...«

Ein Geräusch, wie wenn ein Stein Glas durchschlägt.

»Die Kinder spielen bestimmt Ball«, sagte der Staatsminister phlegmatisch und schlenderte zum Fenster.

Ein Rasen, volles Buschwerk und weiter entfernt eine Hecke.

Aber keine Ballspieler.

Nur der Schimmer von etwas Grauem, das im Grünen verschwand ...

»Das müssen wir untersuchen«, entschied der Staatsminister.

Wir gingen zu der Stelle hinunter.

Es handelte sich weder um einen Ball noch um einen Stein, sondern um einen Apfel. Um einen kleinen, grünen, steinharten Astrachanapfel. Er mußte mit erheblicher Kraft geschleudert worden sein, da er die Fensterscheibe zum Zimmer der Mitarbeiter durchschlug und jetzt auf dem Fußboden zwischen den Schreibtischen lag.

»Das *müssen* wir untersuchen«, beschloß der Staatsminister und verschwand hinaus in den Garten. Durch das demolierte Fenster sah ich, wie er schnell um das Gebüsch bog und Spuren suchte. Ich sank auf einen Stuhl und dachte bei mir, daß ich bestimmt mehr Ruhe gehabt hätte, wenn ich in der Bastugatan bei den Kleistereimern und Handwerkern geblieben wäre. Ich war erst wenige Stunden in Spånga, hatte aber schon einige aufreibende Dinge erlebt. Ein Ministerialrat hatte gedroht, einen Staatssekretär zu erwürgen. Derselbe Staatssekretär war von seiner Assistentin geohrfeigt und später im Garten von einem unbekannten Individuum mißhandelt worden. Ein Unternehmensführer, in Personalunion Konsul, war herumgeschlichen und heimlich in ein Zimmer geschlüpft, wo er nichts zu suchen hatte, und jetzt hatte jemand einen Apfel durchs Bürofenster des Staatsministers geworfen.

Und irgend etwas sagte mir, daß das noch nicht das Ende der Geschichte war.

Der Staatsminister kehrte allein und ohne Spur aus dem Garten zurück.

Der Gong rief zum Adendessen.

Es wurde ein anstrengendes Unterfangen, aber ein wohl kaum anstrengenderes, als unter den gegebenen Umständen zu erwarten gewesen wäre. Staatssekretär Svanberg, seine temperamentvolle Assistentin Frau Johansson, Ministerialrat Dååbh und Konsul Karling hatten uns gebeten zu warten und es offensichtlich – im Gegensatz zu Justizchef Rydlander – nicht fertiggebracht, die Einladung abzulehnen.

Die Erwachsenen saßen wie eine unbedeutende Sekte an einem Ende des Tisches, und dann folgten die Kinder in der Reihenfolge ihres Alters, sich heftig zankend und in voller Garnitur, die Kleinsten zum Glück so weit entfernt, daß man ihre quengelnden Mißfallensäußerungen über den unbeugsamen Willen der Kindermädchen und ihre proteinhaltige Kost mehr erahnte als wahrnahm. Es ist mir ein Rätsel, warum eine Familie, die über sechsundzwanzig Zimmer und ausreichend Personal verfügt, darauf beharrt, geschlossen das Adendessen einzunehmen, auch wenn Gäste anwesend sind. Doch der Staatsminister ist in diesem Punkt vollkommen unnachgiebig. »Es ist nützlich«, sagt er. Und vielleicht hat er trotz allem recht. Denn nachdem der Finanzminister an einer solchen Fest- und Jubelveranstaltung teilgenommen hatte, ließ er sich endlich dazu bewegen, den Lehrern, die bei den Schulspeisungen Aufsicht führten, einen Ausgleich zukommenzulassen.

Hochstimmung kam an unserem Tischende nicht auf. Das Ganze erinnerte offen gestanden eher an einen Leichenschmaus, bei dem ein schlecht angesehener Toter wieder zu

Leben erwacht war und unter den Gästen Platz genommen hatte. Der Leichnam, der in diesem Fall auch über äußere Übereinstimmungen mit etwas kürzlich Ausgegrabem verfügte, sollte Staatssekretär Svanberg sein. In genauer konstitutioneller Übereinstimmung mit Karl XII. als Toter, die mir schon bei unserer ersten Begegnung aufgefallen war, waren nunmehr weitere schönheitssteigernde Blutergüsse und Beulen hinzugekommen. Er hatte einen schweren Nachmittag hinter sich. Und die Prüfungen nahmen kein Ende.

Seine eigene Assistentin sah ihn kalt über den Tisch hinweg an und zischte hin und wieder etwas, fast so wie ein Novembertag, der der Ansicht ist, es sei mit Wind und Kälte noch nicht genug, sondern indessen einen Regenschauer niedergehen ließ. Ministerialrat Dååbh grunzte nur einmal quer durch ihn hindurch, als sei er ein Feld verunreinigter Luft. Konsul Karling, der inzwischen wieder seine Kinnlade unter Kontrolle gebracht hatte, wirkte etwas zerstreut; vielleicht berechnete er, wieviel ihm nach der Halbierung durch den Staatsminister und der neunzigprozentigen Steueranhebung auf den Rest durch den Ministerialrat von seinem Gehalt bleiben würde. Indessen versäumte er es nicht, zwischen Kauen und Denken dem Staatsminister feindselige Blicke zuzuwerfen. Hätte dieser um das Brot gebeten, hätte er es vermutlich bekommen, aber ohne ein kurzes Lächeln.

Staatssekretär Svanberg ließ die ihn umgebende Kälte nicht unberührt. Er redete zwar, jedoch viel gedämpfter, viel sporadischer, während das Abendessen, das aus Sandwiches, Kalbsfilet und Eis bestand, seinen Fortgang nahm.

Der einzige Mensch, von meiner Schwester, der Gastgeberin, einmal abgesehen, der so war wie immer, das war der Staatsminister. Er erläuterte mit energischer Verwirrung die trivialsten Fakten über Japan und das japanische Volk, die für alle sensationelle und unbekannte Neuigkeiten darstellten. Ich empfand mit einem Mal große Sympathie für den japanischen Premierminister. Nachdem er endlich in der nordischen Nacht gelandet war, würde er spüren, daß er sehr weit gereist war.

Gleich nach dem Dessert, sich kaum Zeit lassend, die Hand der Wirtin unter dem Kronleuchter zu drücken, brach Staatssekretär Svanberg auf. Es hatte den Anschein, als beabsichtigte Konsul Karling, ihm zu folgen; er brachte einige abgehackte Dankesworte hervor und setzte zum Anlauf auf die Halle und den Flur an, doch der Staatsminister legte ihm den Arm um die Schulter und führte ihn zurück.

Den Kaffee nahm man im Wohnzimmer. Der Staatsminister hatte verschiedene Wände ausschlagen lassen und eine Atmosphäre geschaffen, die an einen behelfsmäßig hergerichteten Hangar erinnerte. Auch hier waren die Kinder bei uns. Man liest davon, daß die Jugend von heute nie zu Hause sei, sie treibe sich auf der Straße herum und bilde Cliquen oder jage Rentner. Doch der Nachwuchs meiner Schwester ist immer zu Hause. Außerdem halten sie sich in demselben Zimmer auf wie ihre Eltern und deren Gäste, was so gut wie ein Einzelfall sein dürfte. Bedenkt man, daß jedes Kind mindestens zwei Kameraden anzieht, ist leicht zu verstehen, daß das Wohnzimmer des Staatsministers kaum ein Aufenthaltsort ist, den ältere, gebrechliche Menschen aufsuchen, um nach dem Abendessen ihren Kaffee zu trinken.

Dennoch wird dort der Kaffee serviert.

An diesem Abend glich der Raum mehr denn je einem gutbesuchten Mehrzwecksaal. In einer Ecke spielte sich das ab, was der Kleidung nach zu urteilen die allwöchentliche Versammlung von Spångas Pfadfindern sein mußte. Offensichtlich wurde ihnen als gute Tat für den Tag Hilfsbereitschaft gegenüber älteren Mitmenschen eingeschärft, denn als ich mich bei einigen Gelegenheiten in meinem Sessel drehte, stürmten einige der uniformierten Kleinen herbei, zogen mich hoch und führten mich im Zimmer auf und ab (einmal auch zur Toilette), bis es mir gelang, zu verstehen zu geben, daß ich nur die Sitzposition zu verändern suchte. An einer anderen Stelle des Zimmers wurden verbrechensvorbeugende Maßnahmen trainiert und weiter hinten probte ein Orchester. Der Staatsminister, der sich zunächst an einem Holzfeuer im Kamin zu schaffen gemacht hatte, aber vom Rauch vertrieben wurde, war dazu übergegangen, eine Gruppe von Jugendlichen im Schottischen, einem polkaähnlichen Rundtanz, anzuführen. Sein Vortanz war energisch, allerdings weniger schön zu nennen. Mitten im Zimmer, gewissermaßen in Konkurrenz zu der Tanzgruppe, waren einige Jugendliche mit dem Bau eines Kanus beschäftigt.

Es herrschte ein wildes Treiben wie in der Hölle.

Ich begreife nicht, worin der tiefe Sinn bestehen soll, Milliardär zu sein, wenn man in solchen Verhältnissen leben muß. Genausogut könnte man seine Abende in einer Obdachlosenunterkunft verbringen oder bei einem Krawall oder beim Treffen einer Bürgerinitiative.

Nahe dem Eßzimmer waren ein paar Sofas zu einer Art Wagenburg zusammengeschoben worden, eine relativ friedliche Ecke, wo meine Schwester Margareta mit dem Verbandskasten und umgeben von ein paar betäubten Gästen präsidierte. Dort schliefen auch die Kleinsten. (Früher waren sie von ihren Kindermädchen in kühle, ruhige Räume gebracht worden, waren dort aber nicht eingeschlafen, zurück in den Krach getragen worden und sofort eingeschlummert. Als der Lärmpegel einmal sank, wälzten sie sich unruhig hin und her.)

Nach einer halben Stunde riß sich Konsul Karling los. Er verabschiedete sich von der Gastgeberin, und ich glaube, er bedankte sich bei ihr, doch die Worte verstand ich nicht, obwohl es vollkommen offensichtlich war, daß er sie herausschrie. Eine Viertelstunde später war eindeutig Frau Johansson der Ansicht, ihren Teil für das Essen abgeleistet und die jugendlichen Aktivitäten lange genug ausgehalten zu haben. Sie winkte mir ein wenig hilflos zu und wurde von einer verständnisvollen Gastgeberin in die Halle gelotst. Zur gleichen Zeit erhob sich Ministerialrat Dåâbh und bahnte sich den Weg über den Fußboden und riß den Staatsminister aus seinem Tanz. Dieser vollführte einige erschöpfte Gesten und verschwand mit seinem Gast im Arbeitsbereich.

Kurz danach begann meine Schwester, die Kinder eins nach dem anderen abzufertigen. In regelmäßigen Abständen führte sie mehrmals unterschiedlich viele Schläge gegen einen Gong aus, und bei jedem Signal (oder kurz darauf) löste sich eine Altersgruppe und wünschte eine gute Nacht. Ein General hätte sein Heerlager nicht mit größerer Gewandtheit und Autorität räumen können.

Dann saßen wir zusammen und unterhielten uns einige Zeit in Ruhe und Frieden. Meine Schwester interessiert es immer zu erfahren, wie es mir geht und wie ich in meiner Einsamkeit lebe. (Als sie klein war, trug ich sie auf den Schultern und war ihr Pferd und später, als ich ein Einkommen hatte, soll ich ihr Taschengeld aufgebessert haben. So etwas hat der große Bruder vergessen, aber nicht das Mädchen, das mit der Münze in der Hand zum Süßigkeitenladen lief.) Jetzt wollte sie von der Wohnung und den Reparaturen hören, und sie versprach, für neue Gardinen zu sorgen und den alten, abgewetzten Teppich im Flur zu erneuern.

Um halb elf Uhr ging sie hinauf in ihr Zimmer, und ich schlenderte ins Arbeitszimmer. Der Tabakrauch hing wie Nebelschwaden im Raum, und ich brauchte zu keinem gekünstelten Husten Zuflucht zu nehmen, um mein Kommen anzuzeigen. Der Glasermeister hatte offensichtlich einen Schnelleinsatz absolviert, da die auf so rätselhafte Weise eingeschlagene Fensterscheibe bereits erneuert worden war. Einen Augenblick lang spürte ich einen Stich von Neid gegen die Hohepriester der Demokratie – mit der Sicherheitspolizei im Rücken hätte ich wohl keine sieben Jahre lang warten müssen, damit meine gesprungene Kloschüssel ersetzt wird. Der Staatsminister legte gerade den Telefonhörer auf und schaute auf die Uhr.

»Dååbh!« rief er dem Ministerialrat zu, der an einem kleineren Tisch Unterlagen in seine Aktentasche steckte. »Sie sind fertig, oder? Ich fahre Sie in die Staatskanzlei und nehme den Chauffeur mit und fahre weiter nach Arlanda. Der Wagen ... Oh, mein Gott, der Wagen! Der steht ja immer noch an der Tankstelle! Wir müssen ihn holen.«

Er schaute mich einen Moment lang an, als beurteile er meine Qualität, spät am Abend Autos zu holen.

»Dååbh«, echote es dann, »Sie holen den Wagen, oder? Ich muß in der Kanzlei anrufen und herausfinden, ob dort wirklich ein Chauffeur ist und im Außenministerium ... Wie spät ist es? Halb elf, das schaffen wir problemlos!«

Ministerialrat Dååbh war zu uns gestoßen. Offensichtlich war er alles andere als zufrieden mit seiner Aufgabe als Autoholer. Sein Gesicht unter dem gelben, abstehenden Haar war genauso angepreßt und weiß wie bei unserer ersten Begegnung auf dem Gartenweg nach seinem Zusammenprall mit Staatssekretär Svanberg.

»Was zum Teufel ...«, setzte er an und rang die Hände in bekannter Manier, doch dann sorgte offensichtlich die Parteidisziplin dafür, daß er stillschweigend zuhörte, während der Staatsminister an den Verlauf der Straßen erinnerte.

»Sie sind in zehn Minuten wieder da!« rief er als Abschiedsgruß mit einem Anflug von Befehlston und stürzte sich von neuem aufs Telefon, das nach und nach die begehrten Auskünfte von sich gab.

Nach Ablauf von zwanzig Minuten war der Ministerialrat noch nicht zurückgekehrt. Der Staatsminister, der die letzten Minuten an den Schreibtisch getreten war und sich verbindlich verneigt hatte – offensichtlich übte er die Empfangszeremonie auf dem Flugplatz – unterbrach sich, schaute auf die Uhr und schrie los.

»Verdammt noch mal, jetzt wird's aber höchste Zeit! Wo bleibt er nur?«

In dem Augenblick kam er.

Ich glaube, ich habe noch nie einen so wütenden Menschen gesehen.

Mit rotgeränderten Augen, gelbem Haar und grimmig stand er da auf der Schwelle und starrte uns an. Adern schwellten und schwollen und lagen wie blaue Seile kreuz und quer über dem Gesicht, und der untersetzte Körper zitterte wie eine schwer arbeitende Maschine.

»War mit dem Wagen etwas nicht in Ordnung?« fragte der Staatsminister.

»Dieser verdammte Idiot ...«, brach der Ministerialrat hervor. »Dieser verdammte Idiot! ... Was? Das Auto war nicht vorgefahren. Und nicht betankt ... Und die Scheiben« – hier versagte ihm die Stimme – »die Scheiben waren schmutzig, und er hat nur gegrinst ... Dieser verdammte, verfluchte Idiot ...«

Der Staatsminister klopfte ihm zur Beruhigung auf die Schulter, zwinkerte verständnisvoll zum Abschied und sagte in einem Ton, den man bei einem ungerecht behandelten Kind anschlägt: »Na los, jetzt fahren wir! Wir schaffen es noch, Sie werden's schon sehen.«

5

Um neun Uhr am nächsten Morgen betrat ich den Bürotrakt der Villa.

Der Staatsminister war an Ort und Stelle, war aber nicht so unbekümmert wie sonst.

In den frühen Morgenstunden hatte man aus der Kanzlei angerufen. Die Besprechungen mit dem Gewerkschaftsführer über die Erhöhung der Verbrauchssteuer konnten nicht zu einem Ende gebracht werden, sondern befanden sich in einem äußerst heiklen Stadium. Herr Geijer war überaus aufgeregt und leicht reizbar, und der Bescheid war vom Ministerpräsidenten persönlich ergangen, daß sich der Staatsminister um jeden Preis am Tage fernzuhalten habe.

Ansonsten war die Autofahrt von Arlanda nach Stockholm mit dem japanischen Premierminister am Vorabend sehr anstrengend gewesen. Es stellte sich nämlich heraus, daß der Regierungschef nur seine eigene Muttersprache beherrschte und daß dem Außenministerium ein Irrtum unterlaufen war und einen vietnamesischen Dolmetscher geschickt hatte. »Die kommen immer von dort«, war ihre einzige Entschuldigung gewesen. Andere Mitarbeiter des Außenministeriums vor Ort konnten zusammengezählt elf interessante Sprachen, aber nicht Japanisch. Der Staatsminister war darum gezwungen, während der halbstündigen Fahrt mittels Gesten mit dem Gast zu kommunizieren. Nachdem man sich durch die zugelassenen Gesprächsthemen gestikuliert hatte, mußte er auf verbotene Gebiete zurückgreifen, und fast am

Haga Schloß angekommen, hatte er bei der Erwähnung von Schwedens Haltung in der Vietnamfrage womöglich eine etwas überspitzte Beurteilung in Form einer heftigen Armbewegung gemacht, unmittelbar gefolgt und unterstrichen von einem Stoß mit dem Bein und hatte sich dabei eine Kontusion – oder eine Konstitution, wie der Staatsminister es nannte – am Knie zugezogen.

Eine dritte Klippe der Verärgerung war Staatssekretär Svanberg. Er war weder in seiner Wohnung noch in der Kanzlei, noch an einem anderen erdenklichen Ort. Er war ganz einfach verschwunden.

Und seine Gegenwart an diesem Vormittag war dringend erwünscht. Der Staatsminister hatte nämlich einem alten Versprechen zufolge eine Delegation des Stockholmer Vereins der Wirtschaftsleiterinnen zu empfangen, die dem Justizminister ihre Ansichten über die steigende Kriminalität und das zunehmende Rowdytum in der Hauptstadt vorzutragen wünschte, und Staatssekretär Svanberg war der einzige, der im Besitz der – vermutlich erlogenen und in jedem Fall frisierten – statistischen Angaben war, die die Argumente der Frauen widerlegen, ihren Protest zum Verstummen bringen und ihre Befürchtungen zerstreuen sollten.

Und jetzt war dieses Superhirn, dieser vortreffliche Dialektiker verschwunden, und die Frauendelegation, die im letzten Augenblick von der Staatskanzlei nach Spånga umdirigiert worden war, wurde in einer Viertelstunde erwartet.

Der Staatsminister saß auf dem Sofa und versuchte sich an Verbrechen zu erinnern, besonders an die mit sinkender Zahl, die in der letzten Zeit begangen wurden, während Frau Johansson per Telefon in derselben Frage Fakten aus besser unterrichteten Kreisen zusammentrug.

Der Staatsminister störte uns die ganze Zeit mit einfältigen Vorschlägen, allerlei Gerede und Unsinn.

»Wir setzen dich auf den Stuhl dort hinüber und stellen

dich als Kanzleirat vor. Du siehst aus wie ein Beamter. Dich umgibt wirklich eine Aura von beruhigender Bürgerlichkeit. Und für dich wird es interessant sein, einmal zu sehen, wie es auf so einem Empfang zugeht. Aber das muß schnell über die Bühne gehen – wir haben um elf eine Sitzung. Ich setze mich hinter den Schreibtisch, das verleiht mir ein wenig Autorität, etwas mehr Autorität. Du mußt versuchen, die Sprecherin zu bezaubern, Frau Samuelsson heißt sie. Nimm ihre Hand, nein, das solltest du vielleicht lieber nicht tun, jedenfalls nicht die ganze Zeit, aber lächle sie an und sag, sie habe eine frische Gesichtsfarbe – ich habe sie gesehen, sie ist rot im Gesicht wie ein Stierkalb – und trägt Wirtschafterinnenkluft, ich nehme an, irgendeine gestreifte Tracht mit Borte und Schürze. Und ihr werdet sehen, Svanberg taucht auf, er kommt oft in letzter Sekunde. Wenn ich doch nur draufkäme, wo ich dieses wunderbare, spiegelverkehrte Diagramm habe, das beweist, daß die Kriminalitätsrate sukzessive sinkt ...«

Aber der Staatsminister hatte keine Zeit mehr, nach seinem Diagramm zu suchen, und Staatssekretär Svanberg hatte keine Zeit mehr, seinem Herrn beizuspringen, denn in just diesem Augenblick drängten sich schon die Frauen vor der Tür.

Frau Johansson eilte hinaus, um ordnend und helfend einzugreifen, der Staatsminister plazierte mich auf dem erkorenen Stuhl und nahm selbst eine würdevolle Haltung hinter dem Schreibtisch ein, die eine Hand lässig auf dessen Platte gestützt.

Und dann trabten die Frauen herein. Es waren nicht so entsetzlich viele, vielleicht drei Wagenladungen, und sie trugen Zivil, und ihnen fehlten die äußeren Attribute einer Hauswirtschafterin, abgesehen von einer gewissen gemeinsamen Tendenz zur Körperfülle. Vor allem die Lehrerin, Frau Samuelsson, war ein kräftiges Frauenzimmer. Und ein wütendes. Das graue Kostüm schien kurz davor, durch eine gefährliche Kombination aus innerem Leidensdruck und kräftiger Leibesfülle aus den Nähten zu platzen. Mit einer Handbewegung formierte sie ihre Hilfshauswirtschafterinnen zu einem bedrohlichen Halbkreis um den Staatsminister, der sich bereits etwas mehr auf den Schreibtisch stützte. Frau Samuelsson fixierte ihn mit einem Blick, wie ihn eine ältere, disziplinierte Volksschullehrerin gegen den Raufbold der Klasse einsetzt, und rief: »Herr Staatsminister!« und legte los.

Es war wahrhaft herzerfrischend. Die Regierung im allgemeinen und der Staatsminister im besonderen bekamen ihr Fett weg. Nach einem einleitenden, bissigen Resümee über die Preisentwicklung war Frau Samuelsson schnell zu ihrem Thema des Tages gekommen. Die Verrohung und der moralische Verfall in Stockholm wurde in grellen Farben ausgemalt. Sie beschrieb, wie Frauen und alte Menschen es aus Angst vor Gewalttätern nicht mehr wagten, ihre Wohnungen zu verlassen. Sie erklärte, sie sei selbst mehrmals von verlotterten Mannsbildern belästigt worden – eine Behauptung, der man meiner Ansicht nach kaum Glauben schenken durfte. Sie berichtete mit erstaunlicher Sachkenntnis und abstoßendem Realismus über die abscheulichen Morde in der Hauptstadt innerhalb der letzten fünf Jahre und schloß – nach einer Anhebung ihrer Oberweite, die nicht von dieser Welt war – mit der Forderung nach sofortigen und durchgreifenden Maßnahmen gegen »Raufbolde, Radaubrüder und kriminelle Subjekte« samt eines Appells an den Staatsminister, »ein Birger Jarl zu werden, der von neuem den Frauenfrieden in der Hauptstadt verteidigt».

Birger Jarl, der über dem Schreibtisch zusammengesunken war, stellte sich auf die Hinterbeine und begann das Gegenfeuer zu eröffnen. Er sprach von unserer im Grunde so gesunden Jugend, über die ständig steigenden Ressourcen, die die

Regierung und der Reichstag der Ordnungsmacht zur Verfügung stelle, er sprach von Polizeihunden, Polizeipferden und davon, wie er persönlich mit unermüdlicher Aufmerksamkeit die Entwicklung verfolge.

An dieser Stelle schnaubte Frau Samuelsson kräftig, doch der Staatsminister holte abermals aus und erklärte, die neueste Statistik belege, daß die Schwerkriminalität rapide abgenommen hätte. »Ich könnte Ihnen Zahlen zeigen ...«, sagte er.

»Tun Sie das!« antwortete Frau Samulesson.

»Ich könnte Ihnen Zahlen zeigen«, wiederholte der Staatsminister, »aber leider ist mein Diagramm im Moment ... ich weiß nicht, wo ...« – er suchte nach den richtigen Worten, und er fand sie: »Sie stehen mir im Moment nicht zur Verfügung.«

»Unordnung scheint sich von den Straßen ins Justizministerium ausgebreitet zu haben«, entgegnete Frau Samuelsson und lächelte grimmig. »Und warum verstecken Sie sich hier draußen in Spånga, in einem ruhigen Villenvorort? Traut sich nicht mal mehr die Regierung, in der Innenstadt zu arbeiten?«

Hier setzte der Staatsminister alles auf eine Karte.

»Hauswirtschafterinnen!« rief er. »Ich versichere Ihnen, ich gebe Ihnen mein Wort als Politiker ... ähäm. Ich gebe Ihnen mein Wort darauf, die Regierung hat die Lage unter Kontrolle. Wenn ich doch nur wüßte, wo ... Jetzt weiß ich es wieder! Jetzt fällt mir ein, wo das Diagramm ist, das beweist, daß eine Wendung zum Besseren stattgefunden hat!«

Er nahm Anlauf, durchbrach den Halbkreis der Hauswirtschafterinnen und stürmte auf einen der gewaltigen Eichenschränke an der Längswand zu.

»Hier«, rief er triumphierend, »hier ist der Beweis dafür, daß die Schwerkriminalität gerade jetzt rapide abnimmt! Der Beweis dafür, daß sich alle Mitbürger auf Stockholms Straßen ihres Leibes und Lebens genauso sicher sein können wie in diesem Zimmer!«

Und dann löste er einen Riegel und schlug die Schranktür auf.

Wir hatten Staatssekretär Svanberg unrecht getan.

Er mußte lange vor uns allen zur Stelle gewesen sein.

Er lag in Inneren des Schranks. Nein, vielleicht saß er mehr dort, zusammengekauert wie ein Embryo im Mutterleib. Der Kopf war auf die Seite gefallen, und die gebrochenen Augen schauten uns an.

Wir hatten uns alle zum Schrank umgedreht und mußten ihn alle im selben Augenblick entdeckt haben.

Ich entsinne mich der Stille, und ich entsinne mich der Schreie, der gellenden, hysterischen Schreie …

6

Es war abermals Vormittag.

Den ganzen Abend und die ganze Nacht hatte die Polizei in der Villa gearbeitet. Mit all ihren Männern und all ihren Apparaturen hatten sie Verhöre durchgeführt, Untersuchungen angestellt, Vermessungen vorgenommen, und erst im Morgengrauen waren sie fertig geworden.

Wir hätten wohl im Arbeitszimmer sitzen bleiben können, aber aus irgendeinem Grunde war es nicht zur Sprache gebracht worden. Darum saßen wir in der Bibliothek, dem einzigen ruhigen Privatraum im Haus. Der Staatsminister blätterte zerstreut in dem vorläufigen Polizeibericht, das Ergebnis der Mühsal des Tages und der Nacht.

»Es war doch etwas ärgerlich«, murmelte er. »Ich meine, er war doch immerhin mein engster Mitarbeiter. Und in meinem Schrank ... Erwürgt und das alles.«

Ich dachte bei mir, man mußte hohe Ansprüche haben, um das Geschehene als »etwas ärgerlich« beschreiben zu können. »Skandalös und erschütternd« waren die Worte, die ich in der Situation passender fand. Doch seine Reaktion wunderte mich trotzdem nicht. Der Staatsminister hatte schließlich seinen Staatssekretär noch nie leiden können, er hatte ihn zusammen mit dem Amt geerbt, und er hatte zuletzt am Vortag seinen Willen kundgetan, daß er ihn loszuwerden gedachte, auf die eine oder andere Art und Weise. Und was Ereignisse und Situationen – die peinlichen oder die anderen – anbelangt, so hatte er nie sichere Urteilskraft besessen. Seine

Naivität ist in solchen Fällen jener grandiosen Art, wie man sie sonst nur bei Kindern und anderen glücklich unterentwikkelten Individuen findet. Daran, daß der Todesfall ihn selbst in einem seltsamen Licht erscheinen lassen könnte, schien er folglich nicht auch nur einen zerstreuten Gedanken verschwendet zu haben. Recht häufig hat mich die dunkle Ahnung beschlichen, der Staatsminister sei als Staatsminister ungeeignet. Bisweilen frage ich mich, ob er als Mensch richtig geeignet ist.

Und jetzt blätterte er im Polizeibericht. Der Leiter der Ermittlungen war sehr kooperativ gewesen und hatte ihm die Unterlagen anstandslos zur Verfügung gestellt. Inwieweit es sich darauf zurückzuführen ließ, daß der Staatsminister sein höchster Chef war oder auf dessen Meriten bei anderen Mordfällen oder einfach nur auf die Tatsache, daß er, der Leiter der Ermittlungen, sich auf den vakanten Posten des Polizeipräsidenten von Stockholm beworben hatte, wage ich nicht eindeutig zu beurteilen.

Kurz und gut, der Staatsminister hatte den Bericht bekommen. Und jetzt schüttelte er schnell das Gefühl ab, es sei etwas Ärgerliches geschehen, und ging zu den Fakten über.

»Die Polizei hat sich natürlich auf das Arbeitszimmer konzentriert«, berichtete er. »Oder genauer gesagt auf die Arbeitszimmer, sie bilden ja eine Abteilung mit eigener Haustür zum Garten und nur einer Tür zum Privatbereich des Hauses. Die Fenster sind geschlossen und ordentlich verriegelt gewesen und sind nicht beschädigt worden. Der Glasermeister hatte die neue Scheibe vorrätig und kurz nach dem Abendessen eingesetzt, und der Kitt war trocken, als ich nach Arlanda fuhr, so daß wir mit irgendeiner Art von Hokuspokus nicht rechnen können. Svanberg und sein Mörder müssen also durch die Tür zum Garten oder zum Wohnzimmer in mein Arbeitszimmer gekommen sein. Wann? Ja, wann stand das Arbeitzimmer leer? Zuerst sollte ich vielleicht sagen, der

Gerichtsmediziner ist der Ansicht, er sei irgendwann zwischen halb elf und halb eins am Donnerstag abend gestorben, heute haben wir Samstag. In der Zeitspanne muß er auch in den Schrank verfrachtet worden sein, sagt der Doktor. Ich nehme an, er kann das anhand der Stellung der Gliedmaßen, der Leichenstarre und dergleichen feststellen. Nach dem Abendessen vorgestern hier – wir waren gegen halb sieben Uhr fertig – zog doch Svanberg seiner Wege, während Frau Johansson, Ministerialrat Dååbh und Konsul Karling noch mit uns im Wohnzimmer sitzen blieben und Kaffee tranken. Um sieben Uhr ging Karling, eine Viertelstunde später Frau Johansson und zur gleichen Zeit zogen Dååbh und ich uns zurück in mein Arbeitszimmer, wo wir bis kurz vor halb elf arbeiteten, als du hereinkamst und ich Dååbh zur Tankstelle schicken mußte, um den Wagen zu holen. Zwanzig Minuten später war er zurück, dann fuhren wir in die Staatskanzlei und von dort begab ich mich weiter nach Arlanda.«

Der Staatsminister faßte sich vorsichtig ans Knie.

»Ich kehrte kurz vor halb eins hierher zurück und ging ins Arbeitszimmer, lüftete und sammelte eine ganze Weile Unterlagen zusammen. Also: Das Zimmer war nur während meines Ausfluges nach Arlanda leer, zwischen zehn vor elf und zwanzig Minuten nach zwölf. In der Zeit mußte Svanberg ins Zimmer gekommen, ermordet und im Schrank versteckt worden sein. Das stimmt hervorragend mit den Angaben des Gerichtsmediziners überein, daß er irgendwann im Laufe der zweistündigen Zeitspanne zwischen halb elf und halb eins getötet und in den Schrank verfrachtet worden sein mußte.«

»Er mußte also schon da drinnen gelegen haben, als du zwischen halb eins und eins gelüftet und deine Unterlagen zusammengesammelt hast?«

»Natürlich«, antwortete der Staatsminister mit animalischer Unberührtheit.

»Und die Arbeitszimmer waren abgeschlossen, solange du fort warst?«

»Ja. Ich ließ hinter mir die Tür ins Schloß fallen, als ich mit Dååbh losfuhr, ich rüttelte sicherheitshalber noch mal dran, erinnere ich mich. Und du hast ja ausgesagt, du hättest es mit der Tür zum Privatbereich genauso gemacht, als du nach unserer Abfahrt dorthin zurückgingst, nachdem wir abgefahren waren. Als ich vom Flugplatz zurück war, waren beide Türen nach wie vor abgeschlossen. Und der Polizei zufolge hat niemand an den Schlössern herumgefummelt. Sie sind übrigens einbruchsicher, von der Sicherheitspolizei genehmigt und installiert. Wir haben schließlich eine Menge geheimer Unterlagen da drinnen. Folgerung?«

»Wer hat einen Schlüssel? Der Mörder ist unter den Schlüsselbesitzern.«

»Für die Tür zum Wohnzimmer haben nur Margareta und ich einen Schlüssel. Für die Außentür zum Arbeitszimmer, außer mir selbst und Margareta: Justizchef Rydlander, Frau Johansson und Ministerialrat Dååbh – er hatte seinen übrigens am selben Morgen bekommen, er war schließlich zum ersten Mal hier draußen.«

»Du hast Staatssekretär Svanberg vergessen.«

»Nein, er hatte keinen Schlüssel. Ja, das heißt, er hatte mal einen. Aber am Mittwoch hat er ihn in meinem Gartenteich verloren, und er kam nicht mehr dazu, sich gegen Quittung einen neuen bei der Sicherheitspolizei abzuholen. Ich stand selbst daneben und sah, wie der Schlüssel absoff, und gestern ließ die Polizei das Wasser ab und fischte ihn aus dem Sand.«

Ich kam mir langsam wie in einem Agentenroman vor.

»Aber wie konnte er dann am Mordabend hier hereinkommen?« wunderte ich mich, als ich mich von dem Schrekken erholt hatte.

Der Staatsminister sah zustimmend aus, als erachte er die Frage als passend und intelligent.

»Er muß mit einer Person hierher gekommen sein, die ihnen beiden aufschloß. Oder aber er kam als letzter und wurde von jemandem hereingelassen, der dort drinnen wartete. In dem Fall muß der Mörder unter den Besitzern eines Schlüssels zu dem Raum zu finden sein.«

»Du, zum Beispiel.«

»Ich?«

Der Staatsminister klang empört.

»Ja, du hast doch vorgestern gesagt, du willst deinen Staatssekretär loswerden, auf die eine oder andere Art und Weise. So oder so. Na, ich glaube an deine Unschuld. Es wäre raffinierter gewesen, ihn zum Regierungspräsidenten zu machen. Kein Blut – kein Märtyrer. Wie wurde nach Ansicht des Gerichtsmediziners eigentlich der Mord verübt?«

»Er wurde mit bloßen Händen erwürgt.«

»Dann muß es wohl ein Mann gewesen sein, oder?«

»Ganz und gar nicht. Svanberg war doch klein und schmächtig, wog nur 51 Kilo, entnehme ich dem Bericht. Wie zum Teufel wiegt man eigentlich eine Leiche? Ein robustes oder wütendes Frauenzimmer wäre ihm sicher gewachsen gewesen. Außerdem war er aller Wahrscheinlichkeit nach bewußtlos oder jedenfalls umnebelt, als er erwürgt wurde. Der Arzt hat nämlich eine Platzwunde am Hinterkopf gefunden. Der Mörder kann ihm also einen Schlag versetzt, daß er umfällt, und ihn dann erwürgt haben.«

»Ist das nicht ein bißchen unpraktisch? Warum nicht gleich richtig zuschlagen und die Sache in einem Aufwasch erledigen?«

»Tja, er – oder sie – hatte vielleicht keine Waffe, die schwer genug war. Oder aber der Schlag fiel nicht so aus, wie beabsichtigt. Oder aber es bestand keine Tötungsabsicht – der Impuls regte sich vielleicht erst, als er da auf dem Teppich lag. Oder aber alles spielte sich ganz anders ab. Es scheint jedenfalls festzustehen, daß er auf dem Teppich lag, als er erwürgt wurde. Im Haar auf dem Hinterkopf hat man nämlich Textilfasern von der Auslegeware im Arbeitszimmer gefunden. Und in der Mundhöhle und der Luftröhre waren weitere Textilstaubreste, leider nicht genug, um eine nähere Bestimmung zuzulassen. Er muß den Staub mit seinen letzten Atemzügen eingeatmet haben, als er auf dem Teppich lag und die Hände des Mörders sich seinem Hals näherten ... die Zimmer sind ja gut gegen den Rest des Hauses isoliert, so daß es nicht verwunderlich ist, daß bis dorthin kein Laut gedrungen ist. Ich höre nicht ein bißchen, wenn ich dort arbeite und die Kinder im Wohnzimmer nebenan alles auf den Kopf stellen. Alle waren übrigens um halb elf hinauf und zu Bett gegangen, du warst der letzte Mann hier unten in der Etage. Margareta hat erzählt, ihr sei gestern morgen beim Putzen der Arbeitszimmer – sie macht es immer selbst, wenn ich ein paar Unterlagen herumliegen haben sollte – aufgefallen, daß die Stühle neben der Tür zum Flur nicht mehr genau dort standen, wo sie sonst immer stehen. Wahrscheinlich waren sie umgefallen, als der Mörder sein Opfer niederschlug, und danach wieder aufgestellt wurden, aber nicht an exakt derselben Stelle. Ansonsten ist ihr nichts Besonderes aufgefallen. Allerdings wischte sie natürlich nicht im Schrank Staub. Aber den Teppich saugte sie gründlich ab – es wird doch immer viel Erde und Dreck hereingetragen, wenn die Leute direkt vom Garten ins Haus laufen. Svanberg hatte übrigens etwas Erde und Kies unter den Schuhen und am Hosenaufschlag, sehe ich. Und Grasflecke an den Absätzen. Klingt, als habe er sich hier im Gelände bewegt ... Was die Fingerabdrücke angeht, gibt es weder welche an der Tür noch am Schrank, noch an den Stühlen, abgesehen von solchen, die dort in Verbindung mit der Aufwartung der Hauswirtschafterinnen hinterlassen wurden. Aber es muß massenhaft andere gegeben haben. Folgerung?«

»Der Mörder hat sie nach der Tat abgewischt?«

»Genau. Und das gibt uns vielleicht das Recht zu einer weiteren Folgerung: Er ist nicht mit der Absicht zu töten gekommen. Wäre die Tat geplant gewesen, wäre er mit den Händen wohl vorsichtiger gewesen und hätte jedenfalls nach dem Mord Handschuhe getragen, als er die Stühle aufstellte und den Leichnam in den Schrank verfrachtete. Und dann hätte er hinterher auch nicht mit dem Taschentuch durchs Zimmer gehen müssen.«

»Irgendwelche Spuren im Garten?«

»Nein. Der Weg hier vorne entlang ist ja asphaltiert, und alles andere ist nicht spurenfreundlich. Und von der Gartenpforte bis zur Außentreppe ist alles mit Kalksteinplatten ausgelegt. Aber da ist ja noch der Kratzer ...«

»Der Kratzer?« wiederholte ich nach ermunternder Art der Lehrer, sogar bei vagen Anzeichen geistiger Aktivität Interesse zu bekunden.

»Ein dicker, ganz frischer Kratzer quer über das Türschloß zum Garten. Am Tag war er noch nicht da, dann wäre er mir aufgefallen. Der Mörder muß ihn beim Aufschließen gemacht haben.«

»Aber er dürfte sich doch sowohl mit der Tür wie mit dem Schloß ausgekannt haben, oder?«

»Ja, das ist ja das Seltsame. Und die Außenbeleuchtung brannte den ganzen Abend. Es ist übrigens kein normaler Stocherkratzer, er muß wohl mit dem Schlüssel fast gegen die Tür gefallen sein oder ihn mit ungeheurer Wucht über das Schloß gezogen haben. Vielleicht war er betrunken. Oder nur nervös ...«

»Und kein Mensch hat jemanden auf der Straße oder dem Gartenweg beobachtet?«

»Anscheinend nicht. Die Straße vor unserem Haus ist nur wenig befahren, vor allem spät abends. Es kommen vielleicht ein Auto oder ein Fußgänger in der Viertelstunde vorbei. Und die Gärten sind dichtbelaubt. Aber wenigstens vom ersten

Stock der Villa gegenüber muß man im Grunde den ganzen Kalksteinweg und die Außentreppe überblicken können. Und beide waren beleuchtet. Egal, die Polizei hat bestimmt noch nicht ihre Verhöre beendet ... Aber ich vergesse ja ganz zu erzählen, was der Gerichtsmediziner als wirklich interessant bezeichnet!«

»Aha«, sagte ich zögernd. Was Gerichtsmediziner nach der Leichenschau als wirklich interessant bezeichnen, kann meiner Erfahrung nach zwar interessant, aber auch sehr unappetitlich sein.

»Er sagt, Svanberg müsse die letzten Tage seines Lebens dreimal mißhandelt worden sein. Fragte, ob er als Sparringspartner für einen Boxer seinen Dienst versah. Er hatte nämlich drei große Blutergüsse im Gesicht, alle in unterschiedlichen Entwicklungsstadien. Den letzten muß er sich eine oder eine halbe Stunde vor seinem Tod zugezogen haben.«

Jetzt war mein Interesse geweckt. Auf diesem Gebiet hielt ich mich beinahe für so etwas wie eine Autorität.

»Die erste Ohrfeige wurde ihm von Frau Johansson verpaßt, als sie vom Kanapee im Arbeitszimmer aufgestanden ist, und da waren wir beide Zeugen. Nummer zwei handelte er sich etwas später im Garten vor meinem Fenster ein. Wer dafür verantwortlich war, habe ich natürlich nicht gesehen, aber es war ein ordentlicher Schlag, der ihn in die Knie gezwungen hatte. Über den dritten und letzten blauen Fleck kann ich keine Angaben machen. Das kann wohl nur der Mörder selbst.«

»Du meinst, der Mörder und Svanberg seien spät abends hierher gekommen, hätten sich unterhalten, und dann hätte der Mörder ihm einen Faustschlag ins Gesicht verpaßt, sich anschließend eine halbe Stunde weiter unterhalten und ihn dann erwürgt? Oder haben sich die beiden eine halbe Stunde lang geprügelt, ehe der Mörder auf die Idee gekommen ist, ihn zu erwürgen?«

Ich antwortete, daß ich in diesem Punkt keine eindeutige Meinung zu vertreten wagte.

»Egal«, sagte der Staatsminister, »aber warum hat der Mörder die Leiche in den Schrank verfrachtet? Warum diese zusätzliche, widerliche Arbeit, die große Mühe gekostet haben muß, auch wenn der Körper ungewöhnlich leicht war, als Körper betrachtet. Eine Panikreaktion?«

»Ich finde, das Ganze ist ziemlich klug eingefädelt und war bestimmt die zusätzliche Mühe wert. So wurde doch die Entdeckung des Verbrechens um fast einen Tag hinausgezögert. Wenn er die Leiche auf dem Boden hätte liegen lassen, dann wärst auch du nicht umhingekommen, sie bei deiner Rückkehr von Arlanda im Zimmer zu entdecken. Auf alle Fälle wärst du drüber gestolpert.«

»Ein anderer bemerkenswerter Umstand«, fuhr der Staatsminister unberührt fort, »ist, daß dem Toten der Mantel fehlte, als er im Schrank aufgefunden wurde, ebenso der Wollschal. Donnerstag abend war es schließlich kühl, nur drei Grad um elf Uhr, und als er nach dem Abendessen von hier aufbrach, hatte er eine Baskenmütze auf und seinen ledernen Halbmantel an. Was sagst du dazu?«

Ich sagte, meiner Ansicht nach klinge es schrecklich, mit Blick auf seine Stellung als hoher Beamter. Der Staatsminister jedoch entgegnete, er wolle kein Urteil über den Kleidergeschmack des Verstorbenen, sondern einen Kommentar über die Tatsache, daß dieser offenbar spät abends ohne Mantel und Kopfbedeckung zur Villa zurückgekehrt war.

»Er kam wahrscheinlich im Auto. Wo hatte er übrigens den Abend gesteckt, ehe er herkam und starb?«

»Tja, das ist das zweite Rätsel. Die Polizei weiß es nicht. Ich entsinne mich, daß ich ihn zum Hauptausgang hinausließ und beobachtete, wie er durch die Gartenpforte ging und nach rechts hinter der Hecke verschwand. Da war es halb sieben. Nach dem Glockenschlag scheint er wie vom Erdboden verschluckt zu sein. Kein Mensch hat ihn gesehen. Seine Frau sagt, er sei nicht zu Hause gewesen. Er hat kein Auto, nicht einmal einen Führerschein. Und kein Taxifahrer hat ihn chauffiert. Aber wir haben gerade von Mütze und Mantel gesprochen. Warum hatte er sie nicht mehr?«

»Er hatte sie vielleicht noch, als er hier ankam – im Auto oder zu Fuß. Aber der Mörder nahm Mantel und Baskenmütze mit, als er sich aus dem Staub machte. Frag mich aber bloß nicht, warum ...«

7

Das Telefon hatte wie ein wütendes Vogeljunges geschrien, und der Staatsminister stürzte sich auf den Apparat und stopfte den Hörer mit kleinen, unbestimmbaren Lauten, die danach in artikulierte Worte übergingen.

»Was, du bist hier? Und die auch! Ja, ich komme, ach nein, komm du lieber hoch! ... – Fleißige Gauner«, murmelte er und befreite sich von Hörer und Schnur. »Sie waren hier und legten heute morgen mit der Arbeit los, nachdem die Polizei ihr Okay gegeben hatte. Rydlander, Dååbh und Anita Johansson. Sie hat Svanbergs Schreibtisch gesichtet und ist mit einigen eiligen Unterlagen auf dem Weg. Ob ich die Gelegenheit nutzen und sie fragen sollte, was sie vorgestern abend gemacht hat und so weiter? Sie gehört zu den Personen, die einen Schlüssel zu diesem Zimmer haben ...«

Ich antwortete, mir fiele es schwer, mir eine Frau als Würger vorzustellen, aber der Staatsminister entgegnete, ich sei noch immer fest im alten Rollendenken verhaftet und forderte mich auf, mir die Ohrfeige ins Gedächtnis zu rufen, die sie zweifellos mit Kraft ausgeteilt hatte, und nötigte mich, ihrem federnden Gang und ihrer allgemeinen Geschmeidigkeit Aufmerksamkeit zu schenken.

»Würde mich nicht wundern, wenn sie abends Judo trainiert«, sagte er, und dann stand Frau Johansson in der Tür.

Das feuerrote Kleid war durch ein schwarzes ersetzt worden, eine stumme, aber gut sitzende Erinnerung an das Ableben des Staatssekretärs und Vorgesetzten. Die dunklen

Augen, das schwarze Haar und die kinnlangen, gerade geschnittenen Seitenarrangements (meine Güte, dachte ich nach Alt-Männer-Art echauffiert bei mir, sie muß eine Perükke tragen, beim letzten Mal hatte sie noch rote Haare!) vollendeten ein Gebilde, das rein farblich hoch gesteckte Ansprüche an einen Trauerfall erfüllte. Doch kein Künstler, der den Namen zu Recht trug, hätte sie unter seinem Pinsel wieder erstehen lassen können, ohne die nahezu wollüstige Lebenskraft einzufangen und zu vermitteln, die die sympathische Gestalt ausstrahlte, und die temperamentvolle Energie, die jeden Zug in dem braungebrannten Gesicht prägte.

Ich sah, wie sie auf uns zukam, und ich erinnerte mich, wie sie sich wutentbrannt vom Kanapee erhoben hatte, und war mit einem Mal überzeugt, daß sie, sollte Bedarf bestanden haben, in der Lage gewesen wäre, ihren totenschädelgleichen Chef in den Schrank zu bugsieren.

Der Staatsminister erhob sich und begann, vage und unzusammenhängende Kondolenzen abzusondern aus Anlaß dessen, was er zunächst als »diesen unangenehmen Vorfall« bezeichnete, es aber geschwind in »dieses tragische Ereignis« verbesserte, und die hinterbliebene Assistentin antwortete, indem sie – ganz und gar ohne Anzeichen eines Zusammenbruchs – den Verstorbenen als Chef und Mensch würdigte.

Nachdem der Choralgesang verklungen war, breitete sie den mitgebrachten Stapel an Unterlagen vor dem Staatssekretär aus und zeigte mit kurzen Schreibmaschinennägeln auf unterstrichene Linien und gewichtige Passagen, sprach außerdem langsam und deutlich und einen Anflug von Ungeduld übergehend, als sei der Staatsminister ein seltsames Zwitterwesen zwischen Kind und Diktaphon.

Sie saß die linke Seite mir zugewandt, und das Licht vom Fenster fiel auf sie. Ihr Anblick war sehr schön, und der Versuch war vollkommen vergeblich, es nicht genießen zu wollen.

Nach einer Weile entdeckte ich den blauen Fleck. Er war gleich unter dem Auge und schimmerte leicht, ganz leicht durch die Schicht brauner, erstarrter Creme ...

Sie war aufgestanden und schob die Papiere zu einem ordentlichen Bündel zusammen.

»Der Bericht über die Neuetabelierungskontrolle im Bergbau ist verschwunden.«

»Neuetabelierungskontrolle ...?« blökte der Staatsminister.

»Ja, Herr Svanberg war doch seit seiner Zeit im Industrieministerium Vorsitzender der Kommission. Die erste Korrektur des Berichts war am Donnerstag vormittag fertig, und er ließ sich ein Exemplar kommen, das er in die Aktentasche steckte. Aber das Schriftstück ist verschwunden.«

»Verschwunden?« wiederholte der Staatsminister.

»Er hatte es dabei, als er nach dem Abendessen hier aus dem Haus ging, und seitdem habe zumindest ich weder das korrigierte Exemplar noch den Bericht gesehen.«

Der Staatsminister starrte sie an.

»Wie ... seit wann haben Sie den blauen Fleck da?«

»Seit neulich abend. Ich bin gegen eine Tür gelaufen.«

Sie lachte. Ein sehr angenehmes Lachen.

»Was ... ähäm ... was haben Sie übrigens Donnerstag abend gemacht?« fragte der Staatsminister und versuchte ein unbeschwertes Gesicht zu machen.

Jetzt war sie ernst.

»Wenn Sie glauben, ich hätte Svante Svanberg erwürgt, dann fürchte ich, muß ich Sie enttäuschen. Ich gab ihm am Nachmittag im Arbeitszimmer eine Ohrfeige, das ist wahr, aber damit waren wir quitt. Ich war bis Viertel nach sieben hier, danke für das Abendessen übrigens, und dann ging ich nach Hause.«

»Ging?«

»Ja, ich wohne doch quer über die Straße.«

Der Staatsminister schaute verständnislos drein, eine Gabe, für die er ein angeborenes Talent besitzt.

»Aber da wohnt doch dieser alte, dicke Direktor. Wie heißt er doch noch gleich ...?«

»Johansson«, sagte die Assistentin hilfsbereit. »Ich bin mit ihm verheiratet. Anita *Johansson*. Und ich habe kein Alibi, denn ich war den ganzen Abend allein zu Hause. Mein Mann, der wirklich viel zu dick ist, war bis spät abends im Büro, und so tief in den direktorialen Überfluß bin ich noch nicht versunken, daß ich mir Personal hielte. Bis bald!«

»Oh, verflucht noch einmal«, sagte der Staatsminister. »Glaubst du, sie hat es mir übel genommen? Ich meine das mit ihrem dicken Direktor?«

Ich antwortete, daß sie solche Reaktionen wahrscheinlich gewohnt sei.

Der Staatsminister, der jetzt offensichtlich Blut geleckt hatte, erklärte, er wolle auch ein wenig mit Ministerialrat Dååbh »plaudern« und rief unten im Arbeitszimmer an. Während wir auf den Steuermann warteten, blätterte der Staatsminister im Polizeibericht.

»Er scheint ein Alibi zu haben, der Halunke. Nach dem Abendessen hier und dem Kaffee arbeiteten er und ich bis halb elf in meinem Arbeitszimmer, dann kamst du, und ich schickte ihn wegen der Staatskarosse zur Tankstelle. Nach zwanzig Minuten war er zurück, und anschließend fuhren wir in die Staatskanzlei. Ich ging hinauf, um einige Unterlagen zu holen, und ließ ihn im Konferenzsaal der Finanzbehörde zurück. Dort arbeitete er dann mit Sträng und fünf Steuermenschen bis vier Uhr morgens eine Regierungsvorlage aus. Arme Teufel, was muß das für eine Nacht gewesen sein! Dååbh war ja schon wütend, als wir losfuhren. Egal, es scheint einer von den normalen, gemütlichen vollen Abenden gewesen zu sein. Die einzige Abwechslung, die geboten wurde, waren die Liegestützen von Sträng und alle drei Stunden kurze Besuche auf der Toilette. Erklär mir mal, wie *er* da Svanberg erschlagen und im Schrank versteckt haben soll? Aber«, fügte er voller Hoffnung hinzu, »du wirst schon sehen, daß es in ihren Konferenzsälen dunkel und verraucht wurde und er sich gegen halb zwölf unbemerkt hinausschlich und einen Wagen auslieh. Zwanzig Minuten hierher, zwanzig Minuten zurück und fünf fürs Erwürgen, das macht eine dreiviertel ... Da kommt er!«

Diesmal brauchte man unter Schichten von verdeckender Creme weder zu suchen noch zu fahnden, um den blauen Fleck zu finden. Man sah ihn auf den ersten Blick. Er prangte dort mitten in dem breiten Gesicht, ungefähr auf halber Strecke zwischen dem gelben, kurzgeschnittenen Haar und der Stelle, wo der Hals der gewohnten Reihenfolge der Natur nach hätte anfangen müssen.

Der Staatsminister starrte wie eine hypnotisierte Schlange auf den Bluterguß, während der Ministerialrat uns informierte, wie weit im Finanzministerium die Prüfung der Regierungsvorlage zum erweiterten Rechtsbeistand vorangeschritten war. Als er fertig war und zu verstehen gegeben hatte, daß er bereit sei, Fragen über eventuell ausstehende dunkle Punkte zu beantworten, wollte der Staatsminister wissen, wie er zu dem blauen Fleck gekommen sei.

Ministerialrat Dååbh gab die recht knappe Antwort, daß er im Verlauf des Donnerstagabends in der Kanzlei gegen eine Tür gelaufen sei.

Der Staatsminister und Verhörleiter stellte klugerweise die Angabe des scheunentorbreiten Mannes nicht in Frage, sondern tastete sich in anderer Richtung vor.

»Schrecklich traurig, das mit Svanberg ...«

»Traurig?!« unterbrach ihn der Ministerialrat.

»Und wer kann Ihrer Meinung nach ...«

»Jeder.«

Der Staatsminister bedankte sich für den Besuch.

»Warum waren die beiden eigentlich zerstritten?« fragte ich in die Stille, nachdem die Tür mit Wucht geschlossen worden war. »Das kann wohl nicht nur an Svanbergs Aktienbesitz, seinem Zynismus über die Bewegung und an seinem reizbaren Naturell gelegen haben?«

»Nein, der Ursprung ist alter, verläßlicher Groll. Svanberg war ihm schon lange auf der Karriereleiter im Weg. Den Posten des Staatssekretärs zum Beispiel hatte sich Dååbh bestimmt schon für sich ausgerechnet. In einigen Fällen soll er davon gesprochen haben, daß er ›mit ihm abrechnen‹ wolle. Und du hast doch selbst gesehen, in welcher Verfassung er am Donnerstag nachmittag in den Garten gestürmt kam, nachdem Svanberg ihn gereizt hatte.«

»Sperr ihn ein«, schlug ich vor. »Ein Kerl kann nicht, darf nicht rumlaufen, so aussehen und sich so benehmen wie ein Mörder, ohne einer zu sein. Die Natur bringt nichts blindlings hervor. Und für einen Mann, der Steuertabellen mit neunzigprozentiger Anhebung erstellen kann, muß sich ein Erdrosselungsmord ziemlich harmlos ausnehmen.«

»Aber er hat doch ein Alibi! Sträng und fünf von seinen Jungs aus dem Finanzministerium schwören, daß er nie den Saal verlassen ...«

»Pfeif drauf! Ich habe Sträng noch nie über den Weg getraut. Mach Dååbh dingfest, solange es noch Zeit ist!«

Der Staatsminister blätterte.

»Er ist fünfundvierzig und seit fünf Jahren Witwer.«

»Verhafte ihn. Außerdem fehlt ihm eine Alibi für zwanzig Minuten in der entscheidenden Zeitspanne. Um halb elf hast du ihn losgeschickt, um das Auto zu holen, und er war erst zehn Minuten vor elf wieder zurück. Zwanzig Minuten sind nicht viel, meinst du vielleicht. Aber ich habe Kriminalromane gelesen und weiß, daß Menschen die abscheulichsten Morde innerhalb von zwanzig Minuten begehen können.

Sagen wir, Dååbh geriet mit seinem alten Rivalen Svanberg in der VIP-Lounge der Tankstelle aneinander, die haben bestimmt eine mit Teppich, der erklärt, woher die Textilfasern in seinem Mund und auf seinem Kopf kommen. Die Fasern auf dem Kopf stammen den Experten zufolge wahrscheinlich vom Teppich in deinem Arbeitszimmer, aber auch Experten können sich mal irren. Egal, Dååbh bringt ihn mit einem Schlag auf den Kopf zum Schweigen und erwürgt ihn. Anschließend verfrachtet er ihn hierher, und ehe er das Arbeitszimmer betritt, wo wir warten, *schnürt er sich die Leiche mit einem Riemen auf den Rücken.* Svanberg ist schmächtig, und Dååbh breit und weil er geschickt vermeidet, uns den Rücken zuzuwenden, bekommen wir nie zu sehen, was er da trägt. Langsam geht er im Rückwärtsgang zum Schrank – ungefähr so wie ein Nobelpreisträger, der sich vom König entfernt, nachdem er seine Auszeichnung in Empfang genommen hat – und als unsere Aufmerksamkeit einen Augenblick lang nachläßt, öffnet er die Schranktür und schwupps! gleitet die Leiche hinein. Das Zimmer war noch dazu voller Tabakrauch, und bei schlechter Sicht kann alles Mögliche passieren. Denk nur mal an den nebeligen Morgen in der Schlacht bei Lützen, wo Gustav II. Adolf 1632 starb! Wir drei waren zwei Minuten lang zusammen dort drinnen – dank der Literatur kenne ich Mörder, die das Unternehmen in der Hälfte der Zeit bewerkstelligt hätten. Nimm ihn fest!«

Der Staatsminister, der nicht schwer für einen kühnen Gedanken zu gewinnen ist, hing schon am Telefon.

Er machte ein enttäuschtes Gesicht, als das Gespräch beendet war.

»Die Tankstelle hat keinen Raum mit Teppich. Und Dååbh war nur fünf Minuten da, schrie die ganze Zeit und beschimpfte das Personal, weil der Wagen nicht vorgefahren und betankt war. Außerdem waren auf der Seitenscheibe noch Spritzspuren.«

Er saß eine Weile still da, Sorgenfalten auf der Stirn. Der Traum, der nie wahr werden sollte, war als Traum zu schön gewesen, um wahr …

»Übrigens«, sagte er und kehrte in die graue Wirklichkeit zurück, »übrigens hätten wir darauf achten sollen, ob Dååbh die Leiche auf dem Rücken festgezurrt hatte. Ich meine, er ist zwar breit, aber auch ziemlich klein. Svanbergs Beine müssen also bei ihm unten auf dem Boden geschleift haben, und die hätten wir gesehen. Natürlich ist Dååbh ein echter Schlachtertyp«, fuhr der Staatsminister mit generöser Geste fort. »Doch bei genauerer Überlegung muß ich doch zugeben, daß die Tat nicht ganz zu ihm paßt. Er könnte bestimmt einen Menschen umbringen, aber dabei würde er jemanden totschlagen, nicht ermorden. Bis zum Wahnsinn gereizt, würde er jemanden erwürgen oder den Schädel mit einer Flasche einschlagen oder mit der Schrotflinte erschießen und dann die Flucht ergreifen und verschwinden, alles andere außer seiner Wut vergessend. In diesem Fall ist der Tathergang ein anderer und viel raffinierterer. Der Mörder hat seinem Opfer offensichtlich zunächst einen relativ leichten, beherrschten Schlag auf den Kopf versetzt und ihn dann da erwürgt, wo er am Boden lag. Danach hat er am Tatort alle Spuren beseitigt: die Leiche ordentlich im Schrank verstaut, abgeschlossen, den Riegel vorgeschoben, die umgefallenen Stühle aufgestellt und systematisch alle Fingerabdrücke abgewischt. Erst nachdem er all diese Maßnahmen getroffen hat, hat er sich aus dem Staub gemacht und dabei vermutlich den Mantel und die Baskenmütze des Opfers mitgehen lassen. So eine eiskalt ausgeführte Nachbesserung stimmt psychologisch nicht mit dem Bild überein, das ich von Dååbh habe.«

Mit dem Staatsminister über Psychologie zu diskutieren ist kein Unterfangen, auf das man sich ohne zwingenden Grund einläßt, darum wendete ich mich einem anderen Ende des Fadens zu.

»Auch Svanbergs Aktentasche ist seiner Assistentin Frau Johansson zufolge seit dem Mordabend verschwunden. Und auf diesem Wege auch der Bergbaubericht. Kann eine Person ein Interesse daran gehabt haben, sich diese Unterlagen zu beschaffen?«

»Leute im privaten Bergbau würden natürlich einiges dafür geben, so schnell wie möglich die Pläne der Behörden in Erfahrung zu bringen ... Meine Güte, denkst du dabei etwa an Konsul Karling?«

»Ja. Kurz vor dem Abendessen am Donnerstag überraschte ich ihn allein im Zimmer der Mitarbeiter. Ich hatte ganz entschieden den Eindruck, er hätte dort irgend etwas verschwinden lassen. Und er machte ein Gesicht, als hätte ich ihn auf frischer Tat ertappt.«

»Oh, verdammt!« Der Staatsminister hatte sich erhoben und angefangen, im Zimmer auf und ab zu traben.

»Du hast ihn vielleicht gestört, als er gerade auf der Suche nach diesem Bericht war. Dann traute er sich nicht mehr, weiterzumachen. Und nach dem Abendessen verschwand Svanberg damit in seiner Aktentasche. Vielleicht folgte Karling ihm, forderte ihn zu einem Gespräch auf und als er nicht bekam ... Nein, ich kann es mir nicht vorstellen! Er ist zwar geschäftsführender Direktor, aber Mord?«

»Wann bist du ihm zuletzt begegnet?«

»Auf einem Kongreß, das muß wohl ein halbes Jahr her sein. Aber das war in Stockholm. Hier draußen ist er vorher noch nie gewesen.«

»Ist es da nicht etwas sonderbar, daß er gerade an dem Tag hier aufkreuzt, wenn der Bergbaubericht fertig ist? Der offizielle Grund, dich in einer Investmentsache um Rat zu fragen, kann doch reine Tarnung gewesen sein.«

»Mein Gott, um Himmels Willen, das wird eine Aufsichtsratssitzung geben!« schrie der Staatsminister. »Da werde ich hingehen.«

»Auf die Gefahr, eine Enttäuschung zu erleben: Konsul Karling kann nicht der Mörder sein. Er hat doch keinen Schlüssel zum Arbeitszimmer.«

Der Staatsminister sah aus wie ein Kind, das die versprochene Lakritzschnecke nicht bekommen hatte.

»Da hast du recht! Verflucht noch mal! Sofern er sich nicht am Donnerstag den Schlüssel von einer anderen Person beschafft hat. Aber alle haben ihren noch, und Svanbergs lag im Gartenteich. Obwohl ich glaube, wir sollten Karling einmal genauer unter die Lupe nehmen. Er rief heute morgen an und bat wieder um ein Treffen mit mir. Die Regierung war bestimmt nicht ganz zufrieden mit meiner Entscheidung vom Donnerstag in der Investitionsfrage. Aber ich werde standhaft bleiben. Er hätte jetzt kommen sollen, ich gehe hinunter und schaue nach. Laß mich das Verhör ... ähäm, das Gespräch führen. So etwas erfordert ein gewisses Maß an Fingerspitzengefühl.«

Ich antwortete, daß ich mich genau davor fürchtete.

8

Einige Minuten später traten die beiden Businessgiganten Seite an Seite ein. Konsul Karling begrüßte mich freundlich beiläufig, so wie man einen alten Lehrer eben begrüßen kann, wenn Leben und Karriere endlich bewiesen hatten, wer recht gehabt hatte und wer nicht, als die Noten in Mathematik und Deutsch damals in jenem Frühjahr verteilt wurden. Die Kinnlade war fest, die Stärke des Handschlages schmerzhaft und die allgemeine Aura von Effektivität nahezu betäubend.

Doch der Mann war trotz allem nicht aus Granit. Er war nicht unverwundbar. Auch er konnte unter der Gesichtshaut verfärbte Blutergüsse bekommen. Und das Merkwürdigste war, daß er nicht nur einen, sondern zwei an jedem Auge hatte.

»Ich hoffe, Sie entschuldigen, daß ich die Sonnenbrille auflasse«, begann er. »Ich bin nicht ganz vorzeigbar. Am Donnerstag abend …«

»Ich weiß«, sagte der Staatsminister. »Sie sind gegen eine Tür gelaufen.«

Die symmetrischen Gesichtszüge schienen für einen Augenblick kurz davor, den gleichen Verfall zu erleiden, den ich zwei Tage zuvor beobachten konnte, als ich ohne anzuklopfen das Zimmer der Mitarbeiter betreten hatte und ihn dort, die Hände auf dem Rücken und mit schuldbewußter Miene, angetroffen hatte. Die Linien seines Kinns wurden umgruppiert, und die drohende Auflösung verwandelte sich in ein Lächeln, halb verlegen, halb erstickt.

»Woher …? Das bin ich ganz und gar nicht! Die Glühbirne zu Hause im Flur war durchgebrannt, und als ich eine neue einschrauben wollte, stieß ich gegen eine Tür, die meine Haushälterin unvorsichtigerweise hatte offenstehen lassen. Als ich mich dann weiter zum Lichtschalter vorwärts tastete, lief ich gegen eine Kommode. Eine hohe Kommode. Eher ein Schrank.«

»Sie sind spät am Donnerstag abend nach Hause gekommen?« fragte der Staatsminister in lässigem Tonfall.

»Überhaupt nicht. Ich bin direkt von hier nach Hause gefahren und war vor acht Uhr dort. Und dann arbeitete ich im Schreibzimmer, bis ich ins Bett ging. Das kann meine Haushälterin bestätigen«, fügte er etwas unangebracht hinzu.

»Ins Bett mit der Haushälterin vor acht Uhr«, murmelte der Staatsminister abwesend – es war offensichtlich, daß er in Gedanken seinen taktvollen Vorstoß in der Aktentaschenfrage vorbereitete.

Konsul Karling lachte heiser und unnatürlich, wie es natürlich ist, wenn man der plumpen Spaßhaftigkeit seines Chefs ausgesetzt ist.

»Studienrat Persson behauptet, er habe Sie am Donnerstag überrascht, wie Sie im Arbeitszimmer in Svanbergs Unterlagen gewühlt haben.«

Ich empfand beinahe widerwillig Bewunderung. Selbst wenn ich es den ganzen Tag geübt hätte, wäre es mir nicht gelungen, mich so tölpelhaft auszudrücken.

Konsul Karling wandte mir sein verbittertes Gesicht zu.

»Das ist das Unverschämteste und Unwahrste, das ich je von einer Person Ihres Berufsstandes gehört habe!« fauchte er mich an. »Es stimmt, daß ich im Arbeitszimmer war, als Sie ohne anzuklopfen hineingeschneit kamen. Aber ich hatte einen legitimen Grund, mich dort aufzuhalten. Vorher, am Nachmittag, hatte sich Staatssekretär Svanberg meinen Füller ausgeliehen, seiner war kaputt, und dann hatte er ihn mit ins Arbeitszimmer genommen und ihn dort liegenlassen. Als ich es erfuhr, war es nur zu natürlich, hineinzugehen und ihn zu holen. Und das geschah selbstverständlich mit seinem Wissen und seiner Zustimmung.«

Vielleicht war es seine Art, sich auf Worte eines Toten zu berufen, die mich dazu verleitete, den Handschuh aufzuheben, vielleicht die Erinnerung an lebhafte Wortduelle mit wortgewandten und mit weniger Schneid ausgestatteten Schülern.

»Sie behaupten, Sie hätten Ihren Füller an Staatssekretär Svanberg verliehen, weil sein eigener defekt war? Das ist seltsam. Als die Polizei ihn in seiner Tasche fand, funktionierte er tadellos.«

Konsul Karling starrte mich an, als sei ich ein aufsässiger, aber beklagenswert gut informierter Sekretär.

»Ja, ich habe die Wahrheit etwas vereinfacht, um Ihnen die Möglichkeit zu geben, mitzukommen. Staatssekretär Svanberg hatte seinen Füller im Arbeitszimmer *vergessen*. Er lieh sich meinen, ließ aber auch den auf dem Schreibtisch liegen. Ich ging hinein und holte ihn mir.«

Er wandte sich mit einem kriecherischen Lächeln an den Staatsminister.

»Wenn ich Sie recht verstanden habe, so könnten Sie sich vorstellen, Ihre Einstellung zum Bergbauprojekt einer Überprüfung zu unterziehen? Aber glauben Sie nicht, wir sollten uns besser unter vier Augen darüber unterhalten?«

Doch der Staatsminister erhob sich mit den Worten, sein Entschluß in der Bergbaufrage stehe nach reiflicher Überlegung ein für alle Mal fest und basiere auf unerschütterlichen wirtschaftlichen Gesetzen, womit er ihn zur Tür geleitete.

»Die blauen Flecke«, sagte ich, als er mit leeren Händen gesegnet zurückkehrte. »Woher um Himmels Willen kommen all diese blauen Flecke? Sind die ansteckend? Einer von ihnen kann gegen eine Tür gelaufen sein, aber nicht alle. Die

Leiche des Staatssekretärs hat drei Stück, Konsul Karling zwei, Ministerialrat Dååbh und Frau Johansson haben je einen. Der Fall mit dem grün und blau geschlagenen Mörder …«

Der Staatsminister, der mich anstarrte wie ein Kind den Zauberer, unterbrach meine Überlegungen.

»Woher zum Teufel weißt du, daß Svanbergs Füller nicht kaputt war?«

Ich antwortete, ich hätte noch nicht einmal gewußt, daß er überhaupt einen besessen habe, aber daß Politiker nicht das Alleinrecht genossen, in brenzligen Situationen zu bluffen.

Der Staatsminister schnalzte beeindruckt.

»An seinen Angaben über den Füller ist etwas faul, finde ich. Selbst abgesehen davon, daß er von seiner ersten Vision abgerückt ist, als du ihn unter Druck gesetzt hast. Und warum mußte er die Hände auf dem Rücken halten und ein Gesicht machen, als hätte man ihn auf frischer Tat ertappt, als du das Arbeitszimmer betratst, wenn er sich in ehrlichen Absichten dort aufhielt? Es gehört viel dazu, wenn ein geschäftsführender Direktor ein Gesicht macht, als hätte man ihn auf frischer Tat ertappt. Nein, wir sollten ein ernstes Gespräch mit seiner Haushälterin führen, die ihm das Alibi liefert. Du ahnst nicht, was man alles von Haushälterinnen erfahren kann, wenn man bei ihnen den richtigen Ton trifft. Aber erst ist Rydlander dran! Führe … bitte ihn herein!«

Bereits vor dem Todesfall hatte Justizchef Rydlander in seinem schwarzen Anzug und mit seiner sehr traurigen Miene an einen Beerdigungsunternehmer in Ausübung seines Berufes erinnert. Jetzt, da der dunkelblaue Schlips gegen einen schwarzen vertauscht worden war, machte es die Übereinstimmung perfekt und recht beklemmend. Ein blauer Fleck hätte die Tristesse aufgelockert – aber es gab keinen blauen Fleck, nur die eulenrunden Brillengläser. Ich versuchte nicht daran zu denken, doch da löste sich das mondbleiche Gesicht total auf und wurde flach, verschwommen und glattgestrichen wie eine Planke aus einem Zaun um eine kommunale Baustelle.

Die Herren hatten offensichtlich schon miteinander gesprochen, denn ein einleitendes Geläut zum Gedenken des verstorbenen Mitarbeiters erfolgte nicht. Nachdem ein Mindestmaß an Dienstgesprächen erledigt war, begab sich der Staatsminister schnell auf privates Terrain.

»Schade, daß Sie am Donnerstag nicht zum Abendessen geblieben sind, nicht?«

Der Justizchef befeuchtete sich die Lippen.

(»Der Kerl ist doch nervös!« dachte ich bei mir.)

»Ja, ich hatte ja schon eine andere Einladung. Zum Bürochef Eriksson von der Leitung des Gefängniswesens«, ergänzte er, wie um dem Verdacht vorzubeugen, er habe seinem Dienstherrn wegen einer Lappalie oder Kleinigkeit einen Korb gegeben.

»Aber er wohnt doch hier im Skogsstigen! Bloß ein paar Häuserblocks weiter!« rief der Staatsminister mit schlecht gespielter Überraschung aus. »Gingen Sie direkt dort hin?«

»Nein, ich nahm ein Taxi, zog mich zuerst um und ruhte mich aus.«

»Und Sie holten Ihre Frau ab?«

»Nein, es war ein später Herrenabend. Eriksson hatte das Freigangskommittee einberufen, um mir die Gelegenheit für vertrauliche Kontakte zu geben.«

»Und wann brachen Sie auf?«

»Zwischen halb elf und elf, glaube ich.«

»Sie nahmen natürlich den eigenen Wagen, oder?«

»Nein, ich habe Bus und U-Bahn genommen. Im Stockholmsvägen gibt es doch eine Haltestelle. Und ich schlafe besser, wenn ich erst einen Spaziergang an der frischen Luft gemacht habe.«

»Hatten Sie viel getrunken?«

Die Hand bürstete auf dem Jackettaufschlag herum, und die Zunge befeuchtete die Lippen.

»Überhaupt nicht. Nur ein paar Gläser Wein. Und einen Cognac zum Kaffee.«

»Und Sherry zum Eis und einige Whiskeygroggs am Abend?« schlug der Staatsminister hilfsbereit vor.

»Das ... das ist schon möglich. Ich erinnere mich nicht so genau ... Aber ich war vollkommen nüchtern, als ich mich auf den Weg machte. Selbstverständlich. In keinerlei Hinsicht beeinträchtigt.«

An dieser Stelle beugte sich der Staatsminister vor und starrte seinen Justizchef eindringlich an – offenbar suchte er nach blauen Flecken hinter den Brillengläsern. Dabei entstand im Gespräch eine Pause, die Justizchef Rydlander mit kurzen Hustgeräuschen ausfüllte. Mir war dieses Gehuste früher schon aufgefallen, und ich war zu dem Schluß gekommen, daß es sich bei ihm um einen Mann mit starken gesellschaftlichen Ambitionen, aber ohne die erforderlichen Fähigkeiten handelte. Nicht in der Lage, das entstandene Schweigen mit geistreicher oder irgendeiner anderen Konversation zu überbrücken, flüchtete er sich in etwas, das ich als sozialen Husten bezeichnen möchte. Hin und wieder flatterten auch die Hände zum Kragen empor, um unsichtbare Schuppen fortzubürsten. Als Gesellschaftsmensch im herkömmlichen Sinne war Justizchef Rydlander vielleicht nicht besonders auffällig, aber als Huster oder Flatterer oder Lippenbefeuchter kann ich mich nicht erinnern, je seinesgleichen begegnet zu sein. Langen Winterabenden im Kreise der Familie dürfte er einen, wenn schon nicht farbenfrohen und unterhaltenden, so doch einen auffallenden Charakter verleihen – ungefähr so wie eine schnurrende Katze oder ein sich unaufhörlich kratzender Hund, dachte ich bei mir, während der Staatsminister in seiner Musterung der Gesichtshaut fortfuhr.

Nach einer Minute hielt Herr Rydlander offensichtlich die Huster nicht mehr für geeignet, das Schweigen auszufüllen, da er in einen nervösen Redefluß ausbrach.

»Ja, das alles war schrecklich. Ich kann zwar nicht behaupten, ich hätte Svanberg persönlich nähergestanden oder daß ich ... Aber die Vorstellung ist entsetzlich, daß es mit ihm ein solches Ende genommen hat, daß er erwürgt, *ermordet* wurde in diesem verrauchten Zimmer.«

Seine Worte klangen, als habe der Tabakrauch dem Todesfall eine besonders tragische Note verliehen.

»Er hat natürlich immer klein gewirkt, finde ich. Aber das sah vielleicht nur so aus, weil er so leicht und schmächtig war ... Nie hätte ich für möglich gehalten, daß ich ihn zum letzten Mal gesehen hatte, als ich Sie am Donnerstag vor dem Abendessen verließ. Ich erinnere mich, wie der Phlox duftete, als ich den Gartenweg entlangging. Wie bei einer Beerdigung ...«

»Na, was sagst du dazu?« fragte der Staatsminister, nachdem sein Justizchef, begleitet von einer Serie von Hustern, abgetreten war.

»Er wirkt nervös.«

»Wirkt er wirklich nervös? Er hustete und bürstete ungewöhnlich viel, finde ich. Wenn er Viertel vor elf zum Abendessen aufbrach, dann hat er überhaupt kein Alibi – der Mord wurde doch zwischen halb elf und halb eins begangen.«

»Es war ehrlich von ihm, es ohne Kratzfüße zuzugeben. Das spricht für seine Unschuld.«

»Oh, ihm ist klar, daß so etwas unter allen Umständen immer rauskommt. Es waren schließlich mehrere Gäste da.

»Warum hast du ihn gefragt, ob er getrunken hatte?«

»Er gießt gern einen hinter die Binde. Und du erinnerst dich an den Kratzer am Schloß, oder? Wir setzen ihn auf die Liste der Verdächtigen.«

»Da steht er schon. Er hat schließlich einen Schlüssel zum Arbeitszimmer.«

»Dann setzen wir ihn auf die Liste der besonders Verdächtigen.«

»Und aus welchem Grund sollte er Staatssekretär Svanberg ermordet haben?«

»Wie ich schon gesagt habe, sie haben bei der Arbeit nicht an einem Strang gezogen. Vielleicht keine unmittelbaren Zusammenstöße wie zwischen Dååbh und Svanberg. Aber Svanberg wälzte eine Menge langweiliger Arbeit auf dessen Abteilung ab. Das hält eine stolze und sensible Natur nicht bis in alle Ewigkeit aus.«

Ich fand, der Staatsminister zöge mit erstaunlichem Gleichmut die Vorstellung vor, der höchste Beamte in seinem Ministerium sei von dem nächsthöchsten ermordet und in einem Schrank versteckt worden. Aber neue Männer standen wahrscheinlich allzeit bereit ...

»Ich zerbreche mir den Kopf über den Apfel«, meldete sich der Staatsminister wieder zu Wort. »Wer hat ihn am Donnerstag nachmittag durchs Fenster ins Arbeitszimmer geschleudert? Und warum?«

Ich fragte, ob es sich dabei um eine Art von politischer Demonstration gehandelt haben könnte, doch der Staatsminister glaubte nicht, daß so etwas in Spånga möglich sei.

»Am Donnerstag war es im Garten unruhig«, murmelte er. »Zuerst wurde Svanberg dort niedergeschlagen, und dann kam der Apfel. Und am Abend der Mord. Ich würde gern wissen, ob da ein Zusammenhang besteht ...«

9

Am späten Nachmittag fuhr der Staatsminister auf Kondulenzbesuch zur Witwe.

So wie er auf dem Rücksitz saß mit seinem dunklen Anzug und anderen Attributen der Ernsthaftigkeit angetan, erinnerte er zunächst an einen gut entwickelten Konfirmanden. Auf dem Schoß lag ein Strauß weißer Callas, der überreicht werden sollte. Ich hatte versucht, ihn von diesem Vorhaben abzubringen, der Staatsminister jedoch hatte erklärt, daß es üblich und angebracht sei und geschehen werde.

»Eine stattliche Frau«, murmelte er. »Eine richtige Walküre. Sie nimmt sehr selten am Gesellschaftsleben teil, ich bin ihr tatsächlich nur einmal begegnet. Aber sie ist eine geschickte Tennisspielerin, du hast ihren Namen bestimmt in der Zeitung gelesen: Svea Svanberg.«

Auf meine Frage, ob das Paar Kinder habe, antwortete der Staatsminister, daß er nichts dergleichen gehört habe und ergänzte, daß Staatssekretäre selten Kinder hätten oder zumindest sehr wenige Fälle bekannt seien, in denen sie sich während ihrer Amtszeit fortpflanzten. »Ich nehme an, daß sie dazu einfach keine Zeit haben. Oder aber sie haben Angst, daß man es ihnen als mangelnden Diensteifer von ganzem Herzen auslegen könnte.«

»Die Abendzeitungen scheinen gekommen zu sein«, fuhr er fort und drehte sich nach einem Kiosk um, wo die Schlagzeilenplakate versuchten, einander zu überbieten, wie zwei aufgedonnerte Huren, die an derselben Straßenecke Posten bezogen hatten. »Die Polizei hat selbstverständlich mit ihr gesprochen, aber Näheres war von ihr noch nicht zu erfahren.«

Das Haus lag in Enskede, und sehr viel mehr war kaum darüber zu sagen. Wir gingen zwischen bäuerlichen Fliederbüschen und anderen volkstümlich ungepflegten Gewächsen den mit Kies bestreuten Weg entlang. Der Staatsminister befreite die weißen Callas von dem dünnen Seidenpapier, rückte den Knoten seines Schlipses zurecht und drückte auf die Klingel.

»Man hat sie bestimmt zu Bett gebracht«, murmelte er nach dem vierten Läuten.

Ich meinte, sie ruhe sich gewiß bei Angehörigen aus.

»Was für ein schrecklicher Schock das für sie gewesen sein muß!« sagte der Staatsminister und machte ein Gesicht, als sei ihm dieser Umstand gerade in diesem Moment erst eingefallen. »Vielleicht sollte ich einfach nur meine Visitenkarte abgeben?«

Ich antwortete, daß das eine ausgezeichnete Lösung für dieses heikle Problem sei, und der Staatsminister zog sein Schreibwerkzeug hervor.

»Was schreibt man da eigentlich?« brummelte er und kaute auf dem Stift. »›Bedaure zutiefst, daß man Ihren Mann erwürgt in meinem Schrank aufgefunden hat?‹ Ach so, das sind unnotige Details? Aber dann so ...«

Als er endlich eine angemessene Formulierung gefunden hatte, begann er Blödsinn von sich zu geben dergestalt, daß er die Karte auf bestimmte Weise knicken müsse, um zu beweisen, daß er persönlich dagewesen war.

»Man macht es an den Ecken. Es ist wie eine eigenständige Sprache, man kann nahezu alles damit ausdrücken. Wollen mal sehen, es werden wohl die beiden oberen Ecken sein? Es wäre doch peinlich, wenn ich die falschen knicke und daraus würde: ›Bitte wählen Sie die Waffen und benennen Sie

Ihren Sekundanten. Wir treffen uns in der Morgendämmerung am Fluß.‹ So, jetzt aber. Und wohin mit den Blumen?«

Er steckte die Stiele in den Briefkasten.

Es sah aus, als trauere das Haus um den Briefträger.

Der Staatsminister zog sie heraus und betrachtete nachdenklich die Fassade.

»Eigentlich sollte man sich Zutritt verschaffen«, murmelte er. »Bestimmt liegt sie da drinnen, allein, verzweifelt, trostbedürftig. Vielleicht denkt sie gerade in diesem Augenblick an eine Tat der Verzweiflung ... Wenn du mich ein Stück hochhebst, dann könnte ich an den Balkon kommen ... Nein? Verflucht seien die Menschen, die an so einem Tag Tennis spielen! Es müßte ein Gesetz zum Frieden in einem Trauerhaus geschaffen werden. Bestimmt irgendwelche Bengel. Na los, wir gehen sie zusammenstauchen!«

Schon bei unserer Ankunft war monotones Aufschlagen eines Balles von einer Stelle auf der anderen Seite des Hauses zu hören gewesen, und ich ergriff gern die Gelegenheit, um mich von der Haustür zu entfernen. Das Gerede vom Balkon hatte mich stark beunruhigt.

Einige Büsche, eine Hecke, und vor uns lag der Tennisplatz, umgeben von dem üblichen, hochgeschlossenen Zaun aus Bäumen. Auf dem Platz stand eine einsame, weißgekleidete Dame und schickte mit kräftigen Schlägen einen Ball nach dem anderen übers Netz. Zu ihren Füßen lagen unzählige Bälle wie Eier um eine produktive und habsüchtige Henne.

Offensichtlich übte sie sich im Aufschlagen.

Sie war – obgleich nicht mehr jung – zweifellos sehr hübsch. Aber ihre Schönheit war von der muskulösen, staturhaften Art. Hochgewachsen, die blonden Haare lose auf die nackten Schultern herabhängend und die braungebrannten Gliedmaßen in der Abendsonne spielend, ließ sie an das auf Barrikaden kämpfende Frauenideal eines Künstlers denken, auch wenn die Fahne der Revolution hier gegen einen festbespannten Tennisschläger vertauscht war.

Der Mann an meiner Seite wies Anzeichen von Erregung auf.

»Mein Gott«, quakte er, »da ist *sie!* Sie höchst persönlich! *Die Witwe!*«

Er kratzte das Netz entlang wie eine neurotische Spinne, bis er eine Öffnung fand, auf den roten Aschenplatz schlüpfte und zu kondulieren begann.

Ich wage zu behaupten, daß es einer besonderen Kombination von Eigenschaften bedarf, um einer so gut wie taufrischen Witwe überzeugend zu kondulieren, die dabei ist, ihren Aufschlag zu verbessern. Ein Höfling im Versailles des 18. Jahrhunderts hätte es womöglich fertiggebracht. Dem Staatsminister gelang es nicht. Ich verstand nicht jedes Wort – viel wurde von den Schlägen gegen die Bälle übertönt –, aber das Wenige, das ich mitbekam, hörte sich abgehackt, angestrengt und wenig überzeugend an.

Zwischen zwei kräftigen Aufschlägen rief sie dann etwas, das wie »Danke!« klang, und bedeutete mit einer Armbewegung, der Staatsminister möge ihr die Bälle zurückwerfen. Er gehorchte, obgleich die Callas ihn beträchtlich behinderten. Im Laufe der Zeit war er gezwungen, auf seiner Jagd nach den Bällen immer entlegenere Bereiche des Platzes aufzusuchen. Offensichtlich fuhr er auch noch während dieser anstrengenden Übungen mit seiner Gedenkrede in einer Inbrunst fort, die man als bewundernswert und fanatisch bezeichnen kann. Als er zwischendurch auf dem Sprung nach einer mit Bällen versehenen Ecke vorbeiflatterte, vernahm ich die Worte »unersetzbarer Verlust«, »Arbeitskollege und Freund« und »zum Wohle des Landes«.

Allmählich ließ die Intensität der Aufschlagskraft nach, und nachdem eine Reihe von Bällen im Netz gelandet war, warf die Frau mit einem verärgerten Ausruf den Schläger fort.

»Jetzt geht's nicht mehr! Die Bälle können da liegenbleiben. Ich spiele etwas später weiter.«

Der Staatsminister, dessen Kleidung bei der Arbeit auf dem Platz ins Stadium der Auflösung übergegangen war und der vom roten Belag bis hoch zu den Knien verschmutzt war, näherte sich abermals mit den Callas, jetzt jedoch auf eine für ihn untypische, fast verstohlen schleichende Art. Die Gedenkrede war gehalten, den Bällen und dem Wind gehalten und von ihm verweht, und er überreichte die Blumen mit einer Krümmung des Halses und einem Laut, als würde man einen Korken aus einer Flasche ziehen.

Die Frau betrachtete den derangierten Strauß mit einem Blick, der eine gewisse Zärtlichkeit verriet.

»Ach, wie rührend! Sind die für Svante? Da müssen wir schnell hineingehen und sie ins Wasser stellen, dann halten sie sich noch bis zur Beerdigung!«

Wir folgten abstandslos, ich meine mich zu erinnern, daß der Staatsminister ihre Schläger trug. Wohlbehalten im Hause angekommen, äußerte er den Wunsch, die Toilette aufsuchen zu dürfen, dem entsprochen wurde. Ich selbst wurde ins Wohnzimmer geführt, wo ich mich zum ersten Mal seit zwanzig Jahren versucht fühlte, dankend einen Drink anzunehmen.

»Ich bin auch sehr maßvoll«, kommentierte die Gastgeberin meine Enthaltsamkeit. »Während der Saison trinke ich im allgemeinen keinen Tropfen. Aber an so einem Tag wie heute! Erst das mit Svante und dann zehn Bälle hintereinander ins Netz! Entschuldigen Sie mich einen Moment, ich hole nur etwas Eis.«

Frau Svanberg verschwand und überließ mich apathisch der Betrachtung einiger Vitrinen mit gravierten Silberbechern.

Sie, das Eis und der Staatsminister kehrten gleichzeitig zurück. Er hatte seine Kleider geordnet und war sichtlich erfrischt, auch das detektivische Funkeln war zur Stelle. Doch auch dieses Mal ergriff die Witwe die Initiative.

Sie war auf einen langen, dunkel bezogenen Ruhesessel aus Rohr gesunken. Sie lagerte dort wie eine Leopardin in Ruhestellung, dem äußeren Anschein nach träge, aber mit Wachsamkeit, Stärke und Reaktionsschnelligkeit dicht unter der geschmeidigen Haut. Die schulterlange Mähne lag wie glatt gekämmtes Goldhaar hinter dem Kopf, und ihr Blick war so blau wie bei einer Prinzessin aus dem Märchen. Somit hatte das Gesicht nichts von der Süßlichkeit einer Oblate. Die festen Linien um Mund und Kinn zeugten von Willensstärke und Zielstrebigkeit, und die Fältchen um die Augen waren nicht das Werk der Sonne, sondern der Beginn der mittleren Lebensjahre und würden vom Schlaf nicht fortgewischt werden.

An die bläuliche Färbung, die Beule dachte man kaum. Sie paßten zu der sportlichen, federnden Erscheinung, wie Wunden einen Kämpfer nach einer Schlacht kleiden …

Sie schaute uns an, die wir da am Fußende saßen, und lächelte sparsam.

»Ich verstehe, daß Sie erstaunt sind, mich auf dem Tennisplatz anzutreffen. Ich meine, so kurz nach dem Tod meines Mannes. Wir sind elf Jahre verheiratet gewesen und nach herkömmlichen Vorstellungen sollte ich wohl jetzt eine verzweifelte Witwe sein. Aber ich will keine Trauer heucheln, die ich nicht empfinde. Und Tennis ist in gewisser Hinsicht mein Beruf. Es erfordert hartes und regelmäßiges Training. Und ich kann Ihnen versichern, daß Svante nicht einen Abend seiner Arbeit ferngeblieben wäre, wenn ich es gewesen wäre, die da im Schrank gelegen hätte …«

Der Fuß, der über die Kante des Chaiselongues aus Rohr ragte, lag nicht still.

Er wippte auf und ab, eine rasche, regelmäßige Bewegung.

Sie lächelte.

Sie sprach so leichthin, so unbeschwert.

Unberührt aber war sie nicht, nicht vollkommen unberührt …

Und ich fand, das machte sie auf jeden Fall etwas menschlicher.

»Aber«, sagte der Staatsminister naiv, »Sie haben ihn doch nun einmal geheiratet?«

Frau Svanberg breitete die Arme aus wie in Resignation über einen unerreichbaren Ball.

»Ja, meine Güte, Herrgott! Ich war neunzehn Jahre alt und war ohne Abschluß von der Schule abgegangen, das einzige, was ich konnte, das war Tennis, und er war zwölf Jahre älter und wollte nichts anderes, als mich versorgen. Ich würde von zu Hause wegkommen und mich ganz dem Tennis widmen können. Und er war unterhaltsam und hatte das gewisse Etwas, dem Frauen kaum widerstehen können.«

Wieder lächelte sie wie über eine nicht allzu angenehme Erinnerung.

»Es müssen innere Werte gewesen sein, denn sehr viel war an ihm ja nicht dran. Na ja, schon in der Hochzeitsnacht ahnte ich, wie es werden würde. Wir heirateten im April, und er rackerte sich für einen Faulpelz von Minister mit einem Interpellationsantrag ab. Als wir vom Hochzeitsessen nach Hause kamen, hatte er die Arbeit dabei. Wir schliefen natürlich zusammen, aber zwischendurch fuhr er auf und schrieb eine Runde an dem Interpellationsantrag, ich kann mich erinnern, daß es dabei um Schweineprämien ging. Er war zu der Zeit in allerhöchstem Maß potent, es war, als hätte ich einen Aufzug im Bett. Und es ging weiter, wie es angefangen hatte. Er schrieb nicht jede Nacht und nie wieder über Schweine, glaube ich, aber er verschwand morgens und tauchte erst spät abends oder früh morgens wieder auf, je nachdem wie man's nimmt. Nach einem Jahr kümmerte ich mich um meine Angelegenheiten, saß nicht mehr mit dem kalten Aufschnitt wach und stieg wieder Vollzeit in den Tennissport ein. Wir entwickelten uns übrigens ziemlich parallel in unseren verschiedenen Welten. In dem Jahr, als ich den Queens Cup im Handikap gewann, wurde er zum Ministerialsekretär ernannt, als ich Båstadmeisterin in den offenen Klassen wurde, machte man ihn zum Ministerialrat, und in dem Sommer, als ich das Semifinale in Wimbledon erreichte, wurde er zum Staatssekretär befördert ... Ich glaube, er war mit seinem Leben und mit sich selbst ganz zufrieden. Hier zu Hause hatte er Hotel und Essen mit allen Vorzügen, einen gut gefüllten Kühlschrank und ein komfortables Zimmer. In der Innenstadt hatte er seine Arbeit, seine Karriere – und seine Sekretärinnen. Bald machten wir auch in getrennten Richtungen Urlaub. Im Winter war ich drei Wochen auf den Kanarischen Inseln und vermißte ihn nur, wenn ich mir den Rücken mit Sonnenöl eincremen wollte.«

»Sie haben erwähnt, er hätte seine Sekretärinnen ...?« tastete sich der Staatsminister voran.

»Ja, Sie wollen doch nicht etwa behaupten – obwohl Sie ziemlich weltfremd sein sollen, abgesehen von all den Kindern natürlich –, daß Sie nicht mitbekommen haben, daß er eine auffallende Sammlung von jungen, süßen Sekretärinnen hatte? Und daß er kaum wie ein Vater für sie war? Besonders diskret war er schließlich nicht.«

Der Staatsminister saß schweigend da. Es schien, als denke er zurück, erinnere sich der einen oder anderen Sache, zähle eins und eins zusammen und bekomme ein stimmiges Ergebnis.

»Sie hätten sich scheiden lassen können, oder?« versuchte er anschließend.

»Ja, natürlich hätten wir das. Aber was hätte da aus mir werden sollen? Ich habe keine Ausbildung, und kein Gericht billigt einer gesunden Dreißigjährigen ohne Kinder Unterhalt zu. Und ich wollte Tennis spielen, nicht hinter einem Tresen stehen oder in einem Büro an der Schreibmaschine sitzen.«

»Aber ... wie werden Sie denn jetzt zurechtkommen?«

Nun lächelte sie nicht. Sie lachte.

»Mein lieber Herr Staatsminister, mein Mann hatte ein hohes Einkommen, und die Witwenrente fällt nicht schlecht aus. Übrigens hatten wir ein gemeinschaftliches Testament, das Haus gehört also jetzt mir. Und seine Aktien und Bilder. Hätte Svante mich überlebt, hätte er meine Tennisbälle bekommen.«

Der Staatsminister zuckte zurück wie vor einer unangenehmen Erinnerung.

Doch er riß sich von dem Vergangenen los.

»Ihr Mann war am Donnerstag bei mir zum Abendessen. Er brach auf, sobald wir fertig waren, so gegen halb sieben. Wann kam er hier zu Hause an?«

»Gar nicht. Und ich habe auch nicht auf ihn gewartet. Beim Morgentee – seit langem unser gemeinsames Bindeglied – hatte er hervorgeräuspert, er muß Überstunden machen und kommt spät nach Hause. Das gewohnte alte Lied.«

»Ich verstehe«, sagte der Staatsminister und sah wie ein mitleidiger Kurator aus. »Nun scheint er aber auch nicht in seinem Zimmer in der Kanzlei gewesen zu sein. Haben Sie eine Ahnung, wohin er gegangen sein könnte, als er uns nach dem Abendessen verließ?«

»Ja, arbeitete er nicht, dann würde ich vermuten, war er bei einer Sekretärin.«

Der Staatsminister beschrieb auf polizeiliche und enervierende Art emsig ein in Wachstuch eingeschlagenes Notizbuch.

»Waren Sie vorgestern abend zu Hause?«

»Ich habe allein hier zu Abend gegessen – gekochten Zander, wenn das für die Ermittlung von Bedeutung sein sollte – und anschließend las ich Zeitungen. Um halb neun fuhr ich mit dem Auto in die Stadt und guckte mir »Nie mehr allein« im Park-Kino an. Schrecklich langweilig, vollkommen vergleichbar mit dem Zander – tun Sie sich das nicht an, wenn es sich vermeiden läßt. Um halb zwölf war ich wieder zu Hause. Nach wie vor allein. Und dann gingen wir zu Bett.«

»Wir?«

»Ja, ich und der Zander.«

»Aber in der Zwischenzeit kann Ihr Mann doch zu Hause gewesen sein, zumindest kurz, während Sie im Kino waren, oder?«

Sie dachte nach.

»Ja, das kann natürlich sein. Aber ich glaube nicht, daß das der Fall war. Ich merke es immer, wenn er zu Besuch kommt. Der Kühlschrank ist geplündert, Geschirr und Gläser stehen im Spülbecken – in jedem Fall Gläser – und so weiter. Und ich fand alles wieder vor wie bei meiner Abfahrt.«

Der Staatsminister benetzte den Daumen und blätterte eine neue Seite um.

»Haben Sie eine Ahnung, warum jemand Ihren Mann umbringen wollte?«

Frau Svanberg lächelte und wand sich eine Strähne ihres sonnengoldenen Haares um den Finger. Mir fiel auf, daß sie keinen Ring trug.

»Sie haben ihn doch selbst gekannt. Er war geistreich und unterhaltsam, allerdings meistens auf Kosten anderer. Ich erinnere mich, daß ich mich früher einmal über den Sarkasmus und Zynismus amüsierte. Er selbst war nach wie vor sehr amüsiert. Aber ich kann mir vorstellen, daß es einige Leute nicht waren. Er muß, ehrlich gesagt, den Leuten kolossal auf die Nerven gegangen sein, oder? Vielleicht wenn man hitzköpfig ist oder lange genug gereizt wird ... Im übrigen nehme ich an, daß mein Mann wie alle anderen, die es auch so weit nach oben auf der Karriereleiter geschafft haben, über viele

Mitbewerber geklettert sein mußte. Aber diejenigen, über die er kletterte, waren wohl in dem Fall ungewöhnlich stark aufgerieben, da mein Mann immer Spikes benutzte.«

»Schuhe mit Spikes?« wunderte sich der Staatsminister. »Er benutzte Spikes? Daran habe ich gar nicht gedacht.«

Frau Svanberg schnalzte mit der Zunge.

»Das war eine Metapher. Aber Sie brauchten ja überhaupt nicht zu klettern. Sie wurden bestimmt per Luftpost befördert, gleich ganz nach oben an die Spitze. Vielleicht sollte ich übrigens erzählen, daß ich am Donnerstag abend hier Besuch hatte«, fuhr die Frau fort, offenbar durch die Erinnerung des Staatsministers inspiriert, der sie vom Fußende des Lagers glotzäugig anstarrte. »Um halb neun, gerade als ich ins Kino fahren wollte, fiel mir ein, daß ich einen Schläger auf dem Platz hatte liegenlassen, darum ging ich nach draußen und holte ihn rein. Erst als ich wieder im Flur war, fiel mir auf, daß das Licht nicht mehr brannte, weder dort noch über der Haustür. Im selben Augenblick merkte ich, daß weiter weg im Flur jemand war, an der Tür zum Wohnzimmer. Ich tastete nach dem Lichtschalter, aber da kam der Schatten direkt auf mich zu. Ich schlug mit dem Schläger zu – ein Rückhandschlag – und spürte, daß ich getroffen hatte, als er an mir vorbeistürzte und durch die Haustür entkam. Ich bin ihm nach, sah aber nicht viel und als mir einfiel, die Außenbeleuchtung einzuschalten, war er natürlich schon über alle Berge.«

»Haben Sie ihn erkannt? Kann es Ihr Mann gewesen sein?«

»Warum sollte er den Flur verdunkeln und herumschleichen wie ein Einbrecher? Übrigens versetzte er mir einen kräftigen Stoß; ich frage mich, ob Svante den überhaupt mit einem Satz zustande gebracht hätte. Er war doch recht klein, wie Sie wissen.«

Sie zeigte auf ihr Auge.

»Er muß mir eine Kopfnuß verpaßt haben, von dem blauen Fleck werde ich bestimmt die ganze Woche etwas haben.«

»Er? Dann war es also auf alle Fälle ein Mann?«

»Genau. Soll heißen, davon bin ich ausgegangen. Aber selbstverständlich gibt es auch gut durchtrainierte und starke Frauen. Und wie Sie sich vielleicht denken können, war keine Zeit für nähere Untersuchungen. Für Tasten oder ähnliches. Wenn Sie wollen, kann ich Ihnen gern genau demonstrieren, wie es abgelaufen ist.«

Der Staatsminister, der einen starken Hang zu handgreiflichen Demonstrationen und geschmacklosen Rekonstruktionen hat, stand schon im Flur.

»Ich kann es natürlich nicht genauso dunkel machen wie an dem Abend«, erklärte Frau Svanberg und zog die Vorhänge vor die Fenster. »Aber das müssen wir uns vorstellen. Der Staatsminister darf der Eindringling sein, der aus dem Schatten stürmt, dann spiele ich meine eigene Rolle. Er hat in der Ecke da drüben gestanden, als ich ihn zuerst gehört habe. Nein, dichter an der Kommode. Und ich kam also vom Garten rein und machte die Haustür auf, die war nicht abgeschlossen, ich war schließlich nur wenige Minuten draußen und betrat den Flur. Da hörte ich, daß sich jemand bewegte – wenn der Herr Staatsminister sich etwas bewegen wollte.«

Der Herr Staatsminister bewegte sich etwas, und ein Steingutstück fiel zu Boden.

Es spannte sich um den Mund von Frau Svanberg.

»Ich hatte den Schläger in der linken Hand, so daß ich in beengter und ungewohnter Stellung zuschlagen mußte. Wenn der Herr Staatsminister jetzt einen Satz machen wollte und auf mich losstürmen würde, dann werden wir sehen, wie es sich abgespielt hat.«

Der Staatsminister duckte sich und zögerte einen Augenblick – recht natürlich, muß ich sagen, wenn man bedenkt, daß es darauf ankam, eine Frau anzugreifen, der er sich eben erst mit einem Strauß weißer Callas genähert hatte. Aber er schloß die Augen, arbeitete sich zurück zum Stadium eines Neandertalers und legte los.

Ich sah, wie sich ein Arm erhob und hörte einen Schrei, einen gellenden, geradezu unmenschlichen Schrei. Die Tür krachte auf, und der Staatsminister verschwand, die Hände vors Gesicht geschlagen, den Kiesweg entlang.

Als ich ihn an der Gartenpforte eingeholt hatte, stand die roggenblonde Witwe auf der Treppe und rief uns nach:

»Genau so war es! Aber der vom Donnerstag schrie nicht so fürchterlich. Und ich habe heute auch fester zugeschlagen. Es war irgendwie stummer, so als würde man auf einen Netzpfosten einschlagen. Ich hatte überhaupt nicht vorgehabt, so fest zuzuschlagen, es kam aber automatisch. Wie wenn ein Ball auf dem Platz auf mich zufliegt. Man schlägt einfach zu. Man schlägt einfach …«

10

»Das hat sie mit Absicht getan«, quengelte der Staatsminister, während er ins Auto krabbelte. »Ich bin sicher, das hat sie mit Absicht getan! Sie hat ihren Mann mit bloßen Händen erwürgt, und jetzt versucht sie, mich mit dem Tennisracket zu erschlagen, um nicht entdeckt zu werden. Was für eine schreckliche, was für eine abscheuliche Frau!«

War der Staatsminister zum Kondolieren wie ein blühender Konfirmand erschienen, so kehrte er jetzt grün und blau geschlagen, verdreckt und aufgeregt zurück.

Aber nicht gebrochen.

Schon nach wenigen Häuserblöcken funktionierte er wieder – mit Notizheft und allem Drum und Dran.

»Selbst wenn die juristische Beweisführung rein formell in einigen Details ergänzt werden muß, steht schon jetzt vollkommen fest, daß wir einer Mörderin begegnet sind«, erklärte er feierlich.

»Aber sie war doch in jedem Fall am Donnerstag zwischen neun und halb zwölf im Kino, also zu einem Großteil der fraglichen Zeit. Zwar allein, aber die Kassiererin oder der Hausmeister können vielleicht ...«

»Sie war diesen Donnerstag nicht im Kino.«

Der Staatsminister sah zufrieden aus auf der rechten Gesichtshälfte – die linke befand sich jenseits allen menschlichen Ausdrucksvermögens.

»Sie hat gelogen, dieses Weibsstück. Vorige Woche Donnerstag guckte sie ›Nie mehr allein‹ im Park-Kino. Als ich auf der Toilette gewesen war, nutzte ich die Gelegenheit – ganz routinemäßig – für eine Untersuchung ihres Mantels, der im Flur hing. Ich fand die Eintrittskarte. Sie war am siebten gültig. Und das war vorige Woche Donnerstag. Sie kam gerade dann in den Flur, als ich sie entdeckt hatte – seltsam übrigens, daß du sie nicht länger im Wohnzimmer aufhalten konntest. Aber ich behauptete, ich hätte mir mein Taschentuch aus dem Regenmantel geholt.«

»Du hattest doch gar keinen Mantel bei dir, oder?«

»Nein, das war der Schwachpunkt des Arguments, das muß ich zugeben. Aber mir fiel nichts Besseres ein. Sie konnte sich bestimmt denken, daß ich Ermittlungen angestellt habe, sie verdächtigt und mit dem Verbrechen in Zusammenhang gebracht wird. Das ist der Grund, warum sie dann versuchte, mich mit dem Tennisracket zu erschlagen.«

»Sie hat sich vielleicht nur im Tag geirrt ...«

»Man vergißt nicht, was man an dem Abend vorhatte, an dem der eigene Ehemann umgebracht wird. So verrückt ist sie nicht.«

»Aber vielleicht hat der Schock ...«

»Welcher Schock? Sie wirkte schockierend ungeschockt, hat sogar ausdrücklich das Ableben des Gatten mit zehn Aufschlägen ins Netz verglichen. Nein, das mit dem Kino war ein kaltblütiger, aber unbeholfener Versuch, sich ein Alibi zu verschaffen.«

»Sie hat den Film am Donnerstag vielleicht noch einmal gesehen. Und die Eintrittskarte für die Vorstellung hast du dann gefunden.«

»Man schaut sich nicht zweimal hintereinander einen Film an, den man mit einem Stück alten, verbrauchten Zanders vergleicht, vor allem nicht, wenn der Vergleich zum Vorteil des Fisches ausfällt. Übrigens«, fuhr der Staatsminister fort und dämpfte die Stimme zu einem Flüstern – vollkommen überflüssig, da der Chauffeur im Laufe seines Dienstes alles gehört und gesehen haben dürfte –, »übrigens hat man schrecklicherweise herausgefunden, wenn ein verheirateter Mann oder eine verheiratete Frau ums Leben gebracht wird, dann ist so gut wie immer die bessere Hälfte mit einer Schlinge oder Axt oder Pulver am Werke gewesen. Auch wenn das mit dem Tennisracket und der Eintrittskarte nicht wäre, muß sie die Mörderin sein. Das ist sozusagen statistisch erwiesen.«

Ich hatte die ganze Zeit das Gefühl, daß die Frau, obgleich sie unvorsichtig mit den Gerätschaften im Dunkeln hantiert und sich in mancherlei Hinsicht merkwürdig verhalten hatte, keine Mörderin war. Daß die Statistik sie mit dem Verbrechen in Zusammenhang brachte, überzeugte mich vollkommen von ihrer Unschuld.

Ich suchte nach einem Argument und fand es.

»Aber wie hätte sie sich Zutritt in dein Arbeitszimmer verschaffen sollen? Sie hat schließlich keinen Schlüssel!«

»Mein lieber Freund, sie hat bestimmt ihre Tat geplant, rechtzeitig einen Abdruck von den Schlüsseln ihres Mannes gemacht und sich einen Nachschlüssel besorgt. So viel Zusammenleben hatten die beiden wohl in jedem Fall noch, daß sie zwischendurch Zugriff auf seine leeren Hosen gehabt hat.«

»Da du alles weißt, weißt du bestimmt auch, wer der Einbrecher in das Haus war?«

Der Staatsminister machte ein zufriedenes Gesicht.

»Ja, ich habe tatsächlich auch darüber schon nachgedacht. Wahrscheinlich hat sie sich alles ausgedacht.«

»Alles ausgedacht?«

»Ja. Sie hat geglaubt, mit so einer Lüge in mehrfacher Hinsicht zu gewinnen. Erstens und nicht minder wichtig ist, daß sie so bei der Rekonstruktion die Gelegenheit bekommen würde, mich mit dem Schläger aus dem Weg zu räumen. Zweitens liefert die Geschichte eine plausible Erklärung für ihren blauen Fleck. Jetzt kann sie sagen, sie hat ihn bekommen, als der unbekannte Besucher ihr im Dunkeln eine Kopfnuß verpaßt hat. Aber bestimmt hat sie ihn sich beim Erwürgen ihres Mannes eingehandelt. Dem Mord ist vielleicht ein kurzer, aber heftiger Ringkampf vorausgegangen. Bevor sie seinen Hals zu fassen bekommen hat und langsam, aber unerschütterlich das Leben aus ihm herausgequetscht hat, ist es ihm vielleicht noch gelungen, ihr einen Fausthieb zu versetzen, der ihr das Auge blutig schlug.«

Mir war klar, daß Morde eine verrohende Wirkung auf den Staatsminister hatten.

»Wäre es nicht einfacher gewesen, zu behaupten, sie sei gegen eine Tür gelaufen? So wie alle anderen?«

»Doch, aber da hätte sie nicht die Chance bekommen, mich mit dem Tennisracket zu schlagen. Außerdem versucht sie uns damit in die Irre zu führen. Die Polizei, dein Freund und Helfer, kommt natürlich zu dem Schluß, daß am Donnerstag der Mörder im Flur war, auf der Jagd nach ihrem Mann, dem Opfer, das er erst im späteren Verlauf des Abends und an ganz anderer Stelle fand. Sie selbst ist also über jeden Verdacht erhaben. Eine sehr hinterlistige und kaltblütige Frau. Aber nicht hinterlistig genug! Wir kriegen sie, verlaß dich drauf! Wir kriegen sie!«

Hier drückte er die mißhandelte Gesichtshälfte an die Autoscheibe, was weder der Wange noch der Scheibe guttun konnte.

»Und warum sollte sie ihren Mann ermordet haben? Aus Eifersucht auf die Sekretärinnen? Dann wäre sie eine glänzende Schauspielerin.«

»Nein«, antwortete der Staatsminister, »eifersüchtig ist sie bestimmt nicht. Aber sie will versorgt sein.«

»Gerade dann hätte sie ein großes Interesse daran haben müssen, daß ihr Mann am Leben bleibt.«

»Sowohl als Ehefrau wie als Witwe ist sie versorgt. In dem

einen Fall durch sein Gehalt, im anderen durch die Witwenrente. Aber es war eine Situation denkbar, in der sie nicht von ihrem Mann hätte leben können.«

Ich dachte fieberhaft nach, konnte aber auf die Schnelle nicht erkennen, daß es ein lohnenswertes Stadium zwischen Ehe- und Witwenstand gab.

»Sie hat es selbst gesagt. Als Geschiedene hätte sie selbst für ihren Unterhalt aufkommen müssen.«

»Aber ihr Mann wollte sich doch gar nicht scheiden lassen! Er hat doch alles so vortrefflich für sich arrangiert, oder?«

»Vielleicht hatte er am Ende eine Frau kennengelernt, mit der er in einer normalen Ehe zur Ruhe kommen wollte. Und vielleicht hatte er das seiner Ehefrau mitgeteilt, oder vielleicht war sie auch selbst dahintergekommen.«

»Oder aber«, wand ich ganz plötzlich engagiert ein, »wir sollten das Pferd einmal von hinten aufzäumen. Vielleicht war sie es, die sich scheiden lassen und frei sein, sich von dem Mann und einem unnormalen Leben trennen wollte. Aber nicht von dem Geld und der Sicherheit ...«

11

Die Villa lag auf Lidingö.

Sie wies eine gewisse äußere Übereinstimmung mit ihrem Besitzer Justizchef Rydlander auf: groß und feierlich das Format, ernst und regelmäßig die Fassade und versehen mit umfangreicher Glasfläche.

Es war weniger der Justizchef, nach dem wir suchten, als vielmehr seine Frau.

Von Frau Svanberg heimgekehrt, hatte der Staatsminister sich in die Idee verbissen, daß die besseren Hälften der Schlüsselbesitzer durchgehend die Möglichkeit gehabt hätten, sich den Schlüssel zum Arbeitszimmer zu leihen oder zu kopieren.

»Irgendwie kann ich mir kaum vorstellen, daß Rydlander seinen schwarzen Anzug einmal auszieht, selbst dann nicht, wenn er zu Bett geht«, philosophierte der Staatsminister. »Er ist so korrekt, so geradlinig, so wohlanständig …«

Aber wir fuhren los.

Und wir kamen an.

Obgleich angemeldet und erwartet, begann der Staatsminister schon vor der Haustür, sich zu ducken und herumzuschleichen. Ich wies auf die Lächerlichkeit seines Benehmens hin und stellte einige Reflexionen darüber an, wie schnell man doch in Haltung und Verhalten alle Wesenszüge eines Gewohnheitsverbrechers annehmen kann. Der Staatsminister richtete sich daraufhin auf und sagte, weder ducke er sich noch schleiche er herum wie ein Gewohnheitsverbrecher, sondern wie ein Polizist, und besaß obendrein die Frechheit, mich zu bitten, während des Besuches korrekt aufzutreten.

»Frau Rydlander ist eine propere, kleine Dame, die sehr auf Schicklichkeit achtet. Ich bin ihr nur zweimal begegnet. Bei der einen Gelegenheit – es war übrigens bei uns zu Hause – hat sie über die Verwahrlosung der Jugend gesprochen, bei der anderen über die Vulgarität der kurzen Mode.«

Gealtert und behost, fühlte ich mich Anfeindungen aus diesen beiden Richtungen gewappnet.

Erst nach dem dritten Läuten, als der Staatsminister schon in beunruhigender Weise begann, die Fassade zu inspizieren, wurde die Haustür von einer Dame geöffnet, in der ich sogleich Frau Justizchef erkannte. Sie erfüllte nämlich alle Anforderungen: kleine Statur und properes Äußeres.

Die Beule auf der Nase und die purpurrot gefärbten Schrammen um die Augenhöhle waren, das hatte ich instinktiv im Gefühl, als äußerst zufällig zu betrachten …

»Haben Sie warten müssen? Tja, es tut mir leid, aber Lisa hat frei, und ich saß im hinteren Salon, und dort hört man die Türklingel so schlecht. Aber treten Sie doch bitte ein!«

Der Staatsminister warf einen letzten sehnsuchtsvollen Blick auf ein schlecht verriegeltes Fenster im oberen Stockwerk und ging dazu über, mich vorzustellen.

Frau Rydlander schenkte mir ein dünnes Lächeln und führte uns durch zwei vollgestopfte Räume, in denen ich den vorderen und den mittleren Salon vermutete. Schnell ging es nicht voran, da sie unaufhörlich trippelnde Abstecher machte, um hier eine Tischdecke zurechtzurücken oder dort das eine oder andere Staubkörnchen fortzuschnippen. Es kam mir vor, als folgten wir einer scharfäugigen und dienstfertigen Oberkellnerin durch ein Restaurant. Ihre Rede bestand aus Vorwürfen gegen die abwesende Lisa und aus Entschuldigungen für deren Versäumnisse.

Wohl in dem hinteren Salon angelangt, wurden wir gebeten, in hohen, salbungsvollen Lehnstühlen Platz zu nehmen, in denen sich jedes Knochenstück in Erinnerung bringen würde wie ein vernachlässigter Verwandter zum Weihnachtsfest. Das Zimmer, das im übrigen in rustikalem Stil mit soliden Gegenständen aus vergangenen Jahrhunderten eingerichtet war, wirkte über die Maßen gepflegt. Die Teppichfransen lagen wie gekämmt auf dem Parkett, und die Äpfel in der Schale sahen aus, als seien sie an diesem Morgen blank poliert worden; sie waren so sorgfältig zu einer Pyramide aufgeschichtet, daß der Gedanke, einen davon zu nehmen und zu essen, undenkbar war – genausogut hätte man eine Frucht mit einem Messer aus einem Stilleben von Matisse schneiden können.

Auch unsere Gastgeberin schien sich dessen bewußt, daß Ordnung in allen Bereichen ihres Imperiums herrschte, denn ohne geschäftiges Herumgeflatter leistete sie uns in einem der Aufrechten Gesellschaft.

Sie kleidete dieses Sitzmöbel vortrefflich – das mausgraue Kostüm, das so selbstverständlich die ordentlich nebeneinander gestellten Knie und andere ärgerliche Formen verbarg, das Haar, das eine feste Hand von Stirn und Schläfen nach hinten geführt hatte, das blasse, knorpelbespickte Gesicht mit seinen farblosen, zusammengekniffenen Lippen, die die Zähne zu einer Angelegenheit machten, die nur sie und den Zahnarzt etwas anging – alles an ihr schien wie für ihre Möbel gebaut und geschaffen.

Der Staatsminister räusperte sich zur Rede, doch Frau Rydlander hatte etwas zu sagen, und sie sagte es ohne große Umschweife, auch in dieser Beziehung einer Lehrerin älteren Schlages gleich.

»Mir ist klar, daß Sie, Herr Staatsminister, anläßlich des Todes von Staatssekretär Svanberg hergekommen sind.« (Hier warf sie mir einen Blick zu, der verriet, daß ihr meine Anwesenheit ein Rätsel war, ein Rätsel, das sie allerdings nicht der Mühe einer Durchdringung für wert befand.) »Es ist doch stets bedauerlich, wenn ein Mensch vor der Zeit abberufen wird, und schrecklich, wenn es durch ein Verbrechen geschieht. Aber ich kann leider nicht behaupten, ich empfände Staatssekretär Svanbergs Tod als großen Verlust. Ich kannte ihn zwar nicht persönlich, weiß aber, daß er ein schlechter Mensch und ein nachlässiger Beamter war. Es hat mich immer gewundert, daß er eine so hohe Position erreichte. Es ist nicht an mir, über sein Privatleben zu urteilen – aber es dürfte recht zwielichtig gewesen sein, um nicht zu sagen skandalös«, fuhr Frau Rydlander in ihrer unkonventionellen Gedenkrede fort. »Aber als er seine Arbeit vernachlässigte, mußte ich reagieren. Ich weiß, wie es zuging. All die Arbeit, die ihm nicht gefiel, wälzte er auf die Abteilung meines Mannes ab. Er, mein Mann, ist außerordentlich pflichtbewußt und friedfertig, allzu friedfertig würde ich sagen, und er widersetzte sich nicht so energisch, wie er es hätte tun sollen. Aber das Seltsame ist, daß die höchste Stelle des Ministeriums das alles hat so durchgehen lassen.«

Man brauchte kein scharfer Analytiker zu sein, um zu merken, daß die Grabrede kurz davor war, sich in einen gegen den Staatsminister und seine Führungsqualitäten gerichteten Tadel zu entwickeln. Ich schielte zu dem angegriffenen Mann hinüber, doch dieser machte wie gewöhnlich das ruhige und ausgeglichene Gesicht einer grasenden Kuh. Begrenzte Geistesgaben sind eben ein guter Schutz gegen Verdrießlichkeiten des Lebens.

»In der vergangenen Woche bin ich bei mehreren Gelegenheiten oben im Ministerium gewesen, um Staatssekretär Svanberg persönlich zu sagen, was ich von seinen Methoden halte«, fuhr Frau Rydlander unbezwingbar fort. »Aber jedes Mal wurde ich von der Schlampe von Assistentin zurückgehalten, die behauptete, er sei auf Reisen oder säße in einer Konferenz. Und Sie, Herr Staatsminister, sind immer in

Spånga gewesen. Und natürlich wollte ich Sie da draußen in Ihrem Privatwohnsitz nicht stören.«

An dieser Stelle verstummte sie, als habe sie einen Freiraum für eine Entgegnung des Staatsministers schaffen wollen.

Dieser, der dagesessen und die Äpfel angestarrt hatte, murmelte: »Nein, nein natürlich nicht ...«

Dann raffte er sich auf und tat etwas Schreckliches.

Er streckte eine Hand aus, griff nach einer der polierten Früchte und schlug die Zähne hinein.

Es knackte fürchterlich, und es spritzte.

Frau Rydlander machte eine Miene wie eine wählerische Vortragskünstlerin, die ein Fäkalwort in einem Heimatlied entdeckt hatte.

»Ein Messer«, flüsterte sie. »Ich begreife nicht, daß Lisa kein ... Ich werde ein Messer und einen Teller holen.«

»Ist nicht nötig«, meinte der Staatsminister und wischte sich den Mund mit einem Taschentuch ab. »Ist schon erledigt.«

Das Ganze war wirklich schnell gegangen. Es hatte geknackt, als er sich bis zum Kerngehäuse vorgearbeitet hatte, und geknirscht, als der kleine Stil zwischen den Kiefern zermahlen wurde. Doch jetzt war alles vorbei. Ein Christ in der römischen Arena hätte nicht schneller und spurloser verschwinden können.

»Zum nächsten Punkt«, sagte der Staatsminister, als der letzte Kern geknackt war, »was haben Sie am Donnerstag abend gemacht?«

»Was ich am Donnerstag abend gemacht habe? Das gleiche, was ich an den vier anderen Abenden in der Woche mache! Ich saß hier und knüpfte Wandteppiche und wartete darauf, daß mein Mann von der Arbeit nach Hause kam.«

»Aber war er nicht zu einem Abendessen eingeladen?«

»Auf einem Abendessen oder in der Kanzlei, was spielt das für eine Rolle? Es ist doch immer Arbeit. Er kam um sechs Uhr nach Hause und hatte kaum Zeit zum Umziehen, ehe er mit dem Wagen nach Spånga fuhr. Ein Leiter des Gefängniswesens gab ein Abendessen für ein Komitee, das Instruktionen von meinem Mann benötigte. Aber das wissen Sie, Herr Staatsminister, als Chef des Ministeriums natürlich besser als ich.«

»Selbstverständlich«, entgegnete der Staatsminister unschüchtern. »Und wann war er wieder zu Hause?«

»Nicht vor halb zwölf oder zwölf. So ist es immer. Ich muß doch mal sagen, daß das nichts mit Vernunft zu tun haben kann, einen Menschen so unter Druck zu setzen. Mein Mann ist stark und pflichtbewußt. Aber es gibt Grenzen. Am Donnerstag war er so müde und kaputt, als er nach Hause kam, daß er nicht schlafen konnte. Ich hörte, wie er hier unten stundenlang auf und ab lief. Es war richtig schrecklich.«

Sie sprach jetzt schnell, ihre Wangen hatten Farbe und ihre Stimme einen bitteren Unterton bekommen.

»Es dürfte wie gesagt auch Grenzen dessen geben, was man meinem Mann abverlangen kann. Er hat jetzt seit fünf Jahren seinen Dienst als Justizchef versehen, und ich übertreibe nicht, wenn ich sage, daß er lange Zeiträume hindurch das ganze Ministerium hat leiten müssen. Sie, Herr Staatsminister, sind ja oft in Spånga, und Staatssekretär Svanberg war meistens damit beschäftigt ... mit seinen Damen beschäftigt. Bei vielen Gelegenheiten haben wir tatsächlich damit gerechnet, daß mein Mann mit einer ... mit einer kleinen Provinz bedacht würde. Aber er wurde immer von einem Staatsminister übergangen.«

Sie sprach das Wort »Staatsminister« aus wie die Bezeichnung für eine der Unterarten der Würmer.

»Und jetzt soll doch die Regierung einen neuen Regierungspräsidenten in der Provinz Kalmarhus ernennen. Und ich muß sagen, es wäre bitter gewesen, mitzuerleben, daß

Staatssekretär Svanberg für diesen Posten vorgesehen wäre. Bitter und ungerecht. Mein Mann hat schließlich Tag und Nacht gearbeitet und sich abgerackert, während er ... er ... Und man kann wohl sagen, daß wir ... daß mein Mann sehr viel repräsentabler ist als dieser kleine, häßliche Wicht ...«

Ich dachte an diesen kleinen, häßlichen Wicht im Schrank und an den flatternden, Schuppen fortbürstenden Justizchef und seine Staubkörnchen fortschnippende Gattin und gestand mir selbst ein, daß es dem Paar wohl gelingen würde, Leben in die altertümlichen Gemäuer der Residenz zu bringen. Zugleich fiel mir das Tragische daran auf, daß Frau Rydlander auch nach zehn Jahren in höheren Beamtenkreisen noch nicht entdeckt hatte, daß man Regierungspräsident nicht dank seiner Verdienste wurde, sondern aufgrund seiner Versäumnisse.

»Mein Mann liebt die Provinz Kalmarhus. Wie Sie, Herr Staatsminister, wohl wissen, ist er in Krohult geboren und aufgewachsen. Wir wohnen im Sommer nach wie vor dort in seinem alten Elternhaus. Ihm ist sehr viel daran gelegen, den Kontakt zu unserer Provinz nicht abreißen zu lassen. Ja, so nennen wir es tatsächlich: »unsere Provinz« und unseren Traum ... ich weiß, sein Traum ist es immer gewesen, dorthin zurückkehren zu können als ... in einer angemessenen Stellung.«

»Als Bahnhofsvorsteher vielleicht?« murmelte der Staatsminister abwesend.

Frau Rydlander nahm von neuem Anlauf.

»In den Ferien setzt er sich für die Probleme der Provinz ein. Es bleibt nie Zeit für richtige Entspannung, und ich sage Ihnen, das ist auch für mich sehr anstrengend. Das Haus steht an einem See, einem stark verschmutzten See, eher ein Sumpfloch, dem widerliche Dünste entsteigen, die meinen Atemwegen nicht zuträglich sind. Meine Augen haben auch nachgelassen. Kürzlich bin ich gegen eine Tür gelaufen und habe diesen häßlichen blauen Fleck bekommen. Auf der Seite meines Mannes hat man immer schlechte Augen gehabt, aber in meiner Familie haben wir bis weit über fünfzig nie eine Brille gebraucht.«

Es hörte sich an, als habe ihr Sehvermögen durch Einheirat abgenommen.

»Ich bin bei Professor Wennberger vom Karolinska in Behandlung, und er sagt, er habe noch nie so seltsames Weiß in den Augen gesehen wie bei mir. Beim letzten Mal hat er es all seine Doktoranden und einen Gastdozenten aus Wien sich anschauen lassen.«

Ich wußte, was folgen würde und daß es kein Entrinnen gab. Das ist in solchen Fällen immer so. Ich habe Leute erlebt, die die Socken heruntergekrempelt und nach einer geglückten Amputation den Stumpf vorgezeigt haben.

Frau Rydlander hatte sich schon vorgebeugt und die Haut vom rechten Auge hinuntergezogen. Sie hatte jetzt Ähnlichkeit mit einem kleinen, properen Bluthund.

»Sie erkennen bestimmt die braungelben, fächerförmigen Flecken unter der Iris, oder? Diese Fächerform ist sehr ausgefallen, nur sehr wenige Fälle sind in der medizinischen Literatur bekannt und beschrieben.«

Ich brachte ein paar Laute des Erstaunens zustande – Äußerungen des Bedauerns wären fehl am Platze gewesen: Erfahrung und Selbsterkenntnis haben mich gelehrt, daß Menschen mit unauffälligen und modernen Krankheiten nicht bedauert werden wollen, sie wollen bewundert werden.

»Ich finde, es sieht prima aus«, platzte der Staatsminister mitten in das neugewonnene, zarte Einvernehmen zwischen zwei Erkrankten und fragte dann mit den abrupten Überleitungen, die seine Konversation so eigen machen, ob Frau Rydlander wisse, ob sich im Schlüsseletui ihres Mannes ein Schlüssel mit einem Bart befinde, der die Form eines Affenfußes hat.

»Wie ein Affenfuß?« wiederholte Frau Rydlander und ließ die Augenhaut hochschnellen. »Wie häßlich das klingt ... Nein, das weiß ich wirklich nicht. Ich wußte noch nicht einmal, daß er ein Schlüsseletui hat, ich habe gedacht, er habe nur einen Schlüsselring. Aber warum wollen Sie das wissen?«

»Oh«, antwortete der Staatsminister vage und bestimmt unwahr, »das ist mir nur gerade so eingefallen.« Er schaute auf die Uhr. »Nein, jetzt müssen wir aber gehen, wir sind Ihnen schon zu lange zur Last gefallen. Meine Pflichten ...«

»Aber ich habe doch kaum angefangen, von meinem Mann zu erzählen!«

Frau Rydlander hatte sich erhoben, und ein Ausdruck der Verzweiflung war ihr in die Augen getreten, wie bei einem Strafverteidiger, der sieht, daß der Richter sich mitten im Schlußplädoyer unter der gähnenden Vermutung entfernt, daß in der Sache kaum neue Erkenntnisse zu erwarten seien.

»Setzen Sie sich doch, und nehmen Sie noch einen Apfel«, versuchte sie ihr Glück und lächelte mit zusammengekniffenen Lippen, und der Staatsminister sagte, es seien schöne Äpfel, und die Kinder mochten Äpfel, und so stopfte er sich die Taschen voll, verneigte sich und steuerte auf den mittleren Salon zu.

»An Mittsommer veranstalten wir immer einen Tanz um den Maibaum für die Leute aus der Gegend«, rief Frau Rydlander ihm nach. »Auch wenn es Gott weiß kein Vergnügen ist, von diesen groben und oft nicht mehr nüchternen Menschen herumgeschleift zu werden, die einen drücken und ›meine Liebe‹ nennen. Aber wir haben es als unsere Pflicht angesehen ...«

Der Staatsminister hatte nun den vorderen Salon erreicht, und wir folgten ihm.

»Ich bin sicher, daß sie meinen Mann dieses Mal nehmen«, vertraute sie mir in einem raschen, nervösen Flüstern an. »Jetzt ist er Staatssekretär ... Der Staatsminister kann es mir natürlich noch nicht sagen, aber ich kann es ihm ansehen, daß sie sich entschieden haben. Und in der nächsten Woche haben wir Gewißheit. Dann werden wir ins Schloß geladen, zum Abendessen mit dem Königspaar von Thailand. Ja, mein Mann hat König Bhumibol bei der Reorganisation seines Gerichtswesens große Dienste erwiesen. Der Hof hat bestimmt einen Wink bekommen, daß die Ernennung zu erwarten sei, und Sie werden sehen, daß ich von einem Generaldirektor oder vielleicht sogar von einem Vizeregierungspräsidenten zu Tisch geführt werde ... Wir werden keine Reparationen für die Residenz verlangen«, fuhr sie mit lauter Stimme fort. »Und keine neuen Möbel oder Textilien. Ich habe mir schon vor vielen Jahren alle Maße beschafft, und als ich Gardinen für dieses Zimmer hier genäht habe, habe ich sie so zugeschnitten, daß ich nur den Saum auslassen muß ...«

Der Staatsminister hatte in seinem Lauf innegehalten und etwas vom Teppich aufgehoben.

»Anscheinend hat jemand seinen Schlüsselbund verloren«, rasselte er.

Frau Rydlander stand jetzt direkt vor ihm.

»Darf ich mal sehen ... Das ist merkwürdig. Mir gehört er nicht, und der meines Mannes ist größer und hat ein schwarzes Leder...«

An dieser Stelle verstummte sie und blieb in allen wesentlichen Details wortlos, während der Staatsminister den Bund als meinen identifizierte und ihn mir mit einem Augenzwinkern in die Hand drückte.

Sie schwieg noch immer, als wir das Haus verließen.

12

»Ein schönes Mordmotiv«, sagte der Staatsminister zwischen den Pfosten der Gartenpforte. »Ein wirklich schönes Mordmotiv.«

Mit dem Staatsminister über den Mörder zu diskutieren ist wie bei Wind Wäsche aufzuhängen, aber ich nahm den Kampf an.

»Meinst du im Ernst, daß eine dünne, kleine Frau wie Frau Rydlander in der Lage gewesen wäre, einen Mann in den besten Jahren zu erwürgen? Und dann die Leiche in einem Schrank zu verstauen?«

»Eine Frau, die fünf Jahre lang an vier Abenden in der Woche Wandteppiche knüpft, muß davon Fäuste wie aus Eisen bekommen haben«, erklärte der Staatsminister. »Und im übrigen sagt doch der Gerichtsmediziner, es seien Hautabschürfungen festzustellen gewesen, die darauf hindeuten, daß Svanberg einen Schlag auf den Kopf bekommen hat und während des Erwürgens bewußtlos war ... Was das Verstauen in einem Schrank anbelangt – wer hat denn jahrhundertelang die Eimer vom Brunnen, die Wäsche zum Fluß und die Kinder hin und her geschleppt? Frauen, mein lieber Freund, dünne, kleine Frauen! Wo ein Wille ist, da ist auch die Kraft«, beendete der Staatsminister seine Kanzelrede.

»Und die Kraftquelle soll also in diesem Fall der Wille sein, Frau Regierungspräsident zu werden?«

»Genau«, antwortete der Staatsminister. »Ich gebe zu, es klingt etwas seltsam. Aber die Menschen wollen wirklich die seltsamsten Posten haben. Ich habe einen Sohn, der träumt davon, Schornsteinfeger zu werden. Und ich weiß einen, der immer Staatspräsident hat werden wollen.«

»Na, wird sie es denn? Frau Regierungspräsident?«

»Nein. Das heißt eventuell. Ihre Chancen sind tatsächlich beträchtlich gestiegen. Jetzt, nach dem Mord.«

»Du meinst, das zählt als Pluspunkt?«

»Nein, nein. Aber am Donnerstag, als ich mit dem Staatspräsidenten sprach – du erinnerst dich, daß er angerufen hat mit der Bitte, den japanischen Premierminister abzuholen –, da sagte er, er habe entschieden, Svanberg zum Regierungspräsidenten in der Provinz Kalmarhus zu machen. Vielleicht war er der Meinung, ich hätte vor der abendlichen Fahrt nach Arlanda eine kleine Aufmunterung nötig, er wußte doch, daß ich ihn gern loswerden wollte.«

»In die Residenz oder in den Schrank, das ist hier die Frage«, murmelte ich.

»Wie bitte? Egal, ich bin gleich zu Svanberg rein und habe ihm erzählt, was ihn erwartet.«

»Und wie hat er reagiert?«

»Er war sauer. Fluchte und schrie, er wollte nicht in einem Provinznest versauern. Na ja, so was bekommt man mitunter zu hören, aber sie beruhigen sich immer wieder. Damit ich es hinter mir hatte, informierte ich gleich Rydlander, daß er *nicht* Regierungspräsident werden würde.«

»Und da fluchte und schrie *er*, oder?«

»Justizchefs fluchen nie.« Der Staatsminister sah schokkiert aus. »Schreien tun sie nur ein einziges Mal, nämlich während der Haushaltsberatung. Nein, er nahm es ziemlich ruhig auf. ›Das wird ein schwerer Schlag für meine Frau werden‹, sagte er und bürstete dann Schuppen ab.«

»Und da, meinst du, fuhr er nach Hause, zog sich ein neues Hemd an und erzählte seiner Frau, daß sie nicht Herrscherin auf Schloß Kalmarhus werden würde und daß sie dann vor Wut den Verstand verlor und sich kurz darauf auf den Weg machte, um Svanberg zu erwürgen. Um eine Vakanz zu schaffen sozusagen. Das klingt wenig überzeugend.«

»Du vergißt, daß sie viele Jahre lang wütend auf ihn gewesen ist, weil er die Arbeit auf ihren Mann abwälzte. Das sagte sie doch selbst, und das war auch bei ihrem Besuch bei Svanberg im Ministerium deutlich, wo man sie aber nicht vorgelassen hatte. Das mit der Ernennung war nur der Tropfen, der das Faß zum Überlaufen brachte. Du hast doch den blauen Fleck gesehen, oder? Den hat sie sich natürlich im Zusammenhang mit dem Gewaltverbrechen zugezogen.«

»Frau Svanberg, Frau Rydlander, Frau Johansson, Karling und Dååbh – läßt du die blauen Flecke als Beweis für Mord gelten, dann hast du einen ganzen Sack voll davon. Aber einen blauen Fleck bekommt man so schnell – das weißt du seit dem Besuch bei Frau Svanberg. Hier hast du übrigens deinen Schlüsselbund. Mußtest du diese kleine, hinterlistige Komödie wirklich unbedingt aufführen und mich da hineinziehen?«

»Ja«, sagte der Staatsminister zufrieden. »Ich hatte den starken Verdacht, daß sie uns Lügen auftischt, als sie da drinnen sagte, sie kenne die Schlüssel ihres Mannes nicht oder wisse noch nicht einmal, ob er einen Schlüsselring oder ein Etui habe. Und das bei einem fanatischen Ordnungsmenschen wie sie? Na ja, dann überrumpelte ich sie und brachte sie dazu, Farbe zu bekennen. Warum log sie bei einer solchen Kleinigkeit? Doch«, fügte er schnell hinzu, wie ein Lehrer, der eine wohlformulierte Antwort nicht von einem Schülermund verdorben sehen will, »sie weiß, daß es in diesem Fall einen brandheißen Schlüssel gibt.«

Ich nahm einen neuen Anlauf bei der Wäsche.

»Ja, selbstverständlich wußte sie es. Es stand in allen Zeitungen, daß Svanberg in einem geschlossenen Raum ermordet wurde, zu dem nur ein begrenzter Kreis einen Schlüssel besitzt. Daß ihr Mann dazugehört, weiß sie natürlich längst. Aber wenn ein Polizist – oder ein Mann, der aussieht oder auftritt wie die Parodie eines Polizisten – kommt und fragt, ob sie wisse, wie und wo dieser Schlüssel aufbewahrt wird, dann ist es sicher nur allzu menschlich, wenn sie die Unwissende spielt. Ich würde es jedenfalls so machen.«

»Aha«, sagte der Staatsminister. »Du würdest es so machen?« Er klang verblüfft und zugleich indigniert. »Du würdest einen Polizisten belügen? Du, ein Erzieher der Jugend, ein Mann mit akademischer Bildung? Menschen wie du sind es, die die Arbeit der Polizei durch ihr mangelndes Verantwortungsbewußtsein gegenüber der Gesellschaft erschweren. Aber ich werde dir verraten, warum *sie* log. Vor geraumer Zeit machte sie einen Abdruck vom Schlüssel ihres Mannes zum Arbeitszimmer und besorgte sich einen Nachschlüssel. Das tat sie, um sich alle Wege offenzuhalten, sie gehört zu der berechnenden, vorausschauend planenden Sorte – denk an den Gardinensaum. Hatte sie den Schlüssel, hatte sie auch Zugang zu Svanbergs Person – zu Gesprächen oder, wenn eine Einigung nicht erzielt würde, zu radikaleren Maßnahmen. Gestern abend, als ihr Mann bei seiner Einladung zum Abendessen war und sie gerade erfahren hatte, daß ihre Pläne mit der Provinz Kalmarhus zunichte gemacht worden waren, suchte sie wutentbrannt Svanberg auf. Und glaube mir, sie fand ihn. Ein Alibi für den Zeitraum von sieben bis halb zwölf Uhr hat sie nicht. Hätte das Dienstmädchen es liefern können, hätten wir es mehr als einmal zu hören bekommen – mir ist noch nie jemand begegnet, der sich so fleißig auf andere Leute beruft. Es klang, als ob wir Staatsminister laufende Untersuchungen vorschützen.«

»Du scheinst vergessen zu haben, daß du bereits heute vormittag die Mörderin entlarvt hast. Frau Svanberg, die Witwe des Staatssekretärs. Die mit dem Tennisschläger. Du kannst schlecht mit zwei Täterinnen aufwarten. Du kannst nicht die Witwe und die Frau Justizchef haben. Du mußt dich entscheiden.«

Ich hatte über die Sache mit dem mangelnden Verantwortungsbewußtsein gegenüber der Gesellschaft nachgedacht und mich ordentlich darüber geärgert.

Der Staatsminister sah gekränkt aus.

»Du vergißt, daß ich sowohl Privatperson als auch Polizist bin. Als Privatperson bin ich überzeugt, daß Frau Svanberg die Mörderin ist. Meine Güte, vergiß nicht, wie sie mich mit dem Schläger zugerichtet hat! Aber als Justizminister bin ich mir genauso sicher, daß Frau Rydlander die ist, nach der ich suche. Als Chef der Innenbehörde verschließe ich indessen nicht die Augen davor, daß das Ganze das Werk einer internationalen Verbrecherbande sein kann.«

Der Staatsminister ging unter etwas so ungewöhnlichem wie beleidigtem Schweigen weiter.

Ich selbst spazierte neben ihm einher und fühlte mich eine Weile in der Gesellschaft dieses seltsamen, stereophonen Mannes gewissermaßen unter dem Einfluß von Behördenmenschen und anderen Personen verändert. Es war anstrengend, aber ich tröstete mich damit, daß es nichts sein mußte im Vergleich dazu, selbst gezwungen zu sein, mit einer solchen interessanten Spaltung zu leben, im Vergleich dazu, selbst ein dreifach gespaltenes Wesen zu sein.

»Du sagtest, Rydlander hätte jetzt nach dem Mord größere Chancen, Regierungspräsident zu werden. War Svanberg sein einziger Konkurrent im Ring?«

Mir war daran gelegen, das Gespräch auf ein weniger vermintes Terrain zu lenken.

Der Staatsminister, der möglicherweise ein Hybrid ist, aber kein nachtragender Hybrid, legte sofort die gekränkte Miene ab.

»Rydlander leistet als Justizchef ausgezeichnete Arbeit, und wir machen nur selten einen Justizchef zum Regierungspräsidenten. Außerdem hat die Provinz klargestellt, daß sie ihn nicht haben will. Oder besser gesagt: Sie wollen seine Frau nicht. Sie scheint da unten nicht beliebt zu sein. Das ist die Gefahr dabei, wenn man vor der Ernennung in der Provinz wohnt. Leute lernen einen kennen. Aber erfährt Sträng nun, daß die Herrschaften keine Reparationen fordern und sie Gardinen hat, die nur aufgehängt werden müssen, dann pfeift er auf Provinz und Ministerium und ernennt ihn. Er verabscheut es, Geld zu bewilligen, um einen alten Regierungspräsidenten auszustatten. ›Das war ein billiger Teufel!‹ wird er sagen. ›Ein paar Gardinensäume auszulassen wird nicht teuer. Den nehmen wir und damit basta!‹ Ich glaube tatsächlich, er würde den staatseigenen Hund zum Regierungspräsidenten machen, wenn er ihn genauso billig bekäme. ›Er kann doch die Abendessen fressen und nach dem Mahl etwas kläffen, und das ist schon fast alles, was ein Regierungspräsident zu tun braucht‹, hör ich ihn sagen. Ich möchte es nicht so verstanden wissen, daß Rydlanders Chancen, Regierungspräsident zu werden, jetzt gestiegen sind. Er ist im Grunde schon ernannt.«

Auf der Autofahrt nach Hause schwatzte der Staatsminister über allerhand Spuren und Anhaltspunkte, ich aber saß meistens still daneben und überlegte, was aus mir und meinem Leben hätte werden können, wenn es sich mit den Säumen und allen anderen wesentlichen Dingen so ergeben hätte.

13

Am nächsten Tag trat der Staatsminister per Flugzeug eine zweitägige Vortragsreise durch Mittelschweden an. Hauptveranstaltung war eine Festrede in einem jubelnden Wahlkreis. Nach einigem Zögern hatte ich zugesagt, ihm Gesellschaft zu leisten.

Der Reise vorausgegangen waren Überlegungen im engsten Regierungskreis. Man hatte das Für und Wider abgewogen.

»Wir müssen ihn losschicken«, hatte der Finanzminister gesagt. »Er ist der einzige von uns, außer mir und Palme, den die Leute kennen. Er zieht die Leute ganz fürchterlich an. Wie im vergangenen Frühjahr, als er vor Uppsalas Rechten gesprochen hat. Zwanzigtausend Menschen! Da sind nicht mehr so viele Leute zusammengekommen, seit man Frö und Freja Opfer gebracht und Pferde in die Bäume gehängt hat.«

»War er denn damals schon so beliebt, bevor er zu morden ... vor den Morden?« wunderte sich der Bildungsminister, der noch nicht lange genug im Amt war.

»Ja«, antwortete der Staatspräsident. »Ich glaube, das hat mit seinen unzähligen Kindern zu tun. Er wird mit jeder Geburt beliebter. Er wird als eine Art Fruchtbarkeitssymbol betrachtet. Die Leute legen weite Strecken zurück, um ihn zu berühren. Manchmal haben sie auch Kind und Kegel dabei.«

»Geschwätz«, meinte der Finanzminister, »das liegt nur am Geld. Einen Schweden mit sechzig Millionen aus arbeitsfreiem Einkommen, der hier im Lande bleibt und Steuern zahlt, statt auf den Bahamas zu sitzen und Kognak zu schlürfen, den wollen die Leute sehen, um sich davon zu überzeugen, daß er in der Welt der Sinne überhaupt existiert.«

»Sechzig Millionen! Das ist eine Schande für die Partei! Das Monopolkapital ...«, begann der Bildungsminister, der die Floskel aus seiner Zeit im Jugendverband kannte.

»Halt du den Mund, bis du mit deiner Grundschule fertig bist!« schnitt ihm der Finanzminister das Wort ab. »Wir können ihn draußen auf dem Feld nicht entbehren. Er zieht Leute an. Du ziehst nur Geld an.«

»Da stimme ich dir zu«, entgegnete der Verteidigungsminister. »Die Frage ist nur, ob er ... Ich frage mich tatsächlich ziemlich oft, ob er ... tja, ob er, frisch von der Leber weg gesprochen, ob er ganz normal ist. Wißt ihr, manchmal gibt er so seltsame Dinge von sich ...«

»Das tun wir doch alle«, verkündete der Finanzminister.

»Ja, aber er macht es auch intern, nicht nur auf den Parteikongressen!«

»Und wenn er nun seinen Staatssekretär ermordet hat ...«, begann der Außenminister.

»Wir haben genug Leute auf diesem Niveau«, erklärte der Finanzminister.

»Die Frage ist nicht, ob er verrückt ist oder nicht, ob er ein Mörder ist oder nicht, sondern ob er auf die Bewegung hört«, meinte der Staatspräsident mit Nachdruck. »Ist er unseren Idealen treu, teilt er unsere Visionen?«

Der Kreis rutschte unruhig auf den Stühlen hin und her.

»Aber er hat sich schon mehrere Male so seltsam verhalten«, beharrte der Verteidigungsminister. »Erinnert ihr euch daran, wie er einmal kurz nach einem Streik, als wir ihn nach Kiruna geschickt haben, durch das ganze Bergwerk gegangen ist und die Arbeiter ihn mit ihren Klagen überschüttet haben und er am Ende alle in der großen Bergwerkshalle zusammengerufen und gesagt hat, die einzige Lösung sei, daß man das ganze Unternehmen sozialisiere?«

Unverkennbar erinnerte man sich.

»Und erinnert ihr euch, wie er vor der UN gesagt hat, die Reinhaltung der Ostsee sei das einzige internationale Problem, das Schweden nicht auf eigene Faust lösen könne, und wie die ganz Welt gelacht hat …«

So etwas wie ein Krampf hatte das Gesicht des Außenministers übergezogen.

»Oder wie er auf einer Parteiberatung über die Unterstützung der Presse vorgeschlagen hat, alle sollten in die sozialdemokratische Partei *hineingeboren* werden, mit vollem Recht auszutreten, sobald sie die wirtschaftlichen Möglichkeiten hätten. Der Austritt sollte nämlich in der sozialdemokratischen Zeitung des Ortes bekanntgegeben werden, zum normalen Preistarif für Annoncen. Ein entscheidender Vorteil bei dem System wäre, wollte er betonen, daß man in Zeiten mit Gegenwind – da die Partei am nötigsten Geld brauchte – mit besonders vielen Annoncen, mit grober Schriftart und ausführlichen, kostspieligen Begründungen rechnen könnte …«

»Oder das Mal, als er in Vetlanda beim Umzug zum 1. Mai mitmarschiert und den Hut auf dem Kopf hatte, als man die Internationale spielte, und dann, als ein beschwipster Veteran ihm den vom Kopf schnippte, schrie, er glaubte, daß es ein Stück von den Beatles war?«

Die Minister saßen unter sehr langem Schweigen zusammen. Sie schienen einen inneren Wandlungsprozeß zu durchlaufen.

»Er muß Qualitäten haben, die wir nicht erkennen können«, sagte der Staatspräsident am Ende. »Tage hätte nie die Ernennung …«

»Tage war es, der Camilla aus Lund hergeholt hat«, erwiderte jemand.

»Aber das ist eine ganz andere Sache«, meinte der Staatspräsident eifrig. »Ich weiß genau, wie es dazu gekommen ist.

Aina wollte ein neues Rezept für Fleischklößchen haben und da empfahl eine Schwiegertochter ihm Camilla, aber Aina hatte an dem Tag das Svenska Dagbladet gelesen und Asthma bekommen, so daß Tage anrufen mußte. Er versichert, daß er streng bei den Fleischklößchen geblieben sei, aber daß Camilla am Ende versprach, am darauffolgenden Tag eine Antwort zu geben.«

»Er hat also ein Rezept für Fleischklößchen haben wollen und hat Camilla bekommen?«

»Ja.«

»Und warum, wenn ich fragen darf«, sagte der Bildungsminister, »warum hatte er nicht auf die gleiche Weise den Staatsminister auftreiben können?«

Der Finanzminister sah sich bei dieser Frage veranlaßt, die Versammlung zur Ordnung zu rufen.

»Wir sind nicht hier, um in der Vergangenheit zu wühlen, sondern um konstruktive Vorschläge in der Kampagnefrage zu entwickeln. Ich schlage vor, wir lassen eine Rede schreiben, und dann schicken ihn damit los.«

»Er darf nicht über Verteidigungspolitik reden«, sagte der Verteidigungsminister.

»Und nicht über Außenpolitik«, meinte der Außenminister.

»Und nicht über die staatlichen Unternehmen«, fand der Industrieminister.

»Ruhe, meine Herren«, sagte der Finanzminister, »wir lassen ihn über die UN sprechen, über unsere Abneigung gegen Diktatorenregime ...«

»Im Westen«, sagte der Staatspräsident.

»... und über die Pflicht des Volkes, sich mit schwedischen Waffen gegen Unterdrückungsregime zu erheben ...«

»Im Westen«, erklärte der Staatspräsident.

»... und über die christlichen Werte ...«

»Aber keine Lieder«, entschied der Staatspräsident.

»… und über Gleichheit – natürlich ohne nähere Spezifizierung«, fuhr der Finanzminister fort. »Ich werde meine Jungs noch heute eine Rede schreiben lassen. Und dann geben wir ihm zwei Bewacher mit, ausgewählte und verläßliche Leute. Glaubt mir, da kann nichts schiefgehen …«

Am Abend sprach der Staatsminister im Folkets Park.

Eigentlich hätte er in einem Saal auftreten sollen, aber der Zustrom war so massiv gewesen, daß man sich gezwungen sah, das Treffen in den Park zu verlegen.

Den ganzen Tag waren Menschen aus den umliegenden Gemeinden in die Stadt geströmt, und um acht Uhr hatten sich bei Beginn der Veranstaltung vierzigtausend Menschen auf dem Rasen vor der Tanzfläche eingefunden, von der der Staatsminister seinen Text vom Stapel lassen sollte. Seine Anziehungskraft auf die Massen hatte sich folglich wieder einmal bewahrheitet. Und das war zu verstehen. Ein Staatsminister ist gut, ein aus Zeitungen und Fernsehnachrichten bekannter Staatsminister ist besser, aber am besten ist ein Staatsminister, in dessen Schrank man kürzlich seinen engsten Mitarbeiter erwürgt und aufgequollen aufgefunden hatte.

Auf dem Podium hinter dem Rednerpult saß ich zusammen mit den mitgesandten Bewachern, den Honoratioren des Ortes und allerlei politischen Kletterläusen.

Zuerst trat ein lokaler Potentat auf und begrüßte den Redner und das Publikum. Ein kleiner, nervöser Typ, der beim Sprechen ängstlich nach dem Staatsminister schielte, als fürchte er neue Ausbrüche von Aktivität von seiten des so rastlos und entsetzlich geschäftigen Staatsmannes. Gegen Ende faßte er sich indessen ein Herz und rief in einem Ton, der einem professionellen Dompteur von wilden und zähnefletschenden Tieren zur Ehre gereicht hätte: »Jetzt übergebe ich das Wort an den Staatsminister! Wir begrüßen ihn mit einem kräftigen Applaus!«

Der Staatsminister, der offensichtlich mit seinen Gedanken woanders war, beteiligte sich sehr aktiv am Händeklatschen und hielt erst inne, als einer der Bewacher ihm seine Papiere in die Hand drückte und ihn in die Seite knuffte, so wie man ein altes, störrisches Pferd mit den Schenkeln in die Seiten stößt.

Die erste Viertelstunde war alles andere als ein Vergnügen. Der Staatsminister leierte den Text von seinem Papier herunter und leierte offensichtlich richtig, denn die Bosse, die in den Kopien mitlasen, sahen zufrieden und entspannt aus. Die Botschaft war ein verwässertes Mischmasch aus trivialen politischen Unwahrheiten. Das Publikum wirkte auch zerstreut, und ich konnte richtig sehen, wie Zweifel und Irrglaube mehr und mehr anwuchsen: Ist das wirklich der Mann, der mit eigenen Händen seinen Staatssekretär erdrosselt und dann in den Aktenschrank verfrachtet hat? Wo ist das Funkeln, wo das Feuer?

Aber danach wurde es etwas lustiger. Es begann mit einem Bengel von Teenager, der grölte und an den Rändern der Masse randalierte. Der Staatsminister, durch seine Familie abgehärtet, ertrug ihn lange, aber schließlich geriet er in Wallungen, zeigte auf eine schuppenartige Einrichtung neben dem Podium und rief: »Wenn du nicht den Mund hältst, stecke ich dich in den Schrank!«

Ich habe noch nie einen Randalierer gesehen, der so schnell den Mund hielt. Und zugleich ging ein elektrisierender Stoß durch die Menge. Es war wie beim Publikum eines Gruselfilms, das eine gute Viertelstunde auf die Attraktion gewartet hat und das dann in der achtzehnten Minute endlich »das Monster ohne Gesicht« schemenhaft zu sehen bekommt.

Kurz danach sprach der Staatsminister zufällig über Führer der Moderaten wie »Herrn Holmberg«. Der Bewacher zur Linken beugte sich vor und flüsterte. Der Staatsminister begann von vorn, stotterte, kam aber auf die richtige Spur und fügte entschuldigend hinzu: »Es ist nicht so leicht, den Überblick über sie zu behalten, kann ich Ihnen sagen. Es sind ja so viele, und sie verschwinden nicht einfach so – sie werden Generaldirektoren und Regierungspräsidenten und Botschafter. Aber gerade die Tatsache, daß unsere erbittertsten Widersacher allmählich unsere Politik akzeptieren und Vertrauensmänner der Regierung mit Lohnstufe C 7 werden, beweist wohl besser als alles andere, daß wir mit unserer Politik richtig liegen. Auch Sie werden unsere Politik mögen, wenn Sie alt und verständig geworden sind und Generaldirektoren und Regierungspräsidenten!«

An dieser Stelle erntete der Staatsminister den ersten Applaus des Abends, und der spornte ihn offensichtlich zu neuen Versuchen in der improvisierten Redekunst an, denn er legte das Manuskript beiseite und sagte: »Lassen Sie mich jetzt etwas zu den Steuern sagen.«

Die Bewacher zuckten zusammen. Offensichtlich stand von Steuern keine Silbe in ihren Manuskripten.

»Wir haben hohe Steuern. Sehr hohe Steuern. Die höchsten der Welt. Und selbstverständlich sind Steuern nötig. Aber natürlich wundert man sich manchmal doch ...«

Wir erfuhren nie, was der Staatsminister in stillen Augenblicken über die Steuern dachte, denn die Bosse zogen ihn eifrig an den Rockschößen.

»Lassen Sie mich etwas erzählen, das beweist, welcher billiger Tricks sich unsere Widersacher bedienen! Nehmen wir nur einmal zum Beispiel Hjalmarson, den Führer der Rechten, der dann Regierungspräsident wurde. Als wir 1958 die Umsatzsteuer einführten, erinnere ich mich noch sehr gut, wie der Mann im Fernsehen auftrat, seiner Demagogie freien Lauf ließ und wie er sagte: ›Jetzt liegt die Umsatzsteuer bei vier Prozent. Glauben Sie mir, in zehn oder zwölf Jahren ist sie auf zehn Prozent geklettert!‹ Aber, liebe Freunde, zum

Glück bringt die Zeit solche Verfälschungen der Wirklichkeit an den Tag. Wir wissen doch alle, wie hoch die Umsatzsteuer heute ist!«

Hier erhob sich ein großer, hochroter Mann aus dem Publikum und schrie: »Ja, das wissen wir. 17,65 Prozent!«

Offensichtlich fanden die lokalen Bonzen diesen Beitrag sehr plump, und ich hörte, wie einer zu seinem Nebenmann sagte, es sei merkwürdig, daß man nie eine seriöse und sachliche Debatte in den Parks zustande bekäme.

Der Staatsminister wiederum starrte den Hochroten an und brach wie ein Mensch, der die Antwort auf das seltsamste Rätsel empfangen hatte, aus in: »Meinen Sie? 17,65 Prozent? Das ist doch wirklich unerhört! Hat er auch in dem Punkt recht behalten!«

Das Publikum jubelte, der Staatsminister machte ein zufriedenes und überraschtes Gesicht und wehrte energisch den Versuch der Zurechtweisung durch die Bewacher ab.

»Ja, die Mehrwertsteuer mag hoch sein, ist aber notwendig. Jetzt können wir jedes Jahr die Altersrente erhöhen. Früher war dies aus gesellschaftsökonomischen Gründen nur in jedem Wahljahr möglich.«

Die Bosse fauchten jetzt wie vergiftete Schwanenweibchen.

»Ich werde Ihnen eine kleine Anekdote erzählen«, fuhr der Staatsminister fort. »Sie ist ganz und gar wahr. Einer meiner Kollegen hat sie mir einmal erzählt. Er hat folgendes berichtet: ›Es gibt drei Möglichkeiten, ein Unternehmen in den Ruin zu treiben. Die naturschönste ist, es in Norrland anzusiedeln, die festlichste ist, den Sohn zum stellvertretenden Direktor zu machen, aber die sicherste ist, es zu verstaatlichen.‹«

Der für meinen Geschmack ganz einfache Witz kam offensichtlich gut an. Während die Massen jubelten, führten die Bewacher ein tumultartiges Gespräch mit dem Staatsminister, der eine beleidigte Miene aufsetzte und so schrie, daß alle es hörten: »Aber der Finanzminister selbst hat es so erzählt und fürchterlich gelacht …«

Als wieder Ruhe unter den Vierzigtausend eingekehrt war, hatte man den Staatsminister offensichtlich wieder auf die Linie der Partei eingeschworen, da er artig von seinem Manuskript ablas und uns alle mit orthodoxen und belanglosen Aspekten der Außenpolitik einschläferte.

»Also«, hörte ich ihn die Rede zusammenfassen, »es ist die sozialdemokratische Partei, die allein als Garant für die Neutralitätspolitik steht.«

Der Bewacher zur Linken flüsterte: »… als Garant für unsere unverbrüchliche Neutralitätspolitik!«

Der Staatsminister setzte neu an: »Unsere Partei steht als Garant für unsere brüchige Neutralitätspolitik!«

Beide Bosse überschütteten das Rednerpult jetzt mit Richtigstellungen, und der Staatsminister setzte zum dritten Mal an: »Unsere Partei steht unverbrüchlich als Garant für die brüchige Neutralitätspolitik!«

»Jetzt müssen Sie sich entscheiden! Ist die Neutralitätspolitik brüchig oder ist sie es nicht? Ich persönlich halte ›brüchig‹ für einen heftigen Ausdruck. Etwas seltsam, würde ich sagen, aber nicht direkt brüchig … Jetzt finde ich jedenfalls, daß wir genug über Außenpolitik gehört haben. Lassen Sie mich statt dessen ein paar Worte zur GmbH Staatsunternehmen sagen …«

Aber hier war der Chefbewacher offensichtlich der Ansicht, daß die politische Aufklärungsarbeit weit genug betrieben worden sei, denn er gab dem Musikchor ein Zeichen, das mit »Söhne der Arbeit« alles unterbrach.

Palme zufolge hätte der Staatsminister am nächsten Tag auf einer Versammlung der Pensionäre sprechen sollen, die Regierung jedoch schickte ihm am selben Abend einen Jagdflieger, der ihn binnen einer Stunde nach Stockholm zurücktransportierte. Der Presse wurde eine Mitteilung übersandt, in der es hieß, er leide unter einer Halserkrankung. Und so konnte man die Sache natürlich auch ausdrücken.

Ich selbst nahm den Nachtzug.

14

Am Montag morgen fuhr der Staatsminister in die Staatskanzlei, war jedoch schon um ein Uhr wieder zurück, nachdem er im Verlauf einiger Vormittagsstunden im Ministerium Energie getankt hatte.

»Jetzt fahren wir Konsul Karling in Djursholm besuchen«, entschied er. »Er lebt in Scheidung, so daß nur die Haushälterin zu Hause ist.«

Ich fragte, was er mit ihr vorhabe.

»Och«, antwortete der Staatsminister vage, »ich will mich etwas mit ihr unterhalten. Das Alibi und so überprüfen, du weißt schon. Karling scheint nicht über einen Schlüssel zum Arbeitszimmer verfügt zu haben, aber ich finde, daß sein Erscheinen hier am Mordtag so überaus bemerkenswert war – ganz zu schweigen davon, wie er im Arbeitszimmer herumgeschlichen und geschnüffelt hat –, daß er es verdient, daß wir seine Säume etwas genauer unter die Lupe nehmen. Aber wir müssen uns verkleiden. Ich will nicht, daß die Haushälterin mich erkennt und es ihrem Hausherrn petzt. Und mir ist aufgefallen, daß Haushälterinnen viel offener mit Personen sprechen, die aussehen, als gehörten sie zu den unteren Schichten.«

Ich erkundigte mich, wie er sich zu verkleiden gedachte, und der Staatsminister antwortete, er wisse es noch nicht so genau, aber vielleicht als Landstreicher. Ich sagte: »Ausgezeichnet«, da könne er mit nur geringfügigen Verschönerungen gehen wie er war.

»Nein«, widersprach der Staatsminister, »jetzt weiß ich's. Wir werden als Handwerker gehen. Alles, was wir brauchen, ist eine Werkzeugkiste und ein bißchen Arbeitskleidung.« Er verschwand in den Keller.

Ich blieb sitzen und dachte, daß er mich dazu nie, nie im Leben bringen würde.

Der Staatsminister kehrte sogleich mit zwei weißen Kitteln und einer Sammlung Werkzeug zurück.

»Wir gehen als Fernsehmonteure«, verkündete er zufrieden.

Ich erkundigte mich, ob er daran gedacht habe, daß es für einen gelungenen Auftritt in dieser Rolle eines defekten Fernsehers in dem auserkorenen Haushalt bedürfe und man gewisse Ansprüche an die berufliche Geschicklichkeit stellen werde, aber der Staatsminister antwortete, es werde sich bestimmt alles finden, und murmelte etwas von »der Magie der weißen Kittel«.

Er zog das eine Kleidungsstück an und reichte mir das andere. Ich schüttelte den Kopf.

»Aber«, meinte der Staatsminister, »du gibst dem Ganzen einen glaubwürdigeren Anstrich.«

Ich antwortete, daß ich keinem wie auch immer gearteten glaubwürdigen Anstrich anstrebte.

»Na ja«, sagte der Staatsminister und betrachtete sich im Spiegel, »vielleicht reicht es, wenn ich aussehe wie ein Monteur. Du sollst jedenfalls nur meinen nicht ausgelernten Handlanger markieren.«

Ich schaute mir seine Werkzeugsammlung an und fragte, ob er glaube, man repariere Fernseher mit Brechstangen und Fleischerbeil. Der Staatsminister sah verletzt aus und erklärte, daß er doch irgendwie an das Innere des Apparates kommen müsse.

Ich begann zu ahnen, daß ich dennoch eine Aufgabe zu erfüllen hatte.

Wir parkten an einem stillen Straßenrand und tasteten uns das letzte Stück mit Hilfe der Hausnummern voran.

»Seltsamerweise bin ich hier vorher noch nie gewesen«, erzählte der Staatsminister. »Und trotzdem habe ich mehrmals den Vorschlag gemacht, wir sollten in aller Bescheidenheit einmal zum Abendessen vorbeischauen, nur Margareta, ich und die Kinder … Hier muß es sein!«

Konsul Karlings Djursholmvilla war ein prächtiger Anblick.

In zwei Etagen, unter einem Schopf aus Schiefer, stand sie dort und erstreckte sich mit der Nase zum gepflegten Rasen und blauen Wasser hin und war von markisenbeschirmten Terrassen und Balkonen umsäumt.

»Wie zum Teufel kann er sich leisten, so zu wohnen?«

Ich erklärte, er, der Staatsminister, komme für die Kosten auf.

»Bestimmt gehört der Bergwerksgesellschaft das Haus, das sie für eine lächerliche Summe an ihn in seiner Eigenschaft als stellvertretenden Direktor vermietet. Die Autos da links hinter der Edelholzverkleidung stehen zu den gleichen günstigen Konditionen zu seiner Verfügung, und ein Chauffeur und Gärtner sind eingestellt und von der Gesellschaft bezahlt. All das ist in besseren Firmen gang und gäbe.«

Der Staatsminister sagte, es gebe Momente, da verspüre er das Verlangen, Sozialist zu werden.

Zwischen spielenden Springbrunnen spazierten wir auf eine Ziegelfassade zu, die mit muralen Friesen geschmückt und behängt war.

»Du brauchst dir gar keine Sorgen zu machen«, meinte der Staatsminister und klingelte. »Alles wird in ruhigen Bahnen und in Würde verlaufen.«

Die Haushälterin erwies sich als kleine, verängstigte Frau, deren hervorstechendster Wesenszug die vollkommene Abwesenheit eines Kinns war. Wäre sie als Mann zur Welt gekommen, wäre der Schönheitsfehler durch einen Bart zu kaschieren gewesen, doch da hatte das Leben versagt. Die Natur hatte sich dennoch bemüht, hinterher in einem kniffeligen Fall zu Hilfe zu eilen, indem sie eine Reihe von Fettpölsterchen zwischen Kehlkopf und unterer Zahnreihe hatte aufschäumen lassen, so wie Wind Sand in die Wellen treiben kann, um die Schlucht zwischen Gipfel und Fuß der Wüstenklippe auszufüllen.

»Ich bin Fernsehmonteur!« schrie der Staatsminister, vermutlich in der richtigen Annahme, die Sache bedürfe der Unterstreichung. »Der Konsul hat neulich aus dem Büro angerufen und gesagt, ich soll mir mal seinen Apparat angucken.«

Die Haushälterin sah noch verängstigter und kinnloser aus – was ich kaum für möglich gehalten hätte – und trat einen Schritt zurück, um einen raschen Rückzug vorzubereiten.

»Aber ... aber der Herr Konsul hat mir kein Wort davon gesagt ...?«

»Oh, oh«, sagte der Staatsminister und lächelte gewinnend – er erinnerte jetzt am ehesten an einen schlampigen, leicht angetrunkenen Zahntechniker –, »das hat sich kurzfristig ergeben. Den ganzen Morgen bin ich in der Gegend rumgedüst und hab' repariert und rumgepusselt. Hier in der Gegend ist eine Menge los. Atmosphärische Störungen oder so. Ja, bestimmt atmosphärische Störungen«, wiederholte er, als schien er den Gedanken fesselnd zu finden.

»Liebe Güte! Atmosphärische Störungen?« sagte die Haushälterin. »Tja, wenn der Konsul das gesagt hat, dann kommen Sie wohl am besten rein ... Aber was ist mit dem älteren Herrn ...?«

»Oh, och«, sagte der Staatsminister und klirrte recht handwerkermäßig mit dem Werkzeug, wie er da auf dem Flurteppich stand. »Das ist nur mein Handlanger, Lehrling Persson.«

»Lehrling?« wunderte sich die Haushälterin. »Aber er … er …«

»Na ja«, meinte der Staatsminister, »Sie finden wohl, er ist schon etwas in die Jahre gekommen, was? Ja, das ist eine traurige Geschichte. Eine richtig tragische Geschichte würde ich sagen. Aha, die Treppe hoch? Persson war früher Lehrer. Ein richtig akademisch gebildeter Lehrer mit Probejahr und guten Noten und allem Drum und Dran. Aber seit vergangenem Frühjahr macht er eine Umschulung zum Fernsehmonteur.«

»Eine Umschulung?« echote die Frau. »Aber er ist doch schon so alt und macht keinen gesunden Eindruck, wenn ich das mal anmerken darf. Blaß ist er, und er atmet so schwer und stoßweise. Als wolle er etwas sagen, aber kann nicht …«

»Das war die Disziplin«, erklärte der Staatsminister und stieg die Treppe hinauf. »Neunundzwanzig Jahre lang gelang es ihm, es mit den kleinen Windfängen aufzunehmen. Aber letztes Jahr im Mai, kurz bevor er sein dreißigjähriges Dienstjubiläum feiern wollte, ging's nicht mehr. Ein Schüler schlug ihm einen Globus auf den Kopf.«

»Meine Güte! Einen Globus?«

»Ja, Persson unterrichtete Erdkunde«, verkündete der Staatsminister bis in die Details lächerlich. »Danke, stützen Sie ihn ruhig, ihm wird heutzutage auf der Treppe leicht schwindelig.«

»Aber … wie ist das weitergegangen?«

»Der Globus zerbrach in tausend Teile, und Persson wurde vom Unterricht befreit.«

»Aber eigentlich müßte doch der Junge vom …«

»Man fand, Persson habe sich provokativ verhalten. Er hat den Bengel gebeten, Schweden auf dem Globus zu zeigen. Darum wurde beschlossen, Persson umzuschulen. Der Test brachte kein klares Ergebnis, aber zum Monteur ist er bestimmt am wenigsten geeignet. Garantiert hat er auch einen kleinen Tatterich, aber wir setzen ihn wohl an größere Geräte mit riesigen Triebrädern und so'n Zeug.«

Wir hatten unterdessen einen Raum erklommen, der das Wohnzimmer zu sein schien. Der Staatsminister überblickte das Terrain und marschierte dann auf einen kleineren, dunkel verkleideten Schrank zu und riß die Türen mit gewichtiger Miene auf.

»So'n Mist«, sagte er. »Haben die jetzt angefangen, Whisky-Reklame im Fernsehen zu zeigen?«

»Aber das ist doch die Bar des Herrn Konsul!« sagte die Haushälterin und ließ mich los. »Der Fernseher steht da drüben in der Ecke.«

»Das sehe ich auch«, behauptete der Staatsminister gebieterisch. »Das sehe ich auch. Ein herrlicher Apparat. Können Sie mir einen Stuhl davor stellen? Verstehen Sie, ich habe Persson immer auf einem Stuhl daneben, die Beine sind nicht so kräftig, und dann sind da ja auch noch die Schwindelanfälle. Er kann da sitzen, die Kabel halten und die Zahnräder und so'n Zeug losschrauben.«

Sitzen zu dürfen ist eine Wohltat. Die letzten Minuten hatte ich gespürt, wie mir die Kräfte schwanden.

»Tja, Sie sehen in der letzten Zeit bestimmt die seltsamsten Menschen hier draußen, was?« versuchte der Staatsminister Zeit zu schinden vor dem Zweikampf mit der Apparatur, oder ob es sich bei der Frage um ein Bestandteil der detektivischen Arbeit handelte, war nur schwer zu beurteilen.

»Ach, nein«, seufzte die Haushälterin, »meistens wohl Palme, sogar in den Schulsendungen. Und es ist schon schlimm, wie die hohen Herren hier vorfahren«, faßte sie sich ein Herz. »Jetzt habe ich in der Zeitung gelesen, daß ein Minister seinen engsten Mitarbeiter erwürgt und in einen Schrank verfrachtet hat. Und vor ein paar Jahren hat er doch eine alte, vornehme Dame draußen in den Schären erschlagen, die gerade auf der Toilette gesessen hat. Da draußen sollte man doch nun wirklich seine Ruhe haben. Ja, ich frage mich nur, wie er Palme hier in den Schränken unterbringen will. Wo ist eigentlich Erlander abgeblieben? Ist er nicht ziemlich plötzlich verschwunden?«

Der Staatsminister schien für einen Augenblick durch die Stimme des Volkes aus dem Konzept geraten zu sein, faßte sich wieder und begann, mit Brecheisen und Axt bewaffnet, um den Empfänger zu schleichen. Offensichtlich suchte er einen Schwachpunkt.

»Vielleicht kann man das Glas wegschlagen?« murmelte er.

»Der Monteur, der vergangenes Frühjahr hier war, hat die Hinterwand abgeschraubt«, erklärte die Haushälterin und trat vorsichtig näher.

»Eine veraltete Methode, die wir immer weniger anwenden«, brummelte der Staatsminister, nahm aber damit vorlieb.

Die nicht geisteskranke Frau begann sich jetzt für mein Wohlbefinden zu interessieren und erbot sich, mir gegen das Schwindelgefühl ein Glas Wasser und für die Beine eine Dekke zu bringen, und der Staatsminster machte im Hintergrund eifrige Miene, und gewiß hätte es gutgetan, aber ich wollte sie nicht aus dem Zimmer gehen lassen. Ich meinte begriffen zu haben, wenn jemand Konsul Karlings Gerätepark vor der vollständigen Vernichtung retten konnte, dann war sie es. In dieser Gesellschaft repräsentierte sie zweifellos die Sachverständige, wenn auch eine gebrechliche und kinnlose. So sagte ich, es gehe mir gut.

»Kleiner Schraubenzieher, Persson!« befahl der Staatsminister verärgert und verfiel in stilles, altertümliches Schrauben. Das Mundwerk allerdings war dennoch in Bewegung.

»Ja, wissen Sie, der Konsul und ich waren früher einmal Schulkameraden. Aber das ist jetzt schon eine Weile her«, kicherte er nach Art der Monteure in sich hinein. »Aber jetzt ist er bestimmt so vornehm geworden, daß er seinen alten Kumpel nicht mehr kennt. Schon in der Schule hielt er sich für was Besseres. Kalle den Hochnäsigen nannten wir ihn immer.«

Die Haushälterin gab keinen Kommentar ab, aber ein Zittern der Kinnlappen und ein leichtes Zucken der Mundwinkel verrieten, daß sie die Bezeichnung treffend fand und sie in ihrem Herzen verborgen hatte.

»Wir sind immer nach Råsunda gegangen und haben uns zusammen Fußball angeguckt, ich und Kalle der Hochnäsige«, fuhr der Staatsminister aufgemuntert fort. »Er war verrückt nach Fußball. Einige von uns nannten ihn auch Ball-Kalle, daran erinnere ich mich noch. Aber heutzutage geht er bestimmt nur zum Tennis und anderen vornehmen Sportarten, könnte ich mir vorstellen.«

Der Staatsminister sprach jetzt in ganz breitem Tonfall und mit volkstümlichen Gesten.

»Aber ich glaub', ich hab ihn vergangenen Donnerstag abend bei einem Spiel gegen die Mongolei gesehen. Er ist wohl doch am Donnerstag zum Fußball gegangen, was?«

Er tauchte mit einem flehenden Grinsen hinter dem Apparat auf.

»Vergangenen Donnerstag abend?« Die Haushälterin brauchte nicht nachzudenken. »Nein, da war er zu Hause, und das kommt nicht so oft vor. Er kam um neun und sagte, er hätte was Wichtiges zu arbeiten und wollte nicht gestört werden und bat mich, ans Telefon zu gehen, wenn es klingeln sollte, und zu sagen, er sei beschäftigt. Und dann schloß er sich ins Arbeitszimmer ein.«

»Ja, ihm tat bestimmt das eine Auge weh«, entgegnete der Staatsminister.

»Ja, meine Güte, wie sah das doch schlimm aus, es war blau und gelb bis runter zur Wange, und ich sagte noch, wir sollten einen Arzt rufen, aber da fauchte er nur und meinte, er behandelt es mit Borsäure. Er ist im Büro gegen eine Tür gelaufen, behauptete er.«

»Das Arbeitszimmer ist da drinnen, kann ich mir vorstellen, was?« Der Staatsminister deutete mit dem Schraubenzieher auf eine helle Spiegeltür jenseits der Teppiche und des Palisanders.

»Nein, da ist das Gästezimmer. Die Tür rechts führt ins Arbeitszimmer.«

»Gästezimmer?« hakte der Staatsminister nach. »Ja, natürlich, so einer wie er hat viele Gäste. Direktoren und andere vornehme Herren natürlich, was?«

»Nein, meistens ist es dieses Frauenzimmer ...«

Sie verstummte. In die wasserblauen Augen war ein erschrockener Schimmer getreten.

»Diese Blondine, die kräftige, die so gut Tennis spielt?« probierte der Staatsminister.

Die Frau schwieg.

»Aber vielleicht diese kleine, temperamentvolle Süße mit all den Perücken, was?« mühte sich der Staatsminister ab.

Doch die Haushälterin schwieg wie nur eine Haushälterin schweigen kann, die begreift, daß sie bereits zuviel ausgeplaudert hatte.

Es krachte, als die Hinterwand von der letzten Schraube befreit zu Boden fiel.

Der Monteur starrte auf die entblößten Eingeweide, das Erstaunen eines Kindes in den Augen.

»Oh, oh, so viele Kabel!«

Er sammelte sich.

Ich sagte, ich könne überhaupt kein Bild sehen, und der Staatsminister befand, es sei gut so und liege, wie er vermutete, sicher am Motorblock, der justiert werden müßte.

»Aber Sie haben doch das Gerät gar nicht eingeschaltet!« stellte die Haushälterin fest. »Dann kann man doch auch gar kein Bild sehen, oder?«

»Ach«, sagte der Staatsminister, »habe ich ihn nicht eingeschaltet?« Eine Weile schien es, als wolle er etwas über diesen altertümlichen Typus von Fernseher sagen, der noch immer ein- und ausgeschaltet werden mußte, aber er besann sich eines Besseren, trat von einem Fuß auf den anderen und fand nach Anweisung der Haushälterin den richtigen Knopf.

»Wie ist das Bild, Persson?« rief er, als das Knöpfedrücken beendet war.

»Ausgezeichnet«, antwortete ich. »Ganz ausgezeichnet.«

Der Monteur stürzte mit einem Ausruf der Verärgerung hervor. Offensichtlich hatten ich und der Fernseher seine Pläne durchkreuzt.

»Aber siehst du denn nicht, daß die ganze Bildhalterung schief ist? Der Motorblock muß ausgetauscht werden. Leider eine kostspielige Angelegenheit.«

Irgendwie kam er mir in diesem Moment so widerlich wie ein echter, legitimierter Handwerker vor.

Die Haushälterin, die sich im Hintergrund herumgedrückt hatte, trat näher.

»Sie dürfen es dem Herrn Konsul nicht verraten, aber donnerstags schleiche ich mich abends immer hier herauf und gucke mir ›Treff mit Lasse‹ an. Aber natürlich nur, wenn der Herr Konsul nicht zu Hause ist, er ist ja so pingelig. Sonst fahre ich zu meiner Schwester nach Täby. Das ist die einzige Sendung, die was taugt, finden wir. Ich habe alle gesehen, außer der im Frühjahr, als ich so bösen Husten hatte. Aber letzten Donnerstag, als ich hier oben saß, da verschwand plötzlich das Bild, und ich war so besorgt, was der Herr Konsul wohl sagen würde, und neugierig, was Lasse singen wollte, der gerade eine Weise über einen schonischen Rübenbauern angestimmt hatte. Darum habe ich ein bißchen auf den Fernseher gehauen. Und da war das Bild wieder da.«

Der Staatsminister starrte sie an.

»Sie haben auf den Fernseher gehauen? Sie haben auf einen defekten Fernseher *eingeschlagen?*«

»Ja«, flüsterte die Haushälterin.

»So?« fragte der Staatsminister und prügelte in der Mitte auf das gute Stück ein.

»Nein, es war eher so«, sagte die Haushälterin und schlug mit der fetten Pfote oben auf das Gehäuse.

Und von neuem geschah das Wunder, Wasser ward abermals zu Wein. Das Bild war wieder da.

»Das geht doch mit dem Teufel zu«, staunte der Staatsminister. »Da hol mich doch der Teufel! Das reinste Gesundbeten ist das doch! Ja, dann muß ja nur noch die Schärfe eingestellt werden. Die Empfangsbedingungen sind hier schlecht. Diese Wand müßten wir wegnehmen«, behauptete er und zeigte hilfsbereit, welche er meinte. »Gibt es in diesem Haus vielleicht eine Säge?«

»Die Wand wegnehmen!« schrie die Haushälterin. »Das würde der Konsul niemals zulassen! Dann weht doch der Wind von der See direkt hier rein! Schnee und Regen auch ... Die Teppiche und die Möbel ...«

Der Staatsminister erklärte, wolle man ein erstklassiges Bild haben, müsse man auch bereit sein, ein Opfer für seine Bequemlichkeit zu bringen, sah jedoch offenbar ein, daß er zu weit gegangen war, ließ das Thema fallen und erkundigte sich, wo die Antenne installiert war.

»Auf dem Dach«, flüsterte die Haushälterin. »Aber der Herr Konsul würde niemals zulassen ...«

»Nein«, erwiderte der Staatsminister großzügig, »das Dach bleibt, wo es ist. Aber wir müssen die Antenne justieren. Wie kommt man aufs Dach?«

Die Haushälterin schlich zur Treppe und drehte einen Griff um. Hinter der Wand kam eine Leiter zum Vorschein, an deren Verlängerung man eine Luke in der verwinkelten Deckentäfelung erahnte.

»Gut«, sagte der Staatsminister. »Jetzt brauchen wir etwas Hilfe. Ich bleibe hier unten und justiere das Bild, und Sie, gute Frau, klettern aufs Dach und drehen an der Antenne, bis Persson ruft, daß das Bild gut ist. Ja, es tut mir leid, Sie bemühen zu müssen, aber wir können doch Persson mit seinen Beinen und Schwindelanfällen nicht da hochschicken ... Ich binde Ihnen dieses Seil um und knote es an der Leiter fest, dann fallen Sie nicht auf den Rasen.«

Ich hätte es nie im Leben gemacht, die Frau jedoch war eindeutig aus hartem Holz geschnitzt – oder aber vollkommen machtlos –, denn sie bat nur darum, sich die Schürze abnehmen zu dürfen und kletterte dann geschwind der Luke entgegen. Vielleicht fand sie nach all dem Gerede vom Wegnehmen der Wände und vom Sägen, daß sie noch glimpflich davongekommen sei.

Der Staatsminister stand daneben, spornte sie an und spendete Trost, bis sie die Luke geöffnet hatte und hinaus aufs Dach verschwunden war. Nur das Seil in seinen sich sachte ringelnden Schlaufen verriet, daß das alles kein böser Traum war.

»Jetzt«, zischte er, »jetzt gehe ich kurz ins Arbeitszimmer und ermittle. Du bleibst hier und hältst mit dem Dach Kontakt. Halt sie auf! Ruf: ›Drehen Sie noch ein bißchen weiter!‹, bis ich zurück bin.«

Bevor ich mich artikulieren konnte, war er ins Arbeitszimmer verschwunden.

Die folgende Viertelstunde – oder war es eine Stunde, ein Jahr? – würde ich gern aus meinem Leben getilgt sehen. Ich verbrachte die Zeit damit, vermutlich vollkommen den Anweisungen gemäß zu rufen: »Drehen Sie noch ein bißchen weiter!«, während die arme Frau da oben die Fühler drehte und wendete. An viel mehr erinnere ich mich nicht, und so viel mehr passierte wohl auch nicht, abgesehen davon, daß es gelegentlich oben auf dem Dach so lange still wurde, daß ich befürchtete, sie sei herabgeweht worden.

Plötzlich stand er wieder vor mir, dieser weißbekittelte Verrückte.

»Jetzt müssen wir los. Karling kommt!«

Ich zeigte stumm zum Dach hinauf.

Der Staatsminister holte vorsichtig das Seil ein, und nach einer Minute tauchte die Frau in der Luke auf.

»So, jetzt aber«, brüllte der Staatsminister durch zum Trichter geformte Hände in die Höhe, »jetzt kriege ich das Bild nicht mehr besser! Danke und tschüß. Das geht alles noch auf Garantie!«

Dann zog er mich die Treppe hinab.

15

Am Ende saßen wir jedenfalls im Auto.

Unser Weg hatte uns zwischen die Mülltonnen und durch eine lichte, aber scharffingrige Hecke geführt.

Ich hatte nicht den Mut, mich nach dem Dach umzusehen.

Ich brüllte ihn an: »Mußtest du denn unbedingt diese geschmacklose Komödie aufführen? Mich als Lehrling zu präsentieren und die Frau aufs Dach zu jagen? Nur ein Verrückter ...«

»Aber, mein lieber Freund, was hätte ich denn sonst sagen sollen? Du bist doch leider vollkommen resonant gegen Fernsehtechnik! Was hätte sie denn gedacht, wenn ich dich zuerst als ausgelernten Mitarbeiter vorgestellt hätte und du dich dann als vollkommen und komplett untauglich erwiesen hättest?«

»Komplett untauglich? Du selbst ...«

»Und was das Dach und die Haushälterin anbelangt, konnte sie einem zugegebenermaßen leid tun. Ich habe es bis zum äußersten hinausgezögert, war mir aber im klaren, daß ich nicht das Recht hatte, die Bequemlichkeit eines einzelnen Menschen über die ermittlungstechnischen Gesichtspunkte zu stellen. Und warum hast du sie nicht die Decke holen lassen, wie sie es angeboten hat? Dann hätte ich mich währenddessen ganz leicht ins Arbeitszimmer schleichen können. Ich war gezwungen, dort einige Ermittlungen vorzunehmen.«

»Du und deine amateurhaften Ermittlungen!«

Der Staatsminister setzte eine gekränkte Miene auf.

»Sherlock Holmes war Amateur, Hercules Poirot und Lord Peter Wimsey ebenso. Ich habe ihnen gegenüber einen entscheidenden Vorteil: Ich bin der oberste Chef der Polizei. In einzigartiger Weise vereine ich die Autorität der Behörden mit der Diskretion und dem richtigen Fingerspitzengefühl eines Privatdetektivs.«

»Das richtige Fingerspitzengefühl!«

»Ja«, entgegnete der Staatsminister, »ich gebe zu, daß die Angelegenheit gerade eben mit etwas mehr Finesse hätte erledigt werden können. Die Haushälterin mußte, ohne daß sie etwas dafür konnte, einige Unannehmlichkeiten in Kauf nehmen. Aber ich *mußte* tatsächlich in dieses Arbeitszimmer. Hör mir mal zu, dann verstehst du, warum. Du erinnerst dich doch, daß Svanbergs Aktentasche seit dem Mordabend fehlt, oder? Ich weiß, daß er sie dabeihatte, als er nach dem Abendessen das Haus verließ. Seither hat sie niemand mehr gesehen. Ferner wissen wir, daß er am Nachmittag des Mordtages eine erste Korrektur eines Bergbauberichts in Empfang nahm. Dieser Bericht ist ebenfalls verschwunden. Der Verdacht liegt nahe, Svanberg hatte ihn in seiner Aktentasche, als er uns an dem Abend verließ. Aber vollkommen sicher ist das nicht. Jemand kann ihn während des Abendessens gestohlen haben. Du ertapptest doch Karling – die einzige Person im Haus außer Svanberg, die ein Interesse an dem Bericht gehabt haben kann – im Arbeitszimmer, wo er kaum etwas Legitimes zu suchen gehabt haben kann, und dir fiel auf, daß er schuldbewußt dreinschaute. Doch das muß nicht unbedingt heißen, daß er die Unterlagen wirklich an sich brachte. Er war vielleicht in der *Absicht* ins Arbeitszimmer gegangen, sie an sich zu bringen, ließ es aber, nachdem du ihn dort gesehen hast. Vielleicht nahm er statt dessen im späteren Verlauf des Abends die ganze Aktentasche mit den Unterlagen und allem mit. Doch da war er gezwungen, Gewalt anzuwenden ...«

»Guter Gott, er wollte gleich nach dem Abendessen aufbrechen, zur selben Zeit wie Svanberg! Aber du zogst ihn ins Wohnzimmer, und dort mußte er eine halbe Stunde sitzen bleiben ...«

»Ja, und dann setzte er alles darauf, daß Svanberg nach Hause gefahren war und fuhr ihm hinterher. Der mysteriöse Besucher in Svanbergs Haus um halb neun Uhr hätte somit eine andere Erklärung als ich vermutet habe – es war Karling, der sich hineingeschlichen hat in dem Versuch, die Aktentasche und die Unterlagen an sich zu bringen, der aber von der Herrscherin des Hauses entdeckt wurde und einen Schlag mit ihrem Racket abbekam.«

»Der blaue Fleck!«

»Genau. Aber das Merkwürdige ist, daß er am nächsten Tag zwei blaue Flecke hatte, einen auf jeder Wange. Frau Svanberg kann ihm da im Flur wohl kaum mehr als einen Schlag verpaßt haben. Und die Haushälterin, die sah, wie er um neun Uhr nach Hause kam, erzählt nur etwas von *einem* blauen Fleck. Jemand muß ihm den anderen später am Abend beschert haben. Wer? Vielleicht Svanberg, als er versuchte, die Aktentasche und sich selbst zu schützen? Wie du siehst, gibt es manches, das auf Karling deutet – vor allem die Tatsache, daß die Aktentasche seit Donnerstag abend verschwunden ist. Welcher andere Mörder würde ein Interesse daran haben, sie mitzunehmen? Es waren noch andere Unterlagen drin, aber nichts von Interesse, meist offizielle Drucksachen.«

»Nehmen wir einmal an, Karling hätte Svanberg ermordet und dann seine Aktentasche an sich gebracht. Aber warum ließ er den Mantel und die Baskenmütze mitgehen? Die sind schließlich auch weg.«

»Tja, das ist ein Problem. Vielleicht glaubte er, die Unterlagen seien in der Manteltasche. Und was ist mit der Baskenmütze? Svanberg kann sie natürlich in der Tasche gehabt haben. Na, jetzt fragst du dich, was das alles mit meinen Ermittlungen in Karlings Arbeitszimmer zu tun hat? Folgendermaßen liegen die Dinge: Vergangenen Samstag traf der Bergbaubericht per Post in der Staatskanzlei ein. Kein Absender, der Umschlag war am Freitag morgen in Stockholm abgestempelt worden. Ein normaler, brauner Geschäftsumschlag. Schien keine Spur herzugeben. Aber eine der Briefmarken war unordentlich abgerissen – vielleicht hatte der Absender Handschuhe getragen – und die beiden unteren Zähne der Marke, die daneben saß, waren mit dran. Eben bei der Ermittlung an Karlings Schreibtisch habe ich das hier gefunden.«

Er hielt ein Briefmarkenheftchen in die Höhe. Die oberste Marke war leicht beschädigt: an ihrer rechten unteren Ecke fehlten zwei Zacken.

»Das gleiche Motiv, der gleiche Wert, die gleiche Beschädigung«, verkündete der Staatsminister zufrieden.

Mir fiel da etwas ein.

»Aber Karling hat für den Mordabend ein Alibi! Sagte nicht die Haushälterin, er sei um neun Uhr nach Hause gekommen und dann nicht mehr weggegangen?«

»Die Angabe ist nicht viel wert. Sie war nämlich selbst nicht den ganzen Abend zu Hause. Sie behauptete es zwar, aber da band sie uns einen Bären auf. Erinnerst du dich nicht, daß sie etwas plapperte davon, daß sie sich donnerstagabends immer ins Fernsehzimmer hinaufschlich, um ›Treff mit Lasse‹ zu gucken – aber nur, wenn Karling nicht zu Hause war. War das der Fall, fuhr sie zu ihrer Schwester nach Täby. Sie sagte auch, daß sie alle Folgen der Serie gesehen hätte, außer einer im vergangenen Frühjahr. Am Mordabend, der schließlich ein Donnerstagabend war, wurde die Sendung zwischen zehn und halb zwölf Uhr ausgestrahlt. Sie kann sie an dem Abend nicht in der Villa gesehen haben, weil Karling zu Hause war, aber dennoch hatte sie sie nicht verpaßt. Also muß sie sich außerhalb des Hause aufgehalten haben, nämlich bei ihrer Schwester. Vermutlich hielt sie es für unangebracht, den Ausflug zuzugeben, da Karling sie doch gebeten hatte, eventuelle Anrufe entgegenzunehmen. Aber der Telefonverkehr war wohl nicht so rege – er hat eine Geheimnummer –, und wer telefoniert noch nach halb zwölf Uhr? Sie nahm offensichtlich das Risiko in Kauf und fuhr zu ihrer Schwester.«

»Oder aber«, wendete ich ein, »sie schaute die Sendung zu Hause, *weil sie wußte, daß Karling ausgegangen war …«*

»Ja, das ist natürlich auch möglich«, gab der Staatsminister zu. »Aber das setzt voraus, daß sie bei ihrer Aussage, er sei nach neun Uhr zu Hause gewesen, bewußt log. Und ich frage mich … In welchem Fall fehlt Karling ein Alibi für den Zeitraum zwischen halb zehn und zwölf Uhr – und der Mord wurde zwischen elf und halb eins begangen. Hier steigen wir kurz aus!«

Wir betraten ein Radio- und Fernsehgeschäft.

»Haben Sie Fernseher?« stellte der Staatsminister die intelligenteste aller möglichen Fragen in dem Laden. »Tja, ich möchte einen richtig guten Farbapparat haben. Einen, der ein paar Jahre von selbst läuft, ohne Monteur.«

Das Begehren traf auf keinerlei Hindernisse.

»Schicken Sie ihn der Haushälterin Amalia Andersson, Strandvägen 11, Djursholm. Packen Sie ihn hübsch ein, und machen Sie eine Schleife drum. Sie installieren ihn doch auch, oder? Mit allen Erd- und Luftleitungen? Sie werden Fräulein Andersson reserviert antreffen, vielleicht abweisend, sie mißtraut jedem Fernsehmonteur, seit … seit der Kindheit. Aber bleiben sie standhaft. Der soll ins Haus. Nein, um alles in der Welt, wir geben keinen Absender an! Und beschreiben Sie uns auch nicht oder so! Behaupten Sie, es sei ein Werbegeschenk. Bei der Gelegenheit können Sie gleich zwei Geräte liefern. Das andere ist für Konsul Karling. Selbe Adresse.

Er gibt seinen alten Fernseher bestimmt im Austausch zurück. Den können Sie behalten, die Bildhalterung ist eine vollkommene Katastrophe. Aber ihm lassen wir ein Schwarzweißgerät zukommen. Nein, lieber nicht, dann klaut der Gauner von Geizhals den von Fräulein Andersson. Liefern Sie auch ihm einen mit Farbe. Aber ohne Schleife. Ja, ich bezahle in bar. Aber ich möchte zwei Prozent Skonto haben. Haben Sie zufällig ein drittes Exemplar da? Dann schicken wir den an Studienrat Vilhelm Persson ... Was? Dir wird schon bei dem Wort Fernseher schlecht? Dir kommt nur über deine Leiche ein Fernseher ins Haus? Soll ich es so verstehen, daß du keinen Fernseher haben willst? Dann müssen wir uns eben etwas anderes einfallen lassen. Eine Briefmarke für deine Sammlung vielleicht?«

Es gab eine Briefmarke. Sogar drei Stück. Drei echte Raritäten, erworben in dem kleinen Laden in der Biblioteksgatan. Ich sah keine Veranlassung, ihn zu schonen. Ein Mann, der Frauen auf Dächer scheucht und ältere Beamte zum Narren macht, verdient keine Gnade.

Der Staatsminister schaute die erlesenen kleinen Exklusivitäten interessiert an.

»Was machst du damit? Spuren suchen und so was? Obwohl alle Zacken da zu sein scheinen.«

Ich antwortete, ich ordne sie in ein Album ein.

»Oh, verdammt«, sagte der Staatsminister taktvoll, »das klingt interessant. Bestimmt lustig und anregend. Und du bist dir sicher, daß du statt dessen nicht lieber etwas anderes haben möchtest? Sie sehen so klein aus, finde ich. Und hol mich der Teufel, sie sind auch schon benutzt! Du kannst für das Geld ein ganzes kleines Haus bekommen. Egal, kleb sie nur ordentlich in dein Album ein. Damit die Hunde sie nicht aufschlabbern.«

Als wir vor der Gartenpforte des Staatsministers aus dem Auto stiegen, fiel mir ein kleiner, fetter Mann auf, der uns durch eine lichte Stelle in der Hecke vom Grundstück gegenüber anstarrte.

Ich hätte weiter keinen Gedanken an ihn verschwendet, wenn da nicht der blaue Fleck gewesen wäre, ein wirklich beeindruckender blauer Fleck, der einen Ring um das linke Auge gebildet hatte ...

Nach dem Abendessen beschrieb ich meine Offenbarung dem Staatsminister, der gleich in Aufregung geriet.

»Das muß Direktor Johansson gewesen sein, Anita Johanssons fetter Mann! Den hätte ich fast vergessen. Aber er gehört ganz einwandfrei zu den Verdächtigen. Seine Frau hat schließlich einen Schlüssel zum Arbeitszimmer hier ...«

16

»Erklärungen sind überflüssig!« befand der Staatsminister. »Das ist doch die natürlichste Sache von der Welt, daß man seinen Nachbarn besucht. So macht man das hier in den Villenvororten.«

Wir spazierten im Abenddunkel zu Direktor Johanssons Villa hinüber, einem Gebäude mit Backsteinfassade im rechten Winkel um einen Swimmingpool und Außenhauskamin und anderem Luxus und Attributen des schnöden Mammons.

»Aber macht das nicht einen etwas seltsamen Eindruck, daß du so lange mit dem Besuch gewartet hast?« fragte ich und vermied es, über eine Schubkarre zu stolpern, die man arglistig mitten auf dem Weg abgestellt hatte. »Du wohnst hier bald zehn Jahre. Und dann tauchst du plötzlich eines Abends auf, wenn die Familie vielleicht im Wohnzimmer sitzt und sich einen Spielfilm in Fernsehen anschaut. Aber du kannst es ja mit unaufschiebbaren Verpflichtungen entschuldigen.«

»Mein lieber Freund, in Djursholm haben wir immer zehn Jahre gewartet, bevor wir uns gegenseitig Besuche abgestattet haben. Nach einem Jahr ging die korrekte in eine freundliche Begrüßung über, nach zwei Jahren wechselten wir über die Hecke hinweg Floskeln über das Wetter, nach fünf Jahren tauschten wir auf dem Weg zum Zug und dergleichen unsere Erfahrungen über die Ungerechtigkeiten bei der Grundstücksbesteuerung aus, nach zehn Jahren kam schon einmal ein Besuch auf eine Tasse Kaffee oder ein Gläschen Sherry vor. Und die Bewohner von Spånga sind wirklich für ihr ausgesprochen freundliches Nachbarschaftsverhältnis bekannt. Die Atmosphäre wird sehr herzlich werden, das kann ich dir versichern. Nach ein paar Minuten ist es dann so, als würden wir uns schon ein Leben lang kennen, wir zeigen uns gegenseitig Fotos von den Kindern, und wenn wir von dort aufbrechen, werden wir von fröhlichen Rufen auf ein baldiges Wiedersehen begleitet.«

Ich gab zu, daß ich in den gegenwärtigen Umgangsformen nicht sehr bewandert war, vor allem nicht in denen der Vororte. Ich habe das Alter und den Grad an Gebrechlichkeit erreicht, da sich der Umgang mit Freunden im großen und ganzen auf den gegenseitigen Besuch der Beerdigungen beschränkt.

»Das hier muß wohl der Haupteingang sein. Wir dürfen nicht durch den Dienstboteneingang kommen, dann glauben sie, wir kämen mit einer verspäteten Warensendung. Soll ich sagen, du seist Beamter im Ministerium? Direktor Johansson soll angeblich den Schulbesuch nach einem kurzen Intermezzo als Klassensprecher sehr früh abgebrochen haben. Irgend etwas sagt mir, daß er für Lehrer keine allzu große Schwäche hat.«

Ich riet ihm, die Dinge auf sich beruhen zu lassen. Ich habe festgestellt, daß es alles nur sehr kompliziert macht, wenn der Staatsminister Rechtfertigungen oder Erklärungen anbringt.

»Kommt er mit einem sozialdemokratischen Staatsminister zurecht, dann wird ihm das wohl auch mit einem alten Studienrat gelingen.«

»Wie du meinst«, sagte der Staatsminister. »Ich dachte ja nur ...«

Ich bat ihn inständig, das Denken zu unterlassen. Das intellektuelle Erbe des Staatsministers ist nicht groß und als Denker – um ein ausdruckstarkes Wort zu verwenden – kann er es am ehesten mit einem Airedaleterrier aufnehmen.

Er drückte auf den Klingelknopf.

»Ich sage, du bist mein Schwager, ohne nähere Präzisierung. Als älterer Verwandter wird man dich besonders herzlich empfangen. So ist der Geist hier in Spånga ...«

Eine Mücke schlug im Nacken zu, und eine grelle Lampe im Kupferbaldachin über uns wurde eingeschaltet.

Dann öffnete man die Tür, und Nachbar starrte Nachbar an.

Wie schon ein früher erhaschter Blick bewiesen hatte, war Direktor Johansson nicht der gleiche gut durchtrainierte Unternehmertypus wie Konsul Karling. War jener von festen Konturen und metallischer Rechteckigkeit, so war Direktor Johansson sphärischer, kugelbäuchiger, mit rundem Rücken und kreisförmigem Kinn. Das Gesicht hatte die rotschuppige Haut, wie man sie bei größeren Alkoholkonsumenten und Pfarrern in windigen Gemeinden auf den Schäreninseln antreffen kann; und da sich die Haut über den ganzen Kopf hatte ausbreiten dürfen, ohne von Haaren außer auf unbedeutenden Partien oberhalb der Ohren aufgehalten zu werden, erweckte das Ergebnis einiges Aufsehen. Zwischen dicken Lippen steckte eine Zigarre, und die Hand umschloß einen Gegenstand, der wie ein Kognakschwenker aussah. Er war gehüllt – eher gekleidet – in einen Smoking. Wollte man freundlich sein und nicht sagen, er erinnere an ein verkleidetes und unförmiges Schwein, könnte man sich doch gezwungen sehen, die Ähnlichkeit mit einer klassischen Karikatur eines Kapitalisten zu betonen. Nur der Zylinder hätte noch gefehlt.

Der Staatsminister begann uns vorzustellen. Seiner Vorstellung ist nie leicht zu folgen, und ich bezweifle, daß Direktor Johansson begriff, wer ich war – ich selbst hätte es auch nicht verstanden.

»Und was zum Teufel wollen Sie?« begrüßte uns Direktor Johansson, als der Staatsminister geendet hatte.

»Wir kommen vielleicht ungelegen?« fragte der Staatsminister mit ungewöhnlicher Hellhörigkeit für die Abwesenheit vom Geiste Spångas in Tonfall und Wortwahl.

Der rote Hitzkopf von Direktor starrte uns an, als hoffe er, wir würden uns vor seinen Augen in Luft auflösen.

»Na dann, zum Teufel, kommen Sie rein! Ich war zum Abendessen außer Haus, bin aber zum Kaffee heimgegangen.«

Der blaue Fleck war jetzt weniger auffällig. Aber offensichtlich tat er noch weh, denn die fette, haarige Hand wanderte dorthin und befingerte ihn.

»Ich bin allein, meine Frau scheint ausgegangen zu sein. Aber ein Grog ist für Sie immer da.«

Die Getränke wurden in einem von Fenstern umschlossenen Salon serviert, möbliert mit diesen schrecklichen modernen Sofas und Sesseln, aus denen sich zu erheben für ältere Menschen fast ein Ding der Unmöglichkeit ist und die ihnen das Gefühl geben, man liege ausgestreckt auf dem Boden.

Ich fiel rücklings über einen Gegenstand, der ein dicker Teppich oder ebensogut ein langes Sofa hätte sein können und wurde in einem späten Stadium von einem Unterbettarrangement aufgefangen. Ich traute mich nicht, um Tee zu bitten, wehrte Kognak ab, akzeptierte Sodawasser.

»Herrliches Wetter haben wir«, begann der Staatsminister.

»Verdammte Sonne«, sagte der Direktor.

»Ich habe diese Woche eine unverschämte Steuererhöhung für das Haus bekommen«, meinte der Staatsminister.

»Aha?« entgegnete der Direktor und brachte eine giftige Bemerkung an, daß er, der Staatsminister, kaum der richtige Mann sei, sich über unbegründete Steuererhöhungen zu beklagen.

»Ich glaube, ich habe ein paar Fotos von den Kindern dabei«, sagte der Staatsminister mit einiger Anstrengung.

»Zum Teufel mit Kindern«, antwortete der Direktor mit Gefühl.

Nachdem die Nachbarn so rasch zehn Jahre abgehandelt hatten, ruhten die Gesprächsthemen, legte sich Schweigen über das Zimmer. Direktor Johansson hatte das einzige richtige Sitzmöbel, einen schwarzledernen Fauteuil, mit Beschlag belegt. Der Körper in seiner dunklen Smoking-Hülle war schwer auszumachen, der Kopf jedoch leuchtete rot wie eine Laterne auf dem Krebsfest, die an einem Augustabend auf der Veranda hängt.

Er drehte sein Glas und sah in einer abwesenden Weise besorgt und böse aus. Dann schien er sich endlich seiner sozialen Pflichten zu erinnern.

»Ich arbeite in der Sanitärbranche«, teilte er nach einem Schluck mit, der Bodenberührung hatte.

Der Staatsminister erwiderte, er arbeite in der Regierungsbranche.

»Ich stelle Kloschüsseln, Waschbecken und Bidets her«, erklärte der Rötliche, leerte sein Glas und füllte es von neuem. »Ich weiß, man nennt mich Klo-Johan. Aber ich werde Ihnen mal eins verraten, und das sage ich allen scheißvornehmen Snobs: Ich scheiße auf ihre Kultur und ihre Kunst! Ich habe meine eigene, und die ist verdammt noch mal viel haltbarer. In tausend Jahren wird man meine Waschbecken, Kloschüsseln und Bidets aus der Erde ausgraben. Wozu man sie verwendet hat, das wird man nicht mehr wissen, diese Probleme löst man dann anders. Aber eins werde ich Ihnen verraten: Man wird ihre Schönheit bewundern, die klare Linie, die harmonischen Formen, die schönen Pastellfarben. Man wird sie auf Kunstdrucken in den feinen Büchern der Professoren abbilden, man wird sie ins Museum stellen, sie millionenschwer versichern, und die Leute stehen dann Schlange, um sie sich anzugucken. Und vergessen Sie nicht: Auf jedem verdammten Stück steht mein Name! ›Johan Johansson & Co.‹. Die Bedeutung von ›Co.‹ versteht man nicht mehr, aber daß Johan Johansson ein Mann war, das versteht man, und über ihn wird man sagen: ›Das war ein Teufelskerl, der so schöne Sachen gemacht hat! Und dazu noch so viele Sachen! Das war kein Snob, er hat Kunst fürs Volk gemacht.‹«

An dieser Stelle verstummte der Direktor, leerte sein Glas bis zur Neige, stellte es geräuschvoll auf dem Tisch ab und blickte mörderisch in die Runde. Der Staatsminister aber besaß genug Verstand, den Ewigkeitswert des Sanitärporzellans nicht in Frage zu stellen.

Der Direktor füllte sein Glas abermals – seine Trinkgewohnheiten schienen dem gleichen regelmäßigen Rhythmus wie dem von Ebbe und Flut zu folgen.

»Wissen Sie vielleicht, wo meine Frau steckt? Heute morgen sagte sie, sie würde heute abend zu Hause sein, sich einen ruhigen Abend machen. Aber ich kann sie nirgends entdekken. Aber vielleicht wird sie noch mit abendlicher Arbeit drüben in Ihrem Arbeitszimmer aufgehalten?«

Der Ton war jetzt unverhohlen giftig, und es war ihm gelungen, sowohl »abendliche Arbeit« als auch »Arbeitszimmer« unangenehm zu betonen.

Der Staatsminister erklärte, daß seines Wissens nach an diesem Abend in seinem Hause nicht gearbeitet werde.

»Ihres Wissens nach, ja«, murmelte der Direktor.

Als die nachfolgende Stille gebrochen wurde, geschah dies durch den Staatsminister, der seinen Nachbarn und Gastgeber fragte, woher er den blauen Fleck habe.

Direktor Johansson antwortete nicht sofort, sondern schlich statt dessen ein paar Schritte durchs Zimmer, machte eines der Fenster einen Spalt auf und horchte in die Dunkelheit. Dann drehte er sich mit einem Lächeln auf den dicken Lippen um, das mehr einer Grimasse glich.

»Ja, Sie glauben wahrscheinlich, ich wäre gegen eine Tür

gelaufen, was? Daß ich ein ungehobelter und ungebildeter Idiot aus der Klosettbranche bin, der noch nicht einmal aufpassen kann, was? Aber ich werde Ihnen verraten, wie es dazu gekommen ist. Ich habe ein paar Herren vermöbelt, die glaubten, ich wäre blind und taub und kapiere nicht die Bohne! Und verlassen Sie sich drauf, daß ich es wieder tue, wenn …«

Er brach ab, öffnete das Fenster halb und spähte von neuem in die Nacht. Dann zuckte er mit dem Kopf zurück, wirbelte herum und stürzte auf den Staatsminister zu, der hilflos auf einem kanapeeähnlichen Sofa lag. Er passierte ihn indessen, bückte sich und riß hinter sich den Stecker der Stehlampe aus der Buchse in der Wand. Einen Augenblick lang glaubte ich, er wolle seinen Nachbarn mit der Schnur verprügeln, doch er stürmte weiter die Wände entlang und dämpfte die Beleuchtung auf die gleiche abrupte, aber effektive Weise.

Nach der letzten Schnur zischte er in die Dunkelheit hinein: »Sitzen Sie still, und halten Sie die Klappe! Wer einen Muckser macht, den schlage ich tot!«

Wie lange wir da in der Stille und Dunkelheit saßen – gestört allein vom Schnaufen des Direktors –, kann ich nicht sagen, aber ich erinnere mich, daß ich bei mir dachte, wenn das die in Spånga üblichen Besuche mit ihrer herzlichen Atmosphäre waren, dann bewahre mich Gott vor den Besuchen in Djursholm.

Weiter hinten im Haus wurde eine Tür geöffnet.

Leise Stimmen, vertrautes Lachen.

»… dachte, Licht brennt … unmöglich … warte hier …«

Energische Absätze über das Parkett im Flur, über den Teppich im Eßzimmer, hinein ins Zimmer, in dem wir saßen.

Fröhliches Lärmen.

»Die Luft ist rein, Liebling! Der dicke Johan süffelt seinen Kognak auf der Jubiläumsfeier der Klosettfabrikanten!«

Dann schaltete sie die Deckenbeleuchtung ein.

Die Dame des Hauses, die Assistentin des in den Schrank verfrachteten Staatssekretärs, war am Ende zu ihrem ruhigen Abend nach Hause zurückgekehrt.

17

Sie war sehr schön, schöner als ich sie von dem Kanapee im Arbeitszimmer der Villa, dem Abendessen und dem improvisierten Verhör durch den Staatsminister in Erinnerung hatte. Ich bin kein Experte auf dem Gebiet, aber ich glaube, daß sie an dem Abend und nach einem weiteren Wechsel der Perücke zu dem mädchenhaften Schönheitstyp zu zählen war: braunglänzendes Haar, zu einem Pferdeschwanz gebunden, und nur ein Hauch von Rot auf den Lippen. Und die Wangen hatten Farbe, und in den Augen lag Lebenslust. Der Abend hatte schließlich gerade erst angefangen, und im Flur wartete der Spielkamerad.

Konsul Karling mußte die Wanderung aus dem Flur schon beim allerersten Lockruf aus dem Dunkeln auf schnellen Sohlen angetreten haben. Denn als ihre Finger den Lichtschalter erreicht hatten und noch in der ersten lähmenden, entlarvenden Lichtsekunde darauf ruhten, stand er schon an ihrer Seite. Er entblößte beim Lächeln kräftige, weiße Zähne, wie jemand, der weiß, daß jetzt alle Hindernisse aus dem Weg geräumt waren und die Frau nichts anderes als »ja, ja« sagen würde.

Aber ein Hindernis, noch dazu ein wesentliches, blieb übrig.

Der Ehegatte, mochte er auch fett und alt sein, setzte zum Sprung an.

Er hatte hinter seinem Lederfauteuil gehockt, Kräfte und Wut gesammelt und stürmte jetzt wie ein aufgescheuchtes Erdferkel vorwärts ins Licht.

»Verfluchtes Pack, habt ihr vom Donnerstag noch nicht genug!« brüllte er. »Aber ich werde euch helfen, sich in anderer Leute Haus zu schleichen!«

Konsul Karling besaß zwar breite Schultern und eine stattliche Figur, aber es fehlte ihm offensichtlich an Mut – oder an Dummdreistigkeit, je nachdem, wie man die Sache betrachten wollte. Angesichts des vorwärtsstürmenden Klosettfabrikanten ergriff er die Flucht genauso natürlich und schnell, wie man vor einer heranrollenden Flutwelle davonläuft. Er nahm den Weg durch das Eßzimmer, und Direktor Johansson folgte ihm.

»Mein Mann sagte ganz bestimmt, daß er heute abend zum Essen nicht da sei und es spät würde.« Frau Johansson lächelte wehmütig wie ein kluges und mutiges Kind, dem die Tüte mit Süßigkeiten ins Wasser gefallen war und sieht, wie sie auf dem Fluß davonschwimmt, und weiß, daß an der Sache nicht mehr viel zu ändern ist. »Menschen, die in letzter Minute ihre Meinung ändern, sind ein Ärgernis. Ich glaube, ich brauche ein Glas Kognak. Nein, bleiben Sie bloß liegen! Ist das nicht ein wunderbares Sofa? Ich habe dieses Zimmer hier ganz allein eingerichtet. Abgesehen von Johans altem Fauteuil, von dem wollte er sich partout nicht trennen.«

Die Tür rechts vom Entree zum Eßzimmer wurde aufgestoßen, und Konsul Karling eilte herein, umrundete die Ecke und verschwand auf ein neues durch das Eßzimmer. Eine Sekunde später tauchte Direktor Johansson auf, rotschuppiger denn je, schnupperte in die Luft, nahm Witterung auf und bog um dieselbe viel frequentierte Ecke.

Offensichtlich folgten die beiden Männer einer kreisförmigen Bahn durch das Haus und würden bald wieder zum Vorschein kommen.

Ich muß sagen, Frau Johansson wirkte seltsam gelassen, nahezu blasiert angesichts des ganzen Spektakels, fast als handele es sich um eine Wiederholungssendung einer ausgezeichneten absurden Farce im Fernsehen. Bei der Gelegenheit, als der Direktor bei seiner Passage durch das Zimmer einen Beistelltisch mit drei Porzellanvögeln umgerannt hatte, äußerte sie allerdings ein Wort des Bedauerns, daß so ein Aufstand gemacht werde, nur weil man mit einem Bekannten nach Hause gekommen sei, und etwas später fragte sie, ob ich glaube, daß er ihn kriegen werde, aber in der Stimme schwang keine tiefere Anteilnahme mit.

Bei der sechsten oder siebten Runde brüllte Direktor Johansson nach einem Kognak und als er in der nächsten vorbeikam, drückte ihm seine Frau ein Glas in die Hand, so wie man an einen Läufer beim Vasa-Lauf Blaubeersuppe übergibt.

Es besteht kaum die Notwendigkeit, die Verfolgungsjagd in all ihren Etappen zu schildern. In einigen Runden war der Direktor seinem Opfer sehr dicht auf den Fersen, in anderen hatte sich der Abstand vergrößert.

Ich erinnere mich, wie ich bezweifelte, daß ein ältlicher und korpulenter Mann wie Direktor Johansson lange diesen Belastungen gewachsen war, seine Frau jedoch sagte, daß kein Grund zur Beunruhigung bestünde.

»Er hat ein sehr starkes Herz. Regelmäßiges Lauftraining.«

Ich sah von der Frage ab, ob die sportliche Betätigung immer in dieser Form im eigenen Haus stattfand.

Wer am Ende den Lauf abbrach, das war Konsul Karling. Er lief hinter ein langes Sofa, wo er eine Verschnaufpause einlegte. Direktor Johansson lauerte am anderen Ende des Polstermöbels.

»Wo zum Teufel hast du die Schrotflinte gelassen?« schrie er seine Frau an. »Du hast sie versteckt, du Aas!«

In Ermangelung anderer Munition begann er anschließend den Konsul mit dem Inhalt des Bücherregals zu bombardieren. Zunächst bekam er nur leichtere Geschosse zu fassen, Broschüren und Sammlungen mit Causerie und dergleichen, aber arbeitete sich unaufhaltsam zu den schweren, gebundenen Werke voran. Sein Wurfstil wirkte in gewisser Hinsicht unbeholfen, bis ich feststellte, daß er Linkshänder war.

»Gleich ist er beim Nordisk Familjebok angekommen«, sagte seine Frau. »Bei der berühmten und gediegenen Uggle-Auflage. Frage mich, ob der kleine Konsul es damit aufnehmen kann.«

Konsul Karling schien jetzt zur Nachwelt sprechen zu wollen.

»Das Ganze ist ein lächerliches Mißverständnis«, keuchte er, während er versuchte, dem Schauer literarischer Erzeugnisse auszuweichen. »Ein lächerliches und unglückliches Mißverständnis. Oh, verdammt noch mal! Kein Problem, das zu erklären ... Anita ... Frau Johansson und ich sind seit unserer Kindheit alte Freunde. Teufel aber auch! Wir haben als Kinder immer zusammen gespielt. Ja, das heißt, ich war ja größer, aber Frau Johansson war nur ein Kind. Ich habe ihr Sandkuchen gebacken ... Werfen Sie etwa große, dicke Bibeln nach mir, Sie Mensch, Sie?! Aber ich werde wahrlich ... Ich hoffe wirklich, Sie, Herr Staatsminister, glauben nicht, daß wir ... daß ich ... Teufel! Richten Sie bitte der Frau Staatsminister meine Grüße aus!«

Die letzten Worte rief er, während er zugleich einen Satz über das Sofa machte, total überraschend für den Direktor, der vollauf damit beschäftigt war, sich Bonniers illustrierte Kulturgeschichte, üppige Bände, in Leder gebunden und mit Goldschnitt, zu greifen.

Gepackt und fortgeschleudert traf das Werk statt dessen einen bereits umgefallenen Schrank in dem Moment, da Konsul Karling ins Eßzimmer entfleuchte. Einige Augenblicke später krachte die Haustür abermals ins Schloß.

Direktor Johansson war zwar seines Hauptwidersachers

verlustig gegangen, war aber aufgewärmt und erinnerte sich geschwind aufs neue, daß sich zwei unbefugte Mannspersonen in seinem Eigenheim aufhielten.

Er raffte alles im Regal zusammen, näherte sich dem Staatsminister und mir, bewaffnet mit schwedischen Schlössern und Herrensitzen in zwei Bänden, je einem in jeder Hand.

»Ich glaube, die Herren haben gar nicht verraten, welcher Grund sie hierhergeführt hat.«

»Doch, wir wollten Ihnen nur einen Besuch abstatten«, erklärte der Staatsminister. »Wie gute Nachbarn oder so.«

»Besuch?« schrie der Direktor. »Besuch! Nach zehn Uhr! Und noch dazu an dem Abend, da alle wissen, daß ich auf dem Jubiläumsdiner der Klosettfabrikanten und meine Frau allein zu Hause sein würde! Gute Nachbarn? Verfluchte Saukerle! Sagen Sie, wie es ist, daß Sie hergekommen sind, um mit meiner Frau Unzucht zu treiben, auch Sie! Ich weiß ganz genau Bescheid, was sich im sogenannten Arbeitszimmer Ihres Hauses abspielt! Und der Kerl da auf dem Chaiselongue war wohl zu schwächlich, um selbst mitzumachen. Aber wenn er könnte, dann würde er! Verschwinden Sie, ehe ich Sie erschlage!«

Der Staatsminister half mir hoch und nahm mich unter seine Fittiche. In der Tür des Eßzimmers drehte er sich um.

»Sie täuschen sich ...«

»Raus!«

»Aber Sie und Ihre Frau sind jederzeit auf ein Glas Sherry oder eine Tasse Tee willkommen. Wir sind fast immer zu Hause. Und die Kinder ... Sind Sie sicher, daß Sie keine Fotos sehen wollen ...?«

Draußen war es angenehm kühl.

»Das Muster beginnt sich klarer abzuzeichnen«, sagte

der Staatsminister, als wir uns den Weg zur Gartenpforte bahnten.

»Aha«, antwortete ich.

Manchmal fehlt mir die Kraft, auch nur zu versuchen, zu verstehen, was er brabbelt. Ich hatte – trotz all des Geredes des Staatsministers vom Geist in Spånga – keine hohen Erwartungen an den Besuch bei Direktor Johansson gestellt. Das Leben hat mich gelehrt, daß man damit am besten fährt. Ich hatte mich darauf eingestellt, einen lauwarmen Tee serviert zu bekommen, vielleicht sogar auch noch etwas zum Eintunken, ich hatte aber nicht erwartet, in ein Inferno zwischen einem rachsüchtigen Direktor und einem Konsul zu geraten. Erbitterung stieg in mir auf.

»Daß man aber auch ein Haus zusammen mit dir nie auf normale Weise verlassen kann! Es ist ein Alptraum!«

»Och«, sagte der Staatsminister, »am Schluß ist es etwas turbulent zugegangen. Aber das war doch nicht meine Schuld. Und das Muster fängt jetzt an, sich klar abzuzeichnen.«

»Was für ein Muster?«

»Das Mordmuster natürlich.«

Daran hatte ich nicht gedacht. »Ja, natürlich muß Direktor Johansson der Mörder sein! Ein Mann, der seine Gäste mit Familienbibeln bewirft, hat sich verraten.«

»Ich möchte den Täter in einem so frühen Stadium nicht identifizieren«, erklärte der Staatsminister.

»Nicht identifizieren? Du hast doch schon vorige Woche die Witwe identifiziert, nur weil sie dich mit dem Tennisschläger bearbeitet hat!«

»Das war als Privatmann«, sagte der Staatsminister würdevoll.

»Du sagtest, die Frau des Justizchefs sei sehr verdächtig!«

»Das war als Justizminister«, erklärte der Staatsminister.

»Du sprachst von internationalen Verbrecherbanden!«

»Das war als Chef der Sicherheitspolizei. Als *Polizist* ist es meine Pflicht, den Fall unvoreingenommen zu untersuchen.«

»Dann möchte ich gern als Privatmann anmerken, daß Direktor Johansson der Mörder ist!«

»Das zu tun ist selbstverständlich dein gutes Recht. Aber du brauchst dabei doch nicht so zu schreien. Und findest du nicht, daß du etwas zu voreilige Schlüsse ziehst? Als ich sagte, daß das Muster sich abzuzeichnen beginne, da meinte ich nur, daß wir jetzt wissen, wo Svanberg an dem Abend war, ehe er ermordet wurde.«

»Ach ja?«

»Ja, und wir wissen, wie er zu seinem dritten blauen und letzten Fleck kam. Erinnerst du dich an die Situation? Um halb sieben, unmittelbar nach dem Abendessen, verläßt Svanberg mein Haus. Irgendwann zwischen halb elf und halb eins am selben Abend wird er ermordet. Aber was hat er bis dahin gemacht, und wo hat er gesteckt? Wir haben keine Spuren, niemand hat ihn gesehen. Er geht aus meiner Gartenpforte und scheint von dem Augenblick an wie vom Erdboden verschluckt. Jetzt wissen wir, wo er war und was er trieb. Er ging ein paar hundert Meter die kleinen, menschenleeren Wege entlang, so wie wir jetzt, bloß in die andere Richtung. Er ging zum Haus des Direktors und seiner Assistentin und verbrachte den Abend mit ihr. Johansson hatte ja in seinem Büro in Stockholm gesessen.«

»Aber sie war doch wütend auf Svanberg! Wir sahen doch mit eigenen Augen, wie sie ihn am Nachmittag im Arbeitszimmer ohrfeigte.«

»Nur eine kleine Neckerei unter Liebenden. Oder besser gesagt: Sie hatte sich geärgert, daß er sie in aller Öffentlichkeit auf dem Kanapee im Arbeitszimmer liebkost hatte. Alles wie weggeblasen am Abend, sie haben schon einige Zeit etwas miteinander gehabt, ich habe in der Richtung Befragungen im Ministerium angestellt. Aber dann kam der rechtmäßige Mann früher als geplant nach Hause – laut Pförtner verließ er den Betrieb auf Kungsholmen um Viertel vor zehn – und überraschte die beiden. Was danach geschah, können wir nur vermuten. Wahrscheinlich jagte Direktor Johansson Svanberg im Teufelskreis durchs Haus, holte ihn ein und verpaßte ihm den blauen Fleck.«

»Und woher willst du das alles wissen?«

»Johansson hat es selbst gesagt. Als ich fragte, woher er seinen blauen Fleck habe – und anatomische Gründe sprechen dafür, daß er ihn sich am Mordtag zugezogen hat –, sagte er doch: ›Ich habe ein paar Herren vermöbelt und hinausgeworfen, die geglaubt haben, ich wäre blind und taub und kapiere nicht die Bohne!‹«

»›Ein paar Herren‹? War Svanberg denn nicht mit Frau Johansson allein?«

»Nein, offensichtlich waren zwei Männer da: Svanberg und Karling. Johansson schrie ihm doch zu, als er zusammen mit Frau Johansson heute abend reinkam: ›Habt ihr vom Donnerstag noch nicht genug?‹ Das erklärt den blauen Fleck des Direktors und Karlings blauen Fleck Nummer zwei – den ersten hatte er sich früher am Abend im Flur der Tennisspielerin eingehandelt. Und das erklärt Svanbergs dritten und letzten blauen Fleck.«

»Aber sollte Frau Johansson wirklich zwei Männer empfangen haben …«

»Gruppensex, mein lieber Freund. Gruppensex. Heutzutage überhaupt nichts Besonderes mehr. Vielleicht nicht auf Djursholm und bei der Historikergesellschaft, aber in den meisten anderen Kreisen. In diesem Fall waren es also zwei Männer und eine Frau, die daran beteiligt waren: Svanberg, Karling und Frau Johansson. Die drei hatte der Direktor bei seiner Heimkehr am Donnerstag abend überrascht.«

Ich empfand plötzlich und äußerst unerwartet Sympathie für Direktor Johansson.

»Eine sehr anziehende Frau«, murmelte der Staatsminister. »Natürlich *kann* Karling am Mordabend auch mit einem anderen Anliegen ins Haus gekommen sein. Aber heute abend machte es ganz den Eindruck, als ob er und Frau Johansson auch etwas miteinander hätten.«

»Aber kann der Direktor wirklich zwei jüngere Männer verprügelt haben?«

»In der Stimmung und mit der Kraft, wie er Bücher weiterreicht, ist man zu vielen Dingen imstande. Übrigens ging er selbst nicht ganz unbeschadet aus dem Kampf hervor.«

»Was sagte noch der Gerichtsmediziner über Svanbergs dritten und letzten blauen Fleck?«

»Daß er ihn eine oder eine halbe Stunde vor seinem Tod bekommen haben muß. Wenn wir Direktor Johansson eine Viertelstunde für die Jagd und die Mißhandlungen geben, dann dürften Karling und Svanberg kurz nach halb elf das Haus verlassen haben. Das einzige, das wir mit Sicherheit wissen, ist, daß Svanberg vor halb ein Uhr nachts tot und in meinen Schrank verfrachtet worden war.«

»Glaubst du, daß der Direktor ihn verfolgt, in dein Haus gelockt und dann erwürgt haben kann? Aber Direktor Johansson hat doch keinen Schlüssel zum Haus, oder?«

»Seine Frau hat einen, und du weißt, wie das mit Schlüsselbunden und besseren Hälften so ist.«

»Und das Motiv soll Eifersucht gewesen sein?«

»Ja.«

»Aber dann würde doch auch Konsul Karling in Lebensgefahr schweben, oder?«

»Natürlich.«

»Und du! Er war ganz offensichtlich davon überzeugt, du seist heute abend zu ihm ins Haus gekommen, um seine Frau zu verführen.«

»Ja«, sagte der Staatsminister zufrieden. »Ich könnte mir vorstellen, sogar du befändest dich in der Gefahrenzone.«

»Ich?«

»Ja, er hat die Überzeugung geäußert, du seist zum Zugucken und Genießen mitgekommen. Wer weiß, wie er Verführung definiert? Wer weiß, wo er die Grenze zieht?«

Die letzten Schritte zur Treppe legte ich in einem Zustand leichter Bewußtlosigkeit zurück.

18

Ich erwachte im Haus des Staatsministers an einem neuen Morgen.

Eine Woge von peinigenden Erinnerungen überkam mich.

Ich verspürte den starken Drang, mich zur Wand umzudrehen und mir die Decke über den Kopf zu ziehen. Aber ich bezwang mich. Die einzige sichere Methode, seine alten Sorgen loszuwerden, besteht trotz allem darin, sich neue zuzulegen. Und im Verbund mit dem Staatsminister treten dabei selten Schwierigkeiten auf.

In dem oberen Flur traf ich auf ein kleines Kind in Begleitung eines großen Hundes.

»Oma hat die Beulenpest gekriegt«, sagte der Kleine.

Auch das noch, dachte ich und stützte mich an der Wand ab. Auch das noch! Soweit ich mich erinnern konnte, wurde die Krankheit in Europa bereits im frühen 18. Jahrhundert ausgerottet. Daß sie jetzt in der Familie des Staatsministers ausgebrochen war, zweihundertfünfzig Jahre später und während meines Besuches im Hause, war aus medizinhistorischer Sicht allerdings eine Sensation, aber keine Überraschung für denjenigen, der mit den allgemeinen Verheerungen des Mannes vertraut war.

»Wasch dir gründlich die Hände«, riet ich matt.

»Waarom das'n?« antwortete der Kleine und streichelte sein Tier. »Ich hab' sie doch gestern erst gewaschen. Wenn sie nicht wieder gesund wird, dann wird sie erschossen, sagt Papa. Dann muß sie nicht leiden, deshalb.«

Ich ging weiter und dachte, ein Mann, der zu so makaberen Scherzen fähig war, sollte nicht das Sorgerecht für Kinder haben. Fünf Schritte später wurde mir klar, daß es sich bestimmt um keinen Scherz handelte. Ich konnte ihn schon mit rauchender Flinte nach der Exekution vor mir sehen und seine verworrene Argumentation hören. Ich beschloß, unverzüglich mit meiner Schwester zu sprechen.

»Mama weiß davon nix!« rief der Kleine wie unter uns Männern. »Papa hat gesagt, wir sollen sie nicht beunruhigen.«

Die Pläne waren offensichtlich schon weit gediehen.

Die Küche war menschenleer. Meine Schwester scheint nicht mit sechzehn Kindern und sechsundzwanzig Zimmern genug ausgelastet zu sein, sondern vertreibt sich die Vormittage ausgerechnet in einer nahegelegenen Schule.

Vor dem Fernseher fand ich einen Bengel mit Halsschmerzen in eine Decke gewickelt.

Er erklärte, es sei die Oma *des Hundes,* in einem Tierheim nahe Sigtuna untergebracht, die an der Pest erkrankt war.

Das Haus schien wohltuend frei vom Staatsminister zu sein. Entschlossen, den Zeitaufschub zu nutzen, begab ich mich hinauf in die Bibliothek. Die Historikergesellschaft sollte sich am nächsten Tag feierlich versammeln, und es war mir die Ehre zuteil geworden, für die Verstorbenen des Jahres die Gedenkrede zu halten. Die Dahingeschiedenen bildeten eine bedrückend lange Liste. Das Schlimmste an Gesellschaften dieser Sorte ist, daß so viele Mitglieder das Zeitliche segneten. Ich starrte auf die Liste und ertappte mich dabei, wie ich mich fragte, ob alle wirklich eines natürlichen Todes gestorben seien. Und wie soll man eine Gedenkrede auf Menschen halten, mit denen man nie ein Wort gewechselt hat? Am Ende verfiel ich auf die Idee, im Archiv nachzuschauen, was beim fünfzigjährigen Jubiläum gesagt wurde, dann brauchte ich den Text nur vom Präsens ins Imperfekt zu setzen und ansonsten am Text nur geringfügige stilistische Korrekturen vorzunehmen und an den Ernst der Stunde und den düsteren, aber keineswegs ungewöhnlichen Schlußpunkt der Karriere anzupassen …

Es läutete an der Haustür.

»… bekannt als ein ungewöhnlich fähiger und fesselnder Schilderer der Mission …«

Ich erhob mich. Der Jüngling vor dem Fernseher dachte offensichtlich nicht daran, die Tür öffnen zu gehen.

Etwas schimmerte durch die milchige Türscheibe.

Der Briefträger … Nein, nicht der Briefträger. Aber eine Uniform mit Goldstreifen auf den Ärmeln trug der Mensch.

»Guten Tag. Ich bin Feuerwehrchef Svensson. Ich führe eine Kontrolle des Brandschutzes durch.«

Grollende Stimme, rundes Gesicht, um Mund und Nase schwer verkrautet, Brille unter der Schirmmütze.

Ich beschloß, den Bärtigen auf den Jüngling da drinnen abzuwälzen.

Ich mußte mich schließlich um meine Toten kümmern.

Ich holte ihn.

»Guten Tag, junger Mann. Kannst du mir die Brandmauer zeigen?«

Der Jüngling machte auf den Pantoffeln kehrt.

»Ssss! Du durftest dich als Kind wohl nicht verkleiden, was, Papa?« rief er über die Schulter. »Ich meine, so daß du damals schon genug davon hattest.«

»Du hast mich nicht erkannt!« schrie der Feuerwehrmann und riß sich Brille und Mütze vom Kopf. »Gib es zu! Aber die Verkleidung ist doch perfekt! Anders hat den Bart erkannt, ich habe ihn immer als Weihnachtsmann um. Schau mal, ich habe mir Plastikstücke in die Wangen gesteckt! Jetzt gehe ich zur Kontrolle des Brandschutzes zu Direktor Johansson. Einige Angaben zur Vervollständigung muß ich mir noch beschaffen.«

Ich sagte, daß ich auf das Entschiedenste von einem solchen Besuch abraten müsse.

»Es gibt nur zwei Möglichkeiten: Entweder erkennt er dich und glaubt, du bist gekommen, um seine Frau zu verführen. Oder aber er hält dich für einen Feuerwehrmann, der gekommen ist, um seine Frau zu verführen. In beiden Fällen riskierst du dein Leben. Wenn er der Würger ist, dann endest du in einem Schrank. Wenn nicht, dann erschießt er dich mit der Schrotflinte.«

»Ach was«, entgegnete der Staatsminister, »er wird mich nicht erkennen. Nicht mit diesem Bart. Und die Leute haben Todesangst vor der Kontrolle des Brandschutzes. Wissen nie, wo sie Pütze und Spritze haben. Weißt du es? Ist er nicht kooperativ, erkläre ich das Haus für unbewohnbar.«

»Aber es ist doch ganz neu!«

»Ich verweise auf verschärfte Bestimmungen. Aber das ist nicht nötig, er wird mir gegenüber ganz offen sein und mir massenhaft wertvolle Hinweise liefern. Auf Lindö trinken der Feuerwehrchef und ich immer stundenlang Pharisäer – er mit Branntwein, ich mit Kaffee – und lästern über die anderen Sommergaste. Man erfahrt eine ganze Menge bei einer Kontrolle des Brandschutzes.«

Ich sagte, ich hätte nicht den Eindruck gewonnen, Direktor Johansson gehöre zu den gemütlichen und gesprächigen Grundstückseigentümern, aber der Staatsminister restaurierte seine trügerische Fassade und wanderte den Weg zurück, den er gekommen war.

Ich kehrte zur Bibliothek und den Nekrologen zurück.

Zwei Stunden und acht Tote später fiel mir auf, daß der Staatsminister nicht zurückgekommen war. Jedenfalls hatte ich ihn nicht gehört, und man hört ihn immer.

Das Haus war menschenleer, und im Garten war er nicht.

Und ich weigerte mich trotz allem zu glauben, er habe sich in der Uniform eines Feuerwehrhauptmanns in die Staatskanzlei begeben.

Er mußte also noch bei Direktor Johansson sein. Tot oder lebendig.

Einen Augenblick lang erwog ich, die Polizei zu alarmieren, verzichtete jedoch darauf. Man konnte wohl kaum die Polizei anrufen und erklären, daß sich ihr oberster Chef, als Feuerwehrmann verkleidet, Zutritt zu dem Haus eines unbescholtenen Nachbarn verschafft habe und seitdem nichts mehr von ihm zu hören und sehen war. Sie würden mir nicht glauben und – das wurde mir klar, während mein Finger auf der Wählscheibe ruhte – es würde die Sache kaum besser machen, wenn sie es täten.

Ich griff meinen Mantel und eilte hinaus.

Es war ein herrlicher Septembertag mit der Wärme des Sommers und der weichen Luft und den klaren Farben des Herbstes. Hinter der Gartenpforte wendete ich mich nach rechts. Das Grundstück des Direktors erstreckte sich auf der gegenüberliegenden Seite der asphaltierten und beidseitig von Gräben gesäumten Straße. Noch wurde die Villa von einer dichten Fichtenhecke verborgen. Ich bog in die erste Seitenstraße nach links ab und nahm im selben Moment den stechenden, tränentreibenden Geruch wahr. Eine Rauchwolke stieg über der Hecke empor.

Mir war sofort klar, was geschehen war. Der Staatsminister von Feuerwehrhauptmann mußte auf dem Grundstück Feuer gemacht haben, vermutlich zu Demonstrationszwecken.

Ich erreichte die Gartenpforte und schaute hinein.

Zuerst konnte ich nichts erkennen, aber dann vertrieb der Wind die Wolken.

Nicht das Haus brannte.

Man verbrannte Laub auf dem Grundstück.

Das Feuer wurde von einem Menschen geschürt, den ich im ersten Moment für eine Art betrunkenen Schornsteinfeger hielt. Doch als die Augen nicht mehr brannten, erkannte ich in dem Mann den Staatsminister.

Die Uniform hing an ihm wie zerrissene Fetzen, das Gesicht war mit Ruß bedeckt und der Bart geschwärzt.

Er harkte Laub vom Rasen, packte es in geflochtene Weidenkörbe und schleppte sie zum Feuer.

Er arbeitete zügig, fast forciert, und ich dachte, daß das Ganze in der Hitze der Sonne und des Feuers und in der enganliegenden Kostümierung sehr anstrengend sein mußte.

In angenehmem Abstand, unter einem Sonnenschirm am Swimmingpool, saß Direktor Johansson. Er schien ein Buch zu lesen. An den Stuhl gelehnt ein Gewehr.

Der Staatsminister arbeitete sich nun um einen riesigen Kastanienbaum herum, der am unteren Ende des Rasens wuchs. Den Rücken vorgebeugt, harkte er sich immer näher an die Pforte heran.

»Tu so, als würdest du dir die Schnürsenkel zuknoten!« zischte er. »Hast du etwas zu trinken dabei? Der Alte ging gleich die Schrotflinte holen, noch ehe ich nach der Brandmauer fragen konnte. Und dann mußte ich wählen zwischen der Arbeit als Gartenknecht oder einer Anzeige bei der Polizei wegen Hausfriedensbruchs und Amtsanmaßung. Ich habe gerade die Mülltonnen ausgeleert. Wenn du wüßtest, wie nachlässig die Leute mit ihrem Müll umgehen …«

»Hat er dich erkannt?«

»Ich glaube schon. Er hat etwas davon gefaselt, Fotografen der Abendzeitungen anzurufen, und manchmal liest er laut aus der Programmschrift der sozialdemokratischen Arbeiterpartei vor, vorzugsweise den Abschnitt über den hohen Wert von körperlicher Arbeit. Verdammt, wie der Bart juckt!«

»Was stehen Sie da hinten rum und tuscheln?!« Direktor

Johansson war aufgestanden und hatte nach der Flinte gegriffen. »Harken Sie, sonst jage ich Ihnen eine Ladung Schrot in den Hintern!«

»Mein Gott, jetzt fängt er schon wieder an!« flüsterte der Staatsminister. »Kannst du die Staatskanzlei benachrichtigen, daß ich den Vortrag um zwei Uhr zurückziehe? Sag, ich hätte Keuchhusten oder sonst was bekommen. Er wird mich vor Einbruch der Dunkelheit wohl nicht gehen lassen. Wenn ich mit dem Laub fertig bin, soll ich das Gemüsebeet umgraben, die Wege umschaufeln, den Rasen abstechen und ...«

Er riß den vollgestopften Korb an sich und schleppte ihn zum Feuer.

Auf dem Gesicht, unter Ruß, Schlacke und Bart, lag fast ein Zug der Unterjochung, den ich nie zuvor an ihm entdeckt hatte.

Offensichtlich hatte der Staatsminister seinen Meister gefunden.

19

Es wurde angeklopft, und im Türspalt zum Zimmer der Mitarbeiter erschien ein munteres Gesicht, darüber aufgetürmte rote Haare.

»Störe ich?«

Das tat die hinterbliebene Assistentin des Staatssekretärs und Ehefrau des Direktors Johansson ganz und gar nicht. Es war später Nachmittag, und der Staatsminister saß an seinem Schreibtisch – mehr durch Zufall als durch Absicht – und faselte etwas von Spuren und Indizien und anderem Zeug. Das Gesicht war noch immer von Spuren der Mühsal des Tages gezeichnet.

»Bei einigen von Svanbergs Papieren weiß ich nicht, wohin ...«

Der Staatsminister schoß hoch und stürzte in Null Komma nichts auf die mit kurzem Rock und weißen Spitzenstrümpfen Angetane in einer Geschäftigkeit zu, die ich ihn gegenüber männlichen Mitarbeitern noch nie habe entwikkeln sehen.

Dort drinnen stand der verwaiste Schreibtisch des Toten am Fenster, und die Schreibfläche war pathetisch rein und von Unterlagen befreit, wie das Katheder in einer Schule vor den großen Sommerferien.

Dem Staatsminister geriet eine Mappe in die Hände, und planlos blätterte er darin herum.

»In den Schrank«, sagte er am Ende. »In den Schrank damit, das wird wohl das Beste sein. Aber nehmen Sie den anderen!«

Und Frau Johansson stöckelte davon, und ich hörte, wie die Mappe auf den Schrankboden fiel. Wie ein Blumenstrauß ins Grab nachgeworfen, dachte ich melancholisch. »So ergeht es uns allen, ein paar Unterlagen irgendwo in einem Schrank, das ist alles, was am Ende übrigbleibt ...«

»Es tut mir leid, daß es bei uns zu Hause gestern abend etwas turbulent zuging«, sagte Anita Johansson und schüttelte den Staub von ihren Fingern ab. »Johan hat sich wirklich unmöglich benommen. Ich war mir ganz sicher, daß er bei seiner Jubiläumsfeier war, das hat er früher nie ausgelassen. Sie hätten vorher Bescheid sagen sollen, daß Sie zu Besuch kommen wollen, da wäre ich zu Hause geblieben. Den ganzen Abend ... Ja, sie wundern sich natürlich über so manches, nicht? Warum wir geheiratet haben, was ich mit Karl Karling zu schaffen habe, was mit Svante Svanberg war und so weiter, nicht? Ich meine, Sie haben doch dieser Tage einiges zu sehen und auch nachzudenken bekommen, nehme ich an, und Sie glauben womöglich, daß es was mit dem Mord zu tun hat. Aber dem ist nicht so.«

Der Staatsminister holte sein Notizbuch hervor und sagte, jedes Detail, wie bedeutungslos es auch scheinen mochte, könne sich, in einen größeren Zusammenhang eingeordnet, als wertvoll erweisen.

»Ja, Johan und ich haben uns vor fünf Jahren kennengelernt, und dann haben wir geheiratet«, begann Frau Johansson, offensichtlich darauf bedacht, nicht ein einziges Detail auszulassen, wie bedeutungslos es auch scheinen mochte. »Alles ist sehr schnell gegangen. Ich erinnere mich nicht mehr, warum es solche Eile hatte, aber Johan wollte es so. Ich hatte ja eine gute Arbeit und die Zeit auf meiner Seite, ich habe also nicht wegen des Geldes oder des Hauses geheiratet, aber er hat genörgelt, und dann ist es so gekommen. Voriges Jahr im Frühling wurde ich Svante Svanbergs Assistentin, und dann ging es los mit uns beiden. ›Was für eine häßliche, eklige Nase du hast‹, hat er gesagt, und dann ist alles sehr schnell gegangen. Er war auf seine Art lieb, solange man sich nicht darum kümmerte, was er sagte. Und es gefiel mir ganz und gar nicht, wenn er es während der Arbeitzeit versuchte wie am letzten Tag, als Sie reinkamen und uns auf dem Kanapee überraschten. Arbeit und Privatleben soll man trennen, daran halte ich mich, und das wußte er. Aber es lag wohl am Kanapee, daß er sich nicht mehr in der Gewalt hatte. Wir trafen uns nämlich manchmal hier abends, spät abends.«

»Wo?« fragte der Staatsminister. »Hier?«

»Ja, seine Frau war abends oft zu Hause, wenn sie nicht auf Tournee war, und genauso war es bei Johan. Aber natürlich war er nie auf Tournee. Deshalb haben wir uns manchmal hier aufgehalten, auf dem Kanapee.«

Sie zeigte zur Unterstreichung auf das Möbel.

»Da, auf dem Kanapee?« echote der Staatsminister und ließ das Notizbuch sinken, als zögere er, den Augenblick für die Nachwelt festzuhalten.

»Wir fanden es so passend. Wir hatten doch je einen Schlüssel zu diesem Zimmer, und Sie arbeiten doch nie. Abends, meine ich, spät abends. Wir schlossen doch sorgfältig hinter uns ab, und die Räume sind gut isoliert. Vergangenen Herbst lernte ich Karl Karling kennen. Seine Frau verstand ihn nicht, und er ist so süß.«

»Süß?« wiederholte der Staatsminister, der jetzt vollkommen abgestumpft wirkte.

»Ja, wenn man sich nicht über all seine Wichtigtuerei ärgert. Man soll sich nie darum kümmern, was Männer sagen, das habe ich gelernt. Sonst hätte man gar keinen Spaß mit ihnen. Sie finden es vielleicht seltsam, daß ich was mit Karl und Svante hatte. Aber zwei sind gerade richtig, finde ich. Drei sind zu anstrengend, und einer ist zu langweilig. Wenn ich zwei sage, dann zähle ich Johan natürlich nicht mit. Aber jetzt habe ich ja nur noch einen, nachdem Svante ... Abgesehen von Johan also.«

»War Karling auch hier?« fragte der Staatsminister und nahm innerlich Anlauf. »Ich meine ... hier auf dem Kanapee?«

»Nur ein paar Mal. Bevor seine Frau bei ihm ausgezogen ist und er die Villa in Djursholm für sich allein hatte.«

»Ein Liebesnest!« murmelte der Staatsminister. »Ein wahres Liebesnest! In meinem Arbeitszimmer! Praktisch in der Staatskanzlei selbst ... Die Abendzeitungen ... der Staatspräsident ... die Bruderschaftsbewegung ...«

»Was sagen Sie da?« wollte Frau Johansson wissen.

Der Staatsminister behauptete, er habe sich nur geräuspert.

»Ich nenne mich immer Asea-Atom«, lächelte sie, »wenn ich mit Kalle oder Svante zusammen bin.«

»Asea-Atom?« wunderte sich der Staatsminister.

»Ja, Asea-Atom. Etwas, das der Staat und die Privatwirtschaft gemeinsam haben. Aber die beiden kapierten nie, was ich damit meinte, sie wußten ja nichts voneinander. Das hätte nur Ärger gegeben.«

»Aber Direktor Johansson machte den Eindruck als ... gestern Ihr Mann, als hätte er eine Ahnung ...«

»Ja, er ist alles andere als dumm. Richtig hinterlistig«, erklärte sie im Tonfall eindeutiger Wertschätzung. »Vor ein paar Wochen fing er an, in einem so komischen Ton über das Arbeitszimmer hier im Haus und meine Überstunden zu sprechen ...«

»Mein Gott!« sagte der Staatsminister. »Ich glaube, ich verstehe. Die Fensterscheibe! Der Apfel! Haben Sie Astrachanäpfel im Garten?«

»Natürlich. So ein Apfelbaum steht direkt an der Gartenpforte. Aber was wollte ich doch gleich erzählen ...? Ach ja, was vergangenen Donnerstag passierte. Vom letzten Abend in Svantes Leben. Aber es ist bestimmt nicht von Bedeutunng für den Mord. Darum habe ich der Polizei nichts davon gesagt.«

»Vom letzten Abend? Gut, ausgezeichnet, mein Gott!« sagte der Staatsminister und schlug eine weiße Seite auf.

»Ja«, begann Frau Johansson, »es haben sich bestimmt alle gewundert, wo Svante an seinem letzten Abend gesteckt hat. Aber es ist die einfachste Sache der Welt: bei mir natürlich.«

»Das«, sagte der Staatsminister, »haben wir uns schon gedacht. Aber es ist ausgezeichnet, daß es uns bestätigt wird«, ergänzte er mit einer großzügigen Geste zu seiner Zeugin.

»Johan wollte in seinem Büro bleiben, und Svante und ich hatten verabredet, daß wir uns bei mir zu Hause treffen. Er kam direkt nach dem Abendessen, aber ich blieb noch etwas, wie Sie sich vielleicht noch erinnern. Ich war immer noch auf ihn sauer, weil er am hellichten Arbeitsnachmittag hier drinnen über mich hergefallen war, und wollte ihm einen Denkzettel verpassen. Als ich nach Hause kam, da saß er im Garten und aß Äpfel. Wir zankten uns eine Weile, dann gingen wir ins Haus und versöhnten uns wieder. Aber später, gegen zehn Uhr, kreuzten alle möglichen Leute auf, und all der Ärger fing an.«

»Gegen zehn Uhr, Leute, Ärger«, kritzelte der Staatsminister.

»Erst kam Johan aus dem Büro und überraschte uns vollkommen. Ich höre immer, wenn er das Auto in die Garage fährt, aber an dem Abend ließ er es draußen stehen. Dann jagte er Svante durchs Haus, eine Runde nach der anderen, ach ja, Sie wissen ja selbst, wie das läuft. Er warf auch Bücher nach ihm und traf ihn im Gesicht mit Schücks illustrierter schwedischer Literaturgeschichte, glaube ich.«

»Schück *und Warburg*«, korrigierte ich sie. »Wenn schon die Details erwähnt werden, dann sollten sie korrekt sein.«

Der Staatsminister und Frau Johansson sahen mich an, als sei dies ein Einwurf gewesen, auf den sie hätten verzichten können.

»Am Ende gelang es Svante, sich in der Toilette einzuschließen, und Johan stand mit einem dicken Lexikon davor, rüttelte an der Tür und schrie, er solle rauskommen und er sei ein Feigling, aber er war so viel kleiner und dünner, darum schrie ich, er solle bleiben, wo er war, und das tat er auch. Ja, dann klingelte es an der Tür, und draußen stand Karl Karling, der mich sprechen wollte, und Johan wurde ganz wild und brüllte: ›Noch einer!‹ und fing dann an, *ihn* ein paar Runden durch die Zimmer zu jagen. Der Weg führte dicht an der Toilette vorbei, und ungefähr alle zehn Sekunden rauschten die beiden daran vorbei, so daß Svante immer zurückgeworfen wurde, jedes Mal wenn er versuchte zu verduften. Und dann, als sei es mit den drei verrückten Kerlen im Haus noch nicht genug, tauchte plötzlich Svantes Frau, diese große Tennisspielerin, auf und erzählte, auf Svante sei kein Verlaß, sei für mich nichts zum Heiraten, er hätte mit einem Dutzend Frauen ein Techtelmechtel, sei unzuverlässig und fast vollkommen unberechenbar. Und ich stand ganz stumm da, das letzte, woran ich gedacht hatte, war, Svante zu *heiraten,* aber da *machte* er schon durch die Toilettentür schreiend einen *Antrag!* Jedenfalls glaube ich es, aber es war nicht richtig zu verstehen, denn in der Aufregung fing er an, die Klospülung zu betätigen, und es rauschte ganz fürchterlich, weil wir nämlich fünf Klosetts da drinnen haben, Modelle unterschiedlicher Jahrgänge, Johan weigert sich aus sentimentalen Gründen, sich von den alten Dingern zu trennen, und davor erwischte er Kalle und semmelte ihm über dem Auge eine rein und warf ihn raus. Und als er dann hörte, wie Svante mir von der Toilette aus einen Heiratsantrag machte, wurde er so wütend, daß er sich auf seine Frau stürzte, auf die Tennisfrau, und ihr eine Ohrfeige verpaßte und sie durch eine Terrassentür in den Garten jagte. Und als ich endlich glaubte, ich hätte jetzt etwas Ruhe im Haus, da schneite eine kleine, propere Tante rein und sagte, sie wisse Bescheid und daß die ganze Stadt Bescheid wisse, daß ich die Geliebte von Staatssekretär Svanberg sei und daß sie eingesehen habe, daß die einzige Möglichkeit, mit ihm zu sprechen, darin bestand, ihn in meinem Haus aufzusuchen. Es war Rydlanders Frau, ich habe sie erkannt, weil sie mehrmals im Ministerium war und mit Svante sprechen wollte. Und als sie begriff, daß er im Badezimmer saß, da schrie sie durch die Tür, er wolle Regierungspräsident werden und sei für die gesamte Beamtenschaft eine Schande und daß sie dem Staatspräsidenten berichten würde, was er triebe. Da kam er herausgeschossen – Svante also, nicht der Staatspräsident – nackt und bloß, haute ihr eine runter, rannte dann hoch ins Schlafzimmer, schloß sich ein, zog sich an und kletterte durchs Fenster und die Feuerleiter hinunter, denn Johan stand vor der Tür Wache. Und dann, als ich die kleine Frau Rydlander wieder aus dem Haus hatte, fragte Johan, was ich mir dabei gedacht hätte, mir von nackten Männern auf seiner Toilette einen Heiratsantrag machen zu lassen – als ob ich etwas dafür konnte! –, und dann gab er mir eine Ohrfeige. Und dann verpaßte ich ihm natürlich auch eine. Ja, dann passierte nichts mehr.«

»Nichts mehr?« wiederholte der Staatsminister.

»Na ja, ich trank einen Kognak und ging ins Bett. Ich hatte schließlich einen anstrengenden Abend hinter mir. Johan blieb mit der Flasche noch im Wohnzimmer sitzen.«

Der Staatsminister blätterte in seinen Aufzeichnungen wie ein frisch gebackener Millionär in seinen Banknoten.

»Wenn ich Sie richtig verstanden habe, soll Svante Svanberg Ihr Haus gegen halb elf über die Feuerleiter verlassen haben. Zehn Minuten nach Karl Karling und fünf Minuten nach seiner Frau. Haben Sie gesehen, wohin er danach gegangen ist?«

»Nein, aber wir haben nur eine Gartenpforte, dann muß er also auf den Lövstigen gekommen sein.«

»Hat Ihr Mann das Haus verlassen, nachdem Sie zu Bett gegangen sind?«

»Keine Ahnung. Wir haben getrennte Schlafzimmer, und ich bin fast sofort eingeschlafen.«

»Warum kam Karl Karling um zehn Uhr abends zu Ihnen nach Hause? Oh, ähäm, ich verstehe ...«

»Aber ich weiß gar nicht, was er wollte! Einfach so ist er früher nie aufgetaucht. Wir verabreden uns immer erst. Es muß also einen besonderen Grund gegeben haben. Aber Johan stürzte sich ja gleich auf ihn, so daß ich gar nicht dazu kam, mit ihm zu sprechen. Und als ich ihn einen Tag später danach fragte, da sagte er mir, ich solle es vergessen.«

»Hatte Svanberg die Aktentasche bei sich?«

»Ja, als er kam und auch als er ging. Er hatte sie auf einem Stuhl im Schlafzimmer abgestellt.«

»Und was war mit Hut und Mantel?«

»Der übliche Ledermantel und die Baskenmütze.«

»Hat er beides wieder mitgenommen?«

»Klar, im Schlafzimmer lag nichts mehr. Ich erkannte ihn übrigens flüchtig durchs Fenster, als er auf der Leiter vorbeikletterte, und ich erinnere mich genau, daß ich den Mantel, die Baskenmütze und die Aktentasche sah.«

Der Staatsminister versank jetzt in seinem Notizbuch, offenbar in dem Versuch, die Informationen zu verdauen, die in der vergangenen Viertelstunde auf ihn eingeprasselt waren. Frau Johansson schwieg ebenfalls. Aber unaufhörlich glitt das eine Bein über das andere. Es klang, als würde eine Katze gebürstet.

»Da ist vielleicht noch etwas ... Etwas Persönlicheres ... Ich weiß nicht, ob Sie, Herr Persson unbedingt möchten ...«

Ich erhob mich sogleich. Um die Wahrheit zu sagen, fühlte ich mich geschmeichelt. Die meisten Menschen, die der

Staatsminister und ich aufsuchen, scheinen in mir eine Art seelenloses Anhängsel zu sehen, dessen Gegenwart – wenngleich etwas rätselhaft – ihnen ebenso bedeutungslos erscheint wie eine mitgebrachte Zeitung. Daß ich jetzt gebeten wurde, mich zu entfernen, nahm ich darum als Kompliment, als eine Anerkennung meiner Existenz als selbständiges Individuum. Es fiel mir allerdings schwer zu erkennen, was von privater Natur bei dieser Frau zu berichten noch ausstand, aber das war schließlich nicht meine Angelegenheit. Der Staatsminister krächzte kurz etwas hinter mir her wie ein Kind beim Onkel Doktor, das sieht, wie seine Mutter das Sprechzimmer verläßt, aber ich schloß fest die Tür hinter mir.

Ich war jetzt allein im Mordzimmer oder dem Arbeitszimmer des Staatsministers oder welche Bezeichnung man auch immer vorzog. Ich setzte mich an den Schreibtisch und schaute in die Papiere. Sie handelten von Aborten und einem neuen Enteignungsgesetz. Ich ging in den Garten, aber dort war es ungemütlich und feucht – das Wetter hatte umgeschlagen – und mich trieb es schnell wieder ins Haus. Aus dem Zimmer der Mitarbeiter war kein Ton zu hören. Die Zeit wurde mir lang.

Hatte der Staatsminister den Bürotrakt verlassen und war in den privaten Teil der Villa gegangen? Ich trat heran und legte mein Ohr an die Tür zum Zimmer der Mitarbeiter.

Die Stimmen waren ziemlich deutlich zu hören, und ich zog den Kopf nicht zurück. Denn für einen Mann, der dreißig Jahre hindurch Aufsätze von erstaunlich intimem Charakter gelesen hatte, gab es keine unüberwindlichen Hinderungsgründe, um für einen Augenblick an einer Tür zu lauschen.

»... du bist so stark, so männlich ...«

»... ähäm ...«

»... sechzehn Kinder ...«

»... meine Frau hat doch all die Mühe gehabt ...«

»... phantastische Potenz ...«

»... eins ist adoptiert ...«

»... was für ein Liebhaber du sein mußt ...«

»... ähäm ... was du nicht sagst ...«

»... ich bin auch gut in Steno ... sei jetzt still, ganz still.«

Ich nahm das Ohr fort und legte statt dessen das Auge ans Schlüsselloch. Es knirschte links leicht, außerhalb meines eingeschränkten Blickfeldes. Ich erkannte, daß sie sich auf dem Kanapee aufhielten.

Ich bin weder prüde noch dogmatisch. Im Gegenteil, ich wage, mich als großzügig und tolerant zu bezeichnen, auch was das Gebiet des Zusammenlebens betrifft. Aber es gibt Grenzen, die nicht verletzt werden dürfen. Alles hat seine Zeit, und alles hat seinen Platz. Ein Mann sollte keine unverbindliche Beziehung in ein und demselben Haus einleiten oder sie einleiten lassen, in dem er in einer halben Stunde gebratene Fleischwurst mit seiner Ehefrau und seinen sechzehn Kinder essen will.

Ich klopfte energisch an, ließ eine gebührende Zeit verstreichen und öffnete die Tür.

Das Paar saß auf dem verflixten Sofa. Der Staatsminister hatte – mit oder ohne Hilfe – Jackett und Schlips abgelegt und war rot im Gesicht. Frau Johansson, die ohnehin von Anfang an leicht und jetzt nicht mehr auf die gleiche Weise bekleidet gewesen war, war keine Novizin auf dem Kanapee und schien in jeder Hinsicht mehr intakt zu sein. Sie warf mir einen unfreundlichen Blick zu.

Ich teilte ganz kurz mit, daß die Frau Staatsminister ihren Mann um eine Unterredung ersuchte und forderte ihn auf, seine Kleidung in Ordnung zu bringen.

20

»Eine gefährliche Frau«, stellte der Staatsminister nach der Fleischwurst in der Bibliothek fest. »Aber gut gebaut, sehr gut gebaut. Ich glaube, wir müssen das Kanapee rauswerfen.«

»Nun, was wollte sie dir Wichtiges erzählen, das ich nicht hören durfte?«

»Tja, das habe ich nicht ganz begriffen. Aber ich glaube fast, sie will meine Privatsekretärin werden. Sie hat mir ihre Fähigkeiten auf ... auf unterschiedlichen Gebieten aufgezählt.«

»Aha, sie will also eine Stufe höher aufsteigen, von der Assistentin eines Staatssekretärs zur Assistentin eines Staatsministers? Ein bewundernswerter Ehrgeiz! Und dann hat sie auch eine freie Stelle zu besetzen.«

»Eine freie Stelle?«

»Ja, die auf dem Kanapee. ›Drei sind zu anstrengend und einer ist zu langweilig‹, wie sie sich ausdrückte. Nach Svanbergs Ableben hat sie doch nur noch einen: Konsul Karling. Einmal abgesehen vom Ehemann Johansson.«

»Ähäm«, sagte der Staatsminister. »Jetzt einmal im Ernst, was hältst du von ihrer Schilderung der Ereignisse am Mordabend? Kann man ihr glauben?«

Ich antwortete, wenn ich nicht selbst einen Abend in ihrem Heim verbracht hätte, hätte ich nicht ein Wort geglaubt, aber daß ich nach den Erfahrungen des Vortages der Meinung sei, den Bericht präge in allen Punkten Glaubwürdigkeit.

»Ja«, sagte der Staatsminister, »kein Mensch könnte sich so was ausdenken. Wie zum Beispiel, daß Svanberg ihr durch die Badezimmertür einen Heiratsantrag machte. Das beweist übrigens, daß seine Ehefrau tatsächlich ein Motiv hatte, ihn zu ermorden. Er wollte offensichtlich seine gescheiterte Ehe auflösen und wieder heiraten. Nach einer Scheidung wäre sie gezwungen gewesen, ihr bequemes Tennisleben aufzugeben. Frau Johanssons Bericht erklärt doch auch all diese verfluchten blauen Flecke! Und jetzt wissen wir, daß all unsere Verdächtigen am Donnerstag um halb elf hier in der Gegend waren, da die kritische Zeitspanne laut Gerichtsmediziner beginnt. Du und Ministerialrat Dååbh waren in meinem Arbeitszimmer. Justizchef Rydlander begab sich ein paar Blocks den Skogstigen entlang zu seiner Einladung zum Abendessen. Svanberg selbst war gerade von der Feuerleiter des Direktors gesprungen – daher haben die Grasflecke auf den Absätzen ihre Erklärung. Was für einen Abend er hinter sich hatte! Seine Frau und Konsul Karling waren kurz zuvor von Direktor Johansson hinaus in den gleichen Garten gejagt worden, der sich allein mit der Kognakflasche eine Pause im Wohnzimmer gönnte. Frau Johansson wiederum zog sich in ihr Schlafzimmer zurück, nachdem sie Frau Rydlander losgeworden war. Habe ich etwas vergessen?«

Ich erwähnte, daß er sich selbst vergessen habe. Er lächelte wie über einen Scherz und fuhr in seinen Ausführungen fort.

»Was passierte danach? Zehn vor elf fahren ich und Dååbh in die Stadt, und das Arbeitszimmer ist danach bis halb eins menschenleer. Und die anderen? Das wissen wir nicht. Aber wir können versuchen, es zu erraten. Svanberg legt unterhalb der Leiter auf dem Rasen eine Verschnaufpause ein und arbeitet sich Schritt für Schritt zur Straße durch, um zur Bushaltestelle zu gehen. Erwartet ihn jemand an der Gartenpforte? Karling? Frau Rydlander? Oder seine

Frau? Kann Rydlander selbst auf seinem Heimweg mit ihm zusammengestoßen sein? Oder verläßt Direktor Johansson Kognak und Haus und begibt sich hinaus in die Dunkelheit? Klettert vielleicht Frau Johansson ihrem Liebhaber die Feuerleiter hinterher? All das kann geschehen sein, keiner hat ein Alibi. Wir können nur vermuten, daß Svanberg da draußen auf der Straße einem der anderen über den Weg lief. Wer war das und was passierte dann? Die Person, der er begegnete oder die auf ihn wartete, kann gesagt haben: ›Wir müssen das regeln, wir müssen darüber reden! Aber nicht hier auf der Straße.‹ Wohin? Das Haus, das Svanberg soeben verlassen hatte, war nicht menschenleer, jedenfalls einer der Eheleute Johansson dürfte an dem Abend dort gewesen sein. Aber Svanberg oder die Person, der er begegnete, hatte den Einfall, daß das Arbeitszimmer hier im Haus den Abend über leer sein würde, während ich nach Arlanda unterwegs war. Es brauchte nicht viel: ein Fußweg von ein- oder zweihundert Metern, abhängig davon, wer sich begegnete – und ein Schlüssel. Svanberg hatte seinen verloren, aber der Mörder hatte einen Originalschlüssel oder ein Duplikat. Sie gingen ins Haus. Sie redeten, diskutierten, stritten. Als die Argumente ausgingen und die Wut oder der Haß überschäumten, legte der eine der beiden zum Schlag auf den Hinterkopf des anderen an, der zu Boden fiel, vielleicht bewußtlos, jedenfalls umnachtet. Die Tat wurde vollendet, er wurde auf dem Teppich liegend erwürgt – die Fasern auf dem Kopf! – und atmete in der Minute des Todes den Staub ein, den wir in Rachen und Luftröhre fanden. Soweit, glaube ich, bewegen wir uns auf ziemlich sicherem Terrain. Aber dann tauchen die Fragezeichen auf. Zuerst natürlich das große und entscheidende: Wer ist der Täter, wer war der Täter oder die Täterin, der oder die zusammen mit Svanberg ins Haus kam und es dann allein wieder verließ, als Mörder? Es gibt andere Fragen, auch ungeklärt wie diese, aber auf die leichter eine Antwort zu finden ist. Und gelingt uns das, dann glaube ich, bekommen wir die Identität des Mörders als Zugabe. Die Aktentasche, der Mantel und die Baskenmütze zum Beispiel.

Jetzt deutet doch einiges darauf hin, daß Svanberg sie noch bei sich hatte, als er um halb elf Johanssons Haus verließ. Nahm der Mörder sie nach dem Mord mit? Wenn ja, warum? Für den Diebstahl der Aktentasche findet sich eine Erklärung, wenn wir davon ausgehen, daß Karling der Mörder ist – er wollte sich den Bergbaubericht beschaffen. Aber die Entwendung der Baskenmütze und des Mantels sind auch in dem Fall schwer zu erklären. Es wäre einfach für ihn gewesen, nachzusehen, ob die Unterlagen in der Manteltasche steckten. Warum mußte er den ganzen Mantel mitnehmen? Warum muß es jemand anders getan haben? Durch den beleuchteten Garten, hinaus auf die Straße, nach Hause in die Wohnung – oder wohin? Was für ein Risiko? Jedem, der ihn sah, mußte doch auffallen, daß er einen Ledermantel über dem Arm trug und sich dann daran erinnern, wenn die Zeitungen über den Vorfall zu schreiben begannen.«

»Vielleicht hat er den Mantel in die Aktentasche gesteckt.«

»Der paßt nicht hinein. Zu dick und kompakt, und die Aktentasche war schließlich randvoll mit Unterlagen vollgestopft ... Oh, mein Gott, wie einfach! Es gibt eine Möglichkeit, einen Ledermantel zu tragen, *ohne ihn herumzutragen!*«

»Wie, wenn ich fragen darf?«

»Man zieht ihn ganz einfach an. So war es natürlich. Und auf diese Weise errang der Mörder zwei Vorteile. Er war getarnt. Mit ein bißchen Glück hätte er im Dunkeln auch an einem Bekannten vorbeigehen können, ohne erkannt zu werden. Stell dir vor, ein geräumiger Ledermantel und eine Baskenmütze. In so einem Aufzug würdest du noch nicht einmal mich in einer dunkeln Nacht wiedererkennen!«

Ich sagte, daß ich ihn durchaus wiedererkennen würde, nämlich an seinem allgemeinen Auftreten.

»Diese Tarnung«, fuhr der Staatsminister fort, »würde eine Frau leicht in einen Mann verwandelt haben. Ein Ledermantel dieses Ausmaßes glättet alle Formen, und unter der Baskenmütze kann man auch ganz leicht ziemlich üppiges Haar verstauen. Aber der Mörder war nicht nur verkleidet, sondern praktisch nicht zu erkennen. Er war außerdem *als sein Opfer* verkleidet. Mit ein bißchen Glück – von seiner Warte aus betrachtet – hätte die Polizei jetzt einen Zeugen haben können, der versichert, er hätte Svanberg lebend gesehen zu einem Zeitpunkt, da er selbst schon erwürgt im Schrank lag.«

»Aber was ist mit dem eigenen Mantel des Mörders? Der wird doch wohl nicht unter den Ledermantel gepaßt haben, oder? Und üppiges Haar mag ja unter eine Baskenmütze gehen. Aber wie setzt man eine Baskenmütze auf einen Hut?«

Der Staatsminister machte ein nachdenkliches Gesicht.

»Solche Mäntel sind ziemlich groß geschnitten, ich glaube, Svanberg gefiel seiner so gut, weil er in ihm größer und kräftiger aussah. Deshalb glaube ich, daß er auch so breiten Herren wie Rydlander, Dååbh und Karling gepaßt hätte. Aber mit dem eigenen Mantel darunter wäre es nicht gegangen, da hast du recht. Vielleicht kam der Mörder ganz einfach ohne Mantel ins Haus, oder? Der Abend war allerdings kühl. Aber er oder sie verließ vielleicht in größter Eile ein Haus in der Nähe ... Das könnte zutreffen auf verschiedene ...«

21

Dann war der Mittwoch gekommen, der Tag vor der feierlichen Zusammenkunft der Historikergesellschaft.

Ich hatte mich darauf gefreut. Es würde schön sein, einen Abend in literarischer Gesellschaft verbringen zu dürfen – Politikern, Geschäftsmännern und anderen Männern der Tat fehlt es allzuoft an philosophischer Perspektive auf das Dasein, wie sie nur eine gediegene humanistische Bildung gewährleisten kann.

Ich lag lange im Bett, während die Kinder in Wellenbewegungen das Haus durchbrausten, auf dem Weg zu unterschiedlichen Anstalten. Kurz nach neun Uhr entstand ein Tumult im unteren Flur. Es war der Staatsminister – starker Strom durchzieht das Meer mit eigenen Wellen –, der sich zur Fahrt in die Staatskanzlei rüstete.

Ich stand auf und zog meinen Anzug an. Ich trage das gute Stück nicht häufig und brauche den ganzen Tag, um mich daran zu gewöhnen. Über dem Herzen befestigte ich meine Auszeichnungen: den Vasaorden und die St.-Eriks-Medaille der Stadt Stockholm.

Dann begann ich die Gedenkrede auswendig zu lernen. Es gilt, die Toten auseinanderzuhalten und sie nicht durcheinander zu werfen. (Mein Vorgänger unterstellte zufällig einem seiner Toten – Lektor und Titulardozent – profunde Sachkenntnis der dem dreißigjährigen Krieg vorausgegangenen Ereignisse, obwohl er bekanntlich Experte für die diesem Krieg nachfolgenden Epochen war. Die Witwe schrieb einen empörten Brief, in dem sie ihrem Gefühl Ausdruck verlieh, sie habe den Eindruck, »das gesamte Lebenswerk ihres Gemahls sei in den Schmutz gezogen worden«. Etwas Schlimmeres widerfuhr einem anderen Präses, einem älteren Pfarrer. Nach einer endlosen Reihe Verstorbener war dem Ende der Rede ein lebender Jubilar angehängt worden, an den eine feierliche Ansprache gerichtet werden sollte. Der Pfarrer überstand auch ihn bis hin zur Schlußfanfare, als er einen bösartigen Rückfall in sein Amt erlitt und halb in Trance erklärte: »Von Erde bist du genommen, zu Erde wirst du werden«, während er neben sich auf dem Tisch nach dem Spaten kratzte.

Das erinnert mich daran, wie dem Staatsminister einmal im Zusammenhang mit dem Klerus ein Irrtum unterlief. Er war abkommandiert worden, vor den Jungen Adlern der Partei zu sprechen, die sich zwecks Plünderung des Weihnachtsbaums und ideologischen Aufbaus im Medborgarhuset versammelt hatten.

Der Staatsminister betrat – er wird es nie müde zu wiederholen – das richtige Haus zur richtigen Zeit. Doch niemand hatte ihm gesagt, daß das Medborgarhuset zwei Säle besaß. Im Saal A tummelte sich der junge sozialistische Nachwuchs, in Uniformen gehüllt und von Fahnen umsaust. Im Saal B tagte die Priesterschaft des Stiftes zu einem theologischen Seminar.

Der Staatsminister enterte auf unbekannte Weise Saal B, entrollte den anempfohlenen Text und legte los.

Wenn ich ihn frage, ob er die Adler nicht ungewöhnlich gut entwickelt fand und die Abwesenheit von nackten Knien ihm nicht aufgefallen war, antwortet er immer, daß ihm das Auditorium durchaus ein wenig bejahrt vorkam, jedoch zunächst glaubte, das liege an der Beleuchtung und dann an der zunehmenden Bürokratisierung der Jugend, und schließlich geblieben war, weil es sich um so etwas wie die Seniorenadler handelte.

Kurz und gut, der Staatsminister, der nicht zu den nachdenklichen Naturen gehört, hatte seine Rede gehalten. Nach einleitenden Worten: »Hallo Leute, ich komme von der Regierung!« – ein geschultes Auge dürfte bereits an dieser Stelle eine gewisse Unruhe im Saal festgestellt haben – war er in jugendlichem Jargon gespickt mit Hallo-Rufen in seiner Rede über den Aufbau des Sozialismus und dem Reich der Gleichheit aller auf Erden fortgefahren. Aber es hatten sich auch einige alte Politik-Hasen aus der Parteiführung unters Volk gemischt. Er konnte seinen Hörern sodann die frohe Botschaft mitteilen, daß man beabsichtigte, sie noch enger an die Partei zu binden und schloß mit dem Ausruf: »Ihr seid die roten Speerspitzen der Bewegung! Wo meine Generation aufhört, da werdet ihr weitermachen. Ihr seid es, die den Idealen des Sozialismus vollends zum Sieg verhelfen! Kämpft gegen die reaktionären Kräfte! Die Zukunft gehört euch! Ergreift sie, formt sie, gewinnt sie!«

Die Veranstaltung klang mit Liedern aus. Die Priester unten im Saal sangen »Unsere feste Burg ist Gott«, der Staatsminister auf dem Podium, rot im Gesicht, »Söhne der Arbeit«.

Nachdem der Staatsminister sich entfernt hatte, entbrannte eine spontane Diskussion.

Der Grundton war eindeutig positiv. Ein älterer Priester erklärte folglich, er wolle die Gegenwart des Staatsministers und seine Rede gewissermaßen als Vorboten betrachten, ja, gewissermaßen als ein Versprechen einer vollkommen neuen Kulturpolitik, in der der Kirche eine zentrale Rolle zugestanden werde. Ein Kirchenmann emeritus stand auf und meinte, gewiß, gewiß habe der Staatsminister in Anbetracht seiner Stellung einen für unsere Zeit höchst ungewöhnlichen und erfreulichen Glaubenseifer an den Tag gelegt; ihm sei seiner Erinnerung nach nur einmal in seiner Jugendzeit eine vergleichbare religiöse Leidenschaft begegnet: bei einer alten religiösen Fanatikerin, die mit dem Stock in der Hand das Evangelium auf dem Pferdemarkt verbreitet hatte.

Allerdings wurden auch zurückhaltende Töne laut, die Stimmen des Zweifels und der Kleingläubigkeit. Ein Propst mit eigener Gemeinde bekannte somit, er sei mit der Erwartung zum Seminar gekommen, zu erfahren, daß die Kirche vom Staat geschieden werden solle, und die Rede habe ihn geschmerzt und zutiefst im Geiste betrübt. Jetzt jedoch hatte er – wie, wußte er selbst nicht recht – den festen Eindruck, daß die Kirche mit der sozialistischen Partei vereinigt werden solle. Würde sein Glaube ihn auch diese schwere Prüfung durchstehen lassen? Er hoffte es, war sich aber nicht ganz sicher. Und was war das für ein fremdartiges und gottloses Lied, das der Staatsminister gesungen hatte, als die anderen geschlossen den Psalm der Vorväter angestimmt hatten?)

Nach dem Mittagessen wurde der Frieden gebrochen. Der Staatsminister kehrte aus der Staatskanzlei zurück. Offensichtlich betrachtete er seine dortige Tätigkeit im Dienste des Landes für den Tag als beendet. Er brachte indessen Ministerialrat Dååbh mit. Ich vermutete, dieser habe eine fiskalische Angelegenheit mit juristischen Berührungspunkten vorzutragen und schenkte ihm in Gedanken mein Mitgefühl – dem Staatsminister einen komplizierten Vorgang zu erklären muß für ein hitziges Temperament eine Kraftanstrengung bedeuten.

Schließlich kam der Vortragsredner ins Wohnzimmer, wo ich auf einem Klavierhocker saß und den Frack bürstete, je einen Schoß zu jeder Seite des Sitzes herabhängend.

Ich hatte ihn als grobschlächtig in Erinnerung, und sie trog mich nicht. Balkenartige Arme wurden nach Rauchwaren ausgestreckt – die Männer im Finanzministerium dürften aus Prinzip stets anderer Leute Zigaretten rauchen –, behaarte Hände strichen Feuer an, und das Zündholz erhellte einen brutal gemeißelten Schädel. Er zog grimmig an dem Glimmstengel und beglotzte den Frack.

»Sind Sie beim König zum Abendessen eingeladen? Ach, nein? Der Staatsminister geht jedenfalls hin. Ich bin Republikaner.«

Ich sagte, daß mich dies nicht verwundere.

»Die Mitglieder des Königshauses sind von den Steuern befreit«, erklärte er mit dumpfer Stimme. »Das ist mit meinem Rechtsempfinden schwer vereinbar.«

Ich entgegnete, daß ihnen, soweit mir bekannt sei, allenfalls die Erbschaftssteuer erlassen worden war. Was sich zufällig angesammelt hatte, solle dennoch geerntet werden. Im Angesicht des Todes sind wir alle gleich ... Was war es für eine Vorahnung, die meine Gedanken beschlich, daß ich so oft auf den Tod zu sprechen kam an diesem Tage, der doch so fürchterlich enden sollte?

»Ist die Polizei auf eine Spur gestoßen?«

Das war interessant. Ich meinte aus besser unterrichteten Kreisen – nicht vom Staatsminister – erfahren zu haben, wenn eine der in einen Mordfall verwickelten Personen genau diese Frage stellt, dann sei das *sehr verdächtig*. Ich schielte zu ihm hin. War die Frage nicht mit ein wenig zu großer Nonchalance ausgesprochen worden? Und war da nicht ein nervöser Zug unter der ungehobelten Oberfläche? Ich bin keine Bluthundnatur – im Unterschied zum Staatsminister –, aber ich spürte bebende Erwartung. Der Mann war *mein* Mordkandidat, und dem wäre auch so gewesen, ehe man überhaupt eine Leiche gefunden hätte. Ihn mit dem einen oder anderen schlagenden Beweis auf der Fußmatte des selbstzufriedenen Staatsministers ablegen zu dürfen, wäre alles andere als ein unangenehmes Gefühl gewesen.

»Der Staatsminister soll angeblich selbst die Ermittlung leiten. Das ist ein beruhigendes Gefühl. Ich meine, es muß ein beruhigendes Gefühl für den Mörder sein.«

Da hatte er sich verplappert! Festnehmen, einsperren, verurteilen! rief mein Instinkt. Warum auf formelle Beweise warten?

»Beruhigend übrigens für uns alle«, fuhr der Ministerialrat fort. »Wer die kleine Ratte aus dem Weg geräumt hat, hätte eine Medaille statt Gefängnis verdient. Wissen Sie, daß er angefangen hat, Kunst zu sammeln, um sich vor der Vermögenssteuer zu drücken? Ein führender Sozialdemokrat, der eine Lücke im Gesetz ausnutzt, um sich auf Kosten der Allgemeinheit zu bereichern! Aber ich habe mir ein System ausgedacht, um dieses Schlupfloch wieder zu stopfen.«

An dieser Stelle folgte sodann eine umständliche Darlegung dieses Systems. Wenn ich ihn richtig verstanden hatte, sollte jeder Kunstgegenstand und jede Antiquität jährlich geschätzt, taxiert und besteuert werden. Entrichtete Steuern sollten mit einem Steuervermerk, der gut sichtbar auf dem Objekt anzubringen war, quittiert werden. Alles in allem sollten Kontrollen von staatlichen Inspekteuren durchgeführt werden, denen ohne Voranmeldung freier Zutritt zu allen Haushalten zu gewähren war. Er erklärte sich selbst bereit, um der guten Sache Willen einer dieser Inspekteure zu werden. Ich erkundigte mich besorgt, was aus meiner Briefmarkensammlung werden würde, und er klärte mich auf, daß jede einzelne Marke von Wert natürlich deklariert, besteuert und abgestempelt werden müsse – letzteres natürlich durch jährliche Abstempelung.

Ganz eindeutig mußte dieser Mann unschädlich gemacht werden.

»Aha, hier sitzt ihr und faulenzt!«

Der Staatsminister kam wie ein Wirbelwind an einem Aprilabend hereingefegt und trug eine Bohrkurbel an einem Riemen um den Hals.

»Kommen Sie kurz mal rein und schauen sich die Papiere an!«

Er hatte sich an den Ministerialrat gewandt, doch ich hatte das Gefühl, daß Frack und Gemütsverfassung äußere Aktivität forderten und begleitete ihn.

Im Zimmer der Mitarbeiter erteilte der Staatsminister dem grobschlächtigen Steuerphantasten eine Reihe verworrener Anweisungen. Er schloß mit den Worten, er gedenke mit dem Herrn Studienrat einen Spaziergang von einer Stunde zu machen, woraufhin er mich mit sich ins eigene Arbeitszimmer zog, die Tür hinter uns schloß und weiter zur Außentür trampelte, die ebenfalls geöffnet und mit Schwung wieder zugeschlagen wurde. Seltsamerweise durchschritten wir sie nicht.

Was dann folgte, war geeignet, auch denjenigen in Erstaunen zu versetzen, der dem Staatsminister bei den beiden vorherigen Mordrätseln zur Seite gestanden hatte. Unter einer Reihe von Zischlauten schob er mich weiter durchs Zimmer auf einen der beiden mächtigen Eichenschränke zu, machte die Tür auf, stieg hinein, holte mich nach und verschloß sie hinter uns.

»Klirr nicht mit den Orden!« flüsterte er. »Wir wollen Dååbh in eine Falle locken. Er sucht hier im Zimmer etwas, ich habe ihn kürzlich beim Herumschnüffeln ertappt. Du weißt doch, daß der Mörder immer an den Ort des Verbrechens zurückkehrt, und nun glaubt er, wir sind aus dem Haus gegangen. Vorher hatte er nie die Gelegenheit, hier drinnen allein zu sein. Ich habe in die Schrankwand ein paar Löcher gebohrt, damit wir sehen können, was er treibt. Still, jetzt kommt er!«

Ich mußte zugeben, daß ich die ganze Situation äußerst unangenehm fand. In einem muffigen Eichenschrank mit einem unberechenbaren Staatsminister eingesperrt zu sein und durch Bohrlöcher einen anderen hohen Beamten und zugleich womöglich einen Mörder auszuspionieren hat nie zu meinen Lebenszielen gezählt. Ich wollte gerade ausbrechen, da fielen mir jedoch die fortgeschrittenen Pläne der Briefmarkenbesteuerung dieses Mannes ein. Philatelistische Raritäten mit einem Stempel zu versehen! Ich blieb, wo ich war.

Jemand war jetzt im Zimmer. Ich konnte ihn nicht sehen, aber hören, wie es aus der Schreibtischecke knackte.

»Er macht sich an *meinem* Schreibtisch zu schaffen!« bestätigte mich der Staatsminister durch ein indigniertes Flüstern.

Ich hörte ein Krachen; der Ministerialrat zog eindeutig die Schubladen auf gut Glück heraus und schob sie wieder zurück, wenn der Inhalt nicht von Interesse schien. Ich drängte den Staatsminister vorsichtig von seinem Guckloch ab und legte das eigene Auge daran.

Der Ministerialrat saß wirklich am Schreibtisch und hatte jetzt offensichtlich den Lachs auf dem Butterbrot gefunden: Eine Lade war aus ihrer Höhle gerissen und auf die Tischplatte gestellt worden. Ich konnte sehen, wie er einen dicken Ordner ans Tageslicht beförderte, ehe sich der Staatsminister ans Wasserloch heranwühlte.

»Meine Steuermappe! Er liest meine Steuererklärung!« stieß er mit leisen Kehllauten hervor.

»Verfluchter Kapitalist!« war vom Schreibtisch zu hören.

»Ich werde ihn wegen Beleidigung verklagen!« flüsterte der Staatsminister heiser.

»Blutsauger!«

»... und wegen Hausfriedensbruchs und Geheimnisverrats ...«

»Asozialer Kerl! Sechzehn Millionen jedes Jahr allein an Dividende! Teufelspack!«

»Nein«, murrte der Staatsminister, »das halte ich nicht aus! Ich gehe raus und gebe ihm eins aufs Maul.«

Ich legte ihm die Hand auf die Schulter. Ich war entschlossen, den Ministerialrat gewähren zu lassen. Zwecks Anschauungsunterricht für einen Staatsminister, der selbst nie weder dem Bruch des Hausfriedens noch eines Geheimnisses oder allgemeiner Schnüffelei abhold gewesen war und dieses Szenario kaum hätte übertreffen können.

So sollte ihm gewissermaßen ein Spiegel vorgehalten werden.

»Stör ihn nicht«, flüsterte ich. »Der Ermittlung muß man ihren Lauf lassen.«

Der Staatsminister schlotterte wie ein angeleinter Dackel vor dem Fuchsbau: Aber er blieb auf seinem Posten. An seinen polizeilichen Instinkt appelliert man nicht vergebens.

Die erzürnten Laute am Schreibtisch waren verstummt; jetzt war das Umwenden von Blättern und das Kratzen eines Stifts auf Papier zu hören: Offenbar wurden Notizen und Abschriften für den zukünftigen Bedarf gemacht und Beweismaterial sichergestellt. Dann wurde die Schublade wieder zurück in ihr Fach geschoben, und der Mann brach mit einem letzten Fluch auf den Lippen von dem entweihten Hochsitz auf und spazierte aus dem Zimmer. Durch ein passend angebrachtes Bohrloch wurde ich plötzlich seiner am Schrank nebenan ansichtig – an jenem, in dem der Leichnam des Staatssekretärs untergebracht worden war. Er umrundete Front und Flanken und beäugte ihn mißtrauisch. Dann drehte er den Schlüssel um und rüttelte an der Tür. Doch sie ließ sich nicht öffnen. Er stemmte den Fuß gegen die eine Türhälfte und warf sich mit dem Schlüssel in der Faust nach hinten, der Schrank jedoch erbebte nur ein wenig und blieb verschlossen.

»Mein Gott, was für ein Hornochse!« murmelte der Staatsminister. »Sieht er denn den Riegel nicht?«

Aber den sah der Ministerialrat nicht, und nun hatte er ganz und gar den Kopf verloren und fing an, den Schrank mit kräftigen Fußtritten zu bearbeiten. Die Türspiegel knackten, klirrten und knirschten, aber sie hielten dem Angriff stand und zerbrachen nicht.

»Daß er sich nicht schämt!« quengelte der Staatsminister. »Großvaters alte Möbel so zu behandeln! Und dann auch noch diesen Schrank, der von kriminalhistorischer Bedeutung ist!«

Der Ministerialrat hatte indessen den Schwung verloren, die Schuhsohlen schmetterten nicht mehr so schneidig gegen die Schrankfassade, und nach einer Zehenspitzenattacke, die Kerben im Holz und Schmerzen im Fuß hinterlassen haben mußte, zog er sich ins Zimmer der Mitarbeiter zurück. Nach einer Minute schoß er von neuem an uns vorbei, jetzt in Hut und Mantel, und verschwand durch die Haustür.

»Schnell!« schrie der Staatsminister und bahnte sich den Weg aus dem Schrank. »Schau nach, welchen Weg er nimmt, und warte hier auf mich!«

Er verschwand im Privatbereich der Villa, und ich wankte ans Fenster, um die Fahndung aufzunehmen. Ich atmete indessen derart heftig, daß die Fensterscheibe beschlug, und während ich sie noch mit dem Ärmel abwischte, war der Staatsminister wieder zurück, eine kleinere, braune Tasche in der Hand.

»Wir verfolgen ihn!« rief er.

Die Tasche erweckte unangenehme Erinnerungen. Der Staatsminister pflegt, wie meine Leser sich entsinnen werden, eine Tasche mitzuführen, die vorzugsweise mit Kuhfüßen gefüllt ist, wenn er vorhat, in öffentliche Gebäude einzubrechen. Nie habe ich so stark wie in dieser Stunde mein Leben mit dem Staatsminister als einen jener Alpträume empfunden, in denen der gleiche Schrecken immer wieder von neuem auftaucht.

»Die Tasche ...?« flüsterte ich. »Mein Gott! Willst du ... Harpsund ...?«

»Natürlich nicht!« rief der Staatsminister. »Das Schloß. Das königliche Schloß.«

22

»Ich habe den Frack und ein gestärktes Hemd in der Tasche. Für den Fall, daß ich es nicht mehr nach Hause schaffe, um mich vor dem Besuch beim König umzuziehen. Du willst doch jetzt nicht etwa kneifen, oder? Der Ermittlung muß man ihren Lauf lassen.«

Widerstandslos ließ ich mich durch die Tür führen.

Der Ministerialrat war oben im Stockholmsvägen zu erahnen.

»Nehmen wir das Auto?« brüllte der Staatsminister.

Ich sagte, daß wir gern mit dem Auto eine Person beschatten könnten, die zu Fuß unterwegs war, und der Staatsminister gab mir recht, und wir traten unseren Marsch an.

Es war ein verhältnismäßig anständiger Septembertag mit Sonne und leichten Brisen. Dort oben im Blauen jagten bauschige Wölkchen hintereinander her, und die Frackschöße flatterten munter wie Wäsche auf Großmutters Trockenleine. Nach dem Besuch im Schrank war es eine echte Wohltat, die Beine bewegen und frische Luft atmen zu dürfen. Wenn wir nur nicht diese verflixte Beschattung am Hals gehabt hätten.

Eine Minute später überquerten wir die Hauptstraße nach Stockholm. Offensichtlich war nicht die Staatskanzlei das Ziel des Ministerialrates. Mir fiel ein, wie selten höhere Beamte an ihrem Arbeitsplatz geordneter und regelmäßiger Beschäftigung nachgingen. Ich vermutete, daß die kleinen Rädchen es waren, die alles in Gang hielten.

»Wir verschmelzen hervorragend mit dem Stadtbild«, versicherte der Staatsminister und stellte den Mantelkragen hoch.

Diese Ansicht konnte ich nicht teilen. Weder paßten wir untereinander zusammen noch jeder für sich, noch wir beide als Paar in die Umgebung. Der Staatsminister trug Lumberjack und Sportmütze, und mit der Tasche in der Hand erinnerte er auffallend an einen Einbrecher, der sich auf dem Weg zu einer nächtlichen Übung befand. Ich selbst taumelte im ordenbehängten Frack einher, und keine dieser Bekleidungen war meiner Meinung nach das Richtige für die Umgebung, deren Einfamilienhäuser in Format und Aussehen zwar wechselten, denen aber jeglicher Luxus fehlte. Ein Gentleman läuft nicht nach sechs Uhr abends mit braunen Schuhen herum, allerdings geht er auch nicht um drei Uhr nachmittags in Frack und Orden durch den Villenvorort Spånga.

Ich fragte den Staatsminister, wohin der Weg uns führte, und er antwortete, daß er es nicht wisse, jedoch das Gefühl habe, wir könnten beim gegenwärtigen Kurs am Mälarsee landen.

Es gibt keinen Grund, im Detail zu schildern, was anschließend folgte. Noch nach einer halben Stunde war alles wie gehabt. Wir marschierten, und der Ministerialrat ging mit kurzen, bestimmten Schritten voran, so wie sich eben ein Mann fortbewegt, der in Gedanken versunken ist oder vor Wut kocht. Das Risiko, er könnte seine Verfolger entdecken, war also gering. Der Staatsminister jedoch versagte sich das sinnlose Herumschleichen, das dramatische Hinhocken hinter Hecken und Zäunen oder die mühsamen Umwege durch Waldstücke nicht, alles angekündigt und begleitet von kommandierendem Zischen, als sei ich ein Trupp bei einer Nachtsichtübung. Das ganze Unternehmen war schrecklich anstrengend und sehr, sehr ermüdend, und ich hatte das Bedürfnis, es so zu machen wie die Flugzeuge, die während des

Fluges die Füße einziehen. Nur die Wut über die infernalische Abstempelaktion der Briefmarken durch den Ministerialrat gab mir Kraft.

Ein Hügel, ein Gipfel, und der Geruch von Teer und abgestandenem Wasser schlug uns entgegen. Es blaute und blinkte hinter den Einfamilienhäusern und Bäumen, und der Staatsminister hatte recht behalten: Wir waren am Wasser angekommen.

»Der Hafen für die Sportboote! Was zum Teufel haben wir da zu suchen?« sagte der Staatsminister enttäuscht und vorwurfsvoll, als ob ich etwas mit der Sache zu schaffen gehabt hätte. »Zum Henker, er hat doch ein Motorboot!«

Durch die Spalten in einer Planke beobachteten wir, wie der Ministerialrat den schlaffen Bootssteg entlangmarschierte und in ein halb abgedecktes Boot sprang.

Flüchtet er? dachte ich verwirrt.

»Vielleicht hat er etwas im Boot, das er versenken will. Ein Beweis, den er loswerden muß«, rückte der Staatsminister mit der Sprache heraus. – Einer von all den Unterschieden zwischen uns besteht darin, daß er alles laut ausspricht, was er denkt, mag es auch noch so dumm sein, wogegen ich dank meiner Erziehung und angeborenen Urteilskraft gewisse Hemmungen habe.

»Mitten am hellichten Tag?« erwiderte ich richtig bissig.

Die Leinen des Bootes waren losgemacht, aber der Außenbordmotor hing noch stumm im Wasser. Der Skipper näherte sich ihm schleichend mit einem Tampen in der Hand. In diesem Augenblick sah er auch aus der Distanz dem Strangler mit seiner Schlinge unheimlich ähnlich.

»Ein alter Reiß-Motor! So einen habe ich auch gehabt. Den kriegt er nie in Gang«, murmelte der Staatsminister zufrieden neben seinem Spalt.

So erging es ihm auch tatsächlich. Wieder und wieder

wickelte er seinen Tampen um den Apparat und zog mit Kraft und Gewicht, aber ohne eine andere Reaktion als ein grimmiges Röcheln zu ernten. Er riß und schrie, als ihm die Schnur über die Finger peitschte. Schließlich zog er sich in eine Ecke zurück und barg sein Gesicht in den Händen. Ob er weinte oder betete oder sich auf andere Weise sammelte, entzieht sich meiner Kenntnis, plötzlich jedoch stürzte er zum Motor, wickelte sein Tau auf, riß wütend daran und taumelte rückwärts bis zur Kajüte.

Der Motor gab ein Geräusch von sich, das klang, wie der Versuch zu jodeln, und schwieg dann wieder.

Da warf sich der Mann mit bloßen Händen auf den hilflosen Außenborder, riß ihn aus seiner Verankerung, hob ihn über den Kopf, schüttelte ihn und warf ihn ins Wasser.

Ein Plumps, ein paar Ringe, ein bißchen Schaum an der Oberfläche und weg war er, spurlos.

»Das ist ja wie verhext!« meinte der Staatsminister. »Diese Methode habe ich bei meinem nie ausprobiert. Es war *wirklich* wie verhext!«

Ich war geneigt, ihm zuzustimmen.

Der Ministerialrat hatte das Boot an den Anleger gezogen, es festgemacht und ging jetzt rasch den Steg auf festes Land und auf ein Gebäude zu, das wie ein Klubhaus aussah.

»Warte hier, dann sehe ich nach, was er vorhat!« befahl der Staatsminister und startete ein Umgehungsmanöver auf Planken und an vertäuten Booten entlang. Ich selbst lehnte mich gegen ein hölzernes Gestell und versuchte mich an den Gedanken zu gewöhnen, mit zwei Verrückten allein auf einer abgelegenen Werft für Sportboote zu sein.

Aber da war noch ein Mensch, ein ganz junger Bursche – ob im Kopf gesund oder krank, das zu beurteilen war es zu früh. Er war aus dem Nichts aufgetaucht, stand jetzt an der Befestigung des Steges und schaute auf den Mälarsee. Dann ließ er eine Jolle zu Wasser, ruderte den Steg und die vertäuten Boote entlang. Als er die Stelle erreicht hatte, wo der Motor abgetaucht war, warf er Anker, schnappte sich ein Ruder und fuhr damit im Wasser hin und her. Am Ende hielt er inne, rammte es in den Boden, zog sich aus und tauchte über die Reling ab. Drei Mal kam er keuchend und mit leeren Händen nach oben, aber beim vierten Mal hielt er etwas gepackt und steuerte damit den Strand an. Als die Last über Wasser kam, sah ich, daß er den Außenborder des Ministerialrates schleppte. Der junge Mann trug ihn in einen Schuppen und bedeckte ihn mit Säcken. Dann kehrte er ins Wasser zurück, brachte Boot und Ruder an den Strand und entfernte sich, nachdem er sich unter verstohlenem Umblicken angezogen hatte.

»Ich muß schon sagen«, murmelte ich in die Einsamkeit hinter der Planke. »Zwei Verrückte und ein Dieb!«

»Das Meer nimmt und das Meer gibt«, meinte der Staatsminister und durchbrach eine Erlenbuschpflanzung.

»Willst du nicht eingreifen?«

»Ich bin doch kein Polizist. Kein gewöhnlicher Schutzmann, meine ich. Und er hat ihn vielleicht nur zum Trocknen da hingelegt. Übrigens frage ich mich, ob Wrackgut nicht dem zufällt, der es birgt. Wir müssen im Seefahrtsgesetz nachschauen. Aber was soll's, Dååbh wollte seinen Motor ohnehin loswerden. Ob im See oder im Schuppen, spielt für ihn wohl keine Rolle. Ja, ich habe geglaubt, er würde Hilfe holen oder nach einer Bergungsgesellschaft telefonieren, aber er hat nur ein Taxi bestellt. Und das habe ich natürlich auch getan. Äußerst diskret, er hat nicht ein Fitzelchen von mir gesehen. Warum? Tja, haben wir nun schon einmal angefangen, die Spur zu verfolgen, werden wir auch weiter dranbleiben. Ich finde, es sieht vielversprechend aus. Was kann ein Mann nicht alles bis zum Abend noch anstellen, der schon um vier Uhr einen Schreibtisch aufgebrochen, einen Schrank kaputtgetreten und einen Außenborder in den See geworfen hat? Da kommt das Taxi! Ach, verflucht, er hat es uns vor der Nase weggeschnappt! Na, dann müssen wir eben laufen. Was? Das schaffst du nicht? Aber dann verlieren wir die Spur. Aber dieses Taxi wird wohl jetzt für uns sein!«

»Folgen Sie dem Wagen!« rief der Staatsminister, als wir auf dem Rücksitz Platz genommen hatten.

»Welchem Wagen?« wollte der Fahrer wissen. »Die Straße ist doch leer.«

Der Staatsminister starrte verdutzt durch die Windschutzscheibe, fing sich aber wieder.

»Fahren Sie die Hauptstraße nach Stockholm! Wir setzen alles darauf, daß er diese Richtung genommen hat«, entschied er und öffnete die Tasche. »Sie fahren langsam, finde ich. Haben Sie etwas dagegen, daß ich das Lenkrad übernehme?«

Der Fahrer antwortete, daß das die Dienstvorschriften nicht zuließen.

»Halten Sie wenigstens das Tempo auf hundert! Hier hast du deinen Regenmantel!« Der Staatsminister grub und wühlte. »Es ist wohl das Beste, wenn ich jetzt den Frack anziehe. Wer weiß, ob sich noch einmal die Gelegenheit ergibt.«

Er riß den Lumberjack herunter und machte sich daran, die Schuhe aufzuschnüren.

»Mein Gott, du willst dich doch wohl hier nicht etwa ausziehen? Der Fahrer ...«

»Oh, er hat bestimmt schon allerhand miterlebt. Geburten und so was. Und ich habe saubere Unterwäsche an. Fahrer, haben Sie schon mal bei einer Geburt assistiert?« rief der Staatsminister zum Vordersitz und zog sich das Polohemd aus.

Für einen Augeblick sah ich das Gesicht und den Blick des Fahrers im Rückspiegel. Die Pupillen waren unnatürlich geweitet.

»Wollen Sie, mein Herr ... meine Dame ... gebären?«

»Da!« schrie der Staatsminister und zeigte mit dem nackten Arm die Richtung. »Da ist er. Der schwarze Mercedes da. Folgen Sie ihm! Nicht verlieren! Es ist alles in Ordnung. Ich bin Polizist. Polizeichef«, erklärte er jetzt nur noch in Unterhosen. »Könnten Sie bitte die Scheibe etwas hochkurbeln? Es zieht so verflucht. Leider habe ich keinen Ausweis bei mir – wer zum Teufel hat schon einen Paß in der Unterhose? Aber machen Sie sich keine Sorgen, wenn Sie die Geschwindigkeitsbegrenzung überschreiten. Ich übernehme das Kommando.«

Der Fahrer hatte tatsächlich das Tempo beträchtlich gesteigert, als hoffte er, seinem eigenen Rücksitz oder einem ihn verfolgenden Alp davonjagen zu können.

»Na ja«, sagte der Staatsminister und kratzte am Kragenknopf, »so eilig ist es nun auch wieder nicht. Wir dürfen ihn nicht über den Haufen fahren. Fährt er in die Staatskanzlei? Guck an, das tut er tatsächlich! Das ist ja komisch. Egal, dann müssen wir wohl allein weiterfahren.«

Er rief eine Adresse im Stockholmer Nobelviertel Östermalm und bat mich, ihm beim Binden der Fliege behilflich zu sein.

»Wir werden uns ein wenig seine Wohnung ansehen, während er seinen Teil der Zeche trägt. Mit den Orden, glaube ich, warte ich noch, die verheddern sich sonst nur. Er wohnt allein, in seiner Wohnung dürfte also jetzt niemand sein. Ich habe das Schloß inspiziert. Sehr einfaches Modell. Ich bin in zwei Minuten mit einem Stück Stahldraht drin, und sollte ich damit nicht weiterkommen, habe ich ja immer noch mein Werkzeug!«

Er bedachte die Tasche mit einer hingebungsvollen Streicheleinheit. »Danke, hier ist es! Behalten Sie den Rest, Sie sind wirklich kaltblütig gefahren. Zu dem Überholmanöver auf der Tranebergsbron hätte ich nicht den Mut gehabt. Hier also, vierter Stock, wir nehmen den Fahrstuhl!«

In wenigen kurzen Sätzen stellte ich klar, daß ich nicht gedachte, in eine Wohnung einzubrechen, ganz gleich was für ein Modell das Schloß war. Er warf mir einen gekränkten Blick zu.

»Egal, dann kannst du doch in der Zwischenzeit hier unten Wache schieben. Langweilige Routine, aber ganz wie du willst. Heule wie eine Eule im Wald, wenn er auftauchen sollte. Du kannst doch wie eine Eule heulen, oder?«

Ich konnte sein Gequassel nicht mehr hören, sondern warf mir den Mantel über und begann auf dem Trottoir auf und ab zu wandern. Als mir auffiel, daß ich wie ein Wachtmeister auf Patrouille herummarschierte, lehnte ich mich statt dessen gegen einen Laternenmast und schaute die Fassade zum vierten Stock hinauf. Der Fall des Staatsministers würde große und das Loch im Straßenpflaster bedeutende Ausmaße annehmen, dachte ich fast zufrieden, wenn der Ministerialrat unangemeldet auftauchte und Gelegenheit bekäme, seinen Schleuderwurf mit einem lebenden Geschoß zu wiederholen.

Aus der Ferne war jetzt Singen, Rufen und Getrampel von unzähligen Füßen zu hören. Während ich darüber nachsann, was es damit auf sich haben mochte, hielt eine Mietdroschke am Bürgersteig und ihr entstieg Ministerialrat Dååbh. Ich bezwang meinen Drang, wie eine Waldeule zu heulen, fiel statt dessen auf die Knie und fummelte, das Gesicht abgewandt, an meinem Schnürsenkel herum. So weit war es also mit mir gekommen, dachte ich verbittert, so weit hat mich also das Zusammensein mit dem Staatsminister gebracht, daß ich nicht mehr gerade und offenen Blickes meinen Mitmenschen gegenübertreten kann!

»Hier sind fünf zwanzig!« schrie der Ministerialrat dem Fahrer zu. »Trinkgeld gebe ich nie. Sie versteuern ja sowieso nur acht Prozent und bekommen das Doppelte.«

Ich fummelte weiter und dachte, der Adresse mußte schon vor unserer Ankunft ein schlechter Ruf vorausgegangen sein.

Als er an mir vorbeitrampelte, hielt er einen Augenblick inne und rief: »Auf der Straße gebe ich nie was!« und verschwand durch die Haustür.

Ich stellte mich wieder auf die Füße und versuchte ein Taxi anzuhalten – als Fluchtfahrzeug erschien es mir unentbehrlich –, doch der Fahrer glaubte wahrscheinlich, ich sei nicht nüchtern und verließ den Ort unter einer groben Schimpftirade. Ein Augenblick neuerlicher Erniedrigung.

Im vierten Stock wurde jetzt ein Eckfenster aufgemacht, und etwas schlug auf den Pflastersteinen auf. Ich schloß die Augen und dachte, daß dies ein erwartetes, wenn auch bedauerliches Ende einer bemerkenswerten Laufbahn war. Der dumpfe Aufprall war erstaunlich leicht ausgefallen, und ich öffnete die Augen und stellte fest, daß die Tasche gelandet war und der Staatsminister oben im Fensterrahmen stand.

Bis heute ist es mir ein Rätsel, wie er mit einem Sprung die Regenrinne erreichen konnte, aber er brachte es fertig.

Er kratzte und flatterte die Rinne abwärts, und dann stand er neben mir und bürstete den Mantel ab.

»Du hast nicht wie eine Eule geheult, oder? Egal, ist auch ohne trotzdem gutgegangen. Ich habe ihn kommen gehört und mich im Eckzimmer eingeschlossen und dann ... ja, das hast du ja gesehen. War verdammt knapp, beinahe hätte ich die Regenrinne nicht erwischt. Hast du hier noch mehr zu tun? Er kommt bestimmt auf der Treppe hinterher, deshalb sollten wir hier nicht länger als nötig herumstehen. Wo ist ...?«

Während des Monologs des Staatsministers war das Geräusch von Füßen und Stimmen immer näher gekommen und zu Lärm angeschwollen, der sich in diesem Moment verdichtete, Gestalt annahm und um die Ecke bog.

»Ein Demonstrationszug!« rief der Staatsminister aus. »Genau was wir brauchen! Komm mit!«

Und dann zog er mich in die trampelnde, vorüberflimmernde Masse.

23

Ich weiß nicht, ob es klar und deutlich geworden ist, aber ein Tag mit dem Staatsminister ist wie ein Tag im Fluß, ist wie ohne Schiff in einem reißenden Strom zu treiben. Man hat keine Möglichkeit, anzuhalten oder auch nur seine Fahrt zu beeinflussen, immer wieder aufs neue wird man von Wirbeln und Mahlströmen unter Wasser gesogen; einmal glaubt man, man habe Halt an einem glitschigen und schlüpfrigen Stein gefunden, doch der Fluß reißt einen immer wieder los und treibt einen weiter. Und die ganze Zeit weiß man, daß am Ende die große Katastrophe wartet, der knochenbrecherische Fall, der sechste Katarakt.

Jetzt marschierte ich in einem lärmenden Demostrationszug mit, aber das war noch nicht das Ende des Tages und des Ausfluges, es sollten noch einige Schrecknisse und Stromschnellen auf uns lauern. Und ich hatte den vagen Gedanken, wenn mich jetzt der Tod ereilen sollte, dann käme er wie ein Freund.

Langsam wurde mir bewußt, wie jemand auf dem Trottoir neben den marschierenden Menschen herlief.

Es war Ministerialrat Dåâbh, und er zeigte in die Masse und schrie: »Haltet den Dieb! Er versteckt sich irgendwo da drinnen!«

Aber die Masse, die von Individuen nichts weiß, fühlte sich als Masse gekränkt und antwortete ihm im vielstimmigen Chor: »Stör' unsere friedliche Demonstration nicht!«

»Rechtsextremist!«

»Oberklassenheini! Steuerflüchtling! Eigentumsbesitzer! Östermalmsnob!«

Der letzten Blick, den ich an diesem Tag auf den Ministerialrat erhaschen konnte, war, wie er schreiend von drei Polizisten abgeführt wurde.

»Er bekommt zwei Monate auf Bewährung wegen Bruchs des Demonstrationsfriedens«, erklärte ein Mann mit langem, vergeistigtem Gesicht und gut gepflegtem Bart und hakte sich bei mir ein.

»Gut, Kamerad, daß du dich nicht hast dazu provozieren lassen, ihm eins aufs Maul zu hauen«, fuhr er fort. »Du mußt schon in der Kindheit des Jahrhunderts auf den Barrikaden gekämpft haben. Komm, stütz dich ruhig auf mich!«

Ich stützte mich und schaute zur anderen Seite. Dort ging der Staatsminister und trug jetzt ein riesiges Plakat. Den Text konnte ich nicht erkennen. Wofür oder wogegen demonstrierte ich eigentlich? Die Frage erschien mir jetzt von wesentlicher Bedeutung, und ich nahm Sondierungen in meiner Umgebung vor.

»*Gegen* die barbarische Ungerechtigkeit der Gesellschaft. Und *für* Ritem und Kaitum«, erklärte der Doppelgänger von Jesus.

»Eingesperrt in faschistische Gefängnisse seit vier Jahren«, erläuterte ein sanftäugiges Mädchen.

»Okkupiert von den Imperialisten«, erhellte einer von hinten.

»Die einzigen militanten Freiheitsbewegungen in Lateinamerika«, verkündete ein Steppanorak in der Reihe vor mir.

Wir hatten jetzt die zentralen Stellen der Hauptstadt erreicht. Die gesamte riesige Demonstrationsschlange hatte sich zu einem Sprechchor formiert, und die Rufe wogten im rhythmischen Takt zwischen den Hauswänden und Zuschauerreihen. Doch in meinem benommenen Zustand konnte ich die Worte nicht verstehen. Ich schaute zum Staatsminister.

Auch er war offensichtlich ganz automatisch in die Rufe eingefallen. Er beugte sich zu mir, schrie durch den Lärm und skandierte noch: »Was zum Teufel rufe ich da eigentlich?«

Dann wurde er von neuem vom Chor mitgerissen, und ich spitzte die Ohren, und endlich verschmolzen die Silben zu Worten, und ich hörte: »Pa-lme-und-Gei-jer, Nix-ons-Lakaien!«

Ich übermittelte die Auflösung an den Staatsminister, der eine kurze Unterbrechung einlegte, um zu sagen: »Oh, verflucht!« und dann fortfuhr, seine Botschaft herzuleiern.

Auf der Strömbron verstummte der Chor plötzlich, und der Staatsminister kam zur Besinnung und rief mit eigenen Worten, aus der Psychose erwacht: »Ich würde gern wissen, was auf dem Schild steht.«

Er drehte es um, und wir lasen zugleich: »Palme go home!«

Der Staatsminister schaute sich vorsichtig um. Von den Bürgersteigen starrte uns die Bevölkerung der Hauptstadt aus dichten, unerschütterlichen Reihen an.

»Wenn mich jetzt jemand sieht ... Ja, du glaubst doch nicht etwa, daß man das hier als ... als eine Art Demonstration betrachtet, oder?«

Ich antwortete, daß ein einzelner Mensch, der alles peinlich genau nahm, es womöglich genau dafür halten könnte.

»Du möchtest nicht mal kurz das Schild tragen, oder? Ich muß ... ähäm ... ich muß mir mal die Schuhe zubinden ...«

Ich antwortete ihm, daß ich es durchaus nicht wolle. Meine Stellung war auch ohne Schild schon leicht zu beschädigen. Wenn nun ein Mitglied der Historikergesellschaft mich hier sehen würde ... Mein Gott, die Gesellschaft! In einer Viertelstunde mußte ich doch am Slussplan sein! Ich fragte den Vergeistigten, in welche Richtung wir steuerten. Er bedachte mich mit einem erstaunten Blick.

»Zur Staatskanzlei natürlich. Da gibt es bestimmt Ärger

mit der Polizei. Vergiß nicht, dich auf die Straße zu setzen, wenn die Pferde angreifen. Und denk dran, daß die Polizisten mit Schlagstöcken im Anschlag vorstoßen oder in die Kniekehle schlagen. Heul einfach los, wenn du zu stark attackiert wirst, ich werde dann versuchen, mich über dich zu werfen, Kamerad.«

Pferde ... Schlagstöcke ... heulen, mich auf die Straße setzen ...

Das, dachte ich bei mir, war bestimmt der sechste Katarakt.

»Ich muß in zehn Minuten zum Besuch des Königs im weißen Saal sein. Wie verdammt noch mal soll ich da hinkommen?« zischte der Staatsminister.

Wir zogen jetzt am Lejonbacken vorbei. Eine Mauer aus Polizisten stand Spalier auf dem Bürgersteig zum Schloß. Der Staatsminister unternahm zwei Versuche, es zu durchbrechen, wurde aber beide Male mit harter Hand zurück ins Glied geschubst. Offensichtlich wollten es die Polizisten nicht zulassen, daß Demonstranten auf den Schloßvorplatz vordrangen.

»So geht das nicht«, entschied der Staatsminister. »Wir müssen uns durchschlagen. Folge mir!«

Er nahm sein Schild zu Hilfe und stellte sich dabei so an, daß es fast professionell aussah. Anfangs operierte er damit in Hüfthöhe und stieß wie mit einer Lanze zu. Doch ein kräftiger Polizist weigerte sich, von der Stelle zu weichen, zog seinen Säbel. Da erhob der Staatsminister sein Banner und ließ es auf ihn niedersausen. Der Kopf schoß durch die Pappe, und das Schild saß fest um den Hals wie eine Krause bei einem Hund mit einem Ekzem.

»Nimm mich bei der Hand, und lauf wie der Teufel!« schrie der Staatsminister.

Wir rannten. Ich hätte nie geahnt, daß ich laufen konnte, ohne tot umzufallen, aber der Gedanke an die Pferde und die

Schlagstöcke mußte mir die Kraft verliehen haben. Hinter uns waren aufgeregte Schreie zu hören, und jemand rief lauter als alle anderen: »Sie dürfen nicht ins Schloß!« Und dann folgte eine Reihe von Kommandorufen und Geräusche von verfolgenden Schritten. Aber wir hatten schon den Schloßvorplatz halb hinter uns gelassen, und der Staatsminister zog, und ich keuchte, und die Beine trugen uns ins richtige Gewölbe, wo ein mit Lametta behängter Unteroffizier Honneurs vor unseren Fräcken machte.

»Die Herren kommen spät. Aber diese entsetzliche Demonstration hat auch einige der anderen Dinergäste aufgehalten, die Herren können es jetzt also etwas ruhiger angehen lassen.«

»Die Historikergesellschaft ...«, keuchte ich, doch der Staatsminister schob mich unbarmherzig weiter die Treppe hoch.

»Wenn du jetzt hinaus auf den Schloßvorplatz gehst, verdreschen sie dich! Du mußt hierbleiben, bis sich alles beruhigt hat. Sie haben vielleicht schon die Spur verloren ...«

Doch das hatten sie durchaus nicht. Sie befanden sich jetzt im Gewölbe und im Treppenhaus auf dem Weg zu uns, allem nach zu urteilen in starker Erregung.

»Das mit dem Schild und dem Schlag auf den Kopf wird wohl etwas schwierig zu erklären sein«, murmelte der Staatsminister. »Bei genauerem Nachdenken glaube ich nicht einmal, daß selbst Polizisten das Recht haben, sich gegenseitig mit Schildern auf den Kopf zu hauen. Eine bedauerliche Lükke im Gesetz. Außerdem fürchte ich, daß sie falsche Schlüsse aus dem Inhalt meiner Tasche ziehen – ich war gezwungen, sie zurückzulassen. Wir verdrücken uns eine Weile hier hinein.«

Wir standen in einem langgestreckten Raum, der offenbar als eine Art Servierraum diente. Ein distinguierter Herr hatte uns schon entdeckt und mit energischen Gesten zu sich gewunken.

»Wirklich auf den letzten Drücker! Sie sind doch die beiden, die beim Servieren helfen sollen, statt der beiden Erkrankten, oder? Aber wer hat Ihnen denn erzählt, Sie sollen einen Frack anziehen? Wir tragen hier doch Livree. Hm, da haben die doch glatt einen von den Alten geschickt. Glauben Sie wirklich, daß Sie mit der Platte nicht überfordert sind? Wir werden Ihnen besser etwas Leichteres geben. Aber Sie sehen kräftig aus, Sie sind doch früher schon mal hier gewesen, ich glaube, ich kenne Sie. Sie können beim Fisch helfen, wenn es soweit ist. Probieren Sie diese Livreen an, irgendeine paßt bestimmt! Ich bin gleich zurück und gebe Ihnen weitere Instruktionen.«

Und damit war er auch schon verschwunden.

Erschöpft von den Ereignissen des Tages, umnebelt von den physischen und psychischen Strapazen, konnte ich nicht mehr klar denken. Ich spürte nur, daß ich fort mußte von all dem Entsetzlichen, fort von den Livreen und Polizeipferden und vor allem fort vom Staatsminister. Dieser war bereits für die Vernunft und die Realitäten verloren, vollauf mit Westen und Spangen beschäftigt. Auf seinen Lippen lag ein glückseliges Lächeln, und er machte Augen wie ein Junge angesichts der ersten Cowboy-Ausrüstung.

Ich öffnete eine Tür und trat wie in Trance ein. Eine neue Tür – und weit hinter mir hörte ich den distinguierten Herrn: »Die Livree sitzt ja ausgezeichnet ... Nein, nein, noch nicht! Kommen Sie mit dem Fisch zurück! Kommen Sie sofort mit dem Fisch zurück, sage ich ...«

Dann vernahm ich schwere Schritte, uniformierte Stimmen und auffordernde Rufe: »... Demonstranten ... Gewalttäter ... ein Alter und ein Jüngerer ... um jeden Preis aufhalten ...«

Ich zögerte nicht lange, sondern öffnete eine weitere, breitere und schwerere Tür. Ein mit Stoff bespannter Wandschirm versperrte mir den Weg, und ich hörte gedämpftes

Gemurmel wie im Zuschauersaal eines Theaters, ehe der Vorhang sich hebt. Ich lugte hinter dem Schirm hervor. Zuerst sah ich nur ein buschartiges, weiß-grünes Blumengesteck. Doch dahinter und davor wogende Reihen von befrackten und mit Lametta behängten Rücken.

Ich hatte den weißen Saal erreicht.

Ich stand unter den Dinergästen des Königs, getrennt von ihnen nur durch einen bestickten Wandschirm.

In diesem Moment äußerster Wahrhaftigkeit und Ehrfurcht drehten sich die Köpfe aller Anwesenden zur hinteren Kurzwand des Saales um.

Der Zeremonienmeister hatte ein Zeichen gegeben, und der König und die königliche Familie samt des Königspaares von Siam hatten von Gefolge begleitet durch einen angrenzenden Salon den Saal betreten.

Zehn Schritte hinter ihnen folgte der Staatsminister, in Livree gekleidet und mit großer Würde ein Silbertablett tragend, auf dem ein riesiger Fisch ruhte.

Er schaute sich verstohlen wie nach einem Verfolger um. Dann schloß er zu den Gästen auf, die an den Wänden entlang ein geschlängeltes Oval bildeten.

Ich tastete nach der Türklinke und wurde fündig, doch die Tür ließ sich nicht öffnen. Jemand hatte sie hinter mir verschlossen.

Der Staatsminister stand jetzt ganz nahe der Öffnung, die der Wandschirm aussparte. In seiner Nähe war eine gewisse Unruhe wahrzunehmen. Kein Mitglied der Gesellschaft schien es darauf anzulegen oder es angelegen zu sein, die Konversation zu beginnen. Ganz eindeutig versuchte er, das Tablett loszuwerden, und seltsamerweise gelang es ihm auch. Der Ministerpräsident persönlich balancierte es jetzt auf den Fingerspitzen, als würde er etwas sehr Heißes tragen.

»Was zum Henker soll ich mit dem Fisch?« zischte er. »Und hättest du nicht eine passendere Stelle finden können, um ein paar Öre nebenbei zu verdienen, wenn es denn unbedingt sein muß?!«

Doch der Staatsminister gab keine Antwort. Er war auf der anderen Seite des Blumengestecks auf die Knie gefallen und schien mit seiner Schuhschnalle beschäftigt zu sein. Und dem Ministerpräsidenten war es bereits gelungen, das Tablett an seinen Nachbarn weiterzureichen, und dieser – ich glaube, es war der Chef der Reichsbank – beförderte es genauso schnell an den Minister für auswärtige Angelegenheiten weiter.

Der König schritt mittlerweile unter freundlicher Begrüßung auf die Sofagruppe in Rot und Gold zu, wo der Staatsminister kniete. Als der Gastgeber sie erreichte, erhob er sich indessen und begrüßte seinen König mit tiefer Verbeugung.

Der König drückte ihm die Hand und äußerte ein paar Willkommensworte. Aus einigen Metern Entfernung blickte ich ihm ins Angesicht – dem Mann, der so viele schöne Dinge gesammelt und sein Leben in das schönste Kunstwerk verwandelt hatte. Er erkannte ganz eindeutig den Staatsminister. Aber falls er erstaunt darüber gewesen war, daß sich einer seiner Ratgeber in Bedientenlivree des Schlosses zum Abendessen eingefunden hatte, so zeigte er es nicht. Und warum, fiel mir ein, sollte er überhaupt verwundert sein? Warum, sagte er sich vielleicht in diesem Augenblick, sollten nicht Männer, die eine Verdienstauszeichnung anzunehmen sich geweigert hatten und die auf ihren Kongressen Unwillen gegen die von ihm vertretene Staatsform bekundeten, warum sollten solche Männer nicht plötzlich in Bedientenlivreen seine Diners besuchen? Es gab der Interpretationsmöglichkeiten so viele – eine Demonstration der Gleichheit, eine Geste der Solidarität mit den dienenden Klassen, ein aufkeimendes, unbezwingbares Bedürfnis, seinen Protest gegen eine verhaßte Institution zum Ausdruck zu bringen, ohne deshalb gleich das Festbankett zu versäumen.

Auch die übrigen Mitglieder der königlichen Familie begrüßten den Staatsminister mit erlesener Beherrschung. Nur in den Augen des jungen Kronprinzen erblickte ich eine gewisse Verwunderung. Er wird sich daran gewöhnen müssen, dachte ich erbittert hinter meinem Wandschirm, er wird sich daran gewöhnen müssen.

Plötzlich waren von der Tür hinter mir scharfe Stimmen zu hören und ein Schlüssel, der im Schloß umgedreht wurde. Ich war zum Totumfallen müde, doch mein Fluchtinstinkt – durch das Zusammensein mit dem Staatsminister gut trainiert – war nicht abgestumpft. Ich wankte den Weg vorwärts, der sich anbot.

So stand ich dann mitten im weißen Saal, vor dem bestickten Wandschirm und hinter den Befrackten als der Geringste, der Letzte. »Leer!« hörte ich jemanden in gedämpftem, enttäuschtem, erleichtertem Flüsterton in dem Versteck konstatieren, das ich verlassen hatte.

»Aber da bist du ja! Das ist doch lustig, mal auf einem Fest zu sein, oder?«

Der Staatsminister war mit einem zufriedenen Lächeln auf den Lippen neben mir aufgetaucht.

»Ich habe schon langsam geglaubt, sie hätten dich verhaftet. Sie sind auch hinter mir her gewesen, so daß ich hier rein fliehen mußte. Draußen stehen sie überall und lauern auf uns. Aber hier sind wir sicher. Wenn ich den Fisch serviert habe – weißt du vielleicht, wer ihn gerade hat –, dann schleiche ich durch die Tür unter der Musikertribüne hinaus und ins Östliche Gewölbe. Du kannst dich um die Frau des Justizchefs kümmern und sie zu Tisch führen. Frau Rydlander! Aber an die erinnerst du dich wohl noch, oder? Diese Kleine, Propere. Sie steht da drüben in der cremefarbenen Toilette. Oh, verdammt, jetzt hat Rydlander den Fisch in die Finger bekommen! Wenn er ihn bloß nicht fallen läßt! Ich hätte ihr Tischherr sein sollen, wir haben den Hof gebeten, ihr einen schönen Platz zu geben als Trostpflaster für die Sache mit der Provinz. Aber ich kann kaum in diesem Aufzug essen, und wir können sie nicht allein hineingehen lassen. Ich werde eine Nachricht an die Historikergesellschaft hinausschmuggeln, daß du an Keuchhusten erkrankt seist. Hast du Keuchhusten schon gehabt? Egal, dann eben Darmverschlingungen. Mach dir keine Sorgen, ich habe die Situation vollkommen unter Kontrolle. Du kannst dich dem Essen, der Unterhaltung und dem fröhlichen Beisammensein in der Galerie Karl XI. hingeben, wir amüsieren uns da immer ganz vorzüglich. Ich werde dir ein schönes Stück vom Fisch geben. Und denk dran, der Tag ist aus ermittlungstechnischer Sicht ein Erfolg gewesen. Eben erst ist mir eingefallen, daß wir Beweise erhalten haben, daß einer unserer Verdächtigen ganz einfach nicht der Mörder sein *kann!* Vergiß nicht, daß du mit dem König nicht anstoßen darfst!«

Und dann ergriff er abermals den Fisch und trug ihn tollkühn durch den Saal.

Wie durch Nebelschleier erahnte ich meine mir zugeteilte Tischdame.

Mit einer Verbeugung, die an eine Ruine im Augenblick ihres vollständigen Zusammenbruchs erinnern mußte, erbot ich ihr meinen Gruß.

»Mein Gott!« rief sie mit weit aufgerissenen Augen. »Ein Studienrat! Ich werde von einem Schullehrer an die Tafel des Königs geführt!«

Ich verstand sie, und sie hatte meine vollste Sympathie, doch Worte des Trostes hatte ich ihr nicht zu bieten.

So verhalfen wir einander in die Galerie Karl XI. und zu dem wartenden Diner bei ungezwungenem Beisammensein und Geplauder.

24

Ich wachte auf und fühlte mich wie ein schlecht restaurierter Bestandteil des Kriegsschiffs »Wasa«.

Es war Morgen, und der Staatsminister stand mit einem Tablett in der Tür.

Unreflektiert, instinktiv, so wie man auch im Augenblick äußerster Erschöpfung einem Erdrutsch auszuweichen versucht, warf ich die Decke ab und tastete nach den Pantoffeln. Aber die Beine trugen mich nicht, und ohnmächtig sank ich zurück in die Kissen.

»Jetzt sollst du erfahren, was wir heute machen«, verkündete der Staatsminister.

Er glich einem zufriedenen Kellermeister, der einen Lieblingsgast auf der Straße entdeckt hatte und ihm mit dem Menü des Tages aufwartete.

Doch dieser Gast war entschlossen, nie mehr in dieser Gaststätte zu speisen.

»Nein«, flüsterte ich, »ich mache gar nichts mehr! Gar nichts mehr, hörst du? Ich will niemanden beschatten. Ich will in keinem Schrank stehen. Ich breche weder in ein öffentliches noch in ein privates Gebäude ein. Ich laufe nicht, ich gehe nicht, ich rühre mich keinen Millimeter von der Stelle. Ich verlasse weder das Haus noch das Zimmer, noch das Bett.« – Es war mir eingefallen, daß der Raum für staatsministeriale Aktivitäten nicht genug eingeschränkt werden konnte. »Ich bin müde, ich bin krank, ich bin erschöpft«, versicherte ich mit noch mehr Nachdruck in der Stimme. »Was hast du da auf dem Tablett? Wenn es Tee ist, dann komm her damit, und steh da nicht rum und halte Maulaffen feil!«

Es *war* Tee nebst Creme-Crackern. Getränk und Brot gaben mir neuen Lebensmut, und ich sagte, ich könne mir möglicherweise vorstellen, das Zimmer zum Mittagessen zu verlassen, sofern die Garantie bestand, daß der Staatsminister am anderen Ende des Tisches aß.

»Ich habe mir gedacht, wir könnten uns ein wenig über den Mord unterhalten«, erklärte der Staatsminister taktvoll.

»Aha«, sagte ich und schlürfte und schmierte. »Geht es nur um einen Mord? Ja, dann leg los, einen Mord verkrafte ich. Aber keine Schränke! Auch keine Beschattung!«

»Aber nein«, entgegnete der Staatsminister und ließ sich auf der Bettkante nieder. »Zunächst kann ich dir berichten, daß die Polizei Frau Svanberg, Frau Rydlander, Karling und Direktor Johansson von neuem wegen der Aussage von Anita Johansson vorgestern uns gegenüber verhört hat und daß diese unter Druck und in die Mangel genommen ihre vorherigen Aussagen über Kinobesuch, Wandteppichknüpferei und Schreibarbeit zu Hause wiederholt haben, und in allen wesentlichen Punkten bestätigt Anita Johansson die Angaben über die Ereignisse am Mordabend, die sich ungefähr zwischen zehn und halb elf in der Direktorenvilla abgespielt haben. Aber für die Zeit *nach halb elf* – und schließlich ist das der brenzlige Zeitpunkt – sind wir nach wie vor ausschließlich auf die eigenen, unbestätigten Angaben aller Verdächtigen angewiesen: Frau Svanberg sagt, sie sei wieder nach Enskede zurückgefahren; Direktor Johansson behauptet, er sei nach dem Grog ins Bett gegangen; Frau Rydlander gibt an, sie habe nach dem vergeblichen Versuch, ein Taxi zu erwischen, den Bus in die Innenstadt genommen. Genau das gleiche sagt auch Karling. Aber sie haben sich nicht gesehen.«

»Und was war vor zehn Uhr? Gibt Karling zu, daß er bei Svanbergs gewesen ist und dort grün und blau geprügelt wurde? Gibt Direktor Johansson zu, daß er Svanberg an dem Nachmittag im Garten niedergeschlagen und dann den Apfel ins Arbeitszimmer geschleudert hat?«

»Nein«, seufzte der Staatsminister, »nein, das tun sie nicht. Das einzige, was sie zugeben, ist, daß sie um zehn Uhr zu Anita Johansson gekommen sind und das taten und sagten, was sie Frau Johanssons Behauptung nach getan und gesagt haben. Karling will nicht einmal ein Wort darüber verlieren, warum er bei ihr aufgekreuzt ist. Aber kommen wir zu interessanteren Dingen! Ich habe gerade den Bericht von den Gerichtschemikern erhalten, und daraus geht hervor, daß wir uns in einem entscheidenden Punkt geirrt haben.«

»Wir?«

»Daß ich mich in einem entscheidenden Punkt geirrt habe, meine ich natürlich.«

Ein Mundwerk so aufgeweicht wie ein eingetunkter Zwieback, dachte ich vergnügt und vergaß darüber vollkommen, daß an jenen Tagen, da der Staatsminister einem zum Morgentee Honig ums Maul schmiert, am Abend die Hölle am schlimmsten kocht.

»Wir ... ähäm, ich bin zu dem Schluß gekommen, daß sich das Ganze ungefähr wie folgt abgespielt hat: Svanberg hat das Haus von Direktor Johansson um elf über die Feuerleiter verlassen. Auf der Straße ist er dann einer Person begegnet, die er kannte und die mit ihm sprechen wollte, und dann sind die beiden hierhergegangen, wo er ermordet wurde. Der Textilstaub im Hals hat schließlich bewiesen, daß er im Hause getötet wurde, und die umgeworfenen und anschließend aufgestellten Stühle haben wir als Zeichen für einen in dem Zimmer stattgefundenen Kampf gedeutet. Daß er im Arbeitszimmer auf dem Boden gelegen hat, beweisen die Teppichfasern, die in der Kopfbehaarung hingen. Nachdem er ihn erwürgt hat, hat der Mörder den Leichnam im Schrank versteckt, um die Entdeckung hinauszuzögern und Zeit zu gewinnen, damit er die Spuren verwischen kann. So haben wir das Ganze rekonstruiert. Der Bericht, den ich heute morgen von den Gerichtschemikern erhalten habe, ändert das Bild grundlegend. Er beweist, daß *Svanberg schon tot gewesen sein mußte, als er hier ins Haus gekommen ist.*«

»Und wie haben sie das rausgefunden?«

»Mit Hilfe einer neuen Untersuchungsmethode hat man festgestellt, daß der Textilstaub im Hals nicht vom Teppich stammte oder *von einer anderen Textilie in den Zimmern* da unten. Als Svanberg seinen letzten Atemzug tat, mußte er *in einem anderen Zimmer und in einem anderen Haus* gewesen sein.«

Ein Gedankenfragment flatterte vorbei, und dank des Tees konnte ich es einfangen.

»Aber kann nicht der Mörder einen textilen Gegenstand dabeigehabt haben, den er dann beseitigt hat? Ein Kleidungsstück zum Beispiel. Er hat ihm vielleicht sein Taschentuch auf den Mund gedrückt, oder?«

Der Staatsminister nickte anerkennend.

»Kein dummer Gedanke. Aber erstens ist er schließlich erwürgt und nicht erstickt worden. Und zweitens hat die Polizei den gleichen Textilstaub auch an einer anderen Stelle gefunden.«

»Wo?«

»Auf seiner Hose, auf der Unterseite der Schenkel und in den Kniebeugen. Und nur da. Wie bekommt man Textilstaub in die Kniekehlen?«

»Wenn man sitzt ...«

»Genau. Aber wo hat er gesessen? In den Arbeitszimmern da unten gibt es wie gesagt keinen Gegenstand, der Staub dieser Art abgibt – und der verschwundene Mantel war ja aus Leder und die Baskenmütze aus Kamelhaar. Die Spuren in der Kniekehle könnten sich dort jederzeit innerhalb einer vernünftigen Spanne vor Eintritt des Todes festgesetzt haben, aber der Staub in Kehle und Mundhöhle muß erst wenige Sekunden vor seinem Tod dorthin gelangt sein. Und es ist zusätzlich der gleiche Staub dort wie auf der Hose. Folgendermaßen stellt sich für mich die Situation dar: Svanberg sitzt irgendwo auf einem Sofa oder einem Chaiselongue oder einem Bett, als der Mörder zum Angriff übergeht. Er fällt auf die Seite, ohnmächtig durch einem Schlag auf den Kopf. Als der Mörder ihn danach erwürgt, wird der Kopf auf die Unterlage gepreßt, und er atmet den Staub ein, den gleichen Staub, der sich schon an den Kniekehlen der Hose festgesetzt hat. Dann muß der Mörder den leblosen Körper aus dem Raum getragen, ihn hier in die Villa transportiert und in mein Arbeitszimmer geschleppt haben – die Stühle bei der Tür wurden umgeworfen, als der Mörder den Leichnam ins Haus geschafft hat und im Dunkeln dagegen gelaufen ist. Der grobe Kratzer am Schloß der Haustür hat daher seine Erklärung, daß es sehr umständlich sein muß, eine Tür aufzuschließen, wenn man gleichzeitig mit einem Schlüssel hantiert und eine Leiche trägt. Die Fasern auf dem Kopf sind dort hingekommen, als der Mörder den Toten auf dem Teppich abgelegt hat, um die Schranktür öffnen zu können – der Riegel erfordert freie Hände. Die Fragen, die noch auf eine Antwort warten, sind also folgende: In welchem Haus und auf welchem Möbelstück saß Svanberg, als er ermordet wurde? Und wie und warum transportierte der Mörder die Leiche hierher? Warum, im Namen der Vernunft, warum?«

»Müßte er nicht auch Textilstaub von dort, wo er gesessen hat, auf dem Jackett haben?« fragte ich. »Ach ja, er hat ja gar kein Jackett angehabt, bloß einen Pullover und diesen gräßlichen Ledermantel. Kein Staub auf dem Pullover? Das bedeutet wohl, daß er den Mantel im Haus anbehalten hat; er hatte sich also auf kein längeres Gespräch eingestellt. Ist derartiger Staub auch auf seinen anderen Kleidern gefunden worden? Auf den Hosen zu Hause im Schrank?«

»Nein.«

Ich unternahm eine verzweifelte Anstrengung, das Problem zu umgehen.

»Er ist vielleicht trotzdem da unten im Arbeitszimmer gestorben. Vielleicht hat er bei jemandem auf dem Schoß gesessen ...«

Der Staatsminister schaute mich an wie ein sehr kleines und sehr unterentwickeltes Kind.

»Du meinst, er sei mit seiner Geliebten hergekommen – oder womöglich mit seiner Frau – und hat sich bei ihr auf den Schoß gesetzt und wurde dann umarmt und geküßt, bis der böse Geist sie überkam und sie ihm mit einem stumpfen Gegenstand eins auf den Schädel gab, und dann hat sie ihn an ihrem Busen erwürgt?«

»Die Wirklichkeit ist zuweilen wundersamer als die Dichtung«, murmelte ich, der Staatsminister aber sagte, so wundersam sei sie nun auch wieder nicht, und ich zog meinen Einwand zurück.

»Also«, fuhr der Staatsminister mit einer Kühnheit fort, die ein intellektueller Sieg leicht bei einem Ungeübten hervorruft, »also komme ich auf meine Fragen zurück. Aber ich werde sie eine nach der anderen bearbeiten, das macht die Sache einfacher.«

Hätte er ein »für dich« hinzugefügt, hätte ich ihm das Teesieb an den Kopf geworfen.

»*Wo* ist er ermordet worden? In einem Haus, ja. Aber in welchem Haus? Wir wissen, daß er die Direktorenvilla um halb elf über die Feuerleiter verlassen hat. Ihm kann eine Person begegnet sein, und dann haben die beiden sich irgendwohin begeben. Oder aber er hat von sich aus jemanden aufgesucht. Wen? Wohin? Wo?«

»Am naheliegendsten ist wohl die Vermutung, daß er in die Direktorenvilla zurückgegangen ist«, schlug ich vorsichtig vor. »Allerdings hatte sich Direktor Johansson an diesem

Abend von seiner cholerischsten und Bücher schleudernsten Seite gezeigt, aber bis dahin hatte er sich bestimmt schon wieder beruhigt. Oder aber er ist ihm aus dem Weg gegangen, indem er von neuem die Leiter benutzt hat ... Mein Gott, was sind wir doch für Hornochsen ... was bist du für ein Hornochse! Wir haben doch nur Frau Johanssons Wort darauf, daß Svanberg überhaupt das Haus und das Schlafzimmer verlassen hat! Laut ihrer Aussage ist er zunächst nach oben geflüchtet, nackt, während des Tobsuchtsanfalls des Ehemannes. Aber vielleicht ist er da auch geblieben. Nachdem Frau Johansson nach ihrer Auseinandersetzung mit dem Gemahl hinaufgekommen ist und ihn in angemessener und appetitlicher Verpackung vorgefunden hat, sind die beiden vielleicht ihrer üblichen Freizeitbeschäftigung nachgegangen, und nach Beendigung des Aktes hat sie ihn ums Leben gebracht. Wie ein Skorpionweibchen.«

»Du kannst doch Frau Johansson nicht mit einem Skorpionweibchen vergleichen«, meinte der Staatsminister, lieferte jedoch keine Begründung für seine Meinung. »Aber sie haben wirklich getrennte Schlafzimmer. Also rein theoretisch ... Nein, das wäre zu starker Tobak, mit dem Ehemann eine Etage tiefer! Liebesspiel wie Mordtat erfordern ein gewisses Maß an Abgeschiedenheit. Um nicht von Liebesspiel *und* Mord zu reden.«

Mir lag es auf der Zunge, ihn an sein Vorhaben auf dem Kanapee zu erinnern, während die Familie sich um den Mittagstisch versammelte, kam aber nicht dazu, ehe er in seinen Betrachtungen fortfuhr.

»Ich glaube, wir haben uns zu sehr auf die Vorstellung versteift, daß Svanberg kurz nach halb elf gestorben ist. Der Arzt legt schließlich die Zeit auf irgendwann zwischen halb elf und halb eins fest. Er kann es also sehr gut zum Haus des Justizchefs auf Lidingö wie zur Villa des Konsuls auf Djursholm geschafft haben und dort gestorben sein. Er muß noch nicht einmal mit dem Auto gefahren sein, um das hinzubekommen.«

»Aber dem Mörder muß es vor halb elf gelungen sein, die Leiche hierher zu transportieren, ehe du von Arlanda zurückgekommen und ins Arbeitszimmer gegangen bist. Der Gerichtsmediziner sagt doch, Svanberg sei um halb eins nicht nur schon tot, sondern auch im Schrank verstaut gewesen. Laß uns eine halbe Stunde für den Transport veranschlagen. Dann dürfte er vor zwölf getötet worden sein ...«

Ein entsetzlicher Gedanke durchzuckte mich.

»Du hast zwischen halb eins und eins da unten am Schreibtisch gesessen, hast du gesagt, und Unterlagen sortiert. Bist du ganz sicher, daß du es wirklich gemerkt hättest, wenn jemand um fünf vor zwölf mit einer Leiche hereingekommen wäre und sie in den Schrank gesteckt hätte – um fünf Minuten kann der Arzt sich wohl vertan haben, oder? Ich meine, du bist doch an die Kinder gewöhnt und an all den Lärm, den sie machen ...«

Der Staatsminister war ans Fenster getreten und stand mit dem Rücken zu mir.

Ich überwand meine Erziehung und Veranlagung zur Sparsamkeit, hob das Tablett mit dem Teeservice an, fixierte den Staatsminister und ließ alles zu Boden fallen.

Der Staatsminister drehte sich weder um, noch hatte er sich gerührt.

»Hast du was gemerkt?« fragte ich vorsichtig nach einer Weile.

»Es hat sich so angehört, als hättest du das Tablett auf den Boden fallen lassen«, antwortete der Staatsminister und drehte sich endlich um. »Ja, hol mich der Teufel, du hast es getan! Wozu sollte das gut sein?«

Ich antwortete, es sei ein Experiment gewesen, ein notwendiger Bestandteil der Ermittlungen, und bat ihn, die Scherben aufzusammeln.

»Bei der Frage ›Wo wurde er getötet?‹ kommen wir also nicht weiter als bis zu der Vermutung, daß es in einem Haus auf einem mit Textilien bezogenen Möbelstück und nicht mehr als eine halbe Stunde von hier passiert sein muß«, faßte der Staatsminister unten auf dem Teppich kniend den Stand der Dinge zusammen. »Bleibt das Problem, wie der Mörder den Leichnam hierher transportiert hat. Mit dem Auto zur Gartenpforte vermutlich. Aber dann? Hat er oder sie den Toten durch den Garten zur Tür getragen, aufgeschlossen und ihn weiter zum Schrank geschleppt? Ein Mann hätte den Fußweg bewältigt. Aber eine Frau? Nun war der Tote zwar als Körper betrachtet klein und leicht, aber ich frage mich trotzdem ...«

Er verschwand und kehrte kurz darauf mit einer durch Gewichte beschwerten Hantel zurück.

»Diese Hantel wiegt 51 Kilo, genau wie Svanberg. Versuch, sie hochzuheben! Es ist ein Experiment, ein Bestandteil der Ermittlungen.«

Auf primitive Weise fühlte ich mich von der Hantel herausgefordert, ich hatte die Jungs gesehen, wie sie bedeutend schwerere Gewichte schwangen. Ich beugte mich darüber, spannte die Sprunggelenke an und bewegte sie ein wenig von der Stelle.

»Jetzt gehe ich in die Schule ...«

Vom Türrahmen starrte meine Schwester Margareta mich an.

»Hast du mit Gewichtheben angefangen, Vilhelm? Ist das bei deinem Herzen so ratsam? Du bist ganz rot im Gesicht, weißt du das?«

Ich sank auf mein Lager nieder.

»Ziemlich schwer, wie du merkst«, sagte der Staatsminister und scheuchte seine unkriminelle Frau hinaus. »Mal sehen, er oder sie kann ab der Gartenpforte eine Schubkarre benutzt haben. Davon stehen ein paar hier auf dem Grundstück rum. Und ist man erst einmal wohlbehalten mit der Leiche an der Tür angekommen, dann bekommt man sie auch noch bis zum Schrank. Die Transportfrage schließt wohl also weder Frauen noch, ähäm, etwas untersetzte Männer aus. Und jetzt kommen wir zu der wirklich interessanten Frage. *Warum* transportiert der Mörder die Leiche *hierher*, und warum trägt er sie ins Arbeitszimmer? Begreifst du das, bist du ein listiger Kopf?«

»Hätte ich bei mir zu Hause eine Leiche auf dem Wohnzimmersofa fabriziert, dann würde ich wohl dafür sorgen, daß ich sie rausschaffe«, erklärte ich etwas trocken.

»Genau«, sagte der Staatsminister, »wer würde das nicht? Aber warum sie *hierher* bringen? Warum sie nicht im Garten vergraben oder sie in einer anderen Stadt am Straßenrand ablegen oder unter einer Tanne im Wald? Warum sie in *meinen Schrank* legen?«

Ich versuchte nachzudenken, der Staatsminister jedoch ließ mir nicht die Ruhe dazu.

»Stell dir mal vor, welche Risiken er auf sich genommen hat! Zuerst muß er das Auto hier vor dem Grundstück parken und die Leiche hinausschleppen. Das hat bestimmt seine Zeit gedauert, bei so einem Unternehmen sind die meisten Menschen bestimmt blutige Anfänger. Die Straße ist wenig befahren, aber einmal in der Viertelstunde wird wohl ein abendlicher Spaziergänger oder ein Auto vorbeigekommen sein. Und in den Häusern ringsum wohnen schließlich Leute. Nach dem Rausschleppen machte er sich daran, den Toten fünfzehn Meter zu tragen oder in einer Schubkarre zu schieben, den beleuchteten Gartenweg entlang bis zur Treppe und der Haustür, die ebenfalls in Licht badeten. Was kann einen Menschen dazu treiben, solche ungeheuren Risiken einzugehen?«

Trotz seines störenden Geschnatters im Hintergrund hatte ich meine Antwort parat.

»Er hat die Leiche ins Arbeitszimmer getragen, *weil alle wußten, daß er es nicht machen konnte.* Stell dir vor«, fuhr ich in meiner Erklärung auf einem begreiflicheren pädagogischen Niveau fort, als der Staatsminister ein verwirrtes Gesicht aufsetzte, »stell dir vor, jemand hat eines Nachts das innerste Gewölbe der Reichsbank aufgeschlossen und dort eine Leiche auf den Devisenreserven abgelegt. Im Morgengrauen kommt die Polizei und stellt fest: ›Das Schloß ist intakt und das Gewölbe unbeschädigt und keine Schlüssel fehlen! Aha! Der Mörder muß sich unter den Personen befinden, die aus dienstlichen Gründen einen Schlüssel zum Gewölbe haben. Dürfen wir einen Blick auf die Quittierungsliste werfen?‹ Aber eigentlich ist der Verbrecher natürlich ein Außenstehender, eine Person, die Zugang zum Schlüssel gehabt hat, *ohne daß jemand es weiß.* Indem er die Leiche an einer Stelle ablegt, wo er sie erwiesenermaßen nicht abgelegt haben kann, hat er ein Alibi, kommt überhaupt nicht in Verdacht.«

»Du meinst, unser Mörder soll ein Mister X sein, der sich einen Schlüssel beschafft hat, ohne daß wir eine Ahnung haben?«

»Ja.«

Der Staatsminister machte ein Gesicht, als finde er den Gedanken nur wenig ansprechend.

»Tja, das ist natürlich möglich ... Aber wirft diese Theorie nicht genausoviele Fragen auf? Wie konnte Mister X wissen, daß das Arbeitszimmer an diesem Abend leer sein würde? Noch bis fünf Uhr, als Palme wegen Arlanda angerufen hat, hätten wir laut Plan dort sitzen und arbeiten müssen, jedenfalls ein Teil von uns. Aber trotzdem muß der Mörder *gewußt* haben, daß sich niemand in dem Zimmer aufgehalten hat. Sonst hätte er kaum gewagt, eine Leiche hierher zu verfrachten. Und im Fall von Mister X reicht es nicht, eine so günstige Position zu haben, daß er einen Schlüssel ausleihen und ein Duplikat anfertigen lassen kann. Er muß auch irgendwie gewußt haben, zu welchem Schloß der Schlüssel gehört hat. Es steht schließlich nicht drauf. Nein, die Existenz eines Mister X setzt das Zusammentreffen so vieler Zufälle voraus, daß es …«

»Unsportlich wäre?«

»Unsportlich und äußerst unwahrscheinlich. Versuch mal andere, mehr durchdachte Erklärungen dafür zu finden, warum der Mörder die Leiche hierher gebracht hat.«

»Hier hast du eine: Du hast einen Feind, der dir die Schuld anhängen will. Findet man eine Leiche in einem Schrank, dann fragt man sich doch ganz schnell: Wessen Schrank ist das? Kann er etwas mit der Sache zu tun haben?«

»Ich glaube nicht, daß ich Feinde habe«, meinte der Staatsminister zögernd.

Ich schaute ihn an und war geneigt, ihm recht zu geben. »Feinde« war ein zu starker Ausdruck. Es setzt ein gewisses Format voraus. Man spricht schließlich auch nicht davon, daß ein Wellensittich oder ein Goldfisch Feinde hat. Um ihn nicht zu betrüben, spann ich den Faden dennoch weiter.

»Dååbh hat dich recht tapfer verflucht, als er in deinen Schreibtischschubladen gewühlt hat.«

»Er verflucht alle Kapitalisten. Und übrigens auch die meisten anderen Menschen auf dieser Erde.«

»Am Mordabend mußte Frau Rydlander geglaubt haben, du seist verantwortlich dafür, das ihr Mann nicht Regierungspräsident geworden ist …«

Ich verstummte und versuchte mir vorzustellen, wie eine kleine Frau bei Nacht und Nebel verbissen eine Schiebkarre den Gartenweg entlangschob, gefüllt mit den sterblichen Überresten des Konkurrenten ihres Mannes um den Stuhl des Regierungspräsidenten im Bezirk Kalmarhus. Seltsamerweise erschien mir die Szene nicht vollkommen abwegig. In der Geschichte über die Kämpfe der Menschen auf Erden wimmelt es nur so von kleinen, phantastischen Frauen mit Schubkarren.

»Direktor Johansson«, fuhr ich beharrlich fort, »hat offensichtlich geraume Zeit vermutet, in den Arbeitszimmern da unten hätten Orgien mit seiner Frau stattgefunden, angestiftet von dir und Svanberg, abwechselnd oder ihr beide. Es wäre doch eine raffiniert eingefädelte Rache gewesen, den einen Verführer ums Leben zu bringen und ihn im Schrank des anderen zu verstecken!«

»Schrecklich, auf was für Ideen die Leute kommen können«, befand der Staatsminister, griff der Hantel um die Taille und ging zur Tür.

»Es wird ein ruhiger Tag. Zuerst fahre ich eine Weile in die Kanzlei. Um zwölf essen wir da unten mit anderen Gästen, nur alte Bekannte, zu Mittag. Dann empfange ich im Arbeitszimmer eine Abordnung des Christlichen Vereins junger Frauen. Sie wollen gegen den zunehmenden Verfall der moralischen Sitten in unserer Gesellschaft demonstrieren. Du mußt wieder als Kanzleirat mitmachen, du siehst so moralisch aus.«

Er warf mir einen Blick zu, wie um meine geistige Stärke zu prüfen.

»Da ist noch etwas. Du erinnerst dich doch an die frisch entdeckten Textilfasern in den Kniekehlen von Svanbergs Hose, oder? Ich habe nicht die volle Wahrheit erzählt, als ich gesagt habe, die Experten der Polizei haben sie nur in seinen Kniekehlen und seinem Hals gefunden. Genau die gleichen Fasern sind noch an einer anderen Stelle festgestellt worden – *in den Kniekehlen der Hose, die du seit deiner Ankunft hier und bis gestern angehabt hast,* bis du dann den Frack angezogen hast. Die Experten wollten ein Paar ungefährliche Hosen als Kontrollexemplar dazu haben, und in der Eile habe ich deine erwischt. *Du mußt also auf demselben Sessel oder Sofa gesessen haben wie Svanberg, als er gestorben ist.* Jetzt, im Verlauf des Vormittags, kannst du doch ein bißchen darüber nachdenken, bei wem du gesessen hast – und bei wem nicht …«

25

Ich begab mich kurz vor zwölf hinunter ins Eßzimmer und fand den Tisch für neun Personen gedeckt. Dort waren ganz feierlich Tischkarten aufgestellt, und ich ging rundherum und las die Namen unter zunehmenden Befürchtungen.

Nur dem Hirn des Staatsministers konnte etwas so Wahnwitziges entspringen.

Er hatte alle die in den Mordfall verwickelten Personen zum Mittagessen eingeladen. Niemand fehlte, weder Konsul Karling noch Direktor Johansson.

Ich stolperte zur Treppe in den oberen Stock, zum Bett und dem relativen Frieden, doch das Telefon klingelte und dummerweise hob ich den Hörer ab. Der Staatsminister war dran.

Er teilte mir mit, er werde noch etwas aufgehalten und bat mich, ihn beim Aperitif als Gastgeber zu vertreten.

Ich sagte, mir sei schwindelig, doch der Staatsminister entgegnete, ich solle Augen und Ohren offenhalten, mir alles Verdächtige einprägen und ihm später berichten. Ich erwiderte, daß mir das nie im Leben einfallen würde, aber der Staatsminister meinte, ich müsse mitmachen, sonst würde er bestimmt etwas Unpassendes anstellen, zum Beispiel der Frauen-Abordnung von dem Kanapee und seiner Rolle in der schwedischen Staatsverwaltung erzählen.

Ich legte den Hörer auf und dachte, jeder Idiot konnte die Einladungen auf den Weg geschickt haben, doch daß in der gegenwärtigen Situation niemand dumm genug sein würde, ihr nachzukommen.

Der erste Gast war die Tenniswitwe, Frau Svanberg.

Ihr Mann, der Staatssekretär, war laut den Artikeln, die ich in den Blättern gelesen hatte, soeben beerdigt, aber der Teil des Ehepaares, der über der Erde verweilen durfte, schien noch nicht der Schwermut anheimgefallen zu sein, die konventionellen Beurteilern zufolge Witwen so schön erleiden. Sie trug eine Art Hosenanzug oder ein Ensemble oder wie man das Gewand auch immer nennen konnte, mit weiten, flatternden Beinen und auffallendem Muster. Das Haar wallte in blonden Locken, und sie lächelte mir in der Halle blaß, aber etwas befremdet zu.

Im Wohnzimmer nahm sie ohne Hilfe und ohne überflüssige Konversation das in Empfang, was sie einen Cocktail nannte – ein Glas Gin und einen Tropfen Wermut, streichelte den Hund und bat, den Schrank sehen zu dürfen.

Den Wunsch kann man kaum verwehren, wenn von dieser Seite vorgetragen, und ich fummelte selbst den Riegel beiseite, und sie starrte hinab in die Tiefe und sagte: »Armer Svante!« und verfiel in einen Zustand, der wie das Einlegen einer Schweigeminute wirken sollte. Nervöses Husten aus dem Innern der Villa erinnerte mich indessen an meine Pflichten gegen die Lebenden, und ich zog mich diskret von der Ehrenwache zurück und fand Justizchef Rydlander im Wohnzimmer vor, der dabei war, sich zu bedienen. Er mußte mich spät gehört haben, denn bei meinem Willkommensgruß ließ er das Glas zu Boden fallen und drehte sich wie ein Ladendieb um, den man auf frischer Tat ertappt hatte. Wir sammelten die Scherben auf, und der Justizchef rieb hilflos mit seinem Taschentuch auf dem Teppich herum, bis eine Hausangestellte mit Schaufel und lösenden Chemikalien herbeieilte.

Mit seinem Husten und seinem Schuppenabbürsten hatte er schon zu Beginn unserer Bekanntschaft den Eindruck eines nervösen Menschen gemacht. Jetzt wirkte er auf widerliche

Art in Auflösung und vollständigem Zerfall begriffen. Er stammelte, sprach abgehackt und schweifte mit den Blicken zwischen mir und der Tür zum Arbeitszimmer hin und her. Es stellte sich heraus, daß er direkt von einer Konferenz gekommen war und binnen kurzem wieder zur nächsten aufbrechen mußte. Er schien bestürzt, als ich ihm mitteilte, der Staatsminister sei nicht zu Hause.

»Aber ich habe gedacht ...«, hustete er. »Ich muß ... Es geht um ... da ist etwas, worüber ich mit ihm sprechen muß. Er ist in den vergangenen Tagen im Ministerium wie unsichtbar gewesen ...« Er schaute mich an, als erwäge er, ob er sich mir anvertrauen solle, konnte sich aber offensichtlich nicht zu einem Entschluß durchringen, denn er wanderte zur Terrassentür hinüber.

Dann drehte er sich um, und ich sah, daß er reden würde ...

Die Türklingel hatte geschellt, und ich betrat gerade den Flur, als Direktor Johansson seinen Hut auf die Ablage warf. Er erkannte mich ganz entschieden, sah darob jedoch nicht besonders stimuliert aus, und ich war mir einen Augenblick nicht ganz darüber im klaren, ob ich mich für den letzten Besuch bedanken sollte oder nicht. Der Direktor löste das Problem, indem er vorschaukelte, mir auf den Arm klopfte und murmelte: »Letztes Mal ist es ja etwas unruhig gewesen!« Woraufhin ich eine vage und dankbare Zustimmung von mir gab. Er trug einen sommerlich grauen Anzug, der seine guten wirtschaftlichen Verhältnisse betonte, aber auch seine Leibesfülle – der einzige Knopf in aktivem Dienst ächzte unter dem Druck. Auf der Schwelle zum Wohnzimmer erblickte er die Tenniswitwe, die von ihrer Erinnerungsandacht aus dem Arbeitszimmer zurückkehrte.

»Was zum Teufel machen *Sie* denn hier?« rief er, in den alten Tonfall des Bücherwerfers zurückgefallen. (Es stellte sich im Laufe der Zeit heraus, daß jeder Gast in dem Glauben kam, er oder sie sei besonders auserwählt und berufen, mit dem Staatsminister unter vier Augen das Mittagessen einzunehmen. Wie dieser sich auf den Einladungen ausgedrückt hatte, entzieht sich meiner Kenntnis, ich habe aber meine Vermutungen. Seiner Einfältigkeit zum Trotz ist er nicht dumm und mußte eingesehen haben, daß eine beigefügte Gästeliste den Zustrom geschmälert hätte.)

»Ich bin zum Mittagessen eingeladen«, antwortete die überraschte Witwe mit einem Gesichtsausdruck, als retourniere sie eine harte Rückhand und freue sich auf weitere Schläge dieses Kalibers.

Getrampel war aus dem Flur zu hören, und während ich dorthin watschelte, sandte ich ein Stoßgebet gen Himmel und betete zu Gott, es möge der Staatsminister sein – wie seltsam auch dieses Gebet sein mochte! –, aber es war Konsul Karling. Ich traf ihn in der unternehmerüblichen Mischung aus kühlen Blicken und einer gut entwickelten, arbeitenden Kiefermuskulatur an, und er sagte mit einer so unpersönlichen Stimme, als sei sie durch eine tausend Meilen lange Leitung irgendwo unter dem Meeresboden geschickt worden: »Guten Tag. Sind Sie immer noch da?«

Zum Glück vermied er Andeutungen auf unseren gemeinsamen Fundus an Erinnerungen an den Abend bei Direktor Johansson, wo die Bücher durch die Luft flogen. (Das Schlimmste am Zusammenleben mit dem Staatsminister ist, daß man ständig Gefahr läuft, einer der Personen wiederzubegegnen, der man in seiner Gesellschaft bereits über den Weg gelaufen ist. Immer ereignete sich dabei eine größere oder kleinere Katastrophe. Die Zeit heilt alle Wunden, so heißt es, aber ein Schimmer vom Staatsminister – oder mir – scheint sie allzu häufig wieder aufzureißen. Nur sehr hartgesottenen Naturen – offensichtlich konnten der Konsul wie die Witwe dazugezählt werden – gelingt es, uns und alles Peinliche aus der Vergangenheit, das wir repräsentieren, zu verdrängen.)

»Der Staatsminister hat mich zum Mittagessen eingeladen. Ihnen ist doch hoffentlich klar, daß es um wichtige und vertrauliche Angelegenheiten geht, oder?«

Es klang, als sei es die natürlichste Sache der Welt, daß ich mich in ein anderes Haus verzog.

»Was sind das da für Leute?«

Er hatte das Menschengewimmel im Wohnzimmer entdeckt. Ich brachte es nicht übers Herz, ihn darüber aufzuklären, daß es sich um kein intimes Mittagessen auf hoher Ebene handelte, sondern um eine allgemeine Konfrontationsmahlzeit mit den Mordverdächtigen der Gegend, deshalb bat ich ihn, näherzutreten, und zog mich zurück, um zu verschnaufen.

Als ich ins Wohnzimmer zurückkehrte, hatten sich auch Frau Rydlander, Ministerialrat Dååbh und Frau Johansson der Gesellschaft angeschlossen. Alle geladenen Gäste waren versammelt.

Es wäre nicht richtig zu behaupten, die Stimmung sei herzlich gewesen. Die Gäste drückten sich in den Ecken herum und starrten einander haßerfüllt oder im günstigsten Fall verlegen an. Ein fröhlicher Gastgeber hätte die Aufgabe gehabt, dem abzuhelfen, der Staatsminister aber war nicht zur Stelle.

Der einzige Mensch, der entspannt wirkte, war die Witwe. Sie glitt in die Ecken und ließ Eröffnungsrepliken fallen, doch da den Gästen an den Wänden ein fröhlich lächelndes Gesicht entgegentrat, wo sie Trauerschleier und zurückhaltendes Karomuster erwarteten, wo die Wohlanständigkeit schwarzes Kammgarn verlangte, wurde die übliche Verlegenheit angesichts eines trauernden Menschen angereichert durch den Verdruß über mangelnde Schicklichkeit – und sie alle befiel starke Zungenlähmung.

Mir war klar, daß ich kraft meiner Persönlichkeit die Versammelten nicht viele Minuten würde hinhalten können, und ich freute mich von Herzen. Jederzeit konnte der erste demonstrative Abmarsch stattfinden.

Die gesättigte Stille – auch die Witwe hatte in dieser Situation aufgegeben – wurde von Frau Rydlander gebrochen, die mit einem Seitenblick auf Frau Johansson erklärte, sie brauche frische Luft. Sie öffnete die verglaste Tür zum Garten, hakte sich bei ihrem Mann ein und trippelte sittsam hinaus auf die Terrasse und den Rasen.

Das war das Signal für eine nahezu vollständige Auswanderung.

Ich stand am Fenster und beobachtete, wie sie einer nach dem anderen zwischen den Büschen und Blättern verschwanden und dachte bei mir, wie schön es wäre, wenn wenigstens einige gescheit genug wären, die Gelegenheit zu nutzen, um über den Zaun oder durch die Pforte zu flüchten. Doch ich befürchtete, der Park mit seinen enormen Ausmaßen und schützenden Lauben würde als Sicherheitspuffer für erhitzte Gemüter dienen, zugleich den Appetit anregen und den Unwillen mehren, sich vom gedeckten Tisch zu entfernen.

Im Wohnzimmer blieb nur Ministerialrat Dååbh zurück – noch eine Begegnung, die peinlich werden konnte. Ich wußte nicht, wieviel er von mir und dem Staatsminister im Demonstrationszug gesehen hatte – oder kurz davor vom Staatsminister auf der Fensterbank –, doch ich hoffte, Wut gepaart mit Abenddämmerung hatten ihn halbblind werden lassen.

»Wo zum Teufel steckt der Staatsminister?« murrte er mit der üblichen Stimme und Wortwahl. »Es ist doch schon zwanzig nach! Ich habe keine Zeit, den ganzen Tag hier zu vertrödeln. Was gibt es zu essen? Ich warte höchstens fünf Minuten. Aha, Lachs. Dann eben höchstens zehn Minuten.«

Nach dieser offenen Drohung trat er hinaus auf den Rasen und wurde von dem üppigen, überreifen Grün verschluckt.

Mit einem Seufzer der Erleichterung folgte ich ihm, pfiff auf den Mantel und war erfrischend abenteuerlicher Laune.

Ich habe keine klare und detaillierte Erinnerung an die folgende halbe Stunde. Ich entsinne mich, wie ich unter den

Bäumen wandelte – meist in deren Schatten – und wie ich mit jenen, die mir begegneten, Worte wechselte. Vom Garten zum Haus und zurück zum Garten herrschte eindeutig reger Verkehr der Gäste, die sich mit Getränken und Knabberzeug versorgen oder kontrollieren wollten, ob das Mittagessen schon ohne sie angefangen hatte, oder ein Kleidungsstück ablegen, womöglich noch Nachschlag nehmen oder den Sitz von Haar und Schminke bei der Wärme überprüfen oder jemandem folgen wollten, den sie den gleichen Weg hatten nehmen sehen ... Das Haus war groß und besaß einen weitläufigen Park, und der umschloß uns, kühlte uns mit seinem Schatten, betäubte uns mit seinen Düften, barg uns in seinem Grün ...

Es war kurz vor ein Uhr, als der Staatsminister auf der Terrasse stand, in die Hände klatschte, brüllte und schrie, nun sei es an der Zeit zu essen!

Und wir kamen gehorsam – und hungrig – aus den Büschen hervor, und der Gastgeber hieß alle willkommen, und niemand beschwerte sich über die zeitliche Verzögerung oder protestierte gegen unerwartete und aufgezwungene Gesellschaft. (Man hätte glauben können, ein sozialdemokratischer Staatsminister gelte nicht viel in großbürgerlichen Kreisen, doch ich habe festgestellt, auch rauhbeinige Moderate werden zart wie Kinderpopos in seiner und seinesgleichen Gesellschaft; mit lauter Stimme vorgetragene Kritik und lebenslange Indignation werden hinuntergeschluckt, gegebene Versprechen über angedrohte Prügel werden vergessen, und bei Konferenzen heißt es dann aus aller Munde: »Danke, Herr Staatsminister!« und »Selbstverständlich, Herr Staatsminister!« Die gesellschaftliche Stellung blendet – auch wenn sie vom Mantel der Sozialdemokratie zugedeckt wird.)

Wir spazierten weiter ins Eßzimmer, und dem Staatsminister gelang durch Verwirrung stiftende Rufe und Anweisungen das Kunststück, daß wir der aufgestellten Tischkarten zum Trotz unserer Plätze unsicher wurden. Als die Nebelschleier sich hoben und die Rufe verstummt waren, saßen wir jedenfalls, doch da wurde das Fehlen des Justizchefs festgestellt. Seine Ehefrau schien mehr verärgert als besorgt, und der Staatsminister lief hinaus und schrie auf der Terrasse, jedoch aus dem Grün tauchte kein Justizchef auf. Ich bezeugte die ihn erwartende Konferenz, und die Erklärung wurde rasch durch einen gemeinsam geteilten Appetit akzeptiert, der keinen weiteren Aufschub duldete.

Ich kann nicht behaupten, das Mittagessen sei angenehmer als die Versammlung im Wohnzimmer gewesen. Die Tischordnung war auch selten tolpatschig, dem Staatsminister war es mit untrüglichem und makaberem Instinkt gelungen, just die Paare zueinander zu gesellen, die sich nicht hätten bilden dürfen.

Rechts von mir saßen Direktor Johansson und die Witwe. Beide waren sich, soweit mir bekannt, zuletzt am Mordabend im Hause des Direktors begegnet, wo dieser ihren entkleideten Gatten durch das Haus gejagt und in die Toilette gehetzt hatte, woher er dann – in guter Hörweite – ausgerechnet dessen Ehefrau, Frau Johansson, einen Heiratsantrag gemacht hatte. Man sagt, ein gemeinsamer Fundus an Erinnerungen hält das Gespräch in Gang, doch hier schien es sich nicht zu bewahrheiten.

Direkt gegenüber saß Frau Johansson mit dem anderen Liebhaber, Konsul Karling. Die Zusammensetzung war an sich gar nicht so unüberlegt, doch da Direktor Johansson aus wenigen Metern Entfernung beharrlich und erbittert das Paar fixierte, ergab sich wenig Gelegenheit zu schelmischer Konversation und munterem Geturtel. Die beiden saßen wirklich still da, still wie ein Paar nach sechzigjähriger Ehe an einem Restauranttisch: Alles ist gesagt und steht jenseits des Familiengrabes.

Zu meiner Linken hatte ich Ministerialrat Dååbh, der trotz seiner Drohung, wieder zu gehen, bei uns geblieben war. Neben dem massigen, Fisch kauenden, von Natur aus stillen Mann war Frau Rydlander, einer kleinen Banane hinter einem Gorillamännchen gleich, zu erahnen.

Der Staatsminister schnatterte bedeutend weniger als gewöhnlich, was schade war, da gerade an diesem Tag Geschnatter vonnöten gewesen wäre. Offensichtlich saß er mit gespitzten Ohren da und hoffte, die Gäste würden einander zufällig in die Haare geraten und verdächtige oder hoffentlich gar entblößende Äußerungen von sich geben. Doch das Ergebnis versprach mager auszufallen: vereinzeltes, gedämpftes Gemurmel über das Wetter, den Garten und andere verdauungsfördernde Belanglosigkeiten waren alles, was zu hören war.

Doch allmählich kam Bewegung in das Ganze, ich weiß aber nicht genau, wie. Ich lauschte gerade einem Bericht von Direktor Johansson über die Versuche der Firma, ein neuartiges, leise rauschendes Klobecken zu entwickeln, als die Witwe, die sich offensichtlich in ihren eigenen Erzählfaden eingesponnen hatte, sich über den Tisch hinweg veranlaßt sah, mit glockenreiner Stimme einem Lachs essenden Auditorium zu offenbaren: »Ich für meinen Teil habe mich immer bemüht, eine richtige Beziehung zu den Geliebten meines Mannes aufzubauen. Und ich kann nicht einsehen, warum Frau Johansson da eine Ausnahme sein sollte.«

Nach diesen Worten wurde die Unterhaltung nicht mehr ganz so gedämpft fortgesetzt.

Direktor Johansson unterbrach seine Erzählung von dem Rauschen, seine Haut wurde vom pompejanischen Rot in eine Farbe jenseits aller Farbskalen verwandelt, und er schrie, er sei nicht gesonnen, zuzulassen, daß seine Ehefrau verunglimpft werde. Konsul Karling erwiderte von seiner Seite des Tisches, *er* gedenke nicht zuzulassen, daß jemand Frau Johansson verunglimpfe – er wolle sie nämlich heiraten.

Direktor Johansson, der ein unglückliches Händchen dafür zu besitzen schien, Heiratsanträge an seine Frau zu provozieren, schnappte nach Luft, während Frau Rydlander mitteilte, sie habe Konsul Karling und Frau Johansson vor dem Mittagessen im Park beobachtet, und es sei eine Schande, daß sich eine Frau, eine verheiratete Frau noch dazu mit einem Amt in einem Staatsministerium, so benehmen konnte. Konsul Karling wendete sich von neuem an die Witwe, allen Übels Wurzel und Ursprung, und meinte, eine Frau, die mit einem Tennisschläger Besucher mißhandelte, sei bestimmt genausogut imstande, ihren Ehemann kaltblütig zu erwürgen und in einem Schrank zu verstecken. Und Frau Johansson schüttelte vor Wut ihre an diesem Tag schwarze Mähne, blitzte aus ebenso schwarzen Augen und fragte, mit welchem Recht sie, Frau Rydlander, Beschuldigungen über Morallosigkeit ausspreche, sie, die sie die Polizei in einem Mordfall belogen habe. Da Frau Rydlander eine Erklärung verlangte, erfuhren wir, daß sie im Widerspruch zu ihren Worten im Verhör ihr Auto am Mordabend vor dem Haus geparkt hatte; sie, Frau Johansson, habe es nämlich gesehen, wie es um elf Uhr vor der Villa des Staatsministers gestanden hatte! Frau Rydlander stammelte, es sei nicht wahr, nicht wahr, ihr Mann habe das Auto den ganzen Abend gehabt, und so erfuhren wir es. Ich schaute zum Staatsminister, und seine Augen leuchteten wie die einer Hyäne in einer aasreichen Nacht in der Savanne. Frau Rydlander legte mit einer Betrachtung darüber los, was für eine Schande es gewesen wäre, wenn der Staatssekretär am Leben geblieben und Regierungspräsident geworden wäre – ein alt geliebtes und gut einstudiertes Thema –, stieß jedoch auf eine unerwartete gemeinsame Frontbildung durch die Witwe und Frau Johansson, die einstimmig erklärten, es sei ein wahres Glück für die Provinz, daß sie von Justizchef Rydlander verschont geblieben sei – von einem Mann, der wie eine Vogelscheuche aussehe. Und Frau Rydlander schniefte, ihr Mann habe eine hohe Moral und könne es nicht ändern, daß er unpraktisch war und schlecht sah, er aber stillschweigend fast jede Arbeit im Ministerium ausführte, und das schon seit langer Zeit – ein Seitenblick auf den Staatsminister und die Witwe –, daß er immer bei einem Gespräch mit einer Dame den Hut abnahm, sogar an windigen Wintertagen, daß er Freizeitkleidung in seinem Schrank hatte, die unseriöse Geschäftsmänner – ein Seitenblick auf Direktor Johansson und auf Konsul Karling – ihm aufgeschwatzt haben mußten, aber daß er zu weichherzig sei, alles ins Geschäft zurückzubringen ... An dieser Stelle schob Ministerialrat Dååbh auf das Stichwort unseriöse Geschäftsmänner rasch ein, daß es für das Justizministerium untragbar sei, daß ein Mensch noch in unserer Zeit als Staatsminister fungieren konnte, der aus arbeitsfreiem Einkommen sechzig Millionen Kronen bezog, wie er aus gut unterrichteten Kreisen erfahren habe ...

Hier mußte der Staatsminister plötzlich der Meinung gewesen sein, das Gespräch drohe aus dem Ruder zu laufen und ungebührend private Verhältnisse offenzulegen, da er mit hoher Stimme und Farbe im Gesicht verkündete, der Kaffee werde im Wohnzimmer serviert, und damit die Tafel aufhob.

Es stellte sich unterdessen heraus, daß es niemandem nach Kaffee verlangte, und nach eiliger Danksagung leerte sich das Haus rasch.

Es war nun auch höchste Zeit für unsere Moral-Abordnung geworden – die Frauen drängten sich schon auf der staatsministerialen Treppe.

»Du brauchst keine Angst zu haben«, sagte der Staatsminister mit der Nase in der Namensliste, »es sind diesmal liebe und schüchterne Frauen. Aber ach, so viele! Vierzig Stück! Fünf sind wohl aus Idealismus hergekommen, der Rest, um sich den Schrank anzusehen. Weißt du eigentlich, daß fast alle, die in der letzten Woche um eine Unterredung nachgesucht haben, mich ausdrücklich hier draußen in Spånga haben treffen wollen? Ich antwortete ihnen, ich hätte keine Stühle, aber sie stehen angeblich gern. Dieser Schrank übt eine enorme Anziehungskraft aufs Publikum aus; der Parteisekretär will, daß er nächstes Mal bei den Wahlkampfveranstaltungen dabei ist. So, jetzt aber los! Mach die Tür auf und laß die Frauen frei!«

Die Damen, die tatsächlich in der überwiegenden Mehrheit Untergebene zu sein schienen, zogen schnell ins Haus ein, und die Lehrerin, deren reisigartiges Haar herabhing und baumelte wie bei einem Menschen, der alles aufgegeben hatte – außer möglicherweise der Moral –, überreichte einige Unterlagen.

»Ein bißchen druckfrisches pornographisches Material, hoffe ich?« sagte der Staatsminister schelmisch, und sein Lachen hallte einsam und schrecklich zwischen den Frauen wider.

»Kann ich jetzt anfangen?« fragte die Frau mit den aufgegebenen Haaren, und der Staatsminister nickte frommen Beifall.

Sie hob an. Und fuhr fort. Bald verlor sie den Faden. Jedenfalls kam es mir so vor. Ich saß in der Sonne am Fenster, und die Schläfrigkeit überkam mich in Schüben. Um den Schlaf fernzuhalten, umklammerte ich den enormen, aus edlem Holz gefertigten Hammer eines Vorsitzenden, der auf dem Schreibtisch lag. »Danke für Geschick und Kraft« stand auf einem silbernen Schild am Schaft zu lesen, und ich wunderte mich, wie der Staatsminister zu diesem Ding gekommen sein mochte, ehrlicher Verdienst schien bei dieser Widmung ausgeschlossen. Ich stellte mir vor, er hätte ihn in einem Geheimfach eines Vorgängers gefunden und ihn sich hingelegt, um den behördlichen Charakter des Zimmers zu unterstreichen …

Ich bekam die Augen auf und schielte vorsichtig um mich. War ich eingeschlafen? Jedenfalls schien niemandem etwas aufgefallen zu sein. Der Staatsminister saß mit einem dämlichen Grinsen auf seinem Stuhl, vermutlich in der Absicht, wohlwollendes Interesse für die Sache und christliche Gesinnung im allgemeinen zu bekunden. Doch die Frau in dem halshoch geschlossenen Kleid dort an der Tür, die so starrte, hatte sie ...? Ihr Blick jedoch wanderte an mir vorbei zur Wand, zum Schrank ...

Und aus dem Schrank kam es. Kein Rinnsal, nur das dichte Tropfen einer roten, klebrigen Flüssigkeit, da unten am Spalt zwischen Tür und Sockel. Auf dem Boden eine Pfütze, nein, ein See, ein Meer ...

Ich taumelte hoch und ergriff den Hammer, um ihn auf den Tisch zu schlagen, warum, weiß ich nicht, aber es war zu spät. Die Frau schrie schon und hatte den Arm wie einen Speer zum Schrank ausgestreckt, und ich werde nie den Ausdruck des Schreckens, vermischt mit Vorwurf in ihren Augen, vergessen ...

Lange bevor sich der Staatsminister vorgedrängt, die Schranktür geöffnet und ihn mit zerschmettertem Hinterkopf darin gefunden hatte, wußte ich, daß Justizchef Rydlander nicht rechtzeitig bei seiner Konferenz angekommen war, daß er überhaupt nicht angekommen war ...

26

Spät, als die Frauen wie aufgescheuchte Hühner hinausgeflattert waren und die Polizei vor Ort war, brach der große Tumult los.

Männer mit Seilen und Hunden sperrten den Garten ab, und ein aufgeregter Ministerpräsident verbot dem Staatsminister per Telefon, in der Öffentlichkeit wie auch immer geartete Kommentare abzugeben.

»Er war jedenfalls nicht erwürgt!« konnte er dennoch durch ein Fenster der versammelten Pressewelt zurufen, ehe er von hinzueilenden Parteifunktionären weggeführt wurde.

Trotz Zeitmangels gelang es den Abendzeitungen, in den Spätausgaben auf acht bis zehn Seiten den Staatsminister und Hirnsubstanz zu bringen. Die Schlagzeilenplakate ergänzten einander an diesem Tag außerdem derart vorteilhaft, daß selbst Redakteure, die in Blut, Schweiß und Tränen anderer gealtert waren, dazu verleitet wurden, an die Existenz einer ordnenden Hand an höherer Stelle zu glauben.

JUSTIZMINISTERIUM
AUSGELÖSCHT
Nur
Der STAATSMINISTER
übrig!

schrie der Expreß.

JUSTIZMINISTERIUM
AUSGELÖSCHT
Nur
Der MÖRDER
übrig?

brüllte das Abendblatt und machte aus dem Fragezeichen einerseits das Feigenblatt, das die Schamlosigkeit bedecken sollte, und andererseits das fragwürdige Alibi, durch das der Chefredakteur auch nach der nächsten Gewerkschaftssitzung noch seinen Posten behielt.

Der Tag wurde auch noch in anderer Hinsicht denkwürdig. Fünf Beamte, die kurz vor der Beförderung auf höhere Posten im Justizministerium standen, beantragten die sofortige Versetzung in einen staatseigenen Betrieb (in Burträsk). Dergleichen war noch nie vorgekommen, erklärte ein Veteran, nicht solange der Mensch ein Mensch gewesen sei und die Sozialdemokratie an der Macht im Lande Schweden.

Am selben Nachmittag berief der Staatspräsident seine Regierung inklusive des Parteisekretärs zu einer eiligen außerordentlichen Sitzung ein. (Auch der Staatsminister kam, fand jedoch die Tür verschlossen.)

Der Finanzminister, der ein Faible für rohe und brutale Methoden besaß, erklärte einleitend, daß die Tätigkeit des Staatsministers zwar politisch-taktisch diskutabel, er dennoch Ehrgeiz und Willensstärke bewies, ein schwerwiegendes Problem bei der Wurzel zu packen. »Weder bei Svanberg noch bei Rydlander war die Besetzung der Posten so durch und durch gelungen.«

Der Innenminister meldete sich hier zu Wort und meinte, das Land könne keinen Justizminister, keinen Hüter des obersten Rechts, gebrauchen, der systematisch seine Mitarbeiter ums Leben bringe und sie in Schränken verstecke. Vielfache Zustimmung war zu hören.

Der Staatspräsident jedoch, der schließlich über höhere Werte waltete, betonte, daß diese Betrachtungsweise zu kurz griffe. »In der gegenwärtigen politischen Lage können wir nicht aufstehen und zugeben, daß wir in der Regierung einen Doppelmörder haben. Das würde zu einer tragischen Spaltung des Landes führen und ... und ... es WÜRDE IM AUSLAND DEN GLAUBEN AN UNSERE NEUTRALITÄTSPOLITIK ERSCHÜTTERN!«

»Wir würden die nächste Wahl verlieren«, sagte der Finanzminister. »Die Bürgerlichen würden an die Macht kommen.«

»Das können wir vor unseren Nachkommen nicht verantworten«, erklärte der Staatspräsident feierlich. »Nehmt zum Beispiel Ferm, meinen Sekretär. Sollte er nicht auch die Chance bekommen, Karriere zu machen? Es gibt nur eine Lösung: Wir müssen den Parteikongreß einberufen und uns dabei auf eine einstimmige, bindende Erklärung einigen, daß der Staatsminister *kein* Mörder ist.«

»Aber die Gleichheit vor dem Gesetz ...«, murmelte ein schüchterner, kleiner Berater.

»Die Gleichheit vor dem Gesetz wird nicht verletzt«, erwiderte der Staatspräsident, »wenn wir in einer vorübergehenden Notlage zugunsten des Landes einen Staatsminister über das Gesetz erheben. Genau wie den König. Wir dürfen nie vergessen, daß wir Staatsminister auch Symbole darstellen, Symbole für den Willen, eine aktive Reformpolitik durchzuführen, für den Willen, eine unerschütterliche Neutralitätspolitik ...«

»Jajaja«, sagte die Regierung.

»Das Prinzip der Gleichheit aller vor dem Gesetz wird also nicht mißachtet«, fuhr der Staatspräsident fort. »Jedenfalls nicht mehr als andere Prinzipien. Denkt doch mal nach! Sind wir nicht bei der letzten Wahl mit dem Versprechen angetreten, die Steuern bei allen Lohnempfängern um zwei Drittel zu senken? Und haben nicht zwei Drittel höhere Steuern bekommen? Im Grundgesetz steht – ich habe selbst nachgeschlagen –, daß wir ›keine Person von einem Ort zum anderen verbannen‹ dürfen. Aber schicken wir denn keine Staatsbeamte wie Massendrucksachen in die abgelegensten Orte? Wir haben seit langem das Streikrecht in diesem Land. Aber hat uns das davon abgehalten, im vergangenen Frühjahr ein Gesetz gegen gewisse unwillkommene Streiks zu erlassen? Sind wir uns nicht einig, Streikbrecher zu verurteilen? Aber haben wir die Züge nicht genauso in den Dreck gefahren? Und genauso werden wir es mit dem Staatsminister machen – wir machen weiter wie bisher!«

(Der Parteisekretär summte leise vor sich hin: »Wir machen weiter wie bisher ...« und notierte: »›Wir machen weiter wie bisher.‹ Kann mit schmissiger Melodie als Wahlkampflied verwendet werden.«)

Der Kreis saß stumm um seinen Anführer.

»Aber wenn dann jemand im Reichstag ein Mißtrauensvotum gegen den Staatsminister stellt?« gab der Verteidigungsminister zu bedenken.

»Reichstag? Ist der nicht abgerissen?« fragte der Außenminister.

»Nein, er ist nur umgezogen«, antwortete der Staatspräsident.

»War das nicht der, den wir in die Kleinstadt Sveg nach Norrland geschickt haben?« murmelte der Finanzminister.

»Aber was machen wir, wenn ein Mißtrauensvotum gestellt wird?« wurden jetzt mehrere Stimmen laut. »Wir haben doch keine eigene Majorität mehr. Wenn nun die Kommunisten dagegen stimmen!«

»Verdammt noch mal!« schrie der Staatspräsident. »Heutzutage kann man sich nicht mal mehr auf die Kommunisten verlassen! Aber Gott sei Dank haben wir ja noch die Zentrumspartei!«

27

Es wurde spät an diesem Abend, und wir saßen im Arbeitszimmer des Staatsministers. Aus dem Zimmer dahinter war das Schreibmaschinengeklapper von Anita Johansson zu hören.

Der Justizchef war, stand im vorläufigen Polizeibericht zu lesen, gegen halb ein Uhr gestorben, also zwischen unserem Warten auf den Staatsminister und dem Mittagessen. Der Tod hatte ihn rasch und gewaltsam ereilt: Jemand hatte ihm mit einem einzigen Schlag den Hinterkopf zertrümmert. Wahrscheinlich war der schwere Vorsitzendenhammer, den ich auf dem Schreibtisch gesehen hatte, zum Einsatz gekommen.

Verhöre mit den Gästen hatten nicht viel Aufschluß erbracht, doch es schien auf der Hand zu liegen, daß jeder von uns zumindest für kurze Zeit während des Wartens allein gewesen war. Die Tür zwischen Wohnzimmer und Bürotrakt, die bei Frau Svanbergs Auftritt angelehnt gelassen wurde, war später von einem Unbekannten geschlossen worden. Es gab allerdings Grund zu der Annahme, daß der Mörder sie hinter sich und sein zukünftiges Opfer geschlossen hatte, da die Polizei herausgefunden hatte, daß Justizchef Rydlander im Arbeitszimmer, genauer im Schrank, den Tod gefunden hatte. Als er von dem einzigen todbringenden Schlag getroffen wurde, hatte er im Schrank gesessen, in genau der gleichen Stellung wie Staatssekretär Svanberg vor ihm. Das Blut und die Gehirnmasse an den Wänden des Schrankes ließen keinen anderen Schluß zu. Er war jedoch nicht an den Fundort getragen oder geschleift worden: *Er war selbst in den Schrank gestiegen und hatte sich selbst dort drinnen hingehockt.* Die Stellung des Leichnams, die Fingerabdrücke auf Innenseiten und Boden des Möbelstückes schlossen der Polizei zufolge jeden anderen Tathergang aus.

Die ersten Minuten, nachdem die Versammlung im Wohnzimmer aufgehoben wurde und die Gäste in den Garten geströmt waren, war der Justizchef mit seiner Frau zusammen gewesen. Doch dann hatte er gesagt, er wolle sich etwas zu trinken holen, hatte sich von ihr entfernt und war über den Rasen und die Terrasse zurück ins Wohnzimmer gegangen. Kein Mensch hatte beobachtet, daß er das Haus wieder verlassen hatte. Doch jemand mußte im Innern auf ihn gewartet haben oder ihm ins Wohnzimmer und Arbeitszimmer gefolgt sein, und dort hatte dieser Unbekannte, dieser bisher noch Unbekannte, ihn brutal und kaltblütig getötet.

Ich hatte der Polizei von meinem letzten Gespräch mit dem Justizchef berichten müssen, als wir im Wohnzimmer bei einem Aperitif zusammengestanden hatten. Ich hatte von seinem Wunsch nach einem Gespräch mit dem Staatsminister zu sprechen und von seiner Enttäuschung erzählt, als ich ihm gesagt hatte, daß er noch nicht im Hause sei. Und nicht nur von den Worten, die wir ausgetauscht hatten, hatte ich erzählt, sondern auch von den Dingen, die zwar unausgesprochen geblieben, aber so offensichtlich waren: Von seinem Bedürfnis und Willen, mit *jemandem* zu sprechen. Die zaghaften Versuche jedoch, eine Gesprächsbrücke zu mir zu schlagen, waren schließlich unterbrochen worden, als Direktor Johansson eingetroffen war. Auch seine Frau hatte diese Unruhe bezeugt, doch die Ursache war ihr unbekannt, oder sie behauptete zumindest, er habe sich ihr nicht anvertraut. Seine Nervosität war auch nicht überraschend aufgekommen; jetzt wurde sie von seinem Umfeld als ein sich seit dem

Mord an Staatssekretär Svanberg steigernder Zustand beschrieben.

Und um diese entscheidende, um diese Nervosität kreisten die Gedanken des Staatsministers.

»Warum war er so nervös?« murmelte er. »Worüber hat er mit mir reden wollen? Ging es um den Mord? Kann er am Abend von Svanbergs Ermordung etwas gesehen oder gehört haben? Er war schließlich nur ein paar Häuserblocks von hier entfernt zum Abendessen und ist um halb elf Uhr aufgebrochen. Durch die Worte seiner Frau heute beim Mittagessen wissen wir, daß er den Wagen genommen hat, und die nächste Straße zur Hauptstadt verläuft gleich hier in der Nähe. Ist er dem Mörder über den Weg gelaufen? Aber warum hat er eine ganze Woche verstreichen lassen, ohne ein Wort zu sagen? Oder hat er etwas gesehen, dessen Bedeutung ihm erst heute aufgegangen ist? Aber warum ist er dann die ganze Woche so nervös gewesen, und warum ist er nicht zum Leiter der Ermittlungen gegangen und hat alles erzählt, als ihm klar geworden war, was er gesehen hatte? Nach seinem letzten Auftreten zu urteilen könnte man fast glauben, er habe Svanberg getötet und habe sich heute endlich nach sieben Tagen des Zögerns und der Seelenqual dazu durchgerungen, ein Geständnis abzulegen, und daß er es aber bei einer Person tun wollte, die er kannte und zu der er Vertrauen hatte. Doch da stirbt er selbst durch Mörderhand …«

Ich rutschte unruhig in meinem Sessel am Kaminfeuer hin und her.

»Und Selbstmord ist ausgeschlossen?«

»Vollkommen ausgeschlossen. Kein Mensch kann sich eine solche Verletzung selbst beibringen. Und der Hammer lag schließlich auf dem Schreibtisch, abgewischt. Ich habe ihn übrigens gestern in der Staatskanzlei gefunden und mitgenommen, vor allem mit dem Gedanken an die Besucher, er sieht so offiziell aus. Es waren nur deine Fingerabdrücke drauf.«

Das war mir bekannt. Die Polizei hatte diesen Punkt während meines Verhörs angesprochen, und man hatte betont, daß meine Fingerabdrücke auch auf dem Schrank waren. Selbstverständlich hatte ich erzählt, daß ich vor dem Mittagessen auf Wunsch von Frau Svanberg den Schrank geöffnet und den Hammer während des Besuchs der Moral-Abordnung in die Hand genommen hatte, und man hatte mich angehört und notiert, was ich auszusagen hatte, und ich hoffte, man habe mir auch Glauben geschenkt.

»Können wir es mit zwei Mördern zu tun haben?«

Der Staatsminister starrte mich an.

»Zwei Mörder ...? Eher gibt es in dieser Geschichte zwei oder mehr Personen, die uns Lügen auftischen und die etwas zu verbergen haben, das die Polizei herausfinden sollte. Doch die Vorstellung halte ich für abwegig, daß es in einem so kleinen Kreis zwei Menschen geben soll, die Morde begehen und noch dazu auf fast die gleiche Weise. Beide Morde lassen auf ein absolut rücksichtsloses, brutales Individuum schließen. In beiden Fällen stand der Mörder in selten widerlicher Form in direktem Körperkontakt mit seinem Opfer: Svanberg wurde erwürgt, und Rydlander wurde erschlagen wie ein unschuldiges Tier. Zwei solche Naturen – nein, das ist einfach nicht möglich. Aus Gründen der Vernunft glaube ich auch, es ist an der Zeit, alle Außenstehenden, die als Mörder in Frage kommen, definitiv von der Liste zu streichen. Wie sollte denn mitten am Tag ein Mister X in Haus und Garten ein- und ausgeschlichen sein?«

Der Staatsminister war von seinem Sofa aufgestanden und begann auf und ab zu wandern.

»Was ist passiert, nachdem Rydlander den Garten verlassen hat und ins Wohnzimmer gekommen ist? Eine Person kann hier auf ihn gewartet haben. Oder genauso wahrscheinlich kann jemand ihm bis hier hinein gefolgt sein. Sie fingen an, sich zu unterhalten. Dem Mörder ist im Verlauf der

Woche mit wachsender Besorgnis – das schlechte Gewissen ist ein scharfer Beobachter – Rydlanders zunehmende Nervosität aufgefallen, und er hat beschlossen, herauszufinden, ob und was Rydlander wußte. Sie gehen ins Arbeitszimmer und der eine schließt die Tür …«

»Würde Rydlander wirklich allein mit einer Person dort hineingegangen sein, die seines Wissens oder seiner Vermutung nach ein Mörder war?«

»Vielleicht. Vielleicht auch nicht. Man rechnet wohl kaum damit, am hellichten Tag in einem bewohnten Haus, noch dazu mit Menschen in buchstäblicher Hör- und Sichtweite, umgebracht zu werden. Und vielleicht war ihm noch nicht einmal klar, daß es der Mörder war, in dessen Gesellschaft er sich befand. Aber warum ist er dann getötet worden?«

»Im Arbeitszimmer hat er sich vielleicht seinem Begleiter anvertraut, genauso wie er vermutlich die Absicht gehabt hat, sich mir anzuvertrauen, und hat erzählt, was er am Abend von Svanbergs Tod gehört oder gesehen hat. Der Mörder erkennt, daß Rydlander noch nicht klar ist, wohin die Spur führt, aber daß es der Polizei klar sein würde, und darum tötet er ihn, um weiterhin nicht in Verdacht zu geraten.«

»Das klingt vernünftig.« Der Staatsminister hielt am Fenster inne. »Aber wie hat der Mörder ihn dazu gebracht, *selbst in den Schrank zu steigen und sich dort hinzusetzen?* Das ist in der Tat besonders ärgerlich. Wäre der Leichnam dorthin getragen worden, dann hätten wir die Frauen von der Liste der Verdächtigen streichen können. Er war schließlich groß und lang, wog … laß mich nachschauen, 92 Kilo. Warum hat er sich also selbst in den Schrank gesetzt, und warum hat er sich *genauso hingesetzt, wie wir Svanberg gefunden haben?*«

»Vielleicht haben sie über seinen Tod diskutiert«, tastete ich mich vor, »und dann hat der andere, der Mörder, gesagt:

›Steig mal rein, dann zeige ich dir, wie er gesessen hat …‹ Nein, so dumm kann er doch nicht gewesen sein! Damals, wenn nicht schon früher, hätte Rydlander doch begriffen, daß er den Mörder vor sich hat. Außer dir, mir, dem Mörder und den Hauswirtschafterinnen hatte schließlich niemand Svanberg im Schrank gesehen.«

»Er muß gezwungen worden sein, in den Schrank zu steigen«, sagte der Staatsminister. »Der Mörder hat ihn einfach mit dem Hammer oder mit einer anderen Waffe bedroht.«

»Aber warum mußte der Mörder ihn unbedingt in den Schrank scheuchen?«

»Aus genau dem gleichen Grund, aus dem er beim letzten Mal selbst die Leiche dort verstaut hat: Er wollte die Entdekkung hinauszögern. Doch dieses Mal war ihm klar, daß die Last etwas schwerer werden würde – es ist ein Unterschied, ob man 52 oder 92 Kilo trägt. Außerdem stand er dieses Mal unter größerem Zeitdruck – jeden Augenblick konnte jemand aus dem Wohnzimmer oder dem Garten hereinkommen und ihn überraschen. Die Zeit war knapp, das Ganze mußte schnell erledigt werden.«

»Moment mal!« rief ich aus der Tiefe meines Sessels und meiner Selbsterkenntnis. »Läßt man sich wirklich von einem Menschen in einen Schrank treiben, der sich zugleich als Mörder offenbart und von dem man weiß, daß er erst kürzlich ein Opfer in demselben Möbelstück versteckt hat? Ich würde um Hilfe rufen oder zu flüchten versuchen oder … ja, alles Mögliche anstellen, außer da reinklettern.«

Der Staatsminister machte ein verunsichertes Gesicht.

»Das hängt vielleicht ein wenig davon ab, mit was für einer Waffe man bedroht wird. Mit vorgehaltenem Revolver würde man es wohl tun. Aber weiß der Teufel, wie man das machen kann, wenn der andere nur einen Hammer oder ein Messer zückt …«

Mir ging ein Licht auf.

»Vielleicht war er überhaupt nicht mit dem Mörder zusammen, als er in den Schrank gestiegen ist! Er kann genausogut vorher da reingegangen sein.«

»Und warum sollte er das getan haben?«

»Um sich vor dem Mörder zu verstecken oder vor dem, den er dafür hielt. Allein im Arbeitszimmer sieht oder hört er ihn kommen, bekommt Panik und flüchtet sich in den Schrank. Doch der Mörder findet und tötet ihn.«

Der Staatsminister schaut zweifelnd drein.

»Da wäre es doch gescheiter gewesen, zur Haustür und in den Garten hinauszulaufen, der voller Menschen war. Oder wenn der Mensch, den er fürchtete, auf dem Weg kam, dann hinaus und ab durch das Wohnzimmer. Und deine Theorie erklärt wohl kaum, warum er sich da *hineingesetzt* hat. Die Fingerabdrücke beweisen doch, daß er es getan haben mußte. Ein Mann auf der Flucht hätte sich dafür kaum die Zeit genommen. Und der Schrank ist auch hoch genug für einen Mann von seiner Größe, wenn er steht.«

Da es bereits nach zehn Uhr war und ich nicht glaubte, noch weiter zu des Rätsels Lösung beitragen zu können, erhob ich mich und wünschte eine gute Nacht.

Ich konnte nicht einschlafen.

Die Ereignisse der Woche kamen mir wieder hoch, beschäftigten meine Gedanken und hielten mich wach. Doch auch Befürchtungen für die Zukunft. Was würde als nächstes auf uns zukommen? Wir hatten gerade zwei brutale, dem Anschein nach sinnlose Morde erlebt. Wird der Morder noch ein drittes Mal zuschlagen? Wo und gegen wen? Wir hatten nach einem Motiv der Taten gesucht. Vielleicht war das unser Fehler? Wir hatten versucht, die Spuren zu einem berechnenden Gehirn zurückzuverfolgen, aber womöglich steckte kein rationaler Gedanke, keine Vernunft, bloß Verwirrung, Panik, Wahnsinn dahinter ...? Trotz allem hatte ich das Gefühl, daß eine Entscheidung kurz bevorstand. Aber daß sie so bald und unter so erschütternden Umständen eintreten würde, konnte ich zum Glück nicht ahnen ...

Ich knipste die Lampe an und schaute auf die Uhr. Viertel vor zwölf. Vielleicht konnte ein Spaziergang im Garten mein mahlendes Hirn beruhigen und dem Körper zu der Müdigkeit verhelfen, die den Schlaf anlockt ...

Ich zog mich leidlich an und stieg die Treppe hinab.

Im Wohnzimmer war es dunkel, still und menschenleer. Ich öffnete die Terrassentür, und schon war ich draußen auf dem Rasen.

Ob ich dem geschlungenen Pfad aus Kalksteinen rund um den Garten folgen sollte? Ich hatte hinter mir das Licht brennen lassen, und der Mond war aufgegangen und die Schritte Gewohnheit und der Stock in der Hand.

Die Nacht war lau, und der Wind wisperte lieblich mit den Zweigen und Blättern. Der Pfad führte mich rasch zur Hecke, wo ich geraume Zeit verweilte und durch das lichte Geäst hinaus auf die Straße sah. Sie lag still und verlassen und mir fiel ein, daß ich kein Auto hatte vorbeifahren hören. Der Abstand zwischen den Straßenlaternen war auch groß, und ihr Licht war von der alten, gelben, augenschonenden Sorte, das leidlich die Fahrbahn erleuchtet, aber Graskanten und Gräben im Dunkeln läßt.

Was spielte sich eines späten Abends vor genau einer Woche da draußen ab? Wir glaubten es zu wissen. Ein Auto mit nicht eingeschalteten Scheinwerfern war herangeschlichen, hatte sich an den Straßenrand und die schützende Dunkelheit gedrängt, und ein Mensch war daraus hervorgekommen, ein Mensch, der sich ängstlich umgeblickt hatte. Er hatte die Heckklappe geöffnet und einen Toten herausgeholt, der gerade eben erst durch seine Hand sein Leben verloren hatte, und er hatte ihn durch die Gartenpforte, den Weg entlang in den Park, in dem ich stand, getragen oder anderweitig transportiert ...

Ich bekam eine Gänsehaut, setzte meinen Spaziergang fort und kam an dem Teich vorbei, wo der Staatsminister einige Tage vor dem Mord den Schlüssel des Staatssekretärs hatte versinken und im schlammigen Grund verschwinden sehen. Die Steine, die das Gewässer einfaßten, sahen glatt und spitz aus. Wenn man nachts hier entlangging, stolperte und auf die Einfassung fiel, würde man genauso in dem dunklen Naß versinken ...

Dann befand ich mich hinter dem Haus, und hier war der Wind kälter. Mich fröstelte ein wenig vor Unbehagen, holte beim Gehen weiter aus und marschierte schon an der Giebelwand entlang, wo das Arbeitszimmer lag. Ich sah einen Lichtspalt und blieb stehen. Saß er wirklich noch da drinnen und brütete über seinen Rätseln? Die Raffrollos waren heruntergelassen worden, doch die Schnüre verliefen durch ein Perlenband aus Löchern, und ich lehnte mich an die Hauswand und legte das Auge an die Fensterscheibe.

Zuerst war dort nur eine Wand, ein Stück der Wand. Aber ich wußte, daß sich jemand dort aufhielt, denn über die Tapete huschte ein Schatten, ein grotesk verzerrter, hüpfender Schatten. Die Lampe auf dem Schreibtisch, die unterhalb des Fensters stand, muß brennen, dachte ich, und darum geht jemand zwischen Lampe und Wand durchs Zimmer ...

Ich drehte den Kopf etwas zur Seite, und da sah ich mehr als Schatten.

Im Zimmer befanden sich zwei Personen am Schrank. Die eine war Anita Johansson, sie stand mit dem Gesicht zu mir. Der andere Mensch, der den Rücken dem Fenster zugekehrt hatte, hielt sich in dem Bereich auf, den ich nicht einsehen konnte. Nur als er sich einmal in diesem Feld bewegte, konnte ich ihn schemenhaft als etwas Schwarzes, Verwischtes, Konturloses erkennen.

Anita Johansson stand jetzt direkt vor dem Schrank, und ich erinnere mich an ihren Gesichtsausdruck – eine Art ungläubigen Schrecken. Sie schaute unablässig den Mann vor sich an und wich immer weiter zurück, so daß ihr Rücken den Schrank berührt haben mußte. Und da tastete sie mit den Händen hinter sich, die Schranktür ging auf, und sie stieg in den Schrank, in dem zwei Tote gefunden worden waren, ohne die Gestalt vor sich aus den Augen zu lassen.

Und jetzt war ihr Feind beinah, beinah in meinem Blickfeld, und ich sah, wie er das Messer in seiner rechten Hand hob und die junge Frau langsam in die Knie und weiter in die Hocke zwang. Sie saß jetzt genau so, wie wir Justizchef Rydlander und vor ihm Staatssekretär Svanberg gefunden hatten.

Sie nicht, sie nicht auch noch ..., dachte ich.

Und jetzt hatte ich den Schatten vor ihr erkannt, und ohne Nachzudenken oder es auch nur zu versuchen, trieb ich meinen Stock durch die Fensterscheibe und das Rollo, und in einer letzten Sekunde des Bewußtseins sah ich, wie der Staatsminister sich umdrehte, und ich sah den Ausdruck der Erbitterung und einen Funken des Kranken, Verwirrten, das so lange in ihm geschlummert haben mußte, und vielleicht erkannte ich auch, wie die Frau im Schrank sich gegen ihn warf und wie er rücklings mit dem Kopf auf die scharfe Schreibtischkante aufschlug.

Dann war alles vorbei.

28

Durch Nebelschleier und Finsternis arbeitete ich mich zum Bewußtsein vor.

Ich lag auf einem Sofa im Wohnzimmer.

Rechts von mir, auf einem anderen Sofa, ruhte der Staatsminister, ein Handtuch auf dem Kopf.

Im Zimmer befanden sich außerdem meine Schwester Margareta, Frau Johansson und eine Anzahl Kinder.

Eine Welle quälender Erinnerungen überkam mich, und ich spürte, wie die Beine krampfartig zuckten.

Der Staatsminister hatte sich auf den Ellenbogen gestützt und starrte mich vorwurfsvoll an.

»Du hast mein Experiment zerstört! Warum zum Teufel hast du den Stock durchs Fenster geworfen? Jetzt finde ich nie heraus, wie genau ein Mensch reagiert, der mittels einer Waffe in einen Schrank getrieben wird. Ich bekomme nicht heraus, wie weit sie es mitgemacht hätte. Daß sie hineinsteigt, habe ich herausgefunden, und daß sie sich hinsetzt. Aber danach? Erwartet sie wie gelähmt den Dolchstoß oder schreit sie oder unternimmt eine andere Tat der Verzweiflung? Du mit deinem Stock hast doch die ganzen Voraussetzungen verändert und sie zu etwas ermuntert, das ihr sonst vielleicht nie in den Sinn gekommen wäre. Und es ist ein Wunder des Himmels, daß ich mir nicht den Schädel am Schreibtisch gespalten habe!«

Ich sah Frau Johansson an. Sie saß auf einem Stuhl am Fußende des Staatsministers und machte ein Gesicht, als hätte man sie fünf anstrengenden Einläufen unterzogen und ihr Fortsetzung versprochen.

»Wenn ich nur begreifen könnte, warum ihr mitten in der Nacht solche Dummheiten anstellt!« sagte meine Schwester. »Jetzt muß ich den Glaser anrufen und ihn zum zweiten Mal bitten, eine neue Scheibe einzusetzen. Was wird er bloß denken?«

Es klang, als sei die Sache mit dem Fenster eine größere Schikane als die beiden Leichen und ihr verrückter Ehegatte zusammen.

Ich stand auf, sonderbarerweise trugen mich die Beine, und tat meine Absicht kund, mich in mein Zimmer zurückzuziehen und es nicht eher zu verlassen, bis meine Wohnung renoviert und bezugsfertig sei.

Auf der Treppe nach oben dachte ich über Frau Johansson nach. Sie würde einen guten Posten und bestimmt auch eine Lohnerhöhung bekommen. Doch ich beneidete sie nicht. Als Sekretärin des Staatsministers würde sie die Hölle auf Erden haben. Die hatte schließlich schon angefangen. Sie hatte zwar das Vermögen bewiesen, sich zur Wehr setzen zu können. Doch auf lange Sicht, auf lange Sicht würde sie es nicht aushalten. Kein Mensch konnte das. Eine ununterbrochene Folge von mit dem Staatsminister verbrachten Tagen würde sie früher oder später in den Wahnsinn treiben. Sie hat es schlechter, natürlich hat sie es schlechter! dachte ich noch, als mir die Augenlider zufielen und ich sogleich einschlief, gestärkt und beruhigt durch den Gedanken an anderer Leute Unglück.

Mein Arzt, der berühmte Herzspezialist, saß auf der Bettkante, und es war später Nachmittag.

Auf meinen Wunsch und dank der Fürsorge des Staatsministers war er aus seiner Klinik am Norr Mälarstrand geholt und in einem Polizeifahrzeug vorbei an Warteschlangen und Chaos hinaus nach Spånga befördert worden. Er kannte mein Herz, und jetzt hatte er es abermals untersucht, und ich harrte meines Urteils. Ich wußte, daß es niederschmetternd ausfallen würde. Kein Mensch mit fortgeschrittener Verkalkung der Herzkranzgefäße hätte ein Leben wie das meine in Spånga führen können, ohne daß ernsthafte Beeinträchtigungen in den Funktionen der zentralen Organe eingetreten wären.

»Aha«, räusperte sich der Mann unheilverkündend. »Ich habe Sie doch schon vor einigen Monaten untersucht. Aber im Krankheitsbild scheint in dieser kurzen Zeit ganz eindeutig eine merkliche Veränderung eingetreten zu sein.«

Ich warf dem Staatsminister, der sich an der Tür herumdrückte, einen verbitterten Blick zu.

»Eine höchst offensichtliche Veränderung. Das Herz arbeitet jetzt auf ganz andere Weise, nämlich mit starken, gleichmäßigen Schlägen. Es scheint fast so, als ob die Verkalkung von frischem Blutfluß fortgespült worden sei, als ob die Arterien auf wundersame Weise gereinigt worden seien. Das Leben hier draußen in Spånga muß besonders gesundheitsfördernd sein. Ruhe, Harmonie, ohne den Streß und die Versuchungen der Großstadt, vermute ich. Und natürlich der Besuch im Kreis der Lieben ...« – hier besaß er die Geschmacklosigkeit, sich leicht vor dem Staatsminister zu verneigen – »hat bestimmt auch seinen vitalisierenden Anteil daran. Ich kann Sie nur beglückwünschen und Ihnen sagen: Leben Sie so weiter wie in der letzten Zeit, und Sie haben die besten Aussichten, achtzig, neunzig Jahre alt zu werden! Fünfhundert Kronen, bitte.«

»Da siehst du's!« sagte der Staatsminister neunmalklug, nachdem der Herzmensch hinausgeleitet worden war. »Ein bißchen Spannung und Dramatik spült das System sauber. Mord belebt. Guter Doktor, wenn ich mal krank bin, werde ich zu ihm gehen. Reizend, was er da über mich gesagt hat und was für eine Stütze ich für dich bin.«

Ich murmelte etwas von dem zweifelhaften Vergnügen, neunzig Jahre alt zu werden um den Preis, ein Leben in Spånga verbringen zu müssen, konnte aber meine Erleichterung über die Diagnose nicht verhehlen, und der Staatsminister, der durchaus keinen Sinn für psychologische Zusammenhänge besaß, aber wie Hunde ein feines Gehör für Tonfälle, saß schon auf der Bettkante und sprach mit doppelter Begeisterung von Mord.

»Wir müssen bei den Verdächtigen mit den Gedanken zurück zum Mittagessen gehen«, fand er. »Ich bin sicher, daß da etwas Wichtiges gesagt wurde. Aber ich komme nicht drauf, was es war.«

Ich entgegnete, daß eine ganze Menge bei der Gelegenheit gesagt wurde, aber das meiste böswillige Verleumdungen und schmutziger Tratsch waren, und der Staatsminister meinte, daß gerade solche Dinge ergiebig seien.

»Fing es nicht an mit …«, versuchte er.

Doch ich unterbrach ihn, ergriff selbst das Wort und gab wieder, woran ich mich von der widerlichen Unterhaltung erinnerte. *Mußte* sie rekapituliert werden, war es das beste, ich machte es selbst und erzählte geschwind, um es hinter mich zu bringen und um belanglose und störende Einwürfe zu verhindern.

Die Darstellung war beendet und erschöpfend, und ich bedauerte, daß das Thema so unbedeutend und so wenig ergiebig für einen normalen Menschen war und daß mein Zuhörerkreis in jeder Hinsicht beschränkt war.

Der Staatsminister schien anfangs zerstreut, doch allmählich weiteten sich seine Pupillen, und sein Atem ging schneller. Und als ich mit einem scharf formulierten Urteil über die Geschmacklosigkeit des gesamten Mittagessensarrangements geendet hatte, schoß er hoch und begann zu schreien, zu toben und unzusammenhängendes Zeug zu faseln.

»Meine Güte! Die Bushaltestelle! Und Rydlander hat doch zu Abend gegessen ... So ist es natürlich abgelaufen. Daß wir das nicht erkannt haben. Das erklärt seine Nervosität und sein Bedürfnis zu beichten, und das erklärt, warum er sterben mußte. Alles ist jetzt klar!«

»Was ist jetzt klar?« fragte ich und dachte, daß die Luft in Spånga womöglich den Körper stärkte, aber nicht verhinderte, daß der geistige Alterungsprozeß sehr schnell fortschritt.

»Aber begreifst du denn nicht, was du selbst erzählt hast? Frau Rydlander hat es doch gesagt! Und Anita Johansson!« Der Staatsminister riß mir mit einer heftigen Bewegung die Decke fort und dekolletierte mich bis zu den Fußgelenken. »Alles ist jetzt klar! Die Morde! *Wir haben gedacht, der Mörder habe Svanberg ins Arbeitszimmer getragen oder sonstwie transportiert. Aber so ist es ja überhaupt nicht gewesen. Und Svanberg ist auch nicht von selbst hineingegangen.* Wir haben gedacht, er sei im Haus gestorben, aber das war falsch. Er ist allerdings auch nicht draußen gestorben ... Aber du hast dich trotzdem etwas gescheiter als ich angestellt. Bei unserer Diskussion gestern hast du gesagt, Rydlander sei vielleicht in den Schrank geklettert, um den Mörder demonstrieren zu lassen, wie er Svanbergs Leiche plaziert hat. Das hat sich widersinnig angehört, aber du hattest ganz recht – aber es war genau umgekehrt.«

Jetzt kam ich mir allen Ernstes senil vor.

»Stell dir mal vor, ich habe nicht kapiert, wie es sich abgespielt hat!« wiederkäute der Staatsminister. »Ich hätte es wissen müssen. Ich habe nämlich alles gesehen. *Ich habe gesehen, wie der Mörder ihn umgebracht hat, und ich habe gesehen, wie der Leichnam in den Schrank kam.*«

Zu meiner Erleichterung begriff ich jetzt, daß der Staatsminister und nicht ich verrückt geworden war.

Ich redete beruhigend auf ihn ein, er aber zerrte mich aus dem Bett und trieb es bis zum äußersten.

»Ich habe es gesehen. Der einzige Trost ist, daß *du es auch gesehen hast.* Wir haben beide gesehen, wie er gestorben ist und wie er in den Schrank kam. Aber wir haben es nicht kapiert ...«

Hier wurde der Staatsminister ans Telefon gerufen, und ich zog mich mit mechanischen Handgriffen und unter erheblicher Verwirrung der Gedanken an. Was hatte er mit seinem Gerede gemeint? Wie war Svanberg eigentlich ins Arbeitszimmer und in den Schrank gekommen, wenn der Mörder ihn weder getragen oder anderweitig transportiert hatte noch er sich nicht auf eigenen Beinen dorthin begeben hatte? Und wo war er gestorben, wenn er weder im Haus noch außerhalb des Hauses den Tod gefunden hatte? Und hatte ich den Mord gesehen? Welchen der Morde? Sei's drum, das war auch egal, dachte ich bei mir und kämpfte mit den Hosenträgern. Wenn es eine Sache gab, derer ich mir sicher war, dann bestand sie darin, daß ich *keinen* Mord gesehen hatte. Oder ... oder hatte ich einen gesehen? Konnte ich mir überhaupt noch irgendeiner Sache sicher sein? Wir hatten uns offensichtlich in den meisten Dingen getäuscht. Aber ich konnte doch nicht gleich ... Es konnte doch niemand ...

Der Staatsminister war zwecks neuer Bekanntmachungen ins Zimmer zurückgekehrt.

»Jemand hat versucht, sich zu Rydlanders Haus auf Lidingö Zutritt zu verschaffen. Frau Rydlander war in der Stadt gewesen, um die Beerdigung zu regeln, und als sie kürzlich zurückgekommen ist, da hatte jemand eine Leiter an den Balkon gestellt und da oben die Balkontür aufgebrochen, war aber offensichtlich aufgeschreckt worden und hat sich überstürzt aus dem Staub gemacht.«

»Kann das Zufall sein? Ein normaler Einbruchsversuch?«

»Selbstverständlich nicht. Es war der Mörder. Ich hätte es vorhersehen müssen. Es paßt ins Muster. Das Schlafzimmer geht zum Balkon hinaus, und das ist bestimmt der richtige Ort für eine Suche nach ... Wenn die Polizei die Sachen zuerst gefunden hätte, dann würde es nicht lange dauern, bis der Faden aufgewickelt wird. Und das ist dem Mörder vollkommen klar. Der Leiter der Ermittlungen hat einer Hausdurchsuchung zugestimmt. Sonst hätten wir es selbst in die Hand nehmen müssen, du und ich. Aber so bekommt das Ganze einen offizielleren Charakter. Wir können uns wohl für heute nacht auf einen neuen Besuch gefaßt machen. Ich frage mich, ob Frau Rydlander ... Ich muß ...«

Die verbliebene Zeit des Nachmittages saß der Staatsminister in der Bibliothek am Telefon. Ich selbst beschäftigte mich mit der vernachlässigten ägyptischen Sammlung. Die Arbeit bestand aus mechanischen Handgriffen, und die Gedanken kamen und gingen. Warum hatte der Mörder versucht, sich Zutritt zur Villa zu verschaffen? Offensichtlich befand sich etwas darin, das ihm gefährlich werden konnte – aber was? Etwas, das gegen ihn sprechen, ihn verraten würde, wenn es in die Hände der Polizei fiele und unter die Apparaturen der Leute von der Spurensuche käme?

Ich schob das Album fort und trat ans Fenster.

Es war ein nebeliger, ungemütlicher Tag ...

Und dann ahnte ich endlich, was es im Inneren des großen, ernsten Hauses gab und das der Mörder gesucht hatte und finden mußte, um auf freiem Fuß bleiben zu können.

Als der Abend an- und die Dunkelheit hereingebrochen waren, saßen wir in der Bibliothek.

Ich versuchte, meine Zeitung zu lesen, und der Staatsminister tigerte wie ein Tier im Käfig auf dem Teppich auf und ab. Das Telefon klingelte in kurzen Abständen, doch die Grunzlaute des Staatsministers gaben nur wenig Aufschluß darüber, was besprochen wurde und was da draußen vor sich ging, wo die Wählscheibe ratterte. Ich stellte keine Fragen. Früh genug würde ich alle Antworten erfahren …

Das letzte Gespräch wurde kurz nach Mitternacht geführt, und dann fuhr der Wagen vor, und wir brausten durch die Nacht.

»Es geht um die Kleider«, sagte ich, »Svanbergs Mantel und Mütze, die in Rydlanders Haus liegen und die sich der Mörder beschaffen will, oder?«

Der Staatsminister nickte.

»Muß das nicht heißen, daß Rydlander ihn ermordet hat? Aber er ist doch auch von Mörderhand gestorben … Haben wir es trotzdem mit zwei Mördern zu tun? Oder … mit einem Mister X?«

»Nein, es ist nur einer. Ein alter Bekannter …«

Ich sank im Sitz zurück und stellte keine Fragen mehr.

Das letzte Stück legten wir zu Fuß zurück. In der Villa brannte kein Licht. Wir gingen den Gartenweg entlang, und mir war klar, daß sie um uns herum sein mußten, die Polizisten, konnte sie aber nirgends entdecken. Und niemand hielt uns auf. Vor der unbeleuchteten Eingangstür hantierte der Staatsminister mit einem Gegenstand herum, und im nächsten Augenblick sprang die Tür auf.

»Wir müssen nach oben ins Schlafzimmer«, flüsterte er. »Da rechts ist ein Geländer …«

Der Teppich auf der Treppe verschluckte all unsere Schritte.

Da oben flackerte die Taschenlampe über die Türen.

Er drückte eine der Klinken hinunter, und die Tür öffnete sich mit einem Spalt in eine Dunkelheit, die genauso undurchdringlich war wie jene, die uns umgab.

Einige Minuten standen wir auf der Schwelle zwischen Flur und Zimmer.

Die Dunkelheit *war* nicht mehr undurchdringlich. Aus der Schwärze vor unseren Augen waren blaue Rechtecke hervorgetreten, in denen ich die Fenster zum Balkon erkannte, vor denen die Vorhänge zugezogen waren. Dazwischen erahnte ich, mehr als daß ich es sah, einen Umriß – ein Bett? Und in der Dunkelheit war Leben. Die unidentifizierbaren, wechselnden Düfte, die der Mensch hinterläßt. Und leise, ganz leise drang der Laut von Atmen an mein Ohr.

Wir standen in der Tür zu Frau Rydlanders Schlafzimmer, die höchstpersönlich da drüben in ihrem Bett zwischen den Fenstern zum Balkon schlief.

Ein Geräusch wie von einem Menschen, der sich umdrehte, veranlaßte mich, den Arm des Staatsministers noch fester zu umklammern, doch ihr Atmen blieb ruhig und mir war klar, daß sie dank ihrer Schlafmittel barmherzig tief schlummerte.

Vorsichtig zog er mich wieder zurück in den Flur und half mir auf einen Stuhl. Die Tür zum Zimmer war leicht angelehnt gelassen worden.

»Der Balkon verläuft vor den Fenstern, und die Leiter liegt da drunter auf dem Boden«, flüsterte er. »So ist es am Nachmittag gelaufen. Und so wird es auch heute nacht laufen. Man braucht nur etwas, womit man die Splinte herausziehen kann, dann ist es nicht mehr schwer, die Balkontür aufzumachen …«

Ich weiß nicht, wie lange wir so dasaßen. Eine Viertelstunde, eine Stunde? Die Zeit wurde wie die Schwärze um uns: konturlos, ohne Ende oder Anfang. Ich entsinne mich, daß ich versuchte, meine Gedanken um das Gewesene zu sammeln und um das Unfaßbare, das der Staatsminister im Laufe des Tage gesagt hatte: »Wir haben gedacht, der Mörder habe Svanberg ins Arbeitszimmer getragen oder sonstwie transportiert. Aber so ist es überhaupt nicht gewesen. Und Svanberg ist auch nicht von selbst hineingegangen … Wir haben gedacht, er sei im Haus gestorben, aber das war falsch. Er ist allerdings auch nicht draußen gestorben … Wir haben beide gesehen, wie er gestorben ist und wie er in den Schrank kam. Aber wir haben es nicht kapiert ...«

Aber das ergab doch keinen Sinn und keinen Zusammenhang, und den konnte es auch nicht ergeben! Und ich ließ den Gedanken an das Vergangene fallen und bemühte mich, herauszufinden, was uns bevorstand. Wer war er oder sie, der oder die da draußen schon zwischen den Bäumen umherschlich, der oder die bald die Leiter an den Balkon stellen und über Glas und Leisten tasten würde? Jemand, mit dem ich gesprochen hatte, jemand, den ich kannte ... Und aus welchem Grund kam er eigentlich her? Um nach dem Mantel seines Opfers zu suchen natürlich. Aber galt der Besuch auch noch einer anderen Sache und mehr? Forderte seine Sicherheit den Tod eines weiteren Menschen, der zuviel wußte? Sollte die Frau, die dort drinnen schlief, sein nächstes Opfer werden? Während des Mittagessens hatte sie, ohne daß es ihr bewußt war, etwas gesagt, das dem Staatsminister die Identität des Mörders preisgegeben hatte. Und der Mörder, der an demselben Tisch gesessen hatte, mußte es ebenfalls gehört und begriffen haben, und jetzt würde er kommen und dafür sorgen, daß er von dieser gesprächigen Frau nicht zu Fall gebracht wurde, und er würde bei dieser Sache genauso gründlich zu Werke gehen wie die Male zuvor ... Aber wenn man jetzt die Absicht hatte, ihn ins Zimmer eindringen zu lassen, wie sollten dann wir beide ihn von dem abhalten können, worin der Grund seines Besuches bestand?

Alles um mich kam mir jetzt verändert vor. Die Dunkelheit war genauso undurchdringlich und die Augen genauso nutzlos wie zuvor, doch die Geräusche, die Geräusche drängten sich mir auf. Sie schien nicht mehr so tief zu schlafen, sie wälzte sich da drinnen von einer Seite auf die andere und seufzte in ihren Träumen. Und lag es an meinen überstrapazierten Nerven, die mir einen Streich spielten, oder kamen rundum aus dem Dunkel Laute? War es das Klopfen meines eigenen Herzens, das Geräusch meines eigenen Atems, das ich hörte? Oder ... oder waren wir nicht allein? Befanden sich Menschen um uns?

Dann kamen von draußen Töne. Greifbar, unverkennbar, definitiv – wie eine Tatsache nach einem Traum. Der Laut von Holz, das vorsichtig, unendlich vorsichtig auf Holz gelegt wurde, von schleichenden Schritten über den Metallboden des Balkons und von Händen, die über Türen und Fenster tasteten.

Ich griff nach dem Menschen neben mir, und er hatte sich vorgebeugt und saß wie sprungbereit da.

Und jetzt hatten die Hände vor dem Balkonfenster gefunden, was sie gesucht hatten, und sie arbeiteten zielstrebig, aber nicht vollkommen leise. Der Splint mußte alt gewesen sein und lose gesessen haben, oder die Hände waren an Arbeit dieser Art gewöhnt, denn jetzt war er fort, und das Erbeben des dunkelblauen Rechtecks verriet, daß die Tür dahinter aufgezogen wurde.

Ich beugte mich vor und spähte durch den Türspalt, und in dem kurzen Augenblick, da sich die Gardine ins Zimmer wölbte und die Stimmen der Nacht mit ins Zimmer drangen, lüftete der Raum vor meinen Augen einige seiner Geheimnisse. Ich sah das Bett und die Frau, die darin schlief, ich sah die Stühle und die Kommode und die Tür zum Wandschrank.

Doch jetzt war die Gardine zurückgefallen, und der Eindringling, den ich eben noch als Schatten gesehen hatte, verwandelte sich in etwas Dunkles vor noch dunklerem Hintergrund, zu etwas Konturlosem, das am Fenster wartete.

Dann blinkte ein Taschenlampenauge an der Wand, an den Schränken auf und war wieder verschwunden.

Jemand bewegte sich fort vom Fenster in den Raum hinein.

Ein paar nahezu lautlose Schritte.

Ein leises Knirschen, als der Schlüssel zum Wandschrank umgedreht wurde …

Doch die Geräusche mußten stark genug gewesen sein, um bis ans Ohr der Schlafenden vorgedrungen zu sein und sie zu beunruhigen, sie zu wecken, denn ich hörte, wie sie hustete, sich umdrehte und etwas auf dem Nachttisch suchte.

Sie mußte die Lampe gefunden haben, denn nun brannte da drinnen Licht.

Durch die halb geöffnete Tür sah ich ihn.

Er stand am Wandschrank, den Rücken zum Bett, vollkommen reglos, als habe das Licht ihn nicht nur entdeckt, sondern auch gelähmt.

Dann wirbelte er herum, und ich fiel mehr als daß ich mich vorbeugte und beobachtete, wie er zwei Schritt Abstand vom Bett nahm, die schwere Taschenlampe hob und gewaltsam wie von Sinnen auf die Frau einschlug, die da lag, starr vor Schreck, und ich hörte das entsetzliche Krachen von zersplitternden Knorpeln und Knochen …

Er holte mit dem Arm zu neuen Schlägen aus, als Leben ins Zimmer kam und all die Gestalten den Raum erfüllten, ihn ergriffen und zu Boden warfen.

Aber obgleich ich sah, daß er dort lag und mir klar war, daß er keine weiteren Gewalttaten mehr verüben würde, wußte ich auch, daß es zu spät war, daß alles zu spät war. Zu spät für die Toten und zu spät für die Lebenden …

Ministerialrat Dååbhs letztes Opfer hatte in einer Falle der Polizei, vor den Augen des Staatsministers, den Tod gefunden.

29

»Es war lust... Wir waren dazu gezwungen«, sagte der Staatsminister. »Wir hatten keinen schlüssigen Beweis gegen ihn in der Hand, und bei einem normalen Verhör hätte er bestimmt kein Geständnis abgelegt. Der Einbruchsversuch, den er gestern begangen hat, hat mich auf die Idee gebracht, ihn sich selbst entlarven zu lassen.«

»Aber eine Puppe mit Perücke ins Bett zu legen und das Zimmer mit Polizisten vollzustopfen! Einer war sogar unter dem Bett!«

»Ja, ich gebe zu, des Ganze war etwas melodramatisch. Aber die Rechnung ist aufgegangen.«

Es war vor dem Mittagessen am nächsten Tag, und der Staatsminister lag auf dem Sofa, aß Nüsse und nahm ein alkoholfreies Erfrischungsgetränk zu sich. Nun war die Zeit für Fragen gekommen, und bei mir hatten sich viele angesammelt.

»Habt ihr Svanbergs Ledermantel gefunden?«

»Selbstverständlich. Er lag da, wo ich ihn vermutet habe. Ganz hinten im Wandschrank des Schlafzimmers, mit der Baskenmütze und der Aktentasche. Alles war voller Kratzer, Erde und Sand.«

»Sand?«

»Ja, er ist doch auf die Straße gefallen.«

»Auf welche Straße?«

»Auf die hier vorm Haus. Dem Skogsstigen.«

»Aber du hast doch gesagt, er sei nicht draußen gestorben!«

»Nein, ist er auch nicht. Wo stirbt man, wenn man weder im Haus noch draußen stirbt?«

»In ... in einem Auto?«

»Richtig. Svanberg ist in einem Auto ermordet worden.«

»In wessen?«

»In der Staatskarosse natürlich.«

Einen Augenblick lang schwindelte mir der Kopf bei dem Gedanken ... Dann entsann ich mich, wer das Auto von der Tankstelle abgeholt und wieder zum Haus des Staatsministers gefahren hatte, auf dunklen Straßen, vorbei an den Villen, an jenem Abend kurz nach halb elf Uhr ...

»Aber Dååbh *kann* Svanberg *nicht* umgebracht haben! Wie soll er den Leichnam in den Schrank bugsiert haben? Er ist doch am Mordabend nie allein im Arbeitszimmer gewesen!«

»Dååbh hat Svanberg umgebracht«, widersprach der Staatsminister. »Aber er hat ihn nicht ins Haus getragen.«

»Aber ... aber Svanberg kann kaum selbst hereinspaziert sein, wenn er im Auto gestorben war ... Wie ist er in den Schrank gekommen, wenn nicht der Mörder ...«

»Die Antwort ist ganz einfach, auch wenn es gedauert hat, bis ich drauf gekommen bin: Jemand anders hat ihn reingetragen.«

»Dann sind also zwei in den Mord verwickelt!«

»Nein, der andere, der ihn hergetragen hat, hat nichts mit dem Mord zu tun.«

»Versuch mir jetzt nicht weiszumachen, jemand geht dem Mörder zur Hand, indem er eine Leiche in ein bewohntes und beleuchtetes Haus trägt, ohne nicht selbst bis über beide Ohren in die Sache verstrickt zu sein!«

»Du hättest es selbst nicht anders gemacht, wenn du dazu in der Lage gewesen wärst. Die Absicht war nämlich ehrenhaft. Bedenklich wird es erst, als er den Leichnam im Schrank unterbringt. Wir sprechen übrigens von Mord und dem Mörder! Aber es war kein Mord.«

Ich gab auf. Wenn ein Mann in einem Auto erwürgt und dann auf die Straße geworfen wurde, mußte es sich doch im Namen aller Vernunft um Mord handeln ...

»Gib mir eine Nuß und erzähl dann, was eigentlich passiert ist! Alles zusammen, von Anfang bis Ende. Aber erspar mir überflüssige Details. Und mach es nicht komplizierter, als es ist!«

»Eigentlich war es überhaupt nicht kompliziert«, erklärte der Staatsminister und zerknackte eine Schale zwischen den Backenzähnen. »Nicht am Anfang. Svanberg ist einem normalen, banalen Gewaltverbrechen zum Opfer gefallen, eines, von dem elf auf ein Dutzend gehen. Wie ich schon gesagt habe, es war gar kein Mord. Es war Totschlag. Dååbh hat Svanberg umgebracht, aber eine Minute vorher wußte er noch nicht, daß er es tun würde. Er geriet nur wie andere Totschläger für wenige Augenblicke vollkommen außer sich vor Wut, war vollständig besinnungslos vor Raserei und wußte wohl kaum genau, was er tat, und hinterher hat er sich aus dem Staub gemacht. Svanbergs Tod ist ein sehr einfacher Fall. Rydlander ist schuld, daß daraus ein Rätsel geworden ist. Und er war es, der die Leiche ins Arbeitszimmer getragen und im Schrank versteckt hat. Und weil er es getan hat, mußte er sterben.«

»Du wolltest erzählen ...«

»Ja, ja, mache ich. Aber im Grunde haben du und ich die Puzzleteilchen eine Weile in Händen gehabt. Uns ist es nur nicht gelungen, sie richtig zusammenzusetzen. Wir wußten zum Beispiel, was Svanberg an dem Abend vorgehabt hat, der sein letzter sein sollte. Nach dem Nachmittag hier geht er hinüber zur Direktorenvilla und Anita Johansson. Um zehn Uhr kommt Direktor Johansson nach Hause, und kurz darauf stoßen aus unterschiedlichen Gründen Frau Svanberg und Frau Rydlander samt Konsul Karling dazu, und das Ganze bekommt tumultartige Züge. Egal, daran erinnere ich mich. Um halb elf Uhr oder kurz danach kann Svanberg über die Feuerleiter dem Tobsuchtsanfall des Ehemanns entfliehen. Er betritt den Lövstigen und macht sich auf den Weg zur Bushaltestelle am Stockholmsvägen.

Etwas früher ist mir im Arbeitszimmer eingefallen, daß die Staatskarosse, in der ich Japans Premierminister abholen soll, noch an der Tankstelle am Stockholmsvägen steht. Ich schicke Dååbh hin, sie abzuholen. Er geht fünf Minuten hin, beschimpft das Personal genauso lange und fährt dann über Parkgatan und Lövstigen hierher zurück. Als er um die Ecke biegt und auf meine Straße, den Skogsstigen, kommt, erblickt er eine bekannte Gestalt. Er lenkt den Wagen zu ihr hin. Es ist Viertel vor elf, und die Gestalt ist Svante Svanberg auf dem Weg zur Bushaltestelle.

Nach Dååbhs Aussage beim Verhör zufolge veranlaßte ihn ein plötzlicher Impuls zu bremsen. Er hatte das Gefühl, er müßte Svanberg ›ohne Zeugen ein paar wahre Worte‹ sagen. Andere Absichten hegte er nicht – und ich glaube, er sagt die Wahrheit. Svanberg, der wohl hoffte, eine Mitfahrgelegenheit nach Stockholm angeboten zu bekommen, stieg in den Wagen und war offensichtlich ganz der alte überlegene und ungenierte Charakter. Wir wissen es, und alle anderen wissen, daß sie zwanzig Jahre lang wie Hund und Katze gewesen sind. Durch Begabung, Glück und Dreistigkeit ist Svanberg ständig die Karriereleiter weiter nach oben geklettert, und von seiner hohen Stellung herab hat er seine weniger erfolgreichen, aber mehr rechtschaffenen Mitstreiter mit Hohn und Spott überschüttet. Wir sind übrigens beide im früheren Verlauf des Tages Zeugen gewesen, wie es zugehen konnte und wie sehr Dååbh sich über ein paar Sticheleien von seiten Svanbergs aufgeregt hatte. Egal, Svanberg nimmt auf dem

Beifahrersitz neben ihm Platz und fängt an, in seinem üblichen, Anstoß erregenden Stil fortzufahren. Den genauen Auslöser für Dååbhs Gewalttat kennen wir noch nicht, doch Svanberg sagt ein Wort zuviel, geht ein bißchen zu weit, und Dååbh verliert die Beherrschung, stürzt sich auf ihn und nimmt ihn in den Würgegriff. Svanberg holt mit der Hand aus, trifft ihn im Gesicht, und dabei entsteht der letzte und bis eben noch einzige ungeklärte blaue Fleck des Abends. ›Ich hätte im Traum nie daran gedacht, diesen dünnen Straußenhals zu packen und jedes verdammte Wort darin abzuklemmen‹, sagt er aus. Nach einer Weile – nach zehn, fünfzehn Sekunden, glaubt er, aber es muß bedeutend länger gewesen sein – löst er den Griff, öffnet die Wagentür und schubst ihn hinaus. Er sagt aus, es sei ihm nie in den Sinn gekommen, daß er hätte tot sein können. ›Ich wollte nur, daß er sein verfluchtes Großmaul hält.‹ Aber er ist stark und wütend, und Svanberg ist ein kleiner, dünner Mann, und sein toter Körper rollt herum und bleibt halbwegs dort im Graben liegen, wohin der Schein der Straßenlaternen kaum vordringt. Dååbh entdeckt die Aktentasche auf dem Boden, wirft auch sie hinaus auf die Fahrbahn. Sodann läßt er den Wagen wieder an und fährt an meiner Gartenpforte vor. Alles zusammen hat nur wenige Minuten gedauert. Er geht ins Arbeitszimmer, und wir sehen beide, in was für einem Zustand er sich befindet. Er ist weiß vor Wut, ihm zittern die Hände, und er schreit immer wieder ›dieser verfluchte Idiot‹. Seltsamerweise kümmern wir uns nicht weiter darum, weder da noch später. Die einzige Erklärung dafür muß sein, daß zumindest ich ihn schon viele Male zuvor genauso aufgebracht erlebt habe. Zu seinem Glück frage ich auch noch, ob etwas mit dem Wagen nicht stimmte, und er kann seine Mißerfolge auf die Tankstelle abwälzen, und wir erklären uns seine Aufregung mit diesen Erlebnissen. Dann gehen wir hinunter zum Wagen, und ich fahre ihn in die Staatskanzlei. Er sitzt während der Fahrt neben mir auf dem Platz, der noch immer von seinem Opfer warm gewesen sein mußte, und *auf dem Plaid, das ich im früheren Verlauf des Tages für dich dort hingelegt habe.* Die Fasern, die die Leute von der Spurensicherung in den Kniekehlen von Svanbergs und deinen Hosen gefunden haben, stammten natürlich von diesem Plaid. Und während des Kampfes, der sich abgespielt hat, bevor Dååbh Svanbergs Hals packte, wurde sein Gesicht für ein paar Augenblicke gegen die Rückenlehne und auf das Plaid gedrückt, und er atmete den Staub ein, der dann in seinem Mund und Rachen gefunden wurde. Egal, ich begleite ihn hinauf in die Kanzlei, um einige Unterlagen zu holen, und dort arbeitet er dann die ganze Nacht mit den Männern der Finanzabteilung.

Wäre es dabei geblieben, wäre der Mord oder besser gesagt der Totschlag bestimmt bald aufgeklärt worden. Ein Passant hätte ihn dann im Graben liegen sehen und die Polizei alarmiert. Ziemlich schnell hätte man durch die Spuren an Mantel, Mütze und Aktentasche herausgefunden, daß der Leichnam auf die Straße gefallen war; die Staatskarosse wäre untersucht worden, und das Plaid wäre einer Sonderuntersuchung unterzogen und Dååbh zum Verhör vorgeladen worden.

Doch das Schicksal wollte es anders.

Einige Minuten nachdem Svanbergs Leiche im Graben gelandet ist, tritt Rydlander seine Heimfahrt vom Abendessen im Haus wenige Blocks weiter im Skogsstigen an. Im Verhör hat er ausgesagt, er sei mit dem Bus dorthin gefahren und zurückgekommen. Aber da hat er gelogen. Er ist im eigenen Auto gefahren und hatte vermutlich etwas abseits geparkt, um die Ansammlung vor der Pforte zu meiden. Jedenfalls schien keiner der anderen Gäste darauf geachtet zu haben. Egal, Rydlander steigt in seinen Wagen und fährt den Skogsvägen hoch zum Stockholmsvägen. Ein kurzes Stück diesseits meiner Villa hat er das Gefühl, er habe etwas überfahren. Er hält an, steigt aus, um nachzusehen, was es ist. Er entdeckt einen Mann, der halbwegs im Graben liegt.

Sein erster und einziger Gedanke muß gewesen sein, er habe ihn überfahren. Die Beleuchtung der Straße ist schlecht, er ist nicht ganz nüchtern, und seine Sehkraft ist noch nicht einmal unter normalen Umständen besonders gut. Trotz des Schreckens und der Verwirrung erkennt er, daß er dem Überfahrenen schnell Hilfe herbeischaffen muß. Er sieht sich um und entdeckt, daß er kurz vor meinem Grundstück, nicht weit von der Gartenpforte steht. Er hebt den Körper hoch, und Svanberg ist mit seinen 51 Kilo eine schwere, aber keine erdrückende Last für einen kräftigen Mann von 92 Kilo, und trägt ihn zum Haus. In der unteren Etage brennt kein Licht. Automatisch folgt er den Kalksteinplatten geradeaus zum Arbeitszimmer, dem Weg, den er zu gehen gewohnt ist und der der kürzeste ist. Als er mit seiner Last in den Armen aufschließt, zerkratzt er das Schloß mit dem Schlüssel. In der Dunkelheit des Arbeitszimmers läuft er ein paar Stühle an der Tür um, ehe er den Körper auf dem Teppich ablegen und Licht machen kann.

Bis zu dem Zeitpunkt hat er vernünftigerweise geglaubt oder gehofft, daß der Mann, den er getragen hat, nur verletzt ist. Jetzt erkennt er Svanberg und sieht, daß er tot ist. In seinem panikartigen Zustand nimmt er an, er sei an inneren Verletzungen oder einer Kopfverletzung gestorben – das Gesicht war ja geschwollen und verfärbt nach den drei Schlägen, die er im früheren Verlauf des Tage hatte einstecken müssen. Der Wollschal verbirgt die Würgemale am Hals, sofern sie denn schon hervorgetreten sind.

Um zu begreifen, warum Rydlander dann so vorgeht, wie er es getan hat, müssen wir versuchen, uns in seine Lage zu versetzen. Nach allem, was er weiß, hat er in alkoholisiertem Zustand einen Menschen, einen Arbeitskollegen, überfahren und getötet. Für jeden anderen wäre die Situation äußerst ernst, für einen Mann in seiner besonderen gesellschaftlichen Stellung ist sie eine Katastrophe. Bis zu diesem Zeitpunkt hat er automatisch und instinktiv gehandelt: *Es ist darum gegangen, einem Verletzten zu helfen.* Alle Gedanken, alle Rücksichten haben dieser einen Sache weichen müssen. Aber jetzt, da er sieht, daß Svanberg tot ist und alle Hilfe vergebens, beginnt er, an die Folgen für sich selbst zu denken. Und die Versuchung überkommt ihn wie den meisten in seiner Lage: die Versuchung, vor allem zu flüchten, seine eigene Haut zu retten, zu verduften. Vielleicht hat niemand gesehen, was passiert ist ... Mit ein bißchen Glück und Geistesgegenwart ist noch alles zu retten: Ansehen, Position, Freiheit ...

Die Versuchung überkommt ihn, und er gibt ihr nach.

Den Leichnam hinauszutragen und wieder in den Graben zu legen, traut er sich nicht, das Risiko, daß jemand ihn auf der Straße oder dem erleuchteten Gartenweg sieht, ist zu groß. Die Leiche muß da bleiben, wo sie ist. Sein Blick fällt auf den Schrank ... Wenn er den Toten in dem Schrank dort versteckt, wird die Entdeckung wahrscheinlich entscheidend hinausgezögert, und wer Zeit gewinnt, gewinnt alles. Doch bevor er Svanberg dorthin trägt, zieht er ihm den Ledermantel aus – ihm ist eingefallen, daß sich seine eigenen Fingerabdrücke darauf befinden müssen. Er stellt die umgeworfenen Stühle auf und wischt die Flächen ab, die er berührt hat. Anschließend geht er aus dem Zimmer und läßt die Tür hinter sich wieder ins Schloß fallen. Daß Sand und Erde von Svanbergs Schuhen und Mantel auf den Teppich gefallen sein müssen, darüber denkt er nicht nach – aber am nächsten Morgen saugt Margareta wie immer die Räume. Sie reagiert auf den Schmutz nicht, sie ist daran gewöhnt, daß Leute allerlei vom Garten hereinschleppen.

Auf dem Gartenweg findet er Svanbergs Baskenmütze, die hinuntergefallen ist, als er die Leiche ins Haus getragen hat. Er steckt sie ein. Auf der Straße entdeckt er die Aktentasche.

Er ahnt es nicht, aber *im Grunde ist es dieser Gegenstand gewesen, den er überfahren hat.* Das erklärt, warum wir an dem Körper keine anderen Verletzungen gefunden haben – abgesehen von den Beulen im Gesicht und den Würgemalen. Die Hautabschürfungen auf dem Hinterkopf, von denen wir und der Gerichtsmediziner geglaubt haben, sie stammen von einem Schlag, mußten entstanden sein, als der durch die Baskenmütze geschützte Kopf beim Fall aus dem Auto auf die Straße aufgeschlagen ist. Weil Rydlander den Mantel und die Baskenmütze mitgenommen hat, haben wir alle Spuren vom Fall auf die Grabenkante verloren – außer den Grasflecken und der Erde an den Absätzen und Hosenaufschlägen. Ich war dumm genug zu glauben, daß Svanberg sie sich geholt hat, als er von Direktor Johanssons Feuerleiter gesprungen ist – als wenn man bei einem Sprung von einer Leiter mit den Absätzen aufkäme! Das Schicksal ist an diesem Abend wirklich grausam mit Rydlander umgesprungen: Er hält sich für einen Todesfahrer, aber weit gefehlt, daß er Svanberg umgebracht hätte, *er hat nicht einmal seinen toten Körper überfahren, sondern nur seine Aktentasche!* Damit nicht ruchbar würde, daß sich ein Unfall auf der wenig befahrenen Straße ereignet hat, nimmt er sie mit, als er davonfährt. Er weiß nicht, daß Anita Johansson von ihrem Schlafzimmerfenster das Auto auf der Straße hat parken sehen.«

Der Staatsminister goß einen Fruchtsaft hinunter und starrte grimmig ins Feuer.

»Hätten wir viel früher erkennen müssen, welche Rolle Rydlander in dem Drama gespielt hat?« murmelte er. »Ja, ich glaube schon. Er war nervös. Aber nervös war er schließlich immer, mehr oder weniger …«

Eine Erinnerung erwachte in mir.

»Frau Rydlander hat doch gesagt, sie sei so ängstlich und außer sich gewesen, als er an diesem Abend endlich nach Hause gekommen ist! ›Er ist da unten stundenlang auf und ab gelaufen, es war richtig schrecklich.‹ Daß wir ihren Worten nicht weiter auf den Grund gegangen sind!«

»Und hinterher hat er natürlich von ihr verlangt, daß sie kein Wort darüber verliert, daß er an dem Abend das Auto gehabt hat – wahrscheinlich aus dem an und für sich wahrheitsgemäßen Motiv, daß er in alkoholisiertem Zustand gefahren ist –, doch bei dem Mittagessen hier hat sie sich verplappert. Ich entsinne mich übrigens jetzt, daß sie das schon getan hat, als wir uns draußen auf Lindingö mit ihr unterhalten haben. Und Rydlander konnte bei unserem ersten Gespräch auch den Mund nicht halten«, fuhr der Staatsminister fort. »Er hat gesagt, Svanberg sei ihm ›so leicht‹ vorgekommen. ›Leicht‹ war wohl in dem Zusammenhang ein Ausdruck, auf den wir hätten reagieren und etwas assoziieren müssen, das man trägt ... Und im nächsten Atemzug hat er gesagt, die Vorstellung sei schrecklich, daß Svanberg ›in diesem verräucherten Zimmer‹ ermordet worden sein solle. Als Rydlander kurz vor dem Abendessen aufgebrochen ist, hatte niemand in den Arbeitszimmern geraucht – alle wußten, daß er keinen Tabakrauch vertrug, und haben sich danach gerichtet. Am Abend glänzte Dååbh wieder durch Abwesenheit, und wir saßen wie im Nebel da. Als ich nachts um halb eins von Arlanda wieder zurück war, habe ich die Fenster aufgemacht und den Rauch abziehen lassen. Trotzdem hat Rydlander hier gesessen und davon gesprochen, daß Svanberg in ›diesem *verräucherten* Zimmer‹ gestorben sei! Wie konnte er das sagen? Tja, er muß da drinnen gewesen sein, nachdem Dååbh und ich das Haus um Viertel vor elf verlassen haben und ehe ich um halb eins zurückgekommen bin und gelüftet habe.

Am nächsten Vormittag haben wir Svanberg im Schrank gefunden. Und uns ist der alles entscheidenden Denkfehler unterlaufen, von dem wir dann nicht mehr losgekommen sind: *Wir gehen davon aus, daß die Person, die ihn in dem*

Schrank versteckt hat, ihn auch ermordet haben mußte. Und der Irrtum lag zweifellos nahe – wer, außer dem Mörder, hätte sich die Mühe machen sollen, eine Leiche in ein beleuchtetes Haus voller Menschen zu tragen und sie in einem Schrank zu verstecken? Der Schritt ist kaum anders zu erklären, wenn man davon ausgeht, daß der Mörder dafür verantwortlich ist. Aber die Maßnahme schien vollkommen widersinnig, wenn man davon ausging, jemand anders hätte es getan. Anfangs deutete schließlich alles darauf hin, daß das Arbeitszimmer auch der Tatort war: die Teppichfasern am Hinterkopf, der bis dahin noch nicht identifizierte Textilstaub im Hals, die umgeworfenen und wieder aufgestellten Stühle, die abgewischten Flächen und die Türklinken.

Unser Fehlschluß verhilft Dååbh zu einem nahezu perfekten Alibi. Er ist zwar zwanzig Minuten allein draußen gewesen, als er den Wagen von der Tankstelle geholt hat, aber wir haben der Tatsache weiter keine große Beachtung geschenkt, weil wir *wissen,* daß er den Leichnam nicht im Schrank versteckt haben kann. Im Verlauf des gesamten Abends war er schließlich nicht eine Minute allein im Arbeitszimmer gewesen. Bis halb elf halte ich mich mit ihm dort auf; als er von der Tankstelle zurück ist, sind wir alle drei dort. Dann setzen er und ich uns ins Auto, und den Rest des Abends und die halbe Nacht ist er in der Staatskanzlei, umgeben von Leuten. Sträng persönlich gibt dem Mörder ein Alibi. Aber dem Gerichtsmediziner zufolge ist Svanberg irgendwann zwischen halb elf und halb ein Uhr getötet und sein Leichnam im Schrank versteckt worden.

Der nächste Tag muß für Dååbh eine Überraschung gewesen sein, gelinde ausgedrückt. Nicht genug damit, daß Svanberg tot war, er begegnet ihm auch noch als im Schrank versteckte Leiche! Ihm ist klar, daß jemand seine Finger mit im Spiel hat. Aber wer? Und warum? Ihm ist indessen auch klar, daß er Glück gehabt hat, daß seine Spuren auf wundersame

Weise verwischt worden sind. Doch er schwebt trotz allem in Gefahr. Es muß nur sein unbekannter Helfershelfer auffliegen, und dann kommt die Polizei zu den Hinweisen, die sie zum Täter, zu ihm, führen muß.

Aber an der Sache kann er nicht viel ändern. Fragen, Neugier kann Mißtrauen erwecken ...«

»Ja. Ich erinnere mich, wie er mich gefragt hat, ob die Polizei eine Spur habe! Und dann habe ich gedacht, er habe sich verplappert – er betonte, du würdest die Ermittlungen leiten und daß das beruhigend sei. Und wie starrköpfig und zäh er daran festhielt, daß die Person, die Svanberg umgebracht hat, im Grunde eine gute Tat vollbracht habe!«

»Nein, mit seiner plumpen Art war Dååbh wirklich nicht der geeignete Mann, der verdeckte Ermittlungen durchführen konnte, und sein psychologischer Blick war nicht scharf genug, ihn in die richtige Richtung zu führen. Die Hinweise waren schließlich auch kein Kinderspiel – das Verhalten der meisten Menschen, die in ein Mordchaos verwickelt sind, ist mehr oder weniger von Anspannung oder Nervosität gekennzeichnet. Und Rydlander hatte doch schon im Alltagsleben eine ganze Menge von einem Zitteraal an sich.

Aber Dååbh findet am Ende seinen Mann: beim Mittagessen hier am Donnerstag. Auch für Rydlander mußte es eine schwere Woche gewesen sein. Am Tag nach dem Todesfall hat er herausgefunden, daß Svanberg nicht überfahren, sondern erwürgt worden war. Bestimmt hat er schon da überlegt, ob er zur Polizei gehen und erzählen soll, was er wußte und was er getan hat. Aber wir können beruhigt zugeben, daß das kein leichtes Unterfangen war, zu gestehen, bei einem vermeintlichen Verkehrsunfall mit tödlichem Ausgang Fahrerflucht begangen und einige seltsame Vorkehrungen getroffen zu haben, um das Ganze zu vertuschen. Sollte aber andererseits die Polizei von allein der Wahrheit auf die Spur kommen, gäbe es womöglich einen noch größeren Skandal.

Es war keine einfache Entscheidung, und er schob sie vom einen Tag auf den nächsten. Nach einer Woche des Zögerns und Zagens hatte er am Donnerstag endlich seine Entscheidung getroffen: Er würde mir von der Sache erzählen. Leider wurde ich aufgehalten, und er hatte nicht die Möglichkeit, beim Mittagessen oder bei anderer Gelegenheit mit mir zu sprechen.

Dååbh hat beim Verhör ausgesagt, er habe Rydlanders Verhalten angespannt und seltsam gefunden, während wir auf das Mittagessen warteten, und daß sich ihm der Verdacht aufgedrängt habe, er könnte die Leiche ins Arbeitszimmer getragen haben. Als Rydlander seine Frau im Garten allein zurückgelassen hatte und das Haus betrat, ging er ihm nach und bei einem Drink im Arbeitszimmer kitzelte er die ganze Geschichte aus ihm heraus. Sie standen schließlich schon seit alten Zeiten miteinander auf gutem Fuße. Dååbh sagt aus, ihm sei gleich klar gewesen, daß er ihn loswerden mußte. Rydlander war nämlich fest entschlossen, mir zu erzählen, was er getan hatte. Und wenn das bekannt würde, würde die Polizei, die schließlich allein die Ergebnisse der Spurensicherung und dic genauen Zeitangaben kannte, herausfinden, wie sich alles abgespielt hat und was Dååbhs Alibi wert war. Dååbh versuchte zuerst, ihn zu überzeugen, es sei klüger, den Mund zu halten, aber damit hatte er keinen Erfolg. Da änderte er seine Strategie und tat so, als stimme er ihm zu, und forderte ihn auf, ihm zu zeigen, wie er den Leichnam im Schrank versteckt hat. Als wir gestern die seltsame Tatsache diskutierten, die Fingerabdrücke bewiesen, daß Rydlander selbst in den Schrank gestiegen ist und sich dort hingesetzt hat, hast du gemeint, daß es sich dabei vielleicht um eine Demonstration gehandelt haben könnte. Und damit hast du ganz richtig gelegen. Aber *es war nicht der Mörder, der da demonstrierte,* wie Svanberg im Schrank gesessen hat – das konnte er ja nicht wissen –, sondern der Mann, der Dååbhs Opfer ins

Haus getragen hat. ›Das Ganze war kurz und schmerzlos‹, versichert Dååbh. ›Rydlander hat dagesessen, und in dem einen Augenblick lebte er und im nächsten war er tot. Dann mußte nur der Hammer abgewischt werden, den ich mir vom Schreibtisch geschnappt und hinter dem Rücken versteckt hatte.‹

Beim Mittagessen danach hat er unangenehme Neuigkeiten erfahren. Frau Rydlander hatte Svanbergs Mantel und Mütze gefunden, die ihr Mann im Wandschrank des Schlafzimmers verborgen hatte. Ihr war bestimmt nicht klar, was das für Kleidungsstücke waren – sie hat offensichtlich geglaubt, daß das Sachen waren, die ihrem Mann mit seiner Veranlagung fürs Unpraktische von unseriösen Geschäftsmännern aufgeschwatzt worden waren, als er auf der Suche nach einem passenden Freizeitdress war, und die vorzuzeigen er sich geschämt hat. Dååbh hat schleunigst ihre Rede unterbrochen; er wußte, daß der Mantel eine tödliche Gefahr darstellte: Wenn Rydlander gefunden würde, dann würde die Polizei dessen Haus durchkämmen, und unter den Apparaturen der Spurensicherung würden dem Mantel seine Fingerabdrücke entlockt werden und den Fall am Straßenrand bezeugen. Rydlander würde mittels des Mantels nach seinem Tod noch sprechen.

Nachdem ich endlich alle Zusammenhänge durchschaut hatte, ahnte ich, daß Dååbh versuchen würde, sich den Mantel zu beschaffen. Ich behielt recht, er ist mitten am hellichten Tag gekommen, wurde aber vertrieben. Ich berief ein diskretes Empfangskomitee für seinen nächsten Besuch ein und sorgte dafür, daß Frau Rydlander bei ihrer Schwester übernachtete. Und den Rest, tja, den kennst du.«

Dem konnte ich nicht zustimmen.

»Du hast gesagt, wir hätten den ganzen Mord *gesehen!* Was hast du damit gemeint?«

»Ich habe es natürlich nicht im wörtlichen Sinne gemeint.

Aber wir haben es tatsächlich in einer Art übertragenen Sinne gesehen. Du erinnerst dich, wie Dååbh es nicht gelingen wollte, seinen Außenborder zu starten, und wie er sich in der Wut darauf stürzte, ihn losriß, ihn schüttelte, ins Wasser warf und dann einfach seiner Wege ging? *Genauso hat sich auch der Mord an Svanberg abgespielt!!* Dååbh hat da in dem Auto die pure Wut auf Svanberg übermannt, hat ihn am Hals gepackt, geschüttelt, zugedrückt und gedrückt, besinnungslos und blindwütig und hat ihn dann hinausgeschubst und sich aus dem Staub gemacht. Und genauso wie sich Rydlander später des Leichnams angenommen hat, so ist dieser junge Bursche hinunter zum Bootshafen gekommen und hat sich um den Motor gekümmert! Die Episode war in der Tat dazu geeignet, uns Dååbhs Veranlagung und Temperament blitzlichtartig zu erhellen. Wir haben uns darüber lustig gemacht, daß er wie ein Mörder aussieht. Doch das Aussehen sagt sehr wenig über einen Menschen aus. Woran wir uns hätten halten sollen, das waren sein Auftreten und seine Eigenschaften. Wir wußten, daß er einen Hang zur Gewalttätigkeit hatte, wir haben mehrere seiner Wutausbrüche miterlebt. Denk nur daran, wie er auf den Schrank im Arbeitszimmer losgegangen ist, während wir uns im anderen versteckt hatten! Aber das einzige, was ich dabei herausfand, war die falsche Schlußfolgerung, daß ein Mann, der den Riegel nicht kannte, folglich den Schrank nicht öffnen, auch nicht den Toten hineingelegt haben konnte und also des Mordes nicht schuldig war …«

»Bei einer Gelegenheit bist du trotzdem ›psychologisch im Bilde‹ gewesen«, erinnerte ich ihn. »Aber da warst du der Meinung, der Mord mache den Eindruck, als sei er beherrscht und kaltblütig ausgeführt, daß es gerade nicht auf Dååbh als Täter schließen ließ. Du konntest ja nicht ahnen, daß es die Spuren von Rydlanders ordnender Hand waren, die wir im Arbeitszimmer entdeckt haben.«

»Rydlander, ja«, hakte der Staatsminister ein. »Die Aktentasche war schließlich auch bei ihm zu Hause. Noch mit allen Papieren, außer dem Bergbaubericht. Den hat natürlich Karling rausgenommen. Aber auch da ist uns ein kleiner Fehler unterlaufen. Als er am Mordabend zu Svanbergs Haus gegangen und im Flur zufällig mit der Ehefrau zusammengestoßen ist, da ist das nicht geschehen, um sich das Gutachten zu *beschaffen* – das hatte er schon am Nachmittag im Arbeitszimmer erledigt –, sondern um es wieder an seinen Platz *zurückzubringen,* ehe Svanberg den Verlust bemerkt. Verscheucht von Svanbergs Frau, ist er zu Anita Johansson gegangen, um sie zu bitten, die Unterlagen am nächsten Morgen in Svanbergs Aktentasche zu schmuggeln. Doch der Direktor war ja zur Jagd angetreten, so daß er sein Anliegen nie hatte vorbringen können. Statt dessen hat er das Gutachten am späten Abend per Post in die Staatskanzlei geschickt, ehe er erfahren hat, daß Svanberg tot war.«

»Und wer hat Svanberg am Nachmittag im Garten niedergeschlagen?«

»Direktor Johansson natürlich. Und etwas später hat er versucht, auch mich zu erschrecken – Verführer Nummer zwei seiner Frau, wie er zu glauben schien –, indem er diesen Apfel ins Arbeitszimmer geworfen hat. Er hat eine Schwäche fürs Werfen, dieser Johansson ...«

An dieser Stelle kamen fünf Kinder und ein Hund hereingerauscht und verkündeten, das Abendessen sei aufgetragen.

Es mußte fast zwölf Uhr an diesem späten Septemberabend gewesen sein, als das Telefon klingelte.

Ich tappte aus dem Dunkeln und fand den Hörer.

Der Staatsminister war am anderen Ende der Leitung.

Lange bevor er ein Wort herausgebracht hatte, während er noch keuchte, schnaufte und sein »Hallo« schrie, war mir die Situation klar. Er würde Vater werden. So mußte es sein – er sah wieder Vaterfreuden entgegen. Ich hatte es schon so viele Male zuvor erlebt, und alles stimmte. Die aufgeregte Stimme, die seltsam späte Tageszeit zur Verbreitung der Neuigkeit – bei meiner Schwester und dem Staatsminister scheinen sich die trauten Momente, ihre blauen Stunden um Mitternacht einzustellen, wenn er von den wichtigen Gesetzesvorschlägen des Tages und sie von den neuen Kleinen berichtet. Ich zählte an den Fingern ab – auch der Termin für die Niederkunft wäre gang und gäbe. Die Frischlinge in der Familie erblicken gewöhnlich in der Morgendämmerung des Spätwinters das Licht der Welt, wie eine Sorte von abgehärteten, winterfesten Kräutern.

»Kannst du dir vorstellen, was heute nachmittag passiert ist?«

»*Passiert?* Heute nachmittag? Meine Güte, kann man das heutzutage sofort feststellen? Aber .. aber seid ihr wirklich vollkommen sicher, daß es ...«

Ich hatte die Hoffnung wachsen gespürt.

»Doch, ich habe eine Abordnung vom Müttergenesungswerk hier im Haus empfangen, und da ist etwas aus dem Schrank gefallen! Weißt du was? Dreimal darfst du raten! Aber du findest es beim ersten Mal raus!«

Es war kein Scherz. Ich wußte es. Es war wieder passiert, auf unerklärliche, erschreckende, irrationale Weise war es wieder passiert, und alles würde wieder von vorn anfangen. Die Polizeiverhöre, die Zeitungshysterie, die schrecklichen Hausbesuche in Gesellschaft des Staatsministers – ich würde wieder alles von Anfang bis Ende mitmachen. Die Lebenslust versiegte mit den Kinderjahren; jetzt spürte ich, wie auch der Lebenswille nachließ.

Ich tastete auf dem Tisch, und die Hand griff nach dem Röhrchen. »1 Tabl. bei innerer Unruhe, 2 Tabl. bei starker Gemütserregung« hatte der Doktor auf das Rezept geschrieben. Arznei sollte in Maßen eingenommen werden, und bis dato hatte ich mich nie, nicht einmal während der Schrecknisse in Spånga, dazu verleiten lassen, die 1-Tabletten-Grenze zu überschreiten.

Doch dies war, hatte ich das Gefühl, durchaus eine Situation für 2 Tabletten.

»Hallo! Hallo? Bist du da? Ja, ein Körper ist rausgefallen! Ein großer, lebloser Körper mit einer unschönen Quetschwunde am Kopf! Der ganze Kopf war Mus und rot, und die Frauen haben geschrien und sind in Ohnmacht gefallen, aber ich habe kühlen Kopf bewahrt …«

»Die Polizei! Was sagt die Polizei?«

»Die Polizei? Ich habe die Polizei nicht verständigt!«

Ich hatte kein Wasser zur Hand, darum zerkaute ich die Tabletten. Der Staatsminister beabsichtigte diesmal offensichtlich, die kriminaltechnischen und die medizinischen Untersuchungen selbst in die Hand zu nehmen. Der Fall des Staatsministers … Der eigene Fall des Staatsministers … Gott, steh mir bei, dachte ich, Gott, steh mir bei!

»Da braucht man doch keine Polizei! Es waren doch die Kinder, verstehst du. Sie haben eine Puppe verkleidet, die sie beim Ringkampf benutzen, und haben sie mit Ketchup und Preiselbeermarmelade beschmiert. Erfinderische kleine Rakker, was? Ich habe neulich den Staatspräsidenten angerufen, habe gewußt, daß auch er die Geschichte lustig finden würde, er selbst hat doch auch Jungs.«

Aber ich erfuhr die Geschichte nur bis zur Stelle mit dem leblosen Körper im Schrank, dann war etwas zu hören, das wie ein schwacher Schrei und ein dumpfer Aufprall klang, und anschließend wurde die Verbindung unterbrochen. Eins von seinen Kindern war natürlich nach Hause gekommen. »Du kommst doch morgen mit in den Freizeitpark, oder? Wir wollen Åkes Geburtstag feiern. Åkes! Aber du weißt doch, wer Åke ist! Nummer acht: Anders, Eva, Britta, Nils, Rolf,

Kristina, Kerstin, *Åke?* Er wird zehn. Ich habe den ganzen Park für den Abend gemietet, da haben wir schön unsere Ruhe, nur wir und die Kinder und ihre Freunde. Die neue Berg-und-Tal-Bahn ist Spitze, mit einer Geschwindigkeit bis zu 50 Kilometern in der Stunde und einem Höhenunterschied bis zu zwanzig Metern. Das wird dich aufmuntern, du klingst ein bißchen abgeschlafft, finde ich. Es kann natürlich auch zu Entgleisungen kommen, aber das passiert bestimmt nicht so häufig. Du darfst so viel Popcorn und Zuckerwatte essen, wie du willst, und die haben eine Schiffsschaukel, die sich mit einer Geschwindigkeit von zwei Runden die Sekunde mehrere Minuten lang dreht, und dann, schwupps, hängt man kopfüber in der Luft. Vergangenes Jahr haben nur Cecilia und ich uns nicht übergeben, da mußt du mit der Zuckerwatte vielleicht bis hinterher warten … Nein, jetzt werde ich noch mal versuchen, Palme zu erreichen. Was für Kinder! Stopfen einfach so ein großes, vollgeschmiertes Ungetüm in den Schrank …«

Während ich wartete, daß die Tabletten ihre Wirkung taten, lag ich im Dunkeln und sann darüber nach, was schlimmer gewesen wäre: ein neues Staatsministerkind oder eine neue Leiche.

Ehe ich Klarheit darüber gewonnen hatte, schlummerte ich ein.

Glossar

Birger Jarl	(1200–1266), schwedischer Regent, gilt als Gründer Stockholms, sicherte durch Handelsverträge mit der Hanse den steigenden schwedischen Wohlstand
Tage Erlander	schwedischer Ministerpräsident von 1946 bis 1969
Lennart Geijer	sozialdemokratischer Staatsminister und Justizminister
Karl XII.	(1682–1718), schwedischer König, siegte mit seinen Truppen im 2. Nordischen Krieg (1700–1721), verlor beim Kampf gegen Rußland die entscheidende Schlacht bei Poltawa (1709), in der schwedischen Dichtung ein Nationalheld, in der übrigen europäischen Literatur ein kriegerischer Abenteurer
Olof Palme	schwedischer Ministerpräsident von 1969 bis 1976 und von 1982 bis 1986
Gunnar Sträng	sozialdemokratischer Finanzminister von 1955 bis 1976

Arne Dahl

Rosenrot

Kriminalroman. Aus dem Schwedischen von Wolfgang Butt. 400 Seiten. Piper Taschenbuch

Dag Lundmark war Leiter der rasch und effektiv durchgeführten Razzia. Winston Modisane mußte dabei sterben – aber war der Tod des Südafrikaners wirklich unvermeidlich? Paul Hjelm und Kerstin Holm ermitteln in einem Fall, der im Milieu illegaler Einwanderer beginnt und in der trügerischen Idylle eines schwedischen Sommers atemlos endet. Ein Fall, der mehr mit ihnen selbst zu tun hat, als sie wahrhaben wollen …

»Der schwedische Bestsellerautor Arne Dahl zählt unbestritten zu den Größten seines Fachs: Seine Thriller sind nicht nur packend, sondern auch modern, international und sensibel.«

Iris Alanyali, Die Welt

05/2291/02/L

Arne Dahl

Tiefer Schmerz

Kriminalroman. Aus dem Schwedischen von Wolfgang Butt. 432 Seiten. Piper Taschenbuch

Ein toter Nobelpreiskandidat und eine bis zur Unkenntlichkeit verstümmelte Leiche in einem Stockholmer Freizeitpark – haben sie etwas miteinander zu tun? Fieberhaft suchen die Sonderermittler um Paul Hjelm und Kerstin Holm nach dem Verbindungsglied in einer bizarren Mordserie. Der Fall führt sie nicht nur durch halb Europa, sondern auch in die Vergangenheit, bis hin zu einem monströsen Verbrechen vor langer Zeit.

»Arne Dahl beherrscht das Spiel mit der Spannung professionell. Seine Figuren sind vitale Geschöpfe, die in den Köpfen der Leser weiterleben.«

Der Spiegel

05/1993/02/R

PIPER

PIPER

Anne Holt, Berit Reiss-Andersen

Das letzte Mahl

Roman. Aus dem Norwegischen von Gabriele Haefs. 427 Seiten. Piper Taschenbuch

Der grausame Mord an dem Osloer Restaurantchef Ziegler stellt Hanne Wilhelmsen und Billy T. vor ein Rätsel: Wer hat ihm das edle japanische Messer in die Brust gestoßen? Und was hat es mit dem unvollendeten kunstvollen Mosaik in Zieglers Wohnung auf sich? Nach dem tragischen Tod ihrer Freundin Cecilie ist Hanne endlich nach Oslo zurückgekehrt. Nur zögernd wird sie von ihren Kollegen wieder akzeptiert, bis sie diese vor einem schwerwiegenden Fehler bewahrt und den Mord aufklären kann.

»Ein Roman, der gleichzeitig so fesselt, daß man ihn verschlingt, aber doch so nachhaltig beschäftigt, daß man ihn nicht vergißt.«
Stadtmagazin Hannover

05/1771/02/L

Anne Holt

Was niemals geschah

Kriminalroman. Aus dem Norwegischen von Gabriele Haefs. 384 Seiten. Piper Taschenbuch

Eine beliebte Talkmasterin wird mit gespaltener Zunge tot aufgefunden, eine junge Politikerin hängt gekreuzigt an der Schlafzimmerwand: Sorgsam inszenierte Ritualmorde, die es in der Vergangenheit schon einmal gegeben hat – wieder beginnen Kommissar Yngvar Stubø und die Profilerin Inger Vik fieberhaft zu ermitteln. Doch was, wenn der Mörder ein raffiniertes Spiel spielt und kein herkömmliches Motiv vorhanden ist? Ein meisterhafter Thriller, in dem Anne Holt die Abgründe menschlicher Eitelkeiten erkundet.

»Lange nicht hat das Rätselraten um die (perfide) Lösung so düster gekitzelt.«
Westdeutsche Allgemeine

05/2290/02/R

Schwedische Appetithappen

Die schönsten kulinarischen Geschichten. Herausgegeben von Holger Wolandt. Aus dem Schwedischen von Hedwig M. Binder, Susanne Dahmann, Annika Krummacher, Lotta Rüegger und anderen. 272 Seiten, mit Rezepten. Piper Taschenbuch

Vom sommerlichen Smörgåsbord bis zum traditionellen Weihnachtsessen spannt sich der kulinarische Bogen in dieser einzigartigen Sammlung. Holger Wolandt hat die schönsten Geschichten rund ums Essen zusammengestellt – von schwedischen Klassikern wie Carl Michael Bellman, August Strindberg oder Hjalmar Söderberg bis zu den großen Autorinnen und Autoren der Gegenwart: Henning Mankell, Astrid Lindgren, Per Olov Enquist und Kerstin Ekman. Im Anhang finden sich die leckersten Rezepte zum Nachkochen. Und bei eingelegtem Hering, Janssons Versuchung und dem obligatorischen Schnaps kann man nur noch wünschen: »Skål och smakliid!«

05/2167/02/L

Elche am Fjord

Die schönsten norwegischen Wintergeschichten. Herausgegeben von Holger Wolandt. Aus dem Norwegischen von Gabriele Haefs, Christel Hildebrandt, Annika Krummacher, Lotta Rüegger und Holger Wolandt. 272 Seiten. Piper Taschenbuch

Schneemänner und winterliche Skiausflüge, unvermutete Begegnungen und ein völlig überraschender Silvesteranruf – all das finden Sie in dieser Zusammenstellung der schönsten und hintergründigsten Wintergeschichten aus Norwegen. Viele bekannte Namen sind enthalten: von Karin Fossum und Jo Nesbø über Jan Kjærstad und Morten Harry Olsen bis zu Klassikern wie Knut Hamsun und Jonas Lie. Sie alle entführen den Leser in die geheimnisvollste Zeit des Jahres im hohen Norden.

05/2166/02/R

Anna Jansson

Tod im Jungfernturm

Kriminalroman. Aus dem Schwedischen von Susanne Dahmann. 288 Seiten. Piper Taschenbuch

Kriminalinspektorin Maria Wern spekuliert eigentlich auf erholsame Wochen, als sie eine Urlaubsvertretung auf der beliebten Ferieninsel Gotland übernimmt. Doch schon wartet der erste Fall: ein Toter in einem eisenzeitlichen Häuptlingsgrab – zu seinen Füßen ein zertretener Schlangenkopf. Bei ihren Ermittlungen stößt Maria Wern auf dunkle Familiengeheimnisse. Doch es bleibt nicht bei dem einen Toten … Vor der stimmungsvollen Kulisse Visbys entfaltet sich eine atemberaubende Spannung, deren Motive bis weit in die Vergangenheit zurückreichen.

»Anna Jansson läßt eine rätselhafte Stimmung entstehen, die zur reichen historischen Vergangenheit und dem Volksglauben der Insel Gotland paßt. Zweifellos hat sie mit diesem Roman einen großen Sprung gemacht.«
Nerikes Allehanda

05/2134/02/L

Anna Jansson

Das Geheimnis der toten Vögel

Kriminalroman. Aus dem Schwedischen von Susanne Dahmann. 288 Seiten. Piper Taschenbuch

Kriminalinspektorin Maria Wern hat alle Hände voll zu tun: Auf Gotland ist eine tödliche Epidemie ausgebrochen, und als sich herausstellt, daß nicht genug Medizin zur Verfügung steht, bricht Panik aus. Warum gibt es noch keinen Impfstoff? Weshalb zeigen die Medikamente bei den Kranken offenbar keine Wirkung? Und wer profitiert womöglich von der fatalen Viruserkrankung? Packend und erschreckend realitätsnah erzählt Anna Jansson von Menschen, die bereit sind, für ihren persönlichen Gewinn alle ethischen Prinzipien zu brechen.

»Kundig zeichnet Anna Jansson ein erschütterndes Szenario – ein Spannungsroman der Spitzenklasse.«
Nerikes Allehanda

05/2168/02/R

Kirstin Warschau

Fördewasser

Ein Kiel-Krimi. 320 Seiten. Piper Taschenbuch

An einer Staumauer bei Kiel wird die Leiche eines Mannes gefunden. Kommissarin Olga Island, soeben aus Berlin versetzt, übernimmt die Ermittlungen. Der Tote war hoch verschuldet und betrieb einen regen Handel mit Schiffsschrott. Als in der Kieler Förde eine weitere Wasserleiche entdeckt wird, sprechen die Medien von einem Serienkiller. Die Jagd nach dem Täter führt Olga Island in entlegene Winkel der Landeshauptstadt und ihrer ländlichen Umgebung. Dabei hat sie nicht nur mit den Vorurteilen ihrer Kollegen zu kämpfen, sondern auch mit einem gefährlichen Mörder, der vor weiteren Taten nicht zurückschreckt …

05/2299/02/L

Stefan Holtkötter

Das Geheimnis von Vennhues

Ein Münsterland-Krimi. 272 Seiten. Piper Taschenbuch

Über zwanzig Jahre ist es her, dass im Vennhueser Moor im Münsterland ein grausamer Mord geschah. Der Hauptverdächtige Peter Bodenstein wurde seinerzeit aus Mangel an Beweisen freigesprochen. Nun ist er ins Dorf zurückgekehrt, um seine Unschuld zu beweisen. Doch wenig später wird wieder ein toter Junge im Moor gefunden. Erneut weisen alle Spuren auf Bodenstein. In Vennhues erhält Hauptkommissar Hambrock aus Münster kaum Unterstützung, und das, obwohl er selbst aus dem Dorf stammt. Es scheint ein Geheimnis zu geben, von dem er ausgeschlossen ist. Und wenn er die Wahrheit über Bodenstein herausfinden will, gibt es für ihn nur einen Weg – ins Moor …

05/2300/02/R